U0133483

满族口头遗产传统说部丛书

女真谱评
（下）

马亚川 王宏刚 讲述

程迅 记录整理

吉林人民出版社

第八十三章　祝捷获铁

阿骨打奉盈哥之命，带领四名护卫，携带礼物，到辽朝去祝贺战胜塔塔尔。

因为这次阿骨打是以女真完颜部特使的身份前往的。到辽之后，正式拜见了兵马大元帅延禧。

延禧听说阿骨打前来祝贺，心中甚喜，亲自出迎阿骨打。见面后，延禧拉着阿骨打的手，悄声咬耳根子说："阿骨打呀，阿骨打，你真是忠心为我，暗中助我一臂之力，使我的脸面到底争回来了！"

阿骨打一听，心里明白了，准是斡特剌暗中对延禧说了，是他擒获的磨古斯。阿骨打听完就笑呵呵地说："微薄之力，何足挂齿，还望大元帅守口如瓶，这对大元帅之威不可测也！"

延禧嘻嘻一笑说："斡特剌将军知，你知，我知，别无他人所晓。不过我得说将军，虽然将军不取功名，总之我得对得起将军！"

阿骨打从与延禧交谈中，方知磨古斯还没处死，心中暗吃一惊。他就巧妙探询说："大元帅，对磨古斯还未处死，想必是要在举国筵时处死，以兹祝贺？"

延禧一听，哈哈大笑说："将军，实不相瞒，对磨古斯早应斩首示众。不过，不过磨古斯磕头如捣蒜，苦苦哀求饶命，言说恢复历史旧制：岁贡马一千七百匹，骆驼四百四十头，貂鼠皮一万张，青鼠皮二万五千张，并要为我选美女送来，故而迟迟未杀。"

阿骨打一听，暗吃一惊，要是延禧不杀磨古斯，岂不是枉费心机？这还不说，日后磨古斯一定知道是我唆使辽攻打塔塔尔的，又是我将他擒获的。他非与女真为仇，待他恢复元气，非来攻我女真不可，岂不是我自造仇敌吗？不行，非唆使延禧杀了磨古斯，才能消除我心中之患！阿骨打想到这儿，望着延禧嘿嘿冷笑。

延禧见阿骨打望着他冷笑，疑惑不解地说："真的，磨古斯起誓发愿地向我保证他的诺言，绝不失约。我想只要心悦诚服，驯服于辽，岁岁纳贡，也就是了。何必杀他，杀他也没啥好处，以后谁还归顺？"

阿骨打一听，嘴没说心想，延禧你撅屁股屙几个粪蛋儿，谁不知晓，你是为他纳贡吗？你是听说给送美人来，而动了你的心肝，才迟迟不杀。你骗别人，还能骗得了我阿骨打吗？阿骨打想到这儿，仍然冷笑地对延禧说："我笑天下兵马大元帅心地太善良了。难道元帅忘了你的西北路招讨使胡都锦是怎么被杀的吗？"

阿骨打这句话真厉害，说得延禧霍地站了起来，大惊失色地说："多谢将军的提醒，差点儿被磨古斯花言巧语将我迷惑，看起来我心眼太实了。胡都锦就是被磨古斯花言巧语迷惑，而被杀死的，我却还被他迷惑了，多亏将军使我省悟！"

阿骨打说："是呀，大元帅想想，磨古斯可对胡都锦假降，难道就不能对大元帅吗？胡都锦就是个血证，证明磨古斯如野兽一般，反复无常，他的言语谁听信谁受骗上当！"

延禧说："对！绝不能留这个反复无常的野兽，待明日举行国宴时，杀之！"

阿骨打一听，暗自心喜，嘴没说心想："多亏我来了，要晚来一步，岂不放虎归山了？"

阿骨打第二天参加了延禧摆的国宴，庆贺征剿塔塔尔胜利。文武百官均参加了国宴，唯独道宗皇帝没有参加。他心中纳闷，暗想，准是道宗皇帝有病了。

在宴前，延禧传令将塔塔尔联盟长磨古斯处死示众后，才摆的国宴。

征剿塔塔尔的有功将领斡特剌陪阿骨打共饮，尽欢而散。国宴后，斡特剌到阿骨打下榻处去拜访。并询问阿骨打需要什么，只管提出来，他一定帮办。

阿骨打假装沉思良久方说："实不瞒将军，上次我将部落里的箭支，损失一空，而我女真只能炼点铁，其量少得可怜，本想和大元帅要求点镔铁，但我总觉不好启齿耳！"

斡特剌一听，立刻斩钉截铁地答应说："将军放心，此事包在我身上，由我去说，大元帅一定能答应。"

阿骨打说："实乃为保辽而求之也！"

斡特剌说："也是为辽而给之也！"

两人说罢哈哈大笑。

第二天，斡特剌对延禧将阿骨打的话语一学说，延禧果然答应了，送给阿骨打上等镔铁一百车，并告诉斡特剌说，延禧要当阿骨打面赠送。

阿骨打听说延禧送给他镔铁，当然高兴了，就是延禧不找他，他也要去当面感谢。

阿骨打到帅府去拜谢延禧，延禧对阿骨打说："将军，为感谢你对辽的相助，特赠汝一百车镔铁，补偿汝参战的损失！而且连车也送给你们女真完颜部。"

阿骨打一听，真是喜上加喜，他知道辽之车，早有盛名，制作精细，比之女真车辆优越得多。他赶忙施礼称谢。

阿骨打乐颠颠地率领护卫，押着这一百辆镔铁而归，卸在涞流水畔，这才为他造军械牧战马、练兵丁备战反辽奠定了物质基础。事后延禧才知道，他赠之镔铁，阿骨打还之以箭，悔之晚矣！

第八十四章　套白狼

阿骨打在辽朝祝贺征剿塔塔尔大捷的时候，还抽空去游览了榷场。上京的榷场在南门外。他一想，穿女真服饰显眼，不如穿契丹服饰，混在人群中，不惹人注目。他就换上携带的契丹服装，四名侍卫也都改成契丹人的模样，奔向门外走去。

因为契丹讲的是东西向，西者为大，契丹阿保机在此建都时，就是建的西楼。故辽称南北面官。当阿骨打来至南门外一看，嗬！在二丈多高的城墙外面，楼房峙立，见楼房居住的全是汉人，他一打听方知是汉人聚居的地方，还有部分回纥人。楼下面就是榷场，非常热闹，交换物品的人来人往，熙熙攘攘，叫喊叫卖声，直冲云霄。

阿骨打挤在人群里，他在头前走，四名侍卫后边相随。见榷场有卖吃食的，卖各种水果的、绫罗绸缎的、针头线脑的、各种药品的。阿骨打见有卖药的，就将他吸引住了。他想，得换点药品回去，尤其是红伤药，箭刺刀伤，战争中是不可避免的。就停住脚步，打听各种药品用途。问这个问那个，卖药的和买药的都用惊奇的眼光望着他，嘴没说心想，这家伙穿的是契丹服装，他也不像契丹人，说话有点舌头发硬。就都挤眉弄眼，暗中指手画脚，叽叽咕咕的。阿骨打也没在意。他继续打听着。

其中有个契丹人卖药的，听说阿骨打要买红伤药，知道是女真人，心里就来了坏道儿[①]，暗想，女真人好唬，他们既不识字，又不知道价钱，我要是连蒙带唬外加讹骗，准能发个小财。这小子坏主意上来之后，就笑嘻嘻地连着对阿骨打说："老客！不知你要多少药品？"

这小子听阿骨打说多换一些，更十拿九准确定他们是女真人无疑了，因为女真人不会说买字，只懂得以物易物进行交换。别说，这个契丹商人还真懂得女真人的风俗。因为那时候女真人既无榷场，又无市井，他

---

① 坏道儿：东北方言，坏主意。

们部落和部落间，和外族之间都是以物易物。所以阿骨打也说惯嘴儿了，一说话就说换。

契丹商人听阿骨打要多换些，心里可高兴了，就赶忙说："我家全是红伤药，口服的，外用的，全有。老客要用，可到我家去看看，换多少有多少，不知你用啥换？"

阿骨打说："只要药品好，用貂皮、东珠、神草①、金银都可以。"契丹人一听，心里好笑，用金银也说换，是个女真中的老斗②。他想到这儿，就说，"行，这些东西我全要，如同意就到我家看看去吧！"

阿骨打一听，心里也很高兴，就问商人说："你家离这儿多远？"

商人说："不太远，进城就到。"

阿骨打是个实心眼儿的人，听商人这么一说，心想，他这一份能换些，就不需要挨份打听了，就说："好吧，到你家看看去。"

阿骨打就随着商人去了。商人在前边走，阿骨打在后边跟着，进了南门向东拐去。四名护卫在后边尾随着。走有二里多地，来至一家院落，青堂砖瓦的。阿骨打一见，是个富户人家，院落很大。阿骨打随商人进院，他的贴身护卫相随，这是阿骨打的规矩，阿骨打到哪去，只有贴身护卫跟随，其余三名在外面，严防发生意外。阿骨打的贴身护卫刚要进去，被商人拦阻说："哎！你做什么？"阿骨打说："我们一块的！"

商人一听，一愣，嘴没说心想，他来俩哪！就将阿骨打他们让进院去，让至客厅，拿出一些药品让阿骨打看，并介绍是什么药。商人以为阿骨打目不识丁，他可看错了，阿骨打不仅认识汉字，还认识契丹字。他发现这商人连蒙带唬，心里就有些不悦。可阿骨打不形于色，仍然假装啥也不懂似的，商人说啥是啥。

阿骨打又问："你这些药品要换，都要啥呀？"

商人问："这些你全要吗？"

阿骨打说："全要！"

商人一听，乐了，他就自言自语算上了，算了好半天，才说："要是用银子换得一千两，金子得二百两，貂皮换得五百张……"阿骨打一听，好家伙，暗想，还不如你用棒子将我打死得了，可真没少要呀。阿骨打听后，只冷笑一声说："我可白来啦，也没有这多东西来换。"说罢转

---

① 神草：指乌拉草。
② 老斗：东北方言，指憨厚老实的人。

身就走。

商人见阿骨打要走，一把将阿骨打拽住，两眼一瞪说："怎么，要走，往哪走？"阿骨打哈哈大笑说："交换不成仁义在，难道不换，你还要将我留下不成？"商人拽着阿骨打不撒手说："对了，不换，你别想离此地！"

阿骨打说："此话咋讲？"

"不换得赔我损失！"

"为啥要赔你损失？"

"你要不耽误我这么长时间，我得卖出去多少药啊！"

"得赔多少？"

"五百两银子！"

阿骨打说："赔不起呢？"

"赔不起得在此劳役还！"

阿骨打一听，这不是讹人吗？闹了半天，榷场是讹人的地方啊。阿骨打对商人笑呵呵地说："你这不是讹人吗？"

商人一听，生铁锅炸了，撸胳膊挽袖子地说："你才讹人哪！不然你也不能跑这来上嘴唇和下嘴唇一拼，装大爷，说是换药呀，换了半天，不换了，哪有那么容易的！"

就在这时候，突然外面来个官儿，他两眉一扣，望着阿骨打说："你是哪的？"阿骨打见是个辽官，心里就更有底儿了，他上下打量一下辽朝这个官儿说："换的是东西，你问哪的干什么？"

辽官见阿骨打这样回答他，立刻暴跳如雷地说："我看你不是好人！"他说着，脸朝外喊叫说，"来呀！将这坏家伙给我带走！"

随着他的喊声，外面进来几个差役，还没等动手，突然进来一人，高声喝道："你们要干什么？"

阿骨打一见，是西北路诏讨使斡特剌。他怎么来了？原来这个斡特剌是个有良心的辽朝将领，他认为这次征剿塔塔尔，没有阿骨打暗中协助，他是取不着胜利的。他为感恩戴德，阿骨打到来之后，他就派人暗中护卫着阿骨打。这事阿骨打上哪知道哇？今天阿骨打换上服装去逛榷场，暗中护卫的人，始终在后边尾随，怕阿骨打出事。当阿骨打随这商人走了，暗中护阿骨打的人，就听有人悄声叽咕，说阿骨打遇到"套白狼"的了。这人心内一惊，一直跟到门口，认准门才慌忙跑回去报告斡特剌。斡特剌听说阿骨打遇到套白狼的，就骑马赶来了。正好，斡特剌一脚门里，一脚门外听见有人要绑阿骨打，他才大喝一声，进得屋来。

幹特剌进屋心中暗吃一惊，他惊的是要绑阿骨打的不是别人，是辽朝榷场巡检使，嘴没说，心想，巡检使为啥要帮"套白狼"吃食？幹特剌望着巡检使冷笑一声说："巡检使大人，他犯啥法了，你要将他带走？"

巡检使见是西北路招讨使幹特剌赶来了，吓得他霎时脸色煞白，心里怦怦直跳，知道碰在柱子上了。不是别的，他已听说，延禧要摆庆贺宴，女真完颜部特派阿骨打前来祝贺。不用说，这准是阿骨打了！吓得他浑身直哆嗦。他哆嗦还有个原因，他心里还有鬼，听幹特剌这一问，赶忙施礼赔笑说："不知招讨使将军大人到，恕小官之罪！"他话都不知咋说了。

幹特剌将两眼一立愣说："我是问你，他犯了什么罪，你要绑他？"

"小官，听……听人……人说……他……他是坏人！"

幹特剌说："他是坏人，有什么凭证？"一下将巡检官问得闭口无言。

阿骨打在旁接过说："幹将军，他是什么官？"

幹特剌才赔笑对阿骨打说："让将军受惊了！"

幹特剌就这么一句话，商人和巡检使头上全冒汗了。

幹特剌接着说："他是榷场巡检使，专管榷场贸易的。"

阿骨打说："将军，他管得对。因为这商人要的物品太多，我换不起，人家罚我五百两银子，我还缴纳不起，犯了法，应该绑。"阿骨打说到这儿，将两只手一背，主动让巡检使绑。

阿骨打之举，可将幹特剌气坏了，他马上命令差役，说："此户乃'套白狼'之窝，又和巡检使勾结，给我搜查搜查，看他都有啥违禁品？"

西北路征讨使有这权吗？列位不知，这幹特剌是北枢密院的知事，临时委派为西北路招讨使，回来仍在枢密院任职。枢密院是军政都管啊，幹特剌说搜，吓得商人和巡检使全跪下了，哀求说："大人饶命！"

差役去不多时，回来报告说："后院屋子里垛的全是盐和镔铁！"

幹特剌一听，说："好啊！上次就怀疑你和张笑杰有勾搭，没查出什么证据。原来你就是个大走私盐铁的贩子。身为榷场巡检使，知法犯法，将他和'套白狼'捆绑带走！"

阿骨打才明白，榷场还有"套白狼"这坑人的玩意儿。所以女真迟迟不办榷场就是从这来的。

第八十五章　白家雀唤主捉贼

盈哥继颇刺淑之王位后，听说白家雀是兰洁、赤金变的，他便下道命令，谁打死阿骨打房上的白家雀，按打死人论处，折身为奴，外加罚牛二头！

这道命令一下，谁也不敢损伤白家雀一根羽毛。阿骨打和阿娣闲暇之时，便坐在院子里偷看两只白家雀嬉戏。见它俩互相喳喳，不知唠的啥嗑儿，唠着唠着，它俩就将嘴儿互相咬在一起，像亲吻一般，那个亲热劲儿，令人动心。阿骨打对阿娣说："你看，兰洁和赤金，变成白家雀，这个亲近劲儿，它俩是人的时候，都没见这么亲近过！"

阿娣一听，扑哧笑了，用手戳下阿骨打说："他俩亲近还让你看着啊！说傻话儿。"

阿骨打也嘿一声，乐了，自知失言，嘴没说心想，我和你阿娣不也如此吗？还能在人面前如此这般，这般如此吗？阿骨打赶忙用话岔过来说："阿娣，我看兰洁、赤金他俩变成这对白家雀后，多么自由自在呀，我看比当人时好！"

阿娣说："嗯，逍遥自在多了，虽赦为民，他俩始终将自己低人一头，奴打奴做，比奴隶干的活儿都多。"

阿骨打说："可不是咋的，从来没见过他俩手脚闲过，始终是脚不沾地忙活。唉！不易呀，阿玛和咱们总算有眼光，赤金能掏心救主，不是人人都可做到的呀！"

阿娣接过话说："你没亲眼见着，可吓死人了，兰洁手捧着赤金那颗心，血淋淋的还跳动哪！吓得我赶忙用手将脸捂上啦！"

阿骨打和阿娣在院里唠着嗑儿，见两只白家雀已进窝。天已渐黑，他俩便手拉着手儿回房睡觉去了。

大约在半夜，阿骨打睡得正酣的时候，觉着脸上痒痒的，他半醒的，用手拨弄一下脸，又睡着了。刚入睡，觉着像什么啄他的耳朵，他又半醒地用手拨弄一下，翻个身儿，又睡着了。刚睡实成，觉着是什么玩意儿啄他眼皮，感到非常不好受，可就是醒不过来。就在这时，就听阿娣"哎呀"一声，说："吓死我了！"才将阿骨打惊醒。

阿骨打毛愣愣地坐起来一看，见阿娣坐在他身旁说："是啥玩意儿戏弄我的脸，将我吓了一跳！"

阿骨打忽见两只白点在他面前"喳喳"叫了两声，阿骨打立刻明白了，是白家雀，就悄声对阿娣说："快穿衣服，白家雀唤醒咱俩，有贼！"

阿骨打说着，急忙穿上衣服，手持宝剑站起身来，只见两只白家雀扑棱一声，从窗户眼飞出去了。他毫不迟疑地，轻轻开开窗户，也从窗户蹿到外边，借着他的夜光眼举目一看，见两只白家雀在房檐上等着他。阿骨打立刻来个旱地拔葱，蹿上房去。两只白家雀扑棱棱向北飞去。阿骨打毫不怠慢，蹿房越脊紧紧跟随。飞过他家的院落，前面就是盈哥住的院落，见盈哥房顶上趴着两个人，两只白家雀已躲到房苫头上。阿骨打明白了，房顶上这两人，不是来偷盗的，准是来行刺国王盈哥的。他便将身一跃，蹿上盈哥寝室的房脊上，准备砍死一个，活捉一个。哪知，房顶上这两个贼人，耳朵更灵，阿骨打两只脚刚沾房脊，他俩就一跃而起，双刀直向阿骨打砍来，阿骨打急架相迎，只听当啷啷连声响，阿骨打用宝剑架过双刀。

这时，忽听盈哥院里守卫的兵士喊叫："可不好啦！房上有贼呀！房上有贼呀！"

喊声未落，立刻盈哥院内灯笼火把，将天照得通明，盈哥也手持腰刀从屋里跳了出来。

两个贼人，见势不好，就向西边蹿房越脊逃跑了。

阿骨打大喊一声说："哪里逃？留下狗命再走！"说着追去了。

盈哥听是阿骨打的声音，知阿骨打赶来相救，便带领兵士向西从后赶来，怕阿骨打有失。

还说阿骨打蹿房越脊追赶前面两个贼人，心中暗想，这两个人，武艺超群，他的夜行术，更在一般人之上，为啥要来刺杀国王盈哥？是谁派来的哪？阿骨打才感到，多亏两只白家雀唤醒我，不然盈哥非死于两个贼人之手！阿骨打又忽然心里一惊，心里自问说："两只白家雀，不，兰洁和赤金咋知有敌人要刺杀国王盈哥？哎呀！这两个敌人准是先摸到我的房上去了，惊动了兰洁、赤金，才一个暗中监视，一个向我报信，准是赤金监视见敌人奔盈哥院落才又飞来唤醒阿娣，准是这么回事儿。兰洁呀，赤金啊，汝俩死后，变成白家雀还仍然保护我们！"阿骨打蹿房越脊追击两个贼人，追到城外，两个敌人不见了。阿骨打借着他的两只夜光眼，东张张，西望望，踪影皆无。阿骨打心中纳闷儿，往哪边逃去了？正在阿骨打不知往哪边追好时，忽然从西方传来两只家雀叫唤，阿骨打急忙举目观看，正是两只白家雀，不用说，敌人准是奔西北逃走了，就追过去了。

两个敌人逃出城来，就躲藏在一条深沟里。阿骨打奔到白家雀处，见两只白家雀在沟顶上喳喳来回飞蹿。阿骨打明白了，敌人准是藏在沟里。他蹑手蹑脚上沟帮一看，两个敌人正在前面沟帮上趴着，准备要暗算于他。阿骨打心想，好啊，要暗算我，我给你来个先下手为强，后下手遭殃。先打发一个吧，赶忙从怀里掏出甩头一枚，对准左边那个敌人的左眼睛甩过去，"嗖"的一声，那小子冷不防被打中，只听他哎哟一声，用手往左眼睛上一捂，阿骨打跳过去，手起剑落结果了他的性命。

右边这个敌人，猛听同伙不是好声叫唤，知道中了暗器，他蓦地一下子跳上沟去。眨眼工夫，见阿骨打结果了伙伴的性命，知道不好，刚要转身逃跑，阿骨打嗖的一声，跳在他的前面，大喊一声说："哪里走，将命留下再走！"噌地就是一剑，敌人举刀相迎，杀在一起。

这时，天已大亮，盈哥率领兵士们已经追赶来了，七吵八喊："抓活的呀，抓活的呀！"

原来盈哥也不知朝哪边追好，忽见两只白家雀在前边飞叫，盈哥心里明白，两只白家雀是兰洁、赤金变的，在阿骨打房上絮窝栖居，准是来为我引路，便跟随白家雀而来，果然见阿骨打与敌人杀在一起。

敌人听见喊声，见盈哥又带十几名军兵赶来，心想，不好，不赶快逃走，我命休矣！这小子想到这儿，卖个破绽，转身要逃，阿骨打早防备他这招儿了，便手疾眼快地跃过去像老鹰捉小鸡一般，一把抓住他的后衣领，向上一提，咕咚一声，摔在地上。盈哥的兵士跑过来，将敌人按住，像捆猪似的，将这小子捆缚上了。

捉住敌人，在往回走的时候，阿骨打才将白家雀如何三次将他唤醒，报有敌人来行刺的过程，对盈哥诉说一遍。盈哥惊喜地说："真是忠诚奴隶，死了还仍然保护咱们，我也多亏白家雀引路，否则真不知往哪边追赶。"

两人正说着，两只白家雀喳喳从头上飞过去。阿骨打说："他俩也跟咱们半宿没睡觉，雀鸟也通人性。"

被抓住的敌人带进王府，盈哥和阿骨打立即审问，敌人向盈哥、阿骨打说了实话，他是麻产派来刺杀盈哥，为他兄长腊醅报仇的。

阿骨打说："汝纯属谎言，难道你们俩是从直屋铠水而来吗？"

敌人说："非也，我是从涞流而来，因麻产在涞流牧马，待机进攻完颜部，故派我俩来行刺，如成功，他马上发兵来取安出虎水！"

阿骨打暴跳如雷地说："不捉麻产，不为人也！"

从此，阿骨打和他媳妇阿娣更喜爱白家雀啦！

第八十六章　叼金报主

　　自从兰洁、赤金两个变成白家雀后，它俩总不闲着，从早到晚就这么忙活。双双飞走了，又双双飞回来，口里叼着个像沙砾那么大、黄灿灿的东西，耀人眼目。叼回来，吧嗒放在一只木碗里。起初，谁也没注意。后被阿娣发现了，嘴没说心想，这两只白家雀忙忙活活地往回叼啥呀？她好奇地端起木碗一看，里边有十几粒黄灿灿的沙粒，心想，两只白家雀往回叼这种沙粒干啥？她刚要将沙粒倒扔了，阿骨打回来了，离老远就惊疑地问道："阿娣，确定有啥宝贝，你那么仔细地观看？"

　　阿娣笑吟吟地毫不在意地说："这两天，我见两只白家雀从早到晚，飞出去飞回来，吧嗒、吧嗒地往这木碗里放什么玩意儿，我也没在意。刚才我好奇地端起一看，白家雀叼回来一些黄沙粒儿，我刚想要倒扔了，你看看，这有啥用？"

　　阿骨打接过一看，见碗里的黄沙粒，虽小却闪着耀眼的光芒。他惊讶地说："哎呀，是金子，我寻它还寻不着哪，兰洁和赤金为我找到了！"他高兴得目不转睛地观看碗里的金沙砾。

　　阿娣说："你再晚回来一步，我就倒扔了，这金砾有啥用？"

　　阿骨打说："这是宝哇，我在帽儿山跟艮岳真人学艺的时候，下山时，师父对我说：'金沆安出虎，沟地黄金有，寻到黄金时，兴金永不朽！'艮岳真人让我牢记这几句话儿。今天白家雀，不，兰洁、赤金替我寻到了！"他说着将木碗放回原处，饭也顾不得吃了，坐在那等两只白家雀。

　　他等呀，等啊，阿娣几次招呼他吃饭，他都说不吃，一直等到两只白家雀又叼回沙砾，刚吧嗒放进木碗里，阿骨打就大声对两只白家雀说："谢谢兰洁和赤金，我寻找多时的黄金没寻到，你俩替我找到啦。你俩能带我去看看吗？"

　　两只白家雀听阿骨打这么一说，站在木碗上，喳喳点头叫唤两声，意思是同意啦。叫唤完，扑棱一声，亮开翅膀飞了，阿骨打起身跟着白家雀去了。

两只白家雀在前边天空上飞，阿骨打在地上步步相跟紧相随。走啊走，走出完颜部，见两只白家雀向北飞去，阿骨打大步流星在后边跟着，从东南晌跟着走，一直走到天黑日头落。两只白家雀仍不停地往前飞呀飞。一直飞到小半夜了，两只白家雀飞到一座山上，落在树顶上，喳喳，呼叫着阿骨打，当阿骨打走到山跟前的时候，他大吃一惊，就见这山里头金光闪耀，像根大金蜡烛似的，闪耀着耀眼的金光。阿骨打心想，这是座金山啊？这是哪座山呢？阿骨打才急忙登上山来，两只白家雀喳喳地落在阿骨打左右的肩膀上，它俩朝南，喳喳叫了两声，又喳喳朝西叫了两声，接着又朝东喳喳叫了两声。

阿骨打随着白家雀的叫唤，举目也向南西东观看，见南西东也有三座山，均像这座山似的，闪耀着耀眼的金光，像四根蜡烛似的，围着安出虎完颜部。他又仔细观察，哎呀一声，自言自语地说："这不是四座团山子吗？难道这四座团山子全是金山？"

阿骨打正看得出神，忽然从南面传来丁零当啷的一串铃铛声，他心中一惊，急忙向响处观看，只见上挂天下挂地，一片金光缭绕，金光中，有一高大的金人，骑着一匹金马驹向这山而来。阿骨打心里纳闷，半夜间这是什么神从此路过呢？自己得回避，别冲撞了神。他刚这么一想，两只白家雀在他肩头上喳喳，喳喳喳，连叫数声，传到阿骨打耳中就是"迎接，迎接他"。阿骨打立刻醒过腔来，连跑带颠奔骑金马驹的金人跑去。

阿骨打跑着，跑着，眼看快和金人碰头，就听金人喝道："水有源，树有根。兴金业，靠金源。镔怕金，金灭镔。金源兴，帝业成！"

阿骨打一听，心中大喜，这金人是念给我听的。阿骨打慌忙迎着金人，扑通跪在地下说："阿骨打参拜金神！求金神示教！"

金人在金马驹上哈哈大笑说："我已歌之，汝应自解也！"

阿骨打磕头说："歌之源已牢记，还祈金神明示之！"

金人骑着金马驹，边走边说："金源亮时帝星明，虎踞龙盘蔚上京。安出虎兴廓帝业，白天天做拱王城。涞流寥晦整部伍，得胜兴师誓伐辽，扬旅五京全覆灭，祚逸当年八部歇！"

金人说罢，骑着金马驹进山里去了。阿骨打在后边紧跟，等来到闪耀金光之处再仔细一看，原来是白亮亮的大水。

等到天亮时，两只白家雀才在金人骑着金马驹这溜沟里拣金沙砾，阿骨打明白了，这是金马驹屙的粪砾。

从这之后，阿骨打才发现周围的山沟里均有金沙砾，才引起女真人在山沟里拣这些金沙砾，辽人称此物为生金，拿到辽朝各榷场去换取东西，成为女真出产的又一种宝物。

第八十七章　白家雀引路

有一天，完颜部国王盈哥对阿骨打说："近几天有人禀报，磨陵梭答库①一带，发现有蛮子盗宝，你前去看看，如果真是蛮子去盗宝，要将他捉回来，锁缚长期为奴！"

阿骨打领了国王的旨意，带四名护卫兵，就奔磨陵梭答库去了。他刚走出安出虎，耳旁就听喳喳叫声。两只白家雀落在他左右肩膀上。阿骨打心中欢喜，白家雀主动跟我去，说明这里准有绕脖子的事儿，不然白家雀不能主动跟我去。它们主动去，准是兰洁与赤金怕我有难，前来保护于我。阿骨打骑在马上，对白家雀说："兰洁、赤金呀，感谢你们俩始终护着我。这次国王让我去察访是不是南方人跑来盗宝，你俩可要帮助我识别，要真是南方人，说啥不能让他跑了，将他捉住，保护咱女真的财宝不受侵犯！如果不是盗宝的，说啥不能冤枉好人，什么躲灾的、为逃难的、游玩的、逛景的咱可不能抓人家，不仅不抓，有啥为难遭灾的事咱还得帮他解决，让南方人回去得说咱女真人好！"

阿骨打嘱咐两只白家雀，两只白家雀好似懂得阿骨打的语言，喳喳回答着。阿骨打嘱咐完白家雀，才一撒马缰，"啪啪"轻轻敲打下骑两鞭，这马四蹄翻飞，向磨陵梭答库飞驰而去。一路上，两只白家雀匍匐在阿骨打肩膀上，一动不动，任凭马儿飞驰。等来到磨陵梭答库的时候，两只白家雀喳喳两声，扑棱棱从阿骨打肩膀上飞向天空。阿骨打明白了，白家雀是在为他带路，赶忙瞟着白家雀飞的方向，骑马在后尾随。

只见两只白家雀向一座有六十多丈高的山上飞去，阿骨打在后边紧紧相跟，心想，难道白家雀真知道南方人在哪儿盗宝？不然，它往这高山上飞干啥呀？要说它知道，这事就更奇怪了，它咋能知道？难道它俩来过不成？阿骨打胡思乱想在后边尾随。忽见从西边过来两匹快马，将

① 磨陵梭答库：女真语，即大山老林。

马打得那么飞跑，好似有火上房的事儿要办。阿骨打心中纳闷，急忙勒住马，候等这驱马飞驰的人。

眨眼间，两匹快马离阿骨打不太远了，阿骨打高声呼叫说："喂！你们是干什么的？停下，我打听点事儿！"

骑快马的人听得真亮，离老远就勒缰缓行了。来到阿骨打跟前，阿骨打见是两个打猎的，年龄均在四十开外。阿骨打就赶忙在马上施礼说："耽搁二位兄长行猎了！我打搅二位，询问一事，听说这地方发现有南方人前来盗宝，汝二位可曾见否？"

两个打猎的一听，用惊愕的目光望着阿骨打，嘴没说心想，看他年纪满不过十五六岁，年纪轻轻的，带四个兵丁，敢来对付南方人？他是谁呢？其中有一位说："你没看我们将马打得这么快吗？南方人可能就在这山上，隔三岔五就在此大摆迷魂阵，雾气弥漫，让你不知东西南北，故而不敢在此狩猎，劝汝也快离开，别让南方人将汝掳去！"

阿骨打又问道："汝二人见过南方人，见他是咋盗山中之宝的？"

后边那个猎人搭茬儿说："我们见也是离老远看见过，他有时在这山峰顶端那棵松树上，好像念什么咒儿，一念，这山立刻雾气弥漫，啥也看不见，说他是南方人会使妖法儿，大伙儿一传，谁也不敢到这山来了！"

先头说话那个猎人说："你打听这个干什么？"

阿骨打说："我乃已故国王劾里钵次子阿骨打也，今奉国王盈哥之令，前来察访缉拿盗取女真山中之宝的南方人。如果真是盗宝的人，绝不能让他逃掉，故而询问二位。"

两个打猎的一听是阿骨打，立即从马上跳下来，跪在地下说："不知是少主驾到，望少主恕罪！"

阿骨打说："汝等快起来，感谢你们赐教，待我到山上去捉拿盗宝的南方人！"说罢，将马一提，向山上奔驰而去。

两个打猎的你望望我，我看看你，商量说，咱俩今天不能行猎了，在这山下听个信儿，要是少主阿骨打捉住会妖法的南方人，今后好再来此山狩猎；万一被妖法所害，咱俩也好去完颜部送信。两人商量好了，就找个僻静之处，藏匿起来，窃望山上的动静。

阿骨打辞别两个猎人，驱马上山，两只白家雀又在前边喳喳飞着，为阿骨打引路。阿骨打尾随两只白家雀，驱马爬山，后面四名护卫紧紧相随，向山峰上驰奔。当阿骨打驰上山峰最后一道横岗时，见这地势很宽敞，像条带子似的围在山峰下面。阿骨打举目往山峰顶上一望，嗬！立陡悬崖，骑马是上不去的。当即阿骨打决定，让四名护卫在此牵马候等他，他单身一人，去到峰顶上看看，到底儿有没有南方人。他将马缰绳递给护卫，连马都没下，站在马鞍顶上，将身子向崖上一旋，来个燕子钻天，他身如鸿毛，轻飘飘地向崖上飞去，前边有两只白家雀为他引路，顺崖向顶峰攀登去了。

阿骨打攀登上顶峰时，见蓝天上飘着几点金色的云朵，像天仙女散花一样。他再往峰顶上一看，哪来的山峰，却是一茬儿几搂粗的"吸翠霞而妖娆"的大松树，把根扎在山峰最顶端的石壁隙缝里，身子扭得像盘龙柱子一般，在半空展开枝叶，像是与狂风、乌云争夺天日，又像与清风白云嬉戏。阿骨打正看得出神，忽听白家雀在树南面喳喳叫唤。

阿骨打明白，两只白家雀是在唤他，就急忙蹿到树南面，两只脚刚落地，将他吓了一跳，见树根底下坐着一位白发、满面红光、飘散着五绺长须的南方人，盘腿闭目而坐。白家雀的叫唤和阿骨打的到来，他像不知道似的，坐在那儿一动不动，连眼皮都没挑。阿骨打倒吸口凉气，啊！难道这人真如猎人所说，会使什么妖法迷惑自己？应当先下手为强，一剑将他刺死！他刚这么一想，自己心里马上说："不妥，我阿骨打做事，正大光明，岂能不问青红皂白，任意杀人，岂不罪过！再者，如真是会妖法的南方人，邪不侵正，我阿骨打又有何惧哉！"

阿骨打想到这儿，反对老翁恭而敬之，上前施礼说："仙翁，我阿骨打前来叩见，祈仙翁赐教！"

就见那老翁像个木头人似的，一动不动，毫无反响。阿骨打连说三遍，老翁没挑眼皮儿。

这时候，就见那两只白家雀落在阿骨打身旁，双双地向老翁点头："喳喳喳喳。"阿骨打一下子醒过腔来，咕咚跪在老翁面前，说："我阿骨打肉眼凡胎，不识仙翁，望仙翁恕罪！我给仙翁磕头请罪！"说着，咚咚咚地给老翁磕开响头。磕了一遍又一遍，也不知阿骨打给老翁磕了多少个头，脑盖上磕出鸡蛋那么大个包儿。才见老翁闭着眼睛说："松峰山兮松峰翁，不问尘世苦修行。安出虎水金沆地，随阔还营业已定。天命已定何多问，天庆五年定收国！"

阿骨打一听，心想，老翁哪是什么南方人，原是活神仙在此，差点儿犯了触神之罪！阿骨打跪那刚想要问什么，就见老翁闭着眼睛飘然而起，从峰顶上像飞的一般，向峰下飘去。

阿骨打遇仙他能放过吗，也慌忙站起，不顾一切地随仙飞去。说也奇怪，阿骨打就觉得有什么托着他，飘飘摇摇随着仙翁飘下来了。飘到峰下，像道五岭似的，见仙翁到岭前就不见了。阿骨打到跟前一看，有个洞儿，这洞还没有一搂粗，心想，仙翁他咋进去的？阿骨打正在疑惑的时候，两只白家雀飞来，毫不迟疑地钻进洞里，钻进去不一会儿，在洞门口喳喳叫他。阿骨打心想，这么窄的洞，我也进不去，你不是白叫我吗？可两只白家雀进去出来，在洞门口点头喳喳唤他。他明白了，是让我进去。阿骨打才不顾一切地将头往洞里一钻，只能钻进个脑瓜尖儿。就这时，像个陷阱似的，一下子将阿骨打陷进去了。阿骨打忽悠进去之后，赶忙抬头观看，见洞里宽宽敞敞的，有个月亮门儿，门上写着"松峰洞"三个大字。阿骨打刚要迈步进去，冷不丁从月亮门里跑出一头梅花雌鹿，用头狠劲向阿骨打胸前一顶。阿骨打就觉忽悠一下，身不由己地像飞一般，等他定下神来一看，他的身子又站在洞口外面了。才发现他手里有个小黄包儿，两只白家雀在他左右肩上喳喳叫。阿骨打惊疑地将黄包儿打开一看，见里边包着一张纸儿，上面画着图儿，图上边写着"皇城图"，下面画着安出虎星罗棋布的居民家，北面画些城不是城，巷不成巷的一个轮廓，西设毯帐，东搭山棚，左面桃花源，右面紫极洞，中间有个大牌，书写着"翠微宫"，牌子里面是七间房子，里边搭着长条，对面火炕为皇宫议室也……

阿骨打又往图下面一看，还批着几行小字，写的是：

> 仁君不坐銮，火炕宫中盘，
> 平坐议国事，居臣共并肩。
> 皇城灭须卫，平民随便窜。
> 得人帝业兴，脱民便离开！
> 天机切勿泄，嚼烂记心间！

从此，阿骨打管这山叫松峰山，他按松峰仙翁的图修了个皇城。

第八十八章　金沆未破　道长遭斩

　　说的是阿骨打奉国王之命，前去巡山。为啥要去巡山？最近不少人发现在安出虎周围山上有南方人转悠，还在山沟里藏有骆驼，说是南方人跑这山里找宝挖宝来了。为弄清这个真相，阿骨打再次巡山。

　　阿骨打还是带四名护卫，两只白家雀仍然跟随阿骨打去了。阿骨打骑着马从这山绕到那山，寻找异国他乡之人，一连走了好几个山，也没见着可疑的人。单说，有一天阿骨打来到马鞍山，感到又饥又渴，他下得马来，要找点水喝。他刚下马，见两只白家雀向北面山沟飞去。阿骨打心里想，准是白家雀知我渴了，头前找水去了。他就将马交给护卫，说："我先随白家雀去喝点水，要是有水，我回来后，你们再去喝。"说着阿骨打就尾随白家雀去了。

　　阿骨打刚走下马鞍山，顺白家雀飞的方向往前走出不远，一股清香味儿直扑鼻子，他心里纳闷，是什么玩意儿这么香啊？他就放开脚步，紧紧尾随白家雀，越走清香味儿越大，忽见白家雀落在地上不飞了，等他走到近前一看，两只白家雀站在一个长圆形像匏子似的玩意儿上，用嘴啄个窟窿，里边全是像白沙砾的籽，香甜味儿一直往鼻孔里钻，馋得阿骨打直流口水。阿骨打见两只白家雀吃得这个香甜，心里转念："要是匏瓜，长者名匏子，圆者为葫芦，细腰者是药葫芦。这几种都没有这么香甜，它是啥玩意儿呢？"

　　"喂！汝要作甚？"

　　阿骨打正看得出神，忽听有人招呼他。他扭头一看，山洞前站着一位女真老头。阿骨打则向老头摆手说："老玛发，请你到这来！"

　　老头听阿骨打招呼他，就缓缓而来。老头刚走到眼前，见两只白家雀将草地里长的瓜儿吃了，吓得他哎呀一声说："哪来的白雀将主根瓜给吃了，这不要我老命吗？"说着就打两只白家雀。阿骨打刚要拦，两只白家雀扑棱棱飞跑了。老头坐在地上，手捧着被白家雀啄坏的白色瓜儿哭

373

叫着说："该死的白雀儿，将我眼看得到手的金元宝给破坏了，我咋向人家交代呀？"

阿骨打一听，感到奇怪，白家雀将他这个瓜儿啄破了，咋说破坏他的金元宝了呢？就赶忙接过说："玛发、玛发你别愁，告诉我是咋回事儿，我帮你想办法。"

老头哭咧咧地说："你能帮我想啥办法，这是南方人答应我的，让我将这瓜儿给看好，单等七月十五日，用此瓜毒死金马驹，他给我个金元宝。这下完了，瓜破我上哪儿得金元宝哇！"老头说着愁得直颠腚儿。

阿骨打又问道："那块秧上不还有好几个瓜儿吗？"

老头说："那些瓜儿都不好使，唯独这个主根瓜好使，能药死金马驹。你没看拴个红布吗？"

阿骨打一看，可不是咋的，真在瓜尾巴上拴条红布。阿骨打又问道："南方人他们几个人？咋没出来呢？"

老头说："他们两人，不让我告诉别人，又到北山去转悠，寻找金马驹能从哪出来！"

阿骨打又问道："不说他们还牵着骆驼吗？"

老头说："牵头骆驼，顶上驮的制服金马驹的家把什①。"

阿骨打听后，慌忙转身就走，也顾不得口渴了，急忙而去，就听老头喊叫说："我跟你说的话儿，可千万别和外人说呀！"

阿骨打回到护卫等候的地方，他问卫兵说："两只白家雀回来没有？"

卫兵都摇头说没见着。阿骨打向四处张望呼叫也没见两只白家雀的影儿，急于要到北山去寻南方人，也顾不得两只白家雀了，就急忙骑马奔北山去了。

阿骨打快马加鞭，来到北山时，太阳已经落了。阿骨打领着四名卫兵找个背静地方，让卫兵找来水，吃些随身带的食物。吃饱喝足了，他对四名卫兵说："你们在此换班睡觉等我，千万不要离开此地！"嘱咐完了，阿骨打换上夜行衣，独自一人到山上去寻找南方人。

这时候，已经是夜深人静，阿骨打施展艮岳真人传授给他的夜行术，登山如走平地一般搜山寻找，何况他对这些山脉都熟悉。突然，阿骨打发现南边有一黑大的兽物，用夜光眼仔细一瞧，正是一头骆驼。他心中大喜，忙收敛脚步，蹑手蹑脚地向骆驼周围寻去。他寻着，寻着，见山

---

① 家把什：东北方言，工具。

南峰上有一闪一闪的小火亮儿，他就蔫巴悄儿地奔去了。阿骨打快到跟前的时候，他的夜光眼才看清，两个人，一个是南方人，披发仗剑，跪在地上，前面地上插着四行香，每行十八根，共七十二根香，口里念念有词儿，也不知他叨念些什么。旁边跪着的是契丹人，见他只是陪跪，不时地向四方张望。

阿骨打心想，南方人和契丹人在此玩弄什么把戏，真是要偷盗我女真山中之宝吗？阿骨打忽然想起，他在这北山，遇见金人念的歌中有"兴金业，靠金沆"之句，心里立刻翻个个儿，心想，准是契丹人请南方人来破坏我金源，让我女真不成金业也！想到这儿，他手已按在宝剑把上，要手起剑落，可阿骨打又一想："不行，没有弄明真相错杀人，岂不自讨罪过？"阿骨打抽回手，一想，藏在一边，听他们说些什么，再做道理。

阿骨打就蔫巴悄儿地躲起来了。一直等到一炷香着靠了，南方人才放下宝剑长出一口气说："唉！剩九天了，就快熬出头来了！"接着就听契丹人接过说："汝可知，熬过这四十天，我跟你遭多大罪呀！"南方人说："事成后，道宗皇帝也给你提升加禄啊！"

阿骨打听在耳里，惊在心里，暗想一点不错，准是来破坏金源，要是盗宝辽道宗皇帝提什么官儿。

契丹人又说："但不知，汝这法儿真能将这山山水水倒过来而行吗？"

南方人说："单等七七四十九天，也就是七月十五日那天晚上，用独根白沙迷，将龙药死，龙没死之前，它非翻翻乱滚，将龙岗滚到东面去，水流到北面，再用七十二地煞星镇住，火了土，其金咋生焉！"南方人说着，又拿起宝剑用一剑一指说，"汝看，金源是南木、西火、北土、东水。金在中央，形成金能生水，水能生木，木能生火，火能生土，互相联结而养金也，金必兴。如果我用法破了它，水滚到北面来，必形成火胜金，金不能生水，土不能养金，木克制土，土克制水，金必亡矣！"

阿骨打听得明白，简直要将肺子气炸了。他冷不丁跳了过去，大声喊叫说："大胆，敢来破我金源！"喊叫着飞过去，用双脚将两人踢倒，一脚踏着一个，随着用拳啪啪打在两人肩胛上，打得两人胳膊全不会动弹了，喊叫着说："饶命啊！饶命啊！"

阿骨打拿起南方人的宝剑，喝声："快随我下山，饶你们不死！"

阿骨打将俩家伙带到山下护卫兵待的地方时，天已大亮，令卫兵去将骆驼和所有之物，一点不落地全都拿来，让护卫兵牵着骆驼，又令一名兵士去马鞍山将看瓜的老头和瓜全带到安出虎国王府。

阿骨打将南方人和契丹人带回之后，分别关押起来。他先审问契丹人，令人将契丹人带进来，阿骨打审问说："汝叫何名，是谁派汝来的？"

契丹人说："我乃辽国司天孔志河之徒，耶律巴什也。奉我师司天之命，协助黄刀道长前来破汝金沆。也是金不该灭，被汝捉拿，要杀要砍随汝之便吧。"

阿骨打说："汝之命留与否，主要看汝能否说实话，如说实话，可饶汝不死。我来问你，孔志河根据啥要破我金源也？"

耶律巴什说："我师孔志河从咸雍四年秋，就发现安出虎天空有金沆之气，像个黄金色的粮食在空反照，近年来其气体越来越大，囷囷而光巨也！我师断定，必出金龙于世，故而从南宋请来黄刀道长破之。"

阿骨打听后，心中暗想，咸雍四年之秋，正是我生之时也，将此埋在心里，未对外人说之。接着又审问了黄刀道长，才知道白家雀食那个白沙独根瓜，用道长的话说，是毒根瓜，他已下上了白沙迷之药，吃了后，往事忘得一干二净，准备给金龙食后，让其忘却往事，昏迷而亡。阿骨打审问后，均供认不讳，才斩之，可对别人只说是前来盗女真山里之宝，将破坏金沆之事隐之。

从这以后，兰洁、赤金变的两只白家雀才忘了往事，繁殖成群的白家雀后代，栖身于安出虎。

从这之后，在女真人也留下了白沙迷瓜，因为它叫"白沙迷"，人们吃它非常香甜，像蜜那样甜，才改叫白沙蜜瓜了。流传至今。

第八十九章　计破三十五部叛乱

　　盈哥任联盟长后，引起各部落显贵的反对。特别是完颜部的习烈、斜钵等反对说："众部长和国相都由你们担任，这怎么能行？"

　　当时掌握军权的欢都反驳习烈、斜钵说："你们如果敢纷争，我不能不管。"盈哥得到欢都的支持，部众不敢再有异议。因为欢都祖父石鲁与盈哥祖父石鲁同部同名，相交甚厚，曾盟誓曰："生则同川居，死则同谷葬。"盈哥祖父人呼勇石鲁，欢都祖父人呼贤石鲁。而且两个石鲁同时掳掠两个美女互为妻妾。那还是很早以前的事呢。乌萨扎部有个长得非常漂亮的姑娘，她名叫罢敌悔，谁见谁爱，各处都惦念这个美人儿。后被青岑束混同江蜀束水人抢去。这个美人生下两个女儿，长女名叫达回，次女滓赛。姐俩长得也如花似玉，比她额娘长得还漂亮。勇石鲁与贤石鲁也垂涎三尺，想方设法欲将二美人掳掠到手。他俩到底儿想出个办法来。这天，勇石鲁和贤石鲁来岑右，趁夜里之际，点燃烓火绑在箭上而射之。蜀束人一人传十人，不一会儿都出来观望，越看越感到奇怪，越感到奇怪越害怕。不知谁猛喊一声："可不好了，妖怪来啦！"族众惊吓得撒腿就跑，呜嚎喊叫，跟头把式地跑出村去。在这混乱之际，两个石鲁趁火打劫，将两个美女抢来，勇石鲁纳达回为妾，贤石鲁纳滓赛为妾，留下一子，名劾孙。劾孙留下欢都，欢都随劾里钵南征北战不离开左右。现在军权在握，谁敢反对呀？盈哥家族的势力更加发展壮大了。但是，各部落间的相互掳掠和斗争仍在继续。

　　斡准部互相掳掠。盈哥派遣纥石烈部长纳根涅去平治。纳根涅接到命令后立即招募苏濆水部民充当兵士，苏濆水部不听，纳根涅则发兵苏濆水部掳掠其部民。盈哥又派斡赛、冶诃去阻止。纳根涅掳掠苏濆水部的族人逃走。劾里钵六儿子斡赛气得浑身发抖，带着军兵追去。追上后，立即将纳根涅杀死。纳根涅儿子钝恩听说父亲被杀死，逃奔乌古伦部求联合起兵反抗。乌古伦部落长敌库德秘密召集徒单部、蒲察部长会议。

敌库德说："徒单部有十四部联合一起，乌古伦也有十四部，蒲察部有七部，总共三十五部，而完颜部只不过十二部，咱以三十五部抗击它十二部，三打一个，胜利一定属于我们。"当时加入劾里钵联盟的各部落，也离心离德，联盟面临着解体的危险。

单说阿骨打这天率军来至拔卢古河，突然发现上游在起伏的波浪中，出现一个黑点儿，忽大忽小，起伏着，颠簸着，是只小船。又一望，后边追上来一只小船，从急速行驶的样儿，好似追赶前边的小船。阿骨打顺着河岸迎着小船，奔斜堆甸去。这船越来越近了，阿骨打见渔船上坐一少女，浑身水湿，生得齿白唇红，长得极其美丽。姑娘手搬双桨，哗哗地划得很快。可是后面这条船猛追上来，船上站着好几个军人打扮的人，眼看快要追上了，他们大声高喊："悬焰！快停下，你再跑，要射箭了。"阿骨打不知出什么事了，勒住马，正想要问个究竟，忽见这姑娘划的小船，不知为啥，突然翻船啦，将小姑娘一下扣在水里。阿骨打一惊，慌忙跳下马，毫不犹疑跳进水中，去搭救小姑娘。当阿骨打跳进水去，只见水里一片赤光，姑娘像只蛤蟆，在水里更显得格外袅袅。阿骨打游过去，一把将她抱起。只见姑娘怀里抱个圆滚的东西，鱼不是鱼儿，龟不是龟，像个大肉蛋，紧紧地，紧紧地抱在怀中。当阿骨打将她抱起后，姑娘原来那种天真单纯的眼光，成为一种奥秘莫测的深窟，稍稍张开了一线，接着又立即关闭了，将身子紧紧贴在阿骨打身上。阿骨打自己也莫名其妙，不知这是一种什么灿烂的东西觉醒，这微光趁人不备，突然从朦胧中隐隐地显现出来，它那危险的魅力，是在一种期待中偶然流露出来的迷离恍惚的柔情，勾摄了别人的心，既非出于有意，自己也并不知道。阿骨打将她抱上岸，追上来的小船上的几名士兵，跳上岸，围在阿骨打身旁说："将她交给我们吧。"

阿骨打怀里抱着姑娘，疑惑地问："你们是哪个部落的？这姑娘为啥逃跑？你们为啥追赶她？如实对我说来。"

几个兵士说："这姑娘是仆散部的，我们是徒单部的。徒单部部落长的儿子要娶她为妻，她不同意，偷着驾着小船逃出来，要找阿骨打告密，部落长派我们前来捉她回去。交给我们吧。"

阿骨打一听，这里必有隐情，大喊一声："给我拿下！"忽地一下子上来一帮护卫兵士，不容分说，将几个兵丁捆缚在地。其中一位年岁大的瞪大眼睛问："将军是何人，拿我作甚？"

阿骨打说："我乃阿骨打是也。"

几个兵士吓得双手倒背，从地上爬起来给阿骨打磕头说："原来是少主，我们有眼不识泰山……"

"呜呜，苦杀我了。"

还没等几个兵士将话说完，阿骨打怀里的姑娘，娇嫩的声音哭泣起来。阿骨打轻轻地将姑娘放在地上，轻声说："姑娘，有何冤枉事儿，对我说之。"

姑娘这才抽抽搭搭地说："我名叫悬焰，是仆散部人，因生我时，我额娘从悬崖滚落到深谷里生的我。据额娘说，生我时，只见一片红光从山谷里腾上天空。后来有位道士说我是福晋之相。我今年十六岁，徒单部部落长有一子，要强娶我为妻，是我不从。他们还勾结各部联合起来进攻完颜部。我就想找少主告密。昨晚半夜，我做一梦，梦见一白发苍苍的老玛发对我说：'悬焰，你出头之日到了，快乘船顺卢古河去寻少主阿骨打，将各部要叛乱对少主说之。'并让我说四句话于你，这四句话是：

拔卢古河灵光闪，神送宣献建金朝。

三十五部齐叛乱，阿骨速破留事城。

悬焰重复述说两遍。阿骨打明白其中之意，这是明明又配于我第四方妻妾也。想到这儿，阿骨打说："原来如此。"阿骨打笑吟吟地又问，"老玛发还对你说啥啦？"

悬焰面红耳赤地低下了头，又从牙缝里挤了四句话：

红光护照宣献身，斜堆甸村去成婚。

少主本是帝王体，龙凤相配留帝根。

阿骨打一听，心中暗喜，此乃天兆也。但他一眼看见悬焰仍然抱着个肉蛋没放，就笑呵呵地问："你抱之何物？"

阿骨打这一问，才唤醒悬焰如梦方醒，她抿着嘴儿瞧瞧肉蛋惊得哎呀一声，将肉蛋扔于地下说："我也不知道是啥，船翻后，记得我身子沉在水底，两手乱抓，就抓住此物没放。说也奇怪，两手抱着它，我身子就漂浮起来，正在这时，有人就将我救出来了。"

阿骨打一听甚奇异之，随拾起视之。见此蛋大如碗，呈乳白色，肉不是肉，壳不是壳。他好奇地用刀一划，即分为两半，里边是颗夜明珠，闪光铮亮。阿骨打再看其瓢，里边有几行小字，写着：

悬焰河里获夜明，宣献少主做证凭。

睿岩帷幄帝基业，广远文武号景陵。

阿骨打念叨好几遍，似懂非懂，全部收藏起来。真是既得妻妾又获宝，双喜临门，此战必克也。阿骨打想到这儿，暗暗祈祷阿布卡恩都力的保佑。祈祷后，转过身来，问跪在地下的徒单部几名士兵，说："你等如要活命，将你部落长他们如何相互勾结叛乱，要从实说之，即饶尔等不死。"

几名兵士中，还是那年岁大的猫腰点头地说："少主在上，听我详细说来。此叛乱是由乌古伦部敌库德串联发起的，参加的有徒单、乌克伦、薄察三十五部。"

阿骨打又问："他们什么时候起兵？"

兵士说："刚联合，没发兵呢。"

阿骨打说："你们给我当向导，如要逃跑，就杀了你们。"说罢亲解其绑绳，几名士兵很受感动。

阿骨打回身对悬焰说："你骑上马，咱俩同奔斜堆甸，天意不可逆也。"说得悬焰面红耳赤，似火烧云，流露出幸福的微笑。

再说盈哥，接连有乌延部斜勒、温迪痕阿里保、撒葛周等部长使人来告难。言说他们决不从，乞兵讨伐。盈哥令国相撒改伐留可，令谩都诃与石土门伐敌库德。谩都诃在米里迷石罕城下，石土门未到。钝恩原打算援兵留可，听说谩都诃兵寡，以为无备，就先攻谩都诃，谩都诃与石土门迎击钝恩。由于阿骨打分兵攻之，谩都诃、石土门获胜，擒获钝恩、敌库德。

阿骨打接到悬焰密报，立即声东击西，暗派人到各部说："阿骨打领兵来了！"使三十五部摸不清底细，各保自己，按兵未动，坐观其势，致使钝恩、敌库德仍然孤立无援。阿骨打在斜堆甸与悬焰简单婚配后，听说盈哥已发兵，遂连夜出兵进攻留可城。领兵正往前进时，路上遇一人告诉阿骨打说，敌人已占据盆搦岭。军士一听，建议阿骨打绕路偏沙岭进军。阿骨打说："你们害怕敌人啦？"随直奔盆搦岭。阿骨打领兵到盆搦岭不见敌人，才知道敌人仍守在偏水岭。阿骨打连夜进攻。路经乌塔城时，阿骨打刚过去，就听后边人声喧闹，原来乌塔城出来一些兵士抢夺阿骨打甲士携带的炊具。阿骨打勒住马问："何取我炊器？"乌塔城人傲慢地说："公能来此，何愁我辈不得食也。"阿骨打说："等我破留可后，找你取炊器！"阿骨打率军催马加鞭直奔留可城。天还没放亮的时候，攻克留可城，才知道留可、乌塔均逃亡辽国。攻破留可城后，阿骨打回兵攻乌塔城。乌塔城不攻自破，开城投降。来抢劫阿骨打炊器之人举着炊器向阿骨打说："奴辈谁敢毁少主之炊器也！"

阿骨打则派遣蒲家奴招诈都投降，诈都自缚其绳投降请罪，阿骨打亲解其绳释放之。诈都感激痛哭流涕，向阿骨打磕头说："再有异心，天诛之。"阿骨打又将钝恩、敌库练均释放不杀，并将纳根涅家属全放之，使钝恩全家人颇受感动，叩拜阿骨打悲泣而归。阿骨打手挽六弟斡赛手说："攻其貌不如攻其内也，心服才算真服耳。"从此各部落不再有反抗。阿骨打还向盈哥提出，取消各部落的自制信牌（木牌）牌号，均以完颜部的法令作为联盟各部落的统一法令。使联盟的统一进一步巩固，为金朝的建立奠定了基础。

第九十章　借尸施魂

自从计破三十五部联合叛乱之后，阿骨打奉盈哥之令，几年来在各部巡察，贯彻完颜部统一法令，建政立法。

有一天，他来到乌古伦部，见人们乱哄哄的，互相交头接耳，阿骨打心甚疑之，找来部落长一问，原来部落里出了件奇怪之事儿。部落里有家大奴隶主，名叫忽罕挞。十七年前，八月十五日老伴生个女儿，为此取名元圆。这元圆生来俊美，聪明伶俐，对父母非常体贴温顺，不叫阿玛、额娘不说话儿。夫妇俩甚爱之。今年八月十五日，元圆十七岁了，忽然有人来提亲。额娘当她一说，元圆就哭泣起来，怎么劝也劝不好。她额娘说，你不同意拉倒，哭啥呀，哭坏身子额娘心疼啊。任凭说烂舌头，元圆也不听，就是一个劲儿地哭泣，只哭得天昏地暗，日月无光。就在八月十五日这天晚上，生她的时辰，无病无灾的元圆，一命呜呼，气绝身亡。她额娘哭得死去活来，后悔不该与女儿说有人提亲之事。

忽罕挞请巫医一断，说元圆是玉女转世，现在被招回去了。父母一听，元圆是玉女托生，就好好葬送吧，家又有钱，就将元圆生前的金银首饰，珠宝玉器全给元圆带进棺材里去啦。就在安葬这天晚上，部落里有个游手好闲的小子名叫胡来。他见元圆葬这么多金银财宝，要是弄到手，足够我吃喝玩乐一辈子了，于是就起了歹心。半夜的时候，这小子肩扛铁锹，腰带板斧，怀揣绳子，就奔元圆的坟墓去了。十五的月亮十六圆，月的光辉撒在荒丘上，格外皎洁。胡来走到元圆的坟墓旁，吭哧吭哧用铁锹撮坟上的土，说不上哪来的那么股劲，不一会儿的工夫，将坟上的土撮光啦，露出棺材。胡来从腰上抽出板斧，叮当几下，将棺材盖打下来。他用上全身力气，将元圆的尸体拖了出来，放在平地上，刚掏出绳子，就听元圆长出一口气，哎呀一声，当时就将胡来吓个跟头，随之元圆站起身来，大喊："兀山，兀山！"胡来吓得瘫痪在地，一动也不敢动了。第二天，当人们发现的时候，见元圆在村头上东张西望，见着元圆的人撒腿就往回跑，大声喊叫："可不好了，元圆诈尸啦！"家家关门闭户，吓得谁都不敢出门。

还是当额娘的心疼女儿，听说后，她不顾生死，到村外去看，见元圆正在那东张西望，她额娘就大声喊叫："元圆！额娘在这儿哪！"元圆望望她，啥也没叫，好像不认识似的。她额娘跑上前去，一把拽住元圆说："元圆，你不认识额娘啦，快跟额娘回家去。"生拉硬拽，将元圆拉回家去，吓得家人跑的跑，逃的逃，就像元圆要把他们一口全吞掉似的。谁也不敢上跟前。忽罕挞赶忙打发人到坟上一瞧，见胡来躺在坟地上，身旁有锹、斧、绳子，才知道是他盗墓引起的。见胡来吓尿裤子啦，人们将他抬回来，一问才知是元圆诈尸了，吓得谁也不敢去看她。

阿骨打一听，感到新奇。可心里却翻滚着昨天夜里的梦境。梦中阿骨打骑马来至珠山，就听这山咔嚓一声响，山啸了，冒出五彩缤纷的瑞气，从瑞气中有位漂亮的妇女，笑呵呵地对阿骨打说："你记得不，我就是珠儿。是你将我葬在此山，今日天缘相见。现有一皮条儿，你拿去看吧。"说罢递给阿骨打。阿骨打接过皮条儿一看，只见上面写着：

> 昔日恩德今相报，
> 借尸施魂乌古伦。
> 女儿元圆配阿骨，
> 生儿育女创乾坤。

阿骨打连念两遍，抬头一望，珠儿无影无踪，他大吃一惊，醒来却是一场梦，但这四句词儿记忆犹新。所以，他今天奔乌古伦部而来，没想到，真与梦中巧合。这是阿骨打内心的踌躇，于是决定去看望元圆。族人一听甚喜，都知道阿骨打能斩妖灭邪，前呼后拥随同阿骨打奔忽罕挞家走去。到大门口，谁也不敢进院，待在门口看个究竟，如发现不好，撒腿就跑。族众见阿骨打走进院直奔正房走去。阿骨打悄悄走进外屋，见西屋里空气还很紧张，除元圆阿玛、额娘外，并无旁人。元圆坐在炕沿上，圆脸上的鼻子形成一条隆起优美的线条，嘴唇很薄，抿得很紧，这是一种不断地憧憬什么的思想标志。在她那炯炯有神的眼珠里，也闪烁出同样的思想的光彩。两道眉毛给她的眼睛以一种特殊的美，毛茸茸的，差不多是笔直的，两道眉宇间有一条小小的皱纹，仿佛含有寓意，隐藏有思想似的。阿骨打蹑手蹑脚地来到外屋地上，将身隐在屋门旁，探头窃望。元圆额娘又说话了："元圆，告诉额娘，你咋不认识家啦？"

半天才听元圆说："我家在兀山，额娘让我来找少主，这不是我的家。快告诉我，少主在哪儿？我找他去。"说着站起来了。

她额娘用手将元圆按住，说："元圆，你别着急，打发人找烧主去了。放心，不论是神是鬼，要个金山也给，只要饶恕我女儿，让她真魂附体。我就是烧主，亲自给你烧纸钱去。"元圆额娘叨叨的，将女儿说笑了。

"少主，你在这儿！"

阿骨打正听得好笑，忽然身后有人招呼他。回头一看，是部落长领名巫医给元圆驱邪来了。部落长大声说："忽罕挞，少主来了，咋不请进屋去？少主什么邪魔鬼怪都能根治。"

部落长这一喊，忽罕挞才从屋里站起来，吃惊地将阿骨打迎进屋去，跪地下给阿骨打磕头说："不知少主来，让女儿弄得我痴傻茶呆。要知少主来，早去请啦，望祈少主救女儿一命吧，不知什么妖邪迷住了元圆心窍？"说罢痛哭起来。阿骨打赶忙扶起忽罕挞，就听元圆惊疑地问："你就是阿骨打吗？"

阿骨打眯起眼睛说："我是阿骨打！"

元圆轻袅身姿，如飘飘然，双膝轻盈跪在地下，红润着脸说："少主，我可找到你啦，兀珠儿叩见！"说罢叩头。

忽罕挞两口子惊得目瞪口呆，部落长站在旁边也直眉瞪眼望着元圆不知所措。巫医用眼瞧瞧元圆，又望望阿骨打，也不明白其中的玄妙。

阿骨打问道："你是何人，叫什么名儿，为啥拜见于我？"

元圆说："我家住在兀山，额娘名叫珠儿，我名叫兀珠儿。"

"哎哟，傻丫头，你名叫元圆。"元圆额娘着急地解释说。阿骨打将手一扬制止元圆额娘说话。阿骨打对元圆说："兀珠儿，继续说下去。"

元圆继续说："昨个儿，额娘对我说，兀珠儿，娘早已将你许配少主阿骨打为妃。今天你去找他，并嘱咐我，要与阿娣、陪室、兰娃、悬焰四位姐姐和睦相处。故出来寻你。没想到这位老阿玛说是她的女儿，什么圆啦扁啦的，缠住我不放。我说寻找少主，老阿发说她给我当烧主，气杀我也。"说罢珠泪滚滚。

阿骨打越听，心里越高兴，真是说得丁点儿不差，屈指一标，珠儿当时身怀有孕，曾经留言于我，恍惚已十七载。阿骨打对元圆说："兀珠儿，你母昨日已向我说之，你母留给我四句词儿，你仔细听来：'昔日恩德今日报，借尸施魂乌古伦。女儿元圆配阿骨，生儿育女创乾坤。'故而今日特来寻你。果真如此，你听明白没有？"

兀珠儿脸色绯红地说："听明白了。不过，什么元圆，我还不明白呀？"

阿骨打令元圆额娘取过菱花镜来，递给兀珠儿说："兀珠儿，你一照便明白了。"

兀珠儿接过菱花镜一照，蓦地站起身来，哎呀一声说："怎么，我变模样儿啦，比原模样更漂亮啦！"

阿骨打笑吟吟地解释说："这叫元圆的身子兀珠儿的魂，你母向我说，借尸施魂乌古伦，女儿元圆配阿骨。你明白了吧。"

兀珠儿如梦方醒，惊疑地说："原来如此。"

阿骨打说："这两位老阿发是元圆的阿玛、额娘，也是你的阿玛、额娘，还不上前拜认。"

兀珠儿跪在地上磕头，说："是我对玄妙无知，得罪二老，望祈海涵。"

阿骨打说："从今后，按你额娘的话儿，仍叫元圆吧。"

兀珠儿抿着嘴儿点头应是。阿骨打将在耶懒部破无头案，从头至尾说了一遍，又将梦中所见，今日来寻找元圆详述之。忽罕挞夫妇转悲为喜，立刻张罗为元圆与阿骨打成亲。

阿骨打让部落长将胡来找来，痛斥一遍，不看盗墓引来借尸施魂的巧合，定斩不饶，令其改盗为良。胡来诺诺而回。

阿骨打在乌古伦部又与元圆成婚，此为五方妻室也。后来元圆生三男（宗弼、宗强、宗敏）一女。长子宗弼（阿骨打第四子）又名乌珠，亦名兀术；女儿兀鲁就是由此而取名的。在吉林扶余、榆树，黑龙江双城、五常、阿城沿拉林河一带，要提起金乌珠（兀术）真是人人皆知，留下不少遗迹。

第九十一章　迷魂计

完颜部统一各部后，急需建一客馆，一方面招待各部落来办事的猛安谋克，另一方面更重要的是招待辽朝和高丽等国的使者，没有个食宿之处怎行？为此，国相向勃极烈们提出个建客馆的方案，让勃极烈们议之。

国王盈哥说："国相，将你建馆的打算，建在什么地方，建多少间房舍，边框四致说说，大伙儿好议之，不然，没个谱儿，咋议呀？"

国相撒改听盈哥这一说，他干咳两声，说："打算将客馆修建在安出虎水岸畔，阿触胡①旧址，东涉安出虎水，南靠山，北靠林，西临安出虎寨，风景秀丽，办事方便，计划建两套院落，东西五楹，后院招待外邦使者。"

国相说完，盈哥让勃极烈议论，很多人都认为撒改选得合适，"要修建得漂亮点儿，让辽朝和高丽人不要小瞧我女真人"。有的对建客馆，无啥非议，却对修建漂亮之意，提出不同看法，言说，"国王我等均住土草陋室，客馆不能超越此格"。众人馋馋得很激烈。

阿骨打坐在旁边，一言没发。盈哥见阿骨打没说话，知他有不同的看法，就紧用眼睛瞅他，别看阿骨打年岁不大，国王盈哥非常器重他，不论议啥事儿，阿骨打不说出看法，盈哥总觉心里不落底儿似的。今见阿骨打坐那沉思不语，知道他有不同意见。

阿骨打见盈哥总用眼睛撒目他，是让他说出看法。阿骨打经过深思熟虑之后说："我有点儿不同看法。"

大伙儿一听阿骨打有不同的看法，就都将眼光移向阿骨打。

国王盈哥说："咱们静静，听听阿骨打的意见！"

阿骨打说："我之意，将客馆建在点将台之处。"

---

① 阿触胡是奴隶主，他勾结外部反乌古廼被杀。

勃极烈们听后，哄然一惊，都倒吸口凉气。咦！阿骨打咋想到这地方来了，不，他是故意转移目标咋的？这是勃极烈们的心里话儿，并未说出口来。

国相撒改憋不住了，他冷笑一声说："汝这是啥意思，难道汝忘了先人早已规定点将台为禁地，在那建馆，不仅泄密，而且有违先人之令也！再说，外邦派来的使者，明为使者，实乃探子也，我屯练兵马之地，岂能建客馆乎？"

盈哥接过说："先让阿骨打说完，咱们再议。阿骨打将你的打算说完。"

阿骨打接着说："为啥要在点将台建馆呢？就是刚才国相说的，使者探也。凡是外邦派来的使者，均有探索彼国虚实，尤其是兵力，方好研究对策。而我就将计就计，明为客馆，实为迷魂阵也！这样做的好处是：一是认为我女真愚昧无知，野人也，将客馆建在军事要地，使其一目了然，便知女真军事实力，迷其魂一也。二是我可故作迷魂之术，虚虚实实，实实虚虚，让他们摸不着我们的底细，分人而定。从我女真内部来说，外地谋克或猛安来，则操练兵强马壮之士，以展示我之强大，见而心甘归之；辽朝使者来，则展示兵伍不整，无战斗之力之兵以迷之，均让其摸不着我之底细，迷其魂二也。三是点将台距安出虎十里之遥，地处荒野之丘，使其接触不到民众，不，接触的全是我勃极烈的妻室子女和军士化平民垦田者，开荒野无耕具，十分艰辛，视女真耕艺不盛，黍不足，岂能外侵征战乎？此为迷其魂三也。四是馆客简陋，寄寓荒郊，冬则寒风刺骨，夏则蚊蝇叮咬，不逐自走，身负使命，只能凭眼观目睹，回复使命，使外邦君臣感到虚弱无能之野人也！不防备我女真，我才有喘息之机，暗训兵马，造军械，储黍草，待时机，报打他族抢我女真之恨也！有此四迷，强建于阿触胡也！"

勃极烈们一听，阿骨打说得条条是道，这不是建客馆，是建"迷魂阵"，他怎么想出来的？

国相撒改又接过问道："按汝之意，训练兵马得有两处，点将台之地，变成虚地乎？"

阿骨打接过说："点将台为明处，明为实，实则虚。另一处为暗处，观之为垦地牧马，实则军兵要地！"阿骨打说着从怀里取出暗建寥晦城之图，说，"可看这图儿。"他将图铺在炕上，众勃极烈围坐一圈，阿骨打指着图说，"这是安出虎，从安出虎西行十里是点将台，这是营城子，那边是多欢站，在此，建馆客。再往前三十里，建一小城子，再往前三十里建双城子，分南城子，北城子，合为双城子。再往前十里建单城子，再往前十里建阿萨里城子，再往前十里建车家城子，再往前十里建东城子、西城子（后称大半拉城子，小半拉城子），再二十五里建寥晦城。这地方有一长阜，沿涞流水降起，蜿蜒三里许，寥晦城分大城与小城，小城建在阜上，前坡周七里多，南北相对，相距二里。在小城西南有一方塘，周四里多，深不可测，水无增减，可说是天降饮马池也。沿涞流水右岸建此十城，虽各有名，均属寥晦城也！也就是'隐蔽'之意。这些城子北面，是一望无际的草原，其草茂盛，不怪麻产相中此地，从直屋铠水到此来牧马。国王曾在此地牧过马，可说是藏兵囤粮，制造军械的'宝地'。它南西有涞流水，北靠宋瓦江（松花江）为屏障，东则安出虎，此地神鬼莫测，想探有水江相隔，我屯兵于此，谁能知然？而我表面，仍屯兵点将于营城子。这就是虚虚实实，实实虚虚，神鬼莫测的屯兵之所，而我则将客馆建在点将台，岂不对使者是名副其实的'迷魂阵'乎！"

经阿骨打用图解说，勃极烈们才有所醒悟。

国相撒改说："阿骨打之才，确令我惊服。我只就建客馆而客馆，无有目前和久远，探察与反探察，虚实、实虚令人难测之新耳！我赞成阿骨打之意，我女真应有此望长久远之计也！"

国相撒改这么一说，众勃极烈异口同声赞成。盈哥令国相撒改建客馆于点将台，另按阿骨打之意暗建寥晦城。

单说客馆建成后不久的一天，忽报辽朝萧海里叛辽，逃到葛苏馆女真后，派斡达剌为使者前来会见国王，请国王定夺。

盈哥立即与勃极烈议之，如何对待。阿骨打说："斡达剌前来，准是让我出兵，助他反辽。萧海里乃是骄横之士，反复甚大，不可为友。况我女真兵力不足，岂可助弱伤强，自讨其祸！"

盈哥说："依汝之见，咋办？"

阿骨打悄声附耳说："须如此这般，这般如此行事！"

盈哥一听，心中大喜，当即令阿骨打依计行事。阿骨打奉令而去。

盈哥等阿骨打走后，才召见斡达剌。果不出阿骨打所料，斡达剌这小子像其主子萧海里一样，骄傲自大。他见安出虎女真完颜部之地，城不像城，材不像材，零零散散，别说街道，连个巷弄都没有，就有点心灰意冷了，心中暗想，萧海里真糊涂，联合女真有何用，就这熊样，还能出兵打仗？听到让他进见，这小子大摇大摆的架势而入，走进室内瞧，差点笑出声来，他笑的是女真国王所居之室。都赶不上辽朝村中一个地主老财，一个国王坐在炕上，他半拉眼珠儿没瞧起盈哥，只是拱拱手，说："我奉萧海里元帅之命，前来结盟，愿与女真为友，共同反辽，待破辽后疆土二一添做五！"

盈哥说："我早有反辽之意，只是力不足也！今萧元帅叛辽，派汝为使结盟，我求之不得也！待我议后，再回汝。"

盈哥说到这的时候，高声呼叫："来人哪，将斡达刺使者送客馆安歇，好好款待，不得有误！"

进来的人将斡达刺领走了。斡达刺骑马随陪同人去客馆，心里非常反感："这粗野之人，和他们结什么盟，全是些窝囊废！"

斡达刺随陪同人从安出虎出来，见是一片荒郊，惊疑地说："汝欲将我领何地也？"

陪同人说："十里地，快到了。"

斡达刺不解地问："干吗要将客馆安排这么远？"

陪同人说："汝不知，国王为安全起见，特在点将台练兵之地设馆，重兵护之，万无一失，否则有一差二错，女真完颜能担待得了吗？"

斡达刺又往前走不远，就听见喊杀之声，将他吓了一跳。

陪同人说："此乃我女真练兵也！"

斡达刺来到客馆一看，点将台那块，共计设有一百兵丁，乱七八糟，七吵八喊，嘴没说心想："乌合之众，哪是练兵，是在胡闹。"

斡达刺进到客馆，早有馆人迎接，陪同人对馆人说："国王有旨，对斡达刺使者要盛情款待，选上等房间待之！"

斡达刺随馆人进屋一看，心想："我的妈呀，这叫上等房间？别逗了！"里边一铺小火炕，炕上放张长方形大桌子，上边摆着两个木头碗，炕上有床麻布被子，一张狍皮褥子，别无他物。一见心里就怄了。晚饭端上来的是火烤狍子，火烤鸡，火烤兔子，外加煮的一条鱼、米酒、肉菜粥。斡达刺越寻思越不是味儿，胡乱吃了点。就在那天夜间，他不辞而别，骑着马奔安出虎回辽去了。哪知，走出安出虎，刚踏上去辽之路，突然，从路旁蹿出几个人来，将斡达刺拿下马来，没容分说，将他捆缚上了。

斡达刺呼喊："我是使者，汝等捆我为啥？告诉你们国王去！"

你知谁将他拿下马来，阿骨打也。这是阿骨打跟盈哥定的计谋，知道斡达刺瞧不起女真，非暗中回去不可，才在此候等捉拿他。

阿骨打哈哈大笑，对斡达剌说，"在客馆可保汝安全，你黄夜跑这来，女真国王也管不着了！"阿骨打当即说："将斡达剌驮在马上，送回辽朝！"阿骨打带着斡达剌，将斡达剌交给辽朝天祚皇帝。天祚皇帝当即对阿骨打说："朕令汝女真捉拿萧海里！"

阿骨打赶忙跪地说："遵旨！可有一宗，我女真兵马不足百，如何捉拿萧海里？"

天祚帝说："传朕旨意，女真可募兵千人去捉萧海里！"

从此都说阿骨打迷魂计最厉害，不仅迷了斡达剌，也迷了辽朝天祚帝。

第九十二章　夤夜追妖

阿骨打剿贼回来，听说国相撒改正在安出虎北打井，他心里一惊，怎么好模样儿的，想起打井来了，就问国王盈哥说："国相打井，可有人看过风水？"

盈哥说："有，有一位南方人善相风水，言说他选的打井之地，是醴泉之地，不仅水甜，而且会取之不尽，用之不竭，人食用此水，定能延长寿命！"

阿骨打一听，惊疑地说："有这样奇异之人？但不知从哪儿请来的奇异之士？"

盈哥说："是异士自找国相，言说我女真尚未开化，不知挖井引水为食，虽定居，仍过逐水草而生焉！国相撒改才求教于他，他为我选地挖井也！"

阿骨打又问道说："此异士现在何处？"

盈哥说："汝问国相便知！"

阿骨打急忙出来，找国相撒改，打听奇异之士在哪儿，他要会会，一来讨教些知识，二来观察是否有妖法，或者又是来破坏金沆也未可知。

阿骨打一打听，说国相在打井那儿哪，他就奔打井这地方来了。见围不少人，已掏出很多土，堆垒得像小山一般。阿骨打走近前一看，先掏出的是黝黑之土，随后掏出来的是黄土，现在往外掏的全是金沙土。他用眼往人群当中一看，见国相撒改身旁站立一人，南北脑袋小矮个儿，年纪有四十岁左右，匏形脸，猴眼睛，上边横着赤红的两道长眉，中间捋成个鬏儿，更显得两只猴子眼睛贼溜溜地有神。尖下巴长满了络腮黄须须的胡子。阿骨打心中暗想，这可真是个奇异的人，不用看别的，你就看他这脸的长相，就不是平常之辈。阿骨打又往他身上一瞧，见他身后背个囊儿，外面有阴阳鱼儿，阿骨打本想进去和这位奇异之士见面，可见他用手比比画画，不知和国相唠扯什么，他就背着国相的脸溜到撒改身后，就听奇异之士对国相撒改说："这口井打成，醴泉之水直通海，海里的甜水滚滚而来，清澈爽口，醴甜沁人肺腑，养元气壮身心，不患百病，将来汝国之宫可建于此，故而选在北面打这口井，女真完颜部将更兴矣！"

阿骨打一听，身心颤颤一下子："啊！他选在北面打这口井，而且说其水可通海？黄刀道长破我金沆，不是因我金沆之地，是南木、西火、北土、东水，金在中央，形成金能生水，水能生木，木能生火，火能生土，土能生金，相联结而养金，金必兴也！他才要用滚水北面而破之，今此人却在我安出虎北面打这口井，还说泉通海，取之不竭，用之不尽，是不是又是辽司天孔志河雇用的妖人，来此破我金源也？"阿骨打想到这儿，他赶忙溜走了，没和奇异之人见面。

阿骨打溜到远处，暗中观望，一直见国相撒改陪着奇异之士离开打井之地，他才又来到打井的地方，说他要下去看看。

打井的见是阿骨打少主，谁敢阻拦，就将阿骨打用筐放到井里去。阿骨打下去一看，见已挖有好几十丈深，里面阴冷阴冷的，下去身上就起层鸡皮疙瘩。阿骨打下到井里，偷问打井的人说："没听奇异之士说，还得挖多深能见水？"

挖井的人说："他说还得挖三丈深，方能见到石板，那时就不用我们挖了，他自有凿石露泉出水之法儿。"

阿骨打说："原来如此。"接着阿骨打悄声对打井的人说，"汝等从现在起，要慢慢地挖，一天不准挖进一尺深，没有我的命令，不准深挖快挖，国相和奇异之士要责问你们，就说挖不动，不好挖。他们不敢把你们怎样。要责罚你们，给我报信，由我为你们做主！还有，记住，千万别说我不让你们快挖，谁要泄露，我定杀不饶！多咱我亲口告诉你们快挖，方能快挖！"阿骨打叮嘱再三，方离井而去。

阿骨打这天晚上换上夜行衣，在外面守候瞭着奇异之士，见他和国相撒改一直喝到快小半夜的酒，方才告辞出来。阿骨打则尾随其后，监视奇异之士。一直跟踪到宿地，见这小子钻进屋去，噗地一口，就将兽油灯吹灭了。阿骨打赶忙借着窗户眼儿，用夜光眼往里一看，只见他从怀里掏出来一个骸骨，往炕上一放，他噗噗噗连吹三口法气，那根骸骨立刻变成像他一样，躺在炕上像睡觉似的，他用手将被子盖在假人身上，才轻轻地向外走来。

阿骨打看在眼里，头发根酥一下子，嘴没说心里想，这家伙准是个妖人，前来破我金沆，便急忙闪在一边。等妖人出来之后，见他化道白光向南像流星一般而去。

阿骨打不敢怠慢，急忙蹿到房上，举目观望，见这道白光，从安出虎直奔东南方向而去。

阿骨打看准了妖人去的方向，他就尾随其后跟上来了。阿骨打再快，也没有妖人法术快，像流星似的，眨眼就不见了，他哪能追赶上？可阿骨打有信心，非追上妖人，看他夜间到哪去，玩什么鬼把戏！当阿骨打追到南面团山子时，他以为妖人非到此山来不可，因为黄刀道长破金源时说南木就是指此团山子，可能也是用移转木火土水的办法，来破坏金源。阿骨打赶到南团山子时，落脚侧耳细听有啥动静没有，他听了半天，方听山南面有啾啾像小鸡崽叫唤之声。阿骨打便毫不迟疑地奔去了。

阿骨打来至南山坡，蹿在一棵松树上，就听见从山里传出来像只老抱子①领帮鸡崽子那么叫唤，老抱子咕咕两声，一群鸡崽子啾啾叫，"咕咕，啾啾"这叫声越来越大。阿骨打心想，这地方无有人家，半夜间哪来的老抱子和小鸡崽叫唤？

忽然，听见离松树不远的地方，一个南方人叽里啰唪的念念有词地说："天灵地灵，没有我聚宝钵儿灵，呀噗啦呸……"

阿骨打一听，火冒三丈，好啊！妖人果没出我所料，跑这儿聚宝来了。他嗖的一声，跳在聚宝人面前，只听嘎巴一声，"哎呀！"

原来是阿骨打两脚落地，正好踩在聚宝钵上，嘎巴一声给踩两半了！惊吓得聚宝人哎呀一声，还没转过向来的时候，已被阿骨打揪着头发，大喝一声说："大胆的妖人！汝在此聚什么宝？"

阿骨打刚说出口，手揪头发，将聚宝人的脸揪仰起来之后，一瞧，阿骨打啊的一声，又赶忙改口问："汝是何人，在此聚宝？"

因为阿骨打原以为是让挖井的妖人，跑这来行妖作怪，聚宝来，当他揪着头发，将聚宝人的脸揪仰起一看，不是那个妖人，可个儿差不多，才改口问的。

聚宝人被阿骨打揪得嗷嗷直叫，哀求阿骨打说："请饶命，饶命！我是云游寻山聚宝的，名叫江探山，见此山有金鸡，故而要将它聚走……"

阿骨打没有发现妖人，心中有气，哪有工夫听他啰唆，当即说："好！我打发你到阴间去聚金鸡吧！"说着手起剑落，结果了聚宝的南方人

---

① 老抱子：东北方言，老母鸡。

性命！

阿骨打杀死聚宝人之后，心想，我要找妖人，他到哪里去了？冷不丁他心里一动，不用说，妖人可能奔松峰山去了，就转身要奔松峰山。他刚一转身要走，忽然被拽住，将阿骨打吓了一跳！

阿骨打扭头一看，原来是他师父艮岳真人，惊喜交加，慌忙跪在地下，给师父叩头说："久未见恩师，想杀我也！"

艮岳真人急忙将阿骨打拽起来说："此处不是讲话之地，快随我来！"艮岳真人说着，将阿骨打拉到安出虎水岸旁，悄声对阿骨打说，"我正在云游，忽然心血来潮，方知有妖人欲破金源，故而前来相救！"

阿骨打又要跪地给师父磕头，感谢他前来相救之恩，被艮岳真人拽住，继续对阿骨打说："此妖魔术甚大，它乃是一龙骨受日精月华，已千年修炼成妖，欲夺金龙之地。故而骗了国相，唆使在安出虎北打一口井，如井打成，泉眼通海，此龙骨精就可行妖作怪，进则钻海，出则金沆之地栖身，它已将松峰山千年的松峰仙翁撵跑，拔掉松峰上的千年松树，用妖法将峰变为'双乳'，待井打成后，它就要将金源经过'双乳'流淌而尽，那时金沆岂不枯竭，还有何金业可创？此妖想得很好，可它逆天而行，岂能成事！故而奉阿布卡恩都力之命，前来给汝送宝捉拿龙骨精！"说着将几件法宝递给阿骨打，附耳悄声说些秘诀。随后又从怀里掏出个锦囊，说，"等汝捉住龙骨精之后，再打开此锦囊，按锦囊之计行事，切忌泄露天机！"

艮岳真人将锦囊交给阿骨打后，说声："我去也！"眨眼不见了。

阿骨打往空拜了三拜，感谢恩师相救，才立起身来，按师嘱捉妖去了。

第九十三章　捉获龙骨精

阿骨打按照师父艮岳真人的吩咐，就直奔松峰山而去。

松峰山距安出虎百十多里路，阿骨打心想，可不是咋的，昨天夜间妖人就是奔东南方向而去，这松峰山正是东南方，没想到妖人跑那去行妖作怪！当阿骨打来到松峰山时，太阳已出来很高了。他举目往松峰顶一看，哎呀一声，可不是咋的，峰顶上那棵大松树不见了，变成并摆两个凸起的"大乳房"，顶上还带个"乳头"。阿骨打就奔峰顶而去。

阿骨打来至峰顶，触景伤情，松峰仙翁不知哪儿去了，回忆松峰仙翁赐教和赠建皇城图之恩，凄然泪下。他跪在地下遥拜说："松峰仙翁，松峰仙翁，我阿骨打来此，只见山峰不见仙翁，甚觉伤情，祈祷仙翁康宁！"言罢磕了三个头，站起身来。才按艮岳真人的嘱咐，先取出闭塞宝针，在双乳峰下面，插进山里。阿骨打知道这闭塞宝针的厉害，将它插进去，凭何魔法邪术，均无济于事。因龙骨精要将金沆之元气从"双乳"上流淌出去，将这闭塞针插进去，就将"双乳"闭塞住了，何况这"双乳"虽然形成，龙骨精使用妖法吹悚，尚未完成，其效力当然更好了。阿骨打将闭塞针插进去之后，他又登上峰顶，举目观看，心里才豁然开朗。心想，可不是咋的，不怪妖人选择此山，这是将安出虎四座金沆之山，也就是南木、西火、北土、东水汇到一起，从此渗出，才能达到毁金沆之目的，好毒辣的妖精啊！感谢阿布卡恩都力相救，使我金源一点元气没泄也！阿骨打在双乳峰旁边跪地下又给阿布卡恩都力磕头，祈祷阿布卡恩都力保佑，今夜顺利地将龙骨精捉住。

阿骨打祈祷后，才下得峰来，按师父艮岳真人的嘱咐，到松峰洞里去候等妖人！

阿骨打那次由白家雀引路，刚进松峰洞里就被梅花鹿给顶出来了，松峰仙翁赠予他皇城图。要不及时将阿骨打顶出来，可就糟了，你说松峰洞是啥呀，它是太虚洞啊！阿骨打要在里边待上一天，世上已是百年，阿骨打咋创建金业呀？为了这个，松峰仙翁连洞都没让他进，刚到月亮门，就让梅花仙子将阿骨打顶撞出去，为的是好兴金灭辽！今天阿骨打进松峰洞就不同了，艮岳真人交给他的宝贝中，其中就有护身之宝，进去可避太虚之玄妙，捉住妖人即出。

闲言少叙，不说阿骨打在松峰山等龙骨精。再说龙骨精在小鸡快叫时，他在双乳峰施完妖法，就赶忙回到住宿的屋子里，收回妖法，将那髅骨收藏好。天亮时，他又装模作样地从屋内出来，伸腰甩胳膊的，好像那么回事似的，谁能识出它是妖精呀！吃过早饭，龙骨精由撒改陪着，又到打井这地方来了。

龙骨精来到井跟前一瞧，惊疑地说："怎么才掏出这么点沙泥？"心中不悦地对国相撒改说，"掏井的人昨天没干出活来，怎么掏出这么点沙泥，这样下去，可要违了我日期，到时候不出水，可别怪我，我是按时日行事，到时日即走啊！"

国相撒改一听，当即责怪打井的这些人说："我告诉你们，不加快速度，违背日期，你们都要受到严厉惩罚，一个也跑不了，赶快往外掏沙泥，要将昨天差的补上。"

这些打井的任凭撒改呼喝喊叫的，谁也不吭声，仍然慢腾腾地磨牙干，嘴没说，心里都在想，阿骨打告诉我们的话可得听，他八成看出点儿门道，不然也不能嘱咐我们，再者阿骨打下得山来，降妖捉怪，剿盗安民，处处都为平民着急，连奴隶他都关怀，是爱民的少主，和民不隔心，咱可得听他的，就是打死我们也得挺着，得听阿骨打的。

国相撒改喝呼一顿，刚要大发雷霆，忽听国王盈哥打发人找他议事，他不能在此看着了，临走时白了一眼打井的人说："等会儿回来，见你们再不出活儿，每人杖责四十！"说罢匆忙而去。哪知，国王盈哥跟他议事，一直议到天黑日头落才散。等他出来，打井的已收工了，见妖人正等他吃饭。

撒改陪妖人喝酒时，妖人又向撒改催促一番，让撒改督促按时完工。撒改表示，明天他亲自看着，督促打井人快干。两人心中都有点阃气，就拿着酒撒开发子，也是该然如此。龙骨精也喝多了，有点喝得云山雾罩才出来。

龙骨精出来，也没回宿地，中途化成白光就向松峰山去了。来到松峰山，龙骨精直奔双乳峰上，阿骨打知道妖人来了，就坐在松峰洞口观看。只见妖人来到双乳峰上，对准双"乳头"从他鼻孔里射出两道火光似的，扎进"乳头"之内，不知妖人口里念些啥咒语，阿骨打也听不清楚。阿骨打就赶忙钻进洞去，使起师父艮岳真人交给他的法宝来。说也奇怪，按照师父教给的秘诀，他一念，法宝立刻放射出光芒。光芒刚耀眼，就发出吹打弹拉的声响，这声音才大哪，将山震得直颤。这时，阿骨打就听妖人在"双乳"上哇呀号叫之声："何妖大胆！敢在此搅我作法！"

阿骨打听到这喊声后，按师父吩咐，立刻口念秘诀收敛其宝。阿骨打又趴着洞口观看，见妖人在双乳峰又使起妖法，他就赶忙又口念秘诀，立刻洞内光芒四射，吹打弹拉又哇哇响起来了。阿骨打偷着又往双乳峰上一瞧，气得妖人又收了妖法，狂叫起来。阿骨打又马上收了。不一会儿，阿骨打见妖人又做妖法，他就再使法儿吹打弹拉去搅乱妖人。经过多次，终于将龙骨精激怒了，只见他收了妖法，化道白光，从双乳峰直向松峰洞扑来。这回阿骨打没收，吹打弹拉始终这么响着。他见妖人化的白光眼看到洞前的时候，他将带响的法宝往洞外一抛，只听哗啦吧嗒一声，吹打弹拉的响声没有了，妖人化成的白光不见了，妖人也无影无踪了。阿骨打心中纳闷，难道没捉住妖人，不能啊，我师父说，这法宝还是阿布卡恩都力给他的，让师父交给我，捉拿龙骨精啊。

阿骨打心里画着魂儿，走出洞口，心里立刻凉了半截，只见那件法宝在地上摆着，哪来的妖人！阿骨打走到近前猫腰拎起法宝，才发现法宝里缠着一根骸骨，阿骨打才有所悟到，这骸骨不是昨天夜间，妖人从怀里掏出来，吹口气放在炕上，变成妖人模样，躺那睡觉的骸骨吗？不管咋的，拿着法宝回去，看看炕上躺着的，会不会行动再说。阿骨打带着缠着骸骨的法宝，从松峰山下来，急忙奔安出虎回来了。

阿骨打从松峰山下来，天已大亮，见山下围了好多人，离老远就听人们议论纷纷。

有的说："送信的人，咋还没回来，急死人了！南方人要是将宝憋到手，逃走了上哪抓去？"

有的说："这人可不是一般人，准是将金钱龙憋去了，憋得金钱龙哗啦叮当响，都震耳根子！"

有的说："降南方人非阿骨打不可，你没听说，前天夜里，阿骨打在南团山子就杀死个南方人来憋宝的！"

突然，人们发现阿骨打从山上下来，有人说："你们看，谁从山上下来了？"

有认识阿骨打的，就喊叫说："少主阿骨打下山来了！"

人们忽地一下子迎上前去，齐刷刷地跪了一地，说："多亏少主保护我女真山中之宝！"

阿骨打说："汝等快起来，憋宝的是个妖精，已被我捉住，快给我备匹快马，我要赶回安出虎，还有妖人未拿住，随后将马送还，越快越好！"

当即松峰山下居民给阿骨打备匹马来，阿骨打由于心急，也没详细和民众解释，带着法宝攀鞍上马，催马一溜地奔安出虎急驰而去。

阿骨打回到安出虎，已经快晌午了，刚走进安出虎，就听人们唉声叹气地七言八语议论说："应该将这些打井的处死，刚有能人来为咱女真找到泉水之地，将找泉水的人气跑了，太可恨了！"

阿骨打一听，心中暗喜，心想，妖人住宿的炕上，可能连根骷骨没留，妖人不见了，才传出这些言语来。

当阿骨打来到打井处一看，围了好多人，阿骨打下得马来，交给别人，钻进人群一看，跪了一地打井人。国相撒改正大发雷霆，喊叫说："等会儿还不见奇士回来，我就杀了你们！"

"不用杀他们，奇士已经回来了！"

国相抬头见是阿骨打，就惊疑地问道："回来？在哪儿呢？"

阿骨打将缠着骷骨的法宝往国相撒改面前一放说："在这哪！"

撒改惊讶地说："你这是啥意思？"

阿骨打说："启禀国相，'奇士'不是什么奇士，乃是龙骨妖精，已被我捉住，打井的人是我密告他们慢打的，快赦了他们吧！"

国相撒改大惊失色，众人才惊恐地围了上来观看。

第九十四章　锁龙骨精

　　安出虎的人们听说阿骨打将找泉眼的人捉住了，是个龙骨妖精，一传十，十传百，谁不想来看看，人们一窝蜂似的，都往打井这地方跑，想要看看龙骨妖精是个啥样儿。霎时间，将打井这地方围了里三层外三层，风眼不透。挤挤插插，往里钻看，见里边国相撒改和阿骨打唠着嗑儿，也没看见龙骨精啥样儿。

　　这时候就听国相撒改说："汝说出天花来，我也不信，明明奇士是位南方人，晓阴阳，识风水，怎么会是个骸骨呢？阿骨打，你怎能相信这些邪术呢？"

　　阿骨打说："国相，他确实是骸骨成精变成人形，欺骗人们，我怎敢欺骗国相！"

　　撒改冷笑一声说："我没说汝欺我，我是说，汝中了邪术，不知是谁用妖法将会看风水、晓阴阳识泉眼的奇士弄走了，弄根骸骨骗咱们，让咱女真永远是逐水草，游牧的野人！"

　　撒改几句话说得阿骨打顿时脸色绯红，有点受不了啦。国相当着众人面儿，挖苦的言辞，赶上羞臊他一般，可他还无法解释，因为师父艮岳真人对他叮嘱再三，天机不可泄也，还不敢将他师父艮岳真人奉阿布卡恩都力之命，给他送宝，让他捉拿龙骨精的经过，怎么长怎么短的详说，阿骨打要是真这么一说，国相撒改也就明白了，说啥不能挖苦他。正由于阿骨打不能将这些泄漏于世，他说的话儿，令国相听着，吞吞吐吐，前言不搭后语，国相越听越感到糊涂。未免心中犯了疑忌，认为阿骨打反对他打井，不敢明面反对，暗中唆使打井人磨工不干，这不是反对又是什么，接着更为阴险的是，说不上阿骨打将奇士弄哪去了，整个铁链子缠块骸骨，唬我来了，就是三岁孩子也不会信的呀！撒改对阿骨打疑心一起，怒气就从肝中生，撒改认为，阿骨打眼睛中就没有他这个国相！他越想越生气，才说出这番话来。

阿骨打又说："国相，这髏骨汝不信，难道这么巧合，我拿回髏骨，汝这边奇士就无影了？那是个活人，谁还能用块布儿藏起来！"

国相撒改蓦地从地上站了起来，怒气冲冲地说："还用我说吗？汝心里明白！不糊弄我，你将缠着的髏骨抖落开，让大伙儿看看，一个干骨头棒子缠它干啥？唬三岁孩子都不信哪！"

阿骨打被撒改说的，着急上火又憋气，一气之下，便说："打开就打开吧，你看看就明白啦！"阿骨打说着，爽神麻利快地，拎起"法宝"，找着头儿，用手使劲儿一拽，将髏骨往地下一扔，哗啦啦连声响，铁索链子抖落开了，这一抖落不要紧，霎时，就见髏骨在地下翻翻乱滚，越滚风越大，就像平地刮起一股大旋风一般，呜呜直响，吓得人们立刻翻锅了，吵吵嚷嚷地乱成一团。

站在髏骨旁边的撒改，见此情形，变颜变色地直往后闪！

眨眼的工夫，髏骨变成一条独角蟒龙，张牙舞爪地一蹿多高，人们抱头用惊恐的目光一瞧，才发现铁索链子锁着龙脖子，还有一股穿着龙鼻子，龙骨精口吐人言说："国相！快救我命！国相快救我命！泉眼还没凿开哪！枉费我的心机了！"

国相撒改吓得浑身颤抖，惊惧地说："闹了半天，你是，是龙骨精跑这来骗我！"

龙骨精听国相撒改这么一说，它带着铁索链子，只听哗啦啦，连声响，它将身子往起一跃，飞在高空，说也奇怪，用眼看着，铁索链好像不太长，可龙骨精带着铁索链子飞在高空，地上的铁索链子还是那么大一堆儿。

龙骨精带着铁索链飞在高空，可坏了，霎时狂风四起，飞沙走石，嘎巴嘎巴山响，倾盆大雨降，人们忽地一下子呼儿唤妈地喊叫起来："快逃命吧，龙骨精腾在空，暴雨倾盆要行凶，不是水淹安出虎，就要用狂风把人吹得影无踪！"

安出虎整个乱成一团，国相撒改也不是好声儿地招呼阿骨打说："阿骨打呀！阿骨打，怪我不相信你捉住龙骨精，眼看髏骨惹灾星！有啥法儿快使用，降伏龙骨精保安宁！"

国相撒改的呼唤将站在那，愣头愣脑，只顾往空中看龙骨精的阿骨打唤醒过腔来，想起艮岳真人对他叮嘱的话儿和锦囊，嘴没说心想，我咋忘了，真是气糊涂了。他才慌忙从怀里掏出锦囊打开一看，见上面写着：

髅骨现形龙，千年炼成形。

日精月华体，滋润补养金。

锁在干枯井，金源吸其精。

金得精华气，金兴万年青！

阿骨打又见旁边有行小字，写的是："龙骨精腾空风雨交加时，还用镇魔锁锁在铁链子头上，龙精便自落井中！"

阿骨打才赶忙从怀里掏出师父交给他的镇魔锁。你道镇魔锁是个啥玩意儿，就是那么一个不大的像个手镯那么大的锁，阿骨打将它掰开。这时，他才发现铁索链子已露出头儿了，再不快点，整个索链就要被带上天空了！

这时，整个安出虎的人们，哭天号地，哭叫连天，祈祷阿布卡恩都力保佑，快点将龙骨精降伏，保护人们生命安全，就连国相撒改也跪在风雨之中，磕头如捣蒜，在祈祷哪！

阿骨打用手急忙抓起铁索链子头儿，咔吧一声，将镇魔锁锁在链子头上，说也奇怪，这镇魔锁是两半的，锁在链子头上，就变成一个整个的了，任凭你掰呀，砸啊，别想弄开它，没有这个法术，能锁住龙骨精吗？

阿骨打将镇魔锁锁在链子头时，龙骨精带着铁索链子已腾跃在冒天云高了，你说这铁索链子有多长吧，当阿骨打将镇魔锁锁上时，就见龙骨精在云雾之中，翻翻乱滚，也不知它滚了多少个个儿，铁索链子哗啦啦，哗啦啦，扭成劲地响，几里地之内，都能听见，惊吓得人们提心吊胆，毛骨悚然，哭着，叫着，哀求祈祷阿布卡恩都力开恩。

有些胆小的，看见龙骨精在云里翻翻乱滚，冒着大风雨逃跑了，边跑边喊："龙骨精扭劲，要翻水捣海，不赶快跑啊，得被搅死呀！"

正在人们更加惊恐的时候，忽听，呼隆隆，哗啦啦，连声巨响，天在晃地在摇，惊吓得人们倒在地上，眼望天空喘不出气来了，以为是龙骨精搅得天翻地覆了。

不一会儿，人们才见风停雨止，云消雾散，好像是从噩梦中惊醒，望望天，还是那蔚蓝的天，看看地，还是安出虎的地，只是雨水冲刷变成数道小水流哗哗流淌着。龙骨精张牙舞爪的情形不见了。

人们突然被窒息的气又喘上来了，七吵八喊地说："准是阿骨打将它降住了！快去看呀！"

忽地一下子，人们从四面八方，像海水涨潮一般，又齐向打井这地方拥来。

要说看得最清的还是国相撒改，他亲眼见阿骨打掰开个白圈儿，咔嗒一下，套在索链子头上后，龙骨精就像受了伤似的，翻翻滚滚地折腾一会儿，忽地一下子就一头扎在这口新挖的井里，才发出呼隆隆，哗啦啦连声巨响，将地弄得直颤。龙骨精钻进新挖的没上水的井里，索链子这头还在阿骨打手里攥着。人们见阿骨打从头上到脚下，像才从水里出来，哗哗往地上流着水，人们才知道是雨水、汗水一齐往下流呀！心疼得全跪在泥泞的地上，齐声高呼说："多亏少主降住龙骨精，保护民众得安宁！"

国相撒改见龙骨精钻到井里，他来了劲儿，立即下令说："快！快！咱们大伙儿一齐下手，快点将这井填死！"

人们一听，国相想得对，就跳起来要填井。

"不能填！"阿骨打赶忙摆手说："不能填死它，留它镇妖伏怪，保护安出虎！"

阿骨打才用石板搪死，旁边埋个大石桩子，将锁链和镇魔锁埋在深地里封死了。

阿骨打为了有把握，看看龙骨精能不能跑出去，他用劲往上捣拽铁索链子，捣呀，捣啊，捣出一大堆索链子才觉得沉甸甸的，不论再用多大劲儿，再想提拽，也提拽不动了，不仅提拽不动，而且哗啦啦，捣出的铁链子也落进井中。

从此，人们管这口井叫锁龙骨精井，管松峰山又叫双乳山，流传至今。

第九十五章　擒获萧海里

辽天祚帝乾统二年冬季，盈哥、乌雅束、阿骨打正在议事，忽报辽朝斡达剌前来求见。

盈哥征询阿骨打说："斡达剌来欲何？"

阿骨打略有所思地回答说："斡达剌此来，不是为国事而来，如为辽朝事，辽不能派他也。"

盈哥一听，阿骨打分析得在理儿，就又问："如为私而来，如何答之？"

阿骨打说："让他进来，看他何事，盟主见我眼目行事也。"

盈哥才传下话来，有请。不一会儿斡达剌进来，见盈哥跪下磕头说："叩见节度使，我乃萧海里使者，特来叩见节度使，请求出兵，共同攻打辽国！"

还没等盈哥说话，阿骨打眉头早已拧成个疙瘩，气冲斗牛地大喊："住口！来人，将此奸细与我拿下！"这一声，将斡达剌吓得瘫在地上。阿骨打心中暗骂道，如此尿泡狗熊之人岂能成事乎？

斡达剌吓得浑身颤抖地说："饶命啊！饶命啊！我，我不是奸细，确是萧海里派我来的呀！"

盈哥问道："萧海里派你来此何干？"

斡达剌跪在地下哭脸悲悲地对盈哥说："萧海里叛变辽国，逃在曷苏馆安身。派我来找节度使，与萧海里联合起来，共同攻打辽国，准能取胜。这是实情，不是奸细。"

阿骨打担心盈哥不明他的心情，赶忙将桌子啪地一拍，断言喝道："好你个大胆的斡达剌，你比奸细还厉害。胆敢来此挑拨我完颜与辽朝的关系，想借辽之刀，灭我完颜，阴谋可恶至极，推出去杀之。"阿骨打这话差点儿将斡达剌吓昏晕过去，当时就尿裤子啦，瘫痪在地，连真魂都离身啦。

盈哥一听，明白阿骨打之意，接过说："萧海里野心不小，想拉我完颜部去为他挡刀，错打了主意。我完颜与辽亲如手足，如同一家，小国之邦仗辽国支持，常礼相待，攻打辽国如同攻打完颜部也。"盈哥说到这儿，对阿骨打说，"依我之见，将他送回辽国，杀、留让他们去办吧。"

阿骨打心中暗暗佩服盈哥机敏，随应和说："不是盟主与你讲情，我立刻宰了你！好吧，让你多活几天，回辽国求饶命去吧。"

盈哥又令人将斡达剌的跟随叫进来，当跟随面又把完颜如何附属于辽国，仰仗辽国的支持，叛辽即等于叛完颜部等语，重复一遍，是为让这些人回去学舌耳。这就是当时阿骨打的战略思想。联辽治内，发展实力，蒙辽不备，成熟而攻之。盈哥立即派人，押送斡达剌回辽国去。斡达剌临走时，大骂萧海里是有目无珠，拿敌为友，断送我命矣！

送走斡达剌后，阿骨打大笑说："如此尿泡之类，欲与我合，岂不坏了咱们大事？反之，此乃吉祥之兆，将尿泡送回辽国，换取辽对我无限信任，我更有时间扩充实力也。"

不多日子，辽朝果然更加信任完颜部，令盈哥出兵捕讨萧海里。盈哥得到辽朝的信任和支持，心甚欢喜，立刻传达命令，募集甲兵。这命令一下，在三十七个部落里，发挥了神威。各部落如同接到圣旨一般，将武艺好、身体壮的甲士全挑选出来，由部落长率之，按规定时间，前来报到。

盈哥一查点部落、人数，大吃一惊。心里转念，女真各部落以前南征北战，只有几十人，最多没超过四百人，现在一千多甲士队伍，而且各部落长亲自带兵，一部不少，是从来没有过的。这是统一法令和阿骨打建政立法，治理内乱的成果，暗自庆幸。正在这时，阿骨打进来，勇气倍增地对盈哥说："有这样的甲兵，还有什么事做不到啊！"

盈哥令乌雅束、阿骨打领兵捕讨萧海里。这一千多甲兵，军威大振，浩浩荡荡向曷苏馆进发。

当阿骨打率兵快到曷苏馆时，才知辽朝已出四千多名甲兵追捕萧海里，结果均被萧海里打败了，龟缩在曷撒罕关一带。因为自从盈哥将斡达剌送回辽国后，可将天祚帝气坏了，又听斡达剌随从学说盈哥对辽国之忠心，天祚帝埋怨朝臣说："朕不止一次说，完颜女真对辽无二心焉，尔等不信，总是疑神疑鬼，什么戒备呀，不得不防啊，趁其乱应攻之等等。咋样？叛辽的不是完颜女真，而是朕养了十几年的将军。他不仅叛逆于我，还阴谋勾结完颜女真攻打辽朝。完颜女真不仅不随从，还将叛逆者斡达刺送回辽朝，表明不论何时，完颜女真小邦都仰仗辽朝天恩，永不叛逆，如有用我之处，全力以赴之。这说明什么？啊？"天祚帝越说越有气，把朝臣们好个训斥，谁还敢搭腔？岂不知，这正中了阿骨打麻痹辽朝之计。

天祚帝一面令增派甲兵捕捉萧海里，一面派人令盈哥发兵捕讨萧海里。这也是辽朝天祚帝想通过让完颜女真兵讨伐萧海里做一试金石耳："你自己表白忠于辽朝，通过我之口，还向朝臣们吹嘘出去了，叫真章^①的时候，你能不能出兵？如能出兵是好样的，如不出兵，说明完颜女真用话玩我，那时另作别论。"完颜女真到底儿出不出兵捕讨萧海里，在辽朝天祚帝心中还是个谜。他以为完颜女真即或出兵也是虚张声势而已。因此天祚帝才下这么大力量，派几千甲兵捕捉萧海里。

辽朝派出好几千甲兵捕讨萧海里，不仅没捕获萧海里，反而被萧海里打得落花流水，龟缩在曷撒罕关一带不敢出战。这军情报给天祚帝，天祚帝暴跳如雷地说："全是饭桶，再给我增援兵力，围攻捕讨之！"

正在天祚帝急得暴跳如雷的时候，忽报完颜女真接到辽朝命令后，募集一千甲士，前来征讨萧海里。天祚帝一听，乐得他直颠屁股，喜笑颜开地对朝臣们说："你们看看，怎样？朕下令即从之，再次证明，朕看得准，能识真假人。"

有些朝臣顺着天祚帝说："皇帝洪福齐天，圣明如神，完颜出兵，天助也。"

天祚帝下道旨意说："传喻渤海留守，与完颜女真兵合一处，速讨捕萧海里杀之，我见他人头也。"

渤海留守接到天祚帝的旨意，主动与阿骨打会军。就在这时，萧海里率军来攻打辽军。渤海留守对阿骨打说："咱们一起征战萧海里？"

阿骨打婉言拒绝说："你军屡战，兵困马乏，待我一战，看之如何？"

渤海留守心里明白，阿骨打是要独战萧海里，嘴没说心里想，也好，让你尝尝萧海里的厉害。他想到这儿，就对阿骨打说："也好，那么我赠你二百甲兵，助你之战。"

阿骨打说："我兵无甲战而神速，欲披甲反而笨拙也。"拒受渤海留守赠甲之意。

乌雅束见阿骨打拒绝赠甲，心里急得直痒痒，埋怨阿骨打傻气，哪

有赠甲不要之理，这是求之不得之事。于是，干着急，又不好开口。渤海留守离开时，乌雅束埋怨阿骨打说："二弟，今天你咋的了？为啥赠甲不要，太憨气了吧。"

阿骨打冷笑一声说："哥哥，你太憨了。如索其甲，我军披辽甲而战，战胜则是辽之功也。岂能因小而失大也。"

乌雅束心里甚佩服阿骨打，深思熟虑卓识远见之才，已不及也。

灰色的天空，好似刮了大风之后，呈现着一种混沌沌的气象，而且整天飞着清雪。

萧海里率叛军潮涌一般杀来，喊杀之声传遍四野。阿骨打率兵迎之。完颜部募集这一千多名甲兵，人人奋勇，个个争先，均有一抵十之勇。阿骨打手抡大刀，冲锋在前，迎击而上。正和萧海里打了个照面。萧海里见迎面冲上来一名年轻将军，心甚诧异，他是谁呢？用刀一指，大喝一声："呔！来将何名，你大老爷刀下不死无名之鬼。"

阿骨打冷笑一声说："我要说之，你可坐稳，别将你吓掉马来！"

萧海里怒气冲冲地喊："少啰唆，快报名受死！"

阿骨打说："我乃完颜部女真，辽帝授为详稳①的阿骨打是也。"

萧海里一听，惊得他倒吸口凉气，坐在马鞍上，身子晃了三晃，真差点儿栽下马来。因阿骨打的名声早已灌满他耳朵，自然形成一种神威，听阿骨打一报名，心里自然要发颤。这就是当时萧海里的心理状态。但他还是强抖精神，假装镇静，哈哈大笑说："我以为阿骨打三头六臂，原是乳齿刚退之人耳。我萧海里愿与你们联合，共同伐辽，你们不愿也就罢了，还将我使送往辽朝，今又出兵助辽，真乃可恨也。今日不杀尽完颜部之将兵，誓不为人也。"说罢咬牙切齿地就是一刀，阿骨打急忙相还，两人杀在一起。大约杀有二十多回合，萧海里发现阿骨打越杀越勇，又见他的兵士被阿骨打兵杀得阵脚已乱，心甚慌恐。萧海里心里又转念，这阿骨打生雾霭、懂天象、剿盗匪、镇叛乱、审东青、问石人，降妖魔、灭鬼怪，乃非凡之人，不能与其久战。萧海里心里已被阿骨打神威所慑，自然刀法有些紊乱，最后他虚晃一刀，败下阵去。

阿骨打越战越勇，心想今日在辽朝将兵眼前非露两手不可，绝不能与其恋战，方能显我之神威也。正在此时，萧海里败下阵去，将马缰往回一勒，掉转马头两脚镫往马肚子上一硌，这马放开四蹄飞跑下去。阿

---

① 详稳：辽朝官名。

骨打心里可急眼了，本想要斩萧海里显露神威，没想到萧海里临阵逃跑这招儿。阿骨打催马高喊："萧海里，你往哪儿跑？快将头给我留下！"纵马追赶而去。

萧海里的兵士见萧海里逃跑了，也鬼哭狼嚎地喊："可不好啦，女真兵真厉害呀！快逃命吧！"像海水退潮一般，哗一下子退下去。

阿骨打催马加鞭猛追萧海里。追着、追着，阿骨打将大刀顺放在鞍旁的挂刀钩上，摘弓拔箭，拉满弓弦，嗖地一箭射去。

萧海里打马败逃，跑出有十几里之遥，他在马上回头望阿骨打追来没有，真巧，刚一回头，阿骨打射的箭已到，想躲已来不及了，正好射在他的天灵盖上，翻身落马。阿骨打赶到近前，跳下马来，一剑割下人头。拎着萧海里人头，胜利而归。

辽朝的军兵，惊得人人变色，个个胆寒，异口同声称赞阿骨打："好箭法、神箭法！"

这一仗，阿骨打俘虏数百名兵丁，获得马匹和大批甲械物资。

一一〇三年正月，盈哥、乌雅束、阿骨打来至混同江畔辽帝捕鱼处，朝见天祚帝，把萧海里首级献给天祚帝，天祚帝大加赞赏。经此一战，女真更加强大，辽军在女真面前暴露了他的虚弱。迷惑麻痹了荒淫无道的辽天祚帝，阿骨打才在涞流河畔建立十座城堡，七座营寨，屯练兵、修戎器、囤粮草、养锐气，在寥晦城集训兵，点将台发誓军，下宁江，攻破四十城。此是后话，下回再叙。

第九十六章　虚实莫测

　　说的是高丽国王刚要兴兵攻取女真完颜部，忽然接到密报，言说辽朝将军萧海里叛变，报奔葛苏馆女真，派斡达剌为使去联盟女真共同反辽。女真将斡达剌缚送给辽朝。辽朝天祚帝立传圣旨，诏旨女真国王募兵一千，捉获辽叛将萧海里。而辽已出兵五千人去捉叛逆萧海里，均被萧海里战败。而女真出兵，只一战，就将萧海里刺于马下，割下首级献给辽朝！

　　这份密报，高丽国王听后，真是头发根发酥，身上起层鸡皮疙瘩，吸口凉气说："女真如此强大，岂可轻举妄动？立刻取消进攻女真命令。"高丽国王便派黑换放实为使，去女真议和，嘱咐使臣黑换放实说，"汝去女真，议和是假，探察虚实是真，务要想方设法议和！此任重大，不可信道听途说之言，要耳听眼察，探到实情回来禀报！"

　　黑换放实受高丽国王之命，带着两名随从奔女真安出虎而来。界边接触后，立刻昼夜不停地通过驿站飞马禀报到国王盈哥。盈哥立刻与阿骨打议之。

　　阿骨打说："高丽侵略之心不死，欲出兵攻我女真，近听说我女真募兵千余，捉获萧海里，有些胆怯，故派使假来议和，侦探虚实，是缓兵之计也！"

　　盈哥说："我应如何？"

　　阿骨打说："汝应将计就计，速派军兵暗去界边待防，同时假意相议求和之条款，而我则选精壮之士，练兵一点将台，这叫实则带虚，因黑换放实回去后，高丽国王必得到阿息保传扬出去的传言，让他对我女真虚实莫测，疑解难分也！"

　　盈哥不住点头说："此计甚妙！"当即派石时观统军前去界边防之。

　　不几日，高丽使者黑换放实到来，听到国王盈哥传令进见，他随诏走进国王府门，心内一惊，见从门口一直排列到房门口，两排威武之士，一个个愣瞪虎眼，怒目而视，排成一条"人"字胡同，手中分别举着刀枪剑戈，银光闪耀，寒气袭人。黑换放实见此情景，心跳皮酥眼颤，眼睛冒花，后脖颈嗖嗖直冒凉风！暗自道："哎呀，女真硬啦，看样儿要动横的，难道我高丽要出兵，被女真知晓啦？翻脸不认人，要给我来个脖齐？我要多加小心，别将小命留在这儿！"黑换放实硬着头皮也得往里走，作为一国使者，刀按脖子也不能软蛋！他挺直身子，心跳身颤地向屋中走去。

黑换放实走进屋一瞧，见盈哥盘腿坐在西万字炕上，南北炕上坐着一溜①勃极烈，室内静悄悄的鸦雀无声！勃极烈人人脸阴得像汪水，使得室内更加阴沉。

黑换放实不敢怠慢，忙给盈哥施礼说："我乃高丽国使臣黑换放实，拜见国王！"

盈哥连屁股都没招呼，愣瞪双目说："贵使来为高丽下战表？"

黑换放实又赶忙施礼说："非也！奉高丽国王之令，前来求和！"

盈哥冷笑一声说："求和？汝高丽已整兵待发，择日举师，要荡平安出虎，怎么忽然变卦求和呢？"

黑换放实说："我国王闻女真募兵千余，缴获辽萧海里不费吹灰之力，将勇兵足，放弃攻取，愿意永结和好，互不侵犯，各守边疆，遣臣求和也！"

盈哥才转怒为喜，哈哈大笑说："贵使果有求和之意，实言相叙，赤诚也！"盈哥说到这儿，方说，"贵使请坐！"

黑换放实见右边地下放着一个木头墩儿，不用说，是给他准备的座儿，一屁股坐在木墩上，和坐在炕上相比，低勃极烈一头。

盈哥笑吟吟地说："刚才对贵使有些怠慢失礼，请贵使海涵！不是我女真不懂情理，是汝高丽出尔反尔，今日求和，明日征战，反复无常，令人愤懑！"

黑换放实说："我国王已忏悔听信他人唆使，充当他人马枪，才毅然决断实现与贵邦永结和好，再不侵犯！"

盈哥说："好！高丽有此诚心永结和好，互不侵犯，待我议之，再与贵使议和！请贵使在客店安歇，候之！"

高丽使者带着满头虚汗告辞盈哥，出来见排列的威武之士，早已撤去，他才将悬吊的心，咚声落下来了，跟随迎迓官去客店安歇。当迎迓

① 一溜：东北方言，一排。

官将黑换放实领出安出虎往西而行，他又毛愣愣的了，赶忙勒住马，问道："贵官引我何往？"

迎迓官说："去客店！"

黑换放实来过，心想客店怎跑荒郊野外去了？不好，八成要暗算于我，便勒马上前地说："贵官，过去我来此，客店在安出虎之地，今贵官受命欲将我置于何处？请明言，身不由己，一定随行。"黑换放实以为女真要将他扣压在女真，不让他回去，故担心询问。

迎迓官笑嘻嘻地说："贵使多疑了。自从辽打女真，抢女真，夺海东青之后，野女真对辽官仇恨之心难平。辽使往来如梭，国王怕散居野女真行刺辽传官，故将客店建在点将台。点将台是少主阿骨打练兵点将重地，行刺者胆敢踏进插翅难飞，为保使者安全，均在此客店安歇也！"

黑换放实听后，心中暗喜道，我要探此地，都摸不着路径，今天助我也，将我安歇此地，真是求之不得也！就撒缰和迎迓官并行，问道说："点将台距安出虎多少路程？"

"十里！"

黑换放实还问迎迓官说："点将台距涞流水尚有多远？"

"五十里之遥！"

"听说涞流是阿骨打屯兵之地，沿水建城寨，可真否？"

迎迓官心想，阿骨打果然料事如神，真问此事，便说："然也！少主阿骨打沿涞流水建城寨，造军械，训兵马，囤粮草，以防辽也！"

黑换放实心内一惊，暗想，果然如此，便又问道："听说，奉辽天祚帝之旨，又募兵千余，可真否？"

迎迓官说："那还假？正经募兵一千多，多多少，不详细也！"

黑换放实又说："那么汝女真，现在兵力已达一千五六百之数矣？"

"多少？一千五六百？迎迓官故意一惊一乍地说："克巴①克巴吧，各部落的兵马不算，仅阿骨打沿涞流水畔十城七寨，训练的兵马，每城寨五百，你算算多少吧？"

黑换放实哎呀一声，惊愕地说："汝女真有这么多兵马，令人惊服！"

黑换放实一路探问已至点将台，离远就见黑压压一片、刀枪耀眼，战马嘶鸣，阿骨打站在点将台上正在操练。黑换放实举目留神观看，见十个方队，每队五十兵马，吃惊地想，可不是咋的，仅这块就五百兵

---

① 克巴：东北方言，算计。

马也!

迎迓官又对黑换放实说:"贵使你来,能见此情,要是辽来,想见也见不着,因练兵防辽,不是对汝高丽也!"迎迓官话里光透给黑换放实,我女真根本未将高丽放在眼里!

常言道,会说不如会听的,黑换放实心里打个战儿,暗想:"女真胃口不小啊! 我高丽都未放在眼里,而是要对辽,得建议国王和女真永结和好,绝不可轻举妄动!"

黑换放实,受到热情款待,他才将心放下,不是送这扣押他,而是女真确保他人身安全,心甚感激。他就偷着对迎迓官说:"我有一事想麻烦贵官,能不能再领我看个城寨,好回复高丽国王,让他永远罢兵,与女真和好相处!"

迎迓官说:"行,因为我已说了,练兵是对辽不对高丽。可有一宗,我只能陪汝暗观一个城寨,多了办不到。得步行,骑马会被拦阻,就麻烦了,对贵使也不好!"

黑换放实说:"看一个城子就行。"

两人说定之后,第二天迎迓官装作背着饭人,领着换上女真服的黑换放实,悄悄来到小城子。虽然三十里路,走得他浑身是汗。果见小城子也在训练兵马。黑换放实一数,也是十个方队,每队五十兵马,惊愕得他心里说:"耳听是虚,眼见是实,果其真也!"

哪知,回去将他耳听的,眼见的,向高丽国王禀报后,被高丽国王痛磕①一顿,说他中了圈套,被假象迷惑了! 高丽才重新调兵遣将进攻女真! 正是:

视其真时整伍武,
寥若晨星光溘卷。
观其假时莽荒芜,
白日萧索暗幽晦。
真当假来假当真,
真真假假难分清。
寥晦神威雄一世,
涞流永存渡军声!

---

① 磕:东北方言,责骂。

第九十七章　阿骨打大闹宁江州

单说这年，阿骨打听到女真人的控诉，说他们到宁江州去赶榷场，不仅携带的东西被抢去，还被羞辱，有的还被抓去蹲了牢。可将阿骨打气坏了，这还了得，真是欺负女真人太甚，使他还联想到，他在辽的都京，不就遇到套白狼的，要没有干忒刺及时赶到，说不上闹出啥事来。

阿骨打左思右想，这口气非出不可。他就想出个招儿，他化装成伊尔根，携带物品前去赶榷场，看他们能把我怎么样？阿骨打主意打定就化了装，领着阿离合懑和四名武艺好的卫兵，带着神草、东珠、松子、白附子、麻布等去宁江州赶榷场。没走之前，他们就做好了准备，带的这些东西，只是样品，包裹里都装乱草等做伪装，而且不要让契丹人看出是一伙的，而是个人赶榷场，只要有一个被欺侮，其他人一拥而上，非闹他个天翻地覆不可，报耻辱之恨。所以他们到了宁江州城外，就将马拴在僻静处，令两名兵士看守。其余的就背包摞散地进城去了。

宁江州的榷场非常繁华热闹，契丹人为换取女真的便宜货，还有些从外地赶来的老客，也到此来换取女真人便宜的珍贵物品，从中谋取高利。而宁江州契丹人见女真人憨厚老实，不知行价，最好糊弄，还不知道争价，一换就妥，有些奸商图利者，就串联霸市。天长日久，女真人也越来越知吃亏了，学会争价议价，讨价还价。契丹人就起哄，欺凌女真人，有的就下手抢掠，如果女真人反抗，就要挨顿暴揍，甚至被指控为搅乱榷场，被榷场巡检使送进狱里去坐几天牢，财物两空。因为辽朝榷场巡检使经常得到这些奸商的贿赂，哪有不护之理？而契丹奸商得寸进尺，越闹越胆子大，进而敢公开抢掠女真人赶场的物品，才引起阿骨打前去报仇雪恨，去给契丹奸商戴眼罩[①]看看。

闲言少叙，还说正题。当阿骨打他们陆续来到榷场时，早有契丹奸

---

① 戴眼罩：东北方言，为难。

商等着女真人来哪。阿骨打他们将包儿放下，拿出物品时，奸商们就将他围上了。这个问："带的什么？"那个说："你要换什么？"七吵八喊，像要将阿骨打他们吃了一般。阿骨打拿在手里的是一颗东珠，因为东珠小，真要打起来，阿骨打往怀里一揣就完了。阿骨打刚亮出来，人们就吵吵嚷嚷地问阿骨打要换什么，这个要看，那个要抢，像群饿狼，简直要将阿骨打吃了。

阿骨打特意将大嘴一咧合，憨声拉气地说："看你们都有什么？"

他口里这么说着，两只有神的眼睛，早就察看上了，观察起哄这帮家伙，谁是个头哇。就见一个小子年纪有三十多岁，长得膀大腰圆，浓眉下两只癞蛤蟆眼睛冒冒着，长一脸横肉。见他往上一挨，口里喊着："借光，借光，让我看看是啥玩意儿。"

人们一听，真的忽地一下闪开一条胡同。这小子进来，望望阿骨打手里的东珠，说："喂！递给我看看！"

阿骨打真的递给他了，这小子拿到手，将嘴一咧说："呀！是颗不成的珠儿，比假的强不多！你要换啥玩意儿？"

阿骨打接过说："褒贬是换主，别说它成，也别说它不成，就这玩意儿，相中了算，还得问你，你要拿啥玩意儿换啊？"

奸商用目扫视一眼阿骨打说："你地上包里全是吗？"

阿骨打说："当然全是啦。"

商人一听，心里高兴，嘴没说心想，看他这个小包儿，得有十几颗珠子，现在女真人学尖了，不敢全亮出来，怕大伙儿给他抢了。如果按手上这颗看，可是成货。这家伙不能放走，要将珠儿全给我留下。就对阿骨打说："我有长生不老药，你换吗？"

阿骨打说："留给你爷爷用吧，咱不换那玩意儿！"阿骨打口里说着，手急麻流快的，一把手将东珠抢过来，就揣在怀里。

奸商立刻气冲斗牛，将外衣唰一下子脱下来甩在一边，瞪着癞蛤蟆眼，大声喊叫地说："你小子敢骂老爷，今天非教训教训你不可！"说着，向阿骨打迎面就是一拳，阿骨打躲拳相迎。就在奸商和阿骨打交手的时候，一个小子伸手去抢阿骨打地上放着的那个小包儿。阿骨打是眼观六路，耳听八方。千军万马他都不怕，还怕这几十名奸商吗？早见有人伸手来抢包儿，阿骨打将脚轻轻一跳，两脚看上去轻飘飘的，当阿骨打左脚落在要抢小包儿的手上，却比大石头还重。就听那小子哎哟哎哟叫唤着，狠劲往外抽手，那能抽出去吗，已被阿骨打踩实成了。那小子嗷嗷嚎叫抽不出手来。阿骨打也没理睬他，两只手仍然和奸商厮打着。围着的人，大部分是奸商的人，见奸商吃亏了，又见想抢东珠的被阿骨打用脚踩住手不抬脚，就一拥而上，想要以多取胜。阿骨打见都上来了，他将右胳膊一抡，咕咚，哎哟，倒了一面子。阿骨打见这些人也不抗打啊，就这个奸商总算有个三抓五挠扯，可我不能被他缠住，让他早点趴在地上叫唤去吧！想到这儿，阿骨打虚提一拳，跟着飞起右脚，一脚将奸商踢倒在地，狗抢屎趴在地上，不会动弹了。

人们见阿骨打将奸商踢倒在地，就鸡猫喊叫地说："可不好啦，强人闹市啦，强人闹市啦……"吓得屁滚尿流，边跑边喊。

阿骨打这才发现阿离合懑和几名兵丁也跟契丹商人打在一块了。他就势，噼里啪啦，见契丹的商摊就砸就打，边砸边打，边喊叫说："再让你们欺辱女真人，就是这个下场，谁欺辱，就要谁的脑袋！"

阿骨打的话音未落，就听有人大喊说："我欺辱，你能把我咋样？"

阿骨打抬头举目一看，不是别人是榷场的巡检使，见他气更来了，随着狗官说："辽朝鹰官抢女真，榷场的官打女真，欺辱女真无能人！今日打死狗官你，看谁还敢欺女真！"阿骨打说着，迎面便打。

阿骨打刚和管榷场的官儿打起来，他的差役们也一拥而上，将阿骨打团团围住，攻打阿骨打，有的手持刀剑，厮杀阿骨打。别看阿骨打两手空拳，这些人加在一块儿，也不是阿骨打的对手。

就在阿骨打和管榷场的官儿打得混乱的时候，被阿骨打踩断手指头那个小子，还爬到阿骨打小包跟前，用另一只手搂抱小包儿要跑，被阿离合懑遇上了，一脚将那小子踢起多高，蹬蹬腿儿，咧咧嘴，抱着一包草龀牙咧嘴进鬼门关去了。

阿离合懑和几个兵丁都转过身来，迎战管榷场的官儿和差役。不一会儿，管榷场的官儿被阿骨打一拳击在太阳穴上，倒地身亡。其他差役，死的死，伤的伤，契丹商人一跑而光。

阿骨打感到出了一口气，打得痛快，忙对阿离合懑说："咱们快走！"

阿骨打他们还没离开榷场，宁江州的节度使率领兵丁前来镇压。

阿骨打见宁江州节度使出来镇压他就来了杀性。迎上去就打，将节度使带的兵丁，纷纷打倒在地。

节度使一见，一个女真平民百姓，竟敢如此大胆，前来大闹，非杀了你不可。他做梦也没想到是阿骨打，就赶忙迎战阿骨打。

阿骨打也真打红了眼，也不搭话，举手就打。他原以为节度使能有三抓五挠的，哪知是个饭桶，只打三五个回合，就被阿骨打打倒在地。

阿离合懑和几名兵丁，也大打出手，将宁江州节度使带来的百十多名兵丁，均打倒在地，有的鼻口蹿血，有的嘴歪眼斜，有的胳膊腿儿被打折了，哩哩啦啦躺了一地。

阿骨打才为女真人出了这口气，大闹宁江州。从此，契丹人再也不敢欺辱女真人啦！

第九十八章　鱼水相助破阿悚

　　阿骨打骑在涞流水的鲟鳇鱼身上，逆水而上，这鱼像箭打似的，飞驰一般，说也奇怪，其他鱼类都为它让路，真是畅通无阻。阿骨打心想，鲟鳇要将我带到哪去呢？鱼神还向我介绍涞流里的鱼类，最后才让色黑麻鱼来接我，并说它是鲟鳇鱼，这里边定有奥妙之处，看它到底将我带向何处？

　　鲟鳇鱼驮着阿骨打穿水如飞，有一顿饭的工夫，将阿骨打驮到老岭。只见老岭下水镜面铺路，人山人海，吹打弹拉唱，非常热闹。阿骨打不知自己来到什么地方，竟有点蒙头转向，不知所措。正在阿骨打愣呵呵观望的时候，只见载歌载舞拥戴出一位花枝招展的妇女，前呼后拥来到少主阿骨打面前施礼说："老身鱼母，迎接圣驾来迟，当面领罪！"

　　阿骨打惊慌地还礼说："不敢当，不敢当，汝认岔了，我非皇帝也！"

　　鱼母又施礼说："镔铁腐朽变，金源帝星明，涞流奠帝业，大金天作兴！汝就是未来的大金皇帝，不仅是人类的皇帝，也是我鱼类的皇帝，因为汝赐福于鱼类，保护鱼的发展，为了感激汝的恩德，故推选汝为鱼王！"

　　阿骨打刚要推辞，被鱼子鱼孙们推进水晶宫登上王位，众鱼均轮流前来参拜。刚参拜完，阿骨打忽然看见笑哈哈地进来个白胡子老头，阿骨打仔细一看，是向他介绍各种鱼的那个白胡子老头，刚要下去迎接，就听鱼母说："水神前来向鱼王祝贺！"

　　白胡子老头乐呵呵地给阿骨打施礼说："恭喜鱼王，贺喜鱼王！"

　　阿骨打慌忙站起还礼说："多亏老玛发相帮，使我如梦方醒！"

　　水神说："不是我相帮，是我受阿布卡恩都力之命，让圣主相识鱼类，将来好为之一用也！由于圣主还没登基，就能以圣主之心，仁慈于生物，故而鱼母才尊称圣主为鱼王，以便协助圣主成就灭辽兴金之大业也！"

　　鱼母早令人摆酒宴，庆贺鱼王主宰鱼类生存。阿骨打来到酒桌一看，也和人间一样，天上飞的，地下跑的，水里游的，山上生的，山珍海味，应有尽有，非常丰盛。

酒席间，鱼母说："鱼王，今后鱼类的生存和发展就得靠鱼王了！"

还没等阿骨打搭话儿，水神接过来说："那当然啦，就像咱们似的，鱼儿离不开水，水儿离不开鱼，无鱼这水还有啥价值啦？而人也是如此，人离不开鱼，鱼也离不开人，没有人的保护发展，鱼也会灭亡！何况鱼王和鱼天作之缘，圣上能令人类保护鱼，先从自己妻室做起，令鱼类赞叹不已。可鱼也要帮圣上成其大业！这不，今夜，鲟鳇鱼就要带圣上，为灭辽兴金出力！"

阿骨打不解地问道："水神，不知汝和鲟鳇鱼，咋助我一臂之力也？"

鱼母接过说："是这么回事儿，星显水纥石烈部勃董阿悚和同部毛睹禄起兵反啦，盈歌和撒改前去征剿，非中阿悚贼计不可，故欲随汝暗去成其大事！"

阿骨打一听，惊疑地说："不能啊！我王盈哥听说阿悚有异心，召他前来，赐给他鞍马。再说，过去我奶奶对他又那么好，他能丧良心吗？"

水神说："圣上有所不知，汝要灭辽兴金，全仗此人！"

阿骨打疑惑地说："此话何解？"

水神说："阿悚早已暗中通辽，辽派官员抢女真、打女真、杀女真都是他干的。此人是头上长疖子脚底冒脓——坏透顶了。所以今随圣上前去，只需如此这般，这般如此，不仅不能中他的奸计，反让他与辽中圣上的计谋，逼去辽朝，圣上以讨阿悚为由，将来就可兴正义之师伐辽也！"

阿骨打一听，如梦方醒地说："我明白啦。中他奸计，是将我之军灭之；反之，捉住杀之；杀不得，只有逼其通辽，方能成事！"

鱼母说："对，就是这个意思。"

阿骨打说："我王盈哥无有命令。只让我在寥晦城训练兵马，前去好吗？"

水神说："圣上前去，无人知晓，全蒙在鼓里，事成便回，保守天机，以候天时伐辽兴金！"

阿骨打一听，心中大喜，当天夜间便和水神乘鲟鳇鱼奔星显水而去。可阿骨打心里还半信半疑，没听说阿悚又反，此事能真吗？当阿骨打来至星显水时，听到岸上逃窜的行人，纷纷议论，言说完颜部国王从马红岭出兵，撒改从胡伦岭出兵，已攻下钝恩城，正向阿悚城进军。

水神好似猜透阿骨打心意，便对阿骨打说："怎么样，咱们来的正是时候，速至星显水阿悚城行事！"说着沿水驾着鲟鳇鱼而去。

再说阿悚，听说盈哥、撒改率兵前来征剿，便和他弟弟敌国宝率兵离城，埋伏在大泺，候等盈哥前来截击之。他刚将兵埋伏后，忽然，天像块黑锅底扣在天空，阴得异常，对面都见不着人的脸面。阿悚感到阴得异常，暗想："可能天助我成功也。盈哥他自来寻死矣！"

阿悚弟弟敌国宝说："哥哥，天阴得这样黑，怕不是好兆头。咱们收兵回去吧！"

阿悚冷笑说："天阴得如此黑暗，是助我之成功，因咱埋于此，盈哥派人来查都发现不了，岂不是天助我之成功也！"说罢他仰天大笑不止。阿悚的话音未落，忽然天降倾盆一般的暴雨，而这雨下得怪，就下在阿悚埋伏兵的左右和阿悚城，简直如泼水一般，霎时，平地水深没腰了。

敌国宝被暴雨吓得连声喊叫："哥哥！哥哥！速退兵，不然就全淹死了！"

阿悚见雨下得这么大，他从来未见过，眼看雨水快没脖了，再下一会儿，不愁不将人淹死，认为弟弟说得对，这么大的雨水，盈哥也不敢前来。他便一声令下，撤兵回城！

阿悚撤兵令一下，他的兵可就乱套了，哗一下子四散奔逃，齐声喊叫："快逃命啊！快逃命啊！再不跑就被雨水淹死啦！"

阿悚刚跑出去不远，猛见天空出现水灵灵的一团大白光，将天空照得通明，闪不是闪，就像海水一般，在天空翻滚着，翻滚着，直在他家的住宅上空翻滚欲降。他的心一下提溜起来，差点儿从嗓子眼中蹦跳出去。也就是一眨眼工夫，只听咔嚓一声，比霹雷还响，将他的耳朵都震聋了。

敌国宝见此情，哇声哭嚎地喊："完蛋了，我媳妇非被淹死不可！"

他刚哭出声来，只听从后边传来一片喊杀之声，是完颜部盈哥杀来了。吓得阿悚屁滚尿流，见他的兵已逃散，眼看城破家亡，吓得他赶忙招呼弟弟敌国宝说："国宝！快随我投奔辽国去！"哥俩才催马加鞭投辽去了。这才引起阿骨打讨阿悚，辽朝不放阿悚的纠纷，以此兴师伐辽，这是后话。

盈哥见阿悚不战自破，遂攻进阿悚城。可他心中感到是个谜，是什么将阿悚的兵马惊散，不战而溃呢？不知其故。他上哪知道啊，这是水神和鱼母助阿骨打灭辽兴金之举呀。

原来是水神和鱼母施用的巨大鱼光反射，水光相拼，爆发出的巨响，天空才出现如此巨大的亮光，要是真是大水倾下，阿悚城岂不被水卷走也？水神和阿骨打实现这计谋后，便乘鲟鳇鱼悄悄地回去了。

　　所以说，人总得爱护对人类有益处的生物，才能相互依存。阿骨打爱护鱼的繁殖和生存，感动了天和地，鱼和水神就相助于他，助他兴金灭辽当了皇帝，得到了好的报答啊！

第九十九章　以实为假

　　自从阿骨打在寥晦城练兵马、造军械之后，早有人报于辽朝，辽朝天祚帝派阿息保来察看虚实，对阿息保说："朕令汝为使者，前去女真，明为奖赏破萧海里有功的官员，实则令汝去察看女真虚实。近听说，阿骨打沿涞流水修城堡，建寨珊，暗中训练兵马，制造军械。不知真否？查实报于朕晓，不得谎报！"

　　阿息保叩头说："臣一定查实，禀报圣上！"

　　阿息保带着天祚帝的旨意，奔女真完颜部而来。刚进女真界，早有飞马飞报于女真国王盈哥。盈哥马上令人将阿骨打从寥晦城找回来商议辽使阿息保前来，如何对待？

　　阿骨打回来，对国王盈哥说："此乃辽朝派使前来，明赏破萧海里之功，实则刺探我寥晦练兵虚实呀。"阿骨打说到这儿，贴着盈哥身边说："国王只需如此这般，这般如此待之便可！"

　　盈哥一听，此计甚妙，便点头称赞说："好计，好计！汝可先按计行事，我按计待之！"

　　单说，这天辽使阿息保领着随从，带着天祚帝的赏赐，来到安出虎时，见两人搀扶着盈哥迎到寨外，施礼于阿息保说："不知钦使驾临，有失远迎，恕罪，恕罪！"

　　阿息保惊疑地望着盈哥，见他步履蹒跚，脸不是色儿，暗想，国王盈哥不久命将休矣！忙还礼说："岂敢！有劳国王出寨远迎啊，实不敢当也！"

　　盈哥将阿息保迎进国王府，跪听阿息保宣读天祚帝赏赐的圣旨后，将阿息保让至府内，叙谈一会儿，便令迎逛官将阿息保送至客店安歇。

　　阿息保见迎逛官领他出了安出虎向西而行，惊问曰："此去何处？"

　　迎逛官说："御使有所不知，国王为保御使安全，特在点将台建客店待辽使臣也！"

阿息保又疑问说："为啥要离安出虎而建客店，何意也？"

迎迓官说："御使大人，难道忘了契丹人'打女真，抢女真，夺海东青'乎？不像以前，汝辽官来此，安出虎可待之，今尤其散居之野女真，要听说随之而往辽官住处，暗中行刺，有一差二错，国王担待得了吗？才在点将台建店。点将台是女真屯兵之地，阿骨打在此操练兵马，可保辽使臣安全，才建于此呀！"

阿息保听后，惊吓得脸色红一阵白一阵的，心想，怪不得派十几名兵护送，原来如此，我可要小心！还没等住下，阿息保就怕啦。阿息保赶忙又探问说："听说阿骨打沿涞流水建城堡寨栅训练兵，怎么在点将台呢？"

迎迓官将马向前提提，与阿息保并缰而行，悄声说："御使，此乃阿骨打用的虚张声势之计耳，汝没听说，高丽国欲要攻我女真，故而虚张声势，以避高丽，实乃阿骨打见女真连年受灾，黍歉收，将他妻室都赶出安出虎，开垦荒地，自耕自食也！"迎迓官说到这，还长叹一声说，"咳！女真人够苦的了，不知什么时候能好一点儿。"迎迓官说着还左顾右盼地悄声说，"我之言，御使可千万别对外言啊！"

阿息保说："放心，随便问问，这耳听，那耳冒，其实早知焉！"

十里之遥，骑马不一会儿就到，来到客店，阿息保果真见到阿骨打依心情训练兵马。可他一看，兵马只不过百八十人，就惊问说："听说天祚皇帝下旨，让盈哥募兵，征讨叛逆萧海里，汝女真募兵千余，怎么这点兵力啊？"

迎迓官说："确实募了千余兵，征萧海里后，兵嫌无油水可得，吃穿不佳，一哄而散。再说，朝廷又不接济，女真能养得起那么多兵吗？有百八十兵士，能自卫就行啦！"

阿息保说："原来如此，承蒙迎迓官告之。"

阿息保住在客店，他心里有事，虽在路上迎迓官对他叙说一些话儿，到底是真是假，感到还是个谜。吃过晚饭，饭人对他说："御使大人，恕小人多嘴，国王有令，辽御使夜间在饭客院内可保证安全。如擅离院落，有啥闪失，小人有言在先，可不能负责，望御使晓谕随从人员！"

阿息保一听，心想："女真人变了，过去我来，随意在安出虎出进，今送此荒野之丘，还有这么多说道。可也是，鹰官巧夺，契丹人抢掠，打杀女真的，已伤了女真人之心，仇恨之心自然有之，是得多加小心！"阿息保当即晓谕随从人员，期间不要出此院落。

夜静更深的时候，阿息保一想："不行，别人不出去，我得出去，有圣命在身，不探清虚实，回禀圣上，岂不犯有欺君之罪？"他就摸黑起来，穿上衣服，假装出去小解，溜出房去。他不敢在院中走，顺着房檐溜着往前行走，外面风飕飕的，他不顾寒冷，想到营城子去看虚实。当他走到前院西厢房时，听见屋里有人说话。赶忙停下脚步，侧耳细听，就听屋里有人声音不大，但听得非常清楚，说："汝等千万要守口如瓶，辽使阿息保要问，涞流水建城堡寨栅作甚？汝等就回答说，训练兵马，制造军械，防高丽入侵！谁要是将虚张声势泄露于阿息保，定斩不饶！"

众人回说："少主阿骨打放心，我等一定按少主吩咐去说，绝不泄露真情！"

阿息保又听阿骨打说："我们不是怕阿息保探去实情，是怕阿息保传扬出去，高丽听说，乘虚而入，岂不又给我女真带来灾难也？"

阿息保听后赶忙溜回房去，心中暗想："迎迓官之话，均属实情，谣传乃阿骨打吹嘘威胁高丽之计也！"

第二天，阿息保背前眼后，跟饭人闲聊，均瞪眼说："少主阿骨打，计谋过人，沿涞流水建城堡寨栅训练兵马，制造军械，预防高丽进攻也！"

阿息保听后，心中好笑，汝等以为我不知，阿骨打叮嘱汝等之言，均被我听见了。可他没说出来，只是点头说："应该备而无患，高丽不得不防也，阿骨打是有远见之士也！"

阿息保口虽这样说，但心里还感不放心，吃过早饭，他独自一人溜出饭室，想要寻找民众试探之。他走出饭室，直往西走，过了点将台，便是一道山岭，下得丘陵见五个女真人喊喳唠嗑儿。阿息保又退回来了。站在深处窃听，就听他们议论说："也不怪阿骨打老婆吵他闹他，为国事将妻室子女都弄到涞流水畔受凉风，何苦来的？蒙高丽一时，还能总蒙住高丽，蒙住眼睛？还有耳朵呢，多余！"

另一个接过说："阿骨打也死逼无奈，战胜萧海里是窗户眼吹喇叭——声音在外，都知女真募兵过千。哪知，打肿脸装胖子，只是一时，无钱养不了兵，谁知，一千多兵，哗啦一下子，像水里的冰，融化得一干二净，全散了。要是被高丽知道，打进来，咋办啊！万般无奈，阿骨打才采取虚张声势之计，以解燃眉之急！"

还有一人接过说："别说，阿骨打这个法儿，还真能掩人耳目，听说辽朝听说后都毛了。说阿骨打在沫水训练兵马，养精蓄锐，意欲对辽。

要是对辽，阿骨打能缚斡达剌交辽朝，捉拿诛杀萧海里斩首献于辽，这又咋说呢？何况虚张声势，辽就吓破胆也，可见辽朝均是鼠目寸光之辈，短浅也！"

又有一人接过说："契丹人对咱女真，打杀抢劫，不思报仇雪恨，反俯首帖耳甘为牛也！"

有人马上反驳道："汝说这话不对，任何时候，都得靠大树乘凉，我女真没有辽朝庇护，早被高丽、塔塔尔吞了，可能导致全民灭亡！"

"谁说的？"

"阿骨打说的！"

阿息保一听，自忖道："何须再察，秃头虱子明摆着，女真勃极烈，尤其是阿骨打，始终忠心耿耿于辽，不容多疑，谣传乃阿骨打对高丽使计也！

"阿息保赶忙回到客店，带领随从回安出虎，准备向国王盈哥告辞回辽。谁知在国王府门前，被一群吵闹之人将他吸引住了。

阿息保将马交给随从，他挤进人群一看，见一妇女，横眉立目，气呼呼地说："国王，看在你面上，咱先罢了，不然没完，小老婆也是人，将我们弄到涞流水边上去受凉风，为国家……"

阿息保见妇女说到这儿的时候，嘴被人用手捂上了，被抬走了。见此情，阿息保心想，这妇女是谁呢？刚转身见一位身约四十多岁的人，阿息保就悄声问道："这女子是谁，气性这么大？"

那人转身向南走去，阿息保相随，就听那人声音不大地说："咳！不怨她急，哪有不急的呀？她是阿骨打的二房陪室，全让阿骨打赶到涞流水边去了，到那开荒种地，受凉风。说是什么疑兵之计，反正烟囱冒烟，说那儿能有很多兵就是了。去也行，阿骨打大老婆还不一样对待，她应分的不分给她，跑来炸……"那人说着，见过来人，大步流星地溜了。

阿息保才信以为真，告辞盈哥回辽，向天祚帝禀报，天祚帝也信以为真了，继续过着高枕无忧，花天酒地，吃喝玩乐的生活，再也不信涞流水阿骨打暗练兵马的传言了。

第一百章　怒杀辽朝鹰官

有一天，阿骨打正和女真国王乌雅束盘腿坐在炕上议论事儿，就见报事的慌慌张张进来说："禀报国王，大事不好，辽朝的一些官员，抢夺我女真人的海东青，不给就杀死，受害的人哭哭啼啼前来告状，请国王定夺！"

乌雅束一听，气得他愣瞪双目说："岂有此理，待我去捉拿辽官实问！"乌雅束说着，起身要去，被阿骨打拦阻说："兄长息怒，待弟前去处理此事。"

阿骨打说罢，站起身来，到外面一看，来了十几个人，见阿骨打出来了，都跪在地下说："少主哇，快给我们做主，辽朝的鹰官欺人太甚，硬要海东青，不给就杀，抢夺就跑，让咱女真人无有活路了！"

阿骨打赶忙说："快快起来讲话！"

众人起来后，阿骨打问道："你们是哪个部落的？"

"我们是薄奴里部的伊尔根①。"

阿骨打又问道："辽官因何抢夺你们的海东青？"

前来告状的人中，有位老玛发，他代表众人说："我们是薄奴里东喷那嘎珊里的伊尔根，靠渔猎为生，家家都饲养海东青。前天，突然辽朝鹰官带领几名兵丁，来到嘎珊里，逢门便进，硬要海东青。我们和他讲理，言说进贡的海东青早已交够啦。可这鹰官像狼似的，不容分说，见鹰就抢，拦挡他就打，反抗的就被他杀了，嘎珊里的海东青都被这群狼抢光了！"

阿骨打一听，暗想这不赶上强盗了吗？如不严惩辽朝鹰官，我女真人还咋生存呢？他想到这儿，就对众人说："你们速回，我去惩办辽官！"

阿骨打带领十几名女真兵，骑着快马，急驰奔五国城去找辽官算账。

① 伊尔根：满语，平民。

他催马加鞭，来到越里吉这个地方时，忽见从一个嘎珊里飞出十几匹快马，马上驮着海东青。阿骨打仔细观瞧，正是辽朝官员，不用说，又是抢鹰的。他赶忙拦截过去。这时就见从嘎珊里跑出男男女女的女真人，哭喊着："还我海东青，还我海东青！"阿骨打骑在马上，心中暗想，辽官抢海东青之事，绝不是在一个嘎珊，而是普遍发生了，难道辽朝有什么指令？哎！管他有啥指令，在女真的土地上，绝不允许辽官任意胡行。阿骨打啪啪向马猛抽两鞭，这马如飞一般，向辽官逃跑的方向而去。

阿骨打截住辽鹰官，指问说："谁让你抢掠我女真海东青的？"

辽鹰官勒住马，用眼斜愣阿骨打冷笑地说："你女真的海东青？"他说到这儿，仰面朝天哈哈大笑，"连你们女真人都是辽朝的俘虏奴隶，何况海东青乎！"

阿骨打一听，气得差点儿从马上掉下来。他气冲斗牛地说："你少说废话，我阿骨打奉女真国王之命，前来阻你们抢鹰，快将鹰乖乖地放下，如若不然，我可就不客气了！"

辽鹰官一听，满不在乎地说："你就是阿骨打呀，我们天下兵马大元帅延禧说了，到女真那去要鹰，不给就抢夺，有人阻止，就去找阿骨打。我们没找你，你来了，请你告诉女真人，我们要鹰，乖乖地给了，别让我们费事！"

阿骨打气得眼睛已经冒火了，大喝一声："住口！如不快将鹰放下，小心你的脑袋！"

辽鹰官仍然毫不在乎地说："阿骨打，如果你敢动弹我们一根毫毛，我们大元帅将你们女真踏成平地！"

阿骨打大骂一声说："好你个狗官！胆敢在女真土地上放屁，快给我拿下马来！"

阿骨打的兵丁一听，一拥而上，还没等辽鹰官转过向来，已被拽下马来，摔在地上，被用绳绑缚上了。十几名辽兵一见，早就吓筛糠了，都跳下马来，磕头求饶。追赶辽鹰官的女真人跑到跟前一看，辽鹰官被拿下马捆绑上了，众人一拥齐上，没容分说噼里啪啦像爆豆似的，民众的铁拳头齐上，劈头盖脸捶揍辽鹰官，打得辽鹰官嗷嗷喊叫："饶命啊！饶命啊！"

因为这个鹰官将阿骨打气坏了，群众一拥而上，捶打鹰官，阿骨打没有拦挡，想让民众出出气儿。当他听到辽鹰官破刺拉声喊叫救命，他的气儿已消了一半。忽然听辽鹰官没动静了，阿骨打才心里咯噔一下子，嘴没说心里话，可别打死呀。他才大喊地说："住手！别打了！由我处置他！"

民众听见阿骨打的喊声，才停下手来。一看，这个辽鹰官已被民众活活打死！不知谁好信儿，摸摸鹰官喊叫说："狗官，断气了！"

阿骨打吃了一惊，说："怎么，被你们打死了！"

"打死他，我们都不解恨！"

"豺狼不杀，早晚伤人，这强盗来一个，杀他一个，看他还抢不抢海东青！"人们呼喊着，又要动手去打辽兵。

阿骨打才大喊说："住手，一切由我阿骨打处理！"

民众一听，是阿骨打，才停下手来，齐刷刷跪在地上，齐声喊叫说："多亏少主救了我们，截住强盗抢夺的海东青！"

阿骨打说："你们都起来。将自己的海东青认领回去。辽鹰官被你们打死，是他自己找死，这是抢掠海东青的下场。"

民众听阿骨打这么一说，都将自己的海东青认领回去。阿骨打才让兵士将辽兵绑绳解开。他对辽兵说："抢掠海东青是鹰官的指使，与你们无关，他指使你们抢，他已被民众打死，罪有应得。你们将他的尸体带回去吧，让其家埋葬，也给辽鹰官捎个信儿，谁跑女真这来横行霸道，抢掠海东青，谁就得这样下场！"

辽兵听阿骨打说让他们回去，都跪下给阿骨打磕头，感谢不杀之恩！

阿骨打立刻打发几名兵士去到各部落，传达他的命令说："晓谕各部落猛安、谋克，对辽朝鹰官带兵强抢掳掠女真民众海东青者，立即捉拿押送给我！"几名兵士遵命而去。

阿骨打这才带领兵士向蒲里奴去了。他催马加鞭，心急如火，怕还有辽鹰官抢掠海东青后，逃回辽朝。当阿骨打来至蒲里奴地带时，听见一个嘎珊里的妇女们哭天嚎地，一片叫喊之声。阿骨打一想，不用说，这嘎珊也挨抢了，就赶忙催马奔去，进到嘎珊里一问，果然是刚被抢掠一空。更令阿骨打气愤的是，说是这伙辽朝鹰官抢掠海东青由女真的谋克带兵协助抢掠，而且是打着国王乌雅束的旗号，说是乌雅束允许的。简直将阿骨打肺子都气炸了。问明去向，阿骨打立刻带兵追去，一直追到北面一个嘎珊里，就见嘎珊里乱成一团，真是鸡飞狗跳墙，哭叫连天。

阿骨打在一户人家门口跳下马来，见院落里围不少人，一个谋克向民众说："我奉国王乌雅束之命，协同辽朝鹰官向民众索海东青，各家各户，要将所有的海东青全交出来，不交者要受惩罚！"

"住口！"阿骨打一个箭步蹿上去，气愤地喊叫说，"国王什么时候向你下的令？"

讲话的谋克，扭头一看，是阿骨打，吓得他两腿一软，扑通跪在地上，说："少主，是……鹰官说……说的是……辽皇帝……皇帝说……说的，我……我怕……怕民众……众不听……听，才改……改为……为国王……王……"

还没等谋克讲完，阿骨打命令士兵说："将他给我拿下！"兵士们一拥而上，将谋克按倒在地捆缚上。

辽鹰官见阿骨打将谋克绑上了，就对阿骨打说："你绑谋克作甚，是我让他这么做的！"

辽鹰官骄横地对阿骨打说道，阿骨打气得浑身颤抖地说："屁！你小小的鹰官，在辽都狗屁不是，何况在我女真土地上，尔不过是名运送海东青的奴隶罢了，竟敢假传朝旨，掳掠女真平民的海东青，真是罪该万死！"

阿骨打说到这儿，马上命令说："来呀！将狗鹰官与我拿下问罪！"

阿骨打的话音未落，辽鹰官当啷啷拔出宝剑说："敢！敢拿辽朝命官，你们还想不想活了？"他说着，就将冲上去拿他的一名士兵杀死！

阿骨打一见，真是火冒三丈，胆敢杀我军士，也当啷啷一声，拔出宝剑，寒光四射，冷气袭人，冲上去，对鹰官就是一剑。辽鹰官急架相还，两人战在一起。

辽鹰官哪是阿骨打的对手，没战上十个回合，就被阿骨打一剑将他的剑削去半截，吓得狗官转身要逃命，被兵士们捕捉在地捆缚上了。

阿骨打见拿住鹰官，立即审问谋克，原来这个谋克受了鹰官的贿赂，才帮辽鹰官抢掠民众海东青，抢掠的海东青全在他家放着，准备明天运走。

阿骨打审问明白后，当众一剑将谋克刺死！

阿骨打回过身来，又问辽鹰官说："谋克说的话，你听见了吧。你身为辽朝鹰官，竟敢在女真部落里强行抢掠，并假传辽朝皇旨，犯有欺君抢掠之罪，不杀汝，也不知我女真人的厉害。杀了汝，看辽朝谁还敢来掠掳我女真海东青！"阿骨打说罢，一剑将辽鹰官杀死！大解民众之恨。

第一百零一章　拒献海东青

说的是辽道宗皇帝死了以后，他的孙子延禧继承皇位，号称天祚帝。当了皇上之后，第二年的春天，他也得按辽朝的老规矩，进行春捺钵，放海东青捕捉天鹅，摆头鱼宴，在春捺钵前，就派他的使臣阿息保到女真完颜部，传旨给阿骨打，让他多携带一些海东青到长春州鱼儿泊去参加辽的春捺钵，以助皇兴。

阿骨打嘴没说心里话儿，你不来找，我也要去找延禧说理。阿骨打这时候已被天祚帝封为梯里已①的官。在女真部落里他已被选为勃极烈②，当时女真国王乌雅束问他说："阿骨打你不带海东青去贡献，能行吗？"

阿骨打说："请兄长放心，我此次前去不是献贡，是拒贡，而且要找延禧评理算账，让他从今以后，不敢小瞧我们女真！"

他大哥乌雅束一听，担心地说："二弟呀，事要三思呀，万一延禧恼怒，将弟扣留如何是好？"

阿骨打笑呵呵地说："兄长放心，延禧这人我已摸着点儿他的脾性，是怕硬不怕软。你越软，他越欺负你；你硬，他惧怕你三分。我此次前去，只需如此这般，这般如此，从今以后延禧他就不敢欺负我女真了！"

乌雅束还是不放心，除令阿离合懑陪同前往外，又令蒲家奴随往。

阿骨打除带领阿离合懑和蒲家奴外，还有两名护卫随行。五匹快马从会宁府出发，马跑銮铃哗啦响，马蹄嘚嘚一溜烟，直奔长春州鱼儿泊而去。

阿骨打来到天祚皇帝春捺钵时，早有人奏禀延禧皇帝，说阿骨打已到。延禧一听，心中甚喜，立刻传旨说："宣阿骨打见驾！"

---

① 梯里已：契丹语，译言惕隐，官职名。
② 勃极烈：金语管理众人之意，类似汉制中的宰相。

阿骨打遂进捺钵里参拜延禧。延禧满脸堆笑问阿骨打说："你给我带来多少只海东青啊？"

阿骨打说："回禀皇上，一只未带！"阿骨打回这话的时候，说得嘎嘣脆。

延禧皇上一听，脸唰一下子摞下来了，嘴没说心里话，好你个阿骨打，打铁也得看看成色，朕当皇上头一年春捺钵，派使给你送信，让你多带些海东青来，捕捉天鹅，大摆头鹅宴，祝贺我春捺钵之收。可你，一只没带，这不成心拆我的台嘛！延禧想到这儿，真是怒从心中起，大喝一声说："你为什么违抗朕的旨意，不带海东青来？"

阿骨打说："回禀皇上，海东青都被朝中的鹰官掠掳一空，我还上哪去拿海东青啊？"

延禧说："胡说，朕还没找你算账。你将朝廷派去的鹰官，收贡的海东青全扣留还不说，汝杀死鹰官，违抗圣命，本应问罪，朕念你过去对朕有功，再加上忙于国丧，今朕登基，旨令汝多带海东青以补过失，可汝敢违朕之旨意，反说海东青被掳掠一空，简直是欺君之言！"

阿骨打说："皇上只听片面之词，岂知鹰官在女真部落里胡作非为吗？他们带兵强行抢掠，见鹰就要，不给就抢，反抗者杀，将我女真各部落的海东青洗劫一空，杀死女真人一百余名，打伤无数，造成民不聊生，怨天骂地，怀恨辽朝，造成分裂。而我身为辽朝的梯里已，受皇封享俸禄，对这些损害皇上声望的官号的强盗，屠杀女真无辜的伊尔根之人能不管吗？为此，我代朝廷行使惩办强抢犯罪的鹰官，是履行我的职务，为维护圣上的天意，爱民如子才挺身而出，杀死这些强盗般的鹰官，难道不对吗？如果尽职反说违抗圣命，难道圣上旨意是让鹰官强行抢掠女真的海东青吗？"

阿骨打说这番话语时双眉紧锁，虎目圆睁，最后是怒目直逼皇上！

延禧见阿骨打语激，义愤填胸，口口咬木头，他被阿骨打说得闭口无语，心里发颤。因为贼人胆虚，他确实暗示过鹰官这样做，当今天阿骨打问他，他说啥不能承认，就心虚地说："能有这种事吗？"

阿骨打说："回禀皇上，如果有半点不实，我愿以头为保。"

延禧又说："即或有这事儿，你将鹰官也杀了，可这海东青又落在女真人手里，连贡品你们都收回去了。难道这不是违抗圣命吗？"

阿骨打说："回皇上，岂知，这些海东青鹰官本应及时送回，可他为个人强行抢掠，回朝好发财，将女真献贡于朝廷的海东青活活给饿死了，强抢的这些海东青，拽抻巴的，没过两天，也全一命呜呼，女真人哭天嚎地悲愤万分。说实在的，皇上，女真的海东青接近绝种了，我还咋为皇上带海东青？"

阿骨打说到这的时候，痛心得好像嗓子眼儿被噎住了，低下头去。这就叫有软有硬，软硬兼施，一下子又将延禧的口封住了。

延禧眨巴半天眼睛又说："我再来问你，为什么要大闹宁江州，打伤节度使和官兵无数，打死契丹商人，毁坏商品，捣毁榷场，打死巡检官？凶手捉到了吗？"

阿骨打一听，心想，好个延禧，那头被我堵住了，这头又来了。他就猛地抬起头来，怒目而视，望着延禧说："皇上，提起这事，更令人痛心，宁江州自古以来就是契丹与女真人互换物品的榷场，公平交换，各取所需，互通有无，发展生产。谁知近几年来，宁江州的契丹商人在榷场巡检使的纵容下，将榷场变成强行掠掳女真人物品的场所，不仅不等价交换，而且交换不成则抢，抢不到手就打，打死我女真人无数，抢掠女真人物品，计算不清。我女真人受辱挨打，辽朝官员不仅不惩办契丹的犯罪商人，反而将我女真人殴打拘押。皇上，这些官员是官逼女真人之反也！在这种情况下，国王乌雅束还是尽量忍之，训教女真人维护辽皇帝为重，国王可忍受此辱，女真人忍无可忍才发生对宁江州报复的事件。此事发生后，国王责成多人，查获凶手，至今无有眉目。"

延禧一听，冷笑说："均是搪塞之言，大闹宁江州的凶犯，不是查不到，而是受人支使，查获不到不过是掩辽廷耳目罢了。"

阿骨打说："皇上，非也，皇上熟知我女真人生性粗野，有的来无踪去无影，要取人头，如探囊取物一般，他的行动诡秘，谁能见之！"

延禧一听，脸霎时吓得煞白，赶忙说："哎呀！女真还有这样人？可得速速诛绝！"

阿骨打说："皇上，这些人居无定处，今日在山野，明日在水畔，谁能到他眼前？如果得罪他们一点，神不知鬼不觉，你的脑袋就搬到一边去了！"

延禧吓得身上直哆嗦，忙追问说："有侍卫守护门窗，他也能进来吗？"

阿骨打说："皇上，这些野女真别说你有兵把守门窗，就是守在你身旁，同样取头如取物，脑袋掉了都不知咋掉的！所以国王才暗派人访察，绝不敢声张，更不敢说辽帝旨意，怕给皇上带来麻烦，我国王更吃罪不起呀！"

延禧被阿骨打说得霍地一下站起来说："传我旨意，令乌雅束节度使不要追查了，再追查知是朕的旨意，朕可怕这些来无踪去无影的邪人！至于宁江州死伤的人，活该，谁让他们打女真来的，自讨挨打！"

从这，阿骨打更进一步认识到，辽天祚帝延禧是位软弱无能的家伙，必须以硬待之，他才能退步。

延禧说完，长叹一声说："原想梯里已能多带些海东青来，多捕猎些天鹅，烹宴以贺之，没想到这些该死的鹰官，将女真海东青毁之一尽，真令朕扫兴也！"

阿骨打说："回皇上，虽没带海东青来，我带几名'活海东青'来，定为皇上多捕天鹅！"

延禧一听，又乐了，说："好！今天就看梯里已的啦！"

在捕猎天鹅时，阿骨打、阿离合懑、蒲家奴和两名兵丁，均大显身手，他们箭不空发，一箭一只天鹅，他们将天鹅围在核心，四处围猎之。辽朝官员像看表演似的，一看这五人的箭法，如同神箭一般，不断喝彩。

延禧见阿骨打的箭法，心里暗暗吃惊，此人不可等闲视之也！

从这开始，女真对辽断绝了鹰路，不给辽朝贡献海东青了。

第一百零二章　石忠卖妻

乌雅束继任联盟长之后，一连几年庄稼歉收，饿得居民东奔西走，到处求借，而富户窝着粮食，价格飞涨，逼得有些族人不得不聚众强抢，或者偷盗。

这天阿骨打巡视民情，从剖阿里路过越里吉的时候，见市上不少卖妻子儿女的。阿骨打身着便服挤在人群之中，见一对年轻夫妇抱头痛哭。女的头上插个草棍儿，哭哭啼啼地说：“夫啊，卖身钱除缴官税外，可千万别让额娘饿着，我最惦念的是额娘，她老人家多不容易把你拉扯大了，本想跟你享点福，现在又将孩子扔给她老人家了，拉扯你还不够，又拉扯孙子，我这心能好受吗？”诉说完大放悲声痛哭。

阿骨打见围观的群众都跟着流眼泪，就悄悄问身旁一位五十多岁的人：“她干吗要卖自身？”

老人正在抹眼泪，也没看阿骨打一眼，就气愤地说：“官府逼的！连年歉收，缴税加码，这哪像话儿，他娘的，什么正税、杂税，还不如将人的脖子全勒上得了，这不官逼民反吗？”

“是呀，太不像话啦，哪有这么征税的？过去只征牛头税，现在可倒好，一年征两季税，夏税每亩农田征粮三合，秋天又缴粮五升，秸一束（每束十五斤）。这还不算，还征铺马钱、军需钱、免役钱，还征田园、邸舍、车辆、牲畜、树木的钱。这些要命钱，逼得人们卖儿卖女，不如反了！”

说这话的人是个二十八九岁的男子。他接老头话茬儿后，又对这对青年夫妇说：“喂！哭什么，好汉挺起腰板，跟我走，咱们反了！”

卖妻的青年将眼泪用手一抹，霍地站起身来，两只眼睛瞪得像牛眼珠子似的，扑奔过来，嗖地用手抓住跟他说话的壮年男子的衣服领子，左手攥紧拳头愤怒地问：“你是女真人吗？”

“不仅是，咱还是纯牌的！”壮年男子洋洋自得地说，“我爷爷叫石鲁，当今盟主乌雅束还得管我叫叔叔哪！"

"啪！"青年小伙子狠劲儿给壮年男子一个大耳光子，怒气冲冲地说，"还腆脸说你是女真近支呢，真丢脸，要反，一点民族心都没有，连普通族人不如也！"

"好啊！你敢打我？你也不睁开狗眼瞧瞧，我是谁？里安是我爷爷，提起越里吉，谁不知里爷府！你等着。"这小子说完，撒腿就跑了。

"唉！卖妻就够你苦的了，你咋能不问青红皂白，惹杀身之祸呀！"

"是呀！在越里吉谁不知道里爷府是黑瞎子打遮——一手遮天啊！"

青年说："要反不揍他还留着，惹急了，砍他。别看咱穷，穷得有志气。不缴税，用啥兴旺女真族，宁肯卖妻缴税。"

阿骨打站在旁边接过说："卖妻，妻子卖了后，再要税，你用啥缴纳呀？"

围观的人也认为阿骨打问得对，应和着说："是呀，你有几个妻子？"

青年将眼睛眨巴两下说："正格的，年头能老这样吗？来年收成就好了！"

阿骨打对这个青年的爱国之心，从心眼往外爱惜，就又问："你是这城里人吗？"

"不是，我家住耶律拉，离这儿几十里路。"

"你叫什么名儿？"

"石忠！"

阿骨打一听好个名字儿，又问："你家还有啥人？"

"老母，儿子。"

"你母多大岁数？"

"六十。"

"你多大年岁？"

"二十四。"

"你儿子多大？"

"两岁。"

阿骨打还想要盘问，这时来位五十开外的人，身上穿的全是丝绸，喝得红扑扑的脸膛，走到石忠妻子面前，嬉皮笑脸地说："嘿嘿，看样子，你这小娘们是卖的啦？"

妇女低头悲泣说："是，是自卖自身。"

"是做妾小，还是……"

妇女脸红地说:"做奴隶!"

"嘻嘻。"老头贱呲呲地说,"要是给我做妾,多给钱。"

妇女立刻脖子涨红,愤怒地说:"大爷说话留点阴德,只为缴纳官税,卖身做奴隶,年成好了,赎回,咱是有夫之妇,休要胡言!"

"哈哈哈……"老头仰面大笑,用手端着妇女的下巴,说,"嗬!小娘们还一本正经的哪,做奴隶?妾小也是奴隶。老爷有钱,你卖,老爷就要买!至于做什么,就由不得你了,买你天天陪我睡觉,你不陪,敢吗?要多少钱?买定了。"

青年妇女用手将脸一捂,呜呜哭着说:"太凌辱人了!"

"财迷仗财又欺侮人了!"围观的群众窃窃私语。

青年小伙子气冲斗牛,脸色煞白,又攥起拳头。阿骨打见石忠要打,赶忙用手一拉,往前迈了一步,向财迷打个千儿,笑吟吟地说:"听你的口气要买,你是个财迷,能出起多少钱?"

财迷用眼上下打量一下阿骨打,笑眯眯地说:"这么说,这价码由你要了,有价码就行!"

阿骨打说:"好,说得痛快!听着,要买,拿出三千合粮食!"

财迷一听,惊疑得倒吸口凉气,但他马上斩钉截铁地说:"只要卖,我就买。"

阿骨打又问:"可有一宗,得先拿出粮食,后领人!"

"这,这。"财迷打着胡拉语说,"差不了,人进门再付粮。"

阿骨打说:"不行,你得将粮拿出来,摆在这儿,让大伙儿见证,粮食付完,将人往回一领,这叫两手一换。先领人,后付粮,你要赖,谁和你打官司呀!"

老头将眼一瞪说:"别说三千合,三万合难不住我财通达!"

阿骨打正在和财迷争讲,忽见围观的人立刻向四处跑,边跑边喊着:"不好了!里爷府来人了!"

阿骨打转脸一看,从北面来十几个彪形大汉,手持棍棒,在刚才那个壮男子率领下,一窝蜂似的奔来了。

阿骨打心里想,我太爷二方留下的跛黑、黑子都反了,只有这个里安还很守本分,今天才知道他后代仍存有反心,幸好让我遇上,非斩草除根不可,以除后患。他想到这儿,悄声对石忠说:"你不要动手,看我对付他们。"阿骨打说着将丁字步一站,两眼瞪着来人。

财迷笑嘻嘻迎着壮男说:"胡涂少爷来了!"为啥管他叫胡涂少爷,

石鲁二房妻室生三个儿子，大儿子跋黑反叛死了，二儿子黑子勾引麻产死了，就剩这三儿子里安，见五国部越里吉这地方是块宝地，就迁这儿住，已发展成大奴隶主。里安有十个儿子，小儿子名叫黑虎。这个壮男子是黑虎的六儿子，名叫胡涂。在越里吉这块儿黑虎和胡涂爷俩称王称霸，自称"里爷府"。胡涂刚才被石忠打个耳光子，不敢还手。这小子贪色，骨瘦如柴，他哪是石忠的对手，回去找来打手，捉拿这对青年夫妇回去问罪。胡涂说"反了"，是一点不假，不是他，是他阿玛黑虎早有反心，因此家里养了不少打手。

胡涂见财迷嬉皮笑脸迎着他，用手一扒拉，"闪开！"财迷见胡涂一脸怒气，不知是怎么一葫芦药，将身子一闪。胡涂喊着："快，将那个小娘们和青年捉进府去！"

打手们忽地一下子上来了。阿骨打将手一扬，喝道："你们要干什么？"

"关你屁事，抓，抓人！"胡涂倒背双手，满不在乎地喊。

阿骨打说："咋不管我的事？已被我买下了，看你们谁敢动！"

胡涂一听，急蒙了，破嘶啦声地喊："连他一起抓进府去，快！"

十几个打手一拥而上，吓得青年妇女尖叫一声，昏倒在地……

第一百零三章　阿骨打遇难

　　说的是胡涂的十几个打手，蜂拥而上，阿骨打早已拉开架式等候。哪知这石忠怕阿骨打吃亏，他一步蹿到前面去，迎挡冲上来的打手，吓得他媳妇哇呀号叫。阿骨打也冲上去，左右开弓，拳打脚踢。胡涂的打手哪是阿骨打的对手，几拳几脚就撂倒两个。

　　十几个打手，做梦也没想到能遇到阿骨打，当时认为阿骨打这小子还真有三抓五挠，又过来几个将阿骨打团团围住。他们依仗人多，棍棒飞舞泰山压顶一般，向阿骨打头上砸来！

　　围观的人群，开始惊吓得四处逃散，现在见打起来了，打得尘土飞扬，天昏地暗，人们又都回来了，都要看个究竟。人越围越多，见七人力战阿骨打，棍棒呜的一声，齐向阿骨打头上砸来，吓得人们的心，腾地跳到嗓子眼，要没嗓子眼隔着，真蹦出来了。人群中有的吓得直呼"娘呀"，众人都替阿骨打捏把汗，嘴没说心里话，这壮士多管闲事儿，这下子可玩完了！

　　正在人们提心吊胆的时候，就见阿骨打两脚点地，身子向上一蹿，双臂一抡，啪啪连声响，这一抡，阿骨打臂膀也确实用劲儿了，将七个打手的棍棒全给拨回去，立刻咕咚、咕咚响，七个人就有三个人被阿骨打拨倒在地。

　　"好！好厉害的勇士！"围观的人们随着阿骨打这个动作，只觉悬到嗓子眼儿的心又咕噜噜滚落下去，众口同声给阿骨打叫好。七个打手惊吓得像条夹尾巴狗，拎着棒子，灰溜溜地往后退。

　　石忠力战四人，这青年也有几招儿，打得四个人团团转，近不到石忠跟前。阿骨打打败七个打手，气坏了站在胡涂身旁的一位打手。这人身高丈二，膀大腰圆，浓眉大眼，连腮的胡须，年约四十，手持一把明光锃亮的钢刀。他始终站在胡涂身旁观战，他就是胡涂家豢养的正式打手，名叫沙里豹，外号"鬼见愁"。他随胡涂来了，站在那儿，用轻视的目光瞅着，心想："两个村野匹夫，还需兴师动众，杀鸡岂用宰牛刀？这十几个壮丁往上一扑，将他们捆绑起来也就是了。如果我上去抓人，岂不有损我这'鬼见愁'的名声？"所以他只用手一拱，意思你们上去将两个村夫捆起来就得了。

他站在胡涂身旁心不在焉地东张西望卖开傻脸呆儿，特别感兴趣的是，见石忠媳妇哭叫，显得更加美貌，好个小娘们，等会儿将你带到府上，宁肯拿出点银子，将你买下。鬼见愁正呆望着，听见咕咚声，才从梦中将他惊醒，见壮丁被阿骨打打倒五六个，打得壮丁往后退闪，不敢上前。鬼见愁可火了，哇呀呀，他一步飞过去，大骂村夫："好大的胆子，敢打里爷府的壮丁，待我擒拿于你！"唰地举刀就砍。阿骨打空手相还。

围观的人们心又提溜起来了，惋惜地七吵八喊地说："完了，完了，这下子可完了。沙里豹的刀法，鬼见着都发愁，他两手空拳，哪是鬼见愁的对手呀……"围观的人们纷纷议论着，都很同情阿骨打，替阿骨打担心，怨恨里爷府仗势欺人。他们做梦也不知道这人是阿骨打。

阿骨打见跳过来一名凶恶之人，手持钢刀，不用说，这人能有个三抓五挠的。见他刀劈华山，将身一躲。鬼见愁刀法的绝技，躲闪慢一点儿，就得咔嚓一声，像刀削萝卜似的，脑袋瓜儿立刻轱辘辘滚落在地。鬼见愁为啥立刻使用绝技呢？他见今天围观的人太多，要显露一手，打仗哪有这么多人看热闹啊！二来他面对的是个村野匹夫，恋战太久，有损他的威望，连个村夫都对付不了，还咋在里爷府站脚，岂不让人笑掉大牙？由于这种心情，他亮出绝技，想要一下结果阿骨打的性命。哪知阿骨打手疾眼快，轻轻两脚一点地，轻飘飘的身子像羽毛一般悬跳到鬼见愁跟前儿，啪地一脚将鬼见愁踹个仰面朝天，手中的钢刀也当啷啷飞落在地。也该鬼见愁命归阴府，他的头正撞在石头上，登时脑袋破裂，脑浆流出，蹬蹬腿儿，咧咧嘴儿，一命呜呼，去阴曹地府"鬼见愁"去了。

围观的人们立刻炸山了，"不好了，可不好了，出人命啦"！哗一下子，人们闪出老远。

胡涂早吓得屁滚尿流，跟头把式地跑回去找他老子黑虎去了。十几名壮丁也跑得无影无踪了。

二十几名卖儿、卖女、卖妻的也都闪在一边去了。石忠媳妇见将里爷府的人打死了，一把抱住石忠大哭说："我没卖出去，还惹出塌天大祸，咱俩死了不要紧，扔下额娘和孩子怎么活呀？天哪！你为啥不睁开眼睛看看，为啥好心不得好报呀……"

阿骨打见这妇女一片孝心，很受感动，劝说："石忠，此地不可久留，人是我打死的，好汉做事好汉当，不碍你事。"阿骨打说到这儿，从兜里掏出十两白花花的银子，说："这有纹银十两，你快带着妻儿回家，奉养老母，实现你妻子的心愿。"

"不！不！"石忠惊疑地摆手说，"我咋能要贵人的银两？再说，你为我打死人的，我不能走，得我去偿命！"

人们见阿骨打手里举着白花花的银两，石忠又摆手儿，不知他俩又在演什么把戏，忽地一下子从远处卖呆儿，又围上来了。

阿骨打说："冤有头，债有主，你偿什么命？还是赶快拿着银两逃生去吧！"

"不，我绝对不能呀！扔下你，我还叫人吗？"石忠跺脚痛哭，说啥不拿这银两。

阿骨打可有些着急了，心想，胡涂跑回去报告，黑虎一来，石忠想跑也跑不了啦。就赶忙大喊说："年轻的妇女，还哭叫什么？你口口声声惦念婆母，听起来感人，实际你是阿拉乌都①的人。要真心惦念婆母，快拿着银子，领丈夫回家去！"

石忠媳妇才如梦方醒，对石忠说："贵人仗义疏财，救困扶危，今世报答不上恩情，来世变牛为马也要报答。"说罢哭哭啼啼拉着石忠快走。石忠被逼无奈，才转身要走，说啥也不接阿骨打的银两。阿骨打抓过石忠的手，硬塞在石忠手里。正在这时候，有人七吵八喊："闪开！闪开！"围观的人们忽地一下子闪开一溜胡同，大伙儿一望，是黑虎带领人丁来了，他怒发冲冠地喊，"谁这么大胆，敢打死我的军事头儿？"

阿骨打见黑虎来了，忍着胸中的怒火，不管咋说，是自己的长辈。但他没报字号，如果黑虎认出来，再跪地下磕头，先给老人家打个千儿，要能打马虎眼过去，也就过去了，就不露自己的名了。阿骨打想到这儿，慌忙上前打个千儿说："是我打死的！"

黑虎正在暴跳如雷，见前面有人打千儿，说是他打死的，仔细一看，他将身子往后一闪，倒吸一口凉气，咦，是他！但黑虎马上镇定下来，大叫一声："好啊！大胆的阿骨打，你们父子兄弟，将我两个伯父全杀害了。我们父子忍气吞声，现在又跑我头上来屙屎，这还不说，你们父子又规定花样繁多的税，让人们还活不活了？"

---

① 阿拉乌都：女真语，糊涂。

阿骨打听到黑虎这句话，他身上确实打个寒战，因他今天亲眼所见，为缴税逼得老百姓卖妻子儿女，逼得老百姓怨声载道，而黑虎狠毒地抓着这个煽动百姓对完颜部不满，将他伪装起来像个善人！好，今天不好好整治，祖先的一片心血要付于东流……

"打死他！打死他!"

"别让阿骨打跑了，活埋他……"

群众一片叫喊声，阿骨打遇难了。

第一百零四章　小月救主

　　阿骨打听见人群一片叫喊声，"打死他！"知道事情严重了，如果自己束手待缚，在黑虎煽动下，群众愤怒的情绪一时转不开向，凶多吉少，何况自己带的队伍，还离城好几十里路，他们不知道，知道赶来已晚了。他想到这儿，心想，好汉不吃眼前亏，待我领来部队再和黑虎算账。正在他拿主意的时候，黑虎一声令下，他的打手们像群饿狼似的，扑奔阿骨打而来！这个时候，天已经擦黑了，阿骨打将身子一跃，左右开弓，拳打脚踢，噼啪儿下，就打倒几面人。这话儿说得也太玄了，不是玄，真的，倒几面人，不全是阿骨打打的，而是倒一个就撞倒好几个。因为他们冲得太猛了，冷眼一看，阿骨打打倒好几面人。吓得人们大惊失色，哎呀惊叫的时候，阿骨打趁天黑，又施展他学的夜行术，将两只脚儿，狠劲儿往地上一点，身子腾空而起，一下子跃到旁边一家院墙上，飞身而落，蹿房越脊，想要逃出去领兵再来。

　　黑虎在黑摸咕咚儿中，见阿骨打逃跑了，赶忙下令追，同时吩咐将城围上，不让阿骨打跑了。黑虎的兵丁立刻点起灯笼火把，七吵八喊地："别让阿骨打跑了，抓住他！别让阿骨打跑了，抓住他！"喊叫声在越里吉城上空飘扬。

　　单说这城里东街有户人家，老头名叫福兴，儿子在外经商，家里还有个姑娘，名叫小月。因为生她那天晚上，天上只有个月牙儿，故名小月。福兴在这城里受里爷府的欺负，经常得向府里进贡，进少了，里爷府就鼻子不是鼻子，脸不是脸的，就想方设法儿找碴儿。他们一家人恨透里爷府啦，只能是敢怒而不敢言。福兴唉声叹气，感到自己软弱无能，甘受里爷府的欺负。没想到他这女儿小月，人小志气大，从小不学扎花描朵儿，却练习骑马射箭，耍弄刀枪棍棒，常安慰父亲说："放心，阿玛，我练好武艺，非替你报仇不可！"女儿的话，能不能实现？在福兴看来，只能是做梦。做梦也好，不论咋说，女儿长个男人志气，对他也是个很大的安慰，就鼓励女儿说："好哇，阿玛看你的啦！"为让女儿练武，还让儿子出外经商，宁可花高价，也给女儿买好刀好剑，好让女儿练武。

小月今年已十八岁了，吓得现在不敢出门，因为听人们风言风语地传说，黑虎的儿子胡涂要抢小月做妾。风言风语，总归是风言风语，没见黑虎家有啥行动。可能黑虎听说小月练就一身好武艺，也有点惧怕。不管咋说，福兴认为人单势孤，不能招惹是非，有心赶快给小月找个丈夫，急忙下火，上哪找合适的去？再说小月心性又高，这下福兴又愁眉不展，心情沉重。这天晚上他正坐在屋里唉声叹气，家人慌里慌张跑进来说："黑虎反了，捉拿阿骨打没抓住，他蹿房越脊跑了，黑虎撒开人马抓哪！"

福兴不高兴地打个咳声，说："我自己的事儿都愁不过来，谁管他们呢？"阿骨打蹿房越脊，这事儿同时也被小月知道了。在她心中，阿骨打是当代的英雄，是为民族东奔西走、降妖伏魔、剿盗灭贼、断案如神、为民除害的阿布卡恩都力，今天遇到恶霸的迫害，而又是仗义疏财引起的杀身大祸。这样的好人，我不搭救，谁搭救？她主意拿定，拎起宝剑，背着父亲，因为让父亲知道非拦阻不可，这个时期，父亲看得非常紧，所以她没敢走前门，准备从后花园跳出去搭救阿骨打。

家里人也知道小月每天晚上都在花园练武，今天晚上见小月持剑直奔后花园，都以为她去练武，谁也不介意，也没人猜想她去搭救阿骨打。

小月悄悄来到后花园，刚想要翻墙出去，就在这时，听见嗖的一声，一个黑影从墙上飘然而下，将身子紧紧贴在墙上，仔细观望，见是一人，落地后，惊慌张望。小月壮着胆子，问声："谁？"

阿骨打翻墙越院，已快穿了一趟街，虽然外面河落海乾①越过这么多院落，还没遇到一个人儿。冷不丁听见女人的问话，他惊疑地向说话处一瞧，别看小月看不清阿骨打，阿骨打却能看清小月，他练就的是夜眼。见墙边贴站着一位漂亮的姑娘，手里拎着一把明晃晃的宝剑，知道这姑娘会武艺，悄声说："我乃阿骨打是也！"

小月一听，惊得她呀的一声，倒吸口冷气儿，嘴没说心里话，我要出去搭救他，不知他往哪儿跑了，他反而找我来了，真是事有凑巧。小月又一想，得问问他，到底儿是不是阿骨打，冒股生烟的错将捉阿骨打的当成阿骨打，岂不坏菜了？她想到这儿，问："你干什么私跳花园？"

---

① 河落海乾：女真语，喧吵太甚。

阿骨打说："姑娘有所不知，是我见一卖妻的石忠，夫妻俩为国担忧，为母尽孝，品行可嘉，没想到，可恶的胡涂仗势欺人，煽动造反，一怒将他家的打手打死，黑虎已反，要打死我，我的兵在城外，孤掌难鸣，故而蹿房越院，要找我兵丁去，镇压黑虎反叛，这才越进小姐花园，使小姐受惊，多有冒犯，罪过罪过！"阿骨打说着，给小月打千赔礼道歉。

"跳这园里啦，快进去，抓住他！"

从墙外传来急促的喊叫声。小月见势不好，赶忙说："快随我来！"

小月在前边走，阿骨打在后边跟。她将阿骨打悄悄领进她的绣房，这时后园已经灯笼火把，将园内照得明光通亮。小月想，要闯进屋来搜寻，岂不将阿骨打断送了？将他藏到哪儿呢？急中生智，慌忙用手打开衣柜，说："少主，快进去委屈躲避一时。"

阿骨打也顾不上这柜里闷热，慌忙跳进柜里。小月将柜盖刚盖上，黑虎的兵丁吵吵嚷嚷进来了："见到阿骨打跑进来没有？"

小月坐在柜盖上，手拿针线，假装扎花儿，听黑虎兵丁问她，她将眼皮儿，一抹搭说："什么阿骨打，元骨打的，咱不知道。你们跑我这绣房干什么？"

"啊！找阿骨……骨打……打呀！"兵丁见小月两眼愣起来了，又见她房中刀枪剑戟样样俱全，吓得结结巴巴往后直闪。

小月见这兵丁惧怕她三分，蓦地站起来，两眼一瞪，厉声说："赶快出去，找阿骨打上外面找去。别找不自在！你家姑娘不是好惹的！"她说着，嗖的一声，抽出寒光逼人的宝剑，握在手中，吓得兵丁窝着头跑出去了。

"可能从这院，又跑那院去了，快去追！"

院里闹哄哄的，这拨走了，那拨来了，直折腾到小半夜，才算安静下来。

小月将柜盖掀开，阿骨打憋得浑身汗水淋漓。从柜里出来，就跪下给小月磕头谢救命之恩。小月一着忙，用手将阿骨打扶住说："少主休要这样折杀奴家！"这时小月身上直突突。不是别的，是她的两只白嫩的手儿和阿骨打的手儿相碰引起的反应。对小月这个少女来说，第一次和男性的手儿相碰，又是碰在她心中敬爱的人手上。她立刻将手撤了回来，抑制不住的身上直颤，脸上绯红，浮上火烧云。

阿骨打只好给小月打个千儿说："感谢小姐救命之恩，今生今世，永不能相忘，我现在告辞，去领兵丁，马上返回！"说完转身要走。

"少主，等等。"小月小声将阿骨打喊住了，她羞答答地两眼流泪说，"少主走了没事儿，扔下奴家，可咋活呀？"

阿骨打吃惊地问："这话怎讲？"

小月说："你在我绣房待了半夜，走了，叫人好说不好听，我还有脸活着吗？"说罢泣不成声。

阿骨打搓着手儿，急得直打转转："这，这，咋办哪？不，不然，你要，同，同意的话……"

小月就盼阿骨打能说出这话儿，扑通跪在地下，说："少主同意，奴家愿终身侍奉少主！"

阿骨打也跪在地上说："小姐救我，终生难忘，如有三心二意，天地不容！"

小月急忙拉起阿骨打说："谁让你说这话儿？"

两人立刻感情发生变化，小月说："你去带领队伍，不如我去。告诉我，兵住在什么地方，奴家去领。"

阿骨打一听大喜，说："我的兵在没燃部，传我的旨意，让兵随你前来，攻打里爷府，我在此等候！"

小月悄悄乘马，快马加鞭，直奔没燃部而去。

第一百零五章　坑杀黑虎

天刚亮，小月乘马来至东门，守城兵丁拦阻说："啊！站住，不行出城！你不知道捉拿阿骨打吗？"

小月将眼睛一立愣："阿骨打是男是女？"

兵丁说："男，当然是男的喽！"

小月冷笑一声说："你们长眼睛没有？看我是男还是女啊？"

兵丁也笑了："你当然是女的喽！"

小月又将眼睛一立愣说："是女的为什么不放行？难道阿骨打的魂儿能跟我出去？真是岂有此理！"她说着，啪地抽马一鞭，马向前一蹿，将守门兵丁弄个趔趄。兵丁你看看我，我看看他，大眼瞪小眼，愣了半天，才说："这女的说得对呀，阿骨打是男的，咱们拦女的干啥？"私下埋怨起下这令的胡涂。

一个兵丁接过说："黑虎的儿子，就叫胡涂，能不下糊涂命令？"

不说兵丁议论，还说这小月，快马加鞭直奔没燃部，找到阿骨打的大队人马，将阿骨打遇难前后一说，让他们立刻发兵越里吉。

阿骨打军队头目一听，哪敢怠慢？将阿骨打的衣服、弓箭、宝剑、大刀、马匹全带着，随着小月奔越里吉而来。

小月对头目说："我得先行一步，给少主送信。"说罢一抖缰绳，这马嘚嘚嘚一溜风似的飞奔回来。小月心里非常着急，担心阿骨打能否被人发现？阿玛知道，能不能将他交给黑虎？阿骨打能否离开家走了？这些问号就像秤钩似的，钩着她的心弦，将心提溜起多高，她能不着急吗？所以她不断地啪啪抽打胯下马，恨不能马儿一个高蹿到家中。

小月回到城里时，比早晨消停点儿，街面上人们仨一堆，俩一伙，议论阿骨打。

"阿骨打有腾云驾雾之功，早蹽回去了！"

"阿骨打不仅会腾云驾雾，还会土遁，从土地里走了！"

简直将阿骨打说得神乎其神。小月听着心里好笑，人们上哪知道，是她这个十八岁的大姑娘，将阿骨打藏在柜中。

小月来到家愣住了，家人在门口放哨儿，见小月回来，还笑嘻嘻地望着她。她感到有些反常，从马上跳下来，问："你们在门口站着干什么？"

家人笑嘻嘻地将眼睛一眨巴，神秘地说："还不是为了小姐？"

小月一听心里明白了，不用细问了，脸一红说："胡言乱语！"当她走进院里，见阿骨打和阿玛促膝谈心哪，她这颗心才落了底儿。走进屋先给阿玛请安，随后又给阿骨打施礼说："你的军队已经来了！"

阿骨打站起来说："到了？"

小月说："正经得一会儿，是我着急先赶回来的。"

阿骨打又坐下了。用商量的口吻说："和你阿玛已经商量过了，今天要为民除害，坑杀黑虎！"

小月惊疑地说："能行吗？听说他还是你不出五服的爷爷？"

阿骨打解释说："小时候听爷爷常讲，他阿玛长期无子，请巫婆请神祈祷，神语说'有儿子命，长者原有福德，余皆为恶残忍，所行非义，无亲亲之恩，不可留也，留必患然！'今日，黑虎又作恶多端，如其父也，反心久之，不可留也。"阿骨打借用小月之刀，小月情愿陪同，为父报其怨恨，实现自己的诺言，腰挎宝剑，手持银枪，乘马而出。

阿骨打、小月两匹马在街上出现时，忽然被人认出来，惊讶地喊："阿骨打！"可两匹马如箭射一般，直奔东门。跑到东门，守门兵丁等认出是阿骨打的时候，阿骨打已手起刀落，斩首于地。这时就听从东边马蹄嘚嘚，喊杀之声冲破云霄，扬尘披靡而至。阿骨打横刀立马停立在城门口，旁有小月，勒马横枪显得非常威武。

早有人报于黑虎。黑虎迅速领兵奔西门而来，跑在前边的一名打手名叫"震山虎"，骑在马上耀武扬威而来，据说他的武艺比"鬼见愁"胜强十倍。他早想会会阿骨打，总也没有机会。黑虎不敢轻举妄动，始终坐山观虎斗，今日逼得没办法，黑虎才举起反抗完颜部的大旗，决心争夺联盟长，独霸乾坤，将希望就寄托在震山虎身上。黑虎昨天晚上就对震山虎说："养兵千日，用兵一时。将军总埋怨我胆小，不出兵，要出兵联盟长早夺到手了，这回就看你的啦！"

震山虎说："别说他一个阿骨打，十个八个也不是我的对手！"将个黑虎乐得嘴都合不上了，兴高采烈地说："现在完颜部主要靠阿骨打，杀死阿骨打，就可斩尽杀绝，我大事成矣！不怪巫神说我天命归然！果真如此。"

震山虎骑在马上，洋洋自得，盘算杀死阿骨打，黑虎当联盟长，他得任命我国相，大权落在我手，过个三年五载，将这饭桶……他越想越高兴，在马鞍上真乐颠腔了。正在他做美梦的时候，催马加鞭，离东门还有几十丈远，阿骨打早已将弓拉满，只听嗖的一声，正射在他咽喉上，这小子将身子连晃三晃，咕咚一声，栽倒马下，一命呜呼。

黑虎也在后边做美梦哪，盘算震山虎杀死阿骨打，立刻起兵，打进完颜部，给他来个措手不及。咕咚一声，吓了他一跳，刚要问咋回事儿，就见前边兵乱了。

"可不好了，震山虎被阿骨打一箭射死了！"

这喊声差点儿将黑虎惊吓得从马上栽下来。在他身子摇晃的时候，阿骨打领兵已冲到跟前儿，没费吹灰之力，将黑虎捉住。

捉住黑虎，阿骨打在市面上审问黑虎煽动民众反叛行为。

黑虎不住地自己打着自己嘴巴子："是我老糊涂了，老糊涂了。"打完自己嘴巴，号啕痛哭说，"孙儿，不看我这家，还看祖先情面上，饶了我吧，再也不敢想反了！"

阿骨打又问："你当众再将你作恶多端，勒索民财，欺压百姓，抢男霸女的事都说说。"

黑虎点头说："是，是，我全说！"黑虎将他依仗是劾里钵的叔父，勒索民财，欺压百姓，抢男霸女的坏事儿，一桩桩一件件向围观的人全说了，气得百姓直咬牙。

阿骨打宣布说："黑虎作恶多端，又蓄谋已久，叛乱反抗完颜部，集草屯粮，豢养帮凶，按约法，犯坑杀罪，坑杀之！"

黑虎吓得瘫歪在地，尿都撒裤兜里了。

阿骨打又宣布说："经过巡视，发现由于连年天灾，粮食歉收，各部落仍然硬逼缴税，逼得百姓卖妻儿子女，有的为盗，有的流浪，而富户囤粮涨价暴富了，这是征税法的过错。我现在先从这儿宣布：三年不征税！"

阿骨打刚说完，族众感动得一片哭泣之声，"扑通，扑通"全跪下了。人们感动得不知说啥好了，异口同声地喊："阿布卡恩都力，空齐，空齐！"喊着，喊着，由悲泣变成欢跳起来，喊着"空齐！空齐！"从此留下欢舞和祝贺长寿的风俗。

正在人们欢舞的时候，石忠闯进，给阿骨打磕头说："小人有眼无珠，原来你是阿布卡恩都力！失敬，失敬！特来叩拜！"后来石忠成为阿骨打护卫亲兵。阿骨打还在此将黑虎和财迷家的粮仓打开，救济穷人。阿骨打一下将人心全笼住了！阿骨打更受老百姓拥护！

第一百零六章　帛系枪端

阿骨打在越里吉坑杀叔伯爷爷黑虎之后，又擅自宣布族人三年免征税，感动得人们欢跳皆涕。

阿骨打又率领兵丁抄了里爷府，打开粮仓赈济人民群众。他又想起财迷，仗财大气粗，调戏民间妇女，一不做二不休，打开他的粮仓，让他破费三千合粮食。他在抄这两户家的时候，这些富户（奴隶主），不仅存有大量的牛、马、奴隶、海东青和田地，而且囤的粮食也太多了，大多数族人没粮吃，还要交税，而他们占有大量粮食，反而不交税。这合理吗？特别是从黑虎家搜出大量金银财宝、粮食和奴隶（奴婢）近百人，真使他大吃一惊，这法要不改，完颜部休矣，这是他心里话儿，决心回去说服乌雅束改法。

阿骨打为彻底治理越里吉，将黑虎、财迷的囤粮赈济给群众后，让大伙儿重新选部落长。经过几天的酝酿，民众选小月的阿玛福兴当部落长。他是完颜部第一个不是奴隶主当部落长的人，主管五国的首城。

阿骨打治理好越里吉，又和小月成亲，这是他第六房媳妇，才带兵回完颜部。

百姓听说阿骨打在越里吉城宣布三年免征，这是听来的，是从别人口中传来的，不是亲耳听阿骨打说的，心总不落底儿，不像有文字，可以张贴布告，那时候主要靠口头说就是令。不仅族人心不托底儿，部落长心更不托底儿。免征？没听到传来口令啊！征吧，又传说阿骨打口令免征，要是和阿骨打作对，那还了得？特别是阿骨打坑杀黑虎，抄财迷粮仓救济，使阿骨打的威名大震，百姓拥护，部落长心惊肉跳，怕阿骨打翻脸，将他粮食也救济出去呀！正因为这个，在阿骨打往回走的路上，部落长和部落的人都跪接阿骨打，甚至相距百八十里地的人都赶来在路上跪接跪送，实际就是来听阿骨打免征口令的。人们拦住阿骨打，齐刷刷跪在路上，喊着："阿布卡恩都力。"阿骨打将手一扬说："我已宣布，由于天灾歉收，三年免征田税！"百姓两眼流泪，齐呼："阿布卡恩都力，空齐！空齐！"阿骨打走出很远，人们仍在那欢跳。

阿骨打行行停停，接待着人们的迎送，口传他的免征令。这天他又被人们在路上拦住，听到的却是一片哭声。阿骨打吃惊地问："你们为何这样痛哭？"

跪在前边的一位老头说："少主哇，人们听说少主大开天恩，三年免征，把百姓乐坏了。哪知，部落长说这是放屁。我们说是真的，有人特跑到前边去亲自听的，部落长翻脸了，将这个人差点儿打死。还说，阿骨打算啥？他的口令不好使，谁再说，加倍征。请少主给我们做主吧！"

阿骨打说："这不怪你们部落长，是他没听到我的口令。"阿骨打瞧瞧众人说，"你们部落长咋没来呀？"

老者说："部落长说了，他不来，因为你不是联盟长，说话不算数儿！"

阿骨打一听，可有些火了，心想我虽不是联盟长，可我是军事首脑，辽帝又授我惕隐官职，大胆的部落长，竟没把我阿骨打放在眼里。想到这儿，吩咐兵士说："走，我去拜见萨拉部落长！"哗一下子，阿骨打转道奔萨拉部而去，后边百姓噢噢欢叫，好像开闸门的水，汹涌澎湃地冲去。

萨拉部落长名叫番楂，这小子是个炕头狸猫坐地虎儿，认为当了部落长就是土皇上，山高皇帝远，他对完颜部明顺暗抗，对百姓欺压勒索，无恶不作。以征税为名，大部分私入己囊，财让他越发利令智昏，连阿骨打都不放在眼里。今天见部落里的人都去拦截阿骨打，可将他气坏了，暴跳如雷地吩咐，查查都谁去了，凡去拦截阿骨打的人，回来都罚他们给我做奴隶，最低得当奴隶一年。番楂气得正在屋里打磨磨，见家人惊慌地向他报告说："部落长，阿骨打带兵来了！"

番楂问："他带多少人来？"

"老鼻子啦，人马拉出好几里地长！"

番楂脑瓜芯儿冒股凉气，暗想，他带这么多人马干啥？用手摩挲一下头上发辫儿，问："离这还有多远？"

"马上就到了！"

"啪！"番楂一转身给家人一个嘴巴子，"早干啥来的？才告诉我。"他气昂昂地穿衣服准备出去迎接。还没等走出屋，就听外面有人喊："少主，阿骨打到，请部落长外面回话！"

番楂心里颤颤一下，硬着头皮走出去，见阿骨打威风凛凛地站在院中，周围无数兵士，刀枪晃眼，他感到好像进了阎罗殿，抢前一步，给阿骨打打个千儿说："不知惕隐驾到，没能出迎，请恕罪。"

阿骨打说："平身回话。"

番楂垂身站在一旁。

阿骨打说："这几年，因天灾粮食歉收，征税逼得人们卖妻子儿女，悲惨之情，实不忍睹。现在我宣布：田税免征三年！"

"阿布卡恩都力，空齐，空齐！"

部落的人在院内院外全跪下高声欢呼。而番楂却给阿骨打打个千儿，哀凄地叫喊："使不得呀，使不得，不征田税成何体统？"

"先别喊了，听着！"

不知谁站起来用尖嗓门这一喊，将人们欢呼声压下去了。

阿骨打冷笑一声说："为何使不得？ 免征三年，你无油可得了，是不是？"

番楂脸红了，说："不，不是这个意思。"

阿骨打问部落的人："番楂一亩征你们多少粮食？"

"一亩六合！"大伙儿异口同声地说。

阿骨打问番楂："是征六合吗？"

番楂将眼睛翻愣半天，想说不是吧，部落的人都作证，那还了得？六合就六合吧，阿骨打毕竟领兵在外，应征多少，他也不知道。这家伙想到这儿，反而心安理得地说："是，是六合，规定六合吗？"

阿骨打又问："这是你规定的是不是？"说到这儿，阿骨打火气已上来了，只这一条，就够处罚他了，哪有闲工夫和他磨牙？ 大喝一声，"给我拿下！"几名兵丁蜂拥而上，将番楂捆绑在地。

番楂大喊："阿骨打你无权发令，无权抓我，无权……"

阿骨打大声喊道："大家听着，田税规定每亩应征三合，番楂征六合，多征一倍，实属罪大恶极，你们说应该咋办啊？"

"杀！"众口同声。

阿骨打说："好！ 坑杀之！"人们哗然。阿骨打将手一摆，又问："番楂坑杀了，选谁当部落长啊？"

"嗯嘟！"又是众口同声。

阿骨打说："好！ 谁叫嗯嘟，过来吧。"

嗯嘟走过来，阿骨打一瞧，是在路上前边答话那个老头，心甚喜，笑吟吟地说："你来执行命令，坑杀番楂后，将番楂粮仓打开，救济给困难的人。不，按亩退还给部落的人……"

阿骨打还没说完，嗯嘟就先给阿骨打跪下，眼泪唰地掉下来。全部落的人再次沸腾欢呼："阿布卡恩都力，空齐、空齐！"

阿骨打携带小月和部队回到完颜部时，刚下马，阿骨打一把手将小月罗裙扯起，"刺啦"一声，从小月罗裙上撕下一大条白丝绸，惊得小月问："你这是干什么？"

阿骨打说："请罪！"说着他又拿过小月的银枪，将白丝绸绑系在枪杆这头，用手一举，找乌雅束去了。

乌雅束正在召集国相和下边官属会议，研究强征法。阿骨打手举枪杆，上边系着白丝绸进来了。乌雅束惊愕得不知阿骨打此举是什么意思，就听阿骨打说："阿骨打特来请罪！"

乌雅束惊讶地问："我弟何罪之有？"

阿骨打说："连年歉收，贫苦族人自己都不能养活自己，还逼其缴纳田税，逼得没办法，卖妻子儿女缴纳，骨肉之情，难以割舍，拿人心比自心，多么凄惨之情；有的被逼流浪他地，有的为盗，真是怨声载道。而那些富者，却趁机发财，提高粮价，有势者趁机勒索，无所不为，如不立即解决，我完颜部休矣。为此，弟未经请命兄长，在下边擅自口令，百姓田赋税三年免交，三年后再说。特来向兄长请擅自做主罪！"

乌雅束赶忙站起来，拉着阿骨打手说："我弟做得太对了，提醒为兄，没有我弟决断，祖业差点儿葬送在我手上，我之过也。"乌雅束凄然泪下，众人也都流下眼泪。乌雅束立刻下令三年免征田赋税，民心才又安定，远近部落全愿归顺完颜部。

第一百零七章　暗建寮晦城

阿骨打见辽帝荒淫无道，不理政事，决心灭辽。他按照天意，在白土崖旁暗建寮晦城。阿骨打为啥选择这个地方，从会宁沿涞流水，沿河隆起，蜿蜒至长阜，恰似一道天然之长城，城外涞流水相护。长阜下边是一望无际的平原，荒陬耳度，荆榛莽莽，人烟稀少，远眺荒原四周群山起伏环抱。东南有长白东北之小白山脉，也就是老岭的由来。小白山之西北凡六十余里绵延于西北阿勒楚河和涞流水之间全是活龙窝集，即硕多库山。

硕多库山改名为哨达户山，红顶子、庙儿岭、歪脖岭，迤逦一百余里均高十余丈，此南山一带均经阿骨打亲自治理。凉帽岔、梨树沟、帽儿山、花砬子、影壁山、太平山、大春顶子、象鼻岭、会龙山、马鞍山、鹞山等更是阿骨打熟悉的山脉。涞流水下游又和松阿里乌拉会合，这地方因为荒陬很少有人行走往来，便于暗中修建，而且又是攻辽的要路，建成寮晦城可隔水相望辽之宁江州也。这样有山有水，周围安定，进则能攻，退则能守，故而他暗计修建寮晦城。

阿骨打要暗建寮晦城，每天琢磨谁去替我修建寮晦城呢？掂量这个，衡量那个，这项工程可是千年大计，万年大计，关系极大。他选来选去，物色撒改可胜任。当时撒改正给乌雅束担任国相，大权在握，可调动人力、物力。别人就不行了，有啥事得跟他或者国相商量，要直接用国相任此职，就省事多了，便于保守秘密，还能保质保量按时建成。

撒改是谁？他乃是乌古迺的大儿子的大儿子。要按阿骨打叔兄弟排，撒改是他这辈的老大哥。撒改生来胆识过人，勇猛异常，运筹帷幄。劾里钵就非常爱惜他。劾里钵和劾者（撒改之父）始终同住一院，从未分开过。撒改父亲专管家务，修建房屋等项，撒改就整天随父亲跟腔绊脑，学了许多有关建筑房屋的知识。后来撒改打仗也很英勇。盈哥当联盟长就任撒改为国相。

单说撒改接受阿骨打这个特殊职务后，跟阿骨打单独计议，修啥样的、咋修法，什么样式，阿骨打就用木棍在地下画他在白土崖下亲眼所见的寥晦城样式，虽只画个轮廓，但撒改是个聪明人，一点就透。他以练兵士为名，带领人马随同阿骨打来到涞流水。阿骨打将他早就物色好的地点，领撒改一看，真乃好地方。撒改就垒营扎寨，周围几十里圈上，不准人们来往，只说是练兵场。

修寥晦城的时候，女真各部落已安定，高丽派使前来求和。阿骨打将兵力全用在修建上了。利用涞流水运送木料。木排顶上还可托运石头。从放木排引起女真造威呼圬墙①，撒改在神不知鬼不觉中，动工修建寥晦城。

撒改夜间独自思忖，阿骨打在此建城练兵确是个好地方，为啥叫寥晦城呢？他还不解其中之意。这天晚间，他独自一人，走出帐外，见满天星斗，月光明亮，夜风习习。信步向南走去，听见哗哗的涞流河流水之声，心想趁这夜深之际，何不站在白土崖上，夜观涞流水景，岂不美哉？他刚走上沙滩，身子觉着忽悠一下子，轻飘飘地沦陷而下，觉着天昏地暗，惊吓得浑身是汗。刚想要喊救命，只见一片光明，日光明媚，鼓乐齐鸣，惊愕地想，难道我是在做梦，明明是出来散步，怎么忽悠一下子，天地明亮，晨光荡漾，前面一城，何地也？见城门上有字，但他不识字，信步走进城门，只见城郭庞大，路街宽阔，在山阜上有座小城，阜下有座大城，遥相对衬，大城里操练兵马，小城中静寂无声，只有将官们进进出出。他站在那儿看着这些建筑样式，忽然想起，阿骨打让我就是建这样的城，我得好好看看。他站在道旁看完小城看大城，暗想，好了，这叫城中有城，小城居帅，大城养兵，帅不离兵，兵不离帅，好城！好城！正在他看得出神的时候，忽听那边有人喊："有奸细偷窥城郭，抓住他！"吓得撒改撒腿就跑。他从西门进来的，却向东门方向跑去，见后边有两个兵丁正撵他来了。他跑呀跑，已经跑出城了，后边还有人追，追他的人，始终相距很远。他实在跑不动了，浑身上下像从水里捞出来的，水淋淋的。他往前一看有座庙，心想何不到庙里去躲躲哪，紧跑几步，钻进庙中。见这座庙不大，只有正殿，走进殿里，见观世音菩萨端坐，望着他发笑，撒改慌忙给观世音菩萨跪地磕头，求观世音菩萨保佑，免除这祸患，要是被他们抓住，谁建寥晦城啊？磕了又磕，后来咚咚咚

---

① 威呼圬墙：女真语，小船。

磕上响头了。正在他磕头祈祷的时候，忽听塑像观世音菩萨开口说话了，惊得他呆愣愣地听，只听观世音菩萨说：

> 延禧荒政民心怨，天命民心归女真，
> 寥若金星溇溇漾，隐晦胜陀妙天涯。
> 会宁寥晦连城寨，蓄兵练武待行师，
> 先下宁江四十城，迅扫腥德甫称帝。
> 神武骑洗混同白，灵护水族效灵涛，
> 天机莫泄撒辅帝，收国溇漾万年长。

观世音菩萨一连叨念两遍，撒改牢记在心，又磕头拜谢观世音菩萨指点。他磕完头往起站立的时候，脚下一道金光将他托起，霞光万道周身缭绕，身不由己耳生风。也就一眨眼的工夫，他已回到白土崖旁，举目四下观望，东方已经发白，真是晓星正寥落，晨光复漾溇。他用手摸摸身上的衣服，仍然汗水淋漓，夜间发生的事记忆犹新，暗自将观世音菩萨的十二句箴言牢记在心。这十二句箴言他连阿骨打都没敢泄露。阿骨打夜观寥晦城也没向他泄露，真是各怀心腹事，机密两不知，同为民族业，奋斗道而合。

撒改顺原路正往回走，忽听一片喊叫声："国相回来了！国相回来了！"

撒改这一宿不见，可吓坏下边这些当官的啦，都不知他到哪儿去了，散开人马，各处寻找。沿涞流水沿岸喊叫，用人进涞流水里打捞，深草丛里去寻找，弄得官兵也跟着一宿没睡觉。找了一宿，踪影皆无，吓得一个个蒙头转向，国相失踪这还了得，没办法，立刻派快马去给阿骨打送信儿。刚走不一会儿，国相撒改好像从天上掉下来，或者从地里钻出一般，人们惊奇地围着他问："国相你到哪儿去了？可把我们吓坏了！"

国相撒改笑呵呵地说："我多喝了两杯，走迷了路，倒在深草丛里睡着了。"他说着将衣服抖搂一下说，"你们看，露水将我的衣服全打透了。"用这话儿蒙混过去。

阿骨打骑马赶来了，见着撒改就问："大哥，对建筑有新的打算吗？"

撒改心里非常佩服阿骨打灵敏过人，按理送信人说国相失踪，应问你到哪儿去了，惦念得特意赶来啦。这些话没有，头句话问有新的打算没有，既让我隐瞒天机，还要说出新的计划。

撒改望着阿骨打说："有。按你计划修寥晦城，阜上你住，修一小城，阜下兵住，修一大城，这叫城中有城，帅不离兵，兵不离帅，非此不行，尚须修建连城带寨直达会宁。"

阿骨打问："何谓连城带寨？"

撒改说："你有六房妻室，修六个寨子，供你妻室子女居住练习武功。旁有小城，供你子孙训练兵马，运筹帷幄，以图大计！"

阿骨打一听，两人相对而笑，互露腹中隐晦的天机。阿骨打心里明白，撒改昨夜已见白土崖下地里的寥晦城，又经神佛指点，故有新的建筑计划，称赞说："一切由大哥做主！弟今后就不过问了。"阿骨打放心地走了。

撒改从会宁往寥晦城这段路程中相隔十几里就建一城，计有：南城、北城、营城、单城、双城、车家城、大小半拉城和寥晦城共八城；建立的寨子有：金达沟寨、阿萨尔寨、呼勒希寨、达河寨、矩古贝勒寨。这五寨是阿骨打五房老婆居住，第六房老婆小月当时跟阿骨打居于寥晦城。这些城寨不仅是阿骨打屯兵操练兵马营垒，也是阿骨打等往来之台站。流传至今。

还有的传说，阿骨打建之八城是按象征着天、地、雷、风、水、火、山、泽的八卦而建立的。

第一百零八章　二虎探城

　　阿骨打沿涞流水建城寨，垒营寨，征募兵丁，集草屯粮，传到辽朝后吓坏了满朝文武大臣，急需奏知皇上。延禧刚当上皇帝，就不理朝政，每天在后宫吃喝玩乐，嬉戏女人。文武大臣想要奏事，可就难了，经常见不着他。高兴了，就上个早朝，不高兴，早晨起不来就搂着嫔妃睡懒觉儿，直睡到晌午才起来，还能料理朝政吗？文武大臣唉声叹气，背后私议，"完了"！这样的皇帝是兔子尾巴——长不了啦。

　　这天五鼓，延禧心一乐上朝了，他刚坐下，就喊："众爱卿有本早奏，无本卷帘散朝啊！"

　　北府宰相萧兀纳赶忙撩袍端带，跪爬半步："为臣有本申奏！"

　　延禧将眼皮儿一挑，见是萧兀纳，嘴没说心想，给你个北府宰相，这官儿不小，除我就是你，好好待着，跟我享儿天好福得了，你哪来的这么多事呢？不高兴地说："宰相有何本章快点奏来！我……"一着急延禧差点儿将众妃还等着我玩呢，说出口来。

　　萧兀纳说："听说阿骨打在涞流水建城寨，垒营堡，招兵买马，集草屯粮。奏知皇帝，不得不防！"

　　延禧将眉头一皱说："听说？耳听为虚，眼见为实。听说，听说和我说什么？"延禧不耐烦地将袍袖一甩："散朝！"好像有谁要拽住他不撒手似的，大步流星地走了。

　　萧兀纳被延禧说得面红耳赤，心想，皇上说得对呀，听说总归是听说，眼见才是事实，应该派人去亲眼察看一番，到底是真是假，心里好有个底儿。萧兀纳主意拿定，回到宰相府，令人将阿息保找来。因为阿息保作为辽使，经常去女真族和完颜部打交道，路也熟悉，还让他去合适。

　　阿息保进来给宰相行过礼，萧宰相说："坐下讲话。"阿息保不知啥事儿，坐下后，呆望萧兀纳。

　　萧兀纳说："将你找来，让你去密探军情。听说阿骨打在沿涞流水，建城寨，垒营堡，招兵买马，积草屯粮，不知真假？你暗中前去密探后，速报我知。事关重大，不可疏忽大意，定要亲自察看。"

阿息保敢说不去吗？走出相府，一边走他心里寻思，萧兀纳真拿我开心，我路熟，是奔往会宁路熟，这涞流水一带，我没去过，听人说那是狼虫虎豹的乐园，是神不敢钻，鬼不敢过的荒无人烟之地。阿骨打在那儿修城干啥？不知是谁闲得没事儿瞎嘞嘞。他想着想着，可怕的念头涌上心来，不能去，万一被野牲口吃了，和谁诉冤去。有了，萧兀纳暗中派我，我暗中再派别人，岂不一样吗？他回到家里，派他一个家人伪装成一个渔民模样，偷偷摸摸地奔涞流水去了。阿息保藏在家中，领小老婆划拳行令吃喝玩乐。

阿息保的那个家人名叫二虎，四十多岁，为人憨厚老实，不会撒谎摺屁，怎么回事儿就说怎么回事儿，从不添枝加叶，阿息保才派他去，比较放心。

二虎这天赶奔涞流水，离老远就见烟雾弥漫，吓得他张着大嘴："哎呀，我的娘啊！这兵得有多少，做饭的炊烟将天都遮上了。不怪让我来看看，不然皇上还在鼓里蒙着哪！"他自言自语，往前走啊走，快走到涞流水的时候，将大嘴一咧，"是我错了，闹半天，是打鱼的拢火玩呀！离老远就闻到一股鱼香味儿，他拎个打鱼的旋网，溜溜达达地走过来。"

"喂，吃鱼呀，这牛鱼又鲜又嫩。"

围在火堆旁的渔民们见二虎来了，七吵八喊，啪地甩过一条熏烤鱼。

二虎咧合着嘴儿，用手接住，吭哧一口，顺嘴直流油，"好香，好香。"他吧嗒吧嗒嘴儿，连声叫好。嘴没说心里话儿，都说这地方人野，真是耳听为虚，眼见为实。你看，个个见人满热乎咧。往前一凑，坐在火堆旁，举目一看，这涞流水堤岸上，一溜长阜，高好几丈，像一道城墙，往里边啥也看不着，只见到处烟气瘴瘴，烟火缭绕，弥漫天空，遮天蔽日。

二虎正在傻望，啪地有人用手拍在他肩膀上说："傻望什么？都是打鱼的哥们，沤烟火防蚊子、瞎蠓，又驱赶虎狼，你不知道这地方老虎和狼最厉害吗？一个人走路，老虎大嘴一张，就将你吸进去了。你在它肚子里扑腾几下，不变成虎粪了。"说得大伙儿哈哈大笑，二虎也咧嘴跟着傻笑。

"喂，看你不像这块儿人，你怎么一个人跑这儿来了？"又一个渔民问二虎。

二虎从来不会撒谎，白愣半天眼睛，悄声说："渔哥们，看你们够哥们意思，实跟你们说，我是辽国派我来察看阿骨打在这儿建城寨练兵的事儿，遇到你们几位好哥们，知道阿骨打建多少城不？"

"哈哈哈，哈哈哈。"几个渔民一听，拍手打掌地大笑起来。

二虎疑惑地问："你们笑什么？"

一个渔民说："笑你们辽国那些官儿们都是精神病！"

二虎不解地问："这是啥意思？"

"不是精神病，能活见鬼吗？我们整天在这儿打鱼，涞流水那边一片无边无岸的荒草泽地，野兽成群结队，哪儿来的什么城啊，谁来呀，再说阿骨打连魂都没来过，到这干啥呀？喂蚊子、瞎蠓？"

二虎大嘴一咧合，憨笑地说："没有这宗事儿？"

"我们还能糊弄你，不信，你过河看看。"

"不，不啦。"二虎站起身来说，"我还不相信你们？上旨下派，不得不来，回去实话实说，别让他们疑神疑鬼了，哥们再会！"

二虎转过身乐颠颠地走了。你道这渔民是谁？这块连住户没有，哪来的渔民？这全是阿骨打兵丁伪装的。阿骨打为掩护他建城蓄兵，利用沤烟，烟气弥漫来掩护城池。沿涞流水两岸到处是烟堆，冒着沤烟，这烟和他营房里的炊烟有时联结起来，整个上空烟雾弥漫，外人到涞流水边上一看，是渔民沤的烟火，谁也不介意了。同时阿骨打专门派些兵丁伪装渔民，一方面打鱼供给士兵食用，另一方面是警戒，严防辽国奸细。真要过涞流水，就捉拿；不过涞流水，用烟雾和根本没有建城之说蒙混辽人奸细的办法。别说，阿骨打这办法还真灵，阿息保派来的二虎真信以为真了，乐颠颠地回去了。

阿息保见二虎平安回来了，忙问："你见到城了吗？"

二虎也学渔民的样儿，哈哈大笑。阿息保吃惊地问："你笑什么？"

二虎说："我笑咱辽国的官老爷得精神病了！"

阿息保将眼一瞪："这话怎讲？"

二虎说："我离老远一看，烟气瘴瘴，以为不知有多少兵马，炊烟遮天蔽日。等我到跟前一看，是错的，是渔民们沤的烟火，驱逐蚊蠓和防虎狼的。哪来的城啊寨的？除渔民，连个住家的都没有。疑神疑鬼，不得精神病，能胡说八道？"

阿息保也信以为真，将二虎的话报告了萧兀纳，萧兀纳心才落了底儿。

阿息保中了阿骨打之计，险些丧命。

第一百零九章　阿骨打养鸡

　　阿骨打沿涞流水建筑城寨之后，心中始终装着那几户渔民，是他们指引我，白土崖上建寥晦城，今天我才能在地面上真正建起寥晦城。饮水思源，我不能忘记这几户渔民。不知他们现在何处？有心让下边去寻找，却忘记了名字，又不好说明，泄露天机，罪责难容。没办法，他只好暗自私访。渔民的脸型他还记忆犹新。阿骨打骑着马，沿涞流水向下游寻找而去。阿骨打主要是寻找原来几户渔民，但他还有别的打算，沿涞流水至松阿里乌拉这段有多少嘎珊，这些人以什么为生？生活如何？渔民是在他眼皮底下的人，不照顾好，若有为难着灾的那天，人家就会袖手旁观。在越里吉的感受，对阿骨打来说，是血的教训，他还是按照艮岳真人嘱咐的话儿："得人就是得天，民心顺，创业根，失掉民心，就失去天意。"阿骨打始终将这个"民心就是天意"作为自己兴民族大业的准绳，牢记在心，时刻自检之。

　　单说阿骨打这天带两名护卫顺涞流水向下游信马由缰而去。一路上他不断观察地形，嘴没说心里话儿，人们为啥不将此片荒地开垦起来，非在活龙窝集里生存。这地方虽然无有树木，耕垦农田倒是个宝地。他冷不丁感到，事情不是他想得那么简单，在此垦荒耕种，修建房屋就是个大事，他修建这些城寨，用多少兵力从山里往下放木排，普通族人有这么大力量吗？阿骨打悟出这个道理后，暗自许愿，他非要让兵丁从山里放木排，供给族人盖房之用，让百姓在这下游盖起住宅，成之嘎珊，建立城寨，使这城寨扎在百姓之中，得民心，顺民意，更能兴旺发达。百姓始终对自己感恩戴德，拥护我，才能保护他。

　　阿骨打在马上寻思怎样解决人们的盖房困难，忽听见一片"报答，报答"的歌唱声，越听越入耳，简直将他听入神了。干脆勒住马，静听其声。心想，这是一种什么鸟儿，哨得这么好听，像人说话似的"报答，恩人，恩人，报答！"清脆悦耳。他勒马顺着声音寻觅而去。越寻越近，越

459

近声音越响亮，一直寻到涞流水与松阿里乌拉的长阜处，见用土围个大院墙，院墙里没有房屋，可这"报答，报答"的歌唱声，就是从此院落发出的。阿骨打见门是用芦苇编织而成的，他跳下马来，站在芦苇门外向里观望。这大院方圆有一里地，靠涞流水阜下挖些洞洞，一个挨一个，院内有数十只像野鸡还不是野鸡的动物，抻着脖儿"报答，报答"，一个唱，多少只应声。特别雄者，后边花花尾巴，也跟着"应该！应该！"简直将阿骨打看入了迷。这是啥玩意儿？为啥要高唱"报答，报答"之声？必有隐情，待我细细地访来。阿骨打正看之际，忽见有一个小姑娘，从洞里出来，见阿骨打领人往里张望，惊疑地转身就钻洞里去了。不一会儿，从洞里钻出一个四十岁左右的男子，显然小姑娘对他说了，出得洞来，两眼就注意阿骨打了。阿骨打见这人好面善，仔细观瞧，正是那天他在白土崖时见着那个人，赶忙喊："你好啊！"将从洞里钻出的人吓愣了，他是谁？咋不认识呢？愣在那儿望着阿骨打出神。

阿骨打笑呵呵地说："怎么，你不认识我啦？忘了有一年你们在白土崖下时，我访问你们来的。"

这人忽然想起来说："哎呀，是你呀，你记性真好。你怎么到这儿来了？快进来！"这人连跑带颠，小心翼翼地将芦苇门开开，让阿骨打和两名护卫进来。可不好了，三人带马惊得大鸟儿炸山了，"嘎嘎"四处飞奔。阿骨打一见，慌忙让护卫将马牵出去，才问："你饲养的啥呀？"

渔民说："饲养的鸡呀！"

阿骨打问："养它何用？"

渔民说："下蛋，蛋可好吃了。"说着进洞里取出几个煮熟的鸡蛋，让阿骨打吃。阿骨打用手接过来这比任何雀蛋都大的鸡蛋，硬邦邦，两个互相碰，剥去其皮，咬一口，真香，比野鸡、野鸭子、鹌鹑蛋都香。他惊疑地问："它为啥唱'报答，报答'呀？"

渔民让阿骨打坐在石头上，长吁一声说："咳，提起这群鸡，也是小孩没娘——话长了！你走那年，这地方雨可大了，涞流水冒漾了，这片荒草地成了一片汪洋大海，野兽跑光了，飞禽绝迹了。我们站在这高阜之上，就见这鸡儿在水里直扑腾，眼看就要被水淹死了，也是我发善心，将两只母鸡、一只公鸡捞救上来。这禽也真懂事儿，老老实实的，哪儿也不去，不几天就给我下蛋了。我也不吃它这蛋儿，让它繁殖抱出一窝窝小鸡崽，现在已繁殖一百多只。这小鸡下蛋后就唱'报答，报答'这歌儿。"

阿骨打心里想，禽畜都知道报答恩情，何况人乎。今后得让人们都学知恩报恩，不能有恩不报。他想到这儿，还到这些家的土洞里看看，心里感到非常难过，早在我太爷的时候，就学会建筑房屋，可他们仍然住着土洞。可见这块的人没有木头，造成建房的困难。我要让兵丁给他们运来木头，建筑房屋。阿骨打想起寥晦城内还剩些木板子，当时就吩咐两名护卫骑马回去，传他的命令，让兵丁将那些木板给这八户人家运来盖房子。两名护卫领命而去。

阿骨打还了解了他们的生活，吃的啥，以啥为生，为何不开荒种地？了解到这八户人没有籽种，没有耕力，阿骨打决定给他们拨牛、马、籽种，让他们这几户人家先在这儿起示范作用。把这几户人家乐坏了，才知道坐在他们面前跟他唠嗑的就是阿骨打，都跪下给他磕头，祈祷阿布卡恩都力保护他们。

再说两名护卫快马加鞭跑回寥晦城，口传阿骨打的命令，立刻打发兵丁将些木板送来了。有了木板，咋办呢？阿骨打琢磨半天，就给他们盖了板子房。这八户有五户愿意在此盖房，还有三户愿到下游松阿里乌拉岸旁去盖房。阿骨打同意他们的意见，让兵丁帮助这三户到那儿去盖房。

从这以后，留下板子房和三家子的地名。阿骨打又打发兵丁给送来牛、马、五谷的种子，让他们一方面捕鱼，打猎，另一方面开垦荒地种田。很快他们就开些荒地，种上庄稼。

阿骨打这样关心老百姓，这八户居民感到过意不去，阿骨打对咱们这样好，咱们给他点啥呢，一来表示咱们对他的感谢，二来留点纪念。想来想去，有了，送阿骨打两只母鸡一只公鸡略表感谢之情。对阿骨打一说，阿骨打说："好！这礼物我一定收下，而且要亲自饲养，看见鸡，就像看到你们了！"

阿骨打小心地将鸡带到寥晦城他的住宅里，小月也非常喜欢。阿骨打抽出空暇时间，亲自喂养。拿回来第二天小鸡就下蛋了，"报答，报答"，老公鸡在那边将脖子一抻唱着"应该，应该"。阿骨打和小月听着可乐了。下的蛋啊，一个也舍不得吃，积攒起来。不久，两只母鸡全抱窝了，阿骨打将鸡产的蛋全给母鸡抱上了。抱出的小鸡崽他一数，正好二十只母鸡，五只公鸡，将这些小鸡崽儿分给他五房妻妾饲养，很快繁殖起来，从阿骨打家养鸡又传到老百姓，在女真族很快家家户户都养起了鸡。提起鸡就想起阿骨打养鸡的故事。

第一百一十章　阿息保盗赐马

　　说的是辽北府宰相萧兀纳这天得到宁江州的报告，说阿骨打沿涞流水修城堡，建营寨，养兵蓄锐，要进攻辽国。可将萧兀纳气坏了，暴跳如雷地说："快传阿息保前来回话！"

　　阿息保走进相府，见萧兀纳，满面怒容，不知为何，慌忙施礼请安说："参见宰相，不知唤我为了何事？"

　　萧兀纳冷冷地问："你不说阿骨打在涞流水没建城吗？"

　　阿息保一听，原来为了这事儿，暗想虽然我没去，二虎这人从来不会撒谎，宰相又从哪儿听到风声了？一国的宰相不能见风就是雨。想到这儿，他回答说："是我亲眼所见，宰相说建城了，难道宰相亲自前去看了？"

　　萧兀纳被阿息保问得瞠目结舌："唔，唔，还是传言。"

　　阿息保一听心里有底了，慌忙给宰相跪下说："叩禀宰相，要杀就杀，何必无事生非找碴儿，我阿息保对辽一向忠心耿耿，道宗皇帝信任我，经常去完颜部交涉海东青，从来没误过，可今日不知我得罪谁了，左三番右二次谣言惑众陷害于我！"说罢，他真的两眼落泪了。

　　萧兀纳见阿息保这样认真，他真相信阿息保亲自去看了，宁江州可能是望烟雾判断涞流水建城养兵，还是阿息保亲眼所见可靠，传言不可信也。但他心里还总觉着鼓秋的，用手将阿息保拉起说："当然我是相信你了，不相信也不能派你去。今天找你，你再到完颜部去见乌雅束，为何很长时间人鹰断绝，何故？你顺便探听探听阿骨打到底儿建城没有？有这打算也算建城。"

　　阿息保一听乐了，这是个美差，作为国家的使臣前去附属小国办事，都得恭而敬之，何况又有油水可得，海东青一经手，两下里都得油水。拜谢萧兀纳后，转身出来，急忙回府收拾行囊，准备起程。

　　这日阿息保至完颜部，大吃一惊，见完颜部沉浸在悲哀之中，节度使府门庭哀乐泣鸣，院内杆挑红幡，高搭灵棚，才知道乌雅束已故去。

早有人通报，说辽使阿息保来了。

阿骨打问："是来吊丧？"

"看样子不像，一无所带！"

阿骨打唔了一声说："国相前去看看，他来此何干？"

国相撒改出迎，见阿息保后，说要会见阿骨打。乌雅束死后，阿骨打已袭位都①勃极烈②。下边还分谙班③勃极烈、国论④勃极烈，即国相。撒改听阿息保要会见阿骨打，赶忙报告阿骨打，阿骨打才召见阿息保。

阿息保见过阿骨打施礼毕，坐下就质问阿骨打："节度使病故，为何不报丧啊？"

阿骨打一听，心里非常不满，冷语说："现在盟主枢停灵棚，有丧你都不凭吊，反来责怪于我，岂有此理！"说罢拂袖而去。

阿息保羞得面红耳赤，赶忙回辽，见萧兀纳诉说乌雅束已死，阿骨打继任女真都勃极烈，辽没奔丧，阿骨打不满焉。

萧兀纳说："备办吊丧礼品，再去完颜部吊丧！"

阿息保携带吊丧祭祀物品带领从人又奔完颜部来了。还没到完颜部就有人通报，辽使阿息保前来吊丧。

撒改问阿骨打说："辽又遣使阿息保前来吊丧，如何接法？"

阿骨打说："不举行接待仪式，轻蔑置之。"

阿息保带领从人至完颜部会宁城外了，仍不见有何举动。阿息保想："阿骨打听我又来，代辽奔丧，得鼓乐喧天迎到城外，列仪仗接至殡所凭吊祭之，今个咋的了，我已至城外，还不见来接，为何？"气得他再打发人进城去报。

去人回来向阿息保说："阿骨打已定，对辽奔丧不予理睬。"气得阿息保差点儿从马上栽下来，这不仅是对阿息保的羞臊，也是对辽国的耻侮。阿息保心里咯噔一下子，难道阿骨打真要进攻辽国，不服辽国管了？待我见机行事。

阿息保带领从人，尴尬地、灰溜溜地进了城。在街上听群众交头接耳说："辽国这回让阿骨打给臭了！"

---

① 都：女真语，最高。

② 勃极烈：女真语，总治安。

③ 谙班：女真语，尊贵。

④ 国论：女真语，贵。

阿息保在马上，脸红脖子粗地催马奔殡所去了。刚至殡所时，悲哀之乐喧天，阿息保至门口，戛然而止，不仅无人迎接，连哀乐都停止。带领从人至灵棚，虽然孝子在灵柩两旁守灵，却无一人与他搭话。将他臭得有个耗子窟窿都能钻进去。他让从人将赐丧之马和帛物，放之要走，忽见高丽赐丧之马非常珍贵，乃千里驹，真是一匹好马，甚爱之。用眼撒目好几遍，见无人理他，灰溜溜地回馆舍歇息，越思越窝火，阿骨打为啥要这样轻视辽国？坐不住，站不稳。心里憋口气感到难受，想要出去散散步。刚走出房间，就听见从一个屋里传出喳喳话儿。他侧耳细听："都勃极烈有令，注意监视阿息保，他是来探涞流水建城的事儿，不能让他走掉！"

"怎么？涞流水建那么些城寨，辽国还不知道啊？"

"都是些白吃饱的，宰相派阿息保，阿息保派二虎，让都勃极烈用烟雾糊弄得信以为真。直到今日还蒙在鼓里，这不，又让阿息保来探听此事，都勃极烈要将他扣留，叫咱们好好看护，千万不可疏忽大意……"

屋内有人说话，屋外有人听，差点儿将阿息保吓昏在地，登时脸色煞白。哆哆嗦嗦退回房间，心里转念："糟了，糟了，受阿骨打骗了，萧兀纳知我没亲自去看，派家人二虎去的，岂不犯欺君之罪？这杀身之祸，如何是好？"他成了热锅上的蚂蚁，直罢迷喽①，头上冒着虚汗。想来想去，只有一个办法，盗取赐马，送给萧兀纳，免去自己欺骗之罪。主意拿定，他就趁天刚黑，溜出房中，鬼鬼祟祟地、心惊胆战地像只耗子，溜出去了。

实际阿息保又中阿骨打之计了。刚才他听到的对话儿，就是说给他听的，让他知道阿骨打早已在涞流水建立起城寨，是他欺骗了宰相。这样他不仅不敢报告，可能将他吓得不敢回国，回去就没他命了。阿息保真上钩了。他摸黑摸到殡所，躲在黑暗中偷看，见高丽的那匹赐马仍在那儿拴着，躲在暗处，等夜深人静。见没人行走，他蹿过去，解下马缰绳，洒脱地牵着往外就走，刚走到门口，准备飞身上马，忽然从殡所门两旁跳出好几个人大喊："抓马贼！抓马贼！"阿息保一愣神儿，马缰绳早被人夺在手中，不容分说，将阿息保打翻在地，用绳儿紧紧捆绑上，报于阿骨打。

阿骨打令人带进马贼，众人将阿息保推进来。阿骨打一见是阿息保，

---

① 迷喽：满语，转圈。

怒斥曰："辽使汝盗赐马乎？"

阿息保气得浑身颤抖，用手一指说："辽国全上你当了，你真诡计多端，神鬼莫测，我受汝骗而有今日！"

阿骨打说："我骗你何来，捉贼要赃，你盗窃赐马，赃物俱在，还有何说？"

阿骨打说到这儿，唰地抽出宝剑，刚要刺杀阿息保，被站在身旁的中雄将手托住说："都勃极烈息怒，阿息保盗赐马本应杀之，但他作为使臣的身份而来，放他回去吧！"

阿骨打才将剑收回，怒气冲冲地说："阿息保，不看中雄之面，非杀汝盗赐马之贼！迅速离开完颜部，否则还要杀你。"

阿息保吓得抱头而逃。

第一百一十一章　曷苏馆巧遇族人

阿骨打特意安排个圈套，让阿息保往里钻。阿息保又上当受骗，因盗赐马差点儿让阿骨打杀了，阿骨打为人胸怀宽广能杀他吗？此乃是阿骨打使的断辽使往来之计耳。听说阿骨打连阿息保都要杀，谁还敢来？阿骨打趁这个空儿，他好骑着快马去宋朝见赵佶皇帝，两人密定协约，共同反辽。

阿骨打吓跑阿息保，安葬乌雅束后，将完颜部的大权交给撒改管理。他领着谋演（欢都之子）、阿离合懑、乌野，携带着珍珠、鹿茸、人参、貂皮等贵重物品出发，这些珍贵物品是送给赵佶、蔡京的。不送宝物能定协约吗？这叫见面礼儿。四人化装成商人，骑着快马，偷着出发了。晓行夜宿一连几日。

阿骨打和赵佶不认识，冒股生烟而去，人家不杀他呀？实际阿骨打这桥早搭上了。过去阿骨打赶几次商榷，认识宋朝一位专管商榷的官儿，名叫赵四，别看人不起眼，狗尿苔长在金銮殿上——也成贵重品啦。赵四见财眼红，阿骨打只用几颗珍珠就和他拉上关系啦，他经常派人找阿骨打弄点奇珍异品。交情越来越厚，阿骨打白交他呀，就是想利用他。阿骨打要夺取天下，最大的心病怕宋辽联盟。宋辽联盟，辽朝就不好破了。反之，如果完颜部要和宋朝联盟，两下夹攻，破辽则易如反掌。为此，特暗中派人去找赵四，让他和赵佶、蔡京疏通。赵四是赵佶的族人，哪有通融不成的？宋朝皇帝赵佶同意与阿骨打相见，密定协约，共同反辽。这下可将阿骨打乐坏了，事成矣。

这天阿骨打正往前走，见日已西沉，人困马乏。见前面是曷苏馆地带，暗想，这曷苏馆女真，都说是我们一个祖先，是真是假，到底儿也没弄明白，今日何不趁此机会盘问盘问？

来到一个村镇，见有个大户人家，便上前叩门借宿。家人开门问明原因，主人亲自出来问话，方知是完颜部行商之人，错过宿店，特来此借宿。主人欣然应诺，将阿骨打让至客房安歇。方知这家人主名叫梁福。

阿骨打刚坐下不一会儿，梁福的祖父年已八十高龄，拄着拐杖进来了，颤抖的声音说："完颜部来的女真在哪儿？让我看看。"

阿骨打见进来一位老玛发，慌忙迎出屋外，扶着老人走进客室。将老人扶上座后，跪地就给磕头，说："不知老玛发来，未曾出迎，当面恕罪！"

老人说："起来，快起来！听梁福说，你们是完颜部女真人出来经商，来看看你们，就等于看到我那子孙阿骨打了。"老人说着，大眼泪珠子扑簌簌地往下掉。

阿骨打等人大吃一惊，嘴没说心里寻思，我咋成他的子孙了？这里边定有隐情，就笑吟吟地问："这么说，老玛发和阿骨打是一个祖先？"

老人说："谁说不是，我的祖先阿古迺和阿骨打祖函普是亲兄弟。"接着老人叙述起他的祖先。

老人说自己的祖先得先从"树神"说起。开天辟地后，人，只认其母不认其父。那时女的也多，既要生小孩，又要抚养小孩，猎取食物，都是女人做，听祖上流传下来的传说，这北方是个女人国，男的看不着，没有男的，哪来的小孩？男的有是有，全让女的藏起来了，那时候男人就成女人的宝贝了。为抢个男子，女的和女的经常展开一场生死搏斗，胜者将男子抢走，败者另寻找男子去。有时抢男人，将对方打死了。

男人成为女人的宝贝疙瘩，女人将抢到的男人，这藏那掖。有的藏在山洞里，有的将男人藏在树窟窿里。女的东跑西颠去给男人猎取食物供男的吃，啥也不用男人干。确实成了木偶。

据说有一年，从南方来几个人，要到这寒冷地方看看，这块儿到底有人生存没有？他们拉着骆驼，带着食物来了。见平原都是片荒草，连个人影儿也没见着，只见成群的野兽。当他们走进森林时，女的早吓得吱哇乱叫蹿到大树上藏起来了。考察的人走到大树下要撒泡尿，刚要尿，惊动了树窟窿里的男人，滋溜一声，从树洞里钻出来。考察的人见从树里钻出一个披发至地，黑漆燎光，长毛挓挲的人，吓得他跟头把式地就往回跑。可不好了，又从树窟窿了钻出一个，差点儿将他吓死，再也不敢往里走了，逃了回去。逢人便说，北方都是些"树神"，长得傻大黑粗，跟树一模一样儿。他这一说，一传十，十传百，越传越玄，甚至说，北方这"树神"，都是上挂天下挂地，三头六臂，专能吃人。

不知又过了多少年，有好信儿的，非要看看这树神啥样儿？串联几个人，豁出命不要，跋山涉水来了。来到这北土正赶上冬天，大雪飘飘。当他们钻进森林时，从树林里钻出一帮长毛的人，一窝蜂似的向他们扑去，吓得他们跑啊跑，陷进深雪窝里，冻死了。

家里人见到北方看"树神"的人没回去，又传开了，北方"树神"吃人。吓得谁也不敢来了。

南朝皇上就根据这些传说，让识文断字的人记上《北方是"树神"》。写来写去，不知怎么闹扯的，写成肃慎了。这就是"树神"的传说。

后来，女人总是这么互相夺男厮打，将男人这藏那掖，损失可就大了，人越来越少，被野兽吞食了，没有反抗的力量，眼看这块的人快绝迹了。

这天金母坐在宫中，心惊肉跳。金母是谁呀，西王母，天上称西王母，人称金母。她是掌管所有天仙女的。好么样心跳什么？掐指一算，不好！北方的人快绝根了，得赶快派仙女下凡拯救。忽听环佩叮当响，是众仙女朝见她来了。心想，正好，派名仙女下凡，拯救北方百姓。拿过名册一查，哎哟，该她女儿金女下凡了。一天，众仙女来见金母。金母笑嘻嘻地说："众家仙女平身。"

众仙女同声说："谢西王母。"

金母说："北方人类快绝迹了，得赶快派仙女下去拯救，临到女儿金女啦，该你下凡去拯救生灵！"

金女慌忙跪地上给金母磕头，不敢说不去呀，母女难割难舍，又与众仙女拜别，热泪滚滚而下。金女才来到这北方。

金女下凡后，将这些女的集中成几个群居点儿，遇到野兽来侵害，大伙儿群起围打。男的也不许这藏那掖了，和女子群居在一起。大伙儿见金女说的做的条条是道儿，一合计，选她当咱们的头吧，叫啥名儿，不知谁起先叫的，叫"女真"吧，当时的意思就是"头儿"，像皇上似的。从这开始，管金女叫女真。

金女这天被大雨浇得没办法，躲藏在大树窟窿里。哪知，这树说不上有多少万年了，受到日精月华就成气候啦，见金女长得美貌无双，变成美貌的男子，和金女结为夫妇，生下仨男孩，老大阿古遁，老二猎鱼郎，老三活里来。等这三个孩子长大时，忽然这地方发大水，哥仨被冲散，猎鱼郎由黑龙救到长白山，被王母娘娘九天女爱上了，他俩成婚后，天庭大怒，发天兵天将捉拿，多亏黑龙相救，冲开长白山天池，撒下松阿里乌拉，跟九天女在松阿里乌拉岸边过活。他三弟活里来听说二哥在此，前来寻找，刚见上影儿，见二哥被天将抓走，他大喊，哪知被群野女人抢走。等九天女找到老三，因活里来跟猎鱼郎长得一模一样儿，错认就是猎鱼郎，已被野女人缠磨而死，留下野女真。

猎鱼郎被压在玉泉山，怕饿死他，玉皇大帝特施玉泉，使猎鱼郎能喝到水，直到后来，金母大怒，找玉皇大帝要外孙子才放出来。这时九天女留下的子女已死，玉皇大帝说："还补吧！"

"还补"猎鱼郎的名字错成"函普"，九天女六十多岁，才留下阿骨打他们这支子人啊！

梁福的爷爷说得有根有脉，将阿骨打听出神来了。他的话早让阿骨打唰唰不停地刻印在脑子里。后来人称他是"女真活祖谱"，讲起祖先的事儿，一丁点儿不差地能从头讲到他这辈儿。

阿骨打听后，跪下就给老人磕头，流泪说："实不相瞒，我就是阿骨打也！"老玛发惊慌地将阿骨打拉起，抱着阿骨打流泪……

第一百一十二章　现金身玉奴救驾

阿骨打等四匹快马，晓行夜宿，快马加鞭，直奔宋朝。阿骨打感到，自从进入宋境，到处都是埋怨、咒骂赵佶无道昏君的怨恨声。骂他荒淫奢欲，搜刮江南的奇花怪石，运往京师，修建华阳宫，建筑艮岳花园，强征夫役，任意增加捐税，人民已无法生存下去……

阿骨打嘱咐谋演等三人说："这耳听，那耳冒，千万别跟着插言，招惹是非。"谋演他们点头称"是"。他们简直像哑巴一般，在人多势众的场合，彼此也不说话儿。

这天赶到太行山，见夕阳西下，天色渐晚，紧加几鞭，投奔宿店，却越走越荒凉，眼看天已黑了，别说村镇，连个小庄户也见不到。又往前赶段路程，才见前面透出星火小亮。乌野高兴地说："总算看到人家了！"当他们走到近前一看，在山谷前独一无二的一个院落，前面一溜门房，灯光明亮，离老远香味扑鼻，门口挑着个灯笼，上面书写三个大字"飞虎岭"。灯笼旁边还挑个酒幌子。来到门口，阿骨打才见门面上写着"必宿栈"三个字，明白了，这地方是飞虎岭，过往行人必须宿在此栈。

正在他们张望的时候，店小二笑嘻嘻地点头哈腰说："客商住店，里边请呀！"接着·扭头喊，"帮助客商安顿马匹呀！"声音还没落，从客栈里蹿出两个彪形大汉，热情地接过马缰绳，从大门往后院牵去，谋演、乌野紧紧相随，从大门奔后院而去。阿骨打才放心地走进门，阿离合懑在后边紧紧跟随。刚进房就见一位三十岁左右的妇女端坐在店堂里边。她细眉大眼，还有几分姿色。见阿骨打走进来，站起身笑脸相迎，向阿骨打表个万福说："客官几位？"

阿骨打回说："四位。"

"住包哇还是住敞？"

"包咋说，敞咋讲？"

妇女用目不断扫视阿骨打说："住包，客官自己包套房间；住敞，则与其他客商混住房间。"

"住包。"

妇女乐颠颠地喊："带客官后院住包房啊！"

从里屋出来一位五十岁上下的人，长得也很魁梧，左手挑着灯笼，右手向后房门一伸："客官请！"说罢他挑着灯笼头前带路，阿骨打、阿离合懑相随。走出房门，来到后院，见后院很宽敞，东西两厢全是马厩。谋演、乌野已将东西从马身上卸下来，阿离合懑跑过去帮拿，阿骨打在前，三人后跟，随着店伙计向大后院走去。伙计来至后趟房中间，开开过道门，领阿骨打走进大后院。院子不大，寂静无声，是个四合院，东、西、南、北四面房屋，都是一片漆黑，不用说，店客稀少，房屋都空着哪。店伙计将阿骨打他们领进后正房后，点上灯烛，这屋宽敞明亮全是木板床，被褥干净整洁，使阿骨打感到非常舒适。店伙计点上灯，拎着灯笼出去了，不一会儿，打来洗脸水，让阿骨打他们洗漱。

阿骨打洗漱完毕，才问店伙计："此地为何叫飞虎岭？"

店伙计说："这地方是太行山八怪险地之一，是飞孤径要道，前面有一岭，过去经常闹虎害，故人称飞虎岭，至今不消停，每天过午，行人就不敢从此路过，上午还行，我家掌柜的为方便来往客商，特在此开一必宿栈。"

阿骨打又问："那位妇女就是你家掌柜的吗？"

"她是我家掌柜的妻子，名叫图如飞。掌柜的名叫王彪，经常不在此店，这店由他家里的看管。"

阿骨打说："原来如此。"

店伙计漫不经心地说："看客官不是此地人氏，为何而来呀？"

阿骨打支吾地说："从平州来，到京城办点事儿。"

店伙计没再问啥就出去了。过了一会儿，店伙计端来丰盛的酒菜，香味直打鼻子。阿骨打早已饥肠挂肚，肚子咕噜咕噜直叫唤，见端来好吃的，如同饿狼扑食一般，顾不得拿筷子，伸手抓起就吃。店伙计说："酒菜不够，还可再上。"说完转身出去了。

四个人确实饿急了。再说一路上还真没见过这样的好酒好菜，天上飞的，地上跑的，海里游的，飞禽走兽样样俱全，味道适合，吃得实惠。阿骨打他们敞开肚皮狼吞虎咽，不一会儿杯盘狼藉，一扫而空。店伙计也真会找时候，又端来了。放下又走了。店伙计真走了，怎知他们吃光了？没走，扒着门缝儿望着哪。

阿骨打拎起大酒壶，每人斟上一碗说："好酒好菜，都吃得饱饱的。明天起早不吃饭也不会饿的。"说着端起碗一饮而干。他这一敞开吃，谁还不吃，谁饿谁难受，宁肯撑着不能饿着，也都大口大口连吃带喝。

阿骨打狼吞虎咽，差点儿乐坏店伙计。他像耗子似的，蹑手蹑脚走出房屋，撒腿就往前屋跑，向店掌柜报告去了。跑进屋嘻嘻哈哈大笑将大拇指向图如飞一亮："你真是有眼力！这四个家伙，真是饿死鬼托生的，能吃能喝，也是你图如飞的阴德，让他们喝好吃饱，好打发他们上西天！"

原来这必宿栈是宋朝绿林中的英雄好汉王彪开的。王彪结交不少英雄，例如王颜、王龙、王虎等，在此以开客栈为名，专门拦劫官吏、富豪、恶霸土绅，将拦劫的财物，作为他们杀富济贫之用。王彪的妻子图如飞也是一名刀马纯熟的绿林女英雄。她无儿无女，前几年拣个干女儿叫图玉奴，收养后，在她帮教下，已学会精湛的武艺，今年二十三岁，尚未婚配，就住在这店房西院。没有大事小情，从不抛头露面，自个儿在院内练习武功。

图如飞听店伙计一说，高兴地接过说："看样儿，这四个家伙像是北国来的。带的东西准是贵重玩意儿，八成是进京送给昏君的，不劫他们劫谁？准备好，犯药后，就送他们上西天！"

阿骨打是精明一辈子糊涂一时，再饿也得仔细试试，这酒菜有没有毒药啊，他做梦也没想到这酒里给他下了蒙汗药，喝完后，用不上一个时辰，便会昏迷过去，人事不知。果然，他们四个吃喝完了，迷迷糊糊过去了，像死了一般，就算有口活气儿。

前屋图如飞和店伙计们吃喝上了，吃饱喝足，等药劲儿正浓的时候，好送阿骨打他们上西天。

再说图如飞的干女儿在店房西院，练完武功，回到房中，感到心慌肉跳，坐卧不安。心寻思我咋的了？就又走出房来，她刚一抬头，忽见东院正店房蹿出一股金光，直透云霄。心里像有根线抻着。咋回事儿？还不快看看去？她忽然想起过去常听人说，大福大贵之人，特别是皇帝，有金光护顶，要到为难着灾的时候，就显露灵光。想到这儿，心里又一悸，莫非干娘又要杀害什么人，这人一定是福贵之人，他显露灵光，让我去搭救他。想到这儿，脸上感到发烧，自己二十三岁了，跟干娘蹲在山谷之中，多咱是个头哇？忽然，心里一亮，慌忙进屋拎过银枪，揣上解药，出来奔店房后院的院墙跑去。跑到墙根底下，向上一蹿，蹿上墙头，爽神麻溜快地跳下去，从西厢房后边走到北头向东一拐就来在正房门口，往里一望，大吃一惊，见四个人全仰面朝天倒在地下。有位年岁大的，他头上闪出一片金光，将屋内照得金光闪烁。她快步从门进去，刚走到跟前，见阿骨打鼻子上，有条小金龙，从这个鼻孔钻进去，又从那个鼻孔里出来。她哎呀一声，原来是真龙天子，我不搭救，谁搭救？慌忙从怀里掏出解药，用水化开，先给阿骨打灌进去，随后又给谋演三个人灌下去，只听他们个个哎呀一声，好像从梦中惊醒，惊疑地望着屋内陌生的图玉奴。

图玉奴说："你们已被害，是我将你们救了过来，事不宜迟，快随我逃跑，晚了逃不出去了。"

说着她头前带路，阿骨打才醒过腔来，扛着东西往外就走。图玉奴领他们将马悄悄牵出来，驮上东西，听见前院店房里还在连吃带喝说笑。图玉奴也牵出自己的雪白马儿，跟随阿骨打从大门出来，飞身上马，说："快随我来！"五匹马哗的一声，马蹄嘚嘚嘚向西南方向驰去。

等图如飞和店伙计吃饱喝足，见已快到半夜，正是夜静无人再来，蒙汗药发药正浓的时候，带领店伙计从前店房出来，大吃一惊，见大门敞开，阿骨打的马匹皆无，喊叫说："不好，进来贼人啦，真是做贼遇到打杠子的，快去看四个人的东西失落没有？

早有店伙计跑去，大叫一声："哎呀！四人无影无踪了！"

图如飞说："备马追！"

她话音没落，就听有人喊："小姐的马也没了？"

图如飞心里往上一提溜，撒腿从前店房跑出去喊："玉奴！玉奴！"等她跑屋一看，玉奴已无有踪影了，她咕咚一声昏倒在地。

第一百一十三章 密定协约

图如飞苏醒过来，气得她浑身抖抖战栗，骂声丧天良的冤家，将你收留这么多年，教你习武，学会了武艺，翅膀硬了，跟野汉子跑了，不追回你，死不瞑目！当她走进屋一瞧，图玉奴的东西一件不少，心里又画个魂儿："玉奴要是诚心跟野汉子跑了，她咋啥东西没带啊？哎呀，不好，难道玉奴被人抢走了？不能啊，她这三抓五挠的，一般人也对付不了她。"当她看完东西又察看玉奴使用的武器，只少那根银枪，不用说，玉奴正在外面练武，被这四个贼人劫走，伙计说他们大吃大喝，纯属放屁。图如飞越想越气，飞跑来至店房，见伙计们大眼瞪小眼，不知所措，图如飞闯进来就给侍候阿骨打的那个伙计两个大嘴巴子，气愤地说："他们根本没喝药酒！"

伙计捂着嘴巴子说："喝，喝，全喝了，我要撒谎，天打五雷轰！"

"别啰唆了，快备马，追！"

图如飞说完，转身到里屋背上弓箭，拿着银枪，跑出去，拉过马，带领几名绿林英雄好汉，打马如飞追赶而去。黑抹皂眼的，图如飞在气头上，只按一条道追赶下去，连个影儿也没抓着。

原来图玉奴骑马在前，跑过·段路程，忽听图如飞带领人马追赶来了，她急中生智调转马头又向东北方向逃去。一直跑到大天实亮，跑过飞虎岭，来至蒲阳陉界，才在一座山谷之中，将马勒住，马跑得汗水淋淋的。乌野接过阿骨打的马，在山坳中遛着。

阿骨打给图玉奴要行大礼谢救命之恩，被图玉奴拦阻，反之，图玉奴双膝跪在地下，呼道："皇帝万岁！不嫌弃民女，请收下，愿终身侍奉！"

阿骨打惊得面目失色，摆手说："小姐不要胡言乱语，我乃商人也！"

图玉奴哇声哭泣说："奴家为救皇上，抛家豁出命来，换来万岁爷蒙哄于我，待我死在万岁爷面前吧！"

阿骨打见图玉奴要死，吓得忙拉住说："你怎知我也？"

图玉奴从头至尾对阿骨打言说一遍，阿骨打才知喝了蒙汗药酒后，现金光得救。图玉奴救我这是天意，可是阿骨打心里不满的是，图玉奴救我，连父母都不要了，未免有些过分，乌鸦还反哺呢，何况人乎？阿骨打想到这儿就问："你不想父母吗？"

"不想父母我能要跟你去吗？"

图玉奴这话可将阿骨打说糊涂了，冷笑一声说："看你长得又精又灵，可你怎么尽说胡话呀？"

图玉奴泪如雨下，说："实不相瞒，我乃宋朝都御使的女儿，随父母返回汴京时，路过此地，父母被他们用蒙汗药酒蒙过去后，杀害了。那时我小，图如飞无儿无女，收留我为义女儿，跟她姓图，教我练武，这几年才发现王彪他结交王颜等人，号称八弟兄。他们拦路抢劫，打家劫舍，还开这个害人的客栈，我恨不能立刻逃出虎口，今日遇见万岁爷，我救你，你也救了我，好为父母报仇！"

阿骨打这才明白，原来如此，他长叹一声说："我不是此地人，乃是北方小国女真族人，你能跟我去吗？"

图玉奴说："天涯海角奴家愿跟！"

阿骨打说："好！不过有一宗，你之所见，千万保守秘密，对任何人不要提起此事，泄露天机有灭顶之罪！"

图玉奴磕头说："奴家牢记在心。"

这是阿骨打的第七房媳妇，只因玉奴，王氏八弟兄怀恨在心，金朝进攻宋朝时，协助拦截攻打金军，使金乌珠大败。金朝进攻宋朝也多亏玉奴带路，使金兵才能神出鬼没于宋境，此是后事，此文不表。

还说阿骨打收下图玉奴后，图玉奴道路熟悉，知道哪儿块有盗，哪儿块平安，宁肯绕路走平安路，也不逢盗添麻烦。在图玉奴引领下，很快来到宋朝的京城汴京。阿骨打举目一看，这城这么大呀，商店一家挨一家，街上人这么多呀，骑马的、坐轿的、推车的、担担的、步行的，看得他眼花缭乱，悄声对图玉奴说："快找个背静的小店安歇。"

图玉奴嘴没说心里想，可是小气，住大客店多阔气，还找小店。但她突然想起，阿骨打有要事在身，不像我想得那么简单，就赶忙领阿骨打住在顺天街福兴胡同一家平安客栈。

安顿好之后，阿骨打让图玉奴出去打听赵四宅院，以便前去拜访。图玉奴出去半天才回来，不仅打听到赵四家，还打听到赵四在家，又亲自到门前探望。阿骨打对图玉奴办事细心甚是钦佩。第二天，阿骨打领着他们来到赵四门前，让他们先回店房等候，只带阿离合懑进去，如久不见回，再来寻找。图玉奴、谋演、乌野走后，阿骨打才让阿离合懑前去叩门。

门里走出一位院工，打量阿骨打和阿离合懑，问："何事？"

阿离合懑施礼说："请通禀赵四御使，阿骨打前来拜见！"

院工将眼皮向上一挑，傲慢地说："等着吧。"一转身吭地将门关上了。

不一会儿，赵四笑嘻嘻地连跑带颠出来了："阿骨打在哪里，阿骨打！"跑出门外见着阿骨打，可两眼各处撒目。

阿骨打施礼说："阿骨打有礼了！"

赵四忙不迭地说："还礼，还礼！"

阿骨打明白了，赶忙解释说："给你带的特产，直接送到府上不便，请御使打发人去取为好！"

赵四这才将心放下，眉开眼笑，说："对！对！多谢，多谢！请进府叙话。"

阿骨打随赵四走进客厅，寒暄一会儿，才谈到会谈定协议的事儿。赵四满口应诺："这事包在我身上，明天进朝去见徽宗，说你已来，在哪儿私谈，由万岁爷去定。"阿骨打才拜辞出来。赵四心急得头直冒汗，盼阿骨打走，他好跟去取给他带的宝物，那玩意儿是真东西，至于定什么协约，与他毫无关系。

听阿骨打要走，赵四说："我送你去客栈。"

这天，宋徽宗在后宫秘召阿骨打会谈。参加的只有太师蔡京。阿骨打只带阿离合懑。双方秘密商定共同攻辽，取胜后阿骨打同意将燕京六州之地给宋朝。将宋徽宗、蔡京乐得直颠腔，因为他俩获得了阿骨打送给的珍珠、貂皮、鹿茸、人参等贵重物资，将来打败辽国还有燕京六州之地可得，对国家个人都有利。

宋徽宗说："协约算定了，但得立个字据，省着空口无凭。"

阿骨打明白，赵佶怕我打赖呀，赶忙说："当然得立约为凭啦！"

白脸蔡京将眼一眨巴说："立约嘛，还得请都勃极烈起草。"他的意思是测验阿骨打识不识汉字儿。没想到阿骨打满口应承说："好！按太师的意思办，我就不推辞了。"

有人递过文房四宝，阿骨打提笔刷刷点点写下了密定协约具体内容，惊得蔡京目瞪口呆，吃惊地转念，好个阿骨打，是个文武全才的英雄。

双方同意后，写成正文，双方签名画押，各执一份。宋徽宗设宴招待阿骨打。在宴席中，宋徽宗贪杯过量，说话也直走板儿，后来口口声声管阿骨打叫大哥，说："阿骨打大哥，你们那地方尽出宝贝儿，将来我到你们那儿去住些日子，死也瞑目啦！"

阿骨打笑呵呵地说："欢迎万岁去，送你住五国城越里吉，那地方出宝贝……"正是：

徽宗荒淫无道君，私立协约害黎民。

贪杯过量胡言语，日后囚死越里吉。

第一百一十四章　飞跃十河

　　阿骨打与宋朝皇帝赵佶签订共同破辽秘密协约后，要启程回国，图玉奴劝说："再着急也不差一天，明天是汉人灯节，可热闹了，咱们看完灯节再回去吧！"谋演等人也帮腔，都要看看灯节。因为这几天他们就被灯迷住了。这汴梁城里，大街小巷，各处都是卖灯的，品种之多，不可胜数。他们看得扎眼，在女真完颜部还没有灯节之说。

　　单说正月十五这天晚上，阿骨打他们手拉手儿挤在人海之中，观赏着琉璃灯、巧作灯、珠儿灯、子孙满堂灯、长寿灯、富贵荣华灯……各有别致，好似竞赛，一家赛似一家。吸引阿骨打的是用绵帛制作的各式各样的元宵灯，浑然如玻璃球儿，绘有刀马人物故事，旋转如飞，尤为精妙。他们挤挤看看，又见滚地灯，内装有哨哨，灯能沿地滚动，灿如流星。正看得出神，只见街面上流星如火，金蛇狂舞，弹珠火把，灯片罗列，彩旗高飘，丝竹声悠扬。千姿百态的各色花灯队伍过来，立刻变成灯的海洋，金碧相射，真是"火树奇花满街舞，箫管喧阗到天明"。

　　观灯节，最使阿骨打感兴趣的是爆仗[①]与焰火。他见人们将硝石撒在烧得通红的木炭上显出彩色光焰，十分好看。忽然见人们点燃一种物体，嘭的一声，一道亮光腾空而起，金光四射，现出栩栩如生像唱戏的人一样。阿骨打感到最神奇的是"爆仗"，他从汴梁买了很多，视为至宝，他对爆仗既惧怕又爱惜，因为他在汴梁听到头一声爆仗差点将他吓破了胆，后来听图玉奴说是爆仗，他每听到"咚，当"都吓得身上一哆嗦，用手都要一抱头；爱惜爆仗，阿骨打认为这玩意儿有研究价值，可不可用于打仗，要是像爆仗这样，点燃了，"咚"一声打去，打不死也吓个跟头。为此，他才买了不少这玩意儿。传说后来金朝在研究火炮方面超过宋朝，起源就是阿骨打这儿，他没将爆仗当玩乐的用品，是作为打仗的武器去

---

　　① 爆仗：东北方言，爆竹

琢磨，此是后话。

图玉奴和阿骨打观完灯往回走的时候，她的眼尖，忽见王彪等在人群中穿梭，东张西望寻找什么，心里一激灵，啊！他找到京城来了？赶忙将头一低，拉着阿骨打钻进人群绕路跑回客栈。偷着对阿骨打说："王彪找到京城来了，咋办？"

阿骨打说："趁他没发现咱们，赶快走。"决定后当即启程。几个人将从宋朝购置的军械容器都驮在马上。

你道阿骨打从宋朝购置的什么军械呢？他让赵四给购置大批箭矢，备做进攻辽国之用，真是满载而归。算清店钱，带领人马悄悄离开汴梁，快马加鞭回去了。

图玉奴引领阿骨打穿山越岭往回赶路，这日快到太行陉的时候，忽然见一群人惊慌失措往回跑，图玉奴一问方知前面有盗贼拦路。心想，不用说，准是王彪他们在此堵截，赶忙绕路而去。

图玉奴分析的一点不假。自从图玉奴与阿骨打私奔后，图如飞带人没追赶上，就找她丈夫王彪说明此事，将王彪也气坏了，按图如飞原来的印象，这几个北方挞子，可能到京城去给皇上进贡。图玉奴就跟这几个小子跑的。王彪和王颜才奔京城寻觅玉奴。来到京城时，已是甲午年正月十四。第二天是灯节，利用灯节这个机会，王彪、王颜出来寻找。这天晚上人山人海，他找图玉奴赶上海里捞针了，上哪儿寻去呀？何况又是从山林里来的，见这热闹场面，早已头昏脑涨眼发花，埋怨自己眼睛长得太小了，收罗不了这么大的面儿。哪知他没见到玉奴，玉奴却看见他了，这叫冤家路窄。玉奴吓得低头拽着阿骨打回去了，自己后悔不如不看灯节回去了。

王彪他们几个没寻到玉奴，打听到阿骨打与宋帝赵佶、蔡京密定条约，是由商御使赵四搭的桥，又暗中到赵四那去寻觅探问，从赵四家人口中探到阿骨打已走，才快马加鞭追赶下来。

阿骨打和宋帝赵佶密定协约，外面怎能知道？岂知坛嘴好扎，人嘴扎不住，透出一点缝隙，一传十，十传百，像决堤的水，满城风雨了，王彪才打听到。可惜晚了。阿骨打带领从人，驮着军械容器，已快马加鞭回去了。

王彪、王颜听说阿骨打已走，和王颜一商量，哥几个才快马加鞭分路追赶，只要见着影儿，不要招惹，到太行山会齐。

阿骨打在妻子图玉奴引领下，他们不从大路走，却直奔深山密林而行。一方面怕王彪追赶；另一方面阿骨打已习惯穿越山林，这是他从小就习惯于在深山密林中骑马行驶，练就的硬功，如果在平坦道路上行走，反而感到不得劲儿，这就是他的习性吧。

王彪、王颜哥儿几个不知道阿骨打在穿山越崖往回赶路，他们按照大道追赶。驰马扬鞭飞驰往前追赶。追一程遇人就问："见没见着有四男一女押着东西往前赶路？"不知问了多少遍，都摇头说没看见。哥儿几个谁也不甘落后。这天赶到太行山，一会齐，大失所望，都没看见。还是王颜有主意，安慰弟兄们说："不信，阿骨打领图玉奴还能长上翅膀从空中飞去？咱们别瞎跑了，可能让咱们甩到后头，在这儿等吧，绕不过必经之路。"

王彪哥儿几个把住太行山八陉的峡口，等候阿骨打。有人认识王彪、王颜，知道他是绿林的强盗，吓得望风而逃，逢人便喊："别往前去了，有强盗！"他这一喊，谁还敢往前去，吓得都往回跑，救了阿骨打。图玉奴猜测准是王彪在此堵截，阿骨打才不顾悬崖峭壁，带领人马越悬崖，飞峭壁，绕过太行口飞驰而去。

王彪、王颜等不见阿骨打带人过来，才又打发人迎望，探听到四男一女押着马驮听说前面有强盗，飞越悬崖险谷而去。王彪、王颜带领人跟踪寻迹太行山追赶下来。

阿骨打他们沿太行山晓行夜宿往回赶路。这日又刚进一山，岩下出现一溪碧水，从丛山里曲折环迤而下，山越走越深，忽然王彪、王颜又从山峦上一冲而下，阿骨打带人催马急行，望前面无有路径了。当他骑马来到山旁一看，见是一河，河水浪涛翻天，后面强盗眼看追来了，想要厮杀，又得拖延时间，真是前面有河水拦路，后面强盗追至，他想，反正如此了，豁出命拼了。他一勒马想要回转马头拼杀，骑的马却腾空而起，跃过河水，回头一看，他的马驮全然跃过。没容他思索，千里驹已钻进山中。后面强盗呼喊声，听得真亮亮的。马前行不远，又被山挡住，沿山根行走，又没路了，前面仍然是河水挡路。骑下马又飞跃而过，面前又豁然开朗。

阿骨打带领人好似坠入迷魂阵，骑着马一会儿河东，一会儿河西，骑马来回跃越。当马又从河上飞跃过去，见山势神奇，峡谷里群山聚在一起，群峰簇拥，山岭起伏，高低不同；沿山旁直下又是河水拦路，马跃过去，见山峦叠峰成层，前后各异，高低起伏，前后山岭叠成恰如碧玉簪丛立。等阿骨打的马悬过六跃河时，见山攒聚嶙峋，峭峻相连山脊背上，好似剑棱，又像锯齿。山顶上和山腰上均有大石头，有的堆出，有的拱出，千奇百怪，有的像猴子，细看又像大肚弥勒佛，越看越像。

当阿骨打骑马跃过河时，瞧见山口有一望台，横生的怪石组成个"佛"字，赞不绝口，自言自语地说："千里驹呀，千里驹，你将我跃进仙境，这里还有望佛台！"他往前一看，山，更加高大，壁立直耸而起，好像谁用刀劈成的大屏风，围绕着河口。再往那高山一望，活像乌鸦，细看山下的水，像涞流水一般。阿骨打随口吟道：

滚滚浪涛涞水窝，
群山簇拥泻银河，
飞跃十河浪飞舞，
女真精神永如波。

阿骨打带人飞跃十河，王彪、王颜瞪着两眼见阿骨打好似神人一般，飞驰而去。

阿骨打一问，方知此地叫房山。回去后对马跃十河所见山景感叹不已，言说此山是藏龙卧虎之地。后来海陵王选此地为女真帝后的陵寝之地。

第一百一十五章　阿骨打种西瓜

　　阿骨打下达让他各房妻室开荒种地、自耕自食的命令后，他在寥晦城也开块荒地。在没开这块荒地的时候，图玉奴就与阿骨打商量说："咱俩在一起开吧。"

　　阿骨打冷笑着说："那行吗，你是你，我是我，怎么能在一起开哪。不用别人说，你那几房姐姐就得说咸道淡，还不得说，全是我开的，你啥也没干，让我背个护小的名声儿，说不清道不明的，好吗？"

　　图玉奴一听，将嘴一撇说："哎哟！看你，咱凭份好心，怕将你累着，宁肯我吃点苦，将你的份儿代出来，你嘀噜八夹①地说这么大一套。好了，咱不代你也就是了！"

　　阿骨打一听，心想，好大的口气，到底儿是谁代谁，分明是让我代你，反而要说代我，颠倒的话儿，自欺欺人也。阿骨打说："你别说代我，也别说我代你，有令必行，个人开个人的，谁完不成，谁受处罚，罪有应得。我让你代，这七房妻子都替我代，还叫啥开荒种地，自耕自食呀，我不成了吃现成的啦，还不让人将我后脊梁戳画破了……"

　　"哎哟！你不说行不行？"图玉奴抢过说，"咱不在一起开荒，个人开个人的，咱俩比试比试，看谁开得多，收成得好，行不行？"

　　阿骨打一听乐了，眉开眼笑地说："玉奴，行，这我敢和你比试，不过还得有个条件。"

　　图玉奴不解地问道："什么条件？"

　　阿骨打说："除了看谁打的粮食多以外，咱们还比试看谁种的西瓜收成好！"图玉奴见阿骨打提出这条件，心想，他跑到辽朝去，延禧给他西瓜吃，感到很新奇，偷着将西瓜籽儿揣回来了。岂不知，在我们宋朝我都吃够了，他根本不会种。图玉奴两只水灵灵的眼睛一眨巴，说："啥叫

────────────

　　① 嘀噜八夹：东北方言，形容说话啰唆。

西瓜呀，咱见都没见过，咋种啊？"

阿骨打听图玉奴连西瓜啥样都没见过，就对图玉奴比画说："圆圆的，大大的，用刀切开，红瓤黑籽儿，水淋淋，吃一口沙拉拉的甜，只吃瓤儿不吃籽儿。"

图玉奴又问道："只咱俩比试，还是众姐妹都参加比试？"

阿骨打说："我想就咱俩比试，因为籽种不多。"

图玉奴说："我看看，你从辽朝揣回多少籽种？"

阿骨打将他收藏的西瓜籽儿拿出一数，正好十六个籽儿，就说："咱俩一家八粒，看谁西瓜收得好！"

图玉奴说："别的，我看十六粒籽儿，众姐姐加你，正好八个人，每人两粒，咱们一起比赛，看谁收成好！"

阿骨打一听，心中大喜，非常同意图玉奴的意见，这样还可引起妻室们的兴趣。他亲自将西瓜籽儿，送到各寨，并说比赛之意。

单说阿骨打，不论咋忙也起早贪黑开荒，一心要给别人做个样儿，而且不让任何人帮忙。他自己开有一垧多地，选择一块土好的地方，将两粒西瓜籽儿种上了。

图玉奴跟阿骨打标上了，见阿骨打起来，她也就悄悄地起来了，去刨荒地，两手都磨出血泡来了，像针扎那么疼，但她还挺着开荒。血泡磨破了，火燎一般难受，她还是挺着干。因为她从小受过苦，而且对种瓜她都熟悉，咋种她都看见过，就暗中要口志气。因为她风言风语听别人嘀咕她，只会武艺，不会种地，两只三寸小脚儿娇里娇气的能干什么，还不得阿骨打替她种啊，不然就要她的好瞧！这些话儿传到图玉奴耳里，她嘴没说心里话，要讲干活，女真人不行，还得说我们汉人吃得起辛苦。别看咱脚小，咱心可不小，干个样儿，给你们看看！她就暗下决心，女奴们要帮她干，她不让，让女奴们单独开荒，别和她掺和。别说，她可真有口志气，一个小脚的汉族妇女竟也开出一垧多地不说，还抽出时间，教练兵丁的武艺。

荒地开出之后，她将阿骨打养的鸡粪掏出来，偷着运到地里去发酵，上上鸡粪，才将西瓜籽儿种上。

阿骨打种的西瓜没上鸡粪，可这荒地有劲儿，西瓜苗儿出来后，不比图玉奴的次，也是绿莹莹的。阿骨打见西瓜苗儿出来了，心想，结成大西瓜不知咋甜哪，将籽全留下，来年好多种。

阿骨打这几房老婆，除悬焰没种外，其余几房老婆也都将西瓜籽儿种上了。苗出得都很好。阿骨打挨地一看，嘴没说心里话儿，有苗就不愁长西瓜了。

阿骨打对庄稼苗儿不怎么关心，对西瓜苗儿非常关心，总盼快结西瓜，不论咋忙隔三岔五，就去看他这两棵西瓜秧儿。

图玉奴见阿骨打总去看西瓜秧儿，就对阿骨打说："有言在先，可不行你去看我的西瓜秧儿！"

阿骨打不解地问图玉奴说："为啥不行看你的西瓜秧儿，我的你可随便去看！"

图玉奴说："不行，我的不行看，你要给看化了，可别说我赖账！"

阿骨打说："你真能唬，西瓜还能看化了？不信。"

图玉奴说："咱种的西瓜属阴性的，男的一看，就化！"

阿骨打寻思图玉奴跟他说着玩哪，在西瓜秧开花的时候，乐得他偷跑图玉奴地里去看开没开。刚到地边，嗬！图玉奴派奴隶把上了，真不让他进去看，要看就告诉图玉奴，吓得阿骨打真没敢进去看。反而寻思，图玉奴八成说的对，不能老去看，看化了岂不白费工了？从此阿骨打真的不去看了。

直到七月下旬了，阿骨打每天忙得顾头不顾腚，早将西瓜忘到脑门后去了。单说有一天，阿骨打从会宁府回到寥晦城，进屋一看，桌子上摆个大西瓜。吃惊地问图玉奴说："怎么，西瓜熟了，是你种的？"

图玉奴长叹一声说："咳，别提了，我种的全化了，这是你地结的！"

阿骨打高兴地抱起西瓜说："咋样，你输了吧？"

图玉奴说："谁说不是，连个西瓜都没结！"

女奴们在旁边嘿嘿直笑，阿骨打心里琢磨，图玉奴拉长声，女奴们嘿嘿笑，不用说，又是图玉奴说反话儿，难道我种的没结西瓜？阿骨打将西瓜放到桌子上就往地里跑。图玉奴也在后边跟去了。

阿骨打到地里一看，惊得他直拍大腿，悔恨地说："可不是咋的，信图玉奴的话好了，全让我看化了！白瞎两粒西瓜籽儿了！"

"咯咯，咯咯！"阿骨打的话，惹得图玉奴这个笑啊，打趣地对阿骨打说："咋样，看化了吧？不让你看我的西瓜，你还有点粉味儿。这回咋样？走，再看看我的西瓜去！"

图玉奴说着头前走，阿骨打在后边跟着，来到图玉奴地里一看，图玉奴种的两棵西瓜秧儿，有棵秧结三个西瓜，有棵结两个。图玉奴说："不偏不倚，一棵秧儿都结三个。"

阿骨打说："那棵不是两个嘛！"

图玉奴说："家里桌子上不摆着一个吗？"

阿骨打说："是了，是了，摘下一个啦。"阿骨打望着图玉奴的西瓜，直吧嗒嘴儿，埋怨图玉奴说："你早告诉我不看多好，唉！都让我看化了。"

图玉奴抿嘴笑，嘴没说心里话："别看你能带兵打仗，种西瓜不行了吧！"她也没告诉阿骨打实话儿。

阿骨打扫兴地认口服输回到寥晦城家里。刚进屋，大吃一惊，见桌子上十个大西瓜，连图玉奴都惊得妈呀一声，不知咋回事儿。

女奴们才告诉阿骨打说："五主娘打发人给送来十个大西瓜！"

阿骨打惊奇地问："人哪，走啦？"

女奴说："没走，待我去叫他。"不一会儿送西瓜的人进来了，给阿骨打磕头。

阿骨打说："元圆种两棵西瓜，结这么多？"

送西瓜人说："五主娘不是种两棵，种一片哪。"

"她哪来的西瓜籽儿？"

"小人就不清楚了。"

阿骨打和图玉奴好信儿的，骑马到矩古贝勒寨去一看，元圆不仅种一片西瓜，还种了很多菜儿，长得都好。阿骨打纳闷地问道："你哪来的这么多西瓜籽儿？"

元圆说："是小儿金兀术从宁江州买来的。"

阿骨打惊讶地说："此子心胸不窄。"又问元圆，说，"你这西瓜咋没化，我种的西瓜全被我看化了。"

元圆一听，扑哧笑了，说："奇闻，西瓜咋能看化，是你没提尖儿，没压蔓子，西瓜才化的呀！"

阿骨打一听，拽住图玉奴说："好啊，全是你戏弄于我！"

图玉奴也笑嘻嘻地说："怨谁，这怨你自己，不求甚解，干啥都一样，不熟悉的东西，就别装懂逞强，逞强就得失败！"

阿骨打听后，惊疑地问元圆说："你咋会种西瓜的？"

元圆说："是金兀术去泰州访学回来的，才将西瓜种好！"

阿骨打点头说："是了，是了，干啥事儿都一样，大同小异，不懂的，蛮干，非失败不可！"

第一百一十六章　崇拜养生专家

话说阿骨打在涞流水畔勘察的时候，走到一片大水套子，方圆得有十里，套子里碧波荡漾，煞是好看。只见一位老玛发在水套子里撒种什么，阿骨打心中纳闷儿，水套子里能种什么呢？阿骨打越想越感到奇怪。他就下了马，站在堤岸上，呆愣愣地望着老玛发出神。

在水套子撒籽的老玛发见河堤上有人瞧他，不知啥事儿，就停止了撒籽，上得岸来，斜愣一眼阿骨打，转身就走了。

阿骨打见老头要走，慌忙施礼，说："老玛发请留步，阿骨打有事请教！"

老头听说是阿骨打，停下脚步，惊疑地回过头来，重新打量阿骨打说："你就是杀麻产的阿骨吗？"

阿骨打说："正是！"

老头一听，眉开眼笑地说："原来是杀死祸害人的麻产的巴图鲁阿骨打呀。失敬！失敬！"老头说着，还给阿骨打施个礼儿。

阿骨打赶忙还礼说："岂敢！岂敢！我见老玛发往水撒的什么？心中不解，故而请教！"

老头一听，长叹一声说："没有听到不知呀，这水套子被麻产祸害够呛啊！将水套子里边的草儿践踏死了不少。我是在撒草籽补上，要不咋说麻产祸害人哪！汝将他杀死，除掉一害呀！"

阿骨打一听，感到蹊跷，看见耕地撒籽种地的，从来没看见过撒籽种草的。他是中了哪方面的邪啦？就纳闷地问道："老玛发，水套子里长草有啥用项啊？"

老头笑呵呵地说："看你怪纳事的，不然也不能刨根问底儿。来，咱们坐下来，唠唠，听老朽对你说说。"

阿骨打和老头坐在堤岸上，老头用手一指说："你看，这水套子有多大呀，方圆十来里，这是阿布卡恩都力为人类留下的'蓄宝池'！为啥叫它蓄宝池啊？我这么多年品察着，涞流里的鱼，一到繁殖的时候，它就都跑到这里来产鱼子，鱼子全扔在草棵上，才能变成小鱼，在水套子里渐渐长大点了，才回到涞流水里生存，长成大鱼，供给咱们女真人吃。你说没有草能行吗？可麻产这个祸害精，连人带马都在水套子里践踏，不仅将草践踏死了，小鱼也死了不少，简直无法计算！"

阿骨打一听，这老头可是有心劲的人，他不为名，不为利，悄悄地在此保护着自然，真是令人见而起敬也，就赶忙说："老玛发真是对女真贡献太大了，这个理儿，还没被人理会哪！"

老头说："就是呀，你寻思在水套子里生的小鱼，都能长成大鱼吗？不，它大多数供给大鱼吃哪，不然鱼能肥胖吗？这叫大鱼吃小鱼，小鱼吃虾米。说起来，我原来也不懂这个理儿，见大鱼吃小鱼，非常生气，曾经出过傻劲儿，傻想要将水套子入涞流口处堵死，不让小鱼回涞流水去。我就起早贪黑要堵这口子，怕小鱼被大鱼吃了，寻思这是一片好心。哪知，有天夜里做个梦，梦见阿布卡恩都力要惩罚我，说我做了毁灭鱼类的坏事。我和他争辩说没有啊，我在保护小鱼的生存，而堵口子，怕大鱼吃小鱼，咋说我要毁灭鱼类呢？阿布卡恩都力哈哈大笑说：'错了，大鱼靠着小鱼生存，鱼繁鱼，鱼养鱼，小鱼繁十万，大鱼吃九万，弱者被食掉，强者更繁衍，生物循环理，到处都可见。汝逆天行事，岂不要毁灭鱼类？切记，切记。'醒来是一场梦，知是阿布卡恩都力指点于我，才使我醒过腔来，我又赶忙将垒堵的口子拆了。"

阿骨打一听，心中暗自惊讶，对呀，世界上一切生物都是强者靠弱者养活，就拿我们女真人来说，不也是如此吗？阿骨打对老头说："老玛发之言，使我顿开茅塞，使我悟出个理儿。我们女真人，是弱者，契丹人是强者，契丹人就掠掳侵食我们女真人而生。如果我们是强者，契丹人就不敢掠掳侵吞我们了！"

老头说："谁说不是，契丹人欺咱女真太甚，任意前来掠掳，打女真，杀女真，简直让女真人喘不过气来。这也像大鱼吃小鱼似的，但不知，我们女真哪年能变强？"

阿骨打说："只要我们女真人齐心，很快就会强大起来！"接着阿骨打才将他在涞流水畔，建城寨，训兵丁，修军械，牧战马，囤粮草，养精蓄锐，准备攻辽报仇雪恨向老者说了。

老者一听，扑通一声给阿骨打跪下了，两眼流泪说："老朽的仇恨，可能得报了！"他向阿骨打说，"我名叫班惑，乌萨扎部人，辽朝的官员硬抢我家海东青，我不给，老婆、孩子被杀死，我追赶不上，欲跳涞流水自杀，被鳇鱼将我救至水套里，才使我醒过腔来，为保护繁殖鱼类对女真做点贡献吧。今听汝言，汝要征辽，为女真人出气，报仇雪恨，有用老朽的地方，我在所不辞。"

阿骨打说："实不相瞒，按天意，我得在此建寮晦城，就是'隐蔽'之意，不能让辽知晓，等兵马练好，出其不备而攻之，方能破辽。这就多靠玛发协助，侦察辽的探子，见可疑的人，速报我军知晓，捉住他，方能保守这一机密！"

老头一听，说："这是咱女真人应尽的天职，放心，我一定时刻注意，把守住这段，不能让辽人过来！"

两人越说心贴得越近，班惑就将阿骨打请到他的土房里去吃饭。

阿骨打来至班惑家一看，是依堤修的一个土房，有点像地窖子似的非常简陋。阿骨打说："汝这房子，我建城时，给汝重修修。"

班惑说："不能重修，这个样儿，谁见着都不显眼，方能胜任汝的委托。"

阿骨打一听，班惑想得真周到，对班惑就更加敬重。吃饭的时候，阿骨打见班惑做的是达发哈鱼，就问道说："这达发哈鱼肉细腻而鲜美，就是日常不好捕猎呀！"

班惑说："汝不知，这达发哈鱼可有意思啦，还一夫一妻哪！它生在涞流水，活在松阿里乌拉。每到繁殖的时候，两口子就从松阿里乌拉游到涞流水里，再到这套子里来甩籽，将鱼子甩在草棵上后，夫妻俩待在草棵旁，瞪着眼珠子瞧它的后代。一遇风吹草动，夫妻俩怕损伤后代，就张开大嘴，各将鱼子含到口腔中，将鱼子保护起来，等风平浪静的时候，再将鱼子叶出来，就这样精心地护卫着鱼子，直到鱼子变成小鱼，会游泳啦，小鱼就奔松阿里乌拉去生长，达发哈鱼也就饿死了。所以我就捞这死鱼吃，还晒了好多鱼干，将来汝带兵攻辽时，我可将这些达发哈鱼干送给队伍，食着方便，打仗上哪弄鲜鱼去？"

阿骨打又问班惑说："这水套子是蓄宝池，真得好好保护，最怕的是啥呀？"

班惑说："最怕是有人进里边祸害，洗澡啦，舀鱼啦。你可知，一个人进去洗澡，得扑腾死多少鱼子呀？再说，将草都践踏完了，鱼还咋往上甩籽呀！咱女真人有的还懒，干啥图省事儿，你没听说，契丹人说咱们'棒打獐子，瓢舀鱼，野鸡落在饭锅里'。有人就是，要吃鱼就到水套子里舀，将要产鱼子的鱼舀吃了，得瞎多少鱼呀？真够损的啦。也没想想，你这辈子吃鱼，下辈子就不吃了？得为子孙后代着想嘛。这就是人留后世，草留根嘛，应该懂这个理儿才行！"

阿骨打感到班惑老人是位养生的专家，非常感激他，使阿骨打长了不少知识，对班惑说："你使我长了不少知识，汝是我女真人养生的专家，我拜汝为师！同时，我一定下令，有到水套子里洗澡和舀鱼者，要受到责罚！"

从这，阿骨打才下达这道禁令，保护鱼类发展，受到后人的赞颂！

第一百一十七章　奴隶骗悬焰

　　阿骨打沿涞流水建城堡训练兵马，他感到兵马越来越多，只靠征赋的粮食不够军用，就想出个办法，耕田练武两不误，让军官带领兵丁开荒种地，不仅军队练武种地，就连他这些老婆也得带领孩子开荒种地，自耕自食。这个规定下达之后，有的能接受，有的就接受不了。阿骨打第四房老婆悬焰听到这道命令后，就非常生气，赌气囔腮地说："从打和阿骨打成婚，哪让我们得一点好，吃的穿的与依尔根一样，就算有几个奴隶，这不又将我们折腾到水边草地来了，像个寡妇似的，领着子女独挑门户，经常守着空房就够难受的了，还让我们开荒种地，不种！"阿骨打的令在她这儿没行通。她还是过着衣来伸手饭来张口的生活。

　　有一天，管事的对她说："咱要不开荒种地，上边不给粮食吃什么呀？"

　　悬焰气呼呼地说，"向上边要，不给能行吗？"

　　管事的说："不行，勃极烈已告诉上边，对他的妻室子女，一律停发粮菜，自耕自足，已成定局，还是早点想办法吧。"

　　悬焰一听，生气地说："我去找他们，不给粮菜，我搬回去住！"说着就找衣服，换上衣服想到会宁府去找国相撒改。还没等她换上衣服，忽然有人进来向她禀报说："阿骨打勃极烈回来了！"

　　悬焰一听，阿骨打回来了，嘴没说心里话，好啊，今天不给你点厉害，你也不知道，以为我们是泥人，你想咋捏就咋捏呀？想到这儿，她鸭子转儿一扭，盘腿往炕上一坐，将嘴一噘，你说噘得啥样吧，挂个油瓶都不能掉下来。她也没出去迎接阿骨打，摞着脸儿噘着嘴，等着阿骨打。

　　阿骨打见悬焰没出来接他，心中不悦。她既不耕地，又不纺织，在家做什么呢？阿骨打也气昂昂地走进悬焰卧室一看，将阿骨打吓了一跳。见悬焰脸拉拉得像汪水，嘴噘到鼻子上去了，嘴没说，心想，悬焰是咋的啦？难道谁欺辱她不成？阿骨打见悬焰这个样儿，心中的气消了，惊疑地问道："悬焰，你怎么了，是谁欺负你啦？告诉我，我好找他算账，替你出气！"

阿骨打问她一遍，她不吱声，又问她一遍，她还不吱声。悬焰越不吱声，阿骨打越发觉惊，八成是被谁强奸了，要不她不能这样啊？阿骨打越着急越要问个水落石出。他一连问了好多遍，悬焰仍没吭声。后来她见阿骨打追问没完，冷不丁喝嘹一声说："和你生气！"

阿骨打一听，冷笑地说："和我生啥气儿，我咋得罪你啦？"

悬焰用眼睛狠狠地瞪一眼阿骨打说："你为啥让我们开荒种地，别的福跟你享不着，吃口饭还得自耕自食？宁肯饿死，我也不种！"

阿骨打一听，明白了，她是为这事儿，给我来个下马威呀！阿骨打坐在悬焰的身旁说："悬焰，开荒种地，自耕自食有什么不好？一来，从咱们身上做起，给别人做个样儿，激励大家都来开荒种地；二者可教育子女，让他们牢记创业的艰辛，使他们养成能劳能武的人，拿起刀来能打仗，放下刀来能耕种，养成劳武全才的人；三来，可减少国家的负担，我们要成大业，征剿辽朝，没有足够的粮食，咋打仗啊……"

"好啦！别说了。"悬焰不耐烦地说，"我们这些人能开多少地？能收多少粮食？再困难，还在乎这点儿粮食！"

阿骨打要继续劝说悬焰，忽然，有人来报说："国相撒改，让勃极烈速去议事！"阿骨打一听，没有时间劝她啦，可她开不开荒，关系到民众和军兵，绝不能任其性儿。阿骨打想到这儿，怒气冲天，当嘟一声，抽出寒气袭人的宝剑说："悬焰，我告诉你，汝敢违背女真完颜部的统一命令，我心疼你，宝剑可不心疼你呀！看你不开荒耕种试试！"说罢转身走了。

阿骨打此举，早将悬焰吓得浑身筛糠了。她知道，阿骨打说啥都是铁板钉钉——没冒儿。见阿骨打出去了，她呜呜地哭起来了。

管事的战战兢兢地进来，对悬焰说："四主娘，快别哭了，刚才业主说了，不开荒种地，连我也要挨斩的呀！快想点办法才行！"

悬焰抽抽搭搭地说："我不会种地，孩子又小，让我有啥招儿呀，赌等着杀我吧！"

管事的说："四主娘，那不是办法，再说，别人能开，咱为啥不能开呢？这么办吧，我去找大主娘，要几名能种地的奴隶，四主娘每天到地里支支嘴儿，不就行啦？谁还顶架跟在身后看着干活！"

事到如今，悬焰也只好如此了，擦把眼泪说："全仗你吧，我是无能为力的呀！"

管事的从阿娣处要来一名会种地的奴隶。这个奴隶是契丹人，因为到女真这来偷盗海东青被捉住，当了奴隶，已经在这儿四年多了。他两只脚脖上带着锁链儿，一走哗啦哗啦响。

悬焰问他："你叫什么名字？"

契丹人说："我叫坑人！"

"你会开荒种地吗？"

"过去经常开荒种地！"

悬焰一听，高兴地说："好呀！今后看你坑人的啦，你领大伙儿，把地种好，也给你点粮食吃！"

从这以后，悬焰就让奴隶坑人领着布达寨，就是侍候悬焰母子的奴隶们开荒种地。悬焰到地里转一圈儿，然后跑到涞流水畔看鱼跃去了。

契丹人不怪自己说叫"坑人"，他真打下坑人的主意了，嘴没说心里话，我给你种地，想着吧，非给你种瞎了不可！

他领着十几个男女奴隶，开了一块荒地，播上谷子。别说，这荒地还真有劲儿，播种后，这小苗出得才齐哪。可就是有点荒，草苗一齐长。悬焰见着苗儿，心里欢笑，嘴没说心里话，这回阿骨打还说啥？咱开荒种地啦。

小苗出齐了，本应除草留苗，可这个契丹人却领着十几个奴隶像念经似的，从这头走到那头，口里嘟囔着："草死苗活地发宣！草死苗活地发宣！"

悬焰不懂啊，来到地里一看，他们干什么像扯老鹞子似的，来回走着。等这些奴隶走到跟前的时候，悬焰就问坑人说："你们来回走什么？"

坑人说："我在家种地就是这么种，苗出齐了，就来回走着，说'草死苗活地发宣，草死苗活地发宣！'草就死了，苗就长起来啦。到秋天打的粮食可多，可多了！"

悬焰一听，乐得合不上嘴儿，要知这么省事儿，早开荒种地啦。她望着坑人说："以后还咋侍弄？"

坑人说："啥也不用了，赊等着收粮食啦！"

管事的一听，就对悬焰说："我看四主娘明个就不用来了，念这咒儿，谁还不会念，又不累的，行，四主娘就在府上赊等收粮食就行了！"

悬焰一听，眉毛眼睛全笑了，就对管事的说："明天你们也不用来了，就让坑人自己来念这个咒儿，他说收粮去，你们再跟来，将粮收回去，不就完了吗？"奴隶们一听，喜出望外，这是求之不得的事儿，虽然不累，死热荒天的，汗流浃背，也不好受呀！第二天都不来了，只是坑人自己带锁链，哗啦，哗啦地来到地里，找个背静地方一坐，他可没闲着，找块石头，咔嚓咔嚓地磨他脚上的锁链子。磨呀磨，磨到天黑的时候，他悄悄地就回去了。

管事的见坑人起早贪黑，早去晚归，吃得辛苦，当悬焰的面儿，没少夸赞坑人。悬焰听着心里很乐，告诉管事的，将她母子吃剩的菜儿，也给坑人点，让他好好给咱种地，咱就省心啦！

坑人暗自高兴，嘴没说心里话儿，走着瞧吧，等我将锁链磨断了，逃走，让你们收粮食，连草籽儿你们也收不到！他继续咔咔地磨呀磨。俗语说，镔铁磨绣针，功到自然成。眼看着坑人这铁链快要磨断了，他寻思再使疙瘩大劲儿，今天就能将锁链子磨断，他就可以逃跑了，就用开劲儿了，咔咔地磨着。

坑人这小子也该着逃不了。他只顾咔咔地磨锁链，啥也不顾了。你倒听听有没有人来呀，因为他每天都很警觉，磨磨停停，怕有人来，可他始终没见人来，再说上至悬焰下至管事的，都很信任他，同时眼看磨断了，他就不顾一切，想要逃跑。哪知，这天阿骨打独自一人，装扮成平民，下来悄悄检查兵民开荒种地和防御情况，尤其是他在此训练兵丁，牧放战马，修造军械，储粮备战，是非常机密的，一点风声马迹不准透露出去。为防辽朝探子，沿涞流都有化装成捕猎鱼的兵丁把守，防备辽人过水刺探军情，暴露出去。为此，阿骨打今天又下来检查。

阿骨打蔫悄儿地走到悬焰开的荒地一看，大吃一惊，撒上籽种，就不管了，苗早被草欺死啦。忽然从深草里传来咔咔的声音，阿骨打感到奇怪，便悄悄地蹑手蹑脚顺着声音走去。快到跟前的时候，见一名契丹人奴隶，在石头上磨他脚上的锁链。阿骨打仔细一看，是偷盗海东青的契丹人，暗自吃惊，怎么将他弄到这儿来了，得回被发现，要是逃出去，我们的机密就暴露了，不枉费心机了吗？想到这，阿骨打仍然蹑手蹑脚地绕到他身后，冷不防大喝一声："别动！"

坑人刚要搬起石头，被阿骨打啪的一下，打落在地，砸了他自己的脚，疼得他嗷声直叫唤。

阿骨打才将他押送到双城子去。

第一百一十八章　教妻室珍惜粮米

　　阿骨打四房老婆悬焰居住在布达寨西南角上。涞流水套岸堤下，傍堤搭个土房子，房子里住着这么一个年纪五十多岁的老头子。他孤零零一个人在此靠打鱼为生，既无老婆又无子女，也不知他在此住多少年了。他对水套子的关心，比关心自己还胜十分。他整天看着这段涞流水套子，好像他的似的。夏天谁到水套子里边洗澡都不行，他非炸庙不可，轻者痛骂一顿，重则伸手敢打你两巴掌。一句话，谁也不敢惹他。

　　悬焰搬进布达寨，离这老头也就一里多地远。有一年夏天，悬焰带领几名女奴隶，到涞流水套子洗澡，刚要脱衣服，被老头发现了，他连跑带颠高声喊叫："喂！你们要干什么？"

　　一个女奴隶也高声回答说："你别来，我们要洗澡！"

　　老头还是往前跑着喊叫说："不能在水套子洗澡，不能在水套子洗澡！"喊着，跑着，眨眼工夫，跑到跟前，"水套子不能洗澡，要洗到涞流里洗去！"

　　悬焰一听，心中不悦，这个老头，讨人嫌，在这洗澡你还管得着啦？就鼻子不是鼻子，脸不是脸地说："我们愿意在这儿洗，你管得着吗？赶快给我走开，别自找不自在！"

　　老头没听那个邪，一屁股坐在地上说："有我活着，谁在水套子里洗澡也不行！因为你们在河里洗澡得扑腾死多少鱼子呀？鱼子就是鱼，你知道不？啊！"

　　悬焰用鼻子哼一声说："哼！涞流，是女真人的涞流，水套子是女真人的水套子，不是你个人的，我们愿在哪儿洗，就在哪儿洗，和你有什么相干？"

　　老头将大眼睛一瞪说："正由于是大伙儿的，才不让你洗哪。"

　　一个老奴隶在老头身旁悄声说："你知道她是谁吗？你就不让洗！"

　　老头说："知道，她是勃极烈阿骨打的四主娘，正因为是她呀，我更不让洗了，将她挡住，就都挡住了！"

老头这番话儿，将悬焰气得浑身直哆嗦，一见老头坐那不动弹，衣服也不能脱，一赌气，回去了。悬焰越寻思越不是滋味儿，就想，用什么办法能将这老头撵走，不然在此，太烦人了。她就琢磨出两个招儿，一是让管事的领奴隶从布达寨往西南挖一道脏水沟，就从老头房子旁边流脏水，臭也将他臭跑了。第二个办法，让管事的唆使兵丁们去水套子洗澡，人多他撵谁去，气也将他气跑了。

管事的照办了，真从老头房子旁边流脏水，什么淘米泔水、洗菜水、刷碗水、洗脚水、洗澡水，反正脏水吧，哗哗不断地从老头房子旁边往下流。这简直是欺负人，以为老头非把臭水沟堵死不可，或者找上门来。哪知老头忍受了。悬焰听说，扑哧笑了，忍受是暂时的，将来一臭，就臭跑了。

管事的唆使兵丁去洗澡，有十几个兵丁还真不听邪，真到水套子去洗澡。老头喊没喊住，回头跑进房子里，拎出一把明晃晃的腰刀，大声喊叫说："谁要进水套子里洗澡，我就杀了他！"

兵丁一听，也急眼了，互相一通鼻子，一拥齐上，要打老头子。正在这时候，阿骨打来了，见兵丁要打老头赶忙喝住，一问是因为要到水套子里洗澡引起的。阿骨打就火啦，命令他的护卫，快将双城子猛安叫来。

猛安不一会儿来了，阿骨打责问说："我有禁令于汝，严禁兵丁到水套子里洗澡，为啥不行？汝兵丁硬要到水套子洗澡，班惑玛发禁止不听，还要殴打玛发，汝知罪吗？"

猛安被阿骨打责问得直目愣眼，嘎巴半天嘴说："他们来洗澡时，我还叮嘱再三，到涞流洗行，水套不能洗，早已有禁令！"

阿骨打又追问兵丁，为什么要到水套子洗澡？兵丁们你望望我，我望望他，谁也没敢说是悬焰唆使的，其中有个胆大的就说："我们寻思水套子里水浅，热乎，又近边，寻思在边上洗洗怕啥？哪知，老玛发发现了，不听就要杀我们！"

阿骨打接过说："班惑玛发，今后谁不听，你就杀了他！"

阿骨打双眉紧锁，转过脸来，对兵丁说："老玛发为啥？还不为咱们整个女真吗？我们天天要吃粮食，还要吃鱼，鱼的繁殖靠什么？还不靠的是阿布卡恩都力安排的，生在水套子，长在涞流中。你们看，这水套子里边每棵草秧上，都是鱼播下的籽种，经过日光浴后，长成小鱼，在水套子里生存，然后归到涞流里长成大鱼，不然要这水套子干啥？班惑玛发，他发现了这个奥秘，为了我们女真后代，为了女真的财富，他废寝忘食地护着水套子。汝等可知，你们进去一扑腾，不是损失十条八条鱼，而是成千上万条鱼儿。都像你们这样，我们女真人将来还能有鱼吃吗？"

阿骨打说到这儿的时候，非常气愤，责令猛安说："回去，对这些兵丁每人重责四十！"从这儿，谁也不敢到水套子里洗澡啦，人们才知道水套子的价值。大伙儿才知道，这班惑老人是受阿骨打尊重的人物，他不仅护着涞流水套子，还暗中为阿骨打巡察辽朝的奸细。谁也不敢欺负班惑老人了。

悬焰也听说了，心想，我不到水套子洗澡也就是了，对她挖的脏水沟子的事儿，她早忘到脑门子后边去了。

不知过了几年，她发现班惑老人不仅没堵她挖的脏水沟子，而且闪开脏水沟子又盖间小土房，人们喊喳议论说是班惑要娶老伴，不然不能又接间小土房。这不过人们猜疑罢了。又观察一阵子，见班惑并没娶老伴。悬焰的鼻子哼一声，对下边人说："他想得可倒美，谁嫁给他这倔老头子，去受那份窝囊罪！"

不知不觉，在布达寨里好似将班惑忘了，因为没人提他了，谁提他干啥，悬焰硌硬①他，提他不是自讨没趣吗？

单说悬焰这年，没执行阿骨打开荒种地自耕自食的命令，还被契丹奴隶坑人糊弄了，开点荒地种上谷子，苗出得挺好，可坑人假说他的"草死苗活地发宣"的咒语灵验，不用铲蹚，草死苗活就等收粮食，悬焰便信以为真，结果苗被草欺死。奴隶坑人用石头磨断锁链逃跑了，被阿骨打发现，将奴隶坑人玩杀②之后，阿骨打下令，对布达寨悬焰按令执行，不供给粮食！

悬焰没有粮食吃，只吃鱼肉可咋活呀？没办法她就偷着去找国相撒改，让国相撒改背着阿骨打给她点粮食。国相撒改说："不行啊！我要偷着给你拨粮，违令而行，是要杀头的呀！"

悬焰鼻涕一把，泪一把地说："那咋办啊？能眼睁睁让我们饿死吗？"

国相撒改，见悬焰怪可怜的，就对她说："你可找找元圆，让她救济

---

① 硌硬：东北方言，讨厌。
② 玩杀：就是活埋了。

你一下，听说她开荒种地没少打粮食，离你又近，找找她去吧！"

悬焰没办法，厚着脸皮到矩古贝勒寨，去找阿骨打第五房老婆。元圆一听悬焰受骗，开荒地瞎了，又不拨给她粮食，就让人给她送去一些粮食和菜。悬焰乐了，认为有靠山了，没粮怕啥，缺了就让元圆给送，就又大手大脚起来，有米一锅，有柴一炉火，不知节俭，不长时间就造巴没了，然后又打发管事的到元圆那去要。

管事的见到元圆，说又来求借米菜来了。元圆长出口气说："咳！要知道国相来算账，那次多送去些好了。没想到，国相撒改来了，将我的粮米呀，精打细算，只留我们够用的，其余全上缴国库了，还拿啥借给你们呀！回去和姐姐好好说说，实在无能为力了！"

管事的一听，长长眼睛了，他哪知，这又是阿骨打的主意。他听说元圆送给悬焰粮食和菜，他就对元圆说："今后不准再送了，再来要就说全收国库了。"

元圆问阿骨打为啥不给悬焰粮食，阿骨打说慢慢你就知道了，因为这个，元圆也不给悬焰粮食了。

管事的回来一说，可将悬焰愁坏了，明天就无有下锅的米了，坐在炕上哭起来了。她哭，她的儿子讹果朵坐在她身旁也哭。娘俩正在哭泣的时候，管事的进来说："班惑来了，听说咱们无粮食吃，他要救济咱一把。"

悬焰一听，班惑主动来救济她，心里硌硬班惑一下子云消雾散，变成感到班惑热乎乎的了，止泪说："快让他进来！"

班惑进来就笑呵呵地对悬焰说："听说四主娘无粮吃啦，要不嫌弃的话，将我的存粮拿来用吧，可解燃眉之急！"

悬焰一听，心里更感到热火燎的，感激得眼泪一对一双往下掉，赶忙说："多谢老玛发，救济我们，多咱也忘不了您老的恩德！"

班惑说："不过，我那米是次的，请四主娘将就吃吧！"

悬焰说："老玛发说哪里话儿，再次也是粮食呀。就是糠，我们都没地方弄去呀！"

班惑说："好吧，不嫌弃就打发人去取吧！"说罢走了。

悬焰打发人将米取回来一看，这米呀秕瞎瞎的，好像晒干的熟饭粒。心里纳闷，班惑咋有这米呀？是了，八成是他一个人，做多了吃不了就晒干了，一点一点攒下来的。晒干的饭粒也还比没有强。

这天晚上，悬焰让人用这米要做饭的时候，忽报阿骨打率领六房老婆和子女全来了，刚一进屋，阿骨打就吵吵嚷嚷地说："多做饭哪，都来尝你的好饭来了！"悬焰才知道这饭粒就是她倒扔的，被水冲到班惑房子旁边，班惑心疼地收起来，淘洗干净晒干收藏起来，现在又还给她了，臊得悬焰差点钻耗子洞去。

从此，不仅悬焰，阿骨打几房老婆都知道珍惜粮食啦，亲自过问和检查，再也不糟损粮食了，只有开荒种地自耕自食才行。

第一百一十九章　教子练武

阿骨打的大老婆阿娣和二房老婆陪室的愁怨，真是冰冻三尺，不是一日之寒了。怨恨从啥引起的？还是从生儿育女引起的。

阿娣和阿骨打婚后，始终没孕，俗语说：当年媳妇当年孩，当年不生得三年。可陪室和阿骨打婚后，就身怀有孕，生个小子，取名斡本。满以为她很长脸，给阿骨打生个儿子，阿骨打一定喜爱，谁知，阿骨打每天南征北战，也无暇去喜爱这个儿子。阿娣见陪室生个阿哥，起初并无有醋心，抽出时间去稀罕稀罕。可这陪室呀，以为阿娣是虚情假意，说起话来，还不管天地的，动不动当着阿娣的面，抱着斡本说："这是我积德的，积德来个宝贝儿子呀，要不咋说为人别做损，做损非绝户不可！"

陪室这些话儿，像刀子似的，刺在阿娣的心上，当矮子别说短话。本来阿娣婚后没孕，这话不是故意敲打阿娣吗？使阿娣听着刺心，从这，一点一点地，阿娣对陪室心里就结个疙瘩。

单说这年，阿跋斯水温都部窝谋罕请和后，复来进攻，阿骨打奉命前去征剿，阿娣不放心，也欲随同前往助战。阿骨打吃惊地说："汝身怀有孕，咋能随我出征呢？"说啥不让她去。

阿娣怕阿骨打有失，带领兵丁随后跟去了。哪知行军中途，阿娣分娩生一男孩，因为没啥包裹的，现将衣服脱下来，用绳子捆缚而归，故取名绳果。

阿骨打战败窝谋罕回来听说这事儿，他非常称赞阿娣，眼看快临产了，还能前去出征，就对阿娣体贴入微，加上是原配夫人生的长子，阿骨打也格外喜爱。阿骨打对阿娣生孩子的关心，陪室看在眼里，怨在心中，不免暗自流泪，长叹一声说："当老婆还是当大的，小老婆到底儿不行。连养孩子丈夫还两样待成！"阿娣的儿子绳果比陪室的儿子斡本只小两岁。一年小两年大，等到五六岁的时候，小孩子在一起玩的时候哪有不打架的。说真的，绳果小时候很聪明，很能逗人喜爱，阿骨打格外疼他。阿娣别看原来没开怀，开怀还真没挡了，一连生了三个儿子。孩子一多，她就不护短了。可陪室就生斡本这么一个宝贝儿子，其余都是丫头。她就对斡本格外疼三分。斡本要和绳果打架，因他比绳果大两岁，明占便宜，她也要找阿娣，说绳果欺负斡本了。有一天，斡本将绳果打哭了，正好被阿骨打看见了，上去就给斡本两巴掌，打在斡本身上，疼在陪室心上。她不敢对阿骨打撒气，却对阿娣撒气，背前眼后，骂斡本说："你说不上是哪儿的种，要不就两样对待了？没人唆使你能挨打吗，要是有能耐，你自个独霸着，别让他说小老婆啊！"越说越不像话，简直到不能入耳的程度，终于将阿娣说翻脸了，两人撕破脸皮，从此才不断发生口角。

这次阿骨打将他这几房老婆，分散在涞流水畔各住一寨。这办法真好，他这些老婆互不见面，盆碗磕不着了。阿骨打省了不少心。可阿骨打也给自己定出一条公平合理的归宿约束，轮流去夜宿，不偏不向，不过七房老婆图玉奴和他同居寥晦城，比别的老婆多占点便宜罢了。

单说这天阿骨打到呼勒希寨陪室那去归宿。他从会宁出来，心里就多个事儿，在心里嘀咕着，他想，陪室就生这么一个儿子，还不惯成啥样儿了，如娇惯成性，长大岂不是个废人？阿骨打越想越担起心来，他自己也感到奇怪，我咋糊里八涂地关心起孩子来了？啊！是了，与我年岁大了有关，可能年岁越大越关心孩子！

阿骨打来到寨子的时候，天已黑了，早有人将马接过。阿骨打见屋内没人，一问女奴，方知陪室在后院领斡本习武哪，要去通禀陪室，阿骨打摆手说："不用了，待我去看她教孩子练什么武呢？"阿骨打说着，就悄悄奔后院去了。见后院厢房里黑咕隆咚的，阿骨打心里纳闷儿，嘴没说心里想，后院厢房里也没人呀，他们上哪练武去了？就蹑手蹑脚地走到厢房跟前，见房门开着哪。他走进去往南屋一瞧，见屋里喷出一股香烟味儿，阿骨打心想，怎么陪室在这屋供奉什么神啦，不然不能烧香啊？他偷着扒门一看，见室内黑目晃眼的，只是南面焚着一炷香，那针鼻儿大的香火，在黑暗中显耀着它微小的威力，忽明忽亮。室内静悄悄的，阿骨打心中转念，陪室供的啥神呢？咋上一根香啊，他刚要出来，就听屋内嗖的一声，将阿骨打吓了一跳，就听屋内陪室说："虽略高了点儿，说明你这箭比刚才那箭更接近了，继续来！"

阿骨打一听，高兴得他大气不敢哈，蔫不悄儿地向屋内观瞧。他才发现斡本站在地下，练拉弓射箭哪，陪室既当指挥，又当检验人。阿骨打暗中称赞，不愧为射箭能手，要是能将她的箭法传授给斡本就好了！

阿骨打怕打搅斡本练习弓箭，就悄悄离开，到斡本房中去了，看看斡本屋内都有啥兵器。他走进斡本房中一看，灯光明亮，屋内陈列着刀枪剑戟。向小木桌上扫了一眼，见桌子上有一木板，心里纳闷，他桌子上放这么个木板做啥？阿骨打走到跟前一看，木板上画着弯弯曲曲的一些细道道，道道上边有的是黑点，有的画着圈儿，旁边标着汉字儿。阿骨打仔细观看，惊讶得他倒吸口凉气，原来黑点和图儿标的全是地名，不用说，是地图了。他从哪儿得的？阿骨打就仔细查看起来。

阿骨打正看着哪，陪室和斡本回来了。斡本给阿骨打请过安，站在一旁，阿骨打问道："汝从何处得的这地图？"

斡本回答说："回禀阿玛，孩儿随母迁至此寨后，有天在涞流水畔学练弓箭，忽见一位老和尚从此路过，他见我练习弓箭，吸口凉气，望着我说了下面这些话儿：'气宇非凡将王相，勤学苦练得硬工。有勇无谋不成事，赐汝地图好从征。胸怀地理显奇能，灭辽兴金已大功。为父谏议脱险境，功爵已住万世颂。'"

老和尚说罢，扔下这块木板儿而去，我刚想要问和尚的法号，一晃就不见了。将这块木板拿回来，放在桌子上，抽空我就背这个地图。

阿骨打一听，心里非常欢喜，就对陪室说："陪室，你做得对呀，刚才我见你亲自教儿练习弓箭，我非常高兴，只有从小练，才能练身硬功夫！"

陪室将嘴儿一撇说："哎哟！今天太阳从哪边出了，咋关心起斡本来了？他又不是正室所生，低人一头，到涞流这儿背背风罢了，练好武艺又能咋样，还不是个庶子吗？"

阿骨打说："汝此言差矣，我女真不同于辽宋，分什么嫡庶贵贱之分。咱们是以才用人，没有一身本领，正室生的也得去当庶人。庶人生的儿子，能有一身本领，能征惯战，同样可封爵为勃极烈，就看能不能学身本领啦。"

陪室说："实不相瞒，汝这次分寨安妻，使我就悟出这个理来，不蒸馒头，争口气，非让斡本一个顶十个，让他学好本领给大伙儿看看，我陪室虽生一子，让他对女真屡立奇功，上对得起祖先，下对得起你这创金人！"

阿骨打一听，笑呵呵地说："这我就放心了。不过，你为啥让斡本摸黑练弓箭,不损伤眼睛吗?"

陪室一听,扑哧笑了,说:"哟!你这位创业主,怎么练弓箭的道理都不懂,黑练眼神白练臂神准臂硬箭如神。"

阿骨打一听,口服心服地说:"是这个理儿,不愧你是射箭能手,女中之魁也!"

斡本不解地问:"阿玛,你小时候没这么练吗?"

还没等阿骨打回答,陪室赶忙接过说:"你阿玛是神童,五岁能拉弓箭,七岁当着辽使面连发三箭,射掉群雀中的三只雀儿,史称你阿玛为'神童奇男孩也'!后又经艮岳真人指点,箭法更加如神了。你阿玛是天生的神箭法,故不知练弓箭之苦功也!不像我,我小时候,阿玛教我练眼力,黑灯瞎火的,只点个香头儿,上边悬根马尾,多咱能练到看见马尾为止!"

"是啊,磨刀不误砍柴工,熟能生巧,功到自然成!"

从此,阿骨打就各寨传说陪室如何教子有方,暗含着和众姐妹比赛,看将来到底谁的儿子有能耐。阿骨打向他几房老婆一说,这些老婆都激起教练子女练武的高潮,要和陪室比高低。

第一百二十章　　斩火焰精

　　说的是阿骨打第三房老婆兰娃听阿骨打说陪室教子练武习箭，她可就着急起来。因为她武艺和阿娣、陪室比起来，相差太远，她暗自着急，我不会武艺谁教练儿子呢？急得她暗自擦眼抹泪，干着急。

　　兰娃也生三个儿子，大的名叫斡鲁补，二的名叫讹鲁观，小的讹鲁还不满周岁。她最着急的是斡鲁补，都快到十岁了，再不好好练武，将来就将孩子耽误了。她愁得饭吃不好，觉也睡不着，整天愁眉不展的，光眼泪就流了有好几大碗。被她儿子斡鲁补看出来了，就问她说："额娘你咋的了，为何愁眉不展？"

　　兰娃见儿子问她，没笑强带三分笑，苦涩地说："没，没咋的呀。"

　　斡鲁补说："还唬我哪，见你每天擦眼抹泪的，还寻思我不知道呢？"

　　"那是额娘风流眼，一见风啊，就淌眼泪。"

　　"别唬我了，在屋里一点风儿没有，怎么还淌眼泪哪，当我没看见哪？你不说，我也不去练拉弓射箭啦！"斡鲁补说着，将嘴儿一噘生开闷气了。

　　兰娃见儿子生气，可有些着急了，没办法，就对斡鲁补说："咳！儿呀，额娘每天是在为你着急呀，你大额娘的儿子绳果，有你大额娘教给他武艺，你二额娘也能教给儿子武艺。就是额娘，武艺不精通，不能传授给你一身好武艺，你每天和这些兵丁能练出啥硬本领？为此事额娘着急呀！"

　　斡鲁补一听，忙说："额娘，你不常说阿玛和艮岳真人学的艺吗，我为啥不可以找他学艺去哪？何况，听说额娘你都是艮岳真人托梦去救阿玛而成婚，他更能教给我武艺啦！"

　　斡鲁补的话语提醒了兰娃。兰娃高兴地说："对呀，我儿要不说，额娘还忘了。好吧，待额娘今晚焚香祷告祷告，看艮岳真人能不能托梦给我。"

晚上兰娃沐浴更衣，焚香磕头祈祷艮岳真人相救，托梦于她，让斡鲁补前去学艺，好兴金灭辽。祷告完了，上炕睡觉，说也奇怪，兰娃这天半夜间真做个梦，梦见艮岳真人对她说：

老爷岭北最高峰，虎穴泉里有仙翁。

仙翁被困千余载，只盼宗望救出来！

要问宗望如何救？玉泉雄剑劈山开！

仙翁传授精艺法，兴金灭辽栋梁材！

说罢再三叮嘱谨记，而去。兰娃醒来原是一梦。她霍地坐起来，赶忙下地，又焚香磕头，感谢艮岳真人托梦。当兰娃心情平静下来一想，我儿要去，得带玉泉雄剑，这宝剑乃是阿骨打爷爷在玉泉山所得的宝剑，拿着这把宝剑在乌金山和金花姑娘比剑，金花使的是玉泉雌剑，雌雄二剑相遇而成婚。斡鲁补欲去学艺，非带此剑不可。待明日我去找阿骨打借剑，好让孩儿速去。

第二天，兰娃骑马奔寥晦城去找阿骨打借剑。阿骨打问兰娃说："汝做啥要借我随身佩带的宝剑？"兰娃就将艮岳真人托梦之事说了。阿骨打一听，当时大吃一惊，心想，老爷岭北峰是老爷岭最高的山峰，山势虽然平缓，登山不见山，可它是座喷吐焰火的山，火儿阿部都吓得离山远远而住。再说，这山龙盘虎踞，云雾笼罩，狼虫嚎鸣，狮虎咆哮，是无人敢登之境，让我儿斡鲁补去能行吗？何况刚满十岁的孩子。阿骨打担心沉思不语。

兰娃见阿骨打沉思不语，以为阿骨打不借宝剑，难说不语，便心中不悦地说："你倒借不借呀？不怪说你，心中只有绳果，其余这些都是外掰秧！"

阿骨打一听，笑了，说："不是我不借剑，是担心斡鲁补太小，那山又是无有人烟的山，怕……"

兰娃一听，脸不是脸，鼻子不是鼻子地说："难道你连你的师父艮岳真人也不相信了吗？"

兰娃这话可将阿骨打问得身上立刻一颤，转念道："是呀，我咋不相信我师艮岳真人哪，是我师托梦给兰娃，让我儿到那去学艺，我不支持，谁支持？"就又问兰娃："我师艮岳真人咋说的呀？"兰娃又学说一遍，阿骨打听后说，"待我打发斡鲁补学艺起身之前，还有话要对他讲！"

兰娃说："这还像当阿玛的样儿，可我不敢让你去为儿送行，因你是大忙人，每天操练兵马，哪有闲空为儿女操心啊！"

阿骨打说："实际你们一个赛一个，都在为儿女成才费尽心血，我早就放心了！"阿骨打和兰娃骑着马儿，沿涞流水右岸回到布达寨。

阿骨打将斡鲁补叫到身边说："儿呀，汝额娘梦艮岳真人托梦于她，让汝到老爷岭北最高峰去求仙翁学艺。这老爷岭最高峰是火焰山口，无有人烟的地方，虽有火儿阿部，确居住在胡里改江畔。而山中是狼虫虎豹盘踞之地，汝去可要小心。尤其这把宝剑一定收藏好，不要被外人看见，更不能失落。此乃兴金之宝剑也！"说罢解下宝剑，亲手递给斡鲁补。

斡鲁补接过宝剑说："孩儿牢记阿玛之嘱！"

兰娃听阿骨打这么一说，心立刻提溜起来了，便对斡鲁补说："虽然有艮岳真人托梦于我，听你阿玛这一说，我还是放心不下。这样吧，额娘前去送你，见你找到仙翁学艺后，额娘回来也就放心了！"她说罢将小儿子讹鲁抱起来递给阿骨打说，"没别的，这讹鲁你先带寥晦城去，照顾些日子，我回来，再将他接回来！"

阿骨打一听，心里明白了，这明明是让我去送斡鲁补，兰娃还不明说，却用讹鲁来将我的军。阿骨打用手一推说："算了，待我送斡鲁补去老爷岭寻师学艺去吧！"

兰娃一听，心中欢喜，暗想："我不将你军，你也不能去！"

阿骨打领着斡鲁补骑着马，直奔胡里改江而去。当阿骨打来到老爷岭北最高峰一看，嗬！只见这山像把大伞一般，他领着斡鲁补从迎向山而上，经过磨盘山、龙头山、四平山、鸡爪顶登上最高峰。当阿骨打往下一看，峰下面是一片汪洋大海一般，白汪汪一片，活像天池水再现。他就将马拴上，领着斡鲁补往峰下走去，才发现周围环抱之山，有山就有泉，泉水叮咚流向花峰顶下端方圆有八里见方的池中，当他们来到虎穴泉前的时候，只见一块巨石，上面刻着的字儿是：

虎穴堵塞地下河，火焰妖精在里边。
伏妖神翁被困住，单等三十六万五千天。
创金业主来送子，玉泉雄剑劈开山。
火焰妖精粉身碎，青山美景万万年！

阿骨打看罢，心中暗想，此乃天意，多亏我来了，若不来我儿何知此天意也！阿骨打又往底下一看，还有一行小字，刻的是：

> 火焰火焰，连根斩断。
> 今日我来，斩妖灭焰。
> 永保青山，万世不变。
> 乃莫尼勒，速斩莫延！

下边还注行小字：牢记，口诀连念三遍，宝剑自出。

阿骨打按石刻所嘱，他举着玉泉雄剑，口中念道："火焰火焰，连根斩断。今日我来，斩妖灭焰。永保青山，万世不变。乃莫尼勒，速斩莫延！"

阿骨打一连念了三遍，果然他这把祖传玉泉雄性宝剑腾空而起，只听咔嚓一声，宝剑从山峰扎进去了。不一会儿，只听山里边轰隆隆嘎巴一声响，地也动山也摇，随着就听哗哗浪涛巨响，惊得阿骨打和斡鲁补赶忙观看，只见玉泉宝剑刺进去的山峰处，变成"U"形啦，峰下的池水眨眼不见了，露出有八里见方的平地，好像农民耕种的田地一般。阿骨打着急起来，我的宝剑咋不出来呀？就在这时，听见下面有人高呼："阿骨打勃极烈，我在这哪！"阿骨打顺着声音找去，见前面有道又宽又大的沟壑里站着一位白发苍苍的老翁，手里拿着玉泉宝剑。

阿骨打带着斡鲁补忙奔去，还没等到跟前，老翁就向阿骨打施礼说："多谢勃极烈救了老翁，使我重见天日！"

阿骨打忙还礼说："岂敢！是我师艮岳真人指点，让我送子前来拜师学艺，还望仙师严加管教！"

阿骨打说到这儿转头对斡鲁补说："还不赶快拜见仙师！"

斡鲁补跪下给仙翁磕头。仙翁忙用手扶起说："免礼，快快起来！"

阿骨打不解地问道："仙翁因何被困在山里？"

老翁说："唉！汝有所不知，我奉阿布卡恩都力之命，下来斩火焰精，搭救人类。可我因贪恋红尘美景，来晚了一步，火焰精已兴妖作怪，从山峰上喷出火岩，反将我堵在地下沟里，从此受着火焰精的折磨。火焰精单等三十六万五千天过后，还要兴妖作怪，喷射火焰，坑害女真人和万物，所以镇山之神艮岳真人奉阿布卡恩都力之命，暗示勃极烈用玉泉宝剑斩掉火焰精，为民除害。"

他说到这儿，用手一指河底说："勃极烈请看，火焰精已经粉身碎骨，它的骨头被水冲灭变成黑褐色，铺满沟底，从今后它再不能兴妖作怪了，这座山再也不能喷火了。而我，因有罪过，为感谢勃极烈解救我出山，故为汝之小阿哥教艺三年，此乃天意也！"

阿骨打往沟底一望可不是咋的，好像新铺的黑石块。他这一瞧不要紧，两耳里就听哗哗流水声，不解地问："何处水流声？"

仙翁说："地下河通了，你没看山中存的水全不见了，都流在地下河里啦，它像瀑布一般，从地床下流过，再从山下石缝里流出，源源不断地流进湖里改江！"

阿骨打说："原来如此。"遂对仙翁说，"小儿斡鲁补就交给仙翁了。我因事在身，得速赶回去。"

说着转身要走，被仙翁唤住说："勃极烈请将宝剑带回！"

阿骨打惊疑地说："小儿不用吗？"

仙翁说："不用，这宝剑乃是创金之剑，要妥加保存！"说罢递给阿骨打，阿骨打拜辞而回。

斡鲁补跟仙翁学艺三年，回来保父破辽立大功！

第一百二十一章　乌龟上树

阿骨打沿涞流水畔修建城堡、寨栅，在矩古贝勒寨的西边，有两个城子，一名大半拉城子，一名小半拉城子。你知道为啥两个城子都叫半拉呢？嗨嗨，提起这事，小孩没娘——话可就长了。传说，阿骨打决定将五房妻室元圆安排住在矩古贝勒寨。那年元圆已生了金兀术，金兀术已经三岁了。元圆听说让她母子到那住去，在修建时，元圆就带着金兀术前去看给她修的寨子，这地方在哪儿？顺便出来散散心，免得在家闷得慌。这事和阿骨打一说，阿骨打立刻同意地说："你去看看也好，哪块建得不合适，早点提出来，好改！"元圆就带金兀术去了。

元圆骑在马上，身后背着金兀术，后边跟几名女奴和护卫的，沿涞流右岸缓缓地向西走去。滔滔的涞流水波涛起伏，鱼儿跳跃，衬托着草海一般的大草原，显得更加秀丽。元圆感到这地方刮的风是香的，吸口气是甜的，真使她心旷神怡。当元圆来至珠山的时候，身后的金兀术就拍手打掌，蹦跳着喊："到家了！哎，到家了！"

元圆一听，心里一惊，兀术咋说出这话来，被人听去，岂不泄露天机？急得她头上冒汗了，就顺口搭言说："对！你阿玛为咱娘俩修矩古贝勒寨，就离这不远啦，快到了！"

元圆口这么说，可她心里非常难受，因为眼望着涞流左岸的术山，就是她原来的家，为报答阿骨打的恩情，奉东珠王之命，借元圆尸体还魂婚配给阿骨打，随后又将她生的儿子，起名叫兀术。可兀术天性未改，今日见到珠山，仍称为家，勾引起元圆的心事，黯然泪下，才顺口搭言说出这番话语。

可金兀术听额娘打岔，就在她后背上踹着两只小脚，哭叫着说："不，不嘛，我要回家！我要回家！"

元圆身后跟随的人不知咋回事儿，他们上哪知道其中的奥妙？元圆就顺口搭言说："别哭，额娘领你到那看看，就回家！"她以为金兀术要回会宁府的家。

就在这时候，后边护卫突然哎呀一声，大惊小怪地说："你们看，乌龟咋跑树上去啦！"

话音未落，突然天昏地暗，狂风大作，涞流水蹿起一房子多高，将女奴和护卫均刮下马来，睁不开眼睛，个个喊叫地说："五主妃！五主妃！"

就像个大旋风似的，霎时过去了，等女奴和护卫睁开眼睛一看，都惊吓得齐哭乱嚷地喊："五主妃和金兀术哪去了？"惊吓得他们四处张望，只见涞流水风平浪静，草原里静默无声。其中有个心眼快的护卫说："快，快报告阿骨打少主去，五主妃和金兀术被大风刮跑了！"

大伙儿一听，说得对，八成是让风刮跑了，就让他赶紧骑马回去报告。

阿骨打听报后，马上禁止他大惊小怪地乱嚷嚷，便焉不悄儿地随护卫来了。阿骨打到元圆失踪地方一看，涞流水对面正是珠山，心里明白八九不离十，知道八成被接娘家去了，因为珠儿借元圆尸体还魂的时候，已向阿骨打暗泄其机。故而阿骨打早知是元圆姑娘的身子，珠儿的魂灵。但金兀术是珠儿生的珠子，他却不知，这金兀术的名儿，是元圆起的，阿骨打也没加可否，对他这四子就这么叫开了。

阿骨打见女奴和护卫还在又哭又叫，马上制止说："不许哭叫，不许向别人诉说此事，元圆和兀珠丢失不了，可能刮到草原里去了，很快就会回来的，你们都回去吧！"

护卫说："我们一起去吧！"

阿骨打说："不用你们了，我可以去找她！"

"那马，也得留下吧？"

阿骨打说："留下吧，你们马上回去，千万不要对任何人讲此事，搅乱众心，谁说我拿谁试问！"

众人诺诺而去。主人有令，谁敢向别人说此事，都默默地埋在心里，暗自画着魂儿。

还说阿骨打，他见众人走了之后，将马拴在树上，十分把握地坐在涞流堤岸上，两眼望着珠山，暗自思忖道，元圆虽是珠儿的魂儿，可她是肉体凡胎去了能受得了吗？何况还有我儿子兀术，还不满三岁，有个好歹的，哎，怨我，当初不这么安排就好了，有个一差二错，我肠子会悔青的呀，但愿阿布卡恩都力保佑，元圆和兀术平安地回来呀！

阿骨打坐在堤岸上，胡思乱想，眼望着珠山，等啊等，两只眼睛都望穿了，山不动，水不摇，使他越等越着急。眼看太阳偏西了，咋还没回来？

忽然过来一个骑马的，见阿骨打坐在堤上望什么哪，就赶忙下马说："少主在这望什么呢？"将阿骨打吓了一跳，忙回头一望，是修建城堡管运料的跋骚。就问他："你干什么去？"

"去运木头。"接着跋骚又对阿骨打说，"少主，我跟你说个新鲜事儿，我刚才来的时候，见乌龟上树啦，大伙儿将它取下来，它还往树上爬。"

阿骨打一听，事有蹊跷，便牵过马来，将元圆的马链在自己马上，骑着马去看乌龟上树。骑在马上的阿骨打自言自语地望着珠山说："珠儿（元圆）呀，珠儿，我去看乌龟上树，你要是回来在此等我，要是你娘家将你送到矩古贝勒寨就好了！"他祈祷完了，才催马向西而去。

当阿骨打来到矩古贝勒寨的时候，就听建寨的人们说："西边东城子和西城子，都发现乌龟上树！"

阿骨打将元圆的马拴在矩古贝勒寨，就奔东、西城子去了。他到这儿一看，人们欢喜异常，全呼喊叫地说："真好玩呀，真好玩！"

阿骨打挤进去一看，修建的人，正玩弄一只大乌龟，他们将这只大乌龟放在树根下，让它往树上爬，见它将脖子伸出老长，像长虫似的，往树上一贴，两只短前爪往树干上一搭，你看它在地上爬得笨笨拉拉的，可慢了，可它往树上爬，可快了，眨眼工夫就爬到树梢上去了。它爬到别树梢上之后，抻着长脖儿，往涞流水里望，抻着它那长脖子一动不动地望着。

修城堡的兵丁们喊哧咔嚓地用土块、木棒儿，往树上抛扔，不一会儿将大乌龟从树上打落下来。大伙儿就拍手称快，他们就这样一次又一次地玩弄这只大乌龟。乌龟落地摔得翻白了，两只绿豆般的眼睛好像喷发出怒光，但它还是往树上爬，踢过去，它还是奔树。

阿骨打站在人群里，看在眼中翻滚在心，暗想，这一定有点说道，不然它不能这样，乌龟本是水里的动物，干吗要爬上树呢？这到底是啥预兆！就问别人说："发现有多少乌龟爬树？"

众人回答说："老鼻子①啦，差不多树树都有，不过顶属这个大，它是个大盖的！"说着人们又哈哈大笑起来。

---

① 老鼻子：东北方言，多。

阿骨打一听，心里更加疑惑起来，冷不丁他心里想起一件事儿，好像元圆对他暗示过，东珠虽是宝，获得实在难，蚌儿护其光，乌龟护守严！这么说，乌龟上树，和珠儿探家有关，它们出来护卫也未可知。阿骨打想到这儿，忙制止说："不要戏弄它了，快让它上树，看看是什么预兆！"

大伙儿闪开了，让大乌龟上树。这大乌龟毫不气馁，真又爬到树跟前，抻出长脖子，小脑袋往树上一贴，阿骨打冷不丁哎呀一声，大喊说："不好！快跑逃命要紧！"阿骨打这一喊，反将众人愣住了，不知是咋回事儿，像钉在地上，愣呵呵地望着阿骨打出神。

阿骨打说："你们看，乌龟眼睛像火一般，红啦！听阿玛过去讲，我爷爷在世的时候，有一年发现乌龟上树，眼睛红的时候，突然刮起暴风，发了大水！现在大乌龟眼睛红了，咱们马上离开这儿，快！快！"

阿骨打催促众人，骑马快逃，见大伙儿都上了马，他才骑上马，在后边跟随，不时地回头望望。

阿骨打率领众人，逃出有二十里地的时候，猛听轰隆隆连声响，惊吓得他们勒马回头一望，涞流水借风力，掀起有两房子高的巨浪，呜呜直叫。

众人见此情形，不约而同地喊："发大水了！咱命休矣！"

他们的话音刚落，再一望，风平浪静了。过了一会儿，骑马又回去了，到东、西城子一看，东城子被风和浪打去大半拉，西城子被打去小半拉。从此将东城子改称"大半拉城子"，西城子改称"小半拉城子"，流传至今。

此事发生后，说啥都有，有的说，是人们戏耍乌龟的结果。从这之后人们再也不敢戏耍乌龟了。有的捕猎鱼，捕猎着乌龟，都悄悄地放里去了，更有甚者还给乌龟磕头，称它为水神，求它保佑，越传越玄虚起来，就从这引起的。

当阿骨打回到矩古贝勒寨时，见元圆背着兀术正在看为她修的寨子，矩古贝勒寨离大半拉城子只有十里地，连棵草儿都没刮倒，只有阿骨打自己心里明白是咋回事儿了，可他就是不对外人讲。

第一百二十二章　海东青捉奸细

　　阿骨打这天归宿矩古贝勒寨，询问第五房妻室元圆，他的儿子金兀术练武如何，要不要为金兀术请个师傅。因为阿骨打知道，虽说元圆是东珠精借元圆之尸还魂与他成为配偶，报答他的恩情，但元圆只是个闺门秀女，她不会武艺，怎么能教儿习武呢？因为这个，阿骨打对金兀术习武很挂心，已经六七岁了，从小就得练功，等长大了再练就来不及了。

　　元圆对阿骨打一笑说："你就将心放在肚子里吧，我生的子女，都不用你挂心，他们会练好武艺的。"

　　阿骨打说："那怎么行，没有名师授艺，再练也练不好啊！"

　　元圆仍笑嘻嘻地说："兀术生来聪明，他各种功夫，不授即会。"

　　阿骨打一听，心中不悦，心想，这不是自欺欺人吗？我阿骨打还经过艮岳真人传授武艺哪，元圆说得也太天真了。噢，是了，她不会武艺，见兀术能抡抡胳膊，甩甩腿儿，就以为他会武艺了。不行，我得亲自看看这兀术是咋个练法？阿骨打想到这儿，便说："兀术在哪儿练武呢？我去看看！"

　　元圆一听，暗自惊讶，在哪儿练武，不能告诉他，也不能让阿骨打看见。这咋办哪？急中生智地说："有时在涞流水畔，忽而在山野间，踪迹难寻找，还是等他回来吧。"

　　阿骨打一听，更不乐意了，心想："这哪是练武，分明是让兀术满山遍野各处玩耍，将来不将孩子浪荡坏了？不行，我得去找，实在不行，将他带到寥晦城请师傅教。"阿骨打再没问元圆，站起身来，就往外走，刚走到院里，见兀术回来了，蹦蹦跳跳的，金兀术进院就喊叫："阿玛！阿玛！"跑到阿骨打跟前就跪下磕头。阿骨打用手拉起七岁的金兀术问道："儿呀，你做啥去了？"

　　金兀术两只眼睛眨巴着说："练武去了！"

　　阿骨打望着金兀术，嘴没说心里话儿，说得怪好听，练武去了！说不上跑哪儿玩去啦，待我试试他，阿骨打就笑呵呵地说："儿呀，你练的啥武，给阿玛比画比画好吗？"

金兀术听阿骨打让他比试比试，立刻来精神头了，两只眼睛瞪得溜圆，明亮有光，唰的一声，将上衣脱下，往旁边一甩，别看才七岁的孩子，就脱衣服这个劲儿，让人瞧着干净利索。随后金兀术给阿骨打练了套拳法。两只小手越耍越快，使阿骨打眼花缭乱。耍完，阿骨打暗自惊讶，问："兀术，你这拳是谁教给你的？"

金兀术说："是我自练的！"

阿骨打从心里往外不相信，就又问金兀术说："你这叫什么拳法？"

金兀术回答说："神拳法！"

"它的特点是什么？"

金兀术像背经似的，小嘴嘎巴脆地说："拳打一条红，曲而不曲也，打人不见形，见形非为能！"金兀术简直是一口气说出来的。

阿骨打一听，心里更加不相信了，小小的金兀术，从哪儿得这套嗑儿，其中定有缘故。不说，必有隐情，因为元圆也守口如瓶，他们不说，我真不能再问，天机不可泄也！不问是谁教的，阿骨打心里高兴，伸出两手去抱金兀术，手刚碰在金兀术的肩膀上，吓得阿骨打哎呀一声，将手撤回来了，就见金兀术双臂上不知被啥勒出血啦！就在这一刹那工夫，金兀术知道阿玛发现他这秘密了，赶忙将衣服穿上了。

阿骨打一把手拽住他，追问说："你的双臂被啥勒的，勒成那样？"

兀术眨巴下眼睛说："是跟别人玩，捉坏人时，用绳子勒的！"兀术说着，从阿骨打手中，挣脱出来，两个手指头往嘴一放，吱吱两声，突然飞出三只海东青，在他头上盘旋，兀术领海东青跑了！

阿骨打心里画着魂儿，回到元圆房中，就问元圆说："兀术还养海东青啦？"

元圆说："他喜爱海东青，海东青不离开他，我就让他养活它！"

阿骨打说："饲养倒可以，不过太多了，三只，能不能分散兀术的精力，影响他练武啊？"

元圆一听，笑呵呵地说："不仅不影响他练武，海东青还帮他练武哪！"

阿骨打不解地问："海东青咋能帮他练武，咋个帮法呀？"

元圆说："海东青飞在空中，让兀术射箭，射它的嘴尖儿，箭要射正道了，海东青就将箭啄住，有时他们玩得可有意思了。"

阿骨打越听，就越觉得说的越神，真让人疑惑不解，于是想在后面瞟着，看兀术到什么地方练武去。一天，阿骨打又来了，顺着金兀术跑的方向寻去。

阿骨打走出矩古贝勒寨南门，站下了，嘴没说，心想兀术奔哪去了，是正南、西南，还是东南？咋连点影儿不见了呢？阿骨打呆愣愣地望望西南方向，摇摇头；望望正南，见不着影儿；望望东南，阿骨打乐了，见兀术的一只海东青在天空上盘旋，准是往东南方向去了。阿骨打就奔去了。他沿着涞流水畔，瞟着天空的海东青，疾步寻去。阿骨打深一脚，浅一脚，趔趔趄趄地往前走着，走着，走着，忽然海东青不见了。心想糟了，海东青往哪飞去了？

阿骨打放慢脚步，用眼在天空上四处撒目，寻找海东青。蔚蓝的天空，哪有海东青的影儿呀？又用眼往涞流畔堤上张望，还是没见着兀术的影儿。上哪去了？前面就是山了，难道兀术在山上练武？别说，八成在那儿。他就大步流星奔去了。

涞流水右岸是座漫漫的小山，人称漫岗子，只是漫岗子东面，陡岸像座山的样儿，从西面看不出山的样儿。阿骨打刚登上漫岗子，突然，兀术的一只海东青飞在他的头上，嘎呀嘎呀叫唤两声，窝头又向东飞去。阿骨打心里乐了，海东青怕我找不到他们，还回来叫我！就尾随着向东走去。刚走不远，海东青又回来了，仍在他头上，嘎呀嘎呀叫唤两声后，转头疾速向东飞去。阿骨打心里立刻咯噔一下子，哎呀！不好，海东青是来呼救，难道兀术出啥事儿了？阿骨打撒腿就跑。当他快步如飞，跑到漫岗东侧的时候，见三只海东青在深草上空，忽上忽下，叫唤着，阿骨打便向深草处扑去。快到跟前的时候，就听劈哒吧嗒拳脚声，便一个箭步蹿上去，果然，兀术和一个壮年汉子打起来了，便大喝一声："住手！"

兀术见阿玛来了，便喊叫说："阿玛，快捉住他，他是辽朝派来的奸细！"

壮汉子将嘴儿一咧说："啥叫奸细？我是打鱼的，小孩子咋能说瞎话呢？"

阿骨打见这汉子是女真人，也认为兀术是胡言乱语，便斥责兀术说："小孩子瞎说什么？啥叫奸细？"

兀术着急地说："真是奸细，是海东青发现，将他截住的，他刚从涞流水过来！"

阿骨打见汉子身上的衣服水淋淋的，又听兀术说是海东青发现的，知道这汉子不是好人。可他想将这汉子稳住。哪知这汉子听兀术这么一说，贼人胆虚，撒腿就跑。阿骨打明白了，这是他自我暴露，绝不能让他跑掉！便大喝一声："往哪里逃！"阿骨打飞步扑上去。汉子见阿骨打扑上来了，从怀中掏出短刀，转身就向阿骨打刺来。阿骨打向旁一躲，跟着飞起一脚，将汉子踢倒在地，捆绑上，押着汉子回到矩古贝勒寨！

阿骨打为啥不带城堡去哪，怕暴露练兵之所，到寨子里，就像住家的一样，所以带进寨子里。经阿骨打仔细盘问，汉子才说实话。他的祖先原是女真人，被辽掠去后，隶属于宫账斡鲁朵的奴隶，后变为平民。现在辽朝北枢密院当差，萧兀纳听司天说，涞流水天空五色云气异常，定有隐城，囤练兵马之兆也！故而派我前来暗中察看，不想，被海东青察觉，小娃娃都会武捉奸，令我胆战心寒！阿骨打又问道："派你们几个人来？"

奸细说："只派我自己，怕人多显眼！"

阿骨打说："萧宰相对司天的话，他相信吗？"

奸细说："半信半疑，才让我自己来也！"

后来，阿骨打对奸细进行说教和收买，使这个女真后裔变成阿骨打的密探了。

这就是海东青捉奸细，流传于世。

第一百二十三章 山嘴见真情

单说阿骨打这天清晨起来，见五房妻子元圆仍在熟睡，他便悄悄下地，穿上鞋子，心想元圆够辛苦的啦，她每日要到田里去种菜，晚间还要教兀术练武。阿骨打一想到昨晚他见元圆教兀术练武的情形，心中甚是纳闷。作为元圆，她本身不会武艺，怎能想出悬吊双臂练箭之法，尤其是昨天兀术给他耍套拳法，自称"神拳"，虽然拳法不熟，可从拳法上看，如果没有名师教授，七岁的孩子，如何会耍？我非得瞟着，看他到底到哪去练武。阿骨打想着，顺步向金兀术房间一望，吃了一惊，见金兀术早已出去了。好啊！小家伙什么时候起来的，自己咋一点没听到动静？

阿骨打走出矩古贝勒寨，向东南方向寻去。因为金兀术的海东青捉奸就是在东南方向。阿骨打快步如飞追赶金兀术，他想金兀术不会走出很远，非能抓着他的影儿不可。阿骨打走呀走，两眼不断地向前边撒目。可是一点影儿没抓着。

阿骨打沿着涞流柳条通走着，柳丝青青，百鸟齐鸣，嘤嘤可耳，忽被一只隼鹞惊动，百鸟翻飞。阿骨打对着隼鹞说："汝真可恶，若带箭来，非让你丧命！"隼鹞真乖乖地逃了。阿骨打没抓着金兀术的影儿，被雀鸟将他迷住，放慢了脚步，用目观赏各种鸟儿，见那黄肚囊小的长嘴短尾，大者尾根白色。啊，这就叫"黄肚雀"。往前一走，又见几只鹳水鸟，有的羽毛白色，有的是黑色，嘴长而直，形状像鹳。阿骨打见它自言自语地说："虽然它吃鱼，可它的翎能做箭翎。"鹳水鸟见阿骨打过来，扑棱飞向涞流水面上去了，阿骨打又往前走，见几只白翎雀青黄色，翎白。阿骨打将眉一皱，自语地说，"穷冬恒寒不易其处，谁重汝耳！"他又见几只大眼雀，睛大而圆，身青灰色。阿骨打越走越慢，举目又见几只白眼雀，目有白圈，长嘴白尾。那棵柳枝上落有靛雀，色如蓝靛，头青颈白。阿骨打忽然见一群百灵鸟，鸣声清亮，善学各鸟语，他就停下脚欣赏其歌。嗬！那边腊嘴①不甘落后，它听见百灵鸟哨叫就叫得更欢了。它嗓儿敞亮，啄如黄腊，叫起来声音洪亮。阿骨打又听出掺杂一种别的鸟儿鸣叫声，他用目仔细寻找，原来是红料，一身红色。它旁边还有身带花者，称它为"花料"，还有叫它"麻红料"的，那还有"千里红"，顶有红毛。阿骨打正观得出神，猛听前面传来海东青的声音，他举目一看，正是金兀术的海东青，就向前跑去。他边跑边用眼瞟着海东青，就见海东青好像为他带路一般，飞得很慢，眼看阿骨打快追上了，突然在前面山的上空不见了。

阿骨打跑到跟前，见是涞流水右岸的探头山，因为从东面望之，像颗头似的伸探在那儿，后面全是漫岗。这头正对着珠山。此时，就见白雾弥漫，他绕到东侧，探头前面，就听咔嚓一声，将他吓了一跳，用目一观，哎呀，这头怎么变成像大嘴一般，张开了，从口里往外呼呼冒着雾气。阿骨打站在山口前，心里琢磨："以前我也曾从此路过，咋没见它张口？今日有海东青引路，它咔嚓一声，将大口张开，难道是让我进去吗？阿骨打想到能不能金兀术就在这里边练武？不然，哪有这么巧的？我一心要寻觅金兀术在哪儿练武，偏偏山口大开，一定是有意让我见见金兀术的天机奥秘也！"阿骨打想到这儿，便毫无顾忌地迈步进去了。

阿骨打迈进山口，只觉里边凉气袭人，黑咕隆咚，伸手不见五指。他就用脚踹着走。走啊走，也不知走了多长时间，忽然，见前面闪出亮光，就直奔亮光而去。

阿骨打走到亮光处，往里观瞧，见里边宽宽敞敞的一个院落，青堂瓦舍的，院子里静悄悄的，连个人影儿都见不着。这是啥地方呢？管他啥地方，待我走进去瞧瞧！

阿骨打蹑手蹑脚地直奔院门口近边的房舍走去。刚走到窗前，顺窗缝儿往里一望，吓了一跳，差点叫出声来！你知为啥？原来阿骨打见屋梁上垂下两根绳子，绳端拴着两个铁环，套在金兀术的双臂上。金兀术双目平视前方，左手伸直，右肘弯曲，悬空吊着做拉弓射箭之式。阿骨打心想，这套跟元圆的教授方式一模一样，原来是从这儿来的呀！他又用眼往房门口一望，见门口上悬着红丝绳系着小弓箭，这也和元圆现在门上的一模一样。记得元圆生阿鲁时，在门上系的，据她说是预祝他挣取弓马前程。原来也是从这来的。阿骨打正看得出神，忽见过来白发苍

---

① 腊嘴：鸟名。

苍的一位老翁，他的两只大眼睛，似两盏灯，在这大白天还放射出两道光亮，闪耀着。阿骨打倒吸口凉气，这么大年纪，须发皆白，两眼还如此有神！只见这老翁对金兀术说："兀术，现在开始空翻。"接着老翁口里数着，"一、二、三、四、五……"他数一个数儿，金兀术便前后翻一次，随着老人的数儿，金兀术越翻越快，阿骨打看得眼花缭乱。一直空翻一百个数儿，老翁才让停止。阿骨打见老翁将金兀术卸下来，也没让金兀术休息，马上命金兀术跳在北炕上，让金兀术蹲身。阿骨打见金兀术乖乖地将自己的背倚在炕角，用目平视炕沿上的横木继续练习眼力。忽见老翁也灵便地跳在炕上，爽神麻流快地用手掌压住金兀术的后脖子，一点不让金兀术松懈。阿骨打心想，这老翁是谁呢？看他教授之法，绝不是凡人，为我女真练武创造了榜样。使阿骨打更觉奇怪的是，金兀术在外面，没见着他的两只眼睛这么亮过，今天练眼力，他的双目越练越亮，也像老翁似的，闪闪发光，直射在炕沿上。

阿骨打不知，他这四儿子金兀术，是东珠转世投胎而来，元圆是东珠精借尸还魂婚嫁给阿骨打，其尸体原来是个未出阁的姑娘元圆，故名元圆。婚后元圆在生金兀术时，阿骨打带兵出外征战没在家时生的。生金兀术时，是半夜子时，霎时室内闪光发亮，惊吓得她差点叫出声来。等到金兀术降生后，其光才收敛，故而元圆为儿子起名叫金兀术，名字就是这么来的。可元圆当时想，自己是阿骨打的第五房，妾为小，是跟庶人一样，生的儿子也称庶子，虽然生时有光照，象征贵人之兆，可绝不能宣扬出去，一怕正妻阿娣忌妒，二怕对金兀术不利，泄露天机，引来杀身之祸。基于这个，元圆对奴妇叮嘱再三，不要将金兀术降生时的异象，发光之兆，对任何人讲。奴妇也起誓发愿的，绝对守口如瓶。元圆也将这事埋在心坎里，对阿骨打牙丝口缝没露，所以阿骨打一丁点儿不知。

阿骨打征战回来时，听说元圆生子，乐得他马上去看望，还真悄悄问过元圆，生此子时，有啥征兆无有？元圆摇头说："没见啥征兆，将我都要难受死了！"阿骨打信以为真，嘴没说心里话，此子将来不能有啥大出息。因为阿骨打听其他妻室将自己生的儿子，即便没啥征兆，还要向阿骨打说有什么样、什么样的征兆，如果真有点儿，就要玄虚成奇异中的奇异，讨得阿骨打欢心，对其子多爱几分。可元圆跟她们不一样，将征兆埋在自己肚子里始终没说，阿骨打对金兀术也就不像对其他孩子那么关心。没想到，金兀术七岁这年，阿骨打偶然亲眼见到这么多奇异事儿，今天山口张开，将他吸到山口里来，又亲眼见有神翁教授金兀术武艺，他心里感到奇异，又感到心情欢畅，暗暗地默念感谢阿布卡恩都力保佑我子人人成才，灭辽兴金有望也！

也说不上阿骨打看了多长时间，忽听老翁哈哈大笑说："圣主，进屋看看兀术学艺如何？"

阿骨打惊疑地慌忙走进屋去，向老翁施礼说："多蒙老玛发教练，我阿骨打不胜感激也！"

老翁哈哈大笑说："为报答圣主救女之恩，我教外孙儿，理该效劳！"

阿骨打才如梦方醒，惊疑地想，原是我岳丈，慌忙下跪，欲给老翁叩头，被老翁拉住说："免礼！免礼！汝能见到老丈，我心愿足矣！"

阿骨打又要磕头，老翁拉着不撒手，说啥不让阿骨打磕头。拉着阿骨打手说："圣主！今日让汝来，是阿布卡恩都力安排，意让汝亲眼所见兀术学艺，汝就放心了，日后兀术将为大金立下不朽功勋！"

阿骨打说："多谢岳父不辞辛苦，为金兀术操劳，感人肺腑，永世难忘！"阿骨打才知道此老翁便是珠儿的父翁，老东珠精也！

老翁又对阿骨打说："今日汝所见，千万不要泄露出去，我将教授三个外孙儿学好武艺，方能胜其蛮也，切勿泄之。"

老头说着，还递给阿骨打一个锦囊，说："这锦囊时刻揣在怀中，等汝攻辽遇到水的阻拦时，紧急关头时，方能拆之，此难便解！"

阿骨打才拜辞而去。

后来人们便管此山，叫山嘴，流传至今。

第一百二十四章　婆卢火观菜

有一天，阿骨打和婆卢火商议练兵的事儿，两人坐在院子里唠得那个热火劲儿，时而蹲下唠，蹲一会儿，又坐在土地上，两人边说边比比画画的。婆卢火的老婆出来进去的，不知她忙活啥，不断地用眼睛窃望丈夫与阿骨打唠嗑儿，乐得她也合不上嘴儿。

婆卢火与阿骨打是没出五服的弟兄，他比阿骨打年岁小。阿骨打见他武艺超群，经常找他商讨练兵之事。今天两人正唠得热火朝天，婆卢火的妻子笑呵呵地走到阿骨打身边说："二哥请进屋里吃饭。"

阿骨打抬头一笑说："怎么，还混一顿饭吃？"

婆卢火媳妇将嘴一撇，说："哟！我要是不供二哥饭吃，几位嫂子还不说我太抠啦。再者，要是将二哥饿坏了，咱可担待不起呀！快请吧。"

阿骨打霍地站起来，瞪一眼婆卢火媳妇说："嘀！你这张嘴真能说，几位嫂子加在一起也不是你的个儿！"

"哟！看二哥说的。"婆卢火媳妇又将嘴一撇说，"咱那几位嫂子能给二哥当护卫，陪同保护二哥去打仗。可我呢，只能在家蹲灶坑！"

阿骨打也不客气，边往屋里走边说："他婶给我一定做好吃的，让我解解馋儿。"

阿骨打是大伯子，怎么能和兄弟媳妇说笑呢？这不胡诌八扯吗，非也。那时候的女真人可不像后来封建社会，是不分大伯子兄弟媳妇的，彼此毫无忌讳，吃饭同桌，彼此无拘束，无话不谈。要说有忌讳还是后来受汉族人的影响，女真人才逐渐兄弟媳妇见大伯子，好像鼠避猫似的，连头都不敢抬。那是后事，暂就不说它了。

阿骨打走进屋里，将鞋一脱，转往炕里一拧，用目往炕桌上一瞧，木盘顶上放一只烤鸡，油汪汪的，香喷喷的，差点将阿骨打哈喇子勾淌出来，伸手就拽一块肉，往嘴里一填，边嚼着边说："好香！好香！"

婆卢火媳妇说："香不香的呀，二哥担待点儿，我手又笨，心又拙，哪有我那几房嫂子手儿巧呀，做出的饭菜，能香出好几里地！"

阿骨打说："确实，你嫂子做的菜儿，不仅香，还做出花儿来了，尤其是你元圆嫂子，做出菜儿，能香你个跟头！"

"哎哟！"婆卢火媳妇差点将嘴儿撇到后脑勺去，冷笑一声说，"二哥，我这一捧啊，嘿，你还替嫂子吹上啦。哪天我去看看，到底儿能做出啥花样来，如果不是，找二哥算账。"

婆卢火说："我跟你俩去，扯着二哥，要做不出花来，咱就将二哥当元圆嫂子面儿，窝扁他！"

婆卢火说到这儿，还用大手往阿骨打肩上一拍说："你听到没有？"

阿骨打喝口酒，说："听到了，要是真做出花来，他婶得亲自端着酒碗，让我喝三口！"

婆卢火媳妇立刻伸出手来，说："二哥，来！打手击掌，一言为定！"说着跟阿骨打拍下巴掌。

三个人回坐在炕上，同喝一木碗酒，同撕吃一只鸡。炕桌旁边还放着一木盆肉粥，里边放个木勺儿。三个人喝完酒后，就将这盆肉粥端在桌子上，三个人轮着拿木勺喝粥。

阿骨打见粥里有肉，还有芍药花的嫩芽和捣糜烂的蕨菜。阿骨打说："你元圆嫂子不仅会做，她还种了好多蔬菜哪！"

婆卢火一听，摇头说："咱不信，你净替她吹，捧她唠，贬低咱媳妇，说别人不知，元圆嫂子像根香似的，大风能将她刮倒了，还会种菜？连我这些年还不会哪，别吹了！"

婆卢火媳妇接过说："哟！这叫吹着爱，捧着疼，知疼知爱，你懂吗？"

阿骨打将脸一绷说："真的，不然我能和你打赌吗？"

婆卢火说："真的，我不信，耳听为虚，眼见为实。"

他媳妇接过说："那怕啥？咱不好骑马去看看，又不是远在天边，百八十里路，还算个事啦？要不是这么回事儿，也省着二哥吹！"

婆卢火也真好信儿，说去立刻逗阿骨打随他两口子去矩古贝勒寨。

阿骨打见他俩决心要去，还故意拿架子说："要去，你俩去吧。我不去，我都看腻了，快将眼睛看出茧子啦！"

婆卢火媳妇，见阿骨打不去，可有些急门了，一把手拽住阿骨打说："你去不去，不去是拉钩儿，拉钩就是输了，输了我可要窝扁你啦！"

婆卢火媳妇拽着阿骨打不撒手，婆卢火也一把手将阿骨打耳朵拽住，帮媳妇腔说:"你去不去,说痛快话儿!"

阿骨打见两口子一个拽着他手,不撒手,一个拽他耳朵的,拽得火辣辣的疼,忙说:"我去,我去,快撒手,我随你们去也就是了。"

阿骨打骑着马陪着婆卢火两口子奔矩古贝勒寨去了。

元圆见婆卢火两口子来观看她种的菜,心里感到美滋滋、甜丝丝的,表面谦逊说:"我刚学着种,你俩见了可别见笑话呀!"说着就领婆卢火夫妻到菜地里去观看。

婆卢火到菜地一看,菜种在一条沟坡里,地是沙土地,菜苗儿绿油油一片,高的、矮的、青的、白的,煞是好看。婆卢火有些傻眼了,阿骨打望着他发笑说:"咋样? 不是我替元圆吹吧,你们见识见识吧!"

婆卢火媳妇心服口不服地说:"哟! 二哥,你先别喘,待咱考问考问嫂子再说!"接着她用手指着一种菜说,"嫂子,嫂子,我问你,它叫什么菜?"

元圆笑嘻嘻地回答说:"它叫葱。葱分三种,冬葱夏衰,冬盛茎叶气味最辛,旱葱夏盛,冬即叶枯萎,葱皮赤色,叶岐出入八角。"

"它咋吃?"

"生吃得味,调料提味,天天得用,顿顿不离!"

"这叫啥菜儿?"

"这叫韭菜,茎名韭,白根名韭白,黄花名韭菁,可腌后吃。"

"哎哟! 我在山上还经常见过这玩意儿。"婆卢火一惊一乍地说。

元圆说:"山韭亦同家韭,叶稍狭,根宿地自生!"

"那是啥菜呀?"

"蒜,亦叫胡蒜,每棵五六瓣或十余瓣,亦有独棵者。春养苗夏食,盖冬食种。"

"这个是啥菜呀?"

"芥菜,你没看长得不一样吗? 这个叫青芥,它叫柴芥,那个叫白芥,南边那个叫南芥,这边这个叫刺芥,西边的叫旋芥,北边的叫花芥,东边叫石芥,这个叫皱叶芥,皆菜之美也,无以大芥为芋芥,以马芥为痴芥,白芥子可入药哪!"

"哎哟,别说种啊,就这些个名儿,我脑袋都浑浆浆的了。"婆卢火老婆又问,"这是啥菜呀?"

"叫茴香,生苗做丛,肥茎绿叶,子如麦粒。"

"这个叫啥菜呀?"

"秦椒，结椒长于枣而上尖，锐生青，熟时红，而结椒向上者，则为天椒也！"

"它是啥菜呀？"

"香菜，气味清香。"

"它叫啥菜呀？"

"它叫白菜，分为两种，肥厚嫩黄者为黄牙白，窄茎者为箭杆白。"

"这个是啥菜呀？"

"菠菜，叶锐茎细，菠菱菜也。"

"它叫啥菜呀？"

"苋菜，赤白二种皆可吃，又叫马齿苋，一名五行菜，以其叶青茎赤花黄根白子黑也！"

"哟，这不是蒿吗？也弄来当菜？"

"是呀，它叫柳蒿菜，虽野生亦可吃。"

"这个叫啥菜？"

"它叫芹菜，水旱两种，白茎细叶圆可为菜蔬，山芹生于野地者均可吃也！"

"它哪？"

"它叫荠菜，开细白花，结荚如小萍，初生可吃。"

"它也是菜呀？"

"是呀，叫苦菜，叶似苦苣而细，断之有白汁。花黄如菊，根叶皆可吃。"

"这也是菜？"

"是，叫苣荬菜，食之去火，取之不竭！"

"它也是菜！"

"是呀！叫灰菜，做蔬最佳，其子蒸曝取仁可炊饭又可麻粉食。"

"这是啥玩意儿？"

"甘薯，其根似芋，大者如鹅蛋，小的似鸡蛋，剥其皮肉白如肌，蒸煮味皆甜美。分红白二种，红者为红薯，白者为白薯。"

"它叫啥菜呀？"

"萝卜，圆而皮红者为大萝卜，长而色白者为水萝卜，还有一种色紫者为胡萝卜。"

"这又是啥菜？"

"生菜，莴苣白色开黄花，断之有汁，结子亦同，宜生食。色紫者名紫苣。"

"这紫不溜的是啥玩意儿?"

"茄子,分圆而紫皮者,长而紫皮者,均开紫小花。分海茄、旱茄、水茄三种,可为菜蔬。"

"那是啥菜呀?"

"红花菜,也称红百合,根似百合小,瓣少茎亦短,小叶狭而尖,开红花六瓣亦结小子,即山丹花。白者名百合,根如蒜头,有分瓣根可食也!"

"那又是啥菜呀?"

"你问它呀,它叫黄花菜!棵小如荠,一棵开数花,花花均黄色,数花结数子,取为美食甚香美!"

阿骨打哈哈大笑说:"怎么样,你们俩输了吧?"

婆卢火说:"不,我俩赢了,这些籽儿我们带回,要比元圆嫂子种得更好!"果真婆卢火两口子种菜种得很好,后来阿骨打才让他两口带民去泰州,屯田戍边。

元圆种菜这行坡沟,人们取名为菜园沟,流传至今。

第一百二十五章　倭瓜的故事

　　说的是小月见元圆种菜花样多而鲜，种的西瓜圆大还甜，立刻得到阿骨打的宠爱，她心里就有些酸溜溜的不是味儿。这天，小月没鼻子没脸的，撸扯①管事的说："我摊着你这个窝囊废，啥事管不好，办不了，稍色三分，都因为你窝囊，把我都拐得了！"

　　小月的管事的名叫宁燕，是位英俊的壮年，年方三十岁。说真的，小月摊着这么一个管事的，她心满意足，不仅会办事，长得又俊，里里外外真不用小月分心。这还不说，隔长不短的，小月背着人还和宁燕私通哪。能不私通吗？小月也是有血有肉的人，三十来岁，像守活寡似的，她能受得了吗？一来二去，宁燕已成小月的秘密情夫了。小月已不将宁燕视为管事的，而是看成与她同居一寨的丈夫。从来没与宁燕红过脸。话又说回来了，宁燕办事井井有条，小月一点心不用操，还有啥红脸的？宁燕今天感到小月反常了，他心里明镜似的，人有脸树有皮，在阿骨打几房老婆中，小月把脸丢了，拿他撒发子②。因为小月早就在和宁燕说悄悄话儿就说过，只要宁燕你将寨里的事儿管理得有条不紊，阿骨打回来，一点破绽看不出来，得到他的欢心，咱俩的私事儿，他做梦也不会梦见。可自己倒好，对阿骨打让种地，种西瓜这事儿没办好，小月责备得对。宁燕想到这儿，便自我责备地说："怨我无能，让你脸上发热，你骂我，打我吧！"他说着，凑到小月跟前，将嘴巴一伸说，"你打我，打我吧！"

　　宁燕这一说，反将小月说乐了，用手一推说："谁稀得打你，怕闪了我的手！"说着用手推一把宁燕，把宁燕弄个趔趄，吓得小月又一把将宁燕扶住说，"真得想点招儿，活人不能被尿憋死，说啥不能落在后头！"

　　宁燕说："我想好个主意，也学元圆，咱俩悄悄地去辽宁江州换东西，

---

① 撸扯：东北方言，批评。
② 撒发子：东北方言，出气。

换回些西瓜籽儿。我多种，非将元圆盖了^①不可！"

小月接着说："你早就该有这口志气！何必在她们面前矮了半截？"

两个商定后，这天，他俩一同化装成女真人赶榷场的样儿，骑着马奔宁江州去了。

小月和宁燕在宁江州榷场上并肩走着，真像一对夫妻似的。他俩各处打听有没有西瓜籽儿。偏巧遇到两个异国人，一个是朝鲜人，一个是倭国人，听说小月要换西瓜籽，倭人将眼睛一眨巴，和朝鲜人喊喳一会儿，就向宁燕说："你用什么换？"

宁燕说："用貂皮！"

倭人贼眉鼠眼地在宁燕和小月身上一扫，见宁燕和小月的手白皮嫩肉的，穿着褪色的绸缎衣服，而且开口就是貂皮。他心里琢磨，这两人绝不是女真平民，起码是奴隶主。女真平民多数穿的兽皮或鱼皮衣裳，且肉皮粗糙，到榷场交换多用麻布、白附子来换物品，可他俩张口就是貂皮，合计他家里准有宝物，东珠、人参等物。这小子认为机会到了，便对宁燕说："我是倭国人，我们的瓜，长得大大、大大的哪！可有一宗，我的籽种，不能马上适应，得需我去帮你们亲自种上，结成大大、大大的瓜时，凭你们赏，行不行？"宁燕一听，心里诧异，世界上还有这样的人，还给种上，结瓜后凭赏，真是难找难寻。可这事，他做不了主，这不是一般事，将个外国人领进寨子，有个一差二错的咋办？就用眼睛盯着小月，没敢回答。

小月听倭人一说，她心里早乐开了花，心想，真该我走运气，能遇上异国的傻瓜，我正好犯愁不会种哪，不会侍弄，阿骨打种的西瓜不会侍弄，结的西瓜全化了，光有籽种不行，得会侍弄，可这个傻瓜，自己给种上，结成瓜凭赏，这便宜的事，打着灯笼都无处找去。她想，宁燕准会高兴地答应他。可她见宁燕两只眼睛盯着她出神，不说话儿，就一把将宁燕挽到一边，悄声说："你倒快答应他呀！"

宁燕将眼睛一眨巴说："我看此事不妥！"

小月惊疑地问："为什么？"

宁燕说："咱们寨子紧靠城子，是隐蔽辽朝的封锁之地，将个异国人领回寨子，被阿主知道，不得拿咱是问吗？"

小月说："你真是个实心眼子。这好事想找都找不到，这个傻瓜上赶

---

① 盖了：东北方言，超过。

着，你反而多疑起来。怕什么？有人要问，就说咱换回个会种西瓜的奴隶，是倭国人，等将西瓜种成了，人家就赎回去了。再说，咱们建的全是隐蔽的城寨，只是隐瞒辽朝，和倭国有啥关系？别怕，一切由我做主，有人追问就推在我的身上。你应答他吧！"

宁燕见小月很果断，说得又滴水不漏，细想，可不是咋的，就说换回来的奴隶，就将倭人领回寨子来了。

小月回来后，让宁燕将倭人安排到奴隶院落里，不过给倭人自己单独放在一间屋子里，里边摆设和用具和奴隶不一样，顾念倭人要吃啥给做啥，待为宾客一般。宁燕均依令而行。

倭人自从来到寨子之后，可老实啦。他整天待在院子里，哪屋也不去，连寨子都没窜过。宁燕让他单独开块荒地，这倭人就去开荒。他甩开膀子干，这小子也真有力气，一天就开二亩地。宁燕暗中派人监视，见这倭人开完地，扛着镐头往回走，还低着头，连往别的地方撒目撒目都没有过。回来老老实实待在屋里，和谁也不说话，也不打听啥事，简直像个哑巴似的。

宁燕乐得手舞足蹈地对小月将大拇指一伸说："元媳主，你真是这份的！这倭人真比奴隶还听话，还老实，还不讨人嫌。最可取的是，哪儿也不去，这门咱求之不得呀。我最担心的是他到处乱窜，惹是生非，咱可就不好办了。跟我想的相反，太老实啦！"

小月抿嘴一笑，走到宁燕跟前，用手指头往宁燕脑盖上一戳说："你呀，你眼力不行。我一看，他就是个傻瓜，也可能倭人全是傻瓜，不然哪有这样交换的？等于自当奴隶。这便宜事咱还不干，要是契丹人绝对不能干这傻事儿。"

从这以后，小月、宁燕管这倭人背后就叫傻瓜，当面称他倭人，谁也叫不上他的名儿。

话要简短，这倭人开了五亩荒地，种上瓜，小苗出时很旺盛，他又锄了草，锄了这遍，锄那遍，瓜秧开了大黄花，可着人喜爱了。很快就结瓜了。这么长时间，倭人一如既往，老老实实待在房子里，天长日久，宁燕认为倭人老实巴交的，对监视倭人的护兵，他也不过问了，卫兵也就懈怠了，根本就不监视倭人了。

单说有这么一天晚上，倭人在半夜间，他摸着黑换了一身黑衣服，悄悄从屋里出来，嗖的一声，蹿上房去。你别看他行路连头不抬，可这家伙心里有数，为啥说他有数哪，你看他，在月黑头的夜间，能一下子摸到小月的房子，比他去过摸得都准。一下子就蹿到小月房脊上，他毫不迟疑地来个金蝉倒挂，两只脚搭在房檐上，在小月窗户前，听听动静，一听，屋里静悄悄的，一丁点动静没有。倭人就轻飘飘地从房上跳跃下来。走到小月房门口，轻轻一推门，门虚掩着，他没使多大劲儿，咣啷一声就开了，将倭人吓了一跳，慌忙踩在地上，影起来了。门开了，又等半天，里边一点动静没有，他才站起身来，试探着往屋里挪步。当倭人挪到小月屋里，悄悄向炕上一摸，被窝是空的，里边没有，他自言自语地说："瞧这妇女拣条命儿，否则顷刻之间，我就让她死于非命了！"倭人不敢怠慢，嗖一下子，跑在炕上，他用目向小月柜子一扫，见从一只箱子里往外闪着亮光，倭人一见喜出望外，乐得他悄声说，"我就是奔它来的，果有宝也！"

倭人就是奔女真来盗夜明珠和东珠的，碰上人参他也盗，这些宝物价值昂贵，便于携带。所以他费尽心机，就是来盗窃此物，借小月换西瓜种子之机，他想要放长线发笔大财，今天果然如愿，他哪有不高兴的？倭人慌忙从怀里掏出工具，往箱子里一伸，刚要撬时，就听嗖的一声，从外边甩进一物，他慌忙一躲，啪的一声，一下子撞在墙上。倭人见势不好，急忙将身一跃，跑出窗外，还没等他站稳脚跟，迎面就是一剑，得亏①倭人武艺高强，否则小命就玩完。倭人知道外边这人武艺不是一般，盗窃不成反丧命，何况这寨子戒备森严，他就来个倒卷帘，卷跃到房顶上去了。

"捉盗贼呀！"一尖声女子喊后，随身跃到房上，去追倭人，可这倭人已人影皆无。

你道这妇女是谁，原来就是小月。她到哪去了？她呀，她去与宁燕私通，两个恩恩爱爱的，直到半夜了，她才回房睡觉，见房门大开，惊得她差点儿叫出声来，赶忙从窗户往里一望，借着她的夜明珠从箱子缝儿透出的微光，发现有盗贼偷盗她的宝物，赶忙掏出甩头一子向倭人打击后，拔出佩剑，在门外候等。哪知倭人武艺也不一般，还是逃走了。

当即轰动全寨，都出来捉盗，却连他影儿没见着。直闹腾到天亮，才发现倭人无影无踪了。可将宁燕吓出屁来了，偷着追问小月咋办呀咋办？

---

① 得亏：东北方言，幸亏。

还是小月有老猪腰子^①，对宁燕说："有人要问，就说倭人已被赎回去啦，和昨晚发生盗贼无关，就说盗贼是我亲眼所见，是一个黄头发、黄眼睛的黄毛女真人来盗我夜明珠也！"

小月的谎言果真灵，连阿骨打来追问此事，都被她掩蔽过去了。

阿骨打听说六房老婆小月种的西瓜长得又大又多，便带人来吃西瓜。到此一看，都大吃一惊，就见瓜秧比她们的大好几倍，其叶如蕉，结的瓜是扁圆形，比她们种的一个赶上两个大。秧上开的花儿黄色，像个小喇叭似的，黄糊糊的花粉，很格色^②的，不用说，西瓜一定很甜很甜的。可当切开一看，傻眼了，那哪是西瓜呀，白瓤包着的籽儿指甲那么大，咬一口涩不溜的。人们异口同音说："这是啥呢？"

小月脸像拍掌打得那么红，傻目愣眼地愣在那儿，一句话也说不出来，暗骂倭人跑这来骗我，盗我！

元圆端详半天说："是了，是了，我妹妹小月有能耐，这玩意儿是倭瓜，开黄花，蒸熟吃，面甜香！"

小月按她说的蒸熟一试，果然干面干面的，吃着又甜又香。

元圆咋知道啊？原来元圆是听老东珠精说的呀，她种的菜和西瓜，全是老东珠精给她的，暗中帮她种的，她才出类拔萃！

从此，在女真人中，留下倭瓜，流传至今！

① 有老猪腰子：东北方言，有主意。
② 格色：东北方言，有特点。

第一百二十六章　中毒药草

有一天，阿骨打在城里刚起来，一个护卫进来报告说："婆卢火媳妇疯了，各处奔走，不着家了！"

阿骨打吃惊地问道："她咋疯了，因为什么疯呀？"

护卫说："安出虎水来人说，吃她自己种的什么菜就疯了！"

阿骨打一听，心内着急，她疯了，婆卢火还咋训练兵马？得赶快前去看看，让她早日好了，别牵着婆卢火！便急忙令人备马，回安出虎。

早有人将马备好，阿骨打刚要上马，图玉奴赶出来说："等等我，我也跟你去看看她好吗？"

阿骨打说："好，越快越好！"

图玉奴转身进屋换了衣服，骑马随同阿骨打向安出虎急驰。

当阿骨打和图玉奴来到婆卢火家一看，嗬！好热闹，婆卢火媳妇被好几个人按在炕上，又哭又叫地喊："你们快撒开我，快撒开我呀！不让我走，我心就得难受死呀！快撒开手吧！"

外屋地下萨满正在请神，敲打着鼓儿，丁零当啷扭摆着腰铃。

阿骨打问婆卢火媳妇说："你怎么啦？"

婆卢火媳妇说："二哥，你快快救救我吧！"

阿骨打说："你说说你咋得的病，我好救你啊！"

婆卢火媳妇说："我从山上采回好多菜种，其中有一种，我也不知它叫啥名儿，就种上了，长得可好啦，结着果儿，我稀罕得摘个尝尝，谁知，可坏了，搅着这心哪，忙叨死了，非走不可，要是能让我钉架走，还差点，她们将我按在炕上，眼看我就断气了，快让他们将我放了，就是救我的命啊！"

阿骨打见婆卢火老婆折腾怪可怜的，就说："你们先将她扶到外面走一走，待我到她地里看看，她到底儿吃的是啥玩意儿？"

图玉奴说："不带他嫂子去，你知道她吃的是啥玩意儿呀？"

阿骨打一听，说："对呀！那么，就扶着他嫂子，和咱们一同到地里看看去！"还没等阿骨打他们走，萨满请下神来说是冲撞一个魔鬼，如不抓紧伏魔降怪，就有被魔死的危险！就在大神说这番话的时候，婆卢火赶回来了，他听得明明白白，一听是魔鬼磨他媳妇，气冲斗牛，当啷啷一声，抽出他腰上的佩剑大喊说："哇呀！胆大的魔鬼，你敢磨我的媳妇，我宰了你！"喊着将明晃晃的宝剑已举在空中，真如同要杀人一般，两只眼睛瞪得溜圆，直往外蹿火星子啊，谁见着都得被吓得身上颤抖一下子。他这一亮剑大声叫不要紧，将女巫神吓跑了。萨满吓得哎呀叫："吓死我啦，吓死我啦，这病咱可不敢给治了，另请高明吧！"

阿骨打从屋里出来，见是婆卢火，就大喝一声："婆卢火！休要莽撞！"

婆卢火仍然气势汹汹地喊："不，我在外练兵，魔鬼敢来魔我媳妇！我看这魔鬼的胆子有多大？"

萨满吓得挟着包，拎着鼓要走，被婆卢火一把将女巫拽住问道说："告诉我，魔鬼它在哪儿，在哪儿？我剥它皮，抽它的筋，剁成泥！"吓得女巫直唔唔说不出话来。

阿骨打一步蹿到婆卢火面前说："将剑归鞘，手撒开，快点儿！"

婆卢火见阿骨打怒目而视，他才乖乖地撒开手，将剑入了鞘。萨满趁这个空儿溜了。阿骨打也没有拦他俩，任凭而去。

阿骨打责备婆卢火说："你回来也不问问是咋回事儿，如此莽撞，岂不误事！"接着阿骨打将他媳妇患病的原因说给婆卢火听。

婆卢火这才消了气，他亲自扶着媳妇去菜地，看她吃的啥菜儿。阿骨打等人在后边跟随。婆卢火媳妇仍然欲跑，说跑才觉得好受一点儿。

婆卢火媳妇跑到她的菜地，直奔她吃的那样，到跟前就要拔下来，被婆卢火制止了。

阿骨打来到菜地一看，暗自惊讶，嘴没说心里话儿，婆卢火媳妇真有志气，种这么一大片菜，有好多他都不认得，她从哪儿掏换来的这么多籽种啊？当他来到婆卢火媳妇食的这棵菜跟前一看，见这棵玩意儿长得很怪，叶如卵状披针形，茎生叶互生，椭圆形，边缘有梳齿牙，有的正在开着黄花，上宽下尖，紫色网状脉络，单生叶液，集于茎或杖端，蒴果包藏于增大的宿萼内。菜不像菜，果不像果，是个什么植物呢？阿骨打看过来，看过去，不认识，就问婆卢火媳妇说："你从哪弄的籽儿，知它叫什么名吗？"

婆卢火媳妇筋鼻子辣眼睛难受地说："从山上采来的，不知它叫，叫啥，啥名儿。"

就在这时候，只见从那边来一白胡子老头，手里拄着拐杖，笑呵呵地奔地里来了。阿骨打仔细一看，心中暗喜，认识这老头，是山神爷，变成个老头来了，暗想，婆卢火媳妇有救了。他心里知道，不能对别人讲，就假装不认识地对婆卢火说："快去迎接这老玛发，年高有德，他准认识这是啥玩意儿，药不药人？"

婆卢火一见这老头就知道不是一般人，再说从来没见过，奔地里来了，准有原因，听阿骨打这一说，撒腿就跑，跑到白胡子老头跟前就跪下磕头说："婆卢火迎接老玛发，请老玛发治治我妻的病吧。"

老玛发笑呵呵地说："我是来看你媳妇种的都是些啥菜儿，开开眼，不会治什么病。你快起来，陪我看看。"

白胡子老头说着走进菜地里来了。他一眼见到阿骨打，慌忙施礼说："原来少主在此，老朽施礼啦，恕我冒昧而来！"

阿骨打慌忙还礼说："欢迎老玛发前来赐教！"接着阿骨打用手指着婆卢火媳妇吃的这样植物说："请教老玛发，这是什么植物啊？"

白胡子老头用眼一瞄说："是好东西，它叫四哈阿落，汉人叫它莨菪草。夏季开黄花，蒴果包藏于增大的宿萼内，成熟时盖状开裂。"白胡子老头边说边用手指画，怕阿骨打他们听不明白。

阿骨打说："老玛发，婆卢火媳妇就是尝了这果实后，就各处跑，患了疯狂病。"

白胡子老头一听，哈哈大笑说："不受其磨，不识其物，磨中得识，物度人用！"

接着白胡子老头解释说："四哈阿落，茎如麻叶，虽小而锐，花如木棉。它一年或二年生含着毒，人吃后定患狂走症。三年以上生的，不仅没毒还能治病，人吃了它能镇静、止痛，气喘吃它都有好处。但它不是菜呀，种它，也只能像白附子，是种药草也！"

白胡子老头说着，从怀里掏出个四哈阿落的果实，递给阿骨打说："快让她吞服下去，吃了就好。这叫以毒攻毒，立见其效！"

婆卢火媳妇当即吞下腹去，说也怪，不一会儿，心也不忙叨了，也不想跑了，妈呀，立刻恢复原来的状态。婆卢火乐得嘴都合不上了，和媳妇一起，跪在菜地里就给白胡子老头磕头，感谢他相救之恩。

阿骨打指着园子里的一棵植物，细长的单叶互生，开着乳白色的花说："请教老玛发，这叫啥物呀？"

白胡子老头说："叫北五味子，它的果实能治病，也是药材。"

婆卢火媳妇说："它能治啥病啊？"

白胡子老头说："补肺肾，涩精气。"

接着白胡子老头将婆卢火媳妇从山上采集种在菜园里的一些药草，一样一样的介绍说："它叫百布，此地多之。这个是细辛。它叫贤众。那个叫赤芍。这是车前。它叫防风。那叫紫草，不仅是药草，还可染衣服。它叫益母草，又称芜蔚，但它得小暑五月五或元月采之方能治病。它是老鹤嘴。那是地虎，它的苗可做菜，咱女真称它叫金苗扫帚，其籽可做药……"

阿骨打送走山神爷后，对婆卢火媳妇大加赞赏，说她为女真人立了新功，汝不采集种植，何知我女真出产这么多药草？不然，只知出神草、白附子，岂知这些乎？阿骨打还对婆卢火说："将来让女真各部落均到你这来采集标本，认识这些药草，广泛采集，用这些药草可换取更多的东西！"

从此，女真之地，盛产药草才闻名于世！

第一百二十七章　荷包杏

单说阿骨打这天从混同江岸边检查训练兵马情况后，骑马回寮晦城，路过一座小团山子时，忽见一个姑娘，像疯了似的从山上跑下来，拦着阿骨打的马，跪在地上，哭哭啼啼地喊叫："民女有冤，请少主为我做主！"

阿骨打赶忙勒住马，举目观看，见马前跪一少女，穿着银色的服装，长得团脸大眼睛，非常俊美，心里纳闷儿，这少女有何冤屈，来向我告状，就问道："汝这女子，状告何人，有何冤屈，对我讲来！"

姑娘高声说："我状告阿骨打！"

阿骨打一听，大吃一惊，好个胆大的姑娘，敢当面告我，真是难得的好姑娘！可阿骨打又一想，我没做过什么对不起平民的事儿，她为啥要告我呢？事出有因，告我，我不能骑在马上高高在上对待少女，他就赶忙跳下马来，将马交给护卫，向少女施礼说："汝状告阿骨打，阿骨打静听领罪！但不知阿骨打犯了何罪？还请姑娘如实述来！"

姑娘跪在地上，用手一指说："汝阿骨打对不起你祖先。你祖上随阔，植树造林，可汝却让兵士们，将汝祖上留下的树木，眼看快要砍光了，将我继承汝祖上留下的杏树，暴露出来，使其虫咬马啃，眼看快要毁灭光了，其罪均在汝阿骨打身上。汝能下令保护鱼的繁殖，为何不下令保护这仅有的，也是可怜的，零零散散的树木，而让兵丁随意砍掉。汝一对不起祖先；二对不起树木；三自我暴露，何谈寮晦；四破坏草原，因无树水土流失，草原必毁；五是毁坏我杏，眼看要灭亡。汝有五罪，难道不应我告吗？"

阿骨打听后，倒吸口凉气。咦！这少女提醒了我。可不是咋的，我咋忽略了这地方的树木，兵士们图省事，就地砍柴，可不真快把树砍光啦！阿骨打惊慌失措，给姑娘施礼说："好姑娘，你告的是实，我阿骨打领罪，请你带我去看你的杏树损坏多少，一定赔偿！"

姑娘站起身来，便领阿骨打奔山上去了。姑娘在前边走，阿骨打在后面跟着，刚踏上山，就见一片白花花的树桩子，像高粱茬子似的，高矮不齐。心疼得阿骨打眼泪一对一双往下掉，使阿骨打想起过去常听阿玛讲他太爷随阔，在铠古水垦殖树木，建筑房屋。从此女真才定居下来，各部落均学我祖太爷植树造林。没想到，这地方的树木，损失在我手。阿骨打难过得跪在地下，痛苦流泪。

站在阿骨打身旁的姑娘说："此处树木不全是汝之兵士砍伐掉，其中部分还是麻产在此牧马时，损毁得多呀！"

阿骨打悔恨地说："损坏一棵，也是我之过也。因为此处树木稀少得可怜，这一砍，简直快成光山秃地了，这怎么得了呀！"

姑娘说："少主，现在制止还不算晚，知过改过，就是用功补过。我见少主果名不虚传，对生物如此珍视爱护，令我甚为感激。别看我告你，现在还得求你救救我呀！"

阿骨打一听，又大吃一惊，难道这姑娘还有别的事儿不成？就问姑娘说："难道汝还有别的为难的事情，而要我帮你解决不成？"

姑娘说："少主啊，我正处在危难之中，眼看命就要没了，只有少主能救我，请您发慈悲吧！"

阿骨打疑惑不解地问道："汝遇何灾难，敢害你的性命？"

姑娘说："少主随我来看便知！"

阿骨打随着姑娘走到山坡杏树跟前，姑娘用手一指说："少主请看，这该死的虫儿，快将我树叶吃光，杏树还能活了吗？"

阿骨打举目抬头一望，树枝上全是些黑头绦身子的小虫儿，蠕动着，唰唰直响咬啮着杏树叶儿，眨眼一个树叶被它吃啮而光。阿骨打望而生叹地说："姑娘，这，这让我如何救法呀？"

姑娘扑通跪在地下说："有法！只要少主能让汝四子金兀术，打发一只海东青到咸州去请来白鹊雀，就能将这些虫儿吃掉，我杏就得救了！"

阿骨打这时候心里才咯噔一下子，翻个儿，暗想，此姑娘绝不是凡人，如果凡人咋知我四子金兀术，又怎能知兀术有海东青？阿骨打对此女更加敬重三分。便回答说："待我亲自前去和兀术儿说来。请你候等吧！"说罢转身要走，又被姑娘叫住了。

姑娘说："少主，你明天清晨必须到此来找我，我还有话儿要对少主说，千万准时来此！"

阿骨打刚想回答，一眨眼姑娘不见了。阿骨打明白了，准是什么神啦，仙啦显灵，更得当个事儿去办。当即就吩咐催马直奔正南矩古贝勒寨去。

阿骨打来到矩古贝勒寨，见着元圆，将他今天所遇从头到尾述说一番。

元圆听后也感奇异，当即将兀术叫过来与之述说。

金兀术说："不知咸州有没有白鹊雀，如果有，海东青就能前去。"金兀术说着，将两个手指头，往嘴里一放，吱吱两声，他的三只海东青一溜溜地进到屋来，还向阿骨打和元圆行个大头礼儿，嘎嘎叫了两声，便一字排开，站在小金兀术面前，抬着头，好像听候命令似的。

小兀术将两只眼睛一瞪说："有位杏姑娘向阿玛告状，言说她的树长了虫儿，眼看树叶被吃光，只有你们仨去咸州搬来白鹊雀，将虫子吃掉，抢救杏树，你们能搬来吗？"

三只海东青嘎嘎叫了两声，意思是：能，能！

金兀术马上命令说："好！快去快回，不得有误！"

三只海东青转过身一溜溜地奔外面去了，到外面一只只扑棱棱亮开翅膀向南飞去了。

阿骨打看在眼里，喜在心中，嘴没说心里话，金兀术长大了，一定能统率千军万马！

第二天清晨，阿骨打早早地就赶到了。下得马来，迈步上山一看，只听嘎嘎欢叫，见有几十只白鹊雀穿梭般来回飞翔，忽儿落在杏树上，忽儿飞起来。阿骨打心想，难道真是海东青领来的？

"多谢少主相救之恩！"

阿骨打只顾看白鹊雀，猛听面前女子说话，用目一视，正是昨天告状的姑娘，就说："这白鹊雀就是海东青请来的吗？"

姑娘点头说："正是，金兀术的三只海东青共请来三十只白鹊雀，现在将树的虫儿快吃光啦，正在扫尾哪！"

阿骨打心想，这玩意儿邪门，海东青能请来白鹊雀，但不知它还回不回咸州啦。

姑娘好像猜着阿骨打的心事，便对阿骨打说："少主又为女真做件好事，这三十只白鹊雀就在此繁殖，永不回咸州啦，又多一种益鸟。可只有白鹊不行，我这杏树养不住白鹊，请少主救到底吧。"

阿骨打一听，暗想，这姑娘没完，还要我救她什么？便问："你还有难处？"

姑娘说:"少主！杏是属于果类,有果就得有树啊!"说着,她用手一指说:"少主请看,杏树周围原来全是树,现在寥寥无几了,只残有些树桩子。为啥要用树围着呢？一来树能挡风,杏树开花才能结果,花多果多,没有树挡风,花被刮掉,还能结果吗？二是有树才能有雀,雀能吃虫,我的杏树才能不被虫害啊!"

阿骨打一听,明白地说:"汝让我在此周围植上树,是不是？"

姑娘说:"不仅在此,最好在岭亘之上,城寨周围全植上树木,一来可隐蔽汝之练兵,二来空气新鲜,三来瞧着美观,防止风沙,保护草原,招引无数雀鸟,保护花田!"

阿骨打一听,心中甚喜,这哪是什么姑娘,准是一位仙女点化于我,赶忙施礼说:"多谢仙女指点,我一定很快在此植树造林,下令禁止砍伐,砍树者受惩,养树者奖!"

姑娘说:"少主如果这样办,后世也不会忘记汝的恩德!"

姑娘说着,从怀里掏出一个荷包,对阿骨打说:"为感谢少主相救之恩,这有个荷包送于少主,里边有杏籽儿,请少主在各个寨子种上吧,见着杏树就等于见着我也!"说罢递给阿骨打后,一晃踪影皆无。

阿骨打手托着荷包,心想,啊！这姑娘原来是银杏仙子呀!

阿骨打令各寨妻室在房前屋后种上杏籽,很快长起来了,这杏结得才大哪。熟时都是丹黄色,食着甜酸溅齿。才取名为荷包杏,流传至今。

从这以后,咱们这地方才有鹊雀,小团山子才改称为杏山。

第一百二十八章　分草移植各得其生

自从荷苞杏告状之后，阿骨打经常抽出时间考虑自然界的生存和人类的关系，感到任何生物和人的生存都是息息相关的，对任何植物都不能轻易地毁掉，践踏损毁，都是罪过，不能以自己的喜好去对待任何植物。有的当你没认识它的时候，认为它无用，可你认识到它有用的时候，它就是宝物，所以阿骨打对自然生长的植物非常关心，经常注意保护各种植物。

有一天，阿骨打骑马巡回检查练兵情况，发现牧马的兵丁将一种长着椭圆形长叶，开着红色花的草儿连根拔掉，扔得到处皆是。阿骨打慌忙从马上跳下来，捡起被拔掉的草儿问兵丁说："它叫啥草，为啥将它拔掉扔了呢？"

兵丁回答说："八成是毒草，马儿不吃它，人碰到它就染人，不是毒是啥？所以我们就将它拔掉了，不然在碱草里裹着，一旦马不注意，吃了，药死马有多可惜呀！"

阿骨打一听，牧马兵士关心马，怕将马药死，这种精神很好，但他还不知这种草儿的用途，就将它拔扔了，也太可惜了。就对兵士说："马会嗅出来有毒无毒的，有毒你喂它，它都不会吃的，何况它自己觅食，有毒它就不吃啦，至于染人，你可躲着点儿，它就染不着了，千万不要拔扔了。你知它对人有何用啊？知道它有用，都将它拔扔了，想找它，绝根了，肠子会悔青的呀。记住，千万别再拔扔了！"阿骨打说着，往拿着草的手一看，手已染上蓝靛色了。他再没说啥，珍惜得拿着草儿回廖晦城了。

就在这天晚上，半夜间，阿骨打做了个梦，梦见一位身穿青衣的姑娘，跪在他面说："多谢圣主救命之恩！"

阿骨打吃惊地想，我没救过这姑娘，为何说我救她了呢？便问道："汝何出此言？"

姑娘说："圣主忘了，汝今日命令兵士不准再拔扔其草儿，岂不是救了我也！"阿骨打说："原来如此，快起来讲话。"

姑娘起来之后，阿骨打又问："汝叫何名？"

姑娘说："我叫蓼兰，花名青黛！我来一是感谢圣主救命之恩，二是奉草爷爷之命，请圣主前去分草！"

阿骨打一听，心中甚喜，忙问道说："汝草爷爷在何处？"

"离此不远，他说请圣主到那儿见草分草方便，记得准确，所以劳驾圣主前往。"

阿骨打说："好吧！汝头前带路！"

姑娘在前边走，阿骨打在后边跟随，就觉着身子像飘在空中，轻飘飘地在万花草上飞翔一般。不一会儿，就来到这一望无边的草甸子上。忽见一位绿发冲冠，身穿绿草花纹衣的老人向他施礼说："劳驾圣主前来认草分草，心甚不安！望圣主海涵！"

阿骨打慌忙还礼说："岂敢！岂敢！老玛发能赐教于我，辨别草性，是生中有幸，令我感恩戴德也！"

草爷爷说："完颜祖先，过去无定居，春夏随水草，但对诸草均不识得，只识羊草而已。今则不同，汝乃兴金灭辽的圣主，主宰万物生灵，不识万物，如何互相依存而生也？"

阿骨打一听，又深施一礼说："多蒙老玛发教诲，我定牢记在心，为万物互依而生，保护万物的生殖，竭尽全力！"

草爷爷哈哈大笑说："圣主，我不说，汝已这样做了，所以天下才是有德者居之，汝将成为一朝英明之主，万物之所寄也。我今就是让圣主辨认诸草也！"

接着草爷爷指着草儿说："圣主，这草汝认识！"

阿骨打说："俗称碱草也！"

草爷爷说："对啦，它叫碱草，因它耐寒耐碱，碱地长得更好，也耐干旱，旱天同样生长。它黝色油润，饲马肥壮。汝要灭辽，时刻不能离它，兵马未动，粮草先行！要记住，不能总靠牧马，征战靠牧马能行吗？为此，要发展此草，它本名羊草也，贮备羊草，每年七八月间刈而牧之，经冬不变，马的饲料就有保证了！"

阿骨打一听，甚为感动地说："多谢老玛发指教！"

草爷爷又指一种草说："此舭红根草，叶瘦而长。但它柔韧，可搓成草绳，做捆缚而用，将它种植在羊草边上，可起保护羊草作用。"

接着草爷爷又指着说："这叫苘麻，那个叫线麻，均能制绳。记住，线麻要大暑前割刈后，用水浸之，妇稚均能剥劈其以捻成绳，可做套具。麻均须移植在草边上保护草，或移植在地头上保护庄稼！"

草爷爷又指一种草对阿骨打说："它叫韧异常，可以挫治铅锡木质诸器，要将它移植到沟边而生。"

草爷爷又指一种草说："这草汝已认识它啦！"

阿骨打瞧着草儿，好面熟，冷不丁想不起来了，忽然见青衣姑娘望着他抿嘴儿笑，才想起来，说："它叫蓼兰，花名青黛！"

草爷爷说："它名蓼兰，又名靛。其花儿叫青黛，就是这位青衣青黛姑娘。它可是个宝啊！能染衣服，青黛还能治病，要将它移植到地里去种植，好为人类造福。"

草爷爷说到这儿，望着青黛姑娘说："这回，青黛满意了吧！"

青黛姑娘笑嘻嘻地说："多谢草神爷爷！"

阿骨打才醒过腔来，方知草爷爷是草神，赶忙施礼说："肉眼凡胎，不识草神爷爷，失敬！失敬！"

草神爷爷说："哪里，哪里，我是奉阿布卡恩都力之命，让圣主识草移草，各得其生耳。"

接着草神又指着一种叶互生，长椭圆状披针形，边缘有粗锯齿，开着淡紫色花，花中间是黄色，说："它叫马兰，可将它移植到路边，沟帮，让其繁殖生长。别小瞧它，咽喉肿痛，闹肚子或吐血，鼻子出血，用上它就好啦！"

接着草神又说："这草叫章茅，是专门供人们苫房用的。汝祖太爷筑屋后，只知用杂草苫房流传至今，还未识此草也。可将它移植到专地繁殖，人用它苫房既坚又不漏雨，薄薄一层耐久耐寒耐腐也！"

草神说着又指一种草说："它叫黄背草，别看它层层有节，它也可代替章茅苫房，均宜单独繁殖，以利其用。"

草神爷爷又指着一种草说："它叫蒲草！"

青黛姑娘说："它叫香蒲！"

草神爷爷说："对！应叫香蒲，是地下横生的根茎。夏季开花，花虽小，雌雄花穗紧密排列在同一穗轴上，它的花粉叫蒲黄，可用来止血。汝兴兵灭辽，军兵人人应随身携带蒲黄，一旦伤着，好用它止血呀。要大量繁殖它，将它移植到水边上去繁殖，好采其花粉。它的嫩芽，名叫蒲菜，还可食用，一举两得。"

　　阿骨打听说能止血，今后得大量需要此药，就多看几眼。他忽然发现还有不同的，就问道："这种咋和那个不一样啊？"

　　青黛接过说："它叫长苞香蒲，叶较那个狭。它还有不同的是，雌雄花穗分离排列在同一穗头上，雌花还单独长个小苞。"

　　草神爷爷说："虽然和香蒲长得不同，它对人的作用和香蒲一样，汝可同样采取蒲黄的药也！"

　　草神爷爷说着，又指一种草说："它叫萑葨，又名八月萑苇，还名葭，也可称它芦苇。它夏秋开花，圆锥小穗开六七朵小花儿。它对人的作用是：锥形花穗可做扫帚；花絮可填枕头；芦苇嫩芽儿可做菜吃，吃着可鲜啦！"

　　说着草神爷爷又指着一种草说："此乃灯芯草，像葱那么长，它可编成席子，铺炕用，又可织做扇。它和萑苇同样，移植在沼泽中繁殖生长，为人造福，省着与羊草争地！"

　　最后草神爷爷将阿骨打领到草丛深处，拨开丛草，里边呈现出一片色深碧，茎有三棱，生着小刺的植物。草神爷爷神秘地对阿骨打说："它是草中之宝啊！名叫护腊，又名毛子草，性温暖，能御寒，避潮湿，制草履。要将它选择低洼沼泽之地繁殖，秋季长成刈之，砧锤后细软如丝。切记，此草不要外传。汝灭辽兴金全仗此草也！"

　　阿骨打说："一定牢记草神爷爷的指教，按教移草，各得其生。"

　　忽然，草神爷爷喊叫说："不好！有人来盗护腊草！"

　　阿骨打惊醒，原来是一场梦。清晨起来，他赶忙按梦寻找，见这些草跟梦境中的一样，才暗下指令，分草移植，各得其生！

第一百二十九章　护腊改叫乌拉

　　阿骨打按照梦中草神爷爷的指教，暗中下令，让军兵将一望无边的草原里的各种草儿，分别移植。而阿骨打最关心的还是护腊草，因为草神爷爷悄悄告诉他啦，"护腊"又名毛子草，是草中之宝，能御寒取暖，是灭辽军中不可缺少之物。对宝草阿骨打能不重视吗？他要亲自去与军兵们共移植此草。

　　阿骨打已和军兵约好，今天共同去移植护腊草。他从寥晦城出来，走到护腊草跟前一看，大吃一惊，只见一个年约五十岁的老牧马人咬牙切齿地乱刀剁着护腊草，一边剁着，一边喊叫说："我让你护腊！我让你护腊！非将你剁成碎末！"被他毁坏很大一片。

　　阿骨打见此情，气冲斗牛，暗骂好大的胆儿，竟敢毁坏我要移植的宝草！当时断声喝曰："住手！还不赶快给我住手！"

　　老牧马人听阿骨打制止他，他抬起头，用两只愤怒且往外蹿火苗的眼睛，瞪一眼阿骨打说："毁坏！我还要将它烧成灰，方解我心头之恨也！"说着他又挥刀，咔嚓，咔嚓剁上了。

　　阿骨打一个箭步，蹿上前去，用手攥住老人的手腕子说："护腊和你有啥仇恨，汝为何要毁灭于它？"

　　"呸！"老人狠狠吐一口阿骨打，大眼泪一对一双往下掉，呜呜哭泣着说，"阿骨打呀！想不到你认贼为友，将保护敌人的草儿，视为珍宝，汝还亲自前来移植，让它繁生，在天之灵的国主劾里钵，汝之阿玛，见汝之为，不咋痛断肝肠啊！"老人说着，与阿骨打撕巴撂带的，挣扎着，还要剁护腊草。

　　阿骨打听到老人的责备，大吃一惊，护腊是梦中草神说的，是草中之宝，怎么它保护敌人，保护谁来的，为啥又和我阿玛联上啦？阿骨打心想，事出一定有因，老人的气愤不是没有来头的。阿骨打想到这儿，扑通给老人跪下了，哀求地说："您老息怒，要剁先剁我吧，我是要移植此草，让其繁殖。可你老人家要把话说明白，不然，我阿骨打始终闷在葫芦里呀！"

老人也给阿骨打跪下说："难道少主真不知护腊是咋回事吗？"

阿骨打惊讶地说："我真不知护腊里边还有啥说道，请老人家告诉我好吗？"

老人用手扯着阿骨打的手，两人双双起来后，老人责问阿骨打说："你为啥要叫它护腊草？"

阿骨打惊愕得摸不着边儿，惊疑地说："它不是就叫护腊草吗？"

"我问你，为啥要叫护腊？"

阿骨打懵然地说："我不是向你老人家请教吗？"

老人长叹一声说："咳！提起这护腊，不，毛子草儿，我肺子都要气炸了！说这话，还是先主，你阿玛的时候发生的事儿。活剌浑水纥石烈部的腊醅、麻产与咱为敌。有一年，腊醅、麻产兄弟俩，约会乌古伦部的骚腊和大奴隶主挞懒到咱们北边抢掠野女真人去为他们做奴隶。你阿玛听说气坏了，当即率兵到涞流水，就是到这地方来截击。离老远就听见被腊醅、麻产劫掠来的野女真人，哭天嚎地，哭叫连天，他们拳打脚踢，催促快走。气得汝阿玛率兵杀上前去，在这草原上大战腊醅。从东南晌一直杀到晌午歪，汝父越战越勇，将腊醅杀败了，骑马逃跑，汝父追上前去，眼睁睁地看见腊醅从马上栽下来了，空马而逃，可腊醅眨眼不见了。为搜捉腊醅，我三天三宿没合过眼睛，我这身子被这毛子草儿，给划烂糊了，全身血淋淋的，就是没搜着该死的腊醅。闹了半天，这该死的腊醅就钻在毛子草里躲过去了。拣条活命逃回去，就管这毛子草叫护腊草，就因保护腊醅啦，从此起这么个名儿。可恨这护敌草，保护了腊醅，腊醅就扬言，女真国王应当由他担任，连毛子草儿都保护他，说明是天意，他就更加得意忘形。腊醅、麻产弟兄俩为报汝阿玛拦截他抢掠野女真人之仇，有一年汝叔父盈哥主上，在此地牧马，腊醅、麻产兄弟俩带兵悄悄前来抢掠牧马。汝阿玛闻报后，速带六十名骑射兵丁来相救，恰巧与腊醅军相遇，厮杀起来，那次杀得天昏地暗，日月无光，腊醅兵多，咱们兵少，多亏欢都与汝阿玛奋勇杀敌，就那样，汝阿玛还身受四伤，险些致命，战马被腊醅杀死十三匹。汝阿玛身受重伤，眼看坚持不住了，阿跋斯水的温都部乌春又派来一百多名军兵，来助腊醅，意欲将汝阿玛消灭在涞流草原上。汝阿玛身带四处伤，鲜血直流，他不顾生死，将生死置之度外，咬着牙齿，带领少数兵丁，与欢都、汝叔父盈哥，一鼓作气，连喊'杀！杀！杀！'刀光闪处，人头落地，杀声同落敌人尸，汝阿玛一阵厮杀，杀死无数腊醅军兵，真是杀得血流成河，尸骨堆成山，转败为胜。将腊醅杀败了。汝阿玛身带四处重伤，坚持追击腊醅、麻产于暮棱水，才活擒腊醅，将腊醅献给辽朝。后来少主汝下山救父，又活捉麻产，才将这个劲敌消灭。可保护腊醅的毛子草，不仅没受到惩罚，还受到少主的欣赏，将护腊视为珍宝，移植繁生，这能不让我见之而痛心吗？汝这样做，能对得起在天之灵的阿玛吗？依我之见，汝应下令，将毛子草连根拔掉，断其生存，方解汝阿玛早怀的心头之恨也！少主，我求你，也是替汝阿玛求求你，一定要将毛子草断生！"

阿骨打听见老牧马人的叙述，心里犯了踌躇，暗想，这事让我咋办好呢？老人说毛子草叫护腊，是由于它保护腊醅而命名为护腊。老人用事实说得明明白白，可我在梦中，草神也说得明明白白，此草本名为护腊又名毛子草，并未提起保护腊醅之说。今天，老人忽然说起这茬头儿，让我咋办好哪？阿骨打辗转又一想，植物保护人是正常的事儿，它今天保护腊醅，可叫护腊；明天保护阿骨打，可叫护阿，绝不能是这样，还是草神说得对，它本名就叫护腊，腊醅躲藏在里，躲过险不过巧合而已。阿骨打左思右想，绝不能毁绝自然植物而报私怨，生物何罪之有，别说物，就是人也不能如此也。

老人见阿骨打沉思不语，又催促说："少主，汝就偿汝阿玛未了的心愿，将毛子草断其生吧！断其生吧！我求求你呀！"

阿骨打说："汝之意，我不能从命，世上的一切生物，不是归某人所有，而是生于人类，用于人类，造福于人类。它是同人类共生，与人类共亡，只要有人类存在，就有万物存在，怎能随意断生某一植物，岂不逆天而行？绝不能行此伤天害理之事。我意已决，不仅不能断其生，而要移植繁生也！"

阿骨打说至此，略一沉思说："至于名儿，还可以考虑，叫它护腊与当年腊醅匿藏脱险有忌，可以叫别的名儿！"

老人见阿骨打不听其言，执意要移植繁生，脸红脖子粗地说："少主爱物已迷心窍，福祸不分，我先去见汝阿玛，以诉汝之不孝也！"他说着拿刀就要自刎，被别人拉住了。

这时候，已围不少兵丁，老人与阿骨打的话他们都听得明明白白。其中有一人对阿骨打说："启禀少主，我嘎珊里，有一人名叫溪伯坡，前些年他在完颜部为奴隶，风雪之夜逃遁，在山洞发现暖草，编鞋到我寨珊去卖，和我寨珊乌拉相爱成婚，将寨珊改为西颇寨，暖草取其名为乌拉草，时至今日，方知这暖草就是这护腊草，不，毛子草也！何不就叫它乌拉草呢？"

阿骨打一听，霍地从地上跳起来，一把拽住这个人，惊疑地问道说："此话当真！"

"岂敢欺哄少主，不信可派人到我西颇寨一问便知！"

阿骨打一听，心中欢喜，当即大声宣布说："对！今后将毛子草改叫乌拉草！"

阿骨打又征求老人说："叫它乌拉草，汝还有何说？"

老人将眼睛一眨巴，点头说："这回嘛，听着还顺点耳！"

从这，将护腊草改叫乌拉草，流传至今。

在当时，阿骨打仍按草神爷爷的嘱咐，将乌拉草移植繁生，还是对外保密的。他用这种草为兵士冬季征战，絮在轻便鞋里取暖，那时还没有靰鞡①，又轻便又暖和，行军如飞。辽朝即将这视为迷，认为女真人都长个"铁脚板"不怕冻，其秘诀就在这里。直到后金，才将人参、貂皮、乌拉草并列为关东三宝！岂不知，乌拉草还有匿世一段哪！

---

① 靰鞡：满族的一种皮靴。

第一百三十章　鲟鳇鱼

阿骨打在寥晦城训练兵马时，每天早午晚都到涞流观鱼跃，坐在堤岸上，感到岸柳浓荫，波光油绿之中，时见赤鲤跃出水面，金鳞映日，闪烁做光，佳景绝至。单说有一天清晨，阿骨打又来到岸上观鱼，忽见一位白发白胡子老头坐在岸上观鱼，阿骨打心里诧异，这老者我从未见过，便施礼说："老玛发家居此地？"

老玛发说："生在涞流，长在涞流，钓鱼消闷，观鱼为乐！"

阿骨打说："老玛发对水里的鱼，一定全晓得叫何名也！"

老玛发说："知道！"说着手持鱼钩，钓上一条给阿骨打看，"此鱼便叫鲫鱼。"说着将鲫鱼又放回水中。接着他又用钩一搭，钓上岸边一条扁形鱼说，"这叫鳜鱼，尾鳍呈扇形，口大鳞细，体青黄色，有黑色斑点。斑点明者为雄，晦者为雌。还有管它叫花鲫鱼的。肉味也较鲜美！"说着又将鳜鱼放回水中，他手急麻流快的，又用钩钓上来一条银灰色鱼，说，"这叫鲂鱼，缩项尖脊扁身，腹部隆起，细鳞。一般人都叫它鳊花。"老人说着将鲂鱼又放回水里去了，接着他又钓上一条圆筒形的鱼说，"这叫鳢鱼，体圆筒形，头鱼，背鳍和臂鳍很长，身上有北斗七星，一般称它为黑鱼，性格凶猛，危害其他鱼。"说着又放水里去了，他又钓上一条细鳞白色之鱼说，"此乃鲌鱼也，俗称白鱼，还有叫它鳡鱼的，细鳞白色，头尾俱昂，大的有七尺多长，它的味道最鲜美，要不辽朝皇帝就爱吃鲌鱼啦！"说着将鱼又放进水中，他随手又钓一条鳊鱼说，"这鱼叫发禄鱼，是咱女真人最喜欢吃的一种鱼。它有点像鳊花，越大色越黑，故而叫它发禄鱼。"说着又放回水中，顺手又钓上一条说，"这叫鲇鱼，它有三种，早些年管它叫槐子鱼，就用这鱼皮缝制衣服。"说着将鱼又放回水中，随手又钓上一鱼，头小鳞细，腹部白色，体侧扁，阿骨打说："这不是鲂鱼吗？"老者说："非也，似鲂而小项腹细鳞，颐锐形扁，我女真称它为鲢子鱼！"老人将鱼放进水里后，又取出一条淡黄色的细鳞如粟金，光灿夺目，脊背黑点如巨，排列成行，鱼腹一线分脊翅后多软翅，长着重唇，张着口吃沙子，阿骨打惊疑地说："这是啥鱼，从来未见过啊！"老者笑呵呵地说："这叫重唇鱼，长的鲫鱼形，因它不易猎捕，故而罕见也。"老者将重唇鱼放进水里后，又随手取出一条翠色如竹，状如青鱼，翠色着实可爱的鱼，老者说，"此乃竹鱼也！"说着老人随手将竹鱼放去，又钓上一条像白鱼似的鱼，老人对阿骨打说，"它似白鱼而头尾不昂，阔不逾过，长不盈尺，这叫黄锅鱼，咱女真称它为黄骨子鱼！"说着将鱼又放回去了，老者又取出一条长有二三寸，大头阔口，黄色有斑的鱼，刚提到岸上，它就将嘴插到泥沙之中。老者说，"这叫船丁鱼。"说罢迅速放回水里。接着又取出一条鱼，体微绿色，鳍微黑，身圆肉厚之鱼，老者说，"这叫鲩鱼，也叫草根鱼，分青白二色，食着不鲜，产之很大。"接着老人又取出一鱼体狭而长，鳞白而细，说，"它叫鲦鱼，因其长浮于水上，故都称它白漂子！"接着老人又取出两条鱼体延长，稍侧扁，银灰色，有绯色宽斑，口大，牙尖锐，满身小圆鳞，被日光映之五色又若锦一般，老者说，"此鱼叫达发哈鱼！"阿骨打一听，惊奇地说："怪不得老玛发一次取一对儿，听说它是夫妻一对呀！"老者说："是呀！它是婚配制，秋八月自海逆水入江，驱之不去，光积甚厚，腹中子大如玉，春潮涨时而上，七月下弦至八月晦逆海入混同江流入涞流，产子后亲子而亡。我女真称它为'打不害'，取鱼晒干积之，以为食粮。还有叫它'达布哈'的，多取肉为脯，裁其皮为衣也。"老人说着将达发哈鱼放回水中，随手又取出一个蚌蛤说，"这是咱女真之宝也，内孕珠玑，有圆大如莲子的珠子，要好好保护它呀！"说着，他将蚌蛤放回水中，又取出一个团鱼说，"它又名脚鱼，乌龟，其味更鲜美。"接着老人又取出草虾说，"它是涞流水里的虾兵，又名红毛子，其数无法计算也！"

阿骨打说："老玛发，涞流只产这些鱼吗？"

老者说："非也，大的还在后边哪！"说着，只见老者站起身来，将钩往水深处一扔，不一会儿将钩往上一提，涞流水如翻江倒海一般，随钩露出水面。

阿骨打被惊得哎呀一声，说："谁家的牛跑到水中来了？"

老者笑呵呵地对阿骨打说："非也，此乃牛鱼也！你看它的形状似鲔，其实类牛，身上无鳞，长的全是毛，其重有千斤，如剥其皮悬之，涨潮水时，皮上的毛则起，落潮水时毛则伏矣。它的肉是脂肉相间，食之味美，但不如鲫鱼食之！"

老者正说着，只见牛鱼抬起头来，望着阿骨打似牛叫一般，哞哞两声。阿骨打奇怪地问老者说："牛鱼经常这样叫吗？"

老者说："非也，它见汝叫了两声，定有缘由，凡人不知也！"

随着牛鱼的叫唤，只见涞流水又一翻花，跃上岸来一条巨鱼，有一丈多长，巨口细睛，鼻端有角，鼻正白身正黑。阿骨打惊问道："此何鱼也？"

老者说："此鱼乃色黑麻鱼，白肉黄脂，辽朝称它为阿八皂鱼，女真人称之为阿金鱼。可今天，它得改名啦，不叫这名字了！"

阿骨打不解地问道："为何要改名呢？"

老者笑笑说："因它来寻皇帝，故而得改名为鲟鳇鱼也！"

老者话音未落，只见鲟鳇鱼额下之口一张，喷射出一道长虹，直奔阿骨打袭来，眨眼之间，将阿骨打托在长虹上，落在鲟鳇鱼脊背上，鱼跃在水中。

惊得阿骨打呼唤说："老玛发，这鱼要将我驮哪去？"他一看，老者踪影皆无，心里才咯噔一下子，怪不得老者持钩取鱼，如囊中取物一般，原来是鱼神啊！阿骨打被鲟鳇鱼驮走。

从此，涞流里的色黑麻鱼才改名为鲟鳇鱼！

第一百三十一章　牛鱼托鼠

阿骨打为做好进攻辽国的准备，他再次察看地形，好确定从哪儿进兵，攻则能进，退则能守。这天他沿松阿里乌拉往前观察。

松阿里乌拉，女真语译言天河也。因女真起源九天女随黑龙冲破天池而得名。松阿里乌拉名起得不少，魏朝称它为速末水，唐朝管它叫粟末水，辽朝先称鸭子河，后又改称混同江。不管咋叫，女真始终叫它松阿里乌拉。

松阿里乌拉是宝水，水里当时盛产二十多种鱼。有鲫、鳜、鳢、鲍、鲇、鲢、鲩、鲦、发绿鱼、重唇鱼、开鱼、黄铜鱼、船丁鱼、姆鳇鱼、牛鱼、达发哈鱼等。其中牛鱼最大，身长一丈五尺，重千斤，脂肉相间，吃着味美。女真族人捕猎后，鱼皮开始做衣服穿，柔韧可体。女真人就靠这些鱼生存发展。

阿骨打沿江见渔人起网，大小万鳞跳掷，色鲜洁胜银。他望着咆哮的松阿里乌拉，滚滚的涛水，浪声浩荡，万籁俱寂。水声时而狂嚎怒吼，好似一头噬人的疯兽，时而温柔细语低鸣，回旋缭绕的声律。它是永远不歇的。

阿骨打站在松阿里乌拉岸旁，正望着出神，鱼儿也欢迎他，一条条金色的鲤鱼迎着阳光，在他面前腾空而起，登时江上一片金光冉冉而起，升在高空和灰天染成一体变成了红色，被夕阳的日光一照，更红了。过了一会儿，红中又透出明亮的金黄来，忽儿又变成黄蓝红白，各种颜色闪烁着织成一个极光网，天水相连，光焰四射。二十多种鱼像穿梭一般，这群跃起来，那群落下去，打得江水噼啪噼啪响，腾起的浪花有好几丈高。这光，这颜色，是从江水里反射出来，还是鱼群反射出来的无法辨别，简直将阿骨打看得眼花缭乱。

再说撒改在会宁府正在寻觅修建皇宫的地方，他站在高岗之上，东张西望，忽望见西北方极光闪射，霞光万道，瑞气千条，大吃一惊。难道这光出在辽朝？他吩咐快带马。下人将马给他备好，他飞身上马，向极光奔去。沿途见民众都站在外面凝望这极光。

"奇怪？是什么将天照成五色？"有的人好奇，抓过马骑上也赶去看。当人们快跑到跟前时，都吓愣住了，只见阿骨打反背着手，站在江边凝望，这极光正是从他身上发射出来的。

撒改看在眼里，乐在心上，阿骨打是真龙天子闪光。在这光环反射下，远方涞流水畔幻化出千奇百怪的形状和颜色。一会儿，像黑蛇一样盘绕成一圈圈，越盘越高，渐渐地远去；忽而，好似一幅轻盈的帷幕，飘悬空中，向四周撒下玫瑰色的云彩；一会儿，又好像从香炉里冒出的股股青烟，笔直升起，然后它软绵绵地往四周翻滚；忽而，团团烟雾在天空上随风飘荡，在太阳光里闪烁着金光；忽然又显出十分美妙的体态和人世所未见的奇景幻象；有时候被一阵风吹散，撒成许多碎块，像一簇簇麻屑，灰蒙蒙的往前奔去。奇妙的景象有时和地面上的火堆相连起，淡红色的光圈在颤动着，仿佛被黑暗阻住而停滞在那里的样子。忽然火焰炽烈起来，向这光圈外面投射出急速的反光，火光的尖细的"舌头"向上舔一舔，一下子就消失了。接着，尖锐的长长的黑影突然侵入，一直到达火的地方，黑暗和光明在搏斗。当火焰较弱而光圈缩小的时候，在迫近过来的黑暗中突然现出一片烟雾朦胧的天。

阿骨打在松阿里乌拉岸畔欣赏鱼光，从远处传来一片喊声："耗子搬家！快来看呀，耗子搬家！"不少人飞似的跑去。阿骨打站的地方极光才收敛，他骑上马也要奔去看看耗子搬家，忽听身后撒改喊他："都勃极烈，都勃极烈，等等我！"远处传来一片"嘚嘚嘚"马蹄声。

阿骨打望着撒改说："大哥！你怎么也来了？"

撒改勒住马，笑呵呵地说："被你吸来的！"

阿骨打疑惑不解地说："你这话啥意思？"

撒改惊疑地反问："你站在这儿，一点感觉没有吗？"

阿骨打说："我站在这儿看鱼跃，感到鱼跃非常好看又好玩，没有感到别的！"

撒改惊喜地说："难道你没感到一股极光？"

阿骨打说："感到了，是鱼光反射。怎么，你也见到了？"

撒改说："不仅我，人们全跑出来看，我骑马寻到此地。"

阿骨打说："原来如此。走，看看耗子搬家去。"

两人骑马沿松阿里乌拉向群众拥跑之处驰去，提缰并马边走边唠修建皇宫的事儿。

阿骨打说："即或修建也要从简，越简陋越好，建成能容纳二十几个人坐在一起商量事就行了。绝不能修成像辽宋那样的皇宫。我这次去宋，沿途听到黎民百姓都骂徽宗荒淫无道，搜刮民财，闹得百姓饥饿灾殃，民不聊生，辽朝也如此。何况咱女真国穷民贫，现在还没有攻下辽国，绝不能奢华！"

撒改说："简陋行，宫里也得有个样儿呀！"

阿骨打说："宫里的样儿，也不要像辽朝宫殿那样儿。我的意思至个大火炕，咱们往炕上盘腿一坐，能商量事儿就行。千万不要修啥金殿那玩意儿，坐着还不得劲儿，火炕坐着暖和，围坐一圈儿，平起平坐，说话唠嗑都得劲儿。"

阿骨打这些话儿，撒改全采纳了，阿骨打时代就建筑这样的皇宫，勃极烈围坐一圈互相商量事儿，此是后话。

两人并马而行，边走边唠嗑儿，见前面江岸聚不少人，催马近前一看，又吃一惊。见从江西，也就是从辽朝那边成群结队的老鼠往江东搬家，大耗子身上驮着小耗子，任凭人们围观，也不惊恐。江里由一群牛鱼搭成的桥，老鼠成群结队从牛鱼身上而过。围观的人们给老鼠闪开一条道。

阿骨打、撒改来到近前时，部落长和民众都跪在地下给他磕头说："已让人回去取家把什，拦截打这群老鼠，不能让它过江！"

阿骨打将手一扬，让他们站起来讲话。阿骨打说："我的意见不能扑打。耗子搬家，说明辽朝的饥鼠搬家，乃不兴之兆；成群结队的老鼠投奔我完颜部，说明完颜部五谷丰登，粮满仓，老鼠徙迁奔富源，我之兴矣！"

部落长和民众听阿骨打说得有理，谁也不敢打了，呆愣愣地望着老鼠搬家。使民众感到惊奇的是，刚才东见极光，西来鼠，牛鱼搭桥真稀奇。你道牛鱼咋搭的桥哇？说不上有多少条牛鱼，一条挨一条的浮在江水面上，它头略似牛，也长着两角，身上鱼鳞恰似牛毛。百姓捕后，剥其皮悬挂起来，潮水长毛则起，�起来，潮水落毛则伏。今天牛鱼身上的鳞毛全伏着，鱼头露出水面，瞪着大眼睛望着人们，一点也不怕人，任凭鼠踏身而过。

阿骨打嘴没说，心里也感到奇怪，鼠嫌贫爱富，奇怪的是牛鱼，这些年来，松阿里乌拉、涞流水捕着一条牛鱼有多么不易呀，渔民很少见着牛鱼，今天却为鼠搭桥过江，岂不怪哉？

撒改见这些奇异现象，顺口吟道：

鱼光反射兆真主，老鼠迁徙民富遮。
牛鱼托鼠新天地，辽灭金兴奇兆多。

第一百三十二章　爱生杀妻

　　阿骨打与撒改观看老鼠搬家，忽见一匹快马飞驰而来。刚至近前，便破嘶啦声地喊叫："部落长，可不好了，爱生将媳妇杀了！让你快回去。"

　　大伙儿扭头一看，是松阿部的报马。"报马"就是部落里有大事小情通报信息的。松阿部这个报马，从年轻的时候就当报马，现在已五十多岁了。人们都称呼他"报马"，报马就顶替他名了。报马为人忠厚老实，从没有谎言狂语的，他说啥话，大伙儿都相信他。可今天他冒股生烟来报说，爱生将媳妇杀死了，人们从心眼里往外不大相信，都知道爱生小夫妻恩恩爱爱一对儿，从来都没红过脸，他还能将媳妇杀了？人们惊疑地问："真的呀？"

　　报马说："我多咱撒过谎？"

　　人们才脚打后脑勺子往回跑。报马骑马刚要往回跑，阿骨打说："等等。"报马见阿骨打和撒改均在这儿，慌忙跪下磕头说，"不知都勃极烈在此，未曾叩拜，请恕罪！"

　　阿骨打将手一扬，让他起来。阿骨打问道："爱生为啥要杀死媳妇？"

　　报马说："听说爱生非要当兵去打辽国，媳妇说啥不让他去，两人叽咕好几天啦，弄翻碴了，就将媳妇杀了！"

　　阿骨打对撒改说："待我去看看。"说着骑上马随报马奔松阿部去了。

　　爱生杀媳妇这事儿震动很大。因为爱生媳妇名叫俊女，是松阿部里头号大美人。这小媳妇不仅长得俊美，还心灵手巧，一手好针线活儿，描龙画凤，扎花绣朵儿，样样精通，还会绣荷包。松阿部的女人都给她亮大拇指头，是人们最羡慕的小媳妇，都说爱生有造化，摊着个俊媳妇。

　　这俊媳妇是爱生拣来的。有次爱生去商榷赶集，忽然看见一位漂亮的姑娘，手里拎嘟噜绣的香荷包。爱生到跟前挑个鸳鸯戏水，这对鸳鸯绣得栩栩如生，真像活的一般。爱生看看荷包，看看姑娘，二话没说，将怀里揣的一颗珍珠掏出来，塞在姑娘手里，笑嘻嘻转身就走了。

姑娘愣住了，别说一个荷包，十个香荷包也换不来一颗珍珠。这小伙子给我颗珍珠，两眼送情，对我有意，他有心，我不能无情。想到这儿，姑娘啥话没说，就撵爱生去了。爱生慢慢走出几步，一回头，见姑娘在后边跟来了，他脚步迈得更慢了。姑娘见他脚步放慢，就快走几步，撵上爱生，将珍珠给他，宁肯送给他这个荷包。

爱生见姑娘快撵上了，就快走几步，他俩走走停停，很快离开榷坊，爱生见前后没人，才站下。姑娘撵上爱生满面通红地说："你要稀罕那个香荷包就拿去，咱可不敢留你一颗珍珠！"

"收下吧，那颗珠子不是换物的，是……"爱生突然话到嗓子眼被塞住了，两只大眼睛在姑娘脸上翻愣半天，脸红地说，"是，送给心爱之人的！"

姑娘一听，明白了，臊得将头一低，悄声问："你叫啥名，住何部，家有啥人？"

爱生一听，姑娘有心，赶忙告诉说："家住松阿部，我名叫爱生，上有父母，共三口人。"他说到这儿，用目溜一眼姑娘说，"你叫啥名，家有啥人？"

姑娘说："我叫俊女，星显水人，上无父母，下无兄弟，独身一人，无依无靠……"说着凄然泪下。

爱生心里更乐了，试探地问："如果不嫌弃，去我家好吗？"

姑娘一听，赶忙施礼说："多谢收留之恩。但人心莫测，咱俩得盟个誓儿。"

爱生说："我对俊女要有三心二意，天打五雷轰！"

俊女说："海可枯，石可烂，我对爱生的心永不变！"

两人盟完誓之后，手拉手回到家里，不几天就拜堂成亲了。爱生拣个美女做媳妇，弄得一些小伙子都眼馋。

俊女过门后，这手好针线活儿，在松阿部打响了，都夸她手头巧。

爱生稀罕媳妇，媳妇疼爱丈夫，两人恩恩爱爱的没拌过嘴，没红过脸，今天突然将俊媳妇杀死了，人们能不吃惊吗？

阿骨打骑马来至松阿部，随着众人去到爱生家一看，俊女胸窝被捅进一刀，满腔血流出，直挺挺地躺在地上，气绝身亡。爱生早被人用绳子五花大绑绑在门框上。部落长见阿骨打来了，赶忙让阿骨打上坐，跪下给阿骨打磕头说："都勃极烈断案如神，今天这杀人案请都勃极烈亲自审问吧。"

阿骨打说:"好!我来就是要亲审这桩为当兵打辽杀妻的案情!"

部落长磕完头垂身站立一旁。

阿骨打说:"带爱生。"

人们将爱生推拥过来,跪在阿骨打面前,给阿骨打磕头。

阿骨打说:"来人,将他的绑绳解去。"大伙儿一听,惊喜得七手八脚将绑绳解去。围观的人感到惊奇,嘴没说心里话儿,杀人犯,阿骨打还让解开了绑绳,为何?

阿骨打和颜悦色地对爱生说:"爱生,为何杀死妻子,你要从实说来。"

爱生说:"都勃极烈在上,听小人禀来:我听说咱女真要打辽国,把我乐坏了,每天练习武艺,准备为国出征。没想到,上边有规定,独生子不让去当兵打仗,可我决心非去不可。妻子俊女百般阻挡,不让我去,因此发生口角,失手一刀将她捅死。这就是实情话儿,没有半点虚假,该定我啥罪,愿领。"

阿骨打冷笑一声说:"听你之言,要当兵去打辽国,这种爱国之心,着实可嘉。但你还不仅只此,还有隐情没说,你现在当众说出来,大伙儿对你杀死妻子原因清楚,不仅能原谅你,还会称你为爱国的好汉。明人不做暗事,你讲出来吧!"

人们一听,都瞪起疑惑的眼睛望着阿骨打,他这话是啥意思,爱生杀妻还别出有因?立刻静下来,人们除呼吸声似乎都听到了怦怦的心跳声。

爱生又给阿骨打磕头,两眼流泪说:"都勃极烈在上,小人有罪。是我一时糊涂,只见她长得俊美,没细问她是何人,就领家来了,俊女也始终瞒着我。前几天,忽然来个生人找她,我也不知是她什么人,她才对我说,是多年失散的哥哥找到她了。但我发现她气色不对,又和她哥哥鬼鬼祟祟,两人骑马说去涞流水找她失散的妹妹,我就暗中跟去了,盯着俊女,发现她领着哥哥偷看都勃极烈秘建的城寨。感到头脑嗡下子,我一喊俊女,吓得那小子骑马跑了。我也没敢声张,回来后,经过再三拷问,她才对我说了实话。原来她是阿束之女,破城时逃亡在外,现在她阿玛阿束在辽知俊女和我婚配,她阿玛受辽唆使,派人找她去偷窥都勃极烈暗修的城寨。她这一说,差点儿将我气死,她长得再漂亮,卖国还能容得?一气之下,将她杀死。但我又害怕,都勃极烈的秘密已被阿束窃去，故而只说因不让我当兵打辽国而杀她。这是实情。"说罢又磕头。

众人一听，惊得瞠目结舌，都替爱生捏把汗。阿骨打暗建城寨，烟雾掩蔽至今，没想到今天被爱生家这"美妖精"透露出去，阿骨打能饶他吗？众人心全提溜起来了。

阿骨打听完爱生诉说后，站起身来，亲手将爱生扶起说："爱生，你这种热爱民族真心，着实可嘉。现在我宣布，赐给你牛二头，马一匹，绢缎一匹，赏你爱国爱民族之心，当机立断杀死卖国投敌的贼女，为其父投辽效力的贼女，杀得好，杀得对！大伙儿都应像爱生这样，为女真的兴旺，而割舍自己的一切……"

阿骨打正说着，忽见撒改派人请阿骨打回去，言说捉住一奸细。

第一百三十三章　修城堡建皇寨的来历

　　阿骨打见辽帝昏庸，决心灭辽，按天意他在涞流水畔白土岸下，暗建寥晦城。因此地是攻辽的要路，和辽重镇宁江州隔水相望。在建寥晦城前，阿骨打就勘察了涞流水右岸至松阿里乌拉的中间，是群山环抱，草原茂盛，不怪麻产在此牧马，真是块有山有水草原茂盛之隐蔽地带。从山岳来看，从长白山东北之小白山、老爷岭绵延至于西北阿勒楚喀河和涞流水之间为活龙窝集，接壤于硕多库山，高四十余丈，由硕多库山迤逦东南黑石摺子、红顶子、红旗杆、庙儿岭、一撮毛、歪脖岭、棒槌砬子等山一百余里的山脉均高十余丈。而接仙山（帽儿山）山峰清奇是阿骨打跟艮岳真人学艺之地，往下则是小青顶子、影壁山、太平山、太平岭、大青顶子、倒攀岭、象鼻岭、会龙山、马鞍山等，均高十余丈，为北一带之山脉也。涞流水与松阿里乌拉环抱草原，真是山清水秀，草海似锦之地。为此阿骨打自会宁府沿涞流水右岸，修建的城堡有营城子、点将台、小城子、双城子、单城子、阿萨里城子、车家城子、大半拉城子、小半拉城子，至寥晦城，沿一百六十余里。阿骨打利用这些城堡，修军械、训兵丁、牧战马、囤粮草，养兵蓄锐准备攻辽。

　　阿骨打为何这样修建城堡哪，听咱慢慢地道来。

　　传说阿骨打为备战反辽的事，大伤脑筋，要伐辽得有军队，军队得训练能打仗，上哪训练去？完颜部落巴掌大那么个地方，原来有个二三百兵还行，分散驻扎，可要反辽，得有上千上万的兵才行。同时阿骨打还想，训练兵马还不能让辽朝知道，他要是知道了，就要加强防备于我，这就需要找个隐蔽的地方才行，让辽朝做梦也想不到，我养兵备战，攻其不备才能获胜。阿骨打胡思乱想，骑在马上，想到野外去散散心。他刚到郊外，忽然他的马一惊，四蹄放开，嘚嘚如飞一般，向西飞驰而去。他咋勒也没勒住，阿骨打心里很是惊疑，心想，我这马见着啥了？从来没有这么惊乍过，今天是怎么啦？正在阿骨打心中诧异的时候，突然马停蹄而立，咴咴嘶叫。阿骨打举目一看，这马将他带进到一个憋死牛的地方，左侧是哗哗流水的涞流水，右面是翻滚浪涛的草原。骑马进去，都见不着人。阿骨打惊讶地想，马将我带这来干啥？阿骨打呆愣愣地骑在马上四处张望，忽然听见草丛里有人歌曰：

> 涞流入松浪滔天，
> 一声霹雳分两边。
> 乌金兴起涞流滚，
> 英雄业绩水同流！

阿骨打顺着声音一瞧，将他吓了一跳，就见一位白发苍苍的老玛发，坐在草梢上边唱歌，心想，这一定不是凡人，凡人能在草梢顶上坐住吗，尤其是这歌，含意深远。就骑马奔老玛发跟前去了。

老玛发见阿骨打奔来了，快到他跟前的时候，他站起来就走，阿骨打更感到奇怪了，就见这老玛发在草梢顶上，不紧不慢地迈着步伐，走几步回头望望他。阿骨打就高声呼叫说："老玛发，你站下，我有话儿，要求教于你！"

任凭阿骨打呼唤，他还是笑呵呵地望着阿骨打不停步。

阿骨打感到老头很奇怪，就催马追赶老头。老头在草梢上走，他沿涞流水岸上追，不管这马儿跑得多么快，就是追不上。总是相隔不远，回头望着阿骨打发笑。阿骨打催马欢追，还是离那么远，追不上。他就追呀，追呀，从东南晌一直追到太阳偏西了，也没追上老玛发。这时候阿骨打才看出来，已到涞流水入松阿里乌拉的入口地方了，他心里咯噔一下子，想起刚才老玛发歌中唱着"涞流入松浪滔天，一声霹雳分两边，乌金兴起涞流滚，英雄业绩水同流！"的词儿，更引起阿骨打认定老玛发不是凡人。这时候他见老玛发站那儿嘿嘿直笑。阿骨打赶忙翻身下马，扑通给老玛发跪下说："我阿骨打肉眼凡胎，不识阿布卡恩都力，恕罪呀，恕罪！"说罢，给老玛发磕头。

白胡子老头望着阿骨打哈哈大笑，说："我不是阿布卡恩都力，我乃道神也。今为你引路已完，我要去也！"

阿骨打说："原是道神，失敬，失敬！还望道神指教于我！"

道神说："汝已有天书在手，又有神师之嘱，我又何必多言也！"

阿骨打说："请道神不要推辞，祈赐一教，虽有天书和师嘱，但我茅塞未开，仍为养兵囤粮而不解也！"阿骨打苦苦哀求后，只见道神望着阿骨打哈哈大笑说：

道需人去踩，事在人来闯。
灭辽兴大金，涞流暗蓄兵。
得胜陀伐辽，先下宁江城。
天启帝星明，龙蟠蔚上京！

他说罢，立刻不见了。阿骨打心领神会，勘察了涞流水右岸确实是块藏龙卧虎的宝地，才决定沿涞流右岸建立这十城。

单说阿骨打有一天回到家去，还没等他进院，就听见他家里吵翻锅了，不用说，他的几房老婆又吵起来了。

阿骨打娶了七房媳妇，他大老婆名叫阿娣、二老婆陪室、三老婆兰娃、四老婆悬焰、五老婆元圆、第六房老婆小月、第七房老婆图玉奴。他这七房老婆不仅因争阿骨打而互相吃醋，而且还因分东西，你多了，她少了，穿好了，穿坏了也互相争吵，各房妻室生的孩子，每天在一块，能不吵架吗，因孩子打架，联系大人身上，也互相厮打。为这事儿，阿骨打也没少伤脑筋，但他毫无办法，解决不了。今天他回到家一看，又打个窝乱翻了，起初是陪室因说大老婆阿娣分东西不公平吵起来了，三吵两吵又刮连四老婆悬焰，四老婆悬焰又和陪室吵起来了，吵着吵着又将七老婆图玉奴挂拉上啦。图玉奴是汉人，阿骨打去宋朝时中途遇难，被图玉奴所救，而且武艺出众，阿骨打很敬重她。今天硬说图玉奴扯瞎话儿，而被刮连上了。图玉奴虽没和她们吵嘴，却大声哭泣，就给这台戏增加了新的色彩，正在难解难分的时候，阿骨打回来了。

阿骨打回来了，虽然将拌嘴的场面镇吓住了，可是都要向阿骨打述说自己的理儿，让阿骨打判断。几房老婆将阿骨打团团围住，有拽阿骨打胳膊的，有扯衣服的，这个说，听我说，那个说，听我说！吵成一锅粥，差点儿将阿骨打扯巴零碎了！

清官难断家务事，阿骨打被这群老婆吵得头昏脑涨，便大喝一声说："都先给我回房去！谁若再缠巴我，我杀了她！"阿骨打说着，当啷啷地将宝剑抽出来了，众妻子一见阿骨打真动了肝火，一个个噘嘴胖腮，蔫不悄儿地擦眼抹泪回房去了。

阿骨打烦恼得谁房也没去，独个儿回到书房，思前想后，长吁一声，自言自语地说："我还要兴金灭辽，成大事，被这群老婆吵也将我吵糊涂啦。"他坐下后，暗想，咋样处理好，最好让她们盆碗磕不着，方能解决。想到这儿，他心里豁然一亮，好像开了两扇门，两手一拍说，对呀，自己沿涞流建城堡的同时，再建立一些寨子，将她们一个个安排到寨里住，让她们一窝住一个寨儿，互相朝夕不见面，还跟谁吵去？这样，还可以让子女跟随军兵练武，教练下一代，还省着眼巴巴地见自己上哪房去就寝了，这可真是两全其美之事。阿骨打越想越对，决定在城旁边增建寨子，安排她的老婆去住。他就将这七房老婆从头排列，安排居住的寨子和寨子的名儿。

头一回阿骨打安排，想将他这七房老婆全安排住在涞流右岸城子旁边，会宁府一个不留。安排一溜十三招儿，他自己摇头了，不行，不是别的，他的五房老婆元圆是东珠精借元圆尸体还魂的，而东珠精死时，被他令人埋在珠山，得让元圆离珠山近点才行，又将头次安排的作废了。第二次又进行安排，安排来安排去，大老婆阿娣还得留在会宁府。其余的老婆安排是：在营城子旁边为二老婆陪室建了呼勒希寨，为三老婆兰娃在小城子旁建个布达寨，为四老婆在双城子中间建了达河寨，为五老婆元圆在大半拉城子建了矩古贝勒寨，为六老婆在寥晦城前建了达沟寨，第七房老婆图玉奴住在寥晦城内。

城堡寨子建好后，将他这些老婆分别各住一寨，从此再也不吵嘴骂架了。后来，阿骨打当上皇帝，他这些老婆仍然这样居住，故名皇家寨。

第一百三十四章　惨败认为真

辽使阿息保回到辽朝，将他所见所闻，尤其是对阿骨打将其妻妾赶到涞流水沿岸，虚张声势，声嚷他在涞流水右岸城堡，修寨栅，训兵马，造军械，储粮草等谎言，以此吓唬高丽，怕高丽侵犯，实际是虚的，女真兵不足百，原募的千余兵，嫌吃穿不佳，也一哄而散！阿息保添树加叶地禀奏一番。

天祚帝问道："这些是汝听来的，还是亲眼所见？"

阿息保回禀说："禀皇上，耳听为虚，眼见为实，是我亲到涞流所见也！"

天祚帝喜笑颜开地说："这就好了，去我心中一块大病！"从此，辽朝天祚皇帝经常不理朝政，在宫里寻欢取乐，成为荒淫无道之君。

辽朝兴军节度使萧兀纳，听后心中纳闷，无风树不响，难道传言全是虚的？阿骨打果然像阿息保说的那样，制造虚假声势，吓唬高丽？此事绝对不能！萧兀纳一想，管他能不能呢，将阿息保见闻转告高丽，借高丽再去弄清虚实，我便知其真情矣！萧兀纳写封密书暗中派人给高丽送去。

单说高丽使者黑换放实从女真完颜回来，面见国王王凯，将他去女真所见所闻对国王详述一番。

国王王凯将眼一立愣说："是汝亲眼所见吗？"

黑换放实说："亲眼所见，女真人根本不以我高丽为敌，其暗练兵马，主要对辽也！因此练兵马都不背我。我为求真，还特沿涞流偷去窃视，果真每城寨屯兵五百，阿骨打共建十城，推算之，岂不五千兵马？还不算女真各部落，加各部落兵马，其数更大矣！"

国王啪的一声将辽兴军节度使萧兀纳之密书扔给黑换放实说："汝观之！"

黑换放实展开书信看后，冷笑说："禀国王，辽使阿息保受女真之骗耳，其言全是女真阿骨打之假象所述也！还是我亲眼所见属实，祈国王千万不要对女真轻举妄动，应永结和好，互不侵犯，乃为安邦定国之计也！"

高丽国王听黑换放实之言，霎时脸色大变怒发冲冠，用手一指说："黑换放实，让汝去女真探察实情，汝被女真施用虚张声势，恫吓我邦所迷，汝还不知，还劝我不要轻举妄动，真乃蠢材，还不给我拿下！"

高丽国王没听黑换放实之言，令将军李忠善领兵一万进攻女真。李忠善率大军直取耶懒。

就在高丽出兵攻女真时，星显水石烈部阿悚派其爪牙答记悄悄来到界边，煽动五水居民投降高丽反对女真。界边耶懒向团练使梭麦和答记说："汝劝我降附高丽有何益哉？"

答记说："高丽强战，胜于女真，而女真只不过给汝一团练使，并无实权，如附高丽，既可保全民众生命安全，又可得到高丽重用，拯民于水火之中，民将以德报，而高丽见汝不战自投，感汝明智，必委汝实官，统辖当地民众，岂不一举两得？否则高丽大军压境，如若反抗，民遭涂炭，汝自取灭亡耳！"

梭麦当即破口大骂道："汝披着女真皮，实为女真贼。高丽进犯女真，汝不思报效女真，维护女真尊严，却跑这来造谣惑众，煽动民众，叛国投敌！汝受何人指使，干此卖国求荣勾当！"当即令人将答记按倒在地，刀按其脖子说，"快说，是谁支使你煽动叛国投敌？如实说饶汝不死，否则让你马上做刀下之鬼！"

答记磕头说："饶命！我说，我说！"

梭麦说："快讲！"

答记说："是石烈部阿悚让我来的，劝说汝等随他一同投高丽！"

梭麦一听是阿悚派来的，不敢擅自处理，便令人将答记捆绑后，派人送给女真统兵石时观。

石时观审问明白，立即派人押送到完颜部。

石时观听说高丽已令李忠善统兵一万来攻女真，便带兵来至耶懒甸外安下营寨，便找梭麦团练使商议破敌之计。石时观说："听说高丽李忠善率领一万人马来攻我女真，我何不将计就计，梭麦你串联各团练使，按答记之言前去假降，骗李忠善信以为实前来，我率兵埋伏，等他进来围攻，定能杀败他，夺得全胜！"

梭麦问曰："如李忠善问我，女真完颜有无兵前来防守迎敌？如何答对之?"

石时观说:"汝附耳上来。"梭麦侧耳时就听石时观如此这般,这般如此,授计于梭麦。梭麦听后,心中甚喜,乃依计行事。

梭麦授计后,就秘密串联五水团练使,五水团练使听到梭麦密传石时观之计,个个心中欢喜,就随同梭麦去迎接高丽李忠善。

高丽统军李忠善率兵正往耶懒甸进发,突然探马报说:"耶懒甸五水团练使前来投降!"

李忠善立即下令,扎下营寨。扎下营寨后,令带团练使中军帐进见。

梭麦等十名团练使,随传令官走进中军帐,向李忠善施礼说:"耶懒甸五水团练使前来投降归附!"

李忠善用眼扫视一下十名团练使说:"汝等为何归附高丽?"

梭麦施礼说:"我等有阿悚之使答记前来游说,使我们心里开窍,认识到,虽系生女真,怎奈完颜部对我等不信服,至今只给个临时团练使衔,迟迟不让我等为猛安,使我等空有其名,而无实权!同时我等认识到,安出虎完颜部顾此失彼,不得人心,募千余兵,不忍虐待,一哄而散,兵不足百,黍米缺乏,无力抵挡高丽国威武雄师。统帅兴师,所到之处,将望风披靡,无人敢挡,晚降不如早降,早晚得附于高丽王国,为此前来投顺,五水民众全附之!"

李忠善说:"答记为何不来?"

梭麦说:"答记说,他留下里应外合,故而打发我等先来迎接统帅!"

李忠善又问道:"汝女真完颜部发来多少兵马?"

梭麦说:"至今一兵未见。"

李忠善沉思片刻,忽然命令说:"来呀!将十名团练使扣押在此,待我收复耶懒甸后,再遣汝等回去,暂委屈你们了!"

梭麦等一听,暗自惊讶,好毒辣的李忠善呀!十名团练使被来人带走,留在营寨。

李忠善见将十名团练带走,他才亲率大军向耶懒甸进发。行至耶懒甸界边时,太阳已落,他令军速行。行至耶懒甸城寨时,天已经擦黑儿了,李忠善心内疑惑,答记里应外合咋一丁点动静没有?正在他疑惑的时候,突然,"当当当",三声锣响,霎时战鼓齐鸣,喊杀声来自四面八方,如同翻江倒海之势,喊杀声已冲破云霄,好似天上地下皆兵,已辨不清有多少兵马。

李忠善上哪辨清去,因为五水民众,均将生死置之度外,为保卫女真不受侵犯谁也不逃亡躲避，有刀的拿刀，无刀的拿起棍棒，随在军兵后边助威，齐声叫喊："杀呀，杀呀!"喊杀声在天空回荡，震破夜空，真令人听之胆战心寒，毛骨悚然，不知有多少兵马。吓得李忠善魂儿都飞了，赶忙下令说："速撤!"高丽兵早被这突如其来的喊杀声吓破胆了，后边已不战自乱了，前边军兵又得到速撤的命令，都想快点逃命，自相践踏起来，死伤无数。

石时观率领埋伏的军兵，在这黄夜之时，如猛虎下山，冲上前来，只听咔嚓、咔嚓山响，杀得高丽兵头颅咕噜噜可地乱滚，更何况有耶懒甸五水民众相助，真是杀得血流成河，尸骨堆成山。高丽兵叫苦连天，互相乱撞，一万兵丁只剩下三千多残兵败将，由李忠善率领，杀条血路，落荒而逃。

石时观一直追杀到大天亮，见李忠善逃远了，才收兵回来，获得战马军械无数。

石时观收兵之后，才发现十名团练使踪影皆无，心想，糟了，难道十名团练使被李忠善杀了，忙提审一名俘虏的高丽军事头目一问，才知十名团练使被李忠善扣留在军营之中，石时观才又带兵前去救十名团练使。

李忠善绕路拔营起寨，将十名团练使也带走了。忽然后边追兵又至，喊声震天七吵八喊："快将团练使留下，不然杀你个片甲不存!"李忠善一听，不好，得回没将团练使杀了，要杀了，这祸就更大了，便急忙派人去向石时观求和。

石时观听说李忠善求和，才压住阵脚，向高丽提出求和条件，得先放团练使，不然杀进高丽去，鸡犬不留!

李忠善才放了团练使，带领残兵败将逃回高丽去。石时观收兵驻扎在耶懒甸。

高丽国王后悔，悔不该不听黑换放实的话儿，遭到惨败。高丽国王这才再派黑换放实去女真完颜部求和!

从此，阿骨打在辽朝和高丽名声大震，可说是威震四方，就是寥晦之计引起的。

第一百三十五章　活女骗奸细

辽朝兴军节度使萧兀纳，听说女真只派石时观带领兵马用埋伏之计，大败高丽万人兵马，大吃一惊，认为阿息保被阿骨打所骗，想要立奏天祚帝。可天祚帝三天五日不理朝政，即使理朝政，此事也一时半晌说不明白。反复思索，还是自己先暗中派人前去侦察个明白。萧兀纳可就为此事犯愁了，派谁去呢？他长叹一声，咳！上梁不正下梁歪，下边养活一些蠢材，哪有一个精明强干之人？萧兀纳琢磨派谁去能查明真相呢？这人必须得有水性，得能暗渡涞流，方能亲目所睹，才能查清阿骨打的真相，否则，契丹始终蒙在鼓里，听些传言，难辨真伪。想到水性好，萧兀纳突然想起一人，矮个子水上漂呀！听说这小子在水里待个三天五日的，像玩似的，而且武艺高强，飞檐走壁，样样精通，宁肯先不让他去为我贩货保镖，也要先完成此任，这是关系到契丹生死存亡的大事！

萧兀纳忽然心中乌云已散，坐在太师椅上说："传矮个子水上漂来见！"

不一会儿矮个子水上漂来见萧兀纳。只见这小子有四尺来高，别看人矮，长得匀称，小脑袋小眼睛小嘴巴外加小手小脚。小脸蛋上的两只小眼睛离远看着就是一条黑线儿，根本见不着他的眼珠儿。别看眼睛小，百步开外，米粒那么丁点儿的东西他都能看见。水性好，号称水上漂，而且还能爬树，上树比猴还麻溜，还练就一身好武艺。因为这个萧兀纳让他为保镖，保啥镖？辽朝的官儿越大越到宋朝贩运货物，经商做买卖，做买卖才能挣大钱，运输货物没有好保镖的，被盗贼抢去，岂不货财两空？才使用矮个子水上漂，名叫于得水。

于得水进来后，给萧兀纳施礼说："太傅，唤小人有何吩咐？"

萧兀纳乐呵呵地用手一指说："汝坐下讲话！"接着萧兀纳望着于得水说，"汝到我府已两年多了，忠心耿耿保护我贩运的货物畅通无阻，着实可嘉！可汝不能总是这样下去，得给你个报效朝廷立功的机会，我好奏明圣上，封你个官儿，也不枉为我效力一回。正好，圣上下旨，让我选一名精明强悍的勇士，去女真涞流水暗察阿骨打沿涞流右岸，到底建有多少城寨？屯兵多少？都在哪儿制造军械，查明实情，禀奏圣上，论功行赏，加封官职。我一想，这是汝升官发财的机会，想让汝去，不知汝意下如何？"

于得水说："感谢太傅栽培，但不知多长期限？"

萧兀纳说："多则一月，少则二十天，事关紧迫，越快越好！"

于得水说："时间短促，恐难胜任。"

萧兀纳说："虽说越快越好，但还是以查明真实情况为准，多则两个月均可！"

于得水说："好！请太傅放心，我是远支日子近交差！"说罢告辞而去。

于得水求功心胜，从辽出来，他骑匹快马，行至南女真便将马甩掉了，背着金银，向女真涞流水而去。由于他个儿矮，在深草里行走，露不出头来，外边谁也看不见他。他深一脚，浅一脚，走呀走，走得他口干舌燥，想喝点水，就寻找水，上哪找水去？连个小坑儿都没有。想要登高瞭望涞流水还有多远，连棵树木都没有，口渴得他嘴唇儿都裂开了，嗓子都直冒烟，再不快走到涞流就要渴死了。心急嫌腿慢，他走着走着，滑脚了，摔个跟头，脸也划破了，直冒血，心里后悔，宁肯不当官儿，也不接受这个使命，这是兔子不拉屎的地方，连个人家都没有，怎么走这来了？也不知道他又走了多长时间，忽然听到哗哗流水声，乐得他直跳高儿，可来到涞流水了！放开小跑，好不容易钻出草棵，见着涞流水了，刚一露头，吓得他又赶忙缩回去了。你说为啥，见有两个打鱼的，在涞流水岸边晒太阳呢！于得水停住脚步心中暗想，再渴也得忍着点儿，说啥躲着点女真人，不然被发现还咋侦探实情？就在草棵里又往西走了一段，从草棵里钻出来，见此地无人，他也真渴懵了，放开脚步，飞跃在涞流水左岸，咕咚一声，跳进涞流水，喝上了。喝了一遍又一遍，将他的小肚子灌成个大肚蝈蝈了，你说他渴到什么程度？

于得水在涞流水喝饱了水，打算在水里歇息，就将两眼一闭，躺在水中静神。就听从东面传来打鱼的呼叫声："涞流水长又长，大姑娘爱渔郎，白鱼嫩香喷喷，渔郎哥比鱼香！啊！快打大白鱼，送给大姑娘！"

于得水一听大姑娘，精神头就来了，心想，听说女真大姑娘，自寻配偶，道上行歌，你一答对，相中就可跟她入睡，别说，这打鱼的话里有话。这小子也真是个色迷鬼，他真从水里跳出来了。

于得水跳上右岸，见无人之处，将衣服脱下来，晾上了，他站在矮草棵里四处张望，见涞流右岸，烟雾弥漫，到处是青烟缕缕，飘在空中，互相联结。形成烟云一般，随风飘浮。他心中暗想，不怪说阿骨打在此建城练兵，就从烟来判断，兵也不能少了！

于得水将衣服晾干穿上了，想要沿涞流水去观察，忽听西南角上，传来一位女子悲怆的歌声，唱道：

> 眼望涞流泪湿襟，终身伴侣是何人？
> 哥儿我不爱，一心寻个官哥儿！
> 远走高飞开眼界，云游四方多快活！
> 听到汝给捎个信，远道官儿来寻我！

于得水一听，嘿嘿，别说，想姑娘，姑娘就到了，她就盼我个远道当官的，好远走高飞，真是凑巧，遇上我了，八成我俩有缘分，刚踏进女真，就遇上女真姑娘寻爱的啦，要是能和她勾搭上，不仅有住宿之处，还有姑娘陪伴，何愁实情透不出来！他越想越美，用手拍打儿下衣服，直奔歌声之处寻去。

于得水刚走不远，见西南角柳树下边坐一姑娘，因脸望涞流，看不见面目，他心里转念，我不能马上到跟前去说，我是远来的官儿，你跟我去吧，能行吗？哎！我就在这边探探她再说。想到这儿，于得水站在柳树边上，亮开嗓子唱上了：

> 身在辽来心在女，一心想找真姑娘！
> 情投意合随我去，荣华富贵似水长！

于得水一边唱着，两只眼睛死盯在姑娘身上，只见姑娘惊愕回头望望他，将身子一扭，面对他而坐，低着头儿，又唱道：

> 有心爱我靠近来，倾吐真情别相外。
> 你有意来我有情，鸳鸯相配不离开！

于得水一听，差点乐个晕头，三步并做两步走，矮个儿蹦蹦跳跳地来至姑娘跟前扑通一声，跪在姑娘面前说："姑娘不嫌我个矮，愿向姑娘求婚！"于得水这才瞧见这位姑娘长得白净净的，大眼生生，非常俊美，跪在地上就动心了。

姑娘低头端详他一会儿，抿嘴一笑，眨一下眼睛，说："个小怕什么，我爱的是颗心！不知你家住哪里，叫何名儿，做何官职，来此作甚？"

于得水真魂早已出窍，就回答说："我乃辽朝兴军太傅萧兀纳麾下当官儿，名叫于得水，人称水上漂，年方二十三岁，尚未婚配，一心想找个女真姑娘，今幸与美女直遇，乃天赐良缘也！姑娘随我去，保证过上荣华富贵的日子呀，你答应我吧？"

姑娘说："答应你，可得有个条件。"

于得水急忙说："什么条件我都应！"

姑娘说："实话告诉我，到此作甚？方能答应！"

于得水眼睛眯成线儿，口里的舌头嘟噜唔啦打着转儿，唔啦半天才说："我，我来为萧兀纳买棵好神莜！"

姑娘说："水里头生鱼，山上长神莜，汝跑涞流水干什么？"

于得水说："是，是姑娘你将我吸来的！"

姑娘将嘴一撇说："哎呀！真是矮个不可交，心里暗藏三把刀，眯着眼睛说瞎话，我不爱你快拉倒！"

姑娘噘着嘴儿，起身要走，于得水一把将姑娘抱住了，哀求地说："我说，你可不行对外人说！"

姑娘一甩手说："哟，信不着我啊，就拉倒，啰里啰唆的跟人也不得好！"说罢又要走。

于得水能让她走吗？搂着不撒手地说："亲娘祖奶奶，我说还不行吗？"接着丁得水就将他奉萧兀纳之命，前来侦察阿骨打在涞流水训练兵马之事说了。

姑娘听着，不断地说："小点声，小点声！"还不断用眼睛向四处撒目，一直等于得水说完，才接过说，"早说不就得了，走吧，跟我到家去！"

于得水说："汝家离此多远，都有什么人？"

姑娘说："就我自己，阿玛、额娘都在安出虎，总要给我找个女真人，我才跑到这来过独生！"

于得水一听，正合心意，就动手动脚的，姑娘瞪他一眼，用手一拨拉说："看你动手动脚的，让人家看见多不好。到家里就等不……"姑娘下话没说出来。于得水似火烧身，跟着姑娘恨不能一步到她家去，刚走下水岸，只听咕咚哎呀一声，矮个子栽倒在地，还没等他转过向来，从草里拥出两人将他捆绑上了。

又走来一人，望着于得水不禁哈哈大笑，说："矮个子水上漂于得水，这回由我阿骨打陪你，去看我建的城寨和训练兵马实情吧！可惜的是萧兀纳望穿眼睛也得不到你的探察报告了！押他走！"于得水才变成留种的茄子——蔫了！

你道这姑娘是谁，这姑娘不是女孩，是阿骨打下边一位将官娄室的长子，因他长得像大姑娘，说话，举止都像，故取名活女。今年才十三岁。阿骨打让他跟金兀术学练武艺，并巧扮美丽姑娘诱惑辽来侦察涞流的奸细。今天，果然于得水落了网，使萧兀纳枉费了心机！

那么阿骨打怎么知道的，原来涞流水打鱼的都是暗哨，两个渔夫唱的歌儿，就是报告有奸细来了，阿骨打才领活女来此候等，诱惑奸细落网。这就是活女骗奸美名扬！

第一百三十六章 诱饵上钩

辽兴军节度使、太傅萧兀纳，派于得水去女真涞流水侦察阿骨打建寥晦城，暗训兵马之事，一晃两个多月，不见回来，放心不下，物色再派人前去。据他人所知于得水走后，他又招个保镖的，此人名叫王彪，是南宋朝汉人。这人武艺高强，为人忠厚老实，从两个多月考察，无任何不轨行为，而且每日学女真语言，虽说还不精通，眼巴前的话儿都会说。想让他去女真侦察，但不知人家愿不愿去？这天萧兀纳就将王彪叫进室来，征求说："王彪，我欲让汝去女真涞流水侦察女真阿骨打，在涞流水右岸建城堡练兵马之情，不知汝愿意去否？"

王彪一听，心里暗自惊喜，嘴没说心里话："我背井离乡，出来寻找阿骨打，来至契丹，盘缠花光才卖身为保镖，没想到事有凑巧，萧兴军让我去女真侦察军情，天合人意，我非杀阿骨打，将我女儿领回方解心头之恨！"

你道王彪是谁？王彪就是宋朝飞虎岭下开设必宿栈的绿林好汉王彪。他妻名叫图如飞，也是女中状元，武艺高强，收一义女名叫图玉奴，跟她学身武艺。两口子才开座必宿栈。阿骨打秘密去宋，与宋徽宗密定协约共同反辽的时候，夜宿必宿栈，王彪与妻图如飞用蒙汗药将阿骨打迷过去后，被他干女儿图玉奴发现，见阿骨打鼻口有小金龙进出，才暗自将阿骨打一行人救出，保护阿骨打与宋主密约后而归，成为阿骨打的第七房妻室，现在与阿骨打同住寥晦城。可图玉奴的义父却未死心，没追赶上，才出外寻找，决心杀死阿骨打，夺回女儿图玉奴。在宋没找到，才奔辽而来，哪知出了榆关，盘缠就花光了，来到辽上京，经同乡人担保，才为萧兀纳当了保镖。没想到天遂人愿，让他去侦探女真，心里哪有不高兴的。

王彪赶忙施礼说："只要太傅信得过我，我愿意效犬马之劳！不仅要将阿骨打建城堡、练兵马情况侦探明白，而且我回来时，要将阿骨打之首，献于太傅！"萧兀纳一听，大吃一惊，心想，王彪真乃勇士之辈，当即令人斟上三杯酒，敬给王彪说："勇士真能如此报效辽朝，将奏明圣上，封官加禄，绝不亏待！"说着将酒奉上。

王彪心想，谁稀罕你这破官儿，咱是为报仇也！接过酒杯，一饮而尽，告辞而出。赶忙收拾行囊，将一些用不着的东西，送到同乡家里，问明去女真的途径，他就直奔宁江州这股道而来。

王彪在宁江州住了一宿，一探听，都说去涞流水无路可通，再说无船可渡，只有绕道奔女真安出虎，从安出虎方能去涞流水。王彪又探问明白，安出虎就是女真完颜部阿骨打居住的地方。他决定先到安出虎，寻到女儿图玉奴的住处，随后奔涞流水，侦察明白，杀死阿骨打，割下首级后，带着女儿逃奔辽朝。主意拿定后，他第二天打听明白道路，就奔女真安出虎而去。

王彪来到安出虎找家背静的客栈住下，就问店小二说："汝女真可有名叫阿骨打的乎？"

店小二说："有啊！他是我女真的少主啊！汝问他作甚？"

王彪笑笑，又问道："阿骨打可有个妻子名叫图玉奴的吗？"

店小二将眼睛一眨巴，暗想，这家伙问这干啥？准不是好人！就赶忙摇头说："没听说过！"

王彪说："没听说？姓图，名玉奴，是宋朝人！"

店小二说："啥叫姓，咱不明白，从来没听说少主妻子中有叫图玉奴的！"

王彪又打听了好多人，人们都说没听说过。可将王彪吓坏了，他暗想，难道女儿图玉奴被阿骨打所害。夜间，王彪悄悄出去寻访。

王彪做梦没想到，女真人可不是各扫门前雪，不管他人瓦上霜。从店小二，一直到民众，凡是王彪问过的人，都悄悄地来到国相府，向撒改禀报了这件事。因女真完颜部当时，国王也好，其他勃极烈也好，均和民众一样，他们的院落民众可随便进出，就是后来阿骨打当了皇帝，他的皇宫都随便出入。从这点说，不脱离民众，还是大有好处的。

闲言少说，国相撒改听到这些禀报后，当即派匹快马，去寥晦城禀报阿骨打，同时暗派人监视王彪的行动，也通知国王和勃极烈们夜间多加小心，观察探事汉人王彪的行动，但没有捉住他盗窃、行刺，不准随意触动他。

这天夜间，王彪蹿房越脊去国王府和各勃极烈院落，扒窗探望都被人们看在眼里，记在心上，但发现他没有其他举动，一不偷二不摸三不抢四不杀，谁也没招他。王彪窥视了很多宿宅，没发现图玉奴，也没发现阿骨打，使他很扫兴。后半夜他悄悄回到店房睡觉去了。

第二天刚亮天，阿骨打就派人骑着快马向国相密告说："少主阿骨打说，让娄室和阿离合懑两人化装成平民，暗中监视，如再有人探听图玉奴，便说她住在寥晦城，可实言相告之！"

国相撒改得到阿骨打的密报，当即将阿离合懑和娄室找来，转告阿骨打的吩咐，并悄声嘱咐他俩，如此这般，这般如此，两人受计而去。

再说王彪，睡到日上三竿才起来，洗完脸，肚子咕噜，咕噜直叫唤，便到店房附近饭店去吃饭。他走进屋见有两名女真人在喝酒，便坐在旁边桌子上，要了酒菜自斟自饮起来。

"我说，你可多带点穿的，涞流水可凉啊！"

"带啦，还带着狗皮哪，万一鱼打多了，夜间露宿于涞流水，没有狗皮咋行？"

王彪听两位喝酒的唠去涞流水，便放下酒杯，站起身来，走到两位喝酒的跟前施礼说："恭请二位，听说二位去涞流水不知何时起身？小人搭伴同行好吗？"

两个喝酒的一听，乐呵呵地说："情愿陪伴同行！"

王彪说："多谢了！"

就在王彪表示谢意的时候，两个喝酒的其中一个人，已将王彪酒菜端过来，放在桌子上说："咱们共同饮吧！"

王彪也不客气，真坐在二人这张桌子上，共同饮起酒。王彪问道："此处离涞流水多远？"

"五十里到涞流水边儿！"

王彪又问道："听说阿骨打沿涞流水，建城寨，练兵马，能随便让人行走吗？"

"哈哈，哈哈……"两位喝酒的哈哈大笑，说，"听都没听说过，不知汝从哪听来的？"

王彪一听，一愣神儿，惊疑地说："怎么？闹了半天，没那宗事呀？"

"我们只知道，我女真连年歉收，生活困苦，阿骨打将妻妾全领到涞流右岸安居，让他们跟民众一样，垦荒耕种，弄得妻妾大人小孩哭哭啼啼，反说疑兵对辽！谁管他呢，咱今日吃饱饭不饿就行了！"

"喂！老兄，你问这干什么？"

王彪一听，赶忙接过说："因我寻找亲人，故而询问也！"

会说不如会听的，你道这俩喝酒的是谁，原来就是阿离合懑和娄室。他俩奉国相撒改传授的阿骨打之计在此等候。王彪错认为他们是捕鱼民众，失言训练兵马，汝可知，这是非常机密的，谈出此言，断定他是奸细。如果王彪不提这个，只探听阿骨打、图玉奴，则认为他是来访图玉奴。他说阿骨打建城寨、训兵马则当别论。当时娄室和阿离合懑互递个眼色，意思是没出阿骨打所料，此人是双料货，既是来寻图玉奴，又是来侦察涞流水的。这样，他俩另眼相待了。

阿离合懑接过说："不知汝亲属是谁？能对我言吗？"

王彪说："实不相瞒，我来找女儿图玉奴也！"

阿离合懑和娄室假装惊讶，慌忙而立施礼说："老丈恕罪，原来是少主岳父，失敬！失敬！"

王彪一听，心里一愣，问这么多人，都摇头不知，他俩咋知焉？就反问说："汝二公咋识我女也。"

娄室接过说："我俩经常在涞流捕鱼，有一天，亲眼所见一女跳水自尽，一打听方知叫图玉奴，是南宋人，随阿骨打来的，受不了涞流的罪儿，才要寻短见的！"

阿离合懑忙制止说："胡说什么？"转脸对王彪说，"我弟醉话，不足为信，喝酒。"

娄室说："你才醉了，我说的是实话，就是不告诉别人！"

王彪说："算了，我不想见啦，只求到涞流，见景如见女，知道她在此，也就如愿了！"

当天，王彪随娄室、阿离合懑向涞流走去。因为阿骨打已经安排了，让王彪由娄室与阿离懑陪去，他俩当然左右不离了。刚走至点将台，娄室就喊叫停，坐下就不走了。

王彪用眼睛东瞧瞧，西望望，问道："这是啥地方？"

阿离合懑说："这地方叫点将台，是女真祖上留下的，年年月月在这训练兵马。可如今，咳！部落大了，兵马却少，将这荒废了！"

王彪惊问道："阿骨打没多少兵马啊！"

娄室大舌头嘟嘟地说："别听他瞎嘞嘞，阿骨打兵马可多了，都在涞流，涞流……"他说着呼噜上啦。

王彪说："二位失陪，我先走了！"

阿离合懑说："就顺这条甬道简直往前走……"

第一百三十七章　侦探小城子

　　王彪顺着一条甬道向涞流水走着，心里翻滚着浪花，暗想，图玉奴这是自作自受，对你怎么好都不行，却相中上野人了，跟着活遭罪！王彪口是这样说，他心里也有点难受。虽说图玉奴不是自己亲生骨肉，可从小就跟图如飞到他家来，他始终当自己亲生女儿看待，可以说是娇生惯养长了这么大，但有时，对图玉奴也感到内疚，因图玉奴父母就是他害死的。但，这话始终在牙口缝里没露，他敢露吗？正由于这个，对图玉奴更加让三分点儿，他始终以为图玉奴不知此事，因为图玉奴当时尚小。可王彪也没想到图玉奴能私自跟鞑子①跑了。

　　图如飞在家又哭又号，逼得他无奈才出来寻找，他已经出来好几年了，连丁点捕头都没有，没想到终于找到了，他说不去看，那是牙外话，出来干啥？就是要将图玉奴领回去，杀死勾引女儿的鞑子，方解他心头之恨。所以当他知道去涞流之路，就得甩开阿离合懑和娄室。

　　阿离合懑见王彪走了，他赶忙对娄室说："汝快骑马飞报少主，我在后边尾随监视。"

　　娄室才到小城子牵匹马，顺着荒道，骑马飞奔寥晦城。

　　回头还说王彪，他顺着甬道往前走，哪来的甬道？是踩出来的。因阿骨打在修建寥晦城时，日日夜夜都运料，就将荒芜之地，踩出甬道了。王彪人地生疏，他不知道是人踩出来的甬道。可王彪心里画着魂儿，路上肃肃静静，道可挺光溜啊，东瞧瞧，西望望，一片荒芜，看不着人家，心想，我可要多加小心，这是荒凉之地也！

　　王彪时刻小心地往前走，三十里地，热赤火燎的，一点风丝没有，走得他浑身是汗，才走到小城子。早晨他喝点酒，又走这么远的路，身上出好多汗，心里早就着火了，渴得他嗓子直冒烟儿。刚到小城边儿，

---

　　① 鞑子：南方人对北方人的称呼。

见树下一个挑水的，在那乘凉，便慌忙走过去，施礼说："借光！喝点水行吗？"

挑水的忙接过说："行，出门的勾当，喝吧！"

王彪也真渴急了，用两手举起木筲，咕咚咕咚喝了一气儿，停下喘口气儿，接着又喝，将一筲水全喝了！

挑水的人，脸带笑地说："客商真渴了！"

王彪不好意思地笑笑说："太对不起了，一筲水全让我喝了！"

挑水的说："没关系。"接着将另一筲水往这里倒一半，挑着走了。

王彪凉快一会儿，就走进小城子，又举目一看，小城子盖的房子，全是五间正房，两边厢房的院落，还都是一头大开门。他倒吸口凉气，暗想，这哪是住家的，院落冷清清的，是女真的兵房啊！王彪就走进一院，两眼直劲撒目，口里却喊着："有人吗？路过的，想找点水喝！"没有答应。王彪从日头影儿才发现，女真盖的房子全是东向，南北厢房全是马厩，就大胆地向正房奔去，见房门没锁，他开门就进去了。举目一瞧，房门这屋东西是两个大锅台，做饭的屋子，他扒门向里屋一看，东西两趟火炕，炕上边全铺的是狗皮，脚底下摆着整整齐齐的麻布被子。王彪口里数着一、二、三……一炕是三十个行李卷儿，两炕是六十。王彪心想，定然是屯兵之地。可这兵马到哪去了？他走出院子，顺序一数，像这样的院落，正好十座。王彪又向南折去，见中间这些院落，全是五间土草房，没有厢房，房苫头上没烟囱，门均上锁。王彪心想，不用看，这准是仓房，一数也是十座。他又折向后趟街，又发现，后边全是三间正房，两间厢房。正房住人，厢房打铁，院内均堆着镔铁。因为正是响午，打铁的全歇息去了，可炉子的火还丝丝拉拉地往外冒烟哪。王彪一数，也是十个院落。他没看到一户居民。王彪看在眼里，记在心上，从南头出来，到一棵树下荫凉的地方，他从怀里掏出一张毛头纸和一支描眉笔，在纸上将小城子画下来，又揣在怀里。他突然发现无数马蹄踩出的一趟道来，坑坑洼洼的，就顺着马蹄印儿，向北寻去。

王彪往北走呀走，走出二里来远，是道丘陵，从东向西弯弯曲曲，好似人工修的一道墙。当他登上丘陵，才发现丘陵北面，是一望无际的草原，见马群将草原中间，踩出一条马道来，直向北延伸下去。王彪站在丘陵上，心中暗想，我来找女儿图玉奴，要是只将女儿领走回宋，也可以，岂不拖累为我担保的同乡？再者令萧兀纳骂我汉人不守信用，受人之托，得办忠人之事。何况我是响当当的绿林汉子，绝不能办不忠之事！王彪毫不迟疑地，顺着马蹄印儿，向北寻去。

王彪从小城子往北，走出去有二十里的光景又见一丘陵，他走上丘岭一看，暗吃一惊，女真之地，真宝地也。天然一块练兵场地，周围五里许，丘陵像围墙一般，围绕这方圆五里之地，丘陵上全是树木。他脚下这丘陵全是开合木，也就是金银柳，结子如花，甚是美观。西面是桦树，酱紫色的斑纹，离远看着，如同豆瓣。北面是柞树，全是叶大如团扇，是白柞树种。东面是楸子和杨木两种树。

王彪见树暗自惊讶，这树全是女真人栽植的，不然丘陵上的树不能分得这么清！是了，柞树皮可织渔网，楸树其木可制箭杆，杨木其皮温软可垫马镫，还可包弓靶。全是对制造军械有用之树也！

王彪举目细看，练兵场上，军马咴咴，女真之兵顶盔贯甲，精神抖擞，分十个方队，一队五十军马。他才明白，小城子里的院落，每个院落为一个队也。他坐在树下，又将小城子练兵场画下来了，哪块是箭靶，哪块是点兵台和周围的丘陵、树木全画下来，揣在怀里。忽见一匹快马从练兵场向他飞驰而来，吓得他赶忙跑下岭钻进草棵里。就见这马从丘陵下来，飞驰而去。他躲过这匹马，才向原路走去，回到小城子，按甬道又往西而行。走出不远，才听见哗哗流水声，他按照水声寻去，登上堤岸一瞧，白汪汪一道河水，从东南延向西北。王彪才知道这涞流水从点将台那边过来的，不过点将台和小城子离岸稍远，听不到水声罢了。认准方向按甬道西行不远见一村寨，星星散散的有些房屋，用他眼光来看，村不像村，寨不像寨，星儿迸儿①有几户人家罢了。

王彪不知道，这是布达寨，是阿骨打第三房妻子兰娃居住的寨子。寨子里除兰娃居住外，还有小城子带兵的将领妻室儿女也住在这儿，反正民众一户没有。但王彪不知道啊，便选一户院落宽大的，前去借宿，借的正道，正是阿骨打妻室兰娃的宅子。便上前去唤门。管事的出来问道："谁呀？"

王彪说："我乃行路之人，眼看天色将晚，想在贵府借宿一宵，明日清晨便走。"

管事的说："行，出门的勾当，谁还能背房子走路吗，请！"

你道，兰娃和管事的早接到阿骨打的吩咐，授计于他们，知道王彪非赶到这住宿，所以才满口应诺。

---

① 星儿迸儿：东北方言，零星。

当时将王彪让进早已布置好的南厢房东头这间屋子。王彪走进一看，屋内有面北炕，炕上铺着鹿皮，炕当中有个长条小木桌子，木见本色，擦得锃亮，上边扣着两个粗瓷碗儿，看着麻麻癞癞的，也很干净。王彪刚进屋不一会儿，女奴便端来洗脸水。王彪心想，女真人也很讲究啊！洗完脸便问管事的说："请问员外，这叫什么村呀？"

管事的心里好笑，圆外？叫我圆内得了，便回答说："布达寨！"

王彪又问："汝等以何为生计？"

"打猎捕鱼，耕种点田为生。"

王彪突然将话题一转，说："小城子练兵，就是阿骨打训练的兵马吗？"

管事的说："正是，你认识阿骨打？"

王彪将眼珠转了几下，心想，我得唬他点，能另眼相待，便说："认识，我之婿也！还能不认识？"

王彪语音未落，管事的早给他跪下了，磕头说："恕小人有眼不识金镶玉，原来是少主阿骨打岳父大人，失敬！失敬！请大人恕罪！"

王彪哈哈大笑说："不知者不怪也，快快起来说话！"立刻神气起来。

管事的起来，假作惊疑地说："大人为何在安出虎，不向国王说，让他们派人护送！"

王彪说："麻麻烦烦的，自己清闲惯了。再说，此地我未来过，走走看看随便的多。"

管事的说："原来如此。用不用给阿骨打送信，来接你！"

"不用，不用！"王彪摆手说，"离阿骨打住的地方还有多少路程？"

"还得有百三十里路。"

"他住在什么地方？"

"寥晦城。"管事的回答着反问一句，"你女儿叫何名字？"

"图玉奴！"

"正是，她和阿骨打住在寥晦城，是少主在宋朝领回来的。"

"你怎么知道？"

管事的说："有一次他听说我要去南方换东西，让我给他爹妈捎信儿，才知道的。"

"你给她捎了吗？"

"后来听说我不到那块去，离那还老远，就拉倒了。不过，她流下不少泪水。看样儿，你女儿可想家啦！"

　　两人唠着磕儿，不一会儿，女奴端上酒菜，放在桌子上，全是鱼肉。王彪可真饿了，他见全用木碗木盆装的，酒也是用木碗装，没有筷子。他见管事的用手，他才明白，也用手撕扯着吃，饿了吃啥都香，一碗酒几口就喝进去了。女奴又给他端一碗来。他狼吞虎咽地喝着，吃着，不住地说："真香！真香！"

　　还没等他吃完，冷丁两眼一瞪说："好啊！汝竟敢用蒙汗药……"下话没说出来，咕咚一声栽倒在炕上，人事不醒了！

第一百三十八章　小兀术制伏王彪

涞流水哗哗不停地响，一辆铁轱辘车嘎啦啦向前走着，与涞流水相谐知，震撼着荒芜的草原，草儿唰唰地响。

王彪清醒过来，才发现他已被四马倒攒蹄捆绑在铁车上，他霍地坐起来，身后哗啦一声，才知道他已被用锁链子锁在车上，又见是两个十来岁的小孩赶车押着，并无兵丁护送，便大声问道："你们两个娃子为啥将我捆绑上了，啊？"王彪心里明白，寻思先用话唬唬两个孩子。哪知，两个孩子其中一个也将眼珠子一瞪说："怎么，不好受吗？委屈点吧！"

王彪又问："你是谁家的娃娃？"

"谁是娃娃？"小孩将眼睛一立愣说，"我乃阿骨打少主之四子，金兀术是也！奉七额娘图玉奴之命，前来捉拿你！"

王彪一听，心里打个战："啊！是她！绝对不能，她哪能将我绑上？再说，相隔一百多里路，她怎么会知道我来？"便大喝一声说，"大胆的娃子，竟敢说谎！图玉奴是我之女儿，岂能让汝等捆绑于我！快将我放了，好去见我女儿图玉奴！"

金兀术说："这不把正在你送去见嘛，你还叫喊什么？"

王彪心里感到有些凉了，后悔昨天晚上太粗心大意了，不该借宿，更不该说图玉奴是自己的女儿。这他想错了，他不借宿，阿骨打有不借宿拿他的办法，他已成落网的鱼。因为阿骨打接连接到报告，证明王彪是来侦探军情的。不用说，准是为辽来当探子的。至于王彪因啥为辽朝当探子，这还是个谜。可他断定，不是来看望图玉奴的。使阿骨打心疑的是王彪夜间暗中寻找图玉奴是没安好心，按他推断，王彪既是为辽来做探子，又是来行刺图玉奴，没打听到图玉奴，就按院寻找。当阿骨打令人告诉他之后，他没有去国王府说来看望图玉奴，而仍是悄悄地来寻，阿骨打才让人在小城子暴露他刺探军情的真相，特意让他看，暗中令人监视。尤其是见他画图，有证据了，更不能冤枉他。所以小城子训练兵马场才有人骑着快马飞驰而出，是给阿骨打送信，言说王彪将训练场画在纸上。有了实足的证据，阿骨打才走进妻室的屋里，笑呵呵地对图玉奴说："恭喜夫人，贺喜夫人！"

图玉奴不以为然，抿嘴一笑说："没话逗话，平白无故，给我贺的什么喜？"

阿骨打说："汝父王彪来了，岂不是喜！"

图玉奴一听，霎时变颜变色地说："真的！"

阿骨打说："我多咱和汝说过谎言！"

图玉奴说："果然来了！"

"果然来了！"

图玉奴听后，随手摘下宝剑，咔嗒一声，拔出银光闪闪的宝剑，咬着牙儿，转身朝外就走，被阿骨打一把拽住，说："汝干啥去？"

图玉奴银牙咬得咯咯响，怒气冲冲地说："我去杀死此贼，替我父报仇！"

阿骨打吃惊地问道："王彪是汝养父，怎么成了你的仇人啦？"

图玉奴说："撒开我，待我杀他后，再对你说！"

阿骨打说："王彪还没到这，在路上哪。"

图玉奴惊疑地问："你怎么知道？"

阿骨打才将王彪在安出虎水打听图玉奴，夜间寻图玉奴和刺探军情，暗察小城子这事，从头至尾详细诉说一遍。图玉奴眼泪滚滚地说："这是我父在天之灵，迷使此贼前来送死！"

阿骨打说："到底是咋回事儿？快对我说来。"

图玉奴说："你忘了，我将你从飞虎岭救出后，逃至在蒲了陉界，躲过王彪追赶。我没对你说，我父是宋朝都御使，三岁那年带我赴任，被王彪等人害死在江中，我被渔夫所救，被图如飞买去为女，起名为图玉奴，她后来和王彪成婚。我长大后，才听救我那位渔夫偷着告诉我，杀害我父母者，就是王彪。我正想报仇，还没等下手，见汝被害后，金光罩峰，小金龙显身，才将你救出来，想你以后成为圣主，那时捉拿王彪报杀父母仇。不想，此贼自己送上门来，真是一喜！"

阿骨打说："所以我前来与汝贺喜也！"

图玉奴将宝剑放入鞘骨，对阿骨打说："你可要想个好计策，将王彪捉住，别让他跑了！"

"王彪能否逃跑，在于你不在于我！"

"此话咋讲？"

阿骨打说："汝从图如飞那带来的蒙汗药始终没用，他们曾用此药蒙过我，今日用他的药自蒙其身，迷蒙中将他捆绑结实，让他插翅难飞，省去好多麻烦，岂不是好！"

图玉奴两手一拍，说："汝要不提，我还忘了。可你用什么办法让他喝下蒙汗药呢？你能说：'你喝吧，这是蒙汗药？'"

阿骨打说："我已想好两个办法：一是估摸着王彪非在达寨借宿，要借宿就得奔兰娃院子去，因院较大宽敞，房屋又多，让管事的陪他喝酒，在喝第二碗酒时放上蒙汗药，迷过去捆绑之；如不借宿，露天就宿，则让阿离合懑陪他喝，喝酒时暗放之，因他已陪他喝过酒，不能防备，你看如何？"

图玉奴一听，心中大喜，称赞阿骨打好计，并要求亲自去结果王彪性命。阿骨打才劝她，已入笼的鸟儿，你忙的什么，弄到寥晦城暂还不杀他，将来我还有用。不仅图玉奴不去，连个兵都不用，只让金兀术和娄室之子活女前去用车子押来也就是了。

图玉奴担心地说："那咋行，万一有个一差二错，咋办？"

阿骨打说："放心吧，后边还有阿离合懑和娄室保镖哪，吩咐他俩后面尾随，不出事不露面，就让两个孩儿将他拉来，让他瞧我女真的胆量！"

王彪做梦也不知道，他早已落入阿骨打之网了。当他听金兀术说拉他去见图玉奴，心内一颤，才翻过个来，如梦方醒，明白啦。记得他昨天晚上喝酒时，当他喝出有蒙汗药味儿时，已晚了，忽悠一下子过去了。可他记得，这蒙汗药味儿，跟他配制的蒙汗药味儿一样，阿骨打不能有这药，准是图玉奴从必宿栈领阿骨打逃跑时带来的。王彪心里马上又一惊，暗想，这么说，图玉奴一定知道我杀害她父母了？哎呀，图如飞说过，是个打鱼的救的图玉奴，她花钱买下，怪自己疏忽，不将打鱼的杀死，准是打鱼的告诉她的！

王彪在车上，心里辗转，自己安慰自己，后悔药是没用的，当前唯一的是想什么办法能逃出去。他想到逃出去就琢磨开金兀术这两个孩子啦。他心里犯了疑惑，图玉奴用蒙汗药将我蒙过去，捆绑拿住，为啥不派军兵押送我，却让两个十来岁的娃子押送我？阿骨打又在玩弄什么把戏？想到这儿，王彪抬起头来，前后左右他都望了又望，路上连个人影都见不着，忽心生一计，便对金兀术说："娃子，快让车站下，我要拉屎!"

金兀术将眼睛一瞪,说:"拉什么屎,憋着,见着你女儿再拉,道上你还能拉出好屎?"

王彪又哀求说:"金兀术啊,你不让我拉屎,拉到裤兜子里是小事,你们两个娃子不得和我臭一道吗?"

"让他拉吗?不让,拉裤子里,多臭人,能受得了吗?"

赶车的活女这一说,王彪真是又惊又喜,原来赶车的是个姑娘,装扮成男的,这就更好了,是神佛在保佑我,劫难中能适凶化吉,遇难呈祥。就听金兀术说:"下去拉吧!"说着和活女将王彪抬放地下。

王彪说:"谢谢,谢谢你们两位好心的少爷!"

金兀术将王彪弄到地上,王彪说:"你得将我手解开,不然咋拉啊?"

金兀术一想,可也是,可他又一想,要解开他的手,这手和脚在一起绑着哪,解开他跑了咋办?

"少爷快点呀,我憋不住啦!"

金兀术眼睛一转,来道道儿了,他先将王彪身上的锁链子拴在车上,随后拴王彪左胳膊左腿,倒出来的绳子拴在王彪脚脖子,然后这头绑在车轱辘上。

"少爷,快点呀,眼看拉裤子里啦!"

别看金兀术年岁小,可有个稳当劲儿,任凭王彪喊叫,不着急不着慌地绑着。绑好后又去解王彪的右胳膊右腿。刚松开,还没等去绑王彪的右腿,王彪忽地将身向起一跃,嗖地一拳向金兀术打去。

金兀术听到掌风,就地一滚,随即向上一跃,直取王彪"点穴二指",真是身手捷迅,王彪立刻全身瘫软在地。金兀术才重新将王彪手脚分开捆绑好,用铁锁链子拴在车上,笑嘻嘻地问王彪说:"还拉不拉屎啦?"

王彪瞪着两只眼睛,望着金兀术,惊吓得心中转念:"啊!这么点的娃娃都会三十六路大擒拿中的"金龙探爪"?好厉害啊!"王彪再也不敢轻视娃娃了,方知女真人是不好惹的,连娃娃都有身硬功!乖乖地、老老实实地驯服而去。

第一百三十九章　送鱼还尸

辽朝兴军节度使，太傅萧兀纳，连派两名探子，都一去影无踪，音讯皆无，是咋回事儿？不免心中着急。暗想，咋办？还得选名英雄之士，再去侦探！

辽朝天祚帝每天迷恋女色，不理朝政，朝中大事小情均由萧兀纳主宰。萧兀纳对天祚帝留阿悚，甚是反感，可是天祚帝非留不可。萧兀纳心中闷闷不乐。现在江河已封上啦，过涞流水如同平地，趁这机会再去侦探，一方面探阿骨打养兵军情，另一方面探于得水、王彪为啥一去不返，是死了，还是被阿骨打捉住不放？正在萧兀纳要再物色一个武艺高强的人，再去探涞流水的时候，忽报阿骨打派人给他送来两条牛鱼！

萧兀纳好奇地出去看看牛鱼啥样？他信步走到前院一看，这牛鱼一丈多长，重百十多斤，其形似牛，长着双角，身上还长着草毛。萧兀纳令人将两头牛鱼放在暖屋融化后，剥其皮割其肉分送给皇宫和文武大官们品尝。

单说这天，突然慌慌张张闯进一人，向萧兀纳禀报说："禀太傅！两条牛鱼，每条鱼肚子里，均装着个死人！"

萧兀纳一听，吃惊地说："啊？鱼肚子里装着死人！待我看来。"萧兀纳惊慌地来到剥鱼屋子里一看，两条牛鱼剖膛后，长拖拖地放在地上，鱼肚子里躺着两具死尸。萧兀纳惊疑地走至近前一看，惊得他哎呀一声，咕咚地摔倒在地下。你道为啥？原来萧兀纳走到近前一看，两具死尸，一具是矮个子水上漂于得水，一具是王彪。萧兀纳见这两具死尸，昏倒在地。人们呼叫，半天才苏醒过来。

萧兀纳苏醒过来之后，才吩咐说："快将两具尸体抬出来，检查尸体还有其他物件未有？"人们七手八脚地将尸体从鱼腹里抬下来，将两具尸体一搜，从王彪身上搜出一个鱼皮包儿，递给萧兀纳。

萧兀纳接过鱼皮包儿，小心地将鱼皮包儿打开一看，里边是封书信。

萧兀纳看后，"哎呀，气死我也！"咕咚又倒在地上了。

于得水、王彪为何跑到鱼肚子里啦，还得从王彪说起。

王彪被金兀术制伏之后，再也不敢有欺负两个娃娃想要逃跑的打算了。他心里明白啦，金兀术别看年龄小，是神童。金兀术的金龙探爪将他吓住了，心想，女真真有奇人，这金龙探爪没有奇人教练，这么点个娃娃怎么能会呢？就冲这一招，王彪就服了。但他还有侥幸的心理，认为图玉奴能不看抚养之恩吗？说不定将他放了或者跟他回去也未可知。

王彪被押到矩古贝勒寨，没让他到寥晦城去，图玉奴连个面儿都没照，就将他押到矩古贝勒寨。这是阿骨打和图玉奴临时决定的，因寥晦城押着于得水，不能将他俩押在一起，故令兵士在矩古贝勒寨南沟挖一十几丈深的土坑，里边扔些草，就是牢啦。王彪来了后，早有人候等，将他双手和双脚均砸上牢固的铁链子，往深坑里一扔，让他吃喝拉撒均在这里。王彪在土牢里才发现，他怀里画的图不见了，他带的金银仍在怀里，认为女真人不贪财，使他暗暗佩服。后来他将这金银就扔在这牢坑里，不知过了多少年，当地人才挖掘出来，从而管这条沟叫老钱柜，直到现在双城市花园那地方仍称之。此是后话不提。

王彪在土牢里天天盼能见到图玉奴，天天没有消息。直到天寒地冻的时候，有一天，王彪从土牢里，被提了上来。他已滚成屎人一般，变得人不人，鬼不鬼，冷不丁见着能吓死人，身上的臭味顶风能臭出去十里！

提他的兵士，一个个手捂着鼻子，一手用刀将他身上穿的衣服挑开，扒个浑身光，才给他套上早为他缝制好的皮衣裳，冻得他直劲打牙帮，才对他说："你不是要见图玉奴吗？走吧！"

王彪被带到矩占贝勒寨，走进屋见阿骨打和图玉奴并排坐在凳子上，前面有木桌，就赶忙招呼说："玉奴啊，可将我想坏了！"

"啪！"图玉奴将桌子一拍，大喝一声说，"汝是杀死我父母的贼子，恨不能吃汝肉喝汝血，你还喊什么玉奴！"

王彪腿一软，跪在地下，将头一低，无言可答。

阿骨打说："汝为何要为辽前来侦探，还不从实说来！"

王彪才将他出外寻找图玉奴，寻到辽时，盘缠花光，经同乡担保，卖身为萧兀纳当保镖，萧兀纳又让他到涞流侦探，打算探听图玉奴下落，欲杀阿骨打，领图玉奴回家，叙述一遍。阿骨打才明白，王彪要暗害他，而不是害图玉奴。

阿骨打笑呵呵地说："虽然你害死图玉奴之父母，但汝又养图玉奴一回，给你个全尸。你从辽来的，还将汝送回辽去，让萧兀纳知道汝二人下落！"

阿骨打说到这儿，喊声："来呀，将于得水带进来！"

兵士将于得水带进来后，阿骨打说："汝叫于得水，这回叫汝于得鱼，让汝二人均死鱼腹里，随鱼回辽，向萧兀纳交差去吧！"

阿骨打又喊："金兀术！"金兀术应声走进屋来，阿骨打说，"由汝处决这两名探子！"

金兀术说："谨遵父命！"说着将身就地一跃，使用金龙探爪点穴二指之术，两名探子立时瘫在地，兵士们过来七手八脚，将两个犯人手脚上的锁链子砸巴下来，阿骨打将个鱼皮包儿揣在王彪怀里，才令兵士抬到外边，放在早准备好的两条牛鱼的腹里，然后用细渔线缝合上，经过一冻，活活将王彪和于得水憋死在里边。等鱼冻实成后，才令兵士用两辆车护送到辽朝去送给萧兀纳，言说女真捕获两条大牛鱼，送给朝廷品尝。萧兀纳信以为真，没想到里边装两探子死尸给他送回来了。

萧兀纳第二次昏倒，任凭人们呼叫，他也不醒了，闹了半天，他追赶于得水、王彪去了！

人们见萧兀纳死了，手里还拿一封信儿，就从他手里拿下来一看，只见上面写着：

> 涞流寥晦城，迷魂无穷尽，
> 两名神探子，水中显神通。
> 钻进鱼肚腹，回禀萧太傅。
> 女真金源地，草木皆是兵！
> 　　　　于得水，王彪禀！

人们见萧兀纳死了，惊吓地说："是让字条儿吓死的！"哪敢怠慢，赶忙禀奏皇上天祚。

天祚皇帝闻奏后，眼中流泪，说："我的太傅啊，你咋扔下朕走了，朕还仰仗你执掌朝政哪！"当天祚帝听说萧兀纳是被牛鱼腹中两具尸体和字条儿吓死的，便乘辇去太傅府御驾亲视，见两条大牛鱼，大得吓人，又扫视一下两具尸体，天祚帝问道，"两具尸体身上可有伤痕？"

"回禀万岁，身上无有伤痕！"

天祚帝说："这么说这两人是均被牛鱼吞在腹中而死！"

"正是！"

下边人嘴没说心里话儿，多一事不如少一事，皇上说啥是啥罢，就顺口答言而禀，骗哄皇上。

天祚帝又问："听说有个字条儿，呈给朕看看！"

下边人将字条儿呈上去，天祚帝接过一看，见上面写着："涞流寥晦城，迷魂无穷尽，两名神探子，水中显神通。钻进鱼肚腹，回禀萧太傅。女真金源地，草木皆是兵！"

天祚帝看罢，冷笑说："咋样，不出朕之所料也！'涞流寥晦城，迷魂法无穷'是说无有此城，虚假之象，迷人之魂也！'两名神探子，水中显神通'是说，萧太傅派去的两名探子，见是虚假后，没啥可探，被涞流水里的鱼儿迷住了，下水去捕鱼，大显其能也！没想到被这牛鱼吞进肚腹里，他俩将鱼肠鱼肚均吃光了，才写这封信，临死还没忘禀报实情。'女真金源地，草木皆是兵'是说，不仅涞流水无兵，就连女真安出虎，除了草木外也没有兵！哎！萧太傅死得不值个儿。这事着啥急，朕不会责备你的，羞臊死了！均厚葬之！"

下边齐刷刷跪在地上，磕头说："圣上英明，洞察事物神仙莫及也！"

正在大伙儿给皇上下跪奉承天祚帝的时候，忽听萧兀纳哎呀一声："皇上啊！"

不知道谁喊了一声："哎呀！不好，萧太傅诈尸了！"

他这一喊不要紧，人们忽地一下子就往外跑，天祚帝也顾不得坐龙辇了，比谁跑得都欢，跑回宫去了。

后来听说萧兀纳没有诈尸，缓过来了，才敢召见萧兀纳。又经萧兀纳反复奏禀，天祚帝才下旨，让统军萧挞不留驻宁江州防守，再去侦探！

第一百四十章　雪迹追踪

辽朝皇上让统军萧挞不留领兵去宁江州防守女真，哪敢怠慢？进驻宁江州后，立派探子官徐连生到涞流水去侦探。

徐连生是汉人，人称“机灵鬼”，善能见机行事，还会说女真语、塔塔尔语，契丹语就更不用说了，可说是精通，而且武艺出众。他还养一只金钱豹，这只金钱豹被他驯服得可追捕獐、狍、猪、鹿，还可骑着各处游逛，可说驯服得服服帖帖。这次让他去涞流水侦探，他心中暗想，听说阿骨打诡计多端，我可不能粗心大意。再说，涞流水一定把守甚严，萧兀纳连派两人都被阿骨打捉住，说明防备严谨。他琢磨好久，决定骑豹前去，扮作神仙模样，让女真人见而生畏，心中不敢多疑，如若触犯我，驱豹而伤之。主意拿定后，他制作一套老道服饰，身背一个大葫芦，暗带宝剑，骑着金钱豹，公鸡叫鸣时，便悄悄地出发了。

北国大地，已披上银装，白雪皑皑，已成雪的世界。借着月光，真是天连雪，雪连天，白茫茫一望无际，路上行人绝迹，寒风刺骨，屁股热火，身上冷如冰。徐连生骑在金钱豹上，长叹一声，咳！为人不当差，当差不自在。风里也得行，寒天也得去。人家搂媳妇，我在受寒风！金钱豹好像也在生气，它呼哧呼哧地喷着白气，头上身上挂满了霜，不愿意的架势，慢慢腾腾地走着。等到小鬼龇牙的时候，金钱豹才放开脚步向涞流颠颠来了。

徐连生骑着金钱豹来到涞流水的时候，太阳才出半竿子来高，涞流水静悄悄的，冰雪上只有狐、兔、獾、鼯啃的爪印儿，横一趟竖一道，好像在雪上点缀的花纹，别无其他足迹。当他骑豹登上左岸时，才瞧见右岸烟雾弥漫，在离地丈余翻滚，就像烟火神给涞流右岸散下的烟云一般，翻滚着从东南方一直延向西北方，连成一片烟雾，慢慢地轻飘飘地向东移去。

徐连生勒豹站在涞流水左岸，眼望右岸的烟雾，惊讶地想：“怪不得离老远见不着这烟雾，天气冷烟拔不起来呀！从这烟雾看，烟火还不小咧。女真从来都是春夏随水草，秋冬藏山崖！现在冬天涞流水岸畔这么多烟火，肯定是练兵之地。待我趁烟雾之机进去侦看！"他骑着金钱豹晃晃悠悠地过了涞流水，奔寥晦城而去。阿骨打刚吃过早饭，忽然有人进来禀报说："禀少主！板子房那几户人家，打发人来报告，言说早晨发现有个老道骑着金钱豹可吓人啦，奔东南方向而去，特来禀报！"

阿骨打一听，惊疑地霍地站起来传令说："传我命令速吹警撒拉①，给我备马，待我亲自前去察看！"

因为阿骨打经常去辽参加春捺钵，只有辽契丹人驯豹狩猎，这冬天死冷地出现老道骑豹，什么老道，分明是辽朝又派来侦探的奸细，待我一观便知。他才下令吹起警哨，给他备马的命令。阿骨打带着士兵骑奔板子房去了。

这时沿涞流水右岸，吹响了一长"嘟"的撒拉声。撒拉就是牛角做的，因为牛角口是斜的，人们得歪歪嘴儿吹，才能吹响，因此称它为"撒拉"。当时阿骨打规定，吹这么一长声撒拉，是敌人的侦探钻进来啦，提防捉拿！而且一吹，城堡、寨子、训练场地全吹响，所有捉拿探子奸细的人员，听到这个信号后，均出来寻访缉捕，使探子无有容身之地。这是阿骨打布下的天罗地网。

还说阿骨打带着人来至板子房一瞧，见雪地踩出一溜豹的爪印，顺着豹爪印向西寻去，果是从涞流水西岸过来的，向前察看一段路程，证明豹爪印是从宁江州来的。阿骨打心中暗想，从宁江州而来，证明宁江州准是有了防备，才派来侦探。阿骨打急忙回来，从板子房顺着豹的足迹，向东南方面追寻而去。

再说辽探子徐连生骑着豹行至寥晦东侧的时候，见草原中间，踩出一条马道，从西向东又向北折，心想，南是涞流，向北而去，说明练军场是在北面。他骑着豹顺着马道走着，两只眼睛在草原上扫视，只见白茫茫的草原上，一座座草垛，像房屋一般，上边均用草苫上了，从白雪缝隙中露出绿莹莹的羊草，心里暗自惊讶，女真人备这么多羊草，明显是为战争而用，不怪辽朝官员私下议论，阿骨打野心勃勃，早晚不等，非吞辽不可！果真如此，可说阿骨打雄心不小！徐连生忽然又想起辽朝谣传，司天孔志合早已发现安出虎上空五彩祥云缭绕，必出异人，近又

---

① 撒拉：东北发言，牛角哨子。

移至涞流水畔，象征在阿骨打身上，此人不除，必有后患！可辽天祚帝被女色所迷，这些言语他听不进去。咳！人不能逆天，果真如此，像萧兀纳似的，枉费心机也！

徐连生顺着马道走出有二十多里，才见前面是拉拉岗，其形状像马鞍形似的，凸凹不平，最凸处有二丈多高，岗上是大小不一的榆树。当他骑豹登上岗时，见岗顶的榆树有花榆、刺榆两种。他心想，没想到女真也有好树，花榆纹细，可做几案器皿，而刺榆可做车轴，细的可是做枪杆的好材料。而岗下几里之遥，又出现一道二道岗子，从刚才这道岗子下来，就听二道岗子里边响起撒拉声，赶忙勒住豹，暗想此处吹撒拉，肯定是练兵场啦。他略一寻思，赶忙从金钱豹跳下来，脱下外边道服，露出里边女真服饰，将道服放在路上，又用手轻轻拍打三下金钱豹的脑门儿，那豹就驯服站在路上，龇着牙，眼望南方，为徐连生把道了。

徐连生才爽急麻流快地登上二道岗子，迅速地趴在一个坑凹之处，掩蔽住身子，光这个洒脱劲儿，也可看出是个侦探老手，富有经验。他趴在坑凹里，举目一望，二道岗子天然形成围七里许的一块盆地，里边正练着兵马，四周岗子上也都有树木。他脚下全是花巨柳，他惊讶地想，这花巨柳质坚硬可为箭杆也！见西、北两面均是白杨，也是做箭杆的材料。东面是榆树。他又用眼仔细观看练兵场，分十个方队，每队五十人，均在练习跑马射箭哪！他正在观看，猛听他的金钱豹吼叫一声，他知道有人来了，赶忙跳出凹地，来个就地十八滚，滚到岗下，返回头道岗子，方见正南方十里之外，有几匹骑马，像箭打一般，急驰而来。他赶忙拎起道服，骑上金钱豹，向东穿草原跑去。

徐连生跑出去有十几里路的时候，忽见从南边来了一匹马如飞一般，直向他扑来，前边有条猎犬，上边有两只海东青。他赶忙要驱豹躲开，已来不及了，而且犬已狂吠，他这才发现后边骑马的是个十一二岁的孩子，心想，这小孩可能带着犬、海东青出来捉捕兔子、狍子，如果自己骑豹迎头冲过去，不将他吓得掉下马，马也得向旁闪过去。何况自己的豹吼声吓人，龇牙吓人，自己又骑着它，他知咋回事儿？想好了，"啪啪"向豹屁股蛋就是两鞭子。豹已驯服，知道是让它往前冲，便张牙舞爪地迎着小孩跑去。一霎时，豹马快要相遇的时候，只见小孩嗖的一箭向徐连生射来。徐连生听见箭声，眼急得低头一躲，箭嗖地擦头而过。他想，这小孩是狠碴子，是奔我眼睛来的，不问我是谁就射，女真人可真够野的了！他刚要冲上去，没注意，那只犬离老远向他狂吠，当发现他骑着豹的时候，好像害怕似的，向一边跑去。哪知犬绕到后面，不声不响地扑过来，从豹后屁股上将徐连生一口拽下来，得亏他穿得厚，不然非咬掉他一块肉不可。徐连生从豹身上被狗拽下来，豹回头向狗扑去，狗灵敏地躲过。两只海东青从天空向下一扎，来啄金钱豹的眼睛，豹龇着牙齿，用爪一挠，差点将海东青挠住。猎犬又从豹的后边上来了。在这雪地上，两只海东青和一只猎犬与金钱豹战上了。

徐连生从地上爬起来，见小孩已从马上跳下来。徐连生愤怒地说："汝是谁家的孩子，为啥拦截我行路之人？"

小孩冷笑一声说："行路之人？好个行路之人！不走正道，跑这草原作甚来了？"

徐连生说："行猎之人，哪儿都可以去！"

小孩说："行猎？汝的弓箭、刀枪呢？不要蒙骗，汝乃是侦探我女真的奸细，今遇到我金兀术，逃不了啦！"小孩说着，扑过来就打。

说真的，徐连生还真没把金兀术放在眼里，经过几个回合之后，徐连生心内大吃一惊，就见金兀术身如龙，步如鸡，动如风，拳打一条线，有套硬功夫。他暗想，女真十来岁的孩子都如此厉害，不怪水上漂于得水、绿林好汉王彪落网。原来女真竟是能人，我可要多加小心！

就在这时候，忽听从四面传来喊声："活捉骑豹的辽朝奸细，别让他跑了！"徐连生惊愕得向四处一望，他已被包围，暗想，我已落网，插翅难飞。忽听，他的金钱豹嗷的一声，吓得他扭头一望，豹的左眼睛已被海东青啄瞎，鲜血直流，疼得直竖巴掌。疼在豹的眼睛上，痛在徐连生的心上，这只豹他花费多大心血才驯服到如此程度，他能不心疼吗？宁肯投降也要保护金钱豹别丧失在女真手下。

徐连生这一心疼不要紧，金兀术身手迅速敏捷地来个金龙探爪的点穴二指，徐连生便瘫软在地。

阿骨打带人跑至近前，缉拿住辽的探子徐连生！

正是：

> 雪地追踪豹露爪，
> 天罗地网实难逃。
> 涞流寥晦反侦战，
> 机智相斗美名传！

第一百四十一章　石狗儿遭擒

阿骨打令人将辽朝探子徐连生带进来，亲解其绑，并令他坐下，态度非常和善。徐连生心想，阿骨打为啥要亲手将绑绳解开了，这是何意，难道他不杀我吗？绝对不能不杀，先例在那摆着，萧兀纳派两名探子均被他害死，其死也没用刀，是装进牛鱼肚里憋死的，难道他也再将我装进牛鱼肚子里，将我送回宁江州？徐连生想到这的时候，他的脸色骤变，浑身打着寒战，暗想，我命休矣！

阿骨打好像看出徐连生的心事，便和蔼地对他说："汝不要害怕，我不会杀害你的，别看我将于得水、王彪杀死，送回辽去，他俩罪有应得，应该死！于得水是个色鬼，到女真来，还没等按旨行事，见着姑娘就走不动道了，而贪恋女色暴露了他是辽派来的探子，实属酒色之徒，对主不忠，受命在身不能尽职尽责，是可耻的小人，我最鄙之，故而丧其生！王彪是我之仇人，是他自来寻死，我去宋时，夜宿飞虎岭下他开的必宿栈，将我一行人用蒙汗药蒙过去，意欲图财害命，多亏其养女图玉奴将我救出脱险，方知图玉奴的父是宋朝御使，赴任时被王彪杀害，三岁的图玉奴被渔夫所救，卖给图玉奴养母，其养母后与王彪成婚，图玉奴长大后，听渔夫诉说，害其父母者王彪也，才救我后逃离虎口，我收她为妾，随我来至安出虎。可王彪此来，明为辽侦探，实来杀害我夫妇，似此杀人成性、恶贯满盈的人能留吗？故而杀尽之，为民除去一害！而汝与他俩不同，汝是英勇之士，豹被汝驯服如羊，听凭呼唤，而且有身好武艺。最令我可敬的是，虽是汉人，但食契丹之禄，思报效于契丹，不畏惧寒风凛冽，鸡叫而行，骑豹而入，机灵地换装侦探。汝徐连生在我眼中，是位可敬的英雄！"

阿骨打一番话语，说得徐连生心里惊讶，嘴没说心里话，难道阿骨打能掐会算？连我的名儿，我所作所为，他像亲眼所见一般，真乃奇异之人也！徐连生从心里对阿骨打肃然起敬。

阿骨打咋知道这么详细？原来阿骨打从板子房顺着金钱豹爪印追寻到寥晦城的时候，正好遇到他派往辽朝的探子回来了，向阿骨打禀报说："送鱼还尸，差点气死萧兀纳，而天祚帝乱解少主的词儿，传为笑柄，正在人们暗笑的时候，萧兀纳阳气回转，误为诈尸，吓跑天祚和众官。萧兀纳活过来后，经过多次向天祚解释反复奏本，天祚才派萧挞不留率领八百军兵前去宁江州防备。萧挞不留至宁江州后，立派他的探子徐连生去涞流水侦探。阿骨打派去的侦探人员暗中监视，见徐连生骑豹而来，他尾随其后，将详情向阿骨打一一报告，阿骨打他能不知道吗，再说，徐连生过涞流时还穿着老道服饰，现在穿女真服饰，老道服裹着葫芦还在他褡裢里哪，不亲眼见，也知他换服也。不过，徐连生在惊疑之中，一时蒙住，将此也作为阿骨打能掐会算也！

阿骨打接着又说："我故将汝缚绳解之，汝如能将实情相告我欢迎；不愿说，也由勇士自便，决定放汝回宁江州，这汝就放心了吧！"

阿骨打这些安心话儿，真说到徐连生肺腑中去了，动了他心啦，眼泪唰下子流下来了，慌忙跪在地下，给阿骨打磕头说："如蒙圣主不杀，真乃给予我再生，圣主就是我的再生父母。如有用小人之处，肝脑涂地在所不辞也！"

阿骨打就是要他这句话，这也是阿骨打一贯采取的攻心战，争取敌对人员之心，为己所用，其效要比自派之人侦探所取之事实胜之十倍焉！这是阿骨打后来得出的结论，暂且不提。

还说阿骨打急忙将徐连生扶起，说："只要汝相信我，我心足矣！"

徐连生说："早就听说圣主巡山灭盗，为民除害，断案如神。今日相见，圣主以仁待人，感恩戴德，永世莫忘！圣主，我乃辽统军探子徐连生也！名为探子，实为保镖，经常为统军保护运送货物，并未做过多少次名副其实的探子。要说做正式探子是今年去侦探叛逆之贼李宏，算是成功的。"

阿骨打说："不过，延禧下令将其剁下四肢示众各地，有些太过分了。"接着阿骨打问道，"萧挞不留共有多少兵马？"

徐连生说："声言说带两千兵马，实有八百兵马，他这八百兵马多数是些酒囊饭桶之辈，都不能打仗，可说是一攻就破。"

阿骨打又问道："南北两面大概有兵近百万人，可实底不清，不能妄言。但听说和鱼斡确有部分精锐之师，其他均是乌合之众！"

阿骨打和徐连生谈了好久，并款待了徐连生后，则放他回去。

徐连生再次跪拜阿骨打，感谢不杀之恩，容后相报，告辞而归。他骑着瞎了一只眼睛的金钱豹刚离开寥晦城六七里地的时候，忽从板子房过来一条大青狗，刺喽向草原方向跑去。他心里一愣神儿，这狗跑的样儿，好像在哪见着过，怎么冷不丁就想不起来了。他骑豹缓慢而行，突然，徐连生心里咯噔一下子，暗说："哎呀！不好，萧兀纳又派探子奸细来了，可能见着我，他绕道躲去，待我追拿于他，感谢阿骨打不杀之恩，同时也是救我自己，否则我将被这贼子所害！"想到这儿，他驱豹追大青狗去了。

徐连生走后，有人对阿骨打说，不应当放了他，他已窥听了我练兵之地，回去实报，岂不枉费我们寥晦心计也？

阿骨打说："人心是肉长的，我不杀他，他岂能坏我？德以恩报，汝不要多疑。"

忽然报事的惊慌地跑进来说："启禀都勃极烈，辽奸细徐连生走而复返，骑豹使犬，向东南方而去呀！"

阿骨打惊疑地问道："怎么又出来一条狗？"

"正是，狗是青色的，比女真狗大，跃跳在前，徐连生驱豹在后，从草丛斜穿，奔东南方而去。"

阿骨打心中疑惑，这是咋回事哪？赶忙令人带马，带领几名随从，奔东南方向追去了。

还得说徐连生驱豹追赶大青狗，大青狗回头见徐连生紧追，它跑得更快了。只见它跳跃多高，一跃一跃向前跑，一跃就是丈余远。徐连生见狗跃跳疾驰，他对着豹屁股蛋就是三鞭，金钱豹也跃然追去，眼看快追上的时候，徐连生高喊叫："石狗儿，石狗儿！"

大青狗听徐连生喊叫，也狗吐人言地喊叫说："各为其主，你喊我作甚，快快闪开，别因你露了我底儿！"

徐连生听后，心中暗喜，说得对，各为其主，自己的主变了，不是萧挞不留，而是阿骨打了，更驱豹追上去了。

狗吐人言，岂不怪事？原来他不是狗，是人，人怎么会披狗皮，学会狗跑呢？还得让咱慢慢地讲来。

石狗儿，是契丹人。他小时候，家境贫寒，两岁那年患病死了，他爹将他扔在荒郊野外。他在草丛里不知什么时候又缓醒过来了，哭叫着从草丛里爬出来，说不上哪来的那么只野母狗，将他叼进一个坟窟窿里，用奶水喂养他，他吃狗奶长大，就学着跟狗行走，后被人发现，将母狗打死，将他抱回家去，可他习惯于手扶地学狗走，费了很大劲儿学会说话，可他手扶地走路却扳①不过来了，总愿那么行走，尤其是走远道，不那样还真走不了，故起名石狗儿。后来被天祚帝大舅子发现了，硬将石狗儿带回府中。他要石狗儿作甚？他倒没想将来为他做探子，他是为了玩耍石狗儿，就给他缝制一身大青狗外套，做个假狗脑袋，套在石狗儿头上，可像狗头了。每次行猎，他都给石狗儿套上，让石狗儿像狗一样跟在他的马后，在文武百官面前，还和石狗儿说话，骗大伙儿说，他将这只大青狗驯服得能吐人言，众人都感到惊奇，骗得一时，还能骗得长久吗？后来人们才知道是这么回事儿。徐连生骑豹跟随统军萧挞不留，多次见过石狗儿，故而认识他。后来听说萧司先还教练石狗儿一些武艺。究竟会哪些武艺，徐连生就不清楚了。

闲言少叙，书当正题，还说徐连生追赶大青狗，见大青狗是跳如飞，越追越远，担心跑掉石狗儿，自己在这骑豹乱跑咋向阿骨打交代呀？不免心中有些着急。忽听阿骨打带领几名随从，追来了。他赶忙高声喊叫说："圣主，前面跑的大青狗是奸细！快将他捉住，千万别让他跑啦！"

阿骨打马上令人吹起警撒拉，他撒开马绳，催千里驹，直奔大青狗追去。

"嘟——"警撒拉吹响后，负责缉拿奸细的骑马涌来，将大青狗包围在草原里。石狗儿见女真人将他包围了，插翅难飞，只好乖乖地站起来，举手投降了。当他见着徐连生时，说："闹了半天，汝徐连生吃里爬外也！"

在捉住石狗儿后，往回走的时候，徐连生将石狗儿的来龙去脉对阿骨打说了一遍，阿骨打才明白，心中非常感激徐连生一片赤诚之心。

经过阿骨打审问后，方知又是萧兀纳派来的。萧兀纳为了继续探听阿骨打在涞流水练兵的真相，他才想起娘娘哥哥萧司先的石狗儿，认为在这冬天，让石狗儿披上青狗皮侦探，准万无一失。他哪料到，女真不识石狗儿，辽人自相识之，使石狗儿又落网。经过阿骨打反复说教，萧司先拿汝当狗戏耍来取得欢心，实属侮辱汝之人格！石狗儿才醒过腔来，愿做阿骨打的赤狗儿，为阿骨打效力。

---

① 扳：东北方言，纠正。

第一百四十二章　天祚帝限五日交石狗儿

徐连生回到宁江州，禀报统军萧挞不留，言说："涞流我已亲眼所见，均是虚假之城寨，实乃阿骨打妻室所居之地。因为阿骨打媳妇太多了，七房媳妇，互相争风吃醋，在安出虎非打即闹，逼得阿骨打万般无奈，才将他的媳妇迁徙到沿涞流水居住，僻静之处，即或吵闹，外人也看不着，不然让外人笑话。可阿骨打将二媳妇、三媳妇直到他第七房媳妇，搬沿涞流水右岸去住，得给盖房子，阿骨打能向人说因为自己这些妻子争风吃醋，又吵又闹，你们给盖房子让她们上那去住吗？这话阿骨打说不出口，他也真奸猾，就编出这个理由，叫作虚张声势之计，恫吓辽朝和高丽，向外扬言，阿骨打沿涞流水建城堡，筑寨栅，练兵马，修军械，囤粮草，待时机等语。话虽没腿，会飞，飞到咱辽朝兴军节度使、太傅萧兀纳的耳中，就得个恐惧症。今日派探子，明日派奸细，派去的探子已探明，除草木房屋等为兵，实际未见，才钻到水里捉鱼，谁知牛鱼真厉害，将于得水、王彪吞进肚腹里，被女真捕获给辽赠送来，皇上见字解释得非常清楚不过了，可萧兀纳说皇上解说得不对，左三番右二次，奏呈皇上，皇上看在他救命之恩，没法儿，怕他再缠，才让统军领兵来宁江州，实乃搪塞萧兀纳耳！可统军你，非常认真，让我去探，结果真相大白：阿骨打各房老婆居住在此，闲来无事，荒芜地多草，整天燃放烟火，遮人眼目，离老远见之，可吓人了，涞流水右岸烟雾弥漫，就是辽上京也冒不出那么多烟来。亲眼一见，能笑坏肚皮，全是阿骨打儿房妻子的奴隶，在雪地里沤烟哪。我问他们，冬天没有蚊蝇，沤烟作甚？奴隶们更会说，他们说，这叫沤烟吓耗子！令人费解，又问吓唬耗子，他们说契丹、高丽胆小如鼠，望烟生畏，岂不吓耗子！我还不信，又将涞流右岸寻查个遍，才发现阿骨打有那么二三百兵，忽儿在点将台，忽儿在小城子，忽儿在寥晦城，才侦探明白，阿骨打寥晦之意，寥晦就是像他沤烟似的，昏暗中的烟雾，虚也！"

萧兀纳让萧挞不留到宁江州来防备女真，萧挞不留就一肚子气，埋怨萧兀纳庸人自扰之，女真本无事，偏说有事，让自己冬天实冷的，撇下妻妾来此受冷风，你们在家搂老婆！再说，徐连生为他侦探叛逆之匪头李宏，侦探得准，才使他擒拿住，余匪瓦解，立功晋封为统军。徐连生在他眼目中，是精明的探子官，从他的报告中，就知道他侦探得多么清楚。萧挞不留非常满意，嘉赏了徐连生。他第二天回朝禀奏去了。当徐连生向天祚帝禀奏后，天祚帝连连点头称说："侦探得确属实情！"

"万岁！千万不要听信虚假之言呀！"

天祚帝见走出一人，正是萧兀纳，他跪着禀奏说："万岁！阿骨打受过艮岳真人邪艺，武艺高强，诡计多端。他在涞流水右岸，建立的城寨，实中有虚，虚中有实，实实虚虚难以分辨，可能表面者为虚，虚的后面有实，练兵造械之地，可能在隐蔽之处，令人难以发现，故用虚来蒙我眼目，以此更应防备也！"

萧挞不留也赶忙跪禀说："皇上，难道阿骨打将兵藏在地底下不成？太傅真得了恐惧症也！"

萧兀纳说："皇上，实不相瞒，皇后之兄与我已派石狗儿再去侦探，事实胜于雄辩，等得到实情便知！故而，请皇上千万别撤宁江州之防备军啊！"

天祚帝不耐烦地说："就依太傅之见！散朝！"一甩袖子走了。

萧挞不留直劲儿喊："皇上！皇上！"天祚帝连头也没回。他气愤得怒目视下萧兀纳，将袖一甩，哼！转身而去。

萧兀纳回到府后，心中闷闷不乐，思前想后暗自伤心。他心想："我做梦没想到延禧能这样！骄横荒政，听不进言语，贪恋女色，不理朝政，那年耶律乙辛要将你延禧留在朝中，不让汝随你爷爷道宗皇帝去狩猎，是我向道宗皇帝说，如不让皇孙延禧去狩猎，我情愿留下，护卫皇孙。道宗皇上这才醒过腔来，将你延禧带去行猎，不然耶律乙辛就将你杀啦！萧兀纳又想到，耶律乙辛向道宗皇帝奏将和鲁斡的儿子耶律淳为太子，也是我对道宗皇上说：'皇上，放弃自己的嫡系不立，是把国家送给别人了！'道宗皇上听我之言，才立延禧你为梁王，你延禧才神气起来，还派六名鼓拽剌[①]护卫你，我受帝命辅佐你延禧，难道皇上都忘了？"

萧兀纳越想越伤心，凄然泪下，自叹道："宣懿皇后被害后，耶律淳

---

① 鼓拽剌：契丹语，译言，勇士。

曾对我说："杀我母者，是耶律乙辛。他日不杀此贼，不为人也！'哪料耶律淳也被耶律乙辛用计杀害，经过多少艰辛困苦，流血牺牲，才保你当上了皇帝。延禧呀，你咋不想想这些呢？"

萧兀纳忽而又想到石狗儿，心里颤抖一下，为啥派石狗儿去侦探又石沉大海哪？哎呀！不好，于得水、王彪的丧生，说明阿骨打防备得相当严密了，难道石狗儿还能落网？

忽然，有人向萧兀纳禀报说："国舅萧司先前来拜见太傅！"

萧兀纳说声有请，便迎了出去。迎进客厅分宾主而坐，说些客套话儿，才转为正题。萧司先说："太傅！我来讨还石狗儿，望太傅速归于我！"

萧兀纳一听，暗吃一惊，嘴没说心里话，萧司先讨石狗儿是何意，原已说清派石狗儿去女真侦探，至今未归，你也不是不知道，来讨石狗儿，实来为难于我也。就不悦地说："石狗儿至今未归，讨之何意？"

萧司先见萧兀纳不乐意了，也将脸一沉，说："怎么，难道我讨石狗儿不对吗？太傅汝可知，我花费多少心血，才将石狗儿驯服成功，那是我心爱之物，难道不应讨回吗？"

萧兀纳说："有言在先，我已让石狗儿去侦探女真，汝让我用啥还石狗儿？石狗儿回来，当然还给你啦！"

萧司先说："石狗儿要是回不来呢？"

萧兀纳说："他会回来的！"

"石狗儿如果落网回不来，或者丧命咋办？"

萧兀纳说："石狗儿果真落网被杀，奏明圣上，国舅为国牺牲一石狗儿，请圣上赏赐！"

萧司先冷笑一声说："太傅说得多轻松。我什么赏赐不要，就要石狗儿，那是我无价之宝！别话少说，立刻还我的石狗儿！"

萧兀纳冷笑一声说："汝讨得有，还能讨得无吗？石狗儿未归，你讨也无用！"

萧司先说："没有行吗，速派人去找！"

萧兀纳说："为国可以捐躯，何况一条狗！"

萧司先说："我不知什么国啦家啦的，快给我找回石狗儿，否则我可翻脸不认人也！"

萧兀纳说："汝认不认人，又能奈我何？"

两人说说吵起来了，萧司先用手拉着萧兀纳，要去面君；萧兀纳更不示弱，去见皇上自己还怕他不成？两人拉拉扯扯去见皇上。

萧司先为啥明知石狗儿没回来，仍突然来要石狗儿？事出有因，昨天，他妹妹将他召进宫去，言说让他将石狗儿披上狗皮，速送宫来皇上要和宫娘们戏耍，寻欢取乐，因为玩啥都感到腻烦，玩玩石狗儿，何况又那么逼真，非得大伙儿欢心不可。

萧司先一听，傻眼了，忙向妹妹禀奏说，石狗儿让萧兀纳借去，到女真涞流侦探去了。妹妹立刻满面生嗔，责备说："石狗儿乃是无价之宝，万金买不着，怎可往外借呢？要是被女真人害死，还上哪儿去弄石狗儿玩？快去，找萧兀纳要回来！我还等着玩哪！"

萧司先才来找萧兀纳要石狗儿。石狗儿未归，萧兀纳用啥还他，两人才吵吵起来去见皇上。

皇上延禧，在后宫召见萧兀纳、萧司先，见两人脸红脖子粗的，手把手来见他，知道他俩吵架了。两人跪在皇上面前，天祚帝说："汝俩何事手把手来见朕？"

萧司先说："皇上，太傅借我无价之宝石狗儿去女真侦探，至今不还给我，娘娘还等着玩哪！"

萧兀纳一听，明白了，原来因为这个找我要呀，就赶忙接过说："国家安危为重，派石狗儿去侦探，乃为国事，至今未归，讨要有何用呀？"

天祚帝脸一沉，说："太傅！这就是你的不是了，石狗儿乃萧司先的无价之宝，你听信谣言，中了阿骨打疑兵之计，连派侦探也行，可你不能派石狗儿去啊！影响娘娘、妃嫔们和朕玩石狗儿开心！要将娘娘憋屈个好歹的，汝能担当得了吗？朕限汝五日之内，将石狗儿找回交旨，不得有误！"天祚帝说着一甩袍袖而去。

萧兀纳浑身乱颤，堆在那儿了！

第一百四十三章　皇太叔荐鹰童

辽朝兴军节度使萧兀纳这几天好像热锅台上的蚂蚁，急得团团转，派石狗儿去女真侦探军情，石沉大海音讯皆无。这边萧司先天天派人来讨要，萧娘娘没玩着石狗儿，茶饭懒进，这便如何是好！正在他着急的时候，忽报和鲁斡来见太傅。萧兀纳一听，赶忙下令大开府门，列队相迎！萧兀纳撩袍端带迎出府门之外，跪在和鲁斡轿前，说："不知皇太叔圣驾来临，有失远迎，当面恕罪！"

和鲁斡从轿上走下来说："太傅免礼！"

萧兀纳才站起来，心中纳闷，暗想和鲁斡做什么来了？因为和鲁斡已被延禧封为天下兵马大元帅，满朝文武官员均称他为皇太叔，萧兀纳敢不敬之三分吗？而且和鲁斡到他府来，还是第一次，萧兀纳能不吃惊吗？当即将和鲁斡迎进客厅，再次参拜，才在下首而坐。

和鲁斡说："近观太傅脸色不好，难道身体欠佳？故来府问候，顺便再探听太傅侦探女真阿骨打涞流建城寨，练兵马果真是吗？"

萧兀纳先说些感谢皇太叔关心的言语后，便长叹一声说："咳！我正因此而忧虑也！"

和鲁斡惊疑地问道："出什么棘手的事了吗？"

萧兀纳说："皇太叔去东京有所不知，臣早已察觉阿骨打居心叵测。曾来辽向皇上讨要镔铁，皇上慨然应诺，而派车送之，臣谏不纳，尔后传言，阿骨打于涞流右岸，建城寨，训兵马，造军械，囤粮草，有反辽之举。臣放心不下，曾先后派水上漂于得水、绿林好汉王彪前去侦探，均去而无返，音讯皆无。直到天寒地冻，阿骨打以贡牛鱼为名，将我二侦探害死后，装在牛鱼肚腹里送回来了，差点将为臣气死，才又向萧司先借石狗儿，派他披狗皮装作狗前去侦探。已去两个多月了，又是石沉大海，去而无踪不说，萧司先天天派人前来讨要石狗儿。娘娘要与嫔妃玩耍石狗儿，皇上限于五天之内，要将石狗儿找回来，正为此事发愁也！"

和鲁斡一听，说："原来如此，太傅不要发愁，待我助汝将石狗儿找回！"

萧兀纳一听，惊喜得给和斡鲁跪下磕头说："谢皇太叔相救之恩！"

和鲁斡说："阿骨打之举，侦探实了，不得不防，故而与太傅商议此事。"

萧兀纳疑惑地问道："皇太叔有何办法，能将石狗儿找回？"

和鲁斡说："太傅有所不知，我有一苍鹰，是石狗儿过去精心饲养的，萧挞不留见我喜爱，将苍鹰赠送给我。我令一童精心饲养，此苍鹰奇大无比，而且周身早已滚满松树油脂，其身刀枪不入，只有它的两只眼睛怕伤，甚通人气。饲养它的小童，经常伏在其背上，驾驶飞翔，驱使自如。在下边观之，只能见鹰见不着童身。而鹰还能啄人头不见其形。去年，它在无虑山上，有人欲射它，小童驱使其鹰吓唬射猎之人，没想到鹰猛扎下去，再飞起来，猎人之头已无，小童也没见鹰抱其头。据小童说，猎人之头被鹰翅膀打成碎末了。我想只有让小童驾这只神鹰前去侦探，方能安全，万无一失，将涞流真实情况探来！"

萧兀纳惊喜地问道说："但不知小童年更几何？能否胜任也？"

和鲁斡说："'小童'是我习惯语，其实他已十四岁矣！不过身挺瘦小而已。阿骨打训不训练兵马，他总会知道的，而且隐蔽在苍鹰之上，即便苍鹰被发现，它刀枪不入又何惧哉，岂不一举而得涞流水真实情报乎！"

萧兀纳一听，心中甚喜，再拜和鲁斡相救之恩，说："皇太叔，但不知汝鹰在此还在东京乎？"

和鲁斡说："我特为此来，故而带它前来也！"

萧兀纳又问："小童也相随而来？"

和鲁斡说："他不相随，谁饲养？再说，苍鹰与小童形影相随，不能离也！"

萧兀纳说："原来如此，请皇太叔宜早不宜迟，速打发小童驾鹰前往！"

和鲁斡说："我只能以鹰童相助，至于如何侦探，汝向小童相嘱告之。"说到这儿，和鲁斡向来人下令说，"传小童进来相见！"

不一会儿，小童来了，萧兀纳举目一看，只见小童有三尺来高，体瘦如柴，像根线黄瓜似的，不过小童两目有精，精中有神，神中有慧，不是一般孩童可比。啥叫"精中有神"，就是民众俗常所说的，这人有精神！

　　闲言少说，还说和鲁斡的小童进来了，施礼说："皇太叔有何吩咐，小人从命！"

　　和鲁斡说："我将你交给太傅萧兀纳调遣，他说什么你就做什么，不，还有苍鹰，你一定要听从，如违抗，定斩不饶！"

　　小童说："谨遵皇太叔之命！"

　　和鲁斡才笑呵呵地说："太傅，已将小童与苍鹰交给你了，有小童就有鹰，你当面吩咐他如何行事，小童一定会按令行事，我回去再见皇上，说明此事，让皇上别逼要石狗儿。"说罢站起身来告辞而去。

　　萧兀纳将和鲁斡送至大门以外，一直见不到影儿才回来。他心中暗喜，人不该死总有救，没想到和鲁斡能前来相助，不记恨当年耶律乙辛让皇上立他儿子耶律淳为太子，是我劝道宗皇帝不能立淳，才没立之事。八成和鲁斡对我之言不晓也未可知。但我见着他，脸上总觉木个张的，十分不得劲儿，原来我是以小人之腹，度君子之意也！唉！悔不该立延禧，还不如立耶律淳。如果耶律淳当皇帝，可能比延禧要好得多也！萧兀纳心事重重地走回客厅。萧兀纳见小童精神抖擞地垂手而立，便问道说："你今年十几啦？"

　　小童童声童气地说："年小，十四岁，愿听太傅吩咐调遣！"

　　萧兀纳用眼睛打量着小童，嘴没说心里想，我得测验测验他，看他懂不懂啥叫侦探？便笑呵呵地问小童说："我欲让你驾驶苍鹰去侦探，你懂啥叫侦探吗？"

　　小童回答说："懂！比方说，过去皇太叔小妃，经常去医巫闾山游寺，让我在空中侦探，有没有漂亮的青年男子相随？在山上她都做什么？回来得如实向皇太叔报告。有一次，小妃又去医巫闾山，让我偷着跟随。我趴在鹰上偷着监视，真见着了！"小童拍手打掌嘿嘿笑，不说了。

　　萧兀纳惊疑地问："你见到什么了？"

　　"见着小妃到医巫闾山，直奔桃花洞，跟随的人都让在外边候等，就她自己进去了，好长时间才出来，云发蓬松，言说在桃花洞里遇着妖怪了，让随从服侍的人快走，着急忙慌而去。我有心眼，见她走了，驾鹰又回来了，才见从桃花洞里走出个年轻的小和尚，笑嘻嘻地还张望皇太叔小妃哪。我就驾鹰瞭着小和尚，他见小妃没影儿了，才着急忙慌地回望海堂去了。"

　　萧兀纳惊疑地问道："汝将此事报告皇太叔了？"

"受皇太叔之托，得办忠他的事儿，能不告诉？我这一说，可把皇太叔气坏了，再也不让她到医巫闾山去了。"

萧兀纳一听，这小家伙中啊。别看人小，心眼可不少。便对小童说："这次让你去侦探，是到女真涞流水去，侦探女真阿骨打在涞流水建城寨，造军械，练兵马，囤粮草的情况。你懂不懂我说的话儿？"

小童说："懂！就是看他城寨里住的是兵啊，还是民？都造什么军械，是造枪刀啊，还是箭支，存有多少粮草，都存在什么地方？练兵场在哪块，有多少兵马？对不，太傅！"

萧兀纳一听，暗吃一惊，这哪是小童，这是神童啊，用话一点就透，不用反复告诉。不开窍的孩子，反复告诉还听不懂哪！这小童我只开个头儿，他全懂啦。萧兀纳赶忙称赞说："汝真乃神童也！说得全对，不过汝还有一项任务，就是要想办法把石狗儿找回来！"

小童说："萧司先的石狗儿也去了？"

萧兀纳说："去两个多月，音信皆无，不见回来。萧司先还总讨要，可将我急死了！"

小童说："不用急，包在我身上。他是苍鹰的恩人，听到鹰的叫唤声，一定出来寻找，我自有办法让他回来！"

萧兀纳一听，太高兴了，上哪儿找这样的聪明孩子，何况驾鹰，准能万无一失。萧兀纳马上令人捧出五百两银子，递给小童说："微薄之意，请笑纳，等事成之后，另有重谢！"

小童接过银子说："谢太傅，小人进财了。请太傅放心，我驾鹰明天就去，十天之内便见分晓！"说罢而去。

正是：

> 涞流寥晦探不清，
> 兀纳心里如火焚。
> 忠臣为国肝胆照，
> 赤子难撬昏君心！

第一百四十四章　围战神鹰

春暖花开，万物生情，燕子和各种雀鸟都飞向北方，孵卵繁殖后代，使沉默一冬的涞流水，又百鸟齐鸣，春意盎然。

金兀术饲养的一公一母海东青，这几天又嘴咬着嘴儿，亲哪，亲哪，亲过来亲过去，不知咬了多少次嘴儿之后，那母海东青将两只翅膀往下一耷拉，等公海东青上去踩蛋。每逢金兀术见海东青踩蛋儿，他就不领海东青出去了，让海东青过蜜月。

单说这天，金兀术出去练武，忽见天空有只大黑鹰盘旋，他心中纳闷儿，心想，苍鹰头是黑色，上身是苍灰色，下体是灰白色。这家伙咋是一身黑，而且非常大，八成是苍鹰王？可苍鹰王你跑寨子上空寻什么？不对劲儿。他刚想到这儿，见苍鹰往练兵场方向飞去了。金兀术两眼盯着飞走的苍鹰，心眼里翻滚着浪花儿，仔细一琢磨不对呀，苍鹰在草原上飞得那么快，一点不打旋，准有说道。心想，海东青啊，海东青，我知道你们俩正忙于踩蛋，可今天出现奇特的苍鹰，万不得已，先别踩蛋了，对付完苍鹰再说。金兀术一打口哨儿，两只海东青明白啦，扑棱棱展翅飞在高空，向苍鹰追去。

金兀术见他的两只海东青追击苍鹰去了，也毫不迟疑地背上弓箭，牵出马儿，骑马随后追去。他骑在马上，追出有十几里远的时候，他的两只海东青已追上苍鹰，见那只公海东青飞到前面去拦截，母海东青却向上拔高儿。公海东青抽冷子回过身迎头去啄苍鹰的眼睛，苍鹰疾驰地一转身，只听扑棱一声，用右膀子扇打公海东青，就见公海东青忽一下子降落下来，掉了好几根羽毛，在空中飘摇。

金兀术在马上看得真真亮亮，他哎呀一声，这家伙厉害呀，没扇打着公海东青，也扇掉好几根羽毛，它翅膀的风该有多大了？更使金兀术纳闷的是，这鹰在扇打右膀的时候，见它身上背个人似的，但一晃金兀术没太看清楚。他便勒住马，目不转睛地凝望着苍鹰背上，到底儿有没有人？

公海东青扎下来，冷不丁一旋，拔向高空。它拔向高空后，母海东青从高空猛扎下来，直向苍鹰背扑去，还没等它扎向鹰背，金兀术见苍鹰背上，闪出一道亮光，母海东青迅速地从苍鹰头上疾驰而过，打个旋儿又飞向天空。

金兀术更感到奇怪了，刚才一道银光闪烁，肯定是兵刃之光，苍鹰背上难道还长刀了不成？正在金兀术纳闷的时候，又见公海东青从高空中扎下来，向鹰背扑去，还没等扑到鹰背上，鹰背上刀光闪烁，将公海东青又吓得溜过去了。金兀术大吃一惊，鹰背上肯定趴着人，而且手拿着匕首，不用说，是驾鹰刺探阿玛的军情。这还了得，绝不能让他逃走。这时候就见苍鹰已转头向西飞了，两只海东青在前面穿梭似的拦截，但沾不着鹰的边儿，急得嘎嘎直叫。金兀术赶忙从怀里掏出警撒拉，"嘟"吹上了。吹完之后，他催马追去了。

金兀术吹响警撒拉，大半拉城子有个巡查兵，听见警撒拉声后，他举目抬头一看，见从东边飞来一只大鹰，金兀术两只海东青穿梭一般，拦截不住。大鹰扇动着两只像小簸箕一般的大翅膀，扑棱扑棱有声。他心想，难道这大鹰也是侦探？管它是不是，反正有金兀术两只海东青拦截，准是有说道，想到这儿，他摘下弓，拔出一支箭，拉开架式，候等大鹰飞来。苍鹰已拉开逃跑的架势，两只翅膀扇得快了，不仅扑棱扑棱响，而且还扇动着呜呜的风响声。巡查兵见飞来了，赶忙拉满圆弓，瞄准苍鹰的肚囊去了，只听叭的一声，这箭支不仅没扎进鹰的肚囊上，还被鹰肚囊给顶回来了，吓得巡查兵赶忙躲闪。这时鹰已快飞在他头顶上啦，他又拔出一箭，刚搭在弯弓上，就见大鹰呜地向巡查兵扑来。就见苍鹰呜呜一擦而过的工夫，嘎巴一声响的时候，巡查兵的脑袋无形中不见了。他的身子骨儿，咕咚一声栽倒在草地上，一腔子血从脖子里咕嘟咕嘟往外蹿，他两只手仍然拉着弓箭不撒手。

这一切金兀术看得非常清楚。尤其是当苍鹰向下一扎，去猛扑巡查兵的时候，金兀术看得非常明白，苍鹰背上趴着一人。这人也穿着黑衣服，紧紧伏在鹰背上。小金兀术气得哇呀呀直叫，这还了得，就这么一眨眼的工夫，就将巡查兵的脑袋活拉地揪去了。太欺负我女真了！他一提马缰绳哗的一声，催马向西飞驰而去。

金兀术这是干什么？列位有所不知，金兀术已经观察得明明白白，他知道这只苍鹰身上刀枪不入，铁身子，所以他的海东青才总是奔它的头，可它的翅膀太厉害了，不易近前。因为这个金兀术想要赶奔苍鹰大前边去，用箭射苍鹰的头部。

涞流水右岸，又此起彼伏地吹起"嘟"的声音，缉拿侦探的人也从四面八方涌来，有的也眼睁睁地见巡查兵被鹰揪去脑袋而倒地身亡。同时也发现鹰背上趴伏一人，七吵八喊："鹰驮奸细，可不能让他跑了！"

阿骨打在练兵场上，听到警撤拉声，侧耳一听，是来自矩古贝勒寨。他心里一惊，暗想，这准是金兀术我儿都弹弄不了的敌探，才吹起警撤拉。他赶忙搬鞍上马，举目向东南方向一看，影影绰绰的，见金兀术两只海东青拦截一大鹰，知道事儿就出在鹰上，他便提马撒缰从拉拉岗子向东南飞驰而来。

当阿骨打得知大半拉城子巡查兵射箭不中，将箭支顶回来的时候，他就暗吃一惊，心想，大鹰刀枪不入呀。在他骑马奔驰时，又发现大鹰向巡查兵猛扑，一扎一起的工夫，巡查兵的脑袋就不见了，更使阿骨打惊骇，哎呀！好厉害！他才发现在大鹰向上飞起的时候，鹰背上趴伏一人，心中暗暗吃惊，辽朝真有人才呀！将鹰驯服得可以驮人，人可以驾驶鹰，鹰遂人愿，可真不易呀！阿骨打感到更吃惊的是，辽朝为侦探我的寥晦养兵之计，他们见从地上派人侦察纷纷失败，又改在空中进行，就从这点来看，不可轻视也！

金兀术的两只海东青，见大鹰将巡查兵脑袋打碎了，也急眼了，它俩相对地嘎嘎呼叫两声，可能是互相交换一下战略，紧接着，两只海东青改变了战术，它俩比翼齐飞，飞上高空以后，围着大鹰的头部，分一左一右，一齐往下扎来，扑向鹰头。这鹰只能用一只翅膀扇打，要是两只翅膀同时扇打，它身不由己就要摔落下去。因它周身已滚满松树油脂，羽毛已不起漂浮作用，全靠两只翅膀驾托着身躯飞翔。大鹰见两只海东青改变了战术，它也采取一招儿，将头扬起而驰。两只海东青忽下子奔它左右眼睛来了，快到跟前的时候，大鹰将脑袋往里一缩，迅速地将身子往起一拔高，两只翅膀啪啦一声，向两只海东青扇去。大鹰这招厉害，叫作挺拔展翅！多亏两只海东青久经争战，它俩同时扑空的时候，立刻将翅膀一收，一下子向地面扎下来，躲过去了。躲得相当灵敏，禽有禽的技艺，它收拢翅膀，是缩小被打击的面儿，同时也才能更迅速扎下来。

两只海东青又相对嘎嘎叫了两声，意思是咱俩又失败啦。说时迟那时快，两只海东青又飞到大鹰前面去了。它俩也不甘心失败，又采取了新的战术。只见两只海东青一上一下，母的在下边，公的在上边。它俩飞着，飞着，冷不丁一转身掉头，上下齐向大鹰猛扑过来。公海东青直奔大鹰右眼扑去，大鹰扇动右翅膀扇打的时候，就见那母海东青突然钻在大鹰左膀底下，用尖嘴往翅膀根上就啄一口。等大鹰要扇打左膀时，母海东青已飞跑了，见它嘴里叼着一块鹰肉。原来这大鹰滚浑身松油脂，可它的翅膀里边根上滚不到，母海东青抓住它这个弱点，鹰扇动右翅膀扇打公海东青时，它的左翅膀展开托它的身躯，母海青才冷不防钻进去就是一口，从大鹰右膀根啄下一口肉来，疼得大鹰身上颤抖一下，迅速要逃命，可这一口，不是只啄一口肉，是啄在鹰的血管上，血直往外流，它的右翅膀渐渐地不听使唤了。金兀术两只海东青见苍鹰右翅膀不那么灵敏了，便轮流向鹰左眼睛攻击。小童在鹰背上一方面催鹰快逃走，另一方面手持匕首保护鹰的左眼睛，使海东青靠不到跟前。

小童这一来，可暴露目标了，人们才惊讶地喊叫："鹰背上趴着人！鹰背上有人！"

金兀术已经跑到鹰的前面去了，他准备好的箭支，嗖的一声，瞄准鹰的右眼射去，苍鹰将身子往南略微一斜，金兀术的箭射在鹰的右翅膀上边，叭的一声，将箭顶回来了。

就在这时，阿骨打已骑马赶到，他早已摘下弯弓搭上箭支，在金兀术箭落空的时候，他也瞄准右眼睛，嗖的一箭射去！

阿骨打的箭支刚出，就听从西边跑来一人，大喊着说："别射它，它是我的好友，我可以让它落下来！"

人们顺着喊声一瞧，是石狗儿，他没套狗皮，仍然两手扶地跑跳，一见便知是他。可他来晚了，就见阿骨打的箭不偏不倚，正好从右眼进去从左眼穿出，鹰脑袋受了损伤，在空中旋了几旋，落在地上而亡！

石狗儿跑到跟前见苍鹰死了，放声大哭，喊叫："我的鹰啊！"

小童才惊叫："石狗儿！"两个饲养苍鹰的在涞流水见面了！

辽朝萧兀纳又失败了。

第一百四十五章　延禧见惠妃

　　辽朝天祚帝延禧，你看他对女真阿骨打在涞流水建城寨，造军械，囤粮草，练兵马不关心，却关心起他爷爷的小妃惠妃来了，黑夜白天地惦念，寻思惠妃在医巫闾山乾陵不怎么冷清哪，想起过去日常在宫中，花枝招展，令人喜爱。遭贬后，再也没见着她。要不咋说延禧荒淫无道哪，惠妃坦思是杀他父的耶律乙辛的死党，耶律乙辛杀死他母，才将坦思塞进宫中，立为皇后，耶律乙辛暴露后，理应处死她，却没处死，贬为惠妃，让她去守乾陵，不怪延禧不处死坦思，原来他心里还惦念小奶奶哪！

　　单说，这天延禧带领御侍卫要去医巫闾山拜祖墓。萧兀纳赶忙出现奏曰："皇上，不可！现在女真阿骨打居心叵测，他在涞流水建城寨，造军械，囤粮草，练兵马，不可不防！"

　　天祚帝冷笑说："谣传当真，自欺欺人，谁见实乎？"

　　萧兀纳说："皇上，无风树不响，无病不死人！无有其说何有其传乎？请皇上深思。杀萧海里，败李忠善，难道不真乎？"

　　天祚帝说："太傅汝多虑了。杀萧海里，说明阿骨打之忠也；战败李忠善，说明阿骨打对高丽而不对辽也！朕已封阿骨打为节度使，他对朕感恩戴德，绝无异心，汝不要多疑也！朕去医巫闾山多则一月，少则十几天便归。汝要为朕处理朝政！"说罢将袍袖一甩，退朝而去。

　　当天，天祚帝便起驾去医巫闾山，言说拜祖墓，实则去看望坦思——他的小奶奶！那么医巫闾山，有没有他的祖墓呢？有！辽代在医巫闾山一带，埋葬了不少皇帝、皇族，修建了很多陵墓。显陵，人称太子墓，他是辽太祖耶律阿保机的长子、东丹国人皇王、让国皇帝耶律倍之墓。耶律倍天显元年随太祖征渤海，后镇守东丹国，称"人皇王"，购天子官服，置百官。太祖崩，他让位给其弟耶律德光当皇帝，即辽太宗，因耶律倍幼聪好学，外宽内挚，性好读书，不善骑射，便购书数万卷置

607

于医巫闾绝顶，望海堂之内。这望海堂特为他建，耶律倍可说是通阴阳，知音律，精医药，砭炳之术，工辽、汉文章，还尝译阳符经。善画本国人物。可他弟辽太宗对他多疑。他见势不好，才携其妻高美人，载书浮海逃至后唐汴京，任怀化军节度使。后来被唐明宗李司原养子从珂遣壮士李颜绅杀害，时年三十八岁。直到大同元年耶律倍长子继位，亲护人皇王耶律倍灵驾归国，以人皇王耶律倍爱医巫闾山，山水秀丽，才将他葬在医巫闾山，山形掩护抱六重，于其中做影展，宏伟雄丽。紧接着他的长子辽世宗，名兀欲，继耶律德光为皇帝后，于天禄五年九月，祭让国皇帝于行宫，群臣皆醉。察割反，将年仅三十四岁的辽世宗杀死。应历元年，葬于医巫闾西山，亦名显陵，做其父附葬。

同世宗被杀害的还有他的母亲怀节皇太后萧撒昌，世宗的媳妇甄氏皇后。甄氏是后唐宫人，长得很漂亮，世宗从太宗南征时得之。世宗即位后立为皇后，不过甄氏严明端重，风神娴雅，内治有洗，莫于以私。皇太后和皇后墓也葬在医巫闾山。

除此之外，还有晋王耶律隆运与妃长寿奴、魏王耶律宗政、鲁王耶律宗允、西王郡萧阿剌等均葬在医巫闾山。

天祚帝说是拜祭祖墓，可谓名正言顺也。可他嘴这么说，心不是这样想，一心想去见他的小奶奶！

单说，辽天祚帝这日来至医巫闾山。医巫闾山自古以来，就有好多名儿，曾经称过"于微间""无虑山""医巫虎山""元山"，叫"医巫闾山"是东胡语，意思是"大山"。舜封一国十二名山，医巫闾山为幽州名山。后被誉为东北三大名山，即闾山、千山、长白山。天祚帝直奔乾陵，乾陵是景帝耶律贤之墓，建有凝神殿，将坦思被贬后就安顿在这里。乾陵是在医巫闾山东侧山旁。当天祚帝到凝神殿一问，惠妃到此不久，就搬到望海堂去住了，他就直奔望海堂寻去。

天祚帝从乾陵绕过拜斗台、元角亭、吕祖庙，登上西南山，路过天然石缝，只见缝宽一丈九尺，长有一百余丈，壁中石洞口刻有"虚无真境"，山顶有"障鹰台""歪脖老母"，才来至龙潭宫，中间有"一鹰不落山"，远望宛如一支雄鹰，展翅欲飞，栩栩如生。又经过"将军拜母峰"，远看那慈祥的老母，盔甲的将军，英姿的战马，惟妙惟肖，形象逼真地立在那儿。往前走翻过南山，有一石崖，石崖下有"犀牛望月""渔翁垂钓""仙鹤飞天"等石刻，并有石壁陡峭的十八蹬，上有一大石洞，一小石洞。又走有二里之遥，便是龙潭玉泉，石壁刻有达摩像和关羽勒马观鱼像。两侧有副对联："鱼跃池中隐约浮动停赤兔，泉生海底光明活泼照青龙。"再往前走，便是桃花洞、万年松，风景在幽谷中。从吕公岩上一望南天门处，日出时可望见仙人影。南天门左侧石刻"瞻忆皇都"，又有小桃园、三义庙、试剑亭、将军松、瞭望台、白云观、望海峰。

当天祚帝来到道隐谷，方见一大石棚，有潺潺流水声，石壁上刻有"天然幽谷""水石奇观"等字，并刻有唐人诗句："明月松间照，清泉石上流。"下有石棚，棚中有圣水盆。天祚帝登上望海堂，是闾山的主峰顶上，上边很平坦，便是耶律倍的读书楼。在读书楼对峙的山坳里，有所宫院，便是高美人当年的行宫。

天祚帝走至读书楼跟前一看，门锁着，荒芜无人。他便直奔高美人的行宫，走至近前一看，大门紧闭，便令人敲门。

不一会儿，里边一道姑问曰："何人敲门？"

太监高声呼曰："天祚帝驾到，快开门迎接圣驾呀！"

就听道姑咺咺跑回去，过了片刻，宫门大开，几名尼姑手举香炉，跪在甬道两旁迎接天祚帝。

天祚帝用眼睛这么一撒目，没有坦思，随行至宫里坐下。天祚帝问望海堂住持："惠妃可在此？"

住持说："惠妃在后宫静坐，恕不见客！"

天祚帝一听，沉思片刻，便说："待朕亲去见惠妃！"说着抬屁股就走。太监赶忙随后相跟，天祚帝将手一摆说："汝等均在前宫等候。"

这后宫原是高美人的寝室，离前宫不甚远，天祚帝急于要见惠妃，大步流星，眨眼工夫便到。走到后宫门一看，暗吃一惊，见宫门紧闭。天祚帝便用手轻轻敲下，高呼曰："开门！天祚帝来也！"无人应允，天祚帝双手嘭嘭敲两下，高声呼叫，"延禧来探望惠妃！"还是无人答言。又停了一会儿，天祚帝又嘭嘭敲门，高声喊道，"延宁来探望惠妃！"他为啥要说延宁，他名叫延禧，字叫延宁，所以又用字来呼叫。里边还是无人答言。天祚帝心里琢磨，"我来干啥，就是来看坦思，要不是你坦思小模样儿长得好，我早就杀你了。不就是因为你长得漂亮，太着人喜爱了，我才舍不得杀你，你应该感谢朕不斩之恩。你可倒好，朕亲自前来，稀罕稀罕你，嗬！你破大盆还端起来了，难道让我白跑一趟？不行，非得见她一面，悄悄告诉她，如遂朕意，朕将你接进宫去，暗中你与我私通，给你打个短儿什么的，不比你在此山强，风景再优美，也是独守空房，冷冷清清，那滋味儿，你自己知道。啊！是了，她想不到这上去，还以为我记前仇要加害于她！也是，她能不这么想吗？"天祚帝又一想，用什么办法能让她开门呢？按理说，她岁数不小是我的小奶奶，啊！我就喊她小奶奶，看她还给不给我开门！

天祚帝又嘭嘭敲了两下门，高声喊叫说："我的小奶奶，阿果来探望你来啦，快开门吧！"

天祚帝怎么又叫起阿果来了？阿果是天祚帝的小名儿，俗称乳名。他爷爷道宗皇帝，多咱也不叫他"延禧""延宁"，就叫他"阿果"。他今天急于要见惠妃，将小名儿也抬出来了。果然这招儿很灵，门吱嘎一声开了，一女人喊："阿果，阿果真来了吗？"

天祚帝睁大眼睛一看，正是惠妃，便迫不及待地扑了上去，喊叫着说："我的小奶奶呀，可见到你了，可把我想坏啦！"

第一百四十六章　高美人显灵

　　说的是天祚帝到医巫闾山去探望被贬的惠妃，在高美人的寝室里终于见到了。他忘记了自己是当今的皇帝，像个小孩子似的，扑在惠妃的怀里，口里喊着："我的小奶奶，可见到你啦，将我想坏了！"口里这样喊着，他仰面仔细观瞧坦思虽然被贬在山上，可她的面容没有憔悴，而且比在宫里的时候更俊了，圆圆的脸上，连皱纹都没有，两只大眼睛水灵灵的，衬着两道弯月眉，显得格外精神，樱桃小口，朱砂嘴唇儿，越看越招人喜爱。别看她快到四十岁的人了，可还像二十来岁那样，妖娆可爱。天祚帝着迷似的，越瞧越爱，越爱越瞧着坦思俊美，认为坦思是天下第一美人，再没有比她俊的了！天祚帝就像小孩撒娇似的，紧紧地，紧紧地搂抱着不撒手，心里回忆起过去，坦思的往事儿。

　　坦思进宫当皇后的时候，延禧才三岁。虽然戒备森然，保护延禧怕被人害，可是坦思当着道宗皇帝面儿，也总是抱抱延禧，真喜爱假喜爱反正又吻又啃，道宗皇帝喊阿果，她也张口阿果，闭口阿果，叫得非常亲热。坦思被贬到乾陵，一晃二十年来，过去天祚帝还真没挂在心上，好似将惠妃忘了一般，他连提都没提过惠妃。可他当了这几年皇帝，他见从娘娘到嫔妃，哪个也没有惠妃漂亮。他埋怨天，又埋怨地，为啥不给他配这么个美人。天祚帝也曾下过旨意，让各州为他选美女，选来那么多，没有一个长得像惠妃这么漂亮。所以天祚帝就想惠妃了，过去萧兀纳曾暗奏本章，让将惠妃斩了，他说啥没听，心想，那么漂亮的美人杀了多可惜呀。直到今天，天祚帝睁眼闭眼，总想见到惠妃紧紧抱着他，又吻又啃，他像得了相思病似的，恨不得马上见到惠妃。今天见着了，他能不紧紧搂抱住吗？

　　坦思见天祚帝将她紧紧搂抱住，心登时一热，泪珠儿滚滚，两手扶在他的肩上，说："阿果！没想到，你心中还装着我！我寻思你早已将我忘到脑门子后了。"坦思泣不成声，嗓子眼儿，已被泪咽住了。

天祚帝说:"小奶奶,朕能忘你吗?小的时候,你背我抱我,朕咋会忘哪!"

延禧这几句话儿,说得坦思心里热火燎的,悲泣地说:"阿果,我被耶律乙辛坑害苦了!"

天祚帝说:"当来乾陵第二年,耶律乙辛私藏兵器,背叛朝廷,要投奔宋朝被捉获后,才处死他,他罪有应得。"

坦思说:"是耶律乙辛唆使我哥哥萧侠莫,反复规劝我,才将我送入宫中,要没有他,我何至于有今日!"

坦思想要对天祚帝诉诉衷肠,因为从她进宫当皇后,到出宫贬为惠妃,天祚帝还是没超过十岁的孩子。憋了一肚子委屈话儿,好不容易天祚帝来探望她,是她将一肚子委屈吐出来的好机会。没想到,她刚开个头儿,就发觉阿果手不老实了,摸摸搜搜的,她心里打个战儿,心想,他要干什么?马上将要倾吐的衷肠咽回去了,问天祚帝说:"阿果!汝要作甚?"

天祚帝原想他对坦思摸摸搜搜的,坦思要是不吱声,就是默许了。哪知,他刚一动手动脚的,坦思就炸了,身上一颤,扑通给坦思跪下说:"小奶奶,实不相瞒,朕近日时时刻刻想念你,思念你,独守空房,不怎么刀刺火燎般地难受!人非草木,岂能无情?朕见宫中的嫔妃,谁也没有你长得美!天下的女子谁也没有坦思你长得漂亮!为可怜你,满足朕的欲望,千里迢迢找你来了。只要你答应我,咱俩现在就那么的,朕可将你带进宫去,明为朕的小奶奶供养你,暗里朕隔三岔五夜间去陪睡于你。不然,你如花似玉的花儿,不白开了吗?"

天祚帝跪在坦思的面前,两只眼睛盯着坦思的面容,流露着强烈的欲望和一副乞怜相。口里说着,两只手摩挲着,引诱坦思动情。

俗话说,三十岁寡好守,四十岁寡难熬。惠妃的情欲立刻被天祚帝诱发出了,霎时心如火燎,暗想,天祚帝今年才二十九岁,可说是正当年。我虽十七岁被送进宫去,当了娘娘,可是道宗皇帝已年近花甲,心有余而力不从心,让我年轻的少女,经常等于守活寡,守着一个臭骷髅而已。过了五年多这样的生活,就被贬至此,过起冷居的生活。本想要学这些尼姑过个清静的生活,再不想情欲之欢了。没想到,今天,我抱过的小阿果,跑来又将欲火点燃了,难道送口里的肉再不吃,岂不自愚也!何况机不可失,失不再来,过了这村,就找不着这个店了。她反复斟酌着,身子已附于阿果了,丝毫没有反感之意了!她用颤巍巍的手将天祚帝扶起来，一把搂住阿果的身躯，说："阿果，你的话是从肺腑里出来的吗？"

天祚帝说："我的小奶奶呀，我全是肺腑之言，要是有半句虚情假意之言，必遭五雷轰顶！"

坦思赶忙用手将天祚帝的嘴捂上说："汝言重了！"

天祚帝这个昏君，眨眼工夫，已将坦思的裤子扒下来了，坦思有些晕了，任凭阿果摆弄，两人情欲烧身，不顾忌一切，坦思乖乖地躺在床上，天祚帝刚要……突然，咔嚓一声，如雷鸣一般，将宫室震撼得直颤颤，惊吓得天祚帝和坦思魂飞魄散，浑身乱颤，冷作一团，情欲之火霎时熄灭！还没等他俩明白是咋回事的时候，只听咣当一声，宫门大开，从天空中飘进一位披散着头发，穿一身雪白衣服之人，站立在宫门口，用手指着天祚帝，厉声骂曰："畜生！你荒淫无道到何等程度？口喊奶奶，还淫之，天地不容，何况你竟敢在我洁室做此不伦不类之事！还不给我滚下来！"

吓得天祚帝、坦思浑身打战慌忙穿上衣服，跪在地下磕头，说："不知仙人驾到，多有冒犯，饶恕我们吧！"

白衣女子厉声厉色地说："瞎眼畜生，我乃汝的祖上，让国皇帝之妻，高美人皇后是也！我见坦思独守乾陵，怕尘世子弟引诱情欲发作，则托梦于汝，让汝到我宫居住，静心修身，补过自就。没想到辽朝败类，出了阿果你这个孽种，淫欲成性，禽兽不如，竟连你爷爷的爱妃，都要奸淫，而且跑到祖坟之地，做此伤风败俗、欺宗辱祖之事，留你何用？"

高美人这番话语，可将天祚帝吓出屁了，他磕头如捣蒜，哀告说："祖宗饶命，祖宗饶命！我再也不敢了！"

高美人长叹一声说："汝兽性难改，我可容，天不容也！辽将葬送在你手中！如果你能改邪归正，立刻当汝随驾人员面下道圣旨，将惠妃贬为庶人！阿果你再在道隐谷圣水盆下跪一天一宿，向祖上悔过。我天天早晨到那洗脸，见我不许言语，如遵此言，饶你不死！"

天祚帝磕头说："谨遵祖宗旨意！"等他抬头一看，高美人已无影无踪。天祚帝再次磕头。

"呜呜……"坦思瘫痪在地，哭哭啼啼地说，"阿果呀！阿果！你可将我坑苦啦！"

天祚帝面红耳赤的，心怦怦在跳，身上突突在颤，追求坦思情欲的心，早已云消雾散！

高美人显灵，天祚帝敢违抗吗？他当着随从护驾人员和望海堂的尼姑面，传道圣旨，将道宗皇帝的惠妃，降为庶人。啥叫庶人？就是平民百姓啦！说起来，她也够苦的啦，十七岁被耶律乙辛送进宫去，道宗皇帝立她为萧皇后，当上了娘娘，还不到六年，就因为耶律乙辛和她哥哥萧侠莫是死党，将她贬为惠妃，撵出宫来，让她来乾陵，后来高美人托梦，才移居到望海堂。没想到事隔十几年后，天祚帝来引诱她，她淫性复发，什么没得到，如梦一般，被贬为庶人。她悲愤万分，直向医巫闾山东山峰而去。她站在山峰上最后一刻说："玉容虽然美，对人无所献！死后度为梨，供人尝其甜！"她说罢将身一跃，跳下山崖，摔个粉碎。后来坦思真度成一棵鸭梨树，结的鸭梨那个大呀，不几年的工夫，医巫闾山东北山下到处是鸭梨树。所以后来金朝诗人王寂作诗句赞颂之，此是后话不提。

天祚帝听说坦思跳崖身亡，心中暗自后悔，便按高美人吩咐去到道隐谷圣水盆下跪悔过，他向随驾人们说："跪拜炉膛上！"

这是天祚帝荒淫成性自讨的惩罚也！

从此，耶律倍的陵墓才叫显陵。

第一百四十七章　天祚帝自寻坟墓

　　辽朝天祚皇帝在医巫闾山大石棚下边，一圣水盆面前，直直溜溜跪在那儿，暗自叨念："我咋的了，为啥糊里巴涂的，非要和坦思通奸？弄出这场丢人现眼之事儿，好事未成反让坦思丧命，祖上高美人显灵。咳！活祖宗啊，我太对不起祖上的阴德了！"他一边心里转念，一边举目四下观看，这道隐谷真是风景秀丽，犹如仙境一般，不怪祖上耶律倍爱此地，真是名不虚传。说不上哪朝哪代的游客，在大石棚上刻着"天然幽谷""四大成和""水石奇观"和唐朝游人诗句"明月松间照，清泉石上流"，字迹光明耀眼，石棚里的泉水不停地潺潺地流着，从大石棚里边流到大石棚外边，而且一支水流哗哗流到这圣水盆内，使天祚帝感到奇怪的是，圣水盆还没有洗脸盆大，水始终那么满着，上边哗哗往里不停地流，外边连个水点儿也不溢，好生奇怪。往北望，是莲花石，它和子母松相映衬，更显得幽然恬静。莲花石上有吕洞宾刻的"蓬莱仙境"四个大字。莲花石上又和南天门相映衬，更显得秀色美目。这道隐谷就是耶律倍起的名儿。因为耶律倍就住在这道隐谷上面，也就是医巫闾山之峰顶上，他天天和高美人散步于大石棚内，还天天在圣水盆洗脸，故而称大石棚为道隐谷。天祚帝跪在那触景伤情，回忆起祖上耶律倍和皇后高美人的遭遇，潸然泪下。记得他小时候，常听他爷爷道宗皇帝对他讲，咱太祖阿保机灭渤海后，驾崩于扶余府，由皇后述律氏月理朵摄国事，耶律倍说啥不当皇帝，将皇帝让给弟弟耶律德光，并隐居到医闾山望海堂，在那里为他建筑读书楼和皇后高美人的行宫。他为啥将皇帝让给弟弟啦，是因为皇后述律月理朵和他意见不合。他要改革，按东丹国建立的汉法来治理契丹，就像现在这个法。可皇后和他弟弟耶律德光反对耶律倍这个法，决心按旧法不变，耶律倍才将皇位让给弟弟，决心隐居攻读。没想到，将皇位让给弟弟耶律德光，弟弟反将他当敌人对待，派不少兵士和挞马①去监视耶律倍。耶律倍发现后，感到事情不妙，才作一首诗："小山（指弟）压大山，大山全无力，羞见故乡人，从此投外国。"他才从海上逃往唐，改姓埋名，叫李赞华，在后唐汴京任怀化军节度使。直至后唐河东节度使石敬瑭反后唐自立的时候，向契丹求援，耶律德光率兵南下去救石敬瑭，进驻太原，大败后唐军。太宗耶律德光在近安行帐召见石敬瑭，对他说："我三千多里迢迢而来救汝，一战而胜此乃天意也！我看你应领受南边土地，自封为王，世世代代为我的藩臣，附属于我，岁岁纳贡如何？"石敬瑭自然求之不得，才册封为"太晋皇帝"。没想到废帝李从珂兵败。李从珂是唐明宗李司原的养子，他听人说怀化节度使李赞华就是契丹耶律德光之兄耶律倍也！他才派李颜绅前去，将耶律倍和高美人杀死。耶律倍才三十八岁。李从珂杀死耶律倍后，他也自焚身亡。直到又相隔十一年后，太宗耶律德光返回上京的路上，突然死在栾城！

这时候耶律倍长子，耶律兀欲，被封为永康王，也随太宗南征。太宗突而崩，耶律安拉则提出立兀欲为皇帝，当即受到统兵马南院大王耶律孔和北院大王耶律娃的拥护，众口同声说："国内不可一日无主，不能请示太后立皇帝，她一定要立李胡（太祖第二子）。李胡咱们都知道他，暴戾残忍，不能治民，应立永康王！"

耶律娃和耶律孔才下令说："永康王是人皇王的长子，应当立为皇帝。有不从者，均以军法行事！"

兀欲于大同元年，亲护人皇王和太宗灵枢欲返回上京。

没想到述律后在上京让他的爱子李胡继皇帝位。李胡早就是天下兵马大元帅，所说耶律兀欲继帝位，勃然大怒，立刻领兵讨伐。

耶律兀欲在镇阳继皇帝位，立派贵族安端与惕隐耶律刘哥等为前锋，前去迎战。迎战于泰行泉，李胡大败而归。

这时述律后听人说："如果打起来，父子兄弟相杀，必有一伤，悔之莫及！述律后听后，赶忙向德高望重的贵族耶律鸟志问计。鸟志说：李胡、永康王都是太祖子孙，不应厮杀，太后应从长远考虑，应相互议和！"就这么的，述律后命鸟志去见兀欲，兀欲才派耶律海四来约和。述律又问鸟志说："和议已定，皇位究竟归谁？"

鸟志说："太后授永康王，还有什么可疑？"

---

① 挞马：契丹语，侍卫。

李胡一听，生铁锅炸了，厉声说："有我在，兀欲怎么能立！"

乌志说："按照法，长子有后，不能传弟。太宗之立，人们还以为非，何况是你？现在众口一词，愿立永康王，不可更改。"兀欲才当了皇帝，亲送人皇王耶律倍和皇后高美人灵驾归国，安葬在此山。兀欲回到上京，改大同为天禄年号。哪知明王安端子察割以揭露其父欲谋反，骗得兀欲的信任，将他留在朝中。天禄五年九月，世宗兀欲领兵去攻后周救北汉，行军至归化州祥古山，与他生母——皇太后萧撒葛祭祀太宗，和群臣宴饮大醉，兀欲和皇太后均被察割杀死……

天祚帝跪在圣水回忆着祖上的往事，心想："我来时谎说来祭祖墓，看来，我真得祭祖墓。"突然，天祚帝见从医巫间山主峰耶律倍读书楼上，飘下身穿白披风散着头发之人，像仙女一般，飘飘然然在圣水盆前，天祚帝才看清，此人正是高美人。吓得他咣咣咣磕响头，因为高美人吩咐过，不准他说话。就见那高美人站在水盆前，哗哗洗头，洗过来洗过去，说也奇怪，高美人洗头连个水点儿也不往外溢。洗完头，迎着阳光，将头发前后甩了三甩，也一个水点儿不蹦落。高美人此举，谁也不明白，她是在拜日，还是在晾甩头发？甩这么三甩之后，她的头发黝黑闪光，披在身后，她才瞪起炯炯闪光的双目，笑吟吟的模样看着天祚帝。

天祚帝昨天被惊吓着，他哪敢正眼观看高美人，今天他才用目偷看一眼高美人，惊吓得他身上唰下子，连汗毛都抟挛起来了。不是别的，高美人长得比天仙女还俊美，坦思就够俊的了，高美人比坦思还俊十分！怎么，俊美的女人，都让我们这家子摊着了？

高美人天天清晨从读书楼下来，迎着日出，穿着雪白的衣服，披散着头发，飘然而下，在大石棚圣水盆里洗完头发，对太阳三点头，也就是甩三下头发后，再飘飘然然回上山峰读书楼，时至今日仍然如此，后人有诗曰："垂崖迸水落丝丝，冬不凝冰事非奇。应为仙家修养法，将临美人洗头时。"

天祚帝在圣水盆前跪了一天一宿，才稍事休息，吃过饭便去祭祖墓。

当天祚帝来到显陵，也就是耶律倍和高美人墓时，举目观看，东西北三面群山环抱，墓南有一谷口，可望见双塔。天祚帝指着双塔问道："南面望见的双塔是何人所建？"

随驾人回答说："是唐朝贞观年间，尉迟恭监修所建！东塔一百六十丈高，西塔一百五十五丈高。是为唐太宗东征，建塔纪功，里边立有阵亡将士的牌位。"

天祚帝说："原来如此。"天祚帝举目观瞧，见双塔雄伟壮丽，拔天赞地，真是禅塔双标也。塔形八角，十三层密檐式结构。每层均雕饰不同花纹，八角檐上均有风铃，风吹铃动，离远听着都音响清悦。

当天祚帝走进显陵，陵寝长约一百四十丈，宽有三十二丈，陵寝上建影殿，均是绿釉琉璃大瓦和兽面瓦盖顶。殿是用沟纹树和木质结构，木雕飞檐，甚是雄伟壮观。天祚帝走进殿内，见有耶律倍和高美人塑像。尤其高美人，像活人一般，立在那儿。

吓得天祚帝赶忙焚香，跪地磕头，喊着："祖宗啊，千万保佑我年年、月月平安无事，长生不老，永当皇上啊！"

天祚帝又拜祭了世宗耶律兀欲陵墓，来至乾陵时，天祚帝就不愿走了。坦思贬为妃时被安置在此，因乾陵修有凝神殿。天祚帝见这风景优美，松柏交翠，桃李争荣，黄鹂百啁，溪水潺潺，使人有"骨气凝重，潇洒俊逸"之感。

天祚帝相中不要紧，人们都说他不是来拜祖墓，而是来自踩坟地。果然，后来天祚帝被金俘虏后，受封海滨王，进封豫王。死后，果真葬于此地。此是后话不提，正是：

自踩坟墓葬自身，
镔铁灭亡兴大金！

第一百四十八章　兽性难改

　　说的是辽朝天祚帝从乾陵祭祖，刚要往回走的时候，忽见一位美丽的渤海女人，从乾陵前而过，这妇女大眼生生，眉清目秀，年纪不过二十四五岁，长得非常漂亮。天祚帝一见，当时哈喇子滴出多长，像瞎蠓似的，盯上就不撒眼了。心里琢磨，咋长这么漂亮，说我祖上高美人长得俊，她比高美人还俊百分。自古规定，漂亮的妇女，不准流落民间，必须得归朝廷所有。你没看，高美人是我祖上耶律倍的媳妇。坦思，十七岁长得漂亮，还得嫁给我爷爷道宗皇帝。别看相差三十多岁，差三十多岁也得嫁给我爷爷，因为我爷爷是皇上！天祚帝这时候，心里才有些反感，认为下人糊弄他，并没有将最漂亮的女子给他选进宫去，像这样的妇女，长得多漂亮，我在京中和外地还真没见过。

　　天祚帝目不转睛地看着，心里非常气愤，遂传御旨，让侍卫尾随，看她家住哪里，是姑娘还是媳妇，速报朕知。御侍哪敢怠慢，就尾随这位漂亮的女人身后而去。

　　漂亮妇女由两名丫鬟陪同，到医巫闾山寺院降香，因为她婚后三年还没开怀，到悬崖寺降香祷子，祈祷后，领着两名丫鬟又游逛一回闾山，眼见天已正响，就领丫鬟往家走。走到乾陵时，见有一伙人，她就有些心跳，面红耳赤，悄声对丫鬟说："咱们快走吧！"她根本不知是天祚帝，更不知天祚帝派御侍卫尾随她。"御侍卫"是用汉语说的，实际辽朝不叫御侍卫，辽叫"马挞"。

　　漂亮妇女和丫鬟慌慌张张回家去了。你道这漂亮媳妇家住何地？原来她住在离乾陵只有五六里路的闾阳城内，名叫淑嫣。是家有钱的财主儿媳妇。你知，她是谁的姑娘？原来是渤海人古欲的女儿，嫁给窦实为妻。窦实家被辽迁徙到闾阳，窦实他父名叫窦尔敏。经常向窦实叨念，老人没正事，要有正事应随渤海人逃至高丽或倭国去多好，何必在此受契丹人气！他一家人对契丹非常仇恨。俗话说，冤家路窄，天祚帝兽性难改，见着窦实媳妇，就浑身发痒，嘴流哈喇子，别说身为皇帝，就是平民百姓也不兴这个，用民众说话，可惜这张人皮让他披了！

天祚帝虽然打发御侍卫去尾随，可他好像中了魔似的，两只眼睛直勾勾地望着漂亮媳妇后影，哈喇子淌有二尺多长，呆愣愣地望着，心里翻滚着美梦，要是将这美人抢来，陪我睡一宿，也没白来一趟医巫闾山。想到这儿，他心里很难过，原本一心奔医巫闾来找坦思，心想坦思非陪自己睡觉不可。哪想到，死去一百多年的高美人将自己的好梦惊散了，将世上难寻的一个漂亮美人丧在东山峰下。嗬！天祚帝真不知天下眼泪值多少钱一斤，大眼泪像断线的珠子，望着已见不到影儿的漂亮媳妇，又笑了，总算上天有眼，又赐给我一个漂亮女子！

正在天祚帝快望眼欲穿的时候，见两名御侍卫已从城飞奔回来。天祚帝眉头紧皱，埋怨两名御侍卫走得这么慢。好不容易才将两名御侍卫盼回来了。侍卫走到近前说："禀皇上，刚才那个漂亮媳妇，是间阳城渤海人窦实之妻，到悬崖寺祈子而归！"

天祚帝将脸刷下子一摆，说："你们俩为啥不将美人领来？"

御侍卫说："奴才不敢！"

天祚帝将脸子一拉，说："为什么？"

御侍卫说："皇上，渤海人的风俗，妇女有夫再不能与人通淫，不仅如此，其夫也不准再和其他女人私通，如有此行为者，宁死不活！"

天祚皇帝一听，更不高兴了，鼻子不是鼻子，脸不是脸地说："渤海人得随我契丹。朕爱上她了，她是福星高照，走时运。朕如不见着她，她想见朕，比登天还难！"当即传旨说顺驾间阳窦家。

天祚帝前呼后拥，浩浩荡荡奔间阳而来。间阳离乾陵六七里路，也就是眨眼工夫就到了。天祚帝直奔窦实家，还没等到院，早有随驾官头前跑去，来到窦家就喊叫说："辽天祚帝驾临窦家，请接圣驾呀！"

窦尔敏和儿子窦实一听，不知是咋回事儿，皇上到我家来干什么？两人赶忙跑出屋去，跪在大门以外迎接天祚帝。

天祚帝驾至，窦尔敏跪爬半步，说："不知天祚皇上圣驾至茅草舍，有失远迎，圣上恕罪呀！"

天祚帝说："你叫窦尔敏，你有个儿子名叫窦实吗？"

窦尔敏说："逆子正叫窦实！"他说这话的时候，浑身直颤，嘴没说心里话，"逆子窦实准是招灾惹祸了，这祸惹得还不小哪！我早就劝说你，对辽的仇恨不能轻举妄动，待时机成熟时方能行事。何况你岳父古欲，嘱咐你再三,不要妄动,听他在饶州的行动,你可倒好,背着我出外惹祸。皇上找上门来了,你真是凡地上的乱子不惹,惹天上的乱子,叫我如何是好!"

天祚帝遂传旨说:"传朕旨意,让窦实之妻淑嫣见驾呀!"窦尔敏一听,差点儿昏倒在地,嘴没说心里想:"这个骚货,难道吃里爬外,将我父子和她父古欲对辽行事的秘密泄露出去不成?不然皇上召她见驾干吗?她是个红颜女子,皇上见她作甚?"

窦尔敏的多心也是正常的,因为窦尔敏已与亲家古欲串联好,单等女真阿骨打对辽进攻时,便举兵攻辽,报祖上这仇!怎么,还没等行事,辽皇天祚帝就知道了,这不是她泄密,又能是谁?因为我父子议事从来没背过淑嫣,因为此事成败如何和她父有关,哪想到她会出卖她父和自己呀!

正在窦尔敏胡思乱想的时候,儿媳妇淑嫣,早让人领出来了,倒背脸跪在天祚帝面前说:"民女淑嫣见驾,祝皇上万岁呀!"

天祚帝扑味笑了,说:"不用看人,就听这动静吧,确实招朕喜爱!"天祚帝说到这儿,嘿嘿一笑,"我的美人呀!是你将朕的魂儿勾来了,朕见到你,感到世界上再没有比你更俊美的女子了!也是朕与你早有缘分,朕看见你,就再不爱别人了,宫中的嫔妃,直到娘娘,谁也没有你长得这么好!故而朕随你前来,也是你的造化,幸遇圣驾,非同小可,朕封你为……"

天祚帝说到这的时候,大舌头嘟唧唧的,说不出名儿了,反复辗转思考:祖上高美人长得漂亮,她早死了,有个魂灵不济于事;坦思长得漂亮,跳崖自杀,我只摸着个边儿!依朕之见,这淑嫣比她俩还漂亮!哎,有了,就封她为圣祖皇后吧!他才喊出口来说:"朕封你为圣祖皇后,随朕进宫,享受荣华富贵呀!"

天祚帝这一说,窦家老少才听明白,原来如此。还没等窦家父子转过向来,只见倒背脸子跪在天祚帝面前的淑嫣,早气得浑身乱颤,脸上由红变紫,由紫变青。当她听到天祚帝封她为圣祖皇后的时候,她蓦地站起身来,像只烈鹰一般,突然向天祚帝猛扑过去,真是给天祚帝来个措手不及。她这突如其来,将御侍卫都吓愣住了,何况天祚帝也!

淑嫣蹿到天祚帝面前,一语没发,两只手这么一划拉,就给天祚帝脸挠开花了。天祚帝左右脸上,立刻出现十个手指印儿挠的血迹,鲜血淋漓。

淑嫣这一挠，御侍卫能不动手吗，为护卫皇上，全奔跑过来，已经晚了，皇帝脸上已经留下血淋淋的指甲挠印儿，御侍卫有的拽胳膊，有的拽腿，可天祚帝好像没挠着他一般，赶忙高声呼喝说："勿伤朕的美人！"

天祚帝和御侍卫，都只顾忙于淑嫣来挠皇帝，谁也不注意窦实。因为窦实跪在他父亲身后，原以为天祚帝驾临是为古欲谋反一事，尤其是听到天祚帝宣他媳妇见驾，他心里感到毛愣的，可是听天祚帝封他媳妇淑嫣为"圣祖皇后"的时候，他肺子都要气炸了，才来个就地十八滚，滚进屋去，拿过腰刀，就来杀天祚皇上！

列位有所不知，渤海人有个风俗，两人闹笑话，说妹妹长，或姐姐短，甚至说，我和你姐姐、妹妹睡觉，均可，甚至对方还顺口答言地说："你跟我妹妹，我跟着你姐姐！"但他们最忌讳的是说自己的媳妇，如果有人说跟着他媳妇睡觉，他可以将你杀了！可天祚帝硬要破坏渤海人的风俗，霸占有夫之妇淑嫣，别说淑嫣不答应，就是窦实一家人也不能答应，何况张口就封为"圣祖皇后"。

天祚帝脸蛋子被淑嫣挠开了花，他还大声喊叫："勿伤朕的美人！挠得亲挠得爱，挠朕是跟朕开心……"

天祚帝话音未落，只见窦实手持腰刀跑过来，唰的一声，一刀砍下来，天祚帝一躲，这刀将一名御侍卫一劈两半！

窦实拿刀要行刺天祚帝，御侍卫能袖手旁观吗？早有人一刀将窦实斩首于天祚帝面前。

淑嫣见夫已死，更红眼了，她猛向天祚帝撞去，谁知，有名侍卫已举刀拦挡吓唬她，她一下撞在刀上，将颅盖劈开，鲜血直流！

天祚帝扑过来，抱着说："我的美人呀……"

从这，才引起淑嫣之父古欲在饶州起兵反辽！

第一百四十九章　行医侦探

辽朝天下兵马大元帅和鲁斡，是天祚帝老爷爷辈的，他儿子耶律淳，被天祚帝封为越国王，留守东京。和鲁斡也经常驻扎在东京。和鲁斡见天祚帝荒淫无道，不理朝政，他就留个心眼，将一部分精锐之师驻扎在儿子耶律淳东京之地，以防不测。但他也急需要将女真阿骨打的实底儿摸来，方好按机行事。这天，他又打发人去问苍鹰回来没有？一问还没回来，和鲁斡可有点毛达愣的了，心想，不好，准是又落入阿骨打的网里了！不行，我得亲自派人前去侦探明白，不然总蒙在鼓里也不行，一旦事有突破，岂不措手不及？派人，派谁呢？想了好久，忽然想起一人，和鲁斡认为派他去侦探，最为合适。

你道是谁？此人乃是高丽人，名叫仆维，会医道，在他府中多年。女真无医，如果派他去，以行医为名，阿骨打一定不能多疑。行医各处乱窜，也无人阻挡，何况他是高丽人，绝不能疑惑猜测是契丹所派。和鲁斡想好之后，令人将仆维叫来。不一会儿，仆维进来，拜见和鲁斡。

和鲁斡让仆维坐下后，笑吟吟地说："仆维，汝在我府已十几年了，待汝如何？"

仆维说："皇太叔待小人恩重如山，有生难报！"

和鲁斡说："我欲派先生去女真以行医为名，侦探阿骨打沿涞流水右岸，建城寨，造军械，囤粮草，练兵马的真实情况，先生肯从命否？"

仆维一听，忙站起身来，躬身施礼说："皇太叔能信任小人，赴汤蹈火，在所不辞！一定遵命！"

和鲁斡说："不过阿骨打诡计多端，在涞流水布下天罗地网，卫护得如铁桶一般，汝去可要小心从事！"

仆维说："皇太叔放心，凭我这身医道，他就会麻衣神相，也相不出我是为辽去侦探也！"

和鲁斡说："我也是这么想，才决定让你去。实不相瞒，萧兀纳已多次派人去侦探，均未成功，这次就靠先生了！"

仆维说："一来，我会医道可以隐身；二来，我又是高丽人，女真已与高丽和好，不能疑惑我为高丽探子，更不能疑我为辽的探子。有此隐身法儿，阿骨打就是神眼金睛，奈何我哉！"

和鲁斡一听，心中大喜，便说："先生此行，主要是探听到阿骨打到底有多少兵马，他训练兵马究竟有何打算。探听明白，定有重赏！"

高丽人仆维才借行医为名，前去女真安出虎。来到安出虎后，在街上摆个摊儿，挂上牌子，上面写着："普救众生，专治百病。高丽医生仆维！"

别看女真不信医，信萨满，可有的人经萨满多次驱邪诛鬼，可病也不见好，听说有医生来，总得去试试，万一能治好，岂不更好？

仆维挂上牌儿后，来个治病的小伙子，年纪有十八九岁，走路嗵嗵的，非常有劲儿。来到仆维面前说："你会治病吗？"

仆维笑呵呵地说："不会治病敢挂牌吗？"

小伙子说："什么病都能治吗？"

仆维说："专治百病，手到病除！"

小伙子将帽子一摘说："不知我头上长的啥？因为这个，不让我去当兵打仗！可将我急死了，先生如果能给我治好，要啥给啥！"

仆维顺口搭言说："怎么？你们女真不都联合起来了，怎么还打仗？"

小伙子将嗓门压低说："先生，你不知道，阿骨打要领女真人去打契丹，报仇雪恨！"

仆维说："原来如此，这你得去。让我看看，长的是啥？"

小伙子往前一探头说："刚才的话，先生可不要对外人说呀！"

仆维说："行医治病，不问其他事情，即或你说了，也哪儿说哪儿了！"

小伙子嘿嘿一笑，说："这就好了。"

仆维一看，小伙子长的是疥疮，便给他出个偏方说："你长的是疥疮，用核桃三个、全蝎三个、蜘蛛三个，将全蝎、蜘蛛放入核桃内，用煨火烧糊巴后，研成细面，用酒冲服就可痊愈。"

小伙子一听，乐颠颠地走了。这个小伙子走了不一会儿，又来一个年轻人，由个妇女搀扶着，见他头上冒汗龇牙咧嘴而来。

妇女对仆维说："先生能治他这病吗？"

仆维打量这个年轻人，说："不知他患何病？"

妇女说："他练兵时，从马上掉下来后，骨头没劈没折，腰不敢直，喘气疼得浑身是汗！"

仆维说："待我看来！"他令年轻人将衣服脱了一看，又用手摸摸，反复仔细检查半天，说："汝是闪腰岔气了！"又惊疑地说，"你们还练兵啊？"

妇女说："天天练，十六岁以上没病的都得去训练！"

仆维说："各部落都联合了，不打仗，还练什么兵？"

"不打仗？"妇女惊讶地说，"不打小仗，要打大仗了！契丹人欺负女真人，打杀抢，这仇不报，能行吗？阿骨打说了，非争这口气不可！"

仆维说："原来如此。汝这病好治。"说着，称了三钱当归，三钱管桂，三钱杜仲，二钱小茴香，二钱延胡索，二钱木香，二钱黑丑，放在一起，叮啦当啷研为细末，交给年轻人说，"你拿回去用白开水服下，病就会好的。"

妇女说："给我这药，你要啥东西呀？"

仆维说："先啥不要，等病好了，再说，放心，不会讹你们的。"

妇女搀着年轻人，千恩万谢地走了。紧接着又来一男子，骨瘦如柴，脸色蜡黄，走路身上都直劲打晃，来到仆维面前说："先生救命！"

仆维说："你坐下，我给你诊诊脉！"诊完左手诊右手，诊后说，"你得的是夜梦遗精症！总梦与女子合房，醒后便遗精也！"

这小子一听，扑通跪下磕头说："你真乃神仙也，一点不差，萨满说我中了女鬼缠身，治无数次，女鬼也驱不跑，缠得我浑身无力，只剩下这身骨架子了。萨满说女鬼已入窍，病难好，非让女鬼缠死不可，萨满已不给我治了，先生救我一命吧！治好了，我也得去打仗啊！"

仆维听后，暗自吃惊，心想女真人厉害呀！民众和阿骨打都抱成个团儿，感到不去打仗，是可耻的呀，要不能争着去当兵打仗吗？便对病人说："汝不要害怕，此病好治，我给你个偏方，用十次，就可将女鬼赶跑了！回去你赶快找些韭菜籽儿，用锅炒后，擀成细面，一副三钱，用酒送下，十日便可痊愈！"

这小子给仆维磕几个头，一步三晃地走了。

不一会儿，又来一个二十多岁的年轻人来治病，大声对仆维说："我这个病，先生能治吗？"

仆维说："不知你患的什么病？"

年轻人说："你大点声，我听不见！"

仆维心想，他是个聋子！便提高嗓门说："你得的啥病啊？"

"我练兵时，从马上栽下来后，这耳朵里嗡嗡总叫唤，叫得我心慌意乱，听啥还困难。这病，先生能治吗？"

仆维点头说："能治！你得的是耳鸣耳聋症。我给你出个偏方，就能治好，找一个草麻子，捣乱如泥后，包好塞在耳朵里，三天后取出来，病就好了！"年轻人乐颠颠地回去了。

仆维在安出虎没过半个月，名声就出去了，都说来了一名高丽神医，能治百病，手到病除。传到阿骨打耳中，阿骨打心里一怔，暗想，我才八九天没回安出虎，从哪儿来个高丽医生。待我前去察看盘问一番，便知分晓。

阿骨打溜溜达达地找到仆维看病的摊儿，见有几个人围着看病。见这高丽医生年纪四十上下岁，两只眼睛炯炯有神，他就躲在一个人身后，听他给人治病。就听他对一个兵士说："汝回去，用我这'接骨玉宝七厘散'，保证让人折骨很快接上！告诉你们练兵的，有摔折胳膊腿的，前来找我，用此药保证接好！"

阿骨打听后，心内一惊，暗想，他咋知道练兵之事，准是有人泄露于他。阿骨打想到这，便咳嗽一声。

治病的兵士，听见阿骨打咳嗽，抬头一看，是阿骨打，忙站了起来，说："都勃极烈！"刚要下跪，被阿骨打扶住了！

这时候，仆维听兵士喊都勃极烈，知道是阿骨打，也赶忙下跪说："不知都勃极烈驾到！恕小人之罪！"

阿骨打忙用手扶起说："听说来一高丽名医，我亲来拜访请教。不知汝这'接骨玉宝七厘散'都用啥药合成？"

仆维说："木香一钱，乳香一钱，王瓜籽（炒）十个，韭菜籽一钱，血蝎一钱，没药一钱，甜瓜籽十个，雀瓜一个，土鳖（去足）三个。合为细面，每副七厘，故名接骨玉宝七厘散也！"

阿骨打听后，心中甚喜，立请高丽医生府上一谈。

高丽医生仆维，心中暗喜，我正求之不得也，随阿骨打而去。

第一百五十章　金钱迷梦

　　说的是阿骨打将高丽医生仆维请到府中，盛情款待，讨教一些药物知识。已暗派人将高丽医生仆维监视起来，并派人连夜去寮晦城将骑鹰侦探的童子找来，让他暗中看看仆维，认识否？方能弄清行医仆维的身份，是真行医呀，还是用行医为名，前来侦探女真军情。

　　第二天，将辽骑鹰侦探的童子领来，阿骨打让他暗中一看，吓得童子倒退一步，啊！是他！才转身对阿骨打介绍说："回禀都勃极烈！此人名叫仆维，是高丽人，不知他在高丽犯啥法，逃到辽来，投入皇太叔和鲁斡府中。因他会医道，常给和鲁斡上下人等看病，他为啥跑这来了？"

　　阿骨打一听，心里明白了，就又问童子说："在辽朝中其他文武官员认识他吗？"

　　童子回说："据我所知，除了和鲁斡上下认识他，朝中官员，均未和他接触过。"

　　阿骨打又问道："他认识你否？"

　　童子说："当然认识，他没事儿还帮我喂鹰哪！"

　　阿骨打又问："萧兀纳派你来，他知道吗？"

　　"他不知道，因我从上京来时，他不知我干啥去了！"

　　阿骨打问清后，令人将石狗儿和童子隐匿起来，不让和仆维见面。他心中暗想，仆维行医前来侦探，这准是和鲁斡派来的。和鲁斡虽然和辽道宗皇帝是弟兄，但两母所生，素有隔阂，正因为这样，耶律乙辛才建议道宗皇帝立他儿子耶律淳为太子。是宰相萧兀纳提醒了道宗皇帝，没立他的儿子，而立了自己的孙子延禧。延禧当了皇帝，虽封和鲁斡为天下兵马大元帅，实则有其名无其实，辽朝军政大权还是由延禧的大舅子萧司先和萧兀纳控制。而将和鲁斡的儿子耶律淳封为越国王，留守东京，和鲁斡将自己的精锐之师，也驻在东京，种种迹象表明，和鲁斡父子已存其心，有图谋不轨之意，早晚不等，欲立他儿子耶律淳为皇帝。

如果这样，阿骨打又一转念和鲁斡派仆维来侦探，实为他谋叛之计也。何况，自己兵马训练得也差不多了，可说是兵精粮足已有反辽必胜的把握，怕他何来？将计就计，让仆维看个明白，回去禀报和鲁斡，让和鲁斡生畏，必然弃东京奔南京，立他儿子耶律淳为皇帝，北面舍弃不管了，辽朝一分裂，自己更能分而攻之，破辽很快就会实现。

阿骨打想好之后，便对仆维说："汝医道高明，我女真万事俱备，只缺医少药，如蒙不弃，愿将先生留我军中为医，不知意下如何？"

仆维说："我离国多年，四处奔波行医求生，终未定居，今遇圣主，器重小人，不嫌小人医薄识浅，肯留军中为用，小人求之不得，甘愿效劳！"

阿骨打一听，非常欢喜，便对仆维说："实不相瞒，我阿骨打为报契丹欺侮女真之仇，早已在沿涞流水右岸，建城寨，造军械，囤粮草，练兵马，大军都在那哪！我居住在寥晦城，明日可随我一同去寥晦城，沿途看看我练兵之地，还请多加指教！"

阿骨打这番话语，简直将仆维乐出屁了，心中不胜欢喜，真是天遂人愿，阿骨打果被我用行医将他所迷，不用我偷着去侦探，而由他陪着我去看，看完之后，我就偷着逃走，回去定发笔大财！

第二天，阿骨打与仆维从安出虎出发，骑马奔涞流水驰去。后边跟随护卫兵士二十四匹对子马，马蹄嘚嘚，好不威武也。

阿骨打早打发人通报各城子领兵的猛安、谋克，接受他的检阅。各猛安、谋克听说阿骨打检阅，都非常高兴，暗中猜测，阿骨打检阅完了，八成就快发兵攻辽啦，都左三番右二次叮嘱兵士，要拿出精神头来，接受阿骨打都勃极烈的检阅。阿骨打领着仆维从小城子一直看到寥晦城，可说是兵士精神抖擞，战马膘肥体壮，军械堆积如山，草木遍及荒原，黍米囤满仓流。仆维看后，心中暗暗吃惊，果名不虚传，可辽朝还蒙在鼓里，胡说什么阿骨打虚张声势也！

在寥晦城阿骨打将他单放一个房间里，任他自如。

仆维将他亲眼所见，默记在心里，心想，得想什么办法，逃回去，获得和鲁斡的赏赐后，带钱回国。辽不是久居之地，阿骨打非攻辽不可！兵荒马乱之灾难免。他想过来想过去，偷跑不是办法，万一被追上，露了馅儿，就有被杀头的危险，岂不人财两空，还是得想个脱身之计。突然一想，有了，自己何不这般如此，如此这般，阿骨打准能同意。

有一天，仆维对阿骨打说："汝练兵经常有跌打损伤，得准备些药品，这也像粮草一样，得有储备，要不临用就抓瞎了！"

阿骨打笑呵呵地说："都得准备一些啥药？"

"木香，乳香，血竭，没药……"

"木香管什么用？"

"理气止痛！"

"乳香治何病症？"

"活血舒筋！"

"血竭管什么用？"

"行瘀止血！"

"没药有何用项？"

"活血散瘀呀！"

阿骨打接过说："合成就叫接骨玉宝七厘散！"

仆维一听，心想，阿骨打好记性啊，我当他说一遍，他就记住了！便称赞说："圣主记忆过人，非凡人所及也！"

阿骨打说："先生，看还需要什么药品，我立即派人去换来！"

仆维一听，心里暗吃一惊，我提出买这些药品，不白提了吗？便笑吟吟地对阿骨打解释说："不行，要派就得派我去，因为药品不像别的东西，被糊弄以假当真，岂不误事也！"

阿骨打高兴地说："先生真乃忠诚之士，令人佩服！原想让先生去，怕长途跋涉，有伤先生贵体，故而派人去换回来也就罢了。今先生愿不辞辛苦，亲往去换，太感谢了。待我备些貂皮、神草、东珠等物品，派人随先生同去。"

仆维听后，心里可乐坏了，暗想："这些貂皮、神草、东珠到辽之后，我报告和鲁幹大元帅，将随我去的人抓起来，这些贵重物品归我，我可发笔大财！暗想，你阿骨打终被我骗了！"仆维美得屁吱吱的。

单说这天，阿离合懑带领三名护卫，骑着高头大马，后边跟着一辆车，嘎啦嘎啦响，陪着仆维去换药。仆维在马上偷着往车上一看，放着一个大木箱子，用一把拳头大的锁头锁着。乐得他心都开花了，嘴没说心里话儿，可没少整呀，不怪说傻女真，好糊弄，真不假，连阿骨打都两五不知一十，换些草药，能用这么多贵重的物品吗？想到这儿，仆维又暗骂自己一声，混蛋的仆维，不带这么多，你能发财吗？

"先生！我只是陪着人保护你来的，一切全听先生你的！"

阿离合懑这番话语才将仆维从财迷梦中惊醒，赶忙点头说："哪里！

哪里，一切听将军的！"

阿离合懑嘿嘿一笑，说："我们女真全是土豆去皮——白薯！都是些两五不知一十的人！住山沟住惯了，一到辽的城里就蒙头转向，不知东西南北，一切还是听先生的。"

仆维将眼睛一眨巴说："是呀！契丹人蔫嘎蛊懂坏①，竟拿女真当土鳖，何况这买药，不认得就糊弄你！"

仆维言外之意是：阿离合懑得听他的，不然，得受骗。阿离合懑听后，憨厚一笑说："要不阿骨打叮嘱再三，让听你的！"

仆维骑在马上，已经有些神颠了，他心里思谋，一张貂皮拿到辽国去一张值千金，一百张就值十万金啊！东珠值钱，神草更值钱！到那后，将他们安置好，我就赶快去找和鲁斡，神不知鬼不觉将他们抓起来，我再回到客栈，这些东西，全是我的了！

阿离合懑又问道："一张貂皮能不能换一两药？"

仆维说："怎么，一张，汝不知呀，一两木香就得十张，不知你带多少张？"

阿离合懑说："带得不多，两千张！"

仆维惊疑地说："嗯！两千张呀！"

他们催马加鞭奔辽去了。

---

① 蔫嘎蛊懂坏：东北方言，奸猾。

第一百五十一章　木箱成计

辽朝天下兵马大元帅和鲁斡自从将高丽医生仆维派到女真去侦探，一晃已月余，音讯皆无。他心里暗想，难道仆维以行医为名，前去侦探，阿骨打还能识出来？正在他担心的时候，忽报医生仆维回来求见。

和鲁斡一听，高兴地喊，快请他进来！仆维随声进见，参拜和鲁斡后，在一旁坐。和鲁斡用眼上下一打量仆维，知道侦探成功，眉开眼笑发自于心，连他心都开了，便高兴地问道："可将汝盼回来了，担着风险，一路辛苦，本帅甚感过意不去，我一定重酬也！"

仆维说："皇太叔神机妙算，处事如神，众不如也！仗皇太叔洪福，侦探之事一顺百顺，事事皆顺，阿骨打被皇太叔蒙在鼓里了！"

接着仆维洋洋自得地介绍说："我挂牌行医，女真训练军兵，多有跌打损伤之士，缺医少药，无人医治。经我施展技艺将几名跌伤的兵士治好后，女真人立刻称我为神医，传到阿骨打耳中，阿骨打亲自去见我，将我请去，盛情款待，甚至要给我磕一个头，非聘我做他的军医。为侦探军情，求之不得，就答应他了。阿骨打为让我做他军医，亲自陪我沿涞流水右岸，检阅他的军兵。"

和鲁斡惊讶地说："这么说，涞流水的兵马，你都看见了！"

仆维说："阿骨打陪我检阅，一个不少地全看见了！阿骨打让我做他的军医，他特意向我显示。"

和鲁斡又说："这么说，涞流右岸，阿骨打建城寨，造军械，囤粮草，练兵马是真的了？"

仆维说："皇太叔呀！不仅是真的，可以说是，阿骨打兵强马壮，军需充分，其势不小也！"

和鲁斡悄声说："小声点，将你所见，详细诉来！"

仆维压低声音说："阿骨打在涞流右岸，建了十城七寨，城子不仅是练兵之地，也是造军械、囤粮草之所。一城子均存兵五百，分为十队，每队五十骑兵。营城子由婆卢火、宗雄统帅训练。小城子由辞不失、实古廷统领训练。双城子由宗翰、银术可统领训练。单城子由神徒门、迪古乃统领训练。阿萨城子由娄实、斡鲁古统领训练。车家城子斡鲁、阇母统领训练。大半拉城子由斡富、斡者统领训练。南城子由鸟野、术鲁统领训练。这十队兵马，不仅兵强马壮，而且二十名领兵个个武艺高强，善强射，精刀枪，马上飞，马下钻，会擒拿，熟短打，佩暗器，准中发，相当厉害呀！箭杆垛城垛，簇矢堆成山，刀枪剑戟自己造，镔铁制造刃锋利！果然名不虚传。皇太叔，阿骨打雄心大，连草儿都分植大搬家，草原全植洋草，杂草移向沟丘水畔沼泽中，丘陵全植树，树木造军械，秋划码成垛，兵精粮草足，举兵要伐辽，皇太叔不可不防啊！"

和鲁斡听后，身上打个寒战，暗想，阿骨打这么厉害呀！就又问道："那你怎么回来了？"

"禀皇太叔，小的撒谎说为阿骨打买跌打损伤药，他信以为真，才让我出来的。"仆维说到这儿，压低声音说，"阿骨打还让阿离合懑领三名卫兵，扮作平民，暗中保护我哪！"

和鲁斡惊疑地问："他们在哪儿？"

"我已安置在永来栈住下，叮嘱他们不要乱来，等候我！"

和鲁斡心中暗喜，嘴没说心里想，得将阿离合懑捉住，将他扣留，将来好作为人质条件，与阿骨打讨价还价。想到这，立刻派十二名快捕，去捉拿阿离合懑。仆维将阿离合懑携带的貂皮、神草、东珠之事，只字未露，他想要发这笔财！就对皇太叔说："我领他们去，别惊跑了！"

和鲁斡说："千万捉活的，不要杀害阿离合懑，留着我还有用项！"

仆维一听，身上打个冷战："不杀，阿离合懑要说出带的这些宝物，和鲁斡全得要去，还能有我的？你说不杀，你说你的，我令军兵杀之。"便对和鲁斡说，"遵命！"便带领十二名缉拿捕快奔永来栈去了。

仆维来至永来栈，到店房一看，大吃一惊，阿离合懑四人影子皆无，连车儿都没影儿，只见大木箱子扔在店房里。他心里很高兴，这些宝物没带走，自己就有财发！他一问店小二，店小二说："他们说出去买药，一会儿就回来！"

仆维心想，他们能逃走吗？不能啊，便吩咐缉拿捕快出去寻找，他在店房等着。等啥？他是将捕快支走，开箱取宝！

仆维见捕快走了，赶忙寻找家把什将箱子上的锁头砸开，可他仔细一看，见开锁的钥匙在锁头上挂着哪，心中非常高兴，人要发财可真顺当。他们出去还将钥匙放这里了。急忙摘下钥匙，咯噔一声，将锁头开开了。用手使劲咣啷一声，将箱子盖捅开，举目一看，吓得他哎呀一声，倒在地下，晕过去了！

店小二听店房里不是动静，赶忙跑进来一看，见仆维倒在地上，木箱子盖大开着，店小二探头往箱子里一看，也吓得哎呀一声，大喊说："箱子里装的是死人啊！"

店房其他人闻声一拥而至，举目往箱子里一看，箱子里捆绑着两个人，嘴里塞着棉花团儿，都不知咋回事儿。就在这时候，仆维哎呀一声，苏醒过来了。店小二在旁边说："店客，你箱子里为啥装人？待咱报官去！"

仆维摆手说："不用报了，我乃在天下兵马大元帅和鲁斡皇太叔府中做事儿。"他说着，两眼才认出箱子里装着鹰童，口里塞着棉花团儿，就忙解其缚绳，掏出口里的棉花团儿，鹰童哇呀一声，往起一坐，才见着张纸儿，仆维随手捡起，鹰童说："快救石狗儿。"人们又七手八脚地将石狗儿口里的棉花团儿掏出来，解去绑绳，方知是皇上大舅哥的石狗儿。

仆维将纸打开一看："涞流廖晦度无穷，虚实真假问医生。杀鹰还童剥狗皮，送还太傅省牵心！"他看完这字条儿，霎时吓得脸色苍白，心里嘣嘣跳，暗想，"大事不好，我已在和鲁斡面前夸下海口，说阿骨打一点不晓，被我用行医之术将他骗了，现在真相大白，阿骨打早已知晓，并将鹰童和石狗儿一起送回，哎呀！也就是连我一同送回，我还有何面目再去见和鲁斡，趁早溜也！"他发财的梦，像泡似的，破灭了，不仅发不了财，仆维还提心吊胆地想，"要是和鲁斡恼羞成怒，说我犯有欺主之罪，我的小命不就完蛋了吗？"仆维正在大伙儿惊疑地盘问鹰童和石狗儿的时候，溜走了。

人们将鹰童、石狗儿从木箱子里拽巴出来，才发现木箱子旁边有两个窟窿，所以才不能憋死鹰童和石狗儿。

原来阿骨打早有安排，才让阿离合懑按计行事。到店房后，将木箱子抬下来，骑马逃走了。车在榷场换些盐抱回去了。

缉捕在街上没寻到阿离合懑，又返回店房，见围好多人，近前一问，方知这么回事儿。可他们一找仆维，仆维无影无踪，不知哪里去了，赶忙去向和鲁斡报告说："皇太叔，高丽医生已随女真阿离合懑逃跑，扔下个木箱子，里边装的是鹰童和石狗儿！"

和鲁斡一听，吃惊不小，难道高丽医生仆维骗我不成？可他又一想，不对呀，他啥也没骗去怎能说他骗我哪！可和鲁斡忽然怒从心中起，暗骂仆维，背叛我投了女真，跑我眼前去说这些谎言。当即吩咐说："快将鹰童和石狗儿给我带进来！"不一会儿，将鹰童和石狗儿领进来，他俩跪在地上磕头。

和鲁斡先问他俩去侦探为何才回来？鹰童、石狗儿便将如何落网的经过，诉说一遍。和鲁斡又问："你们是怎么被用箱子装回来的？"

鹰童说话灵便，便对和鲁斡说："皇太叔派去的仆维，还没到哪，我就听阿骨打说，'辽皇太叔派高丽医生来了，我得让他好好看看，因为皇太叔不像天祚帝，有正事，如辽都像皇太叔这样就好了！'"

和鲁斡说："阿骨打咋知我派仆维去侦探呢？"

鹰童将眼睛一瞪说："皇太叔，阿骨打能掐会算啊！谁寻思他，琢磨他，他都知道啊！"鹰童说到这儿，跑到和鲁斡面前，贴耳根子要说什么，他用眼一撒目，不说了。

和鲁斡明白了，将手一扬说："都出去！"

屋里的人们像夹尾巴狗似的，溜溜地全走了。鹰童才说："阿骨打连皇太叔欲立子为君，他都知道啊！"

和鲁斡一听，哎呀一声，大惊失色！

第一百五十二章　驾驶牛鱼迎辽使

说的辽朝天下兵马大元帅和鲁斡，听鹰童说阿骨打能掐会算，连他心腹之事，要立子耶律淳为君的事儿，阿骨打都知道，可将他吓坏了。不是别的，他这心腹之事，没和任何人泄露过，连对自己儿子耶律淳都没说过。阿骨打赶上钻他心里看了一般，他能不害怕吗？吓得他心翻个个儿，赶忙又问鹰童说："这么说，阿骨打在涞流水建城寨，造军械，囤粮草，练兵马的事儿，你都了如指掌了！"

鹰童说："阿骨打建城养兵，立寨训练诸子，他的妻室子女，不仅能武，而且都能耕种田园，自耕自食。"

和鲁斡又问："他练兵你见过吗？"

鹰童说："不让我看。不过隐约听说，阿骨打善能用兵，虚时，军兵不见，实时兵如草木，遍地皆兵！"

和鲁斡又问："仆维将你们用箱子装回来，你没说他吗？"

鹰童说："没见过仆维，只是在捆缚我们时，听说用我们骗仆维，认为箱子里装的是貂皮、东珠、神草，言说用这些东西换药。仆维信以为真，因木箱子锁着，仆维就认为装这东西了。我们口里全用棉花团儿塞着，手脚被捆缚，既不能动又不能说，将我们抱到店房后，仆维来向皇太叔禀奏，阿离合懑将箱子扔在店房就走了。仆维以为阿离合懑出去了，貂皮、东珠、神草得到手了，将木箱子打开，见是我俩，他方知上当受骗，看完这张纸儿，便走了。"

和鲁斡惊疑地问："什么条儿？"

鹰童才将字条递给和鲁斡，和鲁斡接过一看，见上面写着：涞流寥晦度无穷，虚实真假问医生，杀鹰还童剥狗皮，送还太傅省牵心。和鲁斡看后长叹一声，说："阿骨打非凡人也，不得不防也！"

和鲁斡才和萧兀纳向天祚帝奏禀此事，将阿骨打在涞流水右岸建城练兵这事详叙之。可天祚帝仍然不信，非要高丽医生仆维当面说之，他才信。可上哪找仆维呀，他已逃回高丽去了。

又经萧兀纳多次奏禀，天祚帝很生气，说："阿骨打真乃大胆，是朕封你为节度使，是朕赠给你鞍，赠给你镔铁，让你助朕，保朕江山，难道你果真变心了？不能，阿骨打不是这种人！待朕打发人去责问他。"天祚帝才派阿息保到女真去，责问阿骨打为什么要建城寨练兵马？

阿息保奉旨又到女真安出虎来了，早有探子将阿息保奉旨前来，禀报了阿骨打。

阿骨打吩咐说："辽阿息保此来，让他到寥晦城来见我。也让他开开眼界！"

阿骨打又令实古廷、银术可去辽朝索要阿悚，并当面授计，到辽后，这般如此，如此这般。二人领命受计而去。

还说阿息保奉命又来到安出虎，迎辽官将他安置在点将台客店，等第二天去寥晦城见阿骨打。

阿息保对迎辽官说："我上次来，汝言说，建城寨不过虚张声势，以抵高丽耳！今闻练兵对辽，果真乎？"

迎辽官说："此一时，彼一时，高丽自不量力兴兵犯境，被我击败而求迎和。今汝辽留赵三①不放还，有失女真之尊，实与我为敌也，能不防范乎！"

阿息保又问："阿骨打在此屯练多少兵马？"

迎辽官笑曰："虚时空无一兵，实时草木皆兵，虚实莫测寥晦城！"

阿息保只听了半天，也不明其意，再问，迎辽官只笑不语。

第二天，来迎接阿息保去寥晦城见阿骨打的是两名少年娃娃，你道是谁，一个是金兀术，一个是挞懒，挞懒是银术可的儿子。比金兀术大两岁，可看上去，像比金兀术还小似的，不是别的，此子长得奇怪，他生下来后，头上就长两只发角，两只发角真像牛角一般竖竖着，直到现在也不梳，在头上挓挲着。他额娘稀罕他这两只发角，还给他拴两个小铃铛，走起路当啷、当啷直响，显得挞懒更加活泼可爱。

金兀术和挞懒走进客店，见着辽使阿息保，双双施礼说："参见辽使阿息保，小将金兀术、挞懒奉命迎接贵使去寥晦城！"

阿息保惊疑地望着两个娃娃，年纪不过十三四岁，竟自称起小将来了，难道，阿骨打连这么大的娃子也让他当兵？不，不是兵，自称将，

---

① 赵三：阿悚本名。

哎呀，可笑，阿骨打可能又在玩什么把戏？不管年岁大小，是奉命来接我的，跟人家去吧，便笑呵呵地说："多谢二位小将！"便跟金兀术、挞懒走出客店一看，既无马又无轿，暗想，难道让我步行？

金兀术对阿息保说："先委屈贵使一段，须走十几里路程，方能至涞流水上，直至寥晦城。"

阿息保听从水上去，心里感到奇怪，听说女真不会造船，女真无船，现在连船都有了？可他没敢问，这还用问吗，谁会踩水走，不是船又是什么？就跟随金兀术、挞懒走去。这两个小家伙蹦蹦跳跳地走得可快啦，阿息保在后边还真跟不上。当他直到涞流水一看，大吃一惊。只见涞流水浪涛滚滚，哪来的船啊？南北全是水堤，像道城墙似的，夹着涞流水，见不着人，他两个娃娃将自己领这来干啥？

正在阿息保疑惑的时候，就见头上长有一对发角的娃子，将嘴儿一揪，"哞哞"两声，立刻从涞流水里露出一丈五六尺长，头上长角的牛，细看，又不像牛，它咋钻到水里去了。就见长一对发角的娃子，将身一跃，轻飘飘地落在牛背上，随后，两腿骑在脖子上，双手攀着牛角。金兀术才说："贵使请吧！"

阿息保才惊疑地问道："小家伙！不，小将，这是啥呀？"

金兀术说："此乃牛鱼也！"

阿息保一听，惊吓得往后退了两步说："听说牛鱼能吞人，我不敢乘之！"

金兀术哈哈大笑说："贵使不用担心，涞流牛鱼，已成女真水上之骑也，行走如飞，从不伤人，请贵使勿虑，何况还有我二人护卫也！"

阿息保战战兢兢地跳上牛鱼背上，金兀术拿张狍皮，铺在牛鱼背上，让阿息保坐在牛鱼背上。阿息保感到肉乎乎的，暄腾腾的。说也奇怪，这牛鱼乖乖地将身子露出半截，背上离水有二尺来高。连挞懒两只脚儿都没沾水。阿息保坐好之后，金兀术站在他后边，又听挞懒攀着牛角"哞哞"两声，这牛鱼乖乖地划过去。可稳当了，人站在上边，连晃都不晃摇。阿息保心里纳闷儿，女真怎么将水里的鱼都训练出来了，你看，这牛鱼得有多么驯服。十几岁的娃娃，可驾驶牛鱼在水上行驶，其速快如船。阿息保还想，都说牛鱼口似大盆，吞活人！闹了半天，吞人的鱼，驯服后，也可为人利用。刚才的担心是不必要的。辽人驯豹不也如此吗？豹是吃人的野兽，当被人驯服后，反之，可为人捕猎，大同小异，同归一理呀！

正在阿息保沉思的时候，牛鱼忽然飞驰起来，像船似的，溅起的浪花，一分两半，唰唰直响。涞流水里的鱼儿，也像为牛鱼让路似的，噼里啪啦，跳跃多高，向两旁跃。这牛鱼像在水里飞一般，堤岸上的柳树嗖下子，纷纷向后倒去，一切景物均一闪而过。由点将台到寮晦城一百四十四里路程，不到一个时辰，就到了。阿骨打亲自迎接于涞流水畔，迎着阿息保说："为迎接老朋友——辽的贵使，特让我儿和角儿驾驶牛鱼而迎，虽有疏待，实为贵使开眼也！"

阿息保说："多谢节度使盛情，使我能受到胜于船的牛鱼引渡，使我长了不少见识！"

寒暄之后，将阿息保让进寮晦城，盛情款待后，才进行交谈。

阿息保说："我奉天祚帝之命，前来询问节度使，汝建城寨，造军械，囤粮草，练兵马，难道要反辽呼？"

阿骨打哈哈大笑："汝辽天祚帝兵有百万，还担心我这小小的完颜部吗？"

第一百五十三章　锦囊之计

实古廷、银术可按阿骨打之计，去辽朝讨要阿悚，实际是以讨阿悚为名，让他们进一步探辽，将辽的真实兵力探明白，好确定什么时候，起兵攻辽并授于锦囊之计。他俩骑着马，奔辽而去。

到辽以后，实古廷打开第一个锦囊一看，见上面写着："先拜和鲁斡，再拜萧海里，后拜天祚帝讨之。对和、萧要赠貂、东、神三宝物。"二人依计行事。带着貂皮、东珠、神草，先到皇太叔和鲁斡府上拜会。来到元帅府门口，对守门军士说："烦请军士通禀天下兵马大元帅，就说女真都勃极烈特派使者拜见元帅，馈赠礼物来了！"

军士一听，女真派人给元帅送礼物来了，哪敢怠慢，赶忙向里禀报。里边听说女真来给元帅送礼，正赶上元帅和鲁斡不在，这可咋办！说元帅不在，人家也不能进来。人不进来，礼物也就带回去了。不行，和鲁斡是见钱眼开，尤其是和鲁斡的小妃，更是四愣脑袋竟往钱眼里钻。要听说将女真来送礼的放跑了，那还了得！就赶紧禀报小妃。

和鲁斡小妃名叫殷蕾，年方二十八岁，长得很俊美。是和鲁斡在东京妓院花钱买的，始终带在身旁。她听到禀报后，立刻说："这有什么犹疑地，元帅不在，还有我哪，快请他们进来！"

当即将实古廷、银术可带进客厅，刚迈进客厅，实古廷要撤步退回来，嘴没说心里想，怎么只有一个漂亮媳妇？

殷蕾见实古廷要退出去，便抢先说话了，说："你们不要见外，元帅不在，一切都由我负责，我是他妃殷蕾，你们进来吧！"

实古廷、银术可这才迈步走入室内，给殷蕾施礼说："参见贵妃，我等奉都勃极烈阿骨打之命，前来拜见天下兵马大元帅，薄礼献上，请贵妃笑纳！"

殷蕾笑嘻嘻地说："哎哟！又让你们破费了！我代元帅谢谢了。快请坐，请坐！"

实古廷、银术可也没客气，一屁股坐下了。就见这殷蕾的两只美丽的眼睛落在银术可身上，抬不起来了。她见银术可长得非常俊美，两只眼睛格外有神，长的就像二十来岁的壮年小伙儿似的，说不上咋的，她一见就爱上了，两只眼睛在银术可脸上滚来滚去，暗送秋波！盯得银术可的脸一红一白的，羞臊得低下了头。实古廷见殷蕾的两只眼睛掉在银术可身上，暗想，这小妃一定是个骚货，她见银术可长得美点，像瞎蠓似的，叮住就不放了！赶忙说："我主阿骨打令我俩拜见元帅，请元帅劝说皇上将女真叛逆者阿悚早点给送回去，否则，我们是不答应的，我俩要见天祚帝，讨要阿悚！"

殷蕾说："等元帅回来我告之。"

实古廷说："那我们多谢了！"言罢告辞而去。

实古廷、银术可一走，可坏菜了，银术可将殷蕾的魂儿给带走了，殷蕾睁眼闭眼银术可的影儿始终在她眼睛里，她心里翻翻乱滚，暗想："自从和鲁斡从妓院将我赎出来，头两年还勉强，这几年年事已高，力不从心，让我守活寡，本想暗中找一个，哪承想，拎着棒子叫狗——越叫越远，谁也不敢沾我的边儿。咳，苦死我了，今日见到这个女真人，怪着人爱的，趁着和鲁斡不在，我何不将他找进府中，盛情待他，动之以情，他非从我不可，解眼前之渴也。"淫妇想好之后，便打发人去找银术可。银术可来时，阿骨打还单独给他几个锦囊，其中有个锦囊，阿骨打嘱咐他说："这个锦囊记住，如和鲁斡府派人暗中找你时，你可打开。"今果见和鲁斡府上暗派人找他，他就偷着将锦囊打开一看，上面写着："殷妃派人找，汝即前往之。她之所求之，汝一定应从，切记：从中探之，方得实情也！"银术可看后，递给实古廷，实古廷看后，悄声说："她爱你，快去'美差也'！"有阿骨打的锦囊之计，当即出去见来人，便悄悄随来人去了。

银术可跟来人，去和鲁斡府时，未从大门进去，而是从后府门进去的。因这殷蕾早在那候等，亲自将门开开，放进银术可，与找银术可的人喊咕几句话后，便将银术可领到后花园里的一座休息的房中，那里边早已摆上酒菜，进去后殷蕾就将门关闭上了。这时外面已交初更时分，殷蕾笑嘻嘻地说："将军，今日我与你在此小饮，如不嫌我容颜丑陋，陪我一宿好吗？"

殷蕾开门见山，刚见面就提出这个要求，使银术可暗吃一惊，心想，辽朝是怎么啦？男乱女淫，奸淫成性，国还有好吗？银术可为啥要这样想哪？因为赵三逃到辽朝后，便和辽都统萧海里的小妾欢欣私通为奸，暗中将阿悚保护起来，辽朝才不将阿悚给女真送来。萧海里是皇上天祚帝的大舅子，有他唆使，才不遣阿悚。可他今天来，和鲁斡小妃，一见就被惦记上啦，足以说明辽朝已荒淫成性。银术可想到这些，便对殷蕾说："我乃女真的使者，今日方见，贵妃如此，我岂敢从命？"说着站起身要走。

殷蕾可毛了，她扑通就给银术可跪下了，泪珠滚滚地哀求说："将军，行点好吧，说真心话儿，一见将军，我就爱上你啦，我虽为和鲁斡之妃，可和鲁斡年老体弱，已不能行其事，我还不到三十岁，每日守着空房，又怎么忍也？祈望将军可怜我，陪我睡一宿吧！"

殷蕾边哀求边用手动之以情，她哪知，银术可早有阿骨打授予之计，让他从之，就是不哀求，他也能从命。不过，他假拿个架儿，见殷蕾如此苦求，又见她动之以情，才将殷蕾搂抱在怀里，说："美人快别哭了，想哭坏你的身儿，我心疼呀！"

殷蕾一听，更似火烧身，抱着银术可不撒手！

阿骨打锦囊之计，相当厉害，实古廷、银术可拜见和鲁斡，又去拜萧海里。萧海里的小妾欢欣听说阿骨打派人又来要阿悚，吓得她浑身直颤，心跳不止，暗想："要是天祚帝将阿悚送回去，我还上哪找情人去？我现在就指他活着，将情投意合的情夫抢走，我还上哪找去？"欢欣越想越担心害怕，便穿上衣服，令人备轿，找天祚帝去了。欢欣去找天祚帝，正中阿骨打之计。阿骨打根本不打算让阿悚回来，要是天祚帝真将阿悚送来，阿骨打还用啥理由进攻辽朝？他派人讨要阿悚，不过是项计谋，将来攻辽可作为一项借口，左三番右二次讨要阿悚，不给，成心与女真为敌，故兴兵讨之。所以阿骨打怕辽天祚帝交阿悚，才让实古廷、银术可先拜见萧海里，给他个机会，让其知道他们又来要阿悚。萧海里听说来要阿悚，必然找天祚帝，不让天祚帝交阿悚。

萧海里为啥不交阿悚？因阿悚已认他为干爹，又跟小干妈通奸，不然辽朝留他作甚？萧海里是天祚帝的大舅子，还有萧娘娘保护着，阿悚才在辽潜伏下来。还说萧海里的小老婆欢欣，当即来至后宫找天祚帝，因为天祚帝过去也和欢欣勾搭过，她见天祚帝不受什么拘束。她来到后宫，见天祚帝和嫔妃正在寻欢取乐。她突然走到皇上跟前大声喊："皇上，快替我做主！"

这突如其来的喊叫，将天祚帝吓一跳，转脸见是欢欣，惊疑地问道说:"怎么？萧都统还敢欺负你吗？"

欢欣用手推下延禧，两手搭在延禧肩上说:"不是，是女真阿骨打派实古廷、银术可来讨要阿悚，皇上你可千万别将我干儿子交出去，要是将我干儿子阿悚交还女真，我可和皇上没完，要能架住，你就交还。"

天祚帝说:"朕不知道，汝怎么知道的？"

欢欣说:"女真实古廷、银术可带着貂皮，东珠，神草拜见萧海里，让他劝说皇上，将阿悚交给他们带回去，他们明天见皇上要阿悚！他们刚走，我就跑这来了。"

天祚帝一听，哈哈大笑说:"怎样？不出朕之所料，就说阿骨打兴兵攻辽，他敢吗？连讨要阿悚，还各处烧香拜佛，求爷爷告奶奶为他说情，朕坚决不放朕的干妻侄儿，看阿骨打奈朕何？"

欢欣一听，转忧为喜道，喊叫说:"谢皇上！"然后，她就放心回府找阿悚寻欢去了！

第一百五十四章　天祚帝骄横拒还阿悚

　　说的是阿骨打派到辽朝去侦探的银术可，在皇太叔、天下兵马大元帅和鲁斡后花园住一宿，他的小妃殷蕾尝到了甜头，就将银可术绊住了，说啥不让他走。殷蕾敢这么明目张胆地留女真银术可住在府中通奸？因为这种事在辽朝这些贵族皇亲们眼中已是不足为奇的事了，用民众的话说，已乱糊了。何况，殷蕾本身是妓女，放荡成性，也就是银术可，辽朝其他官员还真不理她。阿骨打早已探明，和鲁斡在东京买一妓女，名叫殷蕾，由于和鲁斡年老体弱，怕殷蕾缠他，才经常去东京躲着她！阿骨打还估摸着，实古廷、银术可去，和鲁斡不在，殷蕾非接见不可，淫妇寻人不着，见美男子绝不能放过。才让银术可和实古廷前去，就是要殷蕾勾住银术可，银术可方能从她的口中，掏出辽的真实情况，才授予锦囊之计。阿骨打果然料事如神，殷蕾一见钟情，将银术可勾进府中，满足她肉体的需求。银术可千方百计地从殷蕾口中掏出所需要的情况。

　　他俩躺在炕上，殷蕾枕在银术可的右胳膊上，银术可用左手抚摸着殷蕾的头发，套问着说："汝能找个天下兵马大元帅，掌握千军万马，有多么神气啊！"

　　殷蕾将小嘴儿一撇说："屁吧，有其名无其实，名为兵马大元帅，兵权不在他手，军权都抓在萧奉先手中！"

　　银术可问："萧奉先是谁呀？"

　　"萧司先的哥哥，都是皇亲国戚。"

　　"那他一定能调兵遣将了？"

　　"哎哟！听说，他是水桶没梁——饭桶一个，别说调兵，他连咋打仗都不懂得，只会找小媳妇，找了这个，找那个，过个一年半载的就不要打发回家去了，人称'桃花岛'！"

　　"这样人，皇上用他干啥？"

　　"人家不是有个好妹子嘛，妹妹当娘娘，哥哥都得当官，阿果兵权不交这些人，他也不放心！"

"大元帅不掌管兵士，还叫啥大元帅？"

"要说一点兵没有，是瞎话，老头子有三千铁骑兵，驻在东京，这是他的老箱底儿，由耶律章奴率领，此外还有两千汉兵，要不他就老往东京跑了，最近听说，要让他儿子去南京，皇上要改封耶律淳为燕王，管他哪，反正我是不去，耶律淳和我连话都不说，有啥意思，这回好了，你就别回女真了，当我的秘密丈夫吧，我有的是金银财宝，多咱也花不了。"

"这么说，萧奉先掌握的兵更多了？"

妓女殷蕾她哪懂得银术可用话套她，刺探军情，她就知寻欢取乐。躺在那手脚不老实地顺口说："他呀，哼，每天吃喝玩乐，还有闲工夫掌握兵，有万八千的汉兵，还是从宋朝俘虏的，改编为辽军。由汉人管着。他向皇上禀奏说：'平时不养兵，养兵费钱饷。兵多要叛乱，皇上担心风险。战时需用兵时现募之。省钱又省心，安居寻快乐！'阿果听后，乐得连嘴儿都合不上了，连连称赞说：'爱卿之见，提醒朕也对呀！且上耶律备光之当，察割之变，穆宗之乱，重元之叛，均是养兵造成的，今后朕决定不养那么多兵了。'当时差点没将和鲁斡气死，从那之后，就不养那么多兵了。"

银术可又问道说："那么说，元帅和天祚帝也有些不和了？"

殷蕾说："明和暗不和，父子还不和，耶律淳半拉眼珠看不上和鲁斡，他爹说啥话儿，耶律淳也不听。"

殷蕾还向银术可介绍了辽朝官员，明为朝中文武官员，暗地里均向宋私通物品。记得，有一次和鲁斡暗骂萧兀纳、萧司先说："只许他们满天放火，不许别人点灯。说张考杰私贩盗，耶律乙辛贩运被定罪，谁说他们少捣动了，他们比谁都捣动得多！"

银术可听后，暗自思忖，辽朝上至皇帝下至满朝文武官员，均荒废朝政，只顾经商倒把贩运，追求个人发财不管国家兴衰，不待好的。

银术可秘密住在和鲁斡后花园中，殷蕾对他越来越热火，直到和鲁斡从东京中回来，银术可才离开殷蕾。

和鲁斡回来，殷蕾将女真阿骨打派使者实古廷、银术可前来讨要阿悚，还前来拜见皇太叔，馈赠貂皮、东珠、神草等说了一遍，又夸两位使者憨厚老实，恳求皇太叔协助将劝皇上将阿悚交还给女真等语添枝加叶说了一番，和鲁斡听后，对阿骨打派人来拜访他又馈赠些礼物，心里非常感激，但他对天祚帝收留阿悚非常反感。当即令人将萧兀纳请来，和鲁斡对萧兀纳说："太傅，可知天祚帝为何收留阿悚不遣归女真乎？"

萧兀纳长叹一声说："咳！皇太叔，此事老夫曾多次请奏皇上，谏言将阿悚遣送给女真，可皇上不听，言说阿悚已认萧海里为干爹，萧海里收留岂可遣归也！"

和鲁斡气愤地说："真是岂有此理，为了个人，岂可误国！待明日早朝，汝与我同时奏谏之。"

萧兀纳一听，心中大喜，说："明日皇上召见女真使者，请皇太叔谏皇上将阿悚交给讨要者带回！"

第二天，天祚帝上朝后，传旨女真实古廷、银术可见驾。实古廷、银术可随旨进见，参拜天祚帝后，说："我等奉都勃极烈阿骨打之命，前来讨要女真叛逆阿悚，请皇上交还带回！"

天祚帝说："朕先问你，阿骨打沿涞流右岸建城寨，造军械，囤粮草，练兵马意欲何为？"

实古廷回说："练兵为自卫，惩罚打女真，杀女真，欺女真者！"

天祚帝说："朕已决定，阿骨打解散涞流之兵，再议阿悚！"

银术可说："养兵卫国，是女真自决之权，他国岂能干预？讨要阿悚也是女真自决之权，对叛逆者应按本国立法惩办，他国收留不还，就是侵犯他国之权也，请皇上三思！"

银术可的话语，惊得辽朝文武百官目瞪口呆，心里暗想，想不到小小的女真，有这么多能人啊！

和鲁斡、萧兀纳双双下跪向天祚帝禀奏说："女真使者，银术可所言极是，应将阿悚交出来，让使者带回！"

他俩的话音未落，萧奉先、萧司先、萧海里均跪奏说："皇上，万万不可，如交阿悚，有失皇上尊严，阿骨打动硬，难道我辽怕他乎？"

天祚帝一听，高声说道："对呀！阿骨打蛮横无理来要阿悚，朕不能交，他不解散兵，不议此事！"

萧兀纳又奏禀说："皇上，小不忍则乱大谋，不能因为一个阿悚，而引起纠纷，请皇上深思！"

天祚帝眉头一皱说："汝勿多言，你们都受了阿骨打贿赂，胳膊肘往外拐，替阿骨打说话尔，朕意已定，别再多言！"

萧兀纳霎时气得面红耳赤，责问天祚帝说："皇上，受贿一言，从何而起，臣何时受过阿骨打之贿？请圣察之！"

和鲁斡说："皇上，受贿不是我等，而是萧奉先、萧海里也！不然为何收藏阿悚不交？"

天祚帝见和鲁斡有些急了，便赶忙接过说："皇太叔，不是不交，只等阿骨打解散涞流水之兵，对辽无威胁的时候，方能议阿悚之事，朕意已定，皇太叔不必多言了！"说着起身，将袍袖一甩，说："散朝！"

实古廷、银术可心中暗喜，称阿骨打料事如神，如不先拜和鲁斡、萧海里，天祚帝不明事理，要真将阿悚交还，想收也收不回去了。

还说实古廷、银术可回至客栈时，和鲁斡小妃殷蕾早派人等候，请他们过府赴宴，实古廷、银术可随人而去。

和鲁斡做不了小妃主，只得硬着头皮陪两位女真使者，对实古廷说："汝二位在此多住些时日，待慢慢对天祚帝解说之，他会回心转意将阿悚交送出来的。"

实古廷说："全仗皇太叔从中周旋，我等挨几日，听候皇太叔消息。"

实古廷的话儿，殷蕾听后，当时乐得就放个呲溜屁，她设宴招待实古廷、银术可就是为的这个，当即笑嘻嘻地接过说："两位放心，皇太叔答应啦，他管保去找皇上，将阿悚要出来，交给你们！"

第一百五十五章　白城的来历

　　阿骨打在寥晦城抓紧练兵，准备攻辽，这天，实古廷、银术可打发人回来报告。阿骨打一听，心中甚喜，嘴没说心里话，我就等这个哪，遂说："让他进来！"

　　不一会儿，来人见到阿骨打，将辽朝天祚帝荒政淫肆去医巫闾山探小奶奶坦思，欲奸之，高美人显灵，淫性不改等述说一遍，气得阿骨打脸色煞白，愤怒地说："没想到延禧荒淫到这种程度，我不兴兵伐辽，延禧必将民众置于水火之中，使民不聊生，百业荒废。"阿骨打决定兴兵反辽，返回安出虎和勃极烈们商议伐辽。这天，他带领两名侍卫，骑马从寥晦城奔安出虎而去。

　　阿骨打刚到点将台，见前面有三名拄杖的老头，迈着蹒跚的步伐迎头走来，走至阿骨打马前，便给阿骨打跪下了。将阿骨打吓了一跳，慌忙下马，亲手将三位老人扶起，惊疑地问道："老玛发因何事而来？"

　　三位老者齐声说："都勃极烈，我等是浑蠢水①乌古伦部人，由于连年受灾，地不出黍，征收用何缴之？这还不算，还让民众来修皇城，青壮年男子为兵训练，剩下老年人，能修皇城乎？故而欲去寥晦城见都勃极烈苦诉之，都勃极烈素以民生为怀，今不知何为也？想问个明白！"

　　阿骨打一听，暗吃一惊，心想，连年歉收，我亦和勃极烈议定啦，三年免征，今年才第二年，怎么又征上啦？修皇城！我亦三番五次说，不修宫殿，怎么也修上啦？阿骨打感到奇怪，便问三位老人说："去年也征了吗？"

　　三位老者说："咋没征，一年没落！"

　　阿骨打又问："勃堇没向民众说，我在前年宣布，由去年开始免征吗？"

---

　　①　浑蠢水：现吉林省珲春境内。

三位老者又齐声说："不知道啊！从来没听说有免征之事！"

阿骨打说："你们回去吧，此事由我处理。"说罢上马，奔安出虎急驰而去。阿骨打来到安出虎一看，可热闹了，车马行人，闹闹哄哄的，一问，方知是为修建皇城拉石头的，阿骨打当时火冒三丈。这还了得，我的信誉没有了，非找他们算账！但他马上将火压下了，扪心自问，"你向勃极烈们说清了吗？要将你爱民之心疏通到每个勃极烈心上，才能变成心心相连。"阿骨打想到这儿，火气消了一半，便找国相撒改问此事。

阿骨打找到国相撒改，问道："我已三番五次说，不修皇城，不修宫殿，按我之意修个皇家寨就可以了，怎么又变了呢？"

撒改说："这可由不得你了。众勃极烈认为，我女真反辽必然成功，灭辽兴金，过不了三年二载，都勃极烈肯定得做皇帝，等你做了皇帝现修能赶趟儿吗？故而现在就得动工修，此其一也；话又说回来了，勃极烈们也共同感到，修建皇城和宫殿之事，你不好提，也做不了这个主儿，你能说：'给我修建皇城，建筑皇宫，留我当皇上时好用！'这话你能说得出口吗？'再说，别人张罗修，你也不能假装看不着，当然得制止了，可你这样，我们不能这样，得以咱们女真脸为重，将来你当皇帝连个皇宫皇城没有，外国人来一看，耻笑咱女真人无能，连个皇城、皇宫、金銮殿都不会修建，还住民房，那像话吗，非将外国人大牙笑掉不可？尤其是得笑我这当国相的，是个水筲没梁——饭桶一个，修建这么一座对面大炕的宫，皇上和文官武将盘腿坐在炕上，成何体统，都得说国相无能此其二，有这么两条理由，不管你同意不同意，更改不了啦，非修不可！"

阿骨打一听，心里明白啦，会说不如会听的，什么众勃极烈的意见，实际就是撒改和吴乞买他俩的意见，刚才这些话，作为开场白，和勃极烈们一说，哪个勃极烈能说不同意。可阿骨打又一想，撒改、吴乞头还是为女真着想，并无恶意。阿骨打不置可否地对撒改说："请国相将勃极烈都找来，共议伐辽大事！"

撒改高兴地出去了，令人通知勃极烈来议事。撒改以为阿骨打对修建皇城、皇宫再不能提出非议了。

不一会儿，谙班勃极烈吴乞买、阿买勃极烈辞不失、国论昊勃极烈斜也、国论乙室勃极烈阿离合懑加上国论勃极烈撒改全来了，一个不少。

阿骨打有这么多勃极烈，都管啥的呀？待咱也向你交代一下。称阿骨打为都勃极烈，都译言为高，就是最高总治官，再没有比他大的了。除阿骨打就是阿骨打弟吴乞买，排行第二位，所以称谙班勃极烈，译为尊贵的勃极烈。国论勃极烈，"国论"就是国相之意，所以撒改国相称国论勃极烈。阿买勃极烈是主管治理城邑的官，乙室勃极烈是主管迎接外交官员的官。

阿骨打见勃极烈全来了。国相撒改先说话了，他笑呵呵地望着众勃极烈说："都勃极烈阿骨打从寥晦城赶回来，和众勃极烈议论兴兵伐辽之事，请都勃极烈阿骨打先说说。"

众勃极烈一听，人人欢喜，久盼出兵反辽，总算盼到了，勃极烈们乐得张着嘴儿，笑眼望着阿骨打。勃极烈们双双笑眼，刚和阿骨打的脸相遇时，霎时收敛笑容，变成惊恐的样儿，不约而同都倒吸口凉气，啊！都勃极烈咋的了？勃极烈们为啥由笑脸突然变成惊恐的面容了呢？因为他们的笑眼睛，看阿骨打的脸上时，见阿骨打悲伤的面容，从两只眼睛里，吧嗒吧嗒往下滚落着大泪珠儿，冷不丁不知出了啥事儿，霎时每人笑脸不见了，不约而同地惊问道："都勃极烈，你咋的了？"

哎呀，这一问，不要紧，阿骨打呜呜地反而哭出声来了。勃极烈们更是丈二的和尚摸不着头脑了，接连惊恐地问道："都勃极烈，到底出啥事儿了，你倒说呀？"阿骨打任凭大伙儿问道，他不言不语，盘腿坐在炕上，低头流泪抽泣。

众勃极烈，你看看我，我看看你，惊疑地互问着："出啥事儿了？"

吴乞买见阿骨打落泪不语，可有些毛愣[①]了，忙用手拉一下阿骨打说："到底儿出啥事了，你快点说呀，憋死人了！"

"都勃极烈，出天大的事我们都担着！请你快说，憋死我们啦！"

众勃极烈异口同声地问。

阿骨打悲痛地说："我上对不起祖先，下对不起民众，都勃极烈我再也不能担任了！"

勃极烈们一听，更摸不着头脑了，又惊恐地问："到底出啥事儿了，吞吞吐吐的为何？"因为勃极烈们知道，阿骨打从来办事，说话，七拉枯吃，侃快，从来没有像今天这个样儿，沉默不语，暗自伤心落泪，这不成心要将勃极烈们急坏了吗！

阿骨打抬起泪眼说："祖上，为女真完颜部事业，吃尽了千辛万苦，才在安出虎定居下来，又经过南征北战，东杀西砍，才将女真统一联合起来啦，像块金子似的熔为金板一块，捣不碎砸不烂，大家伙一条心，

---

① 毛愣：东北方言，着急。

惩罚荒淫无道的延禧，拯救民众，为女真报仇。可是，没等同心同德兴兵举事，勃极烈们共议确定，修建皇城，建筑宫殿，言说要为我做皇帝打算！岂不欲将我阿骨打无地自容也？连年战争和灾害，有的女真流离失所，有的自卖为奴，有的卖妻卖子，我曾得到都勃极烈乌雅束的批准，下令三年免征，现在，青壮年应召入伍，接受训练，好共同反辽，家里撇下妇孺残老，耕耘就够苦的啦，可我们还征老者来修建皇城，于心何忍，难道我们不晓得吗？更有甚者，浑蠢水乌古伦部勃堇有令不行，依然对民众征黍，逼民无生之路。而我们兴建皇城，修建皇宫，劳民伤财，民众咋样看我们？难道，我们兴兵伐辽，就是为当皇帝，修皇城，建皇宫，对民众生死而不顾矣！得民心者昌，顺民心者兴，逆民心者亡，民即天也，逆天行事，岂不欲将阿骨打置于死地，又何其悲也！上对不起祖先，下对不起民众，我阿骨打誓不为也！故请辞去都勃极烈，另选他人！"

阿骨打说罢，蓦地站起身来要走。

勃极烈们，拽的拽，扯的扯，拉的拉，齐声喊叫："阿骨打你可不能如此呀！阿骨打你可不能如此呀！"

这时候，吴乞买、撒改跪在阿骨打面前痛哭流涕地说："都勃极烈，其罪则均在我二人身上，是我俩忘祖忘民，只求虚荣，为女真脸面而违背都勃极烈之本，抛开你的意图，按原设计的皇城，皇宫擅自做主而建之！请都勃极烈处罚我俩吧！"

阿骨打一听，也扑通跪下，抱着撒改、吴乞买痛哭流涕地说："我等均向祖上请罪，今后永不忘祖上艰苦创业，永不忘关心民众疾苦，我当皇上那天，也绝不坐金銮殿！"

阿骨打这招儿，比责备惩罚还厉害，修建皇城和皇宫停止了。从此，人们管安出虎叫"白城"，就是没修上的意思，流传至今。

第一百五十六章　处死有令不行的勃堇

阿骨打在勃极烈们面前痛哭流涕，将建皇城，筑皇宫，说到上对不起祖先，下对不起民众，没有责罚谁，一致同意停止建皇城和宫殿，因为城的四框和墙基都垒上了，民众听说不建了，征上来服役打发回去了，民众这个乐呀。后来听说是阿骨打不让建的，阿骨打在民众心目中的根又扎进去一寸来长。

民众管安出虎叫白城，就是要建城没建成，成了白城啦。

阿骨打再次劝阻建皇城和宫殿之后，他对浑蠢水乌古伦部勃堇不执行免征的命令，而继续征缴，心中非常气愤，做出评价认为这不仅有损女真勃极烈的威信，失去民众的拥戴，更有甚者，容易逼民骚乱。女真各部刚刚联合统一起来，扭成一股劲儿，方能去征辽，也只有没有后顾之忧，方能举兵行事。阿骨打同时还想到，像这样的贪官，只顾勒索，不顾女真和民众安危，如果不惩治，今后还咋行令啊！非严惩他，才能惊醒各部的勃堇、谋克、猛安！阿骨打越想此事关系重大，非他亲自去查处不可。

阿骨打便带几名侍卫，骑着马奔乌古伦部去了。沿途听到应征到安出虎来修皇城的民夫和车辆，逢人便说："皇城不修了，撤改白张罗啦，成了白城啦！"

"为啥不修啦？"

"阿骨打不让修！"

"他为啥不让修啊？"

"劳民伤财！"

"哎哟！阿骨打总把民众放在心上，将自己老婆孩全扔到涞流水学武种地去啦，真是好样的，听阿骨打话没错！"

民众议论纷纷，阿骨打听在耳里，热在心中，使他更加坚定一条，要成大业，离民不行，靠民才能成其大业！

这天，阿骨打来到乌古伦部交界，见有些背包的，担担的，背抱小孩拖儿带女，一步一回头恋恋不舍的，淌眼抹泪的族人。阿骨打心里纳闷，这是作甚的？要出门还不愿出门，那就不出门罢了，恋恋不舍，这个难受劲儿。

当阿骨打走至近前时，在马上说："汝等看样儿，是要出门，出门还舍不得家门，这何苦来的，就别出门罢了。"

有一年岁大的说："我们这是出门吗？是逃难去，这地方遭灾不收粮，部勃堇逼迫交征粮，让人活不下去了！"说着泪流满面。

阿骨打听后，蓦地从马上跳下来，赶忙向这几个逃难的施礼赔不是说："此乃我之过也，特来向你们请罪！"

几个逃难一听，惊疑地说："你是谁呀？"

"阿骨打就是我！"

几个逃难的一听，是阿骨打，惊喜地全给阿骨打跪下，说："请都勃极烈救命啊！"

阿骨打慌忙将几个逃难的扶起来，安慰说："我就是来处理这件事的，我在前年冬天就已下令，由于连年遭灾，从去年起，免征三年！前些日子有几位老玛发找我告状，方知你这部勃堇不执行命令，继续征缴！"

逃难的说："不征缴，勃堇能发财吗！"

"此话咋讲？"

逃难人说："交不出的户，就得硬逼妻室子女去给他当奴隶，不到二年，勃堇勒得的奴隶就有二十来名了！他当勃堇前他连一名奴隶也没有啊，全靠勒民得来的呀！"

阿骨打说："因为这个，我才只让他当勃堇，没让他当谋克或猛安！"

"就因为没有兵权，勒得可不满了，经常说，凭什么只让我当勃堇，不让我当猛安？他说要找阿骨打去。"

阿骨打从逃难的口中了解到不少勃堇勒索民众、强征暴敛的事实。便劝逃难的回去，不要走了，将征的和仓里存的全放给民众，逃难的人，满心欢喜地回去了。

再说阿骨打将马交给侍卫，让他们在后边慢慢行，他便单身一人向部落里走去。见部落里有人向东头走去，他紧走几步，见东头有户人家围了不少人，他便奔那去了。阿骨打走到跟前一看，有个老太太坐在地下，紧紧搂抱着一个披头散发的姑娘，身上脸上被打得像靛叶子似的，青一块紫一块的，有气无力地说："额娘撒开，撒开我吧，让我死了，早死额娘早省心!"

阿骨打又举目往院里一看,一个老头直溜溜跪在勃堇勒得面前,两手拽着勃堇的衣襟哀求着什么。周围的民众也在帮着老头说话儿。就在阿骨打张望的一瞬间,勃堇像只猛虎似的,挣扎开来,将跪着的老头甩个跟头,勒得两只眼睛瞪得像牛,向门外扑来,跑到老太太跟前,恶狠狠地举着马鞭子说:"撒开,将她给我撒开!问她还跳井不啦?"

老太哭叫着说:"勃堇,你饶她一命吧!"

勃堇猛扑过去,一把手将老太太拎在一边摔在地下,随手拽着姑娘头发说:"今天不打死你,也让你发个昏,好知道我的厉害!"他说着举鞭要打!

"住手!"阿骨打从人群里钻进去,大声喝道。

勒得紧锁双眉,眼睛一愣瞪说:"谁这么大胆!"他的话音未落,阿骨打已走到他跟前,才认出是阿骨打,身上立刻打个寒战,将马鞭子往地下一扔,两腿一软,扑通跪地下就磕头,口里喊着说,"不知都勃极烈驾到,有失远迎呀,恕罪呀,恕罪!"

围观的民众,听说是阿骨打,立刻像开锅的水,翻花了!怪不得霎时变成留种的茄子蔫巴啦,原来阿骨打来了,这回够他招架的。也有的说,官官相护,能把他咋的,吃亏的还是民众!

围观的民众说啥的都有。猛听阿骨打高声喊道:"来呀! 将勃堇勒得给我捆绑起来!"

"都勃极烈饶命啊! 饶命啊!"这个地头蛇不打自招,竟喊饶命!

阿骨打的侍卫跑过来,岂容他分说,将勃堇按倒在地,用绳将他捆绑上了。勃堇被捆缚上了,仍跪在阿骨打面前,哀求饶命! 阿骨打在他家门口当众就审问上了。这是阿骨打经常采取的办法,他审官断案,经常采取当众公断,让民众看得清,听得明白,还可有冤申冤,有仇报仇!更重要的是可安慰民心!

阿骨打问勒得说:"汝可知罪!"

勒得说:"知罪! 知罪! 不该不迎接勃极烈!"

阿骨打一听,气得虎眉倒竖,断声喝曰:"混账! 我阿骨打到哪块去让人接过吗? 都是悄悄而来,悄悄而去,你竟敢胡说八道! 我问你,我为啥将你捆绑上啦?"

勒得说:"是,是因我要打女奴。"

"你为什么要打女奴?"

"因她不好好干活，还要跳井！"

"为什么要跳井？"

"都勃极烈呀！"女奴隶跪在地下说话了，望着阿骨打说，"我是奴隶不错，可勒得不该强奸我，不从，便拳打脚踢，打得我遍体鳞伤！实在忍受不了啦，死逼无奈，我才欲寻短见，跳井而死罢了，谁知被人发现，将我拉住，勃董赶来，还不放过，用马鞭毒打我呀！"女奴哭得说不出话来了。

阿骨打气愤地问道："她说的，你听见了吧！"

"听见了！"

"有没有这么回事？如不实说，定责不饶！"

勒得见阿骨打威严的面容，吓得浑身直哆嗦，想不承认也不行。便赶忙说："是，是这么回事！"

阿骨打又问女奴说："你因何到他家为奴？"

女奴说："因我阿玛交不起征黍，被勃董强逼为奴！"

阿骨打又问勒得说："是她阿玛交不起征黍你强逼为奴的吗？"

勒得说："他家交不起征黍，我才收她为奴！"

阿骨打又问："征黍是给你家征的吗？"

"不是，是为女真征的。"

"交不起，你为啥逼她到你家为奴呢？还有，我已下令，三年免征，汝为啥要连年征收，将征的都入谁的库里啦！"

阿骨打这一问，吓得勒得大汗淋漓，身子瘫痪在地，脸色煞白，说不出话来。阿骨打高声宣布说："勒得有令不行，继续征黍，由于连年受灾，民众本来就够苦的了，他这一逼，有的抛家外流，有的被逼为盗，有的被逼卖儿卖女，有的被逼去给他为奴，他没当勃董时一无所有，当勃董不到二年，你看，新建的宅院，牛成帮，马成群，奴隶达二十多人，钱物哪儿来的，全是他勒索民众的。像他这样吃人肉喝人血的豺狼，有令不行的野兽，只顾个人发财，不管民众死活，罪该处死！"

阿骨打这一宣布，将勒得当时吓得尿了裤子，真魂出窍。

阿骨打又宣布说："将勒得处以死刑，是他罪有应得，并将他家的奴隶释放回家，他家的财产，民众合理分之，他家的人，沦为奴隶三年！"

第一百五十七章　一件大事

　　阿骨打去严惩有令不行的勃堇，往回走的时候，在一个小嘎珊外，一棵树下，见有一青年妇女坐那啼哭，不知为了啥事儿。阿骨打见她哭得很伤心，便勒住马，从马上跳下来，将马交给侍卫，走至妇女跟前，好奇地问道："汝为何独自一人在此啼哭，难道有什么伤心事吗？"

　　青年妇女听见阿骨打问她，睁开泪眼一瞧，见阿骨打这身打扮，还有六名当兵的陪着，这准是个官儿，最小也是个猛安。心想，我何不将心里话儿，对他说说，他听后能反映给阿骨打，阿骨打还备不住①能重视这个事儿，就眼泪一对一双往下掉，悲泣地说："是我不争气，成婚后，两年啦，还没开怀，额娘婆母背前眼后，珠泪儿滚滚，叨叨说：'当年媳妇，当年孩，当年不孩得三年！儿子当兵训练，眼看征辽要走了，要有个三长两短，我上哪抱孙子去呀！'这话被我听见了，心里能不难受吗？背着婆母，跑到这儿，自己独个儿伤心流泪，怨恨自己不争气，为啥当年没有孩！"

　　这也就是女真人的妇女能说出口来，汉族、契丹人的妇女，说出这番话来，得臊死！因为她们很封建，大门不出，在家锁着的闺门绣女，妇女不能随便出头露面。而女真人的妇女则没有这一说，妇女可随便出头露面，说话打闹，姑娘还可自寻配偶，有的还女人当家。所以这个青年妇女敢将"当年媳妇当年孩"的话，对阿骨打述说。

　　阿骨打听后，心里确实大吃一惊，暗自惊讶地想："这妇女提的开了我的心窍，我咋就没想到这个事儿，她说的，不是她一家或她个人的事儿，这关系到女真下一代，后继有人的大事！不久，我要兴师伐辽，打仗还有不死人的？如果像她这样的，战争中男的阵亡了，扔下这青年寡妇，连个后都没有，这日子咋过呀？如果类似她这样的上十上百或者更

---

　　①　备不住：东北方言，说不定。

多，我们女真人岂不要减少后代吗？没有人怎能行，这事我应放在心上，当成一件大事来考虑，议论，妥善解决它。"

阿骨打越想这事越大，非同小可，便向青年妇女说："汝家离此多远，能带我到你家去看看吗？"

青年妇女一听，心里很高兴，嘴没说心里话，别说，我这一说，还真打动这位军官的心啦，八成我男的就在他手下当兵，亦未可知。便转悲为喜地说："离此不远，过前面那道岭就到啦，勃极烈要去，我头前为你引路！"她说着，便头前乐颠颠地走了，走几步还回头看看，阿骨打跟她来了没有？阿骨打便随后拉着马儿跟去了。

阿骨打跟随青年妇女，刚登上丘陵，见从岭下走上来一位年约十六七岁的姑娘，也是边走边擦眼泪儿。就听青年妇女迎着姑娘问道说："钮禄，你上哪儿？"

姑娘又抹把眼泪一语道破："我找他！"

青年妇女说："你阿玛又说你啦，你何不把心里憋屈话儿，和后面勃极烈说说。"

姑娘一愣神儿，用眼打量一下阿骨打悄声问青年妇女说："他是哪儿的勃极烈，你认识他？"

青年媳妇摇摇头儿，悄声说："不认识，看样儿，还是个不小的勃极烈哪，你没看，后边还跟六个当兵的吗？"她说着，还回头望望。

姑娘说："找努忽去。"说着脸色红润垂下了头。

青年媳妇赶忙接过说："她叫钮禄，是我们一个寨子的人，她和同寨的努忽相爱定为配偶，提出趁没去征辽，和努忽成婚，她阿玛说啥不让成婚，横拦竖挡的，她阿玛心里揣着个鬼胎，怕成婚不久，努忽去打仗，有个好歹的，钮禄咋办？可钮禄有钮禄的心眼儿，她已和努忽盟誓为婚，终身不嫁别人，即或为女真报仇去打仗，说不好听的话儿，阵亡了也是为女真的大伙儿出气，也不能埋怨。只求在努忽没去打仗前成婚，万一留下根苗，钮禄也有个奔头。为这个，和她阿玛三天两头的嘀咕，八成今天她又挨骂了，没看她眼圈儿都红了！"

阿骨打一听，心里又咯噔一下子，赶忙问道："努忽在哪儿当兵？"

钮禄低头回答说："在单城子！"

阿骨打一听，说："好了，走，跟我到你家去，努忽就在我那当兵！"

钮禄一听，心中欢喜，便和青年妇女手拉着手儿向寨子走去。

阿骨打走进寨子一看，寨子不大，有个三十多户人家，属乌塔部管辖。

阿骨打先来到青年媳妇家，刚进门，青年媳妇的公公一眼就认出是阿骨打，慌忙迎着阿骨打扑通跪在地下，喊着说："都勃极烈驾临茅舍，使我惶恐不安，小人磕头问安！"

青年媳妇听说是阿骨打，心顿时怦怦跳上啦，她不认识阿骨打，可阿骨打的所作所为早已灌满她的脑袋，也慌忙跪在地下给阿骨打磕头。钮禄见他们都给阿骨打磕头，她也磕上啦，心中暗自欢喜，这回成婚八成是好办了，人间的阿布卡恩都力来了，听说，他专管民间这些事儿！

阿骨打赶忙让他们起来，便大踏步走进屋去，很随便地走进西屋，一屁股坐在炕上，说："你们都坐下，我跟你们探讨个事儿！"阿骨打说着，用眼一撒目，青年媳妇婆婆没着面儿，便对青年媳妇说，"快让你婆婆也进来，共同唠唠嗑儿！"青年媳妇的婆婆听说阿骨打来了，躲在东屋没露面儿，听说阿骨打招呼她，赶忙用手摩挲摩挲头发。走进西屋要给阿骨打行叩头礼，被阿骨打一把拉住了，推到炕沿上坐下。阿骨打这个举动不要紧，可使屋里的人，心里热咕嘟的，心想，咱女真的都勃极烈见面这么随便，也跟普通人一样，说话唠嗑儿。对阿骨打不感到拘束了。

阿骨打先来个开场白说："我到乌古伦部，将有令不行的勃堇杀了，我下令免征三年，他却不执行，连年征索，私入己囊。强逼交不上的给他当奴隶，太无法无天了！"

屋里的人，连说杀得对！杀得好！这样的人不杀，女真人还能得好？

阿骨打又说："我顺便想跟大伙儿探讨个事儿，谁家都生儿育女，为保障咱女真人再不受契丹人的气，抢咱们的海东青，打咱女真人，杀咱女真人，此仇非报不可，要报仇得出去打他们，打仗多少得伤人，现在青壮年都去当兵，准备打仗，可这就出个新的不好解决的事儿，生儿育女的大事儿。你们不要笑，这不仅是每个家庭的事儿，还是关系到咱女真后代的大事情，我们打了半天的仗，说不好听的话儿，绝后那还了得呀！就是要跟大伙儿探讨这个事儿，比如说，虽然成婚了，当年媳妇当年孩，这没说的啦，要是当年不得孩的，得三年的咋办？有的姑娘和小子暗订终身，要在出兵打仗前成婚，父母不让，怕男的打仗阵亡，这又得咋办？还有的姑娘，没找到配偶，青壮年都当兵去啦，她上哪寻配偶去，这又咋解决？"寨子里的人听说阿骨打来了，不一会儿全知道啦，都跑来了，将青年媳妇家屋里屋外，窗户根底下，全围满了人，阿骨打这话说完之后，人们交头接耳议论起来了，议论最多的还是阿骨打，认为都勃极烈啥心都操，生孩子的事都挂在心上。

青年媳妇的婆婆开腔了，她说："依我看，都勃极烈那样好不，没生孩子的就别让他去打仗了，多咱他媳妇生了孩子再让他去打仗！"

青年媳妇脸一红一白地说："额娘，那怎么行？还是得去打仗的呀！"

阿骨打接过说："你婆母提得好，值得考虑啊！"

钮禄的额娘接过说："要我说呀！小小子没娶媳妇的，都不能让他们去打仗，等娶了媳妇，生了孩子再去打仗，刀枪那玩意儿，拼上不是死就是伤啊！"

钮禄接过说："那可不行，打契丹报仇，人人有份，不让去，留谁也留不住。还是在没打仗的时候，让他们成婚……"

"成婚，成婚，你就知道成婚！"钮禄阿玛听女儿这一说，气冲斗牛，气呼呼地喊叫说，"你给我滚家去！"

阿骨打明知故问地说："你是她什么人，如此无礼？"

"是她阿玛！"不知谁接过说。

阿骨打说："你是她阿玛，也不兴这个，今天是我让大伙儿探讨事儿，而且不是一般小事，是咱女真的一件大事，钮禄关心国家，提出个人看法，有什么不好，你为啥要撺她，撺她不就等于撺我吗？"

钮禄阿玛一听，可吓坏了，慌忙跪下磕头说："小人不敢！只因钮禄自寻配偶，总要求成婚，是我不让啊！"

阿骨打说："你起来吧。"

阿骨打望着他接着说："自寻配偶是咱女真的风俗，有什么不好，钮禄，你寻的配偶是干什么的？"

钮禄脸一红，低头说："名叫努忽，在单城子当兵！"

阿骨打一听，哈哈大笑说："好！由我做主，明天随我去，我给你二人成婚！"围观的民众，立刻沸腾，齐声呼喊："空齐！空齐！"

从此，在女真人留下"生儿育女是一件大事"的口头语。

第一百五十八章　多欢站

　　阿骨打制止建皇城筑宫殿后不久，让国相撒改在营城子下面，点将台上面，这中间地带，修建多欢站。

　　"多欢"顾名思义，就是多方面都欢喜的意思。咋能不欢喜，看看阿骨打想出的这些花样儿，你就得欢喜。

　　阿骨打为安慰民心，鼓舞军心，使女真繁殖后代，经过他和民众反复探讨，在没兴师征辽前，让十五六岁的姑娘能寻到配偶和将各部落没有配偶的姑娘，分批到多欢站来，从兵士中自寻配偶。没配偶的姑娘成群结队地来，而城子受训的兵士，没有配偶的也成队地到多欢站，任凭姑娘选配。没配偶的兵士听说要让他们选配，可真是心里乐开了花。高高兴兴地一到多欢站，排立成线，由一名谋克，逐个介绍兵士的名字、年龄、家居何部落、受训的成绩、兵士本人的特长、爱好等。这边谋克介绍，那边没有配偶的姑娘们听着，按照年龄、相貌、自己选择配偶，经过一至两天，选定后，对兵士则放假，由姑娘领回去认亲，征求父母意见后，再到男方家去相亲，双方都同意，就可以成婚了。兵士成婚后，按批给假，按时归队。对当时女真来说，阿骨打这项措施是相当厉害的。因要进攻辽国，女真必须得动员所有的青壮年去当兵攻打辽国。而这次战争，不是三天五日或个把月就可结束的，而是要经历几年甚至十年八载方能结束，青壮年男子打仗走了，没配偶的姑娘到哪去选配偶？更重要的是，生育女真人，这等大事，能等战争结束后再生育吗？那岂不是耽误一代人！阿骨打认识到这是件大事，也是从这儿产生的。他反复琢磨探讨，认为未婚的兵士让他们在战争打起来前全成婚，这好处可大了。一者，成婚后，女方不受孕的是少数，即民众所称的当年媳妇当年孩，当年不孩得三年。当年不孩的，最多十人当中兴许有两个。大多数都受孕生孩子，这叫战争和生孩子两不耽误，即或这个士兵阵亡了，也留下了后人！二者，安慰民心，阿骨打听到过当配的姑娘寻不到配偶唱的悲歌，钮禄虽配未婚，迫切要求成婚的心情，都在提醒阿骨打得想办法，解决这件事，不然，仗还未打起来，人心惶惶不安，这对战争有好处吗？阿骨打采取这个办法就解决了，人心，尤其是姑娘和父母的心就安慰了。三者，鼓舞斗志，兵士们都成婚了，家有媳妇牵扯，出兵必胜，贵在神速，只有快点结束战争，方能和媳妇过团圆日子。所以说阿骨打这条措施，对女真人的发展、反辽战争均起到了很大的推动作用。

多欢站除让未婚姑娘来此选择配偶外，其中还有一条重要作用，就是让这些当年媳妇当年未生孩的妇女，到多欢站来与丈夫相处。因为阿骨打屯兵于涞流右岸的十个城子中，在点将台上面建立这个多欢站，晚上丈夫受训完了，可骑马到多欢站归宿，和媳妇交欢，使其尽早怀孕，二来，白天青年媳妇无事，可到安出虎去溜达，买点所需的东西。另外，就是新婚未孕的，也可到多欢站来住，再次同房，不然咋叫多欢站哪？因为受到多方面的欢喜，才起名叫多欢站。

多欢站里的站员，均是些年龄较大的妇女，她们有丰富两性关系和妇女受孕否的知识，她们一方面通过个别交谈中传授两性结合的知识，另一方面掌握妇女是否怀孕的情况。对已受孕的妇女，则要动员离站归家。那时候，人还很愚昧无知，凭生活中积累的知识，采取一察二看三掌握的方法，观察妇女是否受孕。一察哪，就是站员经常察看，妇女闭没闭经；二看，就是看妇女汗毛竖立起来无有，要是竖起来了，实有八九怀孕了，再看妇女犯没犯小病，啥叫小病，当时怀孕后，有的呕吐，有的想吃酸的，有的乏困不愿活动，有的肿腿肿脚的，有的喘气发粗，有的尿频，如此等等，这些都叫犯小病，犯其中之一者，十有八九怀孕了；三掌握，就是要掌握妇女洗换衣裳的日期（那时管有经叫洗换衣裳）和停止的时间，掌握妇女神态变化，由此可见，阿骨打确是当一件大事对待。

还说阿骨打曾经遇到过的那个青年媳妇，她名叫合鲁，从她身上引起的，阿骨打才建立这个多欢站，她当然得优先到这儿住着，能和丈夫每天夜间住在这地方，心里有说不出的高兴，你亲我爱，盼望早点怀孕。天不遂人愿，盼一个月，仍然照常"洗换衣裳"，盼一个月，还是照常洗换衣裳，好容易盼到不洗换衣裳啦（闭经），以为是受孕了！可其他感觉没有。但她还是高高兴兴地和多欢站里的人说："我怀孕了，该回家啦！"

多欢站里的妇女都是有经验的人，可说是经得多，见得广，合鲁这么一说，人家也不相信啊，就问她说："你咋知道怀孕了？"

合鲁脸红扑扑的，笑滋滋地说："'洗换衣裳'的日期，过好几天了，准是怀孕啦！"多欢站有经验的妇女，见她汗毛如故，啥变化没有，就对她说："不能回去，再观察一个月看看，八成是拼月①了？"

果然不错，到下月"洗换衣裳"的日子，又洗换衣裳啦，真是拼月了。合鲁的心一下子沉下去了，由高兴变成了愁眉不展。人有脸树有皮，她心想，知道的，我迟迟未孕，不知道的，好像我在这恋男人，恋着不走。再说，别人不说，总在这住着，也不是回事，难道一年不受孕我在这住一年不成？从此，她心里冒个愁疙瘩。

站里的人见合鲁愁眉不展，就劝她："愁啥，今天不孕哪有老不孕的，你要回去，也不能放你走，都勃极烈阿骨打有话，叮嘱再三，说：'合鲁是对女真有贡献的人，是她开了我的心窍，解决了女真人面临的一件大事情，要好好照顾她，多咱受孕多咱才放她回去，不怀孕决不能放她走！'都勃极烈的话谁敢不听，你就安心住在这儿，多咱受孕多咱回去吧。"

合鲁听到这些话儿，她心里立刻热咕嘟的，眼泪唰下子掉下来了，都勃极烈阿骨打对自己这么关心，恨怨自己为啥就不争脸，人家比我后来的，都受孕高兴地走了，我咋住起来没头了，可真是急死人！

有一天，合鲁听说安出虎南有座静圆寺，何不到那儿去烧香祷告祷告，祈求神佛赐一子，多欢站离安出虎才几里地，她遛遛达达地奔寺去了。到静圆寺一看，寺还不小咧，寺门上横一匾额，书写着"静圆寺"三个大字，寺门虽然大开，可里边却冷冷清清，没有几个人来。她便走进寺去，来至佛殿见殿上金色的佛身，便焚香后，跪在佛像前磕头，暗自祈祷，求佛赐给一子，早点受孕，好离开多欢站回家，不然，快急死啦！祈祷后回来了。从此，她天天到寺里去祈祷一次。好似着了迷似的，不去还不行，总觉着心里是个事儿，一连去了七天。

单说合鲁第七天晚上，她睡到半夜的时候，做了一梦，梦见一位漂亮的妇女，从天空飘然而降，口呼："合鲁，合鲁！"

合鲁知是仙人来了，就跪在地下磕头迎接。仙女飘落在合鲁面前说："我乃是子孙娘娘也！由于你对女真人有贡献，阿骨打采用了繁育女真人的办法，建立多欢站，今见你求子心诚，特送你'神仙种子丹'，按此方行事，定能受孕！"说罢送给合鲁个条儿。

① 拼月：东北方言，经期不准。

合鲁接在手中，磕头拜谢。就在她磕头的时候醒了，原是一梦。发现手里真紧紧攥着个字条儿。便赶忙将丈夫唤醒，惊喜地见字条上写着密麻麻的字儿，可他俩都不识字。不知写的啥玩意儿，乐得夫妻俩举着字条儿，听合鲁讲梦中的情况，一直到亮天。说也凑巧，第二天阿离合懑从这路过，丈夫便将字条儿交给阿离合懑，并将合鲁做梦的情形说了一遍。

阿离合懑接过纸条一看，见上面写着："神仙种子丹：细草、良姜、蛇床子、白矾、丁香、木别子各等分，研成细面，炼蜜为丸，如樱桃大，交欢时用一丸放入阴部内，两至三次便可受孕！"

阿离合懑看了两遍，嘿嘿直笑，急得合鲁和她丈夫催促说："你倒说呀，写的是啥？"

阿离合懑当着合鲁的面儿，这话他能说出口吗？没办法，将合鲁的丈夫拉到一边，背着合鲁，将"神仙种子丹"都是什么药，怎么用法，说了一遍。合鲁丈夫才笑嘻嘻跑回来，一看合鲁还�’嘴哪。

合鲁见丈夫回来了，便说："我做梦得的方子还背着我！"

丈夫瞪她一眼说："不背你，这顶上写的，他能说出口吗？"丈夫才将阿离合懑念叨的，对合鲁学说一遍。

合鲁听后脸色通红地说："怪不得拉你跑了，实际，这有啥，谁还不是这么回事儿！"

闲话少说，合鲁按"神仙种子丹"配成药，用此方法，果然受孕了。从此留下这个"神仙种子丹"的药方，后人运用，也均见其效，在女真人中才留下供子孙娘娘的风俗。

第一百五十九章　锡百归顺

好心能感动天和地，真是一点不假呀！阿骨打一心为民众着想，民众拥护他，真是逢凶化吉，遇难呈祥，要杀死阿骨打的仇人，变成阿骨打的杀敌勇将。不信，听咱给你讲来。

说的是黄毛女真有个头目叫锡卜，他被麻产收买，里应外合攻野女真，后来麻产失败被杀，其中锡卜也未幸免，谁杀的？就是下山救父的阿骨打。于是锡卜的后人锡百，怀恨在心，非要杀阿骨打不可。他潜伏出外寻师练武，练就一身好武艺回来了。他听说阿骨打已经被辽任为节度使，继袭女真的都勃极烈，而且在涞流建城堡，修寨栅，造军械，囤粮草，练兵马，准备打天下，他心中暗想："阿骨打胃口不小啊！我先将你杀死，替父报仇，看你还咋去打天下？说不定，女真的节度使，都勃极烈还是我的哪！"

锡百仗着自己全身的武艺，单身一人就奔涞流水来了。他白天当黑夜，找个深草棵里头匿身睡觉，夜间成了他的白天，行走如飞，赶奔涞流水。虽说他在涞流水跟麻产劫过完颜部的牧马，但那时，还是一片荒芜的草原，无有人烟。现在听说阿骨打在此建城寨，究竟阿骨打居住在何地，他还是不知底细。只有凭瞎猫碰死耗子，到处乱窜。这样他只有见城就进，见寨就钻，逢门必看，逢宅就找，不找着阿骨打并把他杀了，他绝不甘心。这样，锡百在涞流夜间行窜，已非一日，窜了好多夜晚，见的均是兵营军械和民众，没有见着阿骨打的影儿。早些年，凡是英雄豪杰，谁惹对谁来，绝不杀无辜百姓，用汉人的话说，冤有头债有主，绝不牵连别人！所以锡百见没有阿骨打转身就走，绝不惊搅他人，这也是英雄豪杰具有的品德吧。所以锡百流窜涞流右岸所有的城寨，唯独没有见到阿骨打，这事不奇怪，阿骨打这么多老婆，今天宿这，明天宿那，何况锡百全靠夜间寻访，也真不易相遇也！说这话，转眼之间，锡百在涞流已转悠有一个多月了，连阿骨打的影儿都没瞄着，他真有些灰心了，暗想，等以后有机会再报此仇也不算晚也。

钖百主意拿定，就离开了涞流，准备回他老家，组织黄毛女真，练习武艺好进攻完颜部报仇雪恨。他离开涞流水后，就不是白天睡觉，夜晚行事了，而是昼行夜宿。

单说钖百这天行至泥庞古部的时候，见一些年岁大的人，三五成群，在一起唠扯的很热闹，他不知唠的啥嗑儿，能吸引人，便顺便贴在跟前，听听他们唠扯什么？当钖百凑到跟前的时候，他心内一惊，人们唠扯的就是他的敌人阿骨打，他站在人群后面，听听吧，都唠扯他啥？

"阿骨打准是阿布卡恩都力下界来救咱女真人！"

"那还用说，除盗贼，降妖魔，放奴隶，杀赃官，诛恶霸，免征税，多欢站搭配偶，事事为民着想，一定是阿布卡恩都力，谁能做出这么多好事儿！"

"这不，听说要发兵要去攻打契丹，早就应该打他们，他们把咱女真人欺负苦了，让咱们喘不过气来！"

钖百听说阿骨打去攻打契丹，心内惊讶，真的？这家伙行啊！契丹人最坏，抓我们黄毛女真给他们做奴隶，不赶他们家养的牲口，把我们黄毛女真逼得无奈，才跑到札来托罗水去了。别说，阿骨打要是打契丹，我不但不杀他，我还得服他，跟他一起去打契丹报仇！

钖百二番脚又来找阿骨打，头回寻阿骨打要杀阿骨打，这回要归服阿骨打打契丹去。

钖百的阿玛钖卜就是被麻产骗了，麻产曾打着去攻打契丹的口号，才骗得钖卜信以为真，降服于他。麻产还言说劾里钵投靠契丹打咱女真人，要打契丹必须得先灭完颜部。就这么的钖卜被阿骨打在交战的时候杀了。这些事钖百不知道，只知道他阿玛被阿骨打所杀，要找阿骨打报仇。

没想到，阿骨打屯兵要打契丹，契丹是黄毛女真的仇人，阿骨打只是杀父之仇，他没有欺凌黄毛女真，更何况阿玛是跟麻产去抢掠完颜部牧马被杀的，咎由自取，不是阿骨打找上门来杀的，这能怨阿骨打吗？钖百走着想着，越想对阿骨打的仇火越消了。

单说钖百这天行至凉帽岔路的时候，忽听有人喊叫："钖百大哥！钖百大哥！"钖百一愣神儿，心想，谁认识我？他扭过脸一瞧，见从凉帽岔路口上跑过一人，黝黑的脸膛，浓眉大眼，身后背着一口腰刀，他仔细一看，原来是散野。便停住脚步，笑呵呵地迎着，说："真是有缘千里来相会，无缘对面不相逢，没想在此又遇到你了！"

散野说："是呀，自兴安岭一别，一晃一年了，原以为见面不易，未想到在此相见，真是两山到一块不易，两人到一块还是容易的。不知兄长欲往何处？"

锡百说："咳，贤弟啊，我原想杀阿骨打替父报仇，可我从安出虎找到涞流，未见阿骨打，就灰心了，想回去，等有机会再说。就在我要回札来托罗水，路过泥庞古部时，听说阿骨打要兴兵打契丹，我又回来了，欲投阿骨打去攻打契丹，替黄毛女真报仇！"

散野哈哈大笑说："不枉咱俩在兴安岭插草结拜，今日不约而同，真是巧合也！"

锡百惊疑地说："怎么，你也要去投阿骨打？"

散野说："我逃跑在外，不光是因为杀了契丹抢鹰的官儿，还错认为阿骨打投靠契丹，出卖咱女真人，早晚不等，非除掉他不可。近日回家，才知道阿骨打处处为民众着想，做了好多好多的好事，家家都供他，将他当成活的阿布卡恩都力。原来他对契丹是缓兵之计，现在兵精粮足，要打契丹为女真报仇，他乃是女真人的英雄也，不投靠他，老人都不答应。"散野说到这儿，也反问说："那你不想杀阿骨打了？"

锡百说："杀阿骨打？再有这种想法，都得受雷轰之，因为他是阿布卡恩都力下界，来拯救我们女真人，想害他之意，都是罪过呀！"

散野听后，乐得合不上嘴儿，蹦跳着喊叫说："大哥真变了，真变了！"喊着一把拽着锡百说："走！咱哥俩去向阿布卡恩都力请罪去！"

锡百和散野来到安出虎一问，方知阿骨打在多欢站，两人问明路径，奔多欢站去了。他俩来到多欢站一看，被阿骨打的行为惊呆了。见阿骨打扎着一个围裙，汗巴流水的过滤鹿胎毛哪！多欢站的人悄声对锡百说："都勃极烈忙着哪，过鹿胎毛，为妇女造药哪！"

锡百一听，心里纳闷儿，阿骨打会造药？就小声问道说："都勃极烈会造药？"

多欢站的人介绍说："都勃极烈要发兵攻打契丹，年轻的男女没成婚的让成婚，没受孕的让受孕，他这份好心，又带来好多麻烦事儿，有的受孕了，流了，各式各样的病出来了，都勃极烈本想在打仗前，让兵士安下心来，没有牵肠挂肚的事儿，可媳妇不是这病就是那个病的，兵士知道，打仗能安心吗？为这个都勃极烈每天焚香祈祷，祈祷阿布卡恩都力保佑，赐给药方，能治妇女百病。好让兵士们安心！说也奇怪，勃极烈连着祈祷三天晚上，阿布卡恩都力托梦给他，让他用鹿胎造药，专治妇女百病！"

钖百、散野听后，心里更起敬三分，认为一个都勃极烈亲自为民造药，世上少有，见阿骨打忙得汗巴流水，不好上前，等着吧。这时见一匹快马飞驰而进，马跑得浑身像水洗一般，骑马的跳下来，从马鞍上摘下一大包子东西。拎到阿骨打跟前说："禀都勃极烈，药全买回来了。"

阿骨打擦擦手说："打开，待我看来！"

拎药人将药包子打开，里边包着若干小药包。上边均写着字儿，阿骨打拎过一包，看着字儿说："白芍、当归、川芎、路党、焦术、云苓、元胡、香附、桂仁、砂仁、姜炭、木香、益母草，好，十三样，加鹿胎十四样，一样不少。"阿骨打说到这儿，对身旁的一个妇女说："这回将这些药，和鹿胎放在一起，加上水和童子尿，熬成羹吧！"说罢擦擦汗解下围裙，方走过来。

"参见都勃极烈！"钖百、散野迎着阿骨打跪在地下磕头，阿骨打望见两个陌生人，大吃一惊！

第一百六十章　妹嫁锡百

阿骨打在多欢站里为妇女造药，突然来两个陌生人拜见他。他惊疑地用手扶起来问道："汝是何人，我咋没见过？"

锡百、散野见问，又跪在地下，磕头说："小人有罪，特来向都勃极烈请罪！"

阿骨打说："快起来讲话，汝等何出此言？"

锡百说："我乃黄毛女真锡卜之子，锡百也。因受麻产之骗，我父子随麻产到涞流水抢完颜部牧马，父被杀。我知父是都勃极烈杀死的，怀恨在心，练好武艺以报杀父之仇。连来日寻都勃极烈报仇，哪知，我从安出虎一直寻到涞流，游找一个月，没有寻到都勃极烈，想返回扎来托罗水去，组织黄毛女真前来报仇，走到泥庞古部时，听到都勃极烈要兴兵攻打契丹，又听民众称颂你的恩德，我才转过向来，认识到，我父虽被都勃极烈所杀，是罪有应得，因他随麻产来抢马，不是无缘无故被杀。我又想到，契丹才是黄毛女真的仇人，他抢掠我们去为他当奴隶，都不如他的牛马，故又返回来，向都勃极烈请罪，祈都勃极烈收留我，愿随都勃极烈去打契丹，报仇雪恨！"

阿骨打一听，心中欢喜，暗想，锡百不过十八九岁，可这人憨厚诚实，说话一点谎言没有，心里咋想的就咋说，是个好样的，阿骨打当时就喜欢三分。接着，他长叹一声说："咳！汝父子那时均被麻产所骗，他要不以攻打契丹为名，汝父子也不能追随他。麻产太阴险了，抢掠我的牧马未成，他又去用兵力抢掠黄毛女真，好为他当奴隶，是我带兵解救了黄毛女真，捉获麻产而杀之，方除一大害，黄毛女真也得安然了！"

锡百一听，才恍然大悟，他再拜阿骨打相救黄毛女真之恩。

阿骨打又向散野说："汝因何未当兵，反来自投？"

散野说："小人是拔卢古水坚甲部人，因契丹人来抢海东青，被我杀死，逃跑在外，在兴安岭和锡百相遇，插草相拜，结为弟兄。原以为都勃极烈投靠契丹，出卖女真，让女真人遭受契丹人的欺凌，也欲寻机刺杀都勃极烈，后来，我溜回家中，方知女真人都以都勃极烈为阿布卡恩都力下界，来拯救女真人，方知自己错怪，又听都勃极烈要兴兵攻打契丹，女真男儿人人有责，故来向都勃极烈请罪投军！"

阿骨打一听，这两个小伙子均是诚实的好人，心里格外高兴，他还想到，这两个人来投，我要好生对待，传扬出去，定有很多像他俩这样的人来投奔于我，减少内地之患，共同对辽，更能顺利地完成灭辽兴金大业。阿骨打想到这儿，便笑呵呵地问钖百说："钖百，你今年多大了？"

"十九个青青了！"

"成婚没有？"

"无有。"

阿骨打又向散野说："散野，你多大了？"

"十八。"

"成婚没有？"

"未成婚。"

阿骨打一听，心中暗自欢喜，真是天缘凑巧，多欢站现在有两名没找到配偶的姑娘，正好来两名未成婚的男子，何不将两女配两男，以安其心。便说："我有意给你二人配婚，不知汝二人意下如何？"

钖百、散野两人齐声说道："我二人前来投军打契丹，婚事待打胜契丹后再说。"

阿骨打哈哈大笑说："汝俩年轻，不解我之心也。我为啥要在此建多欢站呢？就是要解决这件大事！咱们攻打契丹，不是三天五日可办到的，兴许三年五载，或要更长时间才能办到，想想，五年，十年，你们多大了？这还不说，得后继有人哪，现在成婚，有了孩子，十年后，就十岁了，十五年就可成人了。你们要是十五年后再成婚，那怎么得了，得耽误多少人啊？"

阿骨打说得钖百、散野格格地笑。阿骨打说："你俩想想，我说的对不？"

钖百、散野从心眼往外感动，都勃极烈说的在理，可不是咋的。他咋想来的，真想到人们心坎里去了，不怪民众都说，他是阿布卡恩都力下界，八成是。

阿骨打见钖百、散野默许了，才令人将两个姑娘叫来，让她俩各选一个。为啥剩两个姑娘呢？因为来的姑娘比没有配偶的兵士多两名，这不就剩下了吗，姑娘要走，被阿骨打留下了，让她俩再住几天，万一出个啥差头好补上，事有凑巧，钖百和散野来了，还真不多不少，正好相配。

当即将两个姑娘叫来，可麻烦了，两个姑娘相看后，均争跟散野相配，都不愿与钖百相配。汝知为何？

原来钖百是黄毛女真，头发有点黄，眼仁有点发绿，因为这个，两个姑娘都争散野为配偶，谁也不肯择黄毛女真为配偶，这就将阿骨打的一片好意变成起风逐浪的大事了。

如果两个姑娘不愿选钖百为婚，见他黄头发，绿眼睛，也中，可你们俩别吵架呀！这两个姑娘与此相反，因争散野，已吵得不亦乐乎！

她俩咋能不吵架，因为剩她俩，就可想而知，人家别的姑娘到这搭眼就选定了配偶，可她俩就排这个选那个，她选定时，人家早已选好了，她俩原来相不中的，回头又相中了，晚了，人家也被别的姑娘选中了，就这样，她俩高不成低不就，那么多姑娘就剩她俩，选不着配偶了！按理说，她俩应该有所省悟，阿骨打将你们俩留下，好不容易有两个请罪投军的，正好天配良缘，俩对俩，可事与愿违，两个姑娘闹起争夫来了。

阿骨打见两个姑娘同争散野，都不愿同黄毛女真钖百为婚，见势不妙，嘴没说，心里想，我用成婚拢住黄毛女真的头领钖百，好为我出力，恰如其反，画虎不成反类犬也，不仅没拢住钖百，反而伤其心，一怒之下，弃我而走，不是增加一个仇者，要是黄毛女真不服我的约束，这还了得。好事让我办坏了。他赶忙令人将两个姑娘拉走，她俩的纷争，别让钖百听见。阿骨打神态自如地令人摆酒设宴招待这两位来投军的勇士！

话又说回来，钖百和散野真不知两个姑娘争一夫，他俩和姑娘见一面后，只顾心里美滋滋的，根本没想到两争一的事儿，暗想，反正这两个长得都不错，哪个跟我配偶都行。

列位，你们想想，这两个姑娘要都像丑八怪似的，就剩不下了，正因为她俩均有几分姿色，所以才挑挑拣拣，这个不行，那个不般配，总以自己去衡量男人，挑剔一溜十三遭儿，剩下了。你还别说，别看别人长得不如你俊，正由于不俊，自己才选筐就是菜，一见钟情，男的有啥好说的，阿骨打想得这么周到，关心兵士，还有啥说的，是牵强其素，只要姑娘相中咱，就没有啥说的，不同意也得说同意，不然也对不起都勃极烈阿骨打啊！正由于这样，最后苦了这两个模样出众的姑娘，还没选着配偶！反而剩下了。

阿骨打见两个姑娘争一个散野，都不愿嫁给铴百，他可犯愁了，不是别的，阿骨打要用铴百，因他父子在黄毛女真中很有威望，又有号召力，要是能将他拉过来，岂不又多股兵力！没想到两个姑娘均嫌他黄头发绿眼睛，不选他，这可咋办？阿骨打为这事愁得直转悠，但也不能强制姑娘配铴百呀！

阿骨打正为此事发愁的时候，忽见他八叔阿离合懑进来了，他灵机一动，对呀，阿离合懑的小女儿，何不嫁给铴百为妻，一来笼络住铴百，二来黄毛女真和完颜部成为亲属，岂不永归顺于完颜部！

阿骨打便对阿离合懑一说，阿离合懑听后，可有些为难，他的女儿元月才十四岁，嫁给野女真好吗？就在阿离合懑迟疑的瞬间，他两眼望着阿骨打眼神，心里忽然一滚，明白了阿骨打的意思，立刻应诺说："行，有你给她做主，我就放心了！"

阿骨打听后心中甚喜，立即找铴百说："铴百，我有一妹，名叫元月，意欲许你为妻，如同意，明日让她来互见之如何？"

铴百听后，真是惊喜交加，可说是挑着灯笼无处寻也！当即面红耳赤地说："小人粗陋不堪，恐不般配！"

第二天一相看，铴百当然乐得合不上嘴儿，元月有父做主，还有何说。阿骨打将叔伯妹子嫁给铴百后，铴百才服服帖帖地投靠阿骨打。每次征战，都冲锋在先，立下不少功劳。

第一百六十一章　　多欢站里的奇事

　　阿骨打建立这座多欢站，本来让多方面的人欢喜，鼓舞军心，好去攻打契丹，可是往往事情会向相反的方面发展。奇异的事不断出现。

　　有个姑娘名叫格拉，年方十六岁，那时女的都是早婚，姑娘十四岁就算成人啦，一般十四岁就寻偶成婚，何况格拉都十六啦，多亏阿骨打想出这个办法，建个多欢站，让姑娘到这来，和没有配偶的小伙子成婚。格拉选的兵士名叫爽亮。论人，小伙儿长的大眼生生，显得精神，论身体，不胖不瘦，中等个头，格拉就相中了，两人又经过双方父母相看，都心满意足，就成婚啦，哪知成婚没到三天，爽亮跑回营城子。带兵的宗雄吃惊地问道说："汝刚成婚，咋就回来了？"

　　爽亮满脸通红，嘿嘿一笑说："成婚就得了，老在家干啥，赶快回来练武是正格的！"

　　宗雄也一笑说："傻小子，你回来，你媳妇能乐意吗？"

　　"乐意！她让我早点回来。"

　　爽亮这么一说，宗雄还能说什么，回来就回来吧，归队练武，宗雄心里还琢磨着，反正阿骨打的规定都知道，如没受孕还得到多欢站来住着，直到受孕为止，就让爽亮归队去了。

　　哪知，爽亮头前走，媳妇格拉后脚就跑来了，跑到军营又哭又闹地说："你嫌我，当时为啥不说，成婚后你嫌弃我，可把我坑苦啦，我非和你拼命不可！"格拉这一闹扯，还咋练兵演武啦，都停下眼巴巴地望着，答不上言。

　　婆卢火回来了，见这情形，气得他暴跳如雷地说："原来就不应该来这一招儿，怎么样，成婚，成婚，反闹到军营来了，像话吗！"

　　宗雄说："此言差矣，难道都勃极烈还没有你考虑得周到，出点说道[1]，别大惊小怪的，让他们俩到多欢站去解决，再说，爽亮成婚假还没到期哪。”

婆卢火听宗雄这一说，气消了一些，可仍然粗声大气地说：“你俩别在这儿哭叫，这是军营，愿吵愿闹，到多欢站去哭叫，爽亮你听到没有？”

爽亮听见婆卢火的吩咐，他哪敢怠慢，更何况营城子离多欢站又近，便头前走了。

格拉哭哭咧咧地在后边跟着，小嘴嘀嘀咕咕地说：“你安的啥心，刚结婚就嫌弃我，我找都勃极烈告你！”

两人一前一后，爽亮在头前垂头丧气地走着，后边跟着哭哭啼啼嘴不空闲的格拉，不一会儿来到了多欢站。

多欢站总管是位五十岁左右的老太婆，名叫多嬷。别看她年纪大，身体好，精神头足，因她经常为妇女抱小孩，对男女这些事，尤其是对妇女的事儿很熟悉，所以阿骨打让她在多欢站挑这个头儿。

多嬷见格拉哭哭啼啼来了，又见爽亮垂头丧气的样儿，心里就琢磨，八成有事，不然咋刚一成婚就闹成这个样儿？便笑嘻嘻地将格拉拽过来说：“来！是不是他欺负你啦，对我说说，我准能替你出气！”

格拉见多嬷一见面就这么热火，也拿多嬷像亲人似的，一头扎在多嬷的怀里，呜呜哭上啦。

多嬷用手摸顺着她的头发，说：“别哭，哭有啥用，得跟我说说你们俩因为啥。”

格拉说：“爽亮跟我成婚，就嫌弃我，还没到三天，他就归队了！”

多嬷一听，惊疑地问道：“他咋嫌弃你呀？”

格拉将嘴一噘，说：“你问他，让他说！”

多嬷望着低头的爽亮说：“你为啥成婚就嫌弃人家？”

爽亮通红的脸，连头也没抬，小声地说：“我没嫌弃她！”

多嬷说：“你没嫌弃她，她咋说你嫌弃她啦？”

爽亮摇摇头说：“我也不知道，让她说吧！”

多嬷一听，更感奇怪了，又转过脸来，向格拉说：“拉呀！他咋嫌弃你啦？他说他没有嫌弃你呀？”

格拉一听，哇声哭了，扑到爽亮身上，用拳头叮咚捶打，跳着两只

---

① 说道：东北方言，问题。

脚儿，哭啼着说："你咋不嫌弃我，嫌弃我还嘴硬，不嫌弃我，能那样吗，你咋不说？"

爽亮赶忙解释说："谁嫌你啦，是你嫌弃我！"

多嬷一听，心里明白八九分，赶忙将格拉拽扯过来，说："别打了，咱娘俩单独唠唠去。"说着将格拉拽走了。

多嬷将格拉拽到另一个屋子去，咣地将门关上，屋里就她两人，多嬷才紧贴格拉坐下，悄声问道："你说说，爽亮咋嫌弃你哪？"

格拉脸色绯红，低头说："反正他嫌弃我，让他说吧！"

多嬷说："爽亮说不嫌弃你，你咋说嫌弃你哪？"

格拉说："不嫌我，不嫌弃我，哪能，不到三天就走了？"

多嬷惊疑地问："怎么，他没和你合房吗？"

格拉脸色更红了，摇头说："要不我咋说他嫌弃我呢？"

多嬷明白了，两人的病错在这呢？可多嬷心想，看爽亮这模样长的挺好，身体也不错，咋能出现这事哪，不能啊？她又低声问格拉说："你不要害羞，谁家还不是为生儿育女，一辈留一辈，正为这个，都勃极烈建多欢站，在打契丹前让青年小伙儿成婚，还得让妇女受孕，繁殖女真后代，你俩不合房，上哪儿受孕去，你说说，他是不是不懂得呀？"

格拉面红耳赤地摇摇头说："不是的，他刚要跟我么的，因他可能嫌弃我，就不那么的了，这不是嫌弃，是什么？"

多嬷一听，这事挺蹊跷，她这么一大把年纪了，还真没遇到这事儿。就安慰格拉说："你不要苦恼，等我令人考问考问爽亮再说。"

多嬷从屋里出来，正好见阿骨打从安出虎回来，从此路过，顺便问问爽亮夫妻俩的事儿，因阿骨打从营城子路过时，听到婆卢火、宗雄对他禀报了这件事，他很关心，要问为什么？刚踏进门，就见多嬷连跑带颠奔他来了，阿骨打就停下脚步，等待多嬷。

多嬷跑至近前，悄声对阿骨打说："都勃极烈，你可来了，有件出奇的事儿，我得禀报给你！"她便将爽亮和格拉的事儿，从头至尾，对阿骨打学说一遍。

阿骨打听后，说："待我问问爽亮便知分晓！"

阿骨打就将爽亮单叫一个屋去，详细问起这件事来，经过爽亮详细一介绍，方知爽亮不是嫌弃格拉，而是他生理有病，阳痿不起，阿骨打可有些犯愁了，这是咋回事儿，还真没听说过，便安抚爽亮一番，待他倒腾到偏方儿再说。

就在阿骨打和爽亮谈话的时候，多嬷又来了，禀报阿骨打说实古廷和银术可从辽回来了。阿骨打一听，高兴地说："快让他们来见我！"

不一会儿，实古廷、银术可来见阿骨打，将辽朝天祚帝荒淫无道，不理朝政，从去医巫闾追求小奶奶坦思，高美人显灵，坦思丧命，回来选美女等事，向阿骨打细述一遍。

实古廷、银术可将辽的情况禀报之后，建议阿骨打迅速发兵征辽，必然取胜，因和鲁斡欲立其子耶律淳为帝，舍北据南，不管北府事了，而精锐之师均在和鲁斡手中，天祚帝并没有御统精锐之师，只顾贪花，不顾其他，连咱沿涞流右岸建城寨、造军械、囤粮草、练兵马都不以为是，还蛮横无理地威胁说什么，阿骨打拆城寨，解散兵马时，方能遣阿悚，否则不归焉！已昏庸到极点，此时进军，方能攻其不备，打他个措手不及也！

阿骨打听其说，不断称是。实古廷还将向阿骨打禀报了锦囊之计的神效，银术可得以美差，与和鲁斡小妃私通之事，此多数情况均来自和鲁斡小妃也！

阿骨打听后，也笑呵呵地问银术可说："汝除得重要军事情报外，尚得可宝也？"

银术可脸色绯红地说："我还得到无价之宝，交给都勃极烈！"

说着从怀里掏出个字条儿，递交给阿骨打。

阿骨打接过一看，心中大喜！

第一百六十二章　　无价之宝

　　说的是阿骨打接过银术可交给他的字条儿一看，惊喜地连连点头说："真是无价之宝也！"

　　阿骨打为啥这么欢喜，原来是银术可从和鲁斡小妃那淘换到两个珍贵药方，上面写着渤海鄚城秦越人遗下的神仙药方。其一是：

　　"返老还童丸"

　　三七二两、远志二两、母丁香一两、萆薢一两、车前子二两、巴戟二两、灯芯灰一勺、木香一勺、马兰茶二两、澄花二两、蜘蛛七个、盆沈一勺、当归二两、稍蛇二两、木通二两、孰骨一两、故低二勺、羊活二两、桑硝一两、会虫一两、蛇麻一两、茯苓一两、大茴二两。①

　　此返老还童神仙方，大兴阳道，主治老年墙角嗣，中年阳痿，两肾太虚，下部虚寒，冷精虚憋，阳痿不举，并可强筋壮力，返老还童，添精补髓，服之骨髓充满种子，仙方功效如神。用以上各味药，研为细面，炼蜜为小丸，每服二钱，淡盐水送下。

　　另一个药方是：

　　"益母仙赐丸"

　　益母草一斤半，当归一斤，川芎一两二，三味药共为面，合一处，炼蜜三斤为丸，朱砂为衣，每丸三钱重。配药时不准见铁器。是专治妇女百病的仙丸妙药，是益母仙子所赐，秦越人传于世！

　　阿骨打看过字条，惊喜地问银术可说："汝从何得引也？"

　　银术可说："和鲁斡小妃，原是妓女，她的淫欲很大，故问之，像汝之淫，何以对之？她言道：'辽朝上至皇帝下至百官，均服秦越人之神药，故而老不衰也！'并拿此方让我看之，被我揣在怀中，还拿返老还童药，让我服之，我服用后果见神效。故将揣回一些，献给都勃极烈！"说

---

　　① 此方是按原《女真谱评》手抄本抄下来的。

着，又从怀内掏出一个包儿，里边包着返老还童丸药！阿骨打接在手中，真是从心眼里往外高兴，现在他正愁建立多欢站后，妇女不孕或受孕后以及产前产后出现的一些病症，阿骨打认为，他这一注意女真人繁殖后代，妇女各种病症全出来了，为啥？就是注意了，过去无人过问，妇女这些病不足为怪，得了也不以为然，现在就当回事了。这是好事，它可逼着我们想办法，保护妇女，让其繁殖，女真好后继有人。可这药上哪淘换去？真是想啥，有啥，偏偏银术可带回来了。不仅带回方还带回药，这不，又出现爽亮阳痿不起之症，让他服此药看看，如有效，此症也不愁了。

阿骨打当即将药交给爽亮，让他服用，今晚试之，看其有效与否？

实古廷不解地问阿骨打说："都勃极烈，秦越人是谁，他为何有此方？"

阿骨打说："汝有所不知，秦越人乃神医也！秦越人原来在渤海郑城开店。有一天，来个住店的，名叫长桑君，他住店后，见秦越人对他很好，为人憨厚老实，就欲将本身的医术传授给他。秦越人本身就好学，听长桑君一说，他当然高兴了，原来不知长桑君是医者，长桑君说后，他跪地磕头，认长桑君为师，就弃店学医。很快学会了医术，便串游各地，为民治病，由于他的医道好，患各种病的人，吃他的药就好了，就称他为扁鹊。

"有一次，扁鹊去赵国行医，赵国的大将赵苪子得病，已经好几天昏迷不醒，啥也不知道了。就将扁鹊请到府上，为赵苪子治病，经他一治，吃了几服药，没过两天，赵苪子明白过来了，很快病就痊愈。赵苪子为感谢他，奏请国王，为让扁鹊能采到更多的药草，便将山脚下一大片土地赐给他了。从此，扁鹊便在山下盖上房子居住下来，有病的来治病，没有治病的，便到山上去采药草。

"有一次扁鹊出外治病，路过北虢国时，国太子得了急病，手脚冰凉，人事不知，只剩下一口气了。扁鹊听说，就主动去为国太子治病。他把完脉，对国王说：'国太子得的是尸厥病症，不要紧，我会治好的！'

"他真将虢太子病治好了，从此人们称扁鹊是起死回生的神医。后来北虢国被晋所灭，虢太子便拜扁鹊为师，跟他学医。

"虢太子在宫廷里过的是衣来伸手、饭来张口的日子，吃的是山珍海味，穿的是绫罗绸缎，走路都有跟随保护的，他来跟扁鹊学医，得爬山越岭去采药草，采回来得晾晒、炮制，一天累得脚不沾地，腿酸腰疼，削足适履般受不了这个苦，就偷着跑了。跑出去后，他才又觉醒过来，自己问着自己，你学医为啥？不是要为民治病嘛！连苦都不能吃还能学医吗？想着，想着，他坐在山上哭了一夜，恨怨自己经受不住苦的磨炼。他决心向扁鹊师父请罪，便又回去了。扁鹊见他跑了又回来啦，也不嘞扯①他，只是冷笑一声说：'还是回去过太子的幸福生活去吧！'扁鹊说完，背着药篓到山上采药草去了。

"虢太子见扁鹊没答应他的请求，便追到山上，迎着扁鹊说：'师父！师父！如不收留我，我就死在这山上！'

"扁鹊还是冷笑一声说：'虢太子，你吃不了这个苦，还是回去吧！'说罢转身采药去了。

"虢太子跪地下不起来，大放悲声地喊：'师父！师父！我一定能吃得苦，再不离开师父啦！'他跪在山上，从早晨一直跪到太阳要下山了，虢太子的伤心泪水，在地下流成条溪流，潺潺的向山下流去，被他哭得天昏地暗，山川落泪，才不得不对扁鹊说：'你收下虢太子吧，他会改好的。'扁鹊听山神都说话了，又将虢太子收下为徒，虢太子从此什么苦都能吃，起早贪黑学医采药。扁鹊才将医术传授给他了。从打那以后，人们管此山叫作'忧心山'了。

"师父扁鹊见虢太子已经学好医术，可为民治病了，他就走出更远的地方去为民治病。后来扁鹊来到秦国的时候，听说秦王有病，他便去给秦王治病，哪知，秦国有个太医见扁鹊比他医术高明，忌妒在心，便暗中唆使别人，将扁鹊杀死了！

"扁鹊被害的消息很快传到忧心山，民众听了之后，悲愤得全都哭了。立刻挑选几个精明强悍之士，到秦国去运扁鹊的尸体。哪知，秦国已令人把守，不让往回运，几个精明强悍之士，只将扁鹊的头颅抢回来。虢太子和民众们，将扁鹊的头颅隆重地埋葬在忧心山脚下，从此扁鹊住的村子便叫'神头村'了。

"虢太子见师父已死，他继承师父扁鹊的医术，也不辞辛苦地为民治病，到山上去采药草，发扬了师父的精神，人们称他为扁鹊再生。

"传说有一次虢太子为抢救一个妇女病人，急需'五灵脂'。"

银术可插问一句说："啥叫'五灵脂'啊？"

阿骨打说："听说五灵脂就是鼯鼠的干粪便，说它有行淤止痛，利血

---

① 嘞扯：东北方言，批评。

脉的药效，虢太子亲到忧心山上去采集，怕别人采的不纯。还真采到了。由于虢太子救人心切，采到五灵脂后，就忙赶回去救人，一脚踩空，滚下山崖而死！虢太子死后，手里还紧紧地攥着采到的五灵脂！人们见到这情景均痛哭流涕，人们为纪念他，管这山崖叫'太子岩'！

"扁鹊死后，他的药方流传于世，银可术你带回来的这两个药方，就是扁鹊留下的。真可说是无价之宝也！"

阿骨打说到这的时候，他长叹一声说："咳！可惜呀，我女真遇不到如此神医，有这样的神医我必敬之！要不我咋三令五申，对有一技之长者，均应待之如宾，发挥其技能，对各种工匠均应优尊待之，才能百业俱兴，其理在此也！"

实古廷、银术可等听完阿骨打讲述，都受到很大的启发，珍技重匠，是阿骨打一贯倡导，而且他说到做到，听说哪儿有技艺之人，阿骨打必亲自拜访，请他到安出虎来，发挥其技长，振兴女真各业，原来如此呀！

回头还说兵士爽亮，服了银术可带回来的返老还童丸后，他和格拉就宿在多欢站。

"返老还童丸"真是灵丹妙药，爽亮服后，真是大转阳气，他和格拉这一宿才算是正式成婚，两人你欢我喜，如鱼得水，尽情而欢！

第二天清晨起来，多嬷迎着格拉，用目一扫，见格拉满脸愁云已散，稚气全开，脸色白里渗红，红扑扑粉都噜的面容，气血畅通！心中暗喜，无价宝真灵啊！便笑呵呵地说："爽亮还嫌弃你吗？"

格拉脸色更红了，抿着嘴儿说："多亏多嬷，他回转心肠啦！"

多嬷瞪她一眼说："傻格拉！多亏都勃极烈，给了他无价之宝，不然能有昨夜之欢吗？这回好了，再用两回无价之宝，他就始终像昨晚上那样爱你，永不嫌弃啦！"

从此，人们管扁鹊留下的返老还童方叫"无价宝命丸"，后来人们又改称"宝命丸"。传到医生手，又改称"转阳丸"！直至今日，仍在传用。

第一百六十三章　断头台

　　阿骨打筹划好进攻宁江州诸事，正在与众臣欢宴，忽然有大儿子家人来报，说他大儿子绳果出事了，请他赶紧回去。阿骨打再问，来人吞吞吐吐的，似有难色。阿骨打没想他有别的事，以为准是和媳妇出了点啥事儿，一是新婚而别，见面亲热，宁肯庆功宴不参加，在家守媳妇？再不就小两口话不投机，吵架了？也可能有病，阿骨打想来想去，怨恨自己，想这些事作甚，不来拉倒，查明再说。可他还是惦念着，因为绳果是大老婆所生，又是长子，是他的继承人，能不挂在心上吗？所以宴会都没喝好，便上他大老婆阿娣那去了。

　　阿骨打已吩咐，今天他回去，不要通知他大老婆阿娣，而是悄悄地回去就是了。当阿骨打走进屋时，就大吃一惊，见他大儿媳妇坐在婆母屋哭泣。差点将阿骨打的魂儿吓出窍。当时阿骨打想，绳果病得还不轻哪！儿媳妇哭泣，说明丈夫病重，不然也不能到婆母屋来哭。

　　阿娣和儿媳妇见阿骨打回来了，都赶忙起身施礼相迎问好。

　　阿骨打惊恐地问道："绳果怎么了？"

　　阿骨打不问还好点，这一问儿媳妇哭出声来，阿娣也伤心擦泪。

　　阿骨打更心不托底了，问道："你们倒说啊，绳果他咋的了？"

　　婆媳俩悄然不语，只是擦眼抹泪。

　　阿骨打沉住气儿，心平气和地又问阿娣说："阿娣，绳果他咋的了，你倒说话呀！"

　　阿娣说："绳果，绳果他不像话了，从宁江州掠个美人，领到多欢站连家都不回，让媳妇有多么伤心啊！"

　　阿骨打一听，脑袋嗡的一声，立刻感到事大，心想，孽子竟敢如此，枉费我日常教诲，真是可恶已极，便忍气吞声地说："你怎知道？"

　　阿娣说："别人都知道，就你不知道，尽让你惯的！"

　　阿娣的气话，将了阿骨打一军，阿骨打啥也没说，转身出去了。阿娣撵到门外，喊叫道："你把他领回来就得了，打骂回家再说，别在多欢站责罚他，让人家笑话！"

阿骨打连头都没回，就向多欢站跑去。阿骨打做梦也没想到绳果会做出这样丢人现眼的事儿，还以为有一天自己死了，都勃极烈或未来的皇位就是绳果的啦，因为他是大老婆所生，又是长子，按照惯例，理应如此。没想到出这事，使阿骨打伤心恼火，这样不才的儿子，要他何用？

阿骨打一口气跑到多欢站，已经夜间二更多天了。阿骨打夤夜来到多欢站，使多欢站的人大吃一惊，从阿骨打的气色和吁吁带喘的样儿，知道此来不是好兆头。

阿骨打问道说："绳果住在哪个屋？"

多欢站的人，你看看我，我看看你，大眼瞪小眼，目瞪口呆，谁也没吭声。阿骨打又问道："你们都哑巴啦？咋不说话哪！"

多欢站的几个人，愣呵呵地望着阿骨打，好似木雕泥塑，有口说不出话来！阿骨打望着多欢站几个人，大眼泪噼哒吧嗒掉下来了，悲伤地说："我没想到，你们都不和我一心，绳果这丑事儿，你们早就该告诉我，哪能瞒着我，这不是绳果一个人的丑事，是咱女真人的丑事……"

阿骨打这招真灵，他的眼泪全滴进这几人的心里，一个个也擦眼抹泪地跪在地下齐声说："都勃极烈，不是我们不说，是不敢说，谁要说，少主就要杀谁呀！"

阿骨打一听，更气坏了，忙问："多嬷呢？"

"少主听说多嬷给主娘送信，要杀多嬷，多嬷吓跑了！"

阿骨打一听，更加火冒三丈。这时几名护卫也追来了，怕阿骨打出事，阿骨打见几名侍卫来了，暗想，对付孽了就更好办了，便压住火，心平气和地说："你们告诉我，绳果在哪个屋，我自己去找他！"

多欢站里的几个妇女说："走，都勃极烈，我送你到少主住的屋门口去。"说着便头前给阿骨打带路，拐弯抹角，抹角拐弯的，到了，用手一指，"就住这屋！"说罢悄悄躲闪一边去了。

阿骨打用手拽拽门，门闩着哪，阿骨打可急眼了，只听当、咔嚓连声响，屋门被阿骨打踹碎了。当阿骨打的目光扫进屋里时，赶忙将脸扭过来了，原来炕上的妇女被绳果剥个精光，手脚被倒绑着，阿骨打气得眼睛一黑，一个趔趄，差点摔倒在地，喝声，"将绳果给我捆绑拿下！"

几名护卫，像傻子似的，愣在那儿，谁也不靠前。

绳果见阿玛来了，吓得浑身直颤，霍地跳在地下，扑通跪在阿骨打面前，喊叫说："阿玛饶恕孩儿吧！"

阿骨打嗖的一声，抽出佩剑，大喝一声说："谁不动手将畜生捆绑，先做剑下之鬼！"

护卫一听，嘴没说心里话儿，捆绑你的儿子，何而不为，别让你在气头上，拿我们垫背，才一齐下手将绳果捆绑上了。

阿骨打这才又吩咐，多欢站几名妇女，进屋去将被掠来的妇女绑绳解开，给她穿上衣服，领她去见阿骨打。阿骨打又叮咛护卫，好生看护绳果，如要放走了，定拿几名护卫是问。

阿骨打回到屋里去等候。不大一会儿将被绳果掠来的妇女领进来。阿骨打见这妇女，年纪不过二十几岁，被折磨到如此程度，仍然很俊美，便和蔼地对妇女说："你不要害怕，我叫阿骨打，残害你的人，是我儿子，由于管教不严，出现此事，只要你能将他怎样残害你，实实在在地说给我听，我一定替你报仇，我说话算数的！"

这妇女一听是阿骨打，八成她也有耳闻，便扑通跪在地下，痛哭起来。好半天才哽咽地说："我是宁江州有夫之妇，被他抢来，到此地是我宁死不从，才将我绑缚起来，被他，他将我玷辱了！"说罢痛哭不止。

阿骨打本想再问，这时阿娣跑来了，张爪似的，跑进屋来，哭儿喊叫地说："你饶了绳果吧，他今后改好就是了！"

阿骨打当啷一声，将宝剑拔出来，大声喊叫说："谁要胆敢为绳果讲情，我这宝剑可没长眼睛，也没情面，先让他做我剑下之鬼！"

吓得阿娣赶忙退出去，打发人去请勃极烈们前来讲情。

不一会儿，吴乞买、撒改、阿离合懑、斜也等来到多欢站，见阿骨打将祖传玉泉雄剑悬挂在门口上，知道阿骨打急眼了。几个勃极烈暗下一合计，不求情也不对，宁肯舍命也得求情，不然让阿骨打更伤心了。商议好后，一齐拥进屋去，跪在地下说："都勃极烈，说啥得饶恕绳果这次！"

阿骨打见勃极烈们给他跪下了，其中有的是他叔父，他能受得了吗，便慌忙跪地下，解释说："绳果所犯，是祖之立法所不容也，不按法惩治他，还如何实现灭辽兴金也！"

正在阿骨打解释的时候，阿娣将颇刺淑原配老伴蒲察氏领来了。她颤巍巍地说："将孙儿绳果放了！赶快放了！"

阿骨打赶忙跪在蒲察氏面前，痛哭流涕地说："四婶娘，绳果是我的心肝，要惩治他，难道我心好受吗？可他犯的是宗规族法难容啊！宽恕他，就等于我破坏宗规族法，就等于阿骨打放弃兴金灭辽大业，置阿骨打于死地，若是因儿女情长而抛弃大业而不顾，我就放了他！可有一宗，放了绳果，阿骨打无地自容，绝不再生于世上，请四婶娘深思！"

蒲察氏一听，惊恐地说："怎么，要杀了他？"

阿骨打两眼流泪说："不杀他，今后还咋维法？不杀他还咋能降顺契丹和外族民心？不杀他还咋治理全军？"

蒲察氏长叹一声说："你说得在理，我老了，遇事糊涂，是呀，不能因小而失大呀！由你做主吧！"说罢转身走了。

这时禀报官说："都勃极烈，各路兵马全集合在点将台，候令！"

阿骨打跳了起来，大声喊叫说："将罪犯绳果押到点将台，不得有误！"说着手持宝剑，雄赳赳地奔点将台去了。

勃极烈一看，无有挽回的余地了，连蒲察氏说情都未准，反被阿骨打说服了，谁还敢自讨没趣？便悄悄地跟到点将台。

阿骨打登上点将台，高声宣布说："绳果，打仗无功，跑进宁江州抢掠有夫之妇，硬行奸污，不仅宗规族法不容，就是女真军法更不能容，犯死罪，今日斩之，如果今后谁敢再犯，与绳果同样，在此断头！"

阿骨打说罢，亲自将绳果的头砍了下来！吓得全军官兵均毛骨悚然！

阿骨打在点将台砍了儿子，后来见他儿子小的小，不成才的不成才，认为均继承不了灭辽兴金大业，死的时候，才遗旨将皇位交给他弟弟吴乞买。

从此，点将台又称断头台，就从这引起的。

第一百六十四章　活女诱鹰官

　　阿骨打准备要发兵进攻契丹，在没发兵前还得抓点邪曲子①呀，虽然有阿悚逃亡在辽，几次讨要不给，这算个发兵攻辽的理由之一，可阿骨打还想要找点现时的因由，攻打契丹就更合情合理了，天下人谁也说不出什么。阿骨打琢磨好久，他想出一条妙计。便打发人将活女和石不失找来了。阿骨打对活女说："活女，交给你一个差事，你男扮女装，去引诱辽朝派来的鹰官，让他追你，你就跑，在他快要追上你的时候，你就呼喊救命，石不失带领几名兵士，便赶上前去，捉拿辽朝派来的鹰官，速去行事！"

　　活女、石不失听后，心里很高兴，便去执行这项差事去了。

　　辽朝派到女真来的鹰官，自从发生抢海东青被阿骨打惩罚后，虽然不敢抢了，可仍在勒索女真。单说这天辽朝派来的鹰官次列，住在客店，感到很闷，埋怨上司，干吗派我到这鬼地方来，连个妓院都没有，要是有妓院闲来无事，到妓院去寻欢求乐该有多好，阿骨打是个糊涂虫，既不建城，连个妓院都没有，太次了。次列这小子从客店走出来，见这荒丘之地，长叹一声说："咳，别说妓院，鬼地方见个女的都困难！"他准备奔涞流水去散散心，因为只有奔涞流水或去安出虎行，其他地方不准他去。次列摆摆摇摇地向南走着，突然从前面传来一女子的歌声，次列停住脚步，侧耳细听：

> 十六岁的姑娘哟，
> 盼盼选个得意郎！
> 俊美的小阿哥呀，
> 你为啥不来寻我？

---

　　① 邪曲子：东北方言，借口。

次列一听，当时这嘴咧合①多大，心想，女真没有妓院，可这妓女到处有，这不，唱着歌寻男人呢？自己何不去逗巴逗巴她，次列欢天喜地奔歌声去了。他走出不远，见有棵大柳树下，坐着一位倒背脸的姑娘在唱歌。他两步并做一步走，大步流星几步来至姑娘身后，咳嗽一声。只见姑娘惊愕地回过头来，看他一眼。这一眼不要紧，当时就将次列的魂儿勾去了。次列呆愣愣地想，我见过不少女真的姑娘，还真没见着这么漂亮的姑娘，雪白的脸蛋上的两只大眼睛，水灵灵的，看人送情，真是一位多情的美女，可惜望我一眼，将头转过去了，不行，我得绕到前面去，多看她几眼，也是一种美的享受，次列刚要迈步，见姑娘又回头望他一眼，这一眼更厉害，是向他使个飞眼，差点儿将次列亲个跟头。正在次列忽悠的时候，就见这姑娘又给他来个飞眼，接着抿嘴一笑，站起身来，又递给他个飞眼，迈动脚步，往南走了，走一步一回头，给他来个眼神，可将次列造迷糊了。他傻呆呆地好像钉在地上，一动不动，痴呆呆地望着姑娘，不知所措，眼看这姑娘已走出百步开外，还不断地回头望着他，他才转过向来，喊声："美人，你等等我！"撒腿往前一跑，咕咚一声，摔倒在地。他赶忙爬起来又向姑娘追去。

次列恨不能一步迈到姑娘跟前，将姑娘抱住，狠狠亲亲她，离开女人多少天啦，真将他闷坏了。他快要跑到跟前的时候，姑娘嫣然一笑，望他一眼，撒腿就跑。次列更迷糊啦，好似前面的姑娘给他灌进去一碗迷魂汤，迷得他浑身麻酥酥，更一心扑实地去追姑娘。追呀，追呀！刚刚追上了，姑娘回头又嫣然一笑，送给他一双多情的眼神，次列就觉着身上的筋麻骨酥，喊着说："美人呀，等等我，手拉手走吧。"姑娘撒腿跑了。

姑娘在前边跑，次列在后边追，说这话的工夫，已跑出去一里来地了。要是明白的，姑娘家家的，能跑这么快吗？虽说女真姑娘是大脚，她也跑不过男的呀，次列追不上就应该明白，前边跑的绝不是姑娘，此时此刻，次列不能想这个，心窍已被色迷住了，要不咋说，色不迷人人自迷，就是这个道理。

次列拼命地追，一直快追到涞流河岸的时候，前面有道沟，沟里出过金子，管这道沟叫"金沟"。姑娘突然站下了，这时候次列也跑得上气不接下气，吁吁带喘了。快跑到跟前的时候，气喘吁吁地说："为美人，

---

① 咧合：东北方言，张开。

跑死我也心甘！"

他身上的汗水，将衣服都湿透了。跑到姑娘跟前，伸手去抱姑娘，姑娘非常灵巧地向旁一躲，没抱着，次列咧合着大嘴说："美人，快让我稀罕稀罕你，可别再逗我啦，再逗我就散架子啦！"次列混蛋就混在色迷心了，姑娘能跑这么远不说，身上一点汗没出，姑娘能办到吗？次列凭这点，他也应该醒腔，可他没有，啥也不顾了，已经色胆包天了，别看他跑得吁吁带喘，可在姑娘面前，他来了色劲了，像饿狼似的，向姑娘扑去。

姑娘见他来势凶猛，略一闪身，口里大喊："救命啊！救命啊！"随着他的喊声，就听咕咚一声，次列摔倒在地。因他被姑娘闪的。姑娘的喊声没落，石不失领两名兵丁，从金沟里跳出来，没费吹灰之力，将次列五花大绑捆上后，啪啪打他两个大嘴巴子，骂道："狗狼养的鹰官，竟敢在女真之地，追赶姑娘，欲行强奸之事，岂能容得，将他带走！"

次列做梦也没想到，这是阿骨打使的美人计，而这美人计还不是女的，是男的装的。他追的姑娘就是活女。好色之人，上了个大当。次列有口难分诉，眼泪汪汪地说："美人，你不让我搂抱拉倒呗，干啥还喊人来？美人的心，真令人摸不透哟！"

活女扭过脸去，暗自好笑，这个契丹色迷鬼，死到临头还不知道咋回事哪？当他听到次列对他说这番话的时候，扭过脸来，用手一指说："好你个契丹色迷鬼，竟敢在女真之地，追赶调戏强奸女人，是瞎了你那两只眼睛！你寻思我女真是好惹的，你们契丹色迷鬼，再敢如此，让你们死无葬身之地！"

次列这个契丹色迷鬼一听，惊疑地想，你不同意，为啥用眼色引我，笑嘻嘻地叫我，闹了半天，女真和契丹不一样啊？对了，八成女真眼睛送情是瞪你，笑嘻嘻面容是呕你，由于我不懂受骗上当了！

石不失将次列押至安出虎，阿骨打亲自审问，说："你是谁派来的？叫什么名儿？"

"我是宁江州萧挞不留派来的，名叫次列。"

"你为何要强奸女真姑娘？"

"我见她瞧我笑，以为她逗引我……"

"住口！"阿骨打勃然大怒说，"胆大的次列，到女真来，连女真风俗王法都不懂，不是不懂，是你狗胆包天，小瞧我女真人，欺凌女真人！难道你契丹人见外族人哭吗？笑之以礼，人之常情，你能不知道，反厚着脸喊叫救命吗？来！将次列推出杀了！"

次列一听，立刻吓得真魂出窍自己噼啪打着自己的嘴巴子说："是我混蛋，追赶她，请都勃极烈饶命！"

阿骨打的兵丁，能听他的吗？早跑过来几名武士，将次列拖了出去。这时忽听有人喊叫："刀下留人哪！"

有人向阿骨打禀报说："辽鹰官大家徒求见。"

阿骨打说："让他进来！"

大家徒大摇大摆进来了，质问阿骨打说："你因何要杀次列？"

阿骨打用眼打量一下，见大家徒骄横的架势，嘴没说心里想，好啊，不给你们这些鹰官一点厉害，你们始终是这样骄横无理，在女真各部横行！阿骨打便将两眼一瞪说："次列追我女真姑娘，奸淫之罪，本应斩之！"

大家徒说："节度使，别忘了，你的官儿是天祚皇上所封，我们当鹰官的是天祚皇上所派，两国为敌还不斩来使，何况女真不过是宫帐一奴隶部，岂敢擅自杀害上邦之使官！"

阿骨打一听，气坏了，岂有此理，一个小小的鹰官，竟敢如此蛮横无理，这还了得！便冷笑一声说："怎么不敢！连你我都敢宰了，再让你骄横！"

阿骨打说着，喊了一声，"将辽的鹰官大家徒拿下，与次列同时砍了！"

大家徒见阿骨打动真格的了，吓得倒在地上哀求说："都勃极烈饶命！怪我多嘴……"

还没等大家徒把话说完，被拉了出去，只听咔嚓两声，大家徒和次列人头落地了，阿骨打才起兵伐辽！

第一百六十五章　阿煮壶

阿骨打要进攻契丹，有好多大事他得安排好，其中一件大事，就是后继有人，青壮年都去当兵打仗，打仗非得死人不可，阿骨打本着既要攻打契丹，又要不影响繁衍后代，就采取在攻打契丹前，在安出虎西，建个多欢站，将未婚的兵士，在多欢站配偶成对，放假成婚，未孕者到多欢站来住，继续让其受孕。谁知，阿骨打关心繁衍，妇女的事越来越多。不是这个病就是那个病的，产前产后百病齐发，闹得人心不安。

阿骨打住在多欢站成了接待站了，宫城子宗雄来报，他的兵士家里媳妇生孩子时，有的血崩丧命，有的产后流血不止，生命危险，前来报信，兵士归家的达三四十人！接着小城子领兵辞不失来报，他的兵士因媳妇生孩子后，昏迷不醒，有的胎儿死在腹中而请假者达五十多人！双城子领兵宗翰来报，他的兵士，因媳妇怀孕后头眩目黑，脐腹疼痛等病，兵士请假的达五六十人！一会儿单城子领兵神徒门来报，他的兵士因媳妇难产，或胎衣不下而请假者达四五十人！接着阿萨里城子斡鲁古来报，他的兵士因媳妇产后不语，浑身膀肿等病而请假的达五十多人！一会儿边家城子领兵阇母来报，他的兵士因媳妇生孩子后得了神狂疯癫和鼻口出血等病而请假的达五六十人！一会儿大半拉城子领兵娄室来报，他的兵士因媳妇生孩子后下翻不归，浑身发烧等病症而请假者达五十多人！一会儿小半拉城子斡鲁来报，他的兵士因生孩子后患腹胀恶心、心疼呕吐等病，兵士请假者达四五十人！一会儿，南城子领兵乌野来报，他的兵士因媳妇生孩子后患手足失灵，寒战吐血等病，而请假回家的达四五十人！

阿骨打听后，惊慌失措，这样下去，他的军队不垮了吗？还用啥去攻打契丹！这便如何是好？正在阿骨打着急发愁的时候，豁然闯进一人，向他报告，阿骨打的小老婆图玉奴在安出虎难产，让他速去看望。阿骨打更大吃一惊，妇女生孩子的诸般病症，还临到自己头上啦！阿骨打怕他小老婆生孩子麻烦，才将图玉奴从寥晦城送回安出虎。果然出现麻烦了。阿骨打赶忙骑马回安出虎。

阿骨打回到安出虎，方知图玉奴是横生难产，大人孩子都有危险，阿骨打听后，凄然泪下，真心焚香祈祷说："阿布卡恩都力保佑，只要图玉奴安全，我就放心了，因她是我的救命恩人哪！"阿骨打祷告后，磕头，刚站起身来，就听他大老婆阿娣啊呀一声，将他吓了一跳。就见阿娣摇头晃脑浑身颤抖，将头发也摇散了，给阿骨打跪下磕头，喝喝咧咧地说："都勃极烈，你是女真人救苦济难的阿布卡恩都力，你关心女真人的繁殖，感动了天和地，女真人的始祖九天女的额娘西王母令我益母仙子来炼'救母丹'拯救女真后人！定于五月初四炼'救母丹'，我把壶，都勃极烈架火添柴，得准备一百斤益母草，五十斤当归和川芎，还得制造一个'阿煮壶'，壶不能用铁制，需用泥烧成，炼丹时使用安春水，烧的是双火柴。主上在五月初四的五更前沐浴更衣，焚香祈祷龙王庙西王母救女真后代之恩，五更时架火开炼，炼的时候，主上要不住闲地念叨'阿煮壶'，便可炼成，不仅七主娘得救，女真妇女因产前产后的病症均能得救！切记，切记！"说罢阿娣颤抖几下子，"神"走了！

阿骨打说："你咋的了？"

阿娣愣呵呵地说："我没咋的，刚才身上打个冷战儿，忽悠一下子像睡着似的。"

阿骨打一听，心中欢喜，便将刚才益母仙子附体的事儿，对阿娣学说了一遍。阿娣惊讶地说："是吗，我咋一点不知道？"说着她拿过镜子一照，可不是咋的，披头散发的，知道是真，便和阿骨打双双叩拜，感谢西王母令益母仙子来炼救母丹，挽救女真妇女。阿骨打让阿娣将此事对图玉奴学说一遍，安抚她千万别担心害怕，益母仙子来炼救母丹挽救于她，五月初四便可安然无事了。阿骨打还让阿娣告诉图玉奴，他得赶快去制作阿煮壶！

阿骨打骑马到窑上定制烧做一个阿煮壶，其大如锅。又令人赶快弄益母草、当归、川芎等物。很快备办齐啦，单等炼救母丹啦。

单说五月初四还没到五更天的时候，阿骨打和他大老婆阿娣，便沐浴更衣，烧香祈祷，感谢上天西王母关心她的九天女留下女真人的后代，令益母仙子来炼救母丹！阿骨打和阿娣三拜九叩后，阿娣立刻下来"神"了，喝喝咧咧地声称她是益母仙子，炼救母丹来了。

阿骨打将"益母仙子"领到阿煮壶前时，天已交五更。阿娣披头散发，口里不住闲地喂嗬着，身上有节奏地颤抖，她很快将益母草、当归、川芎放进壶里，添上安春水①，高呼说："主上快架火！"

阿骨打不敢怠慢，在壶底下添上从双峰山采来的干树枝子，燃着了火，阿骨打跪在地上，一边添火，一连口里不住地叨念"阿煮壶！阿煮壶！"

"益母仙子"看着壶儿，口里不住地叨念些什么咒语，别人也听不明白。大约炼有两个时辰，果然炼成如蜜一般，又经过半个时辰，"益母仙子"制成救母丹。"益母仙子"嘱咐阿骨打要记好各种产前产后服丹用的引子，"益母仙子"说，阿骨打记。"益母仙子"唱唱咧咧地说："救母丹，治妇女百病，其效如神，服用时引子要记清：临产血崩或流血不止者，用童尿送下；未生胎死者，酒水各半盅，连服三次，死胎即下；产妇头眩目黑，脐腹疼痛者，将麦冬用酒炖开送下；横生难产者，用合豆一大把，炒热加一碗水一碗童尿煎剩一盅送下，胎儿即生；胎衣不下者，用少许沙盐汤炖服送下；产后不语者，童尿之酒送下；产后浑身膀肿者，用方载、大浮皮，三煎后送下；神狂疯癫者，用童尿送下；产后鼻口出血者，用童尿之酒送下；产后下翻不归者，用小苗、灯心草、肉桂、附子各三煎之送下；浑身发烧不退者，用竹茹、之岑、地骨皮各三煎之送下；心疼呕吐者，用檀香、白豆蔻、砂仁各一煎之送下；腹胀恶心者，用砂仁三，槟榔二个，用火烧了，厚朴三煎之送下；手足失灵者，用豆淋酒送下；寒战吐血者，用桑白皮煎汤送下……"

"益母仙子"一一述说，阿骨打一一认真记载下来。益母仙子才离体而去。阿骨打磕头称谢，送走益母仙子，站起身来，和阿娣拿着炼成的救母丹去救图玉奴。刚离开阿煮壶，便见一人慌张而来，向阿骨打禀报，说图玉奴又发作了，折腾得受不了啦！

阿骨打才赶忙令人取来合豆一大把，炒热后加上一碗水，一碗童子尿，煎剩一盅，亲自端到图玉奴面前，让图玉奴将救母丹放在口里，用煎成的汤送下，便离开了。

没过一个时辰，图玉奴便顺顺当当地生个男孩。可把阿骨打乐坏了，大人、孩子均平安无恙，他还有不乐的？便又烧香祷告，感谢西王母和益母仙子。阿骨打给儿子取名叫"壶得"。

阿骨打立刻令人通知各部落，妇女生孩子时患各种病症的，前来取

① 安春水：即安出虎水。

救母丹，不几日，各部落纷纷来取救母丹，阿骨打按照不同的病症，还同时附给引子或嘱咐用何引子。

各部落的生孩子患各种病症的妇女，服用救母丹后，很快病就好了，母子均平安无事了，人心很快安定下来了，阿骨打的兵士，也都安心练武准备攻打契丹，才使阿骨打攻打契丹无有后顾之忧了，还保证了女真人后代的繁殖，才兴兵去攻打契丹！

人们为纪念阿骨打炼救母丹，后来有人管安出虎叫阿煮壶！

第一百六十六章　点将发兵

公元一一一三年农历九月十日，阿骨打在涞流水得胜陀那地方点将兴兵。为啥选择这地方？据说女真获天早有定语，"寥晦城中祭天地，点将发兵得胜陀"。

为在此地点将发兵，头两天人们就动手修建一座点将台。点将台不过是用木头搭那么个台子罢了。阿骨打好登台点将。

九月十日这天，东方刚发白的时候，各路兵马已陆续到达，只见饮马池旁马嘶覆天撼地。饮马池在寥晦城西南上，也离涞流水不远，有这么个自然天池，周围有四里见方，深不可测，里边的水不管用了多少，池水不见增减。这天各路兵马都先集于此，喂马饮水，准备出征。从此这个池取名为饮马池，现仍存。

涞流水西面的得胜陀处，旌旗招展，迎风飘荡。天，还黑咕隆咚的时候，就敲打起惊天动地的战鼓，咚咚咚响彻云端。一下子将东边天上震醒了，几片浓云，薄如轻绡的边际，立刻腾起浅红的彩霞。过了一会儿，山峰染红了，火样的圆轮从湛蓝的天海涌出了半边，慢慢地完全显露了它的庞大全身，通红的火焰照彻了大地。

点将台前呈现出万马欲腾之势，一行行一列列，排列整齐，人人耀武扬威，等待着阿骨打一声令下，马上就会变成排山倒海之势。

卯时，阿骨打率众勃极烈登上点将台，只见他身穿马蹄袖短衣裤褂，金黄色镶边，被朝霞一染，真是霞光万道，瑞气千条。头戴一顶雌翎帽，一根粗发辫甩在后边，帽檐儿下的金黄色的脸上，两只炯炯闪光的大眼睛，又明又亮。身背弯弓似弯月，箭囊里根根箭枝闪银光，腰间佩着祖传玉泉宝剑金光耀眼，神威凛然慑人心。

金鼓又咚咚咚连敲三通，日出正红，阿骨打开始点将发兵。

"斡鲁听令！"

斡鲁慌忙至台前行一军礼，"在！"

"汝带兵力敌东京渤海将兵，不得有误！"

"遵令！"

"斡鲁古、阿鲁听令！"

两人齐行军礼，"在！"

"你二人速带兵去抚谕翰忽、急赛两路熟女真，速与胡散跄联系，找到梁福，不得有误！"

"遵令！"

阿骨打点将点到婆卢火时翻碴①了。他大声喊叫："婆卢火！"下面鸦雀无声，无人答应。

阿骨打又高声呼叫："婆卢火！"

还是无人应声。

阿骨打可火了。暴跳如雷地喊："娄室听令！"

娄室威风凛凛闪过来给阿骨打施军礼，为缓和阿骨打火气，特提高声音，"在！"

"汝带兵去移墩益海路堵击，不得有误！"

"遵命！"

"请罪呀！请罪！"

娄室刚转身的时候，请罪声震撼得军兵一惊，惊恐的目光下，见婆卢火倒缚双手，汗淋淋地跪到点将台前，双膝跪地喊："婆卢火误期迟到，特来请罪！"

阿骨打顿时两眼火苗一蹿多高，怒喝一声说："今日刚出师，你就误时后到，岂能容得？推过去砍了！"

"刀下留人哪！"

撒改、吴乞买等勃极烈给婆卢火讲情说："没出兵先斩我将，恐于军不利，望祈都勃极烈饶恕，让他戴罪立功！"

阿骨打说："死罪可免，活罪难饶，重打四十大板！"

卫士们将婆卢火按倒在地，重责四十大板，打得他皮开肉绽，鲜血直流，嗷嗷号叫！

众军兵一见，个个胆战身抖，嘴没说心里话儿，这婆卢火乃是阿骨打宗室叔叔，来晚了点，差点丧命，国相说情，还挨四十大板，可得小心从命。

---

① 翻碴：东北方言，发火。

婆卢火捂着屁股，疼得汗水已透衣衫，咬着牙一撅一点来至点将台前，双膝跪下，口呼："多谢都勃极烈不斩之恩！"

阿骨打将眼一瞪说："如果再延误，定斩不饶，回去休息去吧！"

婆卢火又跪爬半步说："为感谢都勃极烈不斩之恩，情愿带伤立功赎罪！"

阿骨打望着婆卢火的样儿，早已心疼得直冒汗，婆卢火在他心里是员勇将。在盈哥当联盟长时就屡建奇功。可今日点将兴兵，他来晚了，军法如山，岂能容得，容了他还怎执法于其他人？想到这儿，阿骨打说："还是回去歇息去吧！"

婆卢火说："如不应诺，宁死不回！"

阿骨打见婆卢火意已决，说："好！你带兵协助娄室去吧！"

"遵命！"婆卢火站起身来，后屁股仍血流不止，但他咬紧牙关，不以为然而去，众军兵都觉骇然。

阿骨打说："其余将领，随我去宁江州讨伐。"

阿骨打点将完毕，率众将又在点将台上祷告天地说："我完颜女真，世代事辽朝，恪修职责，定乌春、窝谋罕之乱，破萧海里之众，有功不赏，而侵侮有加。罪人阿悚，屡索不遣。今将问罪于辽，天地齐鉴佑之。"祷毕，率众将叩拜天地。

阿骨打叩拜天地后，嗖一声举起一根木棒，命令诸将传他的指挥棒作为誓言。誓言说："官兵们，你们同心尽力，有功者奴婢可以做平民，平民可以做官。原先有官职的，可以按功劳大小晋升。倘若违反誓言，身死棒下，家属也不能赦免。"宣誓祭旗后，大兵向宁江州进发。

再说宁江州守军，自从探子回来说阿骨打并无攻辽之意，还担心辽攻阿骨打的话语学说一遍，将萧海里乐得屁吱吱的，但他也火冒三丈，听说自己小老婆欢欣和阿悚私通他能不火吗？他好像才转过向来，原来如此呀？他立即决定带兵回朝，有重要军情汇报，实际是找阿悚算账，将他的兵全交萧挞不留暂时统率，慌忙回朝去了。他这一回才将阿悚和欢欣吓跑他州，后话暂且不提。

还说这个宁江州，萧海里一走，萧挞不留就成了最高统帅，各路兵马都得听他的，其计有八百来兵。他听说不打仗了，高枕无忧，睡大觉吧，将在外王命有所不受，感到在此是土皇上，要啥有啥，还真不错咧，不调还真就待在这儿了。哪知好梦不长。这天他正在做美梦，忽见探马来报说："启禀都统大人，大事不好，阿骨打领兵杀来！"

萧挞不留大吃一惊，瞪起惊愕的眼睛问道："真的吗？"

报马说："真的！阿骨打在涞流水祭天，誓师，亲统大军铺天盖地而来，马蹄声似翻滚的汹涌怒涛，哗哗响，喊杀之声如虎啸狼嗥，惊得天昏地暗，尘土飞旋哪！请都统大人定夺！"

"再探！"报马答声"是"，飞驰而去。

萧挞不留打发报马去后，赶忙带护卫来至东门，登上城门往东方一望，只见东方远处，飞起的尘土似翻滚的云雾，嘚嘚嘚马蹄声如海水涨潮怒吼咆哮，人喊马嘶，如山崩地裂，翻江倒海之势，吓得他脸色煞白，心惊胆战。他看着，看着，忽然见阿骨打的军队闪耀出一片金光，恰似火海一般，冲上云端，将天地染红，惊得萧挞不留咕咚一声，栽倒在地。

第一百六十七章　攻破宁江州

　　萧挞不留见阿骨打军队闪现出一片金光，将他惊吓倒在地上，当他苏醒过来时，暗想，此乃天兆也。辽朝必败，女真兴矣。我要小心而待之。

　　阿骨打火速进军，乘辽不备，采用突然击破战术，行军如风驰闪电一般，来至宁江州东门外，扎下阵脚。

　　辽军蜂拥而出，先锋谢石耀武扬威率军迎杀过来，阿骨打让宗翰前去迎敌。宗翰催马迎住谢石，二人并不答话，杀在一起。阿骨打见谢石十分骁勇，他早听探子介绍过，宁江州只有谢石一员虎将，除掉此人，宁江州破矣！阿骨打想到这儿，忙摘下弯弓，拔出一枚雕翎箭，拉满弓弦，对准谢石，嗖的一声，一箭射去，明枪易躲，暗箭难防，谢石正与宗翰厮杀，嚓的一声，阿骨打的箭射在他右膀上，只听哎哟一声，从马鞍上坠于马下。辽军一见，惊慌失措。这时从辽军中闪出一将，飞马来救谢石，嗖的一声，又中一箭，正中咽喉，翻身落马而亡。从辽军又飞出一匹马来救谢石，阿骨打又一箭，正射在敌人前胸上，射个透亮过，两手一挓挲，仰在马鞍上而亡。宗翰已被辽军困住厮杀，不得缓手。谢石咬着牙，将箭枝从右膀上拔出，翻身而起，抓住马刚翻身上马要逃，阿骨打又是一箭，正穿在后背心上，咕咚倒在地上，满腔血水从口中喷出而死。阿骨打喊声"杀"，阿骨打的兵丁将士，个个奋勇，人人争先，似猛虎下山一般，冲杀过去。阿骨打让人将谢石所乘之马牵到后面，见宗翰仍被辽军数十骑困杀，可急眼了，他脱去身上胄甲，跃马扬鞭而上，他左右开弓，嗖嗖，一箭跟着一箭射向敌人，不一会儿十几名敌将全被他射死了。大伙儿一看，阿骨打的武艺高超，更鼓足了勇气，齐声高喊："杀呀，杀，杀！"

　　辽军见英勇的虎将谢石已死，十几名军事将领已亡，真是兵败如山倒，自相保命往回逃跑。你撞我我撞你，不少人被撞下马来，被马踏成肉泥烂浆，横尸遍野。

阿骨打指挥人马追杀辽军，他在高阜处，见一群辽兵，围住一青年厮杀，见这青年血染征袍，身受重伤，仍然勇敢厮杀，毫不畏敌怯战。阿骨打慌忙用箭射营救，令人将青年救出。阿骨打谕慰问之，方知是娄室儿子，名叫活女，掏出刀伤药亲自敷药包扎，叹息说："活女才十七岁，就如此英勇，将来定是一员虎将。"正在这时候，忽见跑来两匹快马，到阿骨打面前，滚鞍下马，跪地拜曰："国相闻都勃极烈出兵旗开得胜，特让我等前来祝贺！"

阿骨打见是宗翰、完颜希尹，赶忙说："快请起！"

宗翰说："国相已议定，请都勃极烈回府称帝！"

阿骨打一听，眉头一皱说："此议万万不妥，只一战取胜，就称帝举号，岂不令人耻笑太浅薄也？请回绝国相之议。"阿骨打说到这儿，令人将获谢石之马牵来，对宗翰、完颜希尹说："此马乃辽将谢石所乘之马，是匹宝驹，你俩牵去赐给国相乘之！"

宗翰、完颜希尹拜辞而归。

阿骨打遂命令大军填堑攻城。兵丁一拥而上，将宁江州团团围住，铣锹齐舞，挖土填堑。辽军从城墙上欲施放滚木檑石，被阿骨打带领兵将用箭射死无数，谁也不敢再露面了。

阿骨打见众兵迅速将城堑填上，指挥兵丁搭成人梯，一个登着一个肩膀，蜂拥登上城墙，砍死守门军，打开城门，阿骨打领军进城。辽朝副都统萧挞不留早悄悄率军逃跑了。

阿骨打纵马进城，举目一看，大吃一惊，见他的士兵见人就杀，将幼儿头砍下来用枪挑着，或拴在树上，急止之曰："谁再任意杀害民众者，立即砍头！"此号令一下，方制止住乱杀民众。可阿骨打又发现，他的将士们将俘获的渤海兵拿着杀头取笑。这个说："喂！看我的，一刀将其头削落于地！"那个说："那咱这枪，刺去就给他个透心凉！"阿骨打至前大喝一声："住手。"

众将士惊愕地问，这些敌人不杀之，留着何用？

阿骨打告诫将士说："咱们已攻破城池，不能再多杀人。过去咱们的先祖攻破敌人后，曾俘获一百多敌人，全释放了，让其归家。这些人回去后，往往招很多人归降咱们。现在咱们攻破城池，欲夺天下，更要效仿先祖行事，不杀才能安定人心，归顺于我。否则，人人慌恐，反正被杀，以死相拼，何日能得天下乎！"阿骨打当机立断，将俘获的渤海兵全部释放归家。当即安抚平民百姓，各守其业，女真兵如侵犯，即告他知，严惩之。使宁江州民众安定下来，家家户户门前焚香，跪拜祈祷祝福阿骨打。

阿骨打正安抚宁江州，有人禀报达鲁古即实里派来人，求见都勃极烈。阿骨打说："快请进来。"

来人进来叩拜阿骨打。阿骨打见是梁福，心中大喜，忙扶起问曰："你为何来？"

梁福说："特来报告都勃极烈，闻已举兵伐辽，我部众愿随同一起举事伐辽。"

阿骨打说："女真本是一家，我兴师伐辽，全仗汝之相助也。"阿骨打并密授梁福回去如此这般，这般如此的计策配合他伐辽立功。梁福欣然而去，按阿骨打计谋行事，在下不表。

再说，辽朝天祚皇帝延禧听说阿骨打已攻破宁江州，吓得真魂出窍，他不责怪自己荒淫无道，不理朝事，反责怪萧兀纳、萧挞不留无能。立即令萧兀纳、萧挞不留领兵十万前去迎敌，不将阿骨打打退，夺回宁江州休来见朕！

萧兀纳、萧挞不留拧着鼻子也得去呀，东划拉西拼凑的，凑够十万大军，浩浩荡荡地向宁江州进发。

再说阿骨打这天晚上，他刚躺下，就觉着有人用力拉他的脑袋。他抬起头看，没有人哪，又躺下，又感到有人用力拉他头。奇怪呀，为啥感到有人拉我头哪！他将脑袋狠劲儿枕在枕头上，嗬！突然被忽地一下子拉着坐下来。他心里明白了，这是天神点化我，辽发兵来，让我马上出兵迎敌。他赶忙穿好衣服，令人敲起聚将鼓。

"咚咚咚"聚将鼓像爆豆似的敲响了。众将领都刚躺下睡觉，听聚将鼓响，不知出了啥事儿，慌忙跃身而起，来见阿骨打。众将刚到齐见探马飞身而入，将腿儿一跪，报告说："都勃极烈，探到辽朝萧兀纳、萧挞不留又领大军十万，浩浩荡荡而来，现已快到松阿里乌拉！"

"再探！"阿骨打说罢，心里暗感神的点化。他望着众军说："众将听到了吧，咱们要火速进军，将敌人堵击在松阿里乌拉以北。"遂率三千七百兵前去迎敌。他见大军统行缓慢，又挑选精壮兵丁五百，率之急行。天刚亮赶到松阿里乌拉。见辽军已来到北岸，正准备渡江。阿骨打令五百精兵用箭射之。万箭齐发，将要渡江的辽军全射落于水中，辽军不敢过江，这时女真军全部赶到。突然狂风四起，飞沙走石迷人眼目，直刮得天昏地暗，日月无光。阿骨打见时机已到，遂令："速渡松阿里乌拉，攻打辽军!"

辽军被风刮得伏于地上，忽听喊杀之声震耳，睁眼一看，吓得魂不附体。女真军像从天上降下来一般，投降者生，抗拒者亡。吓得萧兀纳、萧挞不留望风而逃。刚逃至出河店，辽朝十万大军覆灭，阿骨打斩萧挞不留于马下。

第一百六十八章 群妇争荣

　　阿骨打要当皇上啦，他的多房老婆心里像长角似的，都想拔个尖儿，当娘娘！从涞流纷纷来到安出虎，聚在阿骨打大老婆阿娣房屋里，等受皇封。虽然表面说是来祝贺阿娣当娘娘，实际各揣心腹事，都想争当娘娘！小老婆们来到之后，见阿娣闷闷不乐的样儿，都暗自猜测，她为啥不高兴？

　　阿骨打第六房老婆小月，不住眨巴两只眼睛，好像看出点门道，一把将七房老婆图玉奴拽出屋来，悄声问道："七妹子你是从有皇上的地方来的，能知道当皇上和娘娘、妃子的事儿。你说，他大额娘要当娘娘，为啥噘嘴胖腮，反而有些不高兴哪？准是裤裆放屁出岔了！"

　　图玉奴听小月这一说抿嘴一笑，说："六姐姐，出啥岔了，说与我听听。"

　　小月将声音压到像蚊子似的说："听管事的对我说，当娘娘不一定全是大老婆，有的小老婆同样可被封为娘娘，就看皇上立谁为太子了，立谁为太子，太子的额娘就封为娘娘啦。能不能他大额娘听到啥风声了，大儿子绳果丢人现眼，在断头台断了头，皇上不立她的儿子为太子，另立他子，她当不上娘娘不高兴啦！"

　　小月说着，还鬼眯哈达眼的，直劲向里屋撒目，怕她的话语，飞进里屋去。图玉奴听后，也将声音压得很低，贴在小月耳边惊疑地问道："六姐，那你说皇上能立谁呢？"

　　小月将眼睛向上一翻愣，若有所思地说："反正离不开这两人！"她说到这儿将话停了。

　　图玉奴着急地问："六姐，说呀，是哪两个？"

　　"哎哟！"小月用手指头戳一下图玉奴说，"明知故问，皇上跟你在寥晦城时候多，你还能不知道？"

　　图玉奴脸一红，说："皇上多咱也不谈这些事儿，我怎能知道，你快说，憋死人啦！"

"你真不知道？"

"谁还唬你，快说，别故意憋人啦。"

小月才又将嘴儿贴在图玉奴耳边说："八成是斡本，不是他就是斡鲁补。皇上准在这两个儿子身上打主意立为太子，将来接替他当皇上。"

图玉奴听后，心里也犯了寻思。要是真立这两个，不管是斡本，还是斡鲁补，哪个孩子都不错，不过他俩的母亲，可赶不上阿娣，要说这几个姐姐，最好的还是元圆，为人正直忠厚，待人总是那么一个劲儿，人家的儿子金兀术，从小看大，武艺超群，要立真不如立金兀术为太子，让元圆当娘娘，掌管皇宫里的事儿，非能秉公办事。这是图玉奴心里话儿，并未说出口去。

小月见图玉奴听后，闷着不语，便悄声问道："我猜的咋样？"

图玉奴小声说："这可不好说，还兴许皇上先不立太子，只封娘娘也是有的呀！"

小月将嘴一撇说："从阿娣姐姐的神情看，皇上准是向她有所透露，不然，她不能那个样儿。"

墙内说话，墙外有人听。她俩的话语，被大老婆阿娣听去了。尤其是后边这些话语，小月有点放开声音，阿娣听得很清楚。因为阿娣见小月将图玉奴拽走，她就有些多心，注意听她俩唠些啥？阿娣这两天心情不快，有两个缘由，一是阿骨打话里话外，确向阿娣流露过，流露的还是不封娘娘，不立太子。二是她大儿子在断头台丧命，当额娘的到多咱心也不能好受，她还联想，皇上不封她为娘娘八成也为这事儿，口说不封，说不上过一个月半载的，立了太子还有不封娘娘的？使她更为担心的是，陪室的儿子斡本长大了，整天不离皇上左右，三老婆生的斡鲁补也长大了，随皇上出征打仗，有这两个儿子整天陪着皇上，皇上哪天一高兴，立为太子，其母自然跟着荣耀起来，被封为娘娘，那时皇上心里还能有她吗？小时候的情谊早飞到九霄云外去了。因为这个，阿娣牵肠挂肚的难受。偏偏小月和图玉奴正说到她担心的地方去了。她霎时两眼发黑，差点儿昏晕过去。身心直颤，暗想，阿骨打你好啊，为啥要骗自己呢？阿娣强打精神找阿骨打去了。阿骨打在当皇帝前从寥晦城回到安出虎，准备参加登皇位的仪式，登不登皇位对阿骨打来说无所谓，当皇帝在他看来，只不过是对外一个名声！对内来说，阿骨打还是阿骨打。不过一名都勃极烈，绝不能仿效辽、宋皇上那样，当名脱离民众，高高在上、凡人不接触的皇帝！而他，要当一名名副其实的女真民众的皇帝！不仅不脱离民众，而且要给民众当撑心骨儿！这就是阿骨打在当皇帝前的心理状态！

阿骨打这天正在安春亭思考如何破辽，忽见阿娣破马张飞找他来了！把阿骨打吓了一跳，不知出了啥事儿？

阿娣跑到阿骨打面前就哭哭啼啼地说："你不该糊弄我，来不来就将小时候的情谊忘了，想想你过去是咋说的，现在当上了皇帝就要将我抛开……"她越说越哭，哽咽得说不出话来了。

阿娣突然而来，说的这番话儿，真使阿骨打丈二和尚摸不着头脑，便惊疑地问道："你这话是从何而来？我何时骗过你！"

阿娣说："过去没有，这次你就骗我，不封娘娘是假，封娘娘是真，你自己心里明白！"

阿骨打笑呵呵地说："我对你说过多少遍，我阿骨打绝不学宋、辽那套，什么修皇城，建皇宫，筑金銮殿，封娘娘，立太子，选美妃，什么三宫六院七十二偏妃，绝不搞那一套。名为皇上是顺天意适民心，而我仍然是祖传的都勃极烈！有事商议，绝不当宋辽式的皇帝，你咋还不相信哪！"

阿娣擦把眼泪说："听说你要从斡本和斡鲁补他俩中选一个立为太子，则封其母为正宫娘娘，无风树不响，没有此说，能有此传乎？"

阿骨打斩钉截铁地说："我要有此想法，定死乱军之中。"

阿娣一听，蹿过去，用手将阿骨打嘴捂上了，追悔地说："谁让你起誓啦？"

阿骨打长叹一声说："咳！不起誓你能相信我吗？说实在的，自从我当了都勃极烈后，你们姐妹事儿就多起来了。你这些妹子全是师父和阿布卡恩都力给我相配的，都是我的救命恩人，没想到，时至今日便成我的累赘了！"

阿娣见阿骨打有些伤心，刚要接过话茬安慰几句，忽见陪室和兰娃慌慌张张地跑来了，后面是元圆、小月、图玉奴跟着，奔这来了。

阿骨打见他的老婆全来了。不用问，准都是为这事来的，可将他气坏了，暗想，当个皇帝也不容易，还没等当哪，家里就出现这么多麻烦，都想要争荣华富贵，跟我沾光，好！我一个不封你们，始终让你们跟庶人一样，在涞流稼穑为生！群妇争荣，更加坚定了阿骨打不封娘娘，不立太子的决心！

眨眼工夫，陪室、兰娃跑到阿骨打跟前，陪室拽阿骨打右胳膊，兰娃拽阿骨打左胳膊，两人不约而同齐声问道："刚才大姐跟你说啥来的？"

阿骨打心中不悦地说："她和我说啥，你们管得着吗？"

阿骨打这句话可说糟了，陪室、兰娃，哇声全哭了，抽抽搭搭地说："你不说，我们也知道，她怕你选我俩的儿子立为太子，劝你不立太子来了！"

阿骨打一听，心像油煎的一般，大声喝道："你们这是哪来的话啊？不用说，你们是齐心要将我磨死，省着当皇帝，也好，今天就结束吧，省着你们相争也！"

阿骨打说着，拔出宝剑要自刎！可吓坏了第五房老婆元圆，她手疾眼快，一把手托住阿骨打的宝剑，双膝跪在地下，悲泣地说："皇上不要如此，要杀，就杀了我吧，我向皇上保证，我永远愿当庶人！"

阿骨打拔剑要自刎，将这六个老婆也吓出屁了，扑通全跪下了，哀泣地说："皇上，我们谁也不争娘娘也就是了！"

就因为这个，阿骨打当上皇帝后，不封娘娘，也不封妃子，更不立太子，始终让他老婆们住在涞流水右岸，跟庶民一样，自耕自食，这才流芳百世！

第一百六十九章　阿骨打教妻

阿骨打攻下宁江州后，勃极烈和文武官员们，就像开锅的水——翻花儿了，议论纷纷，都要让阿骨打登基坐殿当皇上，这话能不传到阿骨打大老婆阿娣的耳中吗？阿娣听说之后，乐得她坐不安来，睡不稳。不是别的，阿骨打要当皇上，她就是正宫娘娘啦，心想，听人说，正宫娘娘还得戴凤冠霞帔，这凤冠霞帔是啥样呀？听说还得掌皇上大印，嫔妃宫女都归娘娘管辖。哎哟，自己这权力可就大啦！这一高兴，患了失眠症，连觉都睡不着了，恨不得让阿骨打明天就当上皇帝，她好当正宫娘娘啊。心想，当上正宫娘娘，穿的、吃的就都变啦，穿的是绫罗绸缎，吃的是肉蛋，连吃饭八成都得是油炸的。阿娣像患了神经病似的，黑天白日啥也不寻思，就寻思咋当正宫娘娘这一个事儿。想得她连饭也吃不下啦，身上、脸上也渐渐消瘦了。一句话，想入迷啦！

单说这天晚上，她躺在炕上，还是寻思这么一件事儿，怎么当正宫娘娘，越寻思越睡不着，越睡不着，她还越一个门儿地寻思。阿娣就像得伤寒病似的，翻过来掉过去，难以入眠。也不知什么时候，她觉着忽悠一下子，眼前一片光亮，就见吴乞买、撒改、辞不失、斜也等勃极烈，穿着耀人眼目的新衣服，像穿梭似的，来来往往忙碌着。阿娣不解地问："吴乞买，你干啥哪？"

吴乞买不仅没吱声，连看都没看她一眼，气得阿娣大喊说："你聋啦？"吴乞买连头没回，就走过去了。

阿娣很生气，见撒改过来了，她问撒改，撒改不吱声；她问辞不失，辞不失斜愣她一眼，也没说话；她又问斜也，斜也嘿嘿冷笑着，抹搭她一眼过去了。气得阿娣嗓子直冒烟，喊叫着说："你们都哑巴啦！"她愣呵呵地望着这些人后影，冷不丁她哎呀一声，"不好！八成出啥事了！"她撒腿就跑，可这两条腿就不听她使唤了，就觉着她这两条腿，死沉死沉的，抬不起来，迈不动步，急得她两眼直冒花儿，嘴没说心里话儿，我这咋的了！她强挪脚步，往前走呀走，冷丁举目抬头一看，一片金光耀眼。仔细一瞧，是座大房子像庙似的，上边有张供桌，桌子后边还有一把横椅子，见吴乞买、撒改、辞不失、斜也都在下边站着哪，心想，他们站在庙里干什么？庙里出啥事儿了？阿娣更着急了，恨不能一步迈到他们跟前问问，出啥事了？她刚迈进门，就见阿骨打身穿金丝金鳞的，好像用金子做的衣服，由人搀扶着，他像个佛儿似的坐在上边了，下边站的这些人都跪下给他磕头，口喊万岁！阿娣哎呀一声，阿骨打当皇帝了，乐得她差点儿摔倒了，心想，这回我该当正宫娘娘啦。她着急忙慌往里走，口里说："皇上！我来了，我来了！"她正乐颠颠地往里走，猛听皇上高声喊叫说："陪室上殿！"阿骨打的话音未落，就见两名俊姑娘搀着陪室来了，头上戴的全是珍珠翡翠，瞧着直挑眼睛。见陪室跪下给阿骨打磕头，就听阿骨打说："我封你为正宫娘娘！"阿娣听见这话，气得两眼一黑，哎呀，咕咚一声倒在地下了。

阿娣惊醒了，原来是南柯一梦。阿娣霍地坐起来，她的心都跳不成个儿，两眼落泪，暗想，为啥做这梦啊？我与陪室本来就不合，难道这是真的？阿骨打要当皇上，这正宫娘娘被她夺去。阿娣越想越担心，越担心，心里越难受，就得了心病，茶不愿喝，饭不乐吃，病了。

阿骨打在寥晦城操练兵马，听说阿娣病了，就要前去探望。图玉奴听说阿骨打要去探望阿娣，就对阿骨打说，她也要一起去。阿骨打一听，心里高兴，因为他知道，阿娣和图玉奴姊妹间关系很好，就同意图玉奴随他同去了。

阿骨打来到会宁府，见过阿娣，见她虽然面容憔悴，没啥大病，但好像有什么心事似的，在心里凝个疙瘩。阿骨打心里纳闷儿，现在都各挑门户啦，阿娣又因为啥事，存在心里解不开呢？还没等阿骨打问，吴乞买将阿骨打找走了。

阿娣见阿骨打出去了，就和图玉奴唠上啦，先说些闲话儿，进而转到勃极烈们，都劝阿骨打当皇上的事上来了。一提阿骨打当皇上，阿娣精神头就来了，满脸的阴云，立刻散了不少，笑吟吟地拉着图玉奴的手问道："妹子，你在家的时候，听没听说宋朝皇帝正宫娘娘的事儿，都穿啥，戴啥，每天都干啥呀？"

图玉奴见阿娣一提起这事，就来了精神头，心里就明白八九分了。原来阿娣想要当正宫娘娘，嘴没说心里话儿，着啥急，正宫娘娘早晚还不是你的，别人谁还能抢去？图玉奴想到这就笑嘻嘻地说："姐姐，在宋朝当正宫娘娘，那可是除了皇上就是她大呀，主管三宫六院七十二偏妃，大事小情都得请她准许，宫妃不听她管，娘娘说斩，就可斩，这叫掌握生杀之权！"

阿娣听到这儿，乐得嘴儿都合不上了，蓦地坐起来了。还将图玉奴吓了一跳，心想，阿娣得的啥病呀，怎么听我说这话儿就好了？阿娣见图玉奴不往下说了，就催问地说："妹妹，往下讲呀，我愿听贤妹说话儿。"

图玉奴见阿娣愿意听，就接着对阿娣说："听说娘娘坐的是银安殿，每天在宫里坐一次殿，嫔妃宫女前来参拜，娘娘头戴凤冠霞帔，身穿凤袍，可精神啦，前呼后拥，凤伞玉盖……"

图玉奴正说得起劲的时候，阿骨打在外面咳嗽一声进来了。原来图玉奴说的话儿，都被阿骨打听见了。阿骨打进来，笑呵呵地说："阿娣，看你的病比刚才好了许多！"

阿娣说："贤妹来了，跟我唠唠嗑儿，好像心里亮堂不少。"

阿骨打坐在炕沿上，长吁一声，说："你心里亮堂了，我心里反倒烦闷起来。"

阿娣惊疑地说："为何我好了，你不仅不高兴，反而烦闷啦呢？"

阿骨打又长叹一声说："咳！你没见吴乞买将我拉走吗？这些人张口闭口让我当皇上，还让我看他们画的要修的宫殿，差点儿将我气坏了。我早就说过，即或当皇上，也不修宫殿，绝不能学辽、宋那样，皇上坐什么金銮殿，高高在上，脱离民众，我阿骨打不干！"

图玉奴一听也惊疑地问道："当皇上不坐金銮殿，咋行啊，皇上都得坐金銮殿！"

阿娣也接过说："是呀，听说从古至今当皇上都得坐金銮殿，不坐金銮殿叫啥皇上啊？"

阿骨打哈哈大笑说："我就要当个不坐金銮殿的皇帝！"

图玉奴说："不坐金銮殿坐啥呀？"

阿骨打说："坐大炕！"

图玉奴听后咯咯笑起来了，笑得她前仰后合，眼泪一对一双地往下掉。

阿骨打说："你笑什么？"

图玉奴说："你说得招人笑，还不让人笑？"

阿骨打不解地问道："我说的是真话儿，咋着人笑呢？"

图玉奴笑眯眯地望着阿骨打说:"从来没听说皇上坐在大炕上,当坐炕皇上。"说着将屁股真拧到炕上,将腿儿一盘,表演上了,打扫一下嗓门,学着男人架势,"有本早奏,无本下炕散朝!"说完自己拍巴掌乐,逗得阿娣也咯咯笑起来,连阿骨打也哈哈笑了。

阿骨打说:"你们不要笑,刚才我已将勃极烈们的意见推翻了,我设计一个方案,就是盖个房儿,里边垒上南北大炕和万字炕,勃极烈们有事要议论,盘腿坐在炕上,一合计就得了,修什么金銮殿?有屋子有炕坐在一起,谈论啥事方便,这比老人那咱强多了。那时候有事儿,在土地上围坐一圈儿,不也同样议事吗?"

"那倒是呀。"阿娣长叹一声说,"自从我小时候到你们家来,就见阿玛他们有啥事儿,在土地围坐一圈儿,有时候还用手指头在地上划拉什么,那咱可真苦哇!"

阿骨打接过说:"是呀,祖上为女真创业有多么艰辛,咱们可不能学辽、宋皇上那样,咱们不也每天骂他们吗?骂辽朝延禧昏庸擒女真,打女真,此仇非报不可!皇上我是得当,你也得当娘娘,图玉奴当妃,这是肯定的。可我不是要当骑在女真人头上的皇上、娘娘,而是要为女真争这口气,报仇雪恨,女真人永不给他朝当奴隶!我们是要当这样的皇上、娘娘!如果要像辽、宋那样修什么皇宫和金銮殿,我宁肯不当皇上,说啥不能抖这个神儿!"

阿娣经过阿骨打的说教,再也不想娘娘怎么抖神的事儿了,从此她的病也好了,按阿骨打的意图,她加紧对子女的教育,好早日实现阿骨打破辽兴金的志愿!

第一百七十章　皇帝的起源

　　阿骨打要当皇帝，这对女真人来说，还真是奇闻，因为他们不懂得啥叫皇帝，他们只知道女真有部落联盟长，眼下落在阿骨打身上。现在听说阿骨打要当皇帝，皇帝啥样呀？不明白，连"皇帝"这个名词儿都不懂。不仅民众不懂，就是完颜部的直系族人上上下下也不十分明白，当皇帝是咋回事儿，有的只知道辽天祚是皇帝，阿骨打就代替他当皇帝，再不给契丹人纳贡、献海东青了，契丹人得听女真人的，只知这么个理儿，至于啥叫皇帝？往深里追，谁也不懂。

　　单说在阿骨打正式当皇帝的前天晚上，阿骨打的几房老婆和他的子女，还有宗房各支的妻室儿女，将图玉奴围上了，硬让她讲，当皇帝是咋回事儿？因为她是从宋朝来的，关里人早就在皇帝下边生存，她一定知道当皇帝是咋回事儿！所以人们就将她围上了，要从她的口中晓得皇帝到底和部落联盟长有啥不同。

　　要不咋说，人说不上啥时候就神气起来了，这不，图玉奴今儿个不就成为众目睽睽之中了不起的人物啦。人们将她围在中间，好像她是一名圣人，聆听着她的赐教。

　　图玉奴抿着嘴儿，用眼睛向周围一撒目，心里感到忐忑不安，"要知有今日，我在宋时，干吗不好好问问皇帝是咋回事儿，今天女真人拿我像个人似的，都来头号[①]我，回答不上，得有多砢碜呢？何况我也要争当娘娘，讲好了，备不住阿骨打选我当娘娘，因为我对皇帝是咋回事儿熟悉，能讲给大伙儿听，何况，阿骨打金龙现形，是我发现的，而且是我从宋地将他救回来的，阿骨打得考虑这个事儿呀！"

　　反过来，图玉奴又想，这讲啥呀？她脑子里像翻锅似的，翻滚着浪花。她冷不丁想起来了，小时候听过图如飞对她讲过，咱们都是黄帝留

　　① 头号：东北方言，追究。

下的后代。图玉奴想起这件事后，差点儿乐得翻筋斗，真是人不该死总有救，关于黄帝的事儿，听过多少遍，记得可踏实了，今个给他们一讲，他们都得立刻敬我三分。

图玉奴胸有成竹，立刻变惊恐为神气十足知识渊博的人，端起个架儿，笑吟吟地望着大伙儿，不言不语。

阿骨打大老婆阿娣，见图玉奴不开腔，暗想，她自己咋能启齿，这事还得由我给起个头儿，她方能搭腔讲下去，就对围着图玉奴的人们说："众姊妹都要听七妹子讲讲皇帝起源的事儿，说心里话儿，连我也不知道皇帝起根发源的事儿，也很想知道，今天就让七妹妹给咱们讲讲，使咱们心里也开开窍，妹妹，你讲吧。"图玉奴立刻破大盆端起来了，她打扫打扫嗓门，神情自得地说："说起黄帝这事，可是好远好远的事情了。黄帝原来是黄河上游的一个部落的首领，姓姬，号称轩辕氏，他在没当黄帝前，人们发现荒火将土烧黄，而且烧成碗盘碟盆，就把土看成很高贵的东西啦，因为有这种'土德之瑞'，加上那地方土均是黄色的，就称轩辕氏为黄帝！"

图玉奴讲到这的时候，本想刹闸不讲了，可这时候，她见阿骨打和勃极烈们全来了，悄悄地坐在人群后面，心想，他们这一来，哪能刹闸，正是我卖弄知识，求得勃极烈们好评的时机，哪能错过？想找都找不到，要将小时候的黄帝传说，全讲出来，让他们知道知道汉人的女子啥都懂得！图玉奴用眼扫视一下勃极烈们继续说下去："轩辕氏当黄帝的时候，又出了个炎帝，也是部落的首领，他率领部族人向中部而去，结果和先到中原的蚩尤为首领的九黎族发生了冲突，炎帝被蚩尤打败，逃跑到涿鹿地方后，炎帝向黄帝求援，黄帝带领人马帮助炎帝将九黎族打败，后来黄帝为联盟主，就成为黄帝啦，这就是黄帝的来历。"

图玉奴在介绍过程中，大伙儿都侧耳细听，嘴没说心里话儿，看！还是南边来的人，到底懂得的多呀！

没想到，图玉奴刚讲完，阿骨打在后边哈哈大笑起来。他这一笑，可将图玉奴笑毛了，霎时脸色绯红，不好意思地问阿骨打说："我说的不对吗？"

阿骨打说："还是让八叔给咱们讲讲吧。"

阿离合懑听图玉奴讲完后，心里暗自好笑，她将黄帝与皇帝混为一谈了，可他还佩服图玉奴记忆力很好，讲得不错。当阿离合懑听到阿骨打让他讲讲，感到很有必要，眼看阿骨打要当皇帝了，大伙儿对皇帝是咋回事儿，还不知道，那咋行，尤其是刚才图玉奴讲了黄帝，大伙儿真将黄帝与皇帝混同起来，岂不弄错了！便毫不推辞地接过说："刚才听他七额娘讲的黄帝，讲得很好，很完全，说明有个记性。我要讲的是皇帝，就是阿骨打要当皇帝这个"皇帝"，刚才他七额娘讲的是黄色的黄帝，是个古代人名儿。我讲的是主宰天下的人都叫皇帝，也就是人王帝主，他起源于秦始皇。秦始皇本名叫嬴政，是南方战国时代秦国庄襄王的儿子，他十三岁接他父亲的王位，可国家一切大事都由相国吕不韦掌握。吕不韦和皇太后宠幸奸臣嫪毐。嫪毐的权势越来越大。家中食客一千多人，奴隶六千多人。后来又封嫪毐为长信侯，将山阳和河西、太原两郡作为嫪毐的封地。秦始皇二十岁这年，要举行冠礼，准备亲理朝政的时候，嫪毐便领兵叛乱，被秦始皇抓住杀死，将吕不韦也免职了。秦始皇重用一名不起眼的小官，名叫李斯。李斯是楚国上蔡人，当过郡中的小官吏，后来他来到秦国，投奔吕不韦，当了个舍人。舍人就是侍候吕不韦的一名小吏。秦始皇发现李斯有才能，聘请李斯为客卿，客卿是指在本国做官的外国人，以客礼相待，则称客卿。秦始皇让李斯帮助谋兵事。李斯建议秦始皇对当时六个强国魏、赵、韩、齐、楚、燕采取各个击破的办法，方能取胜。秦始皇采纳李斯的意见，先灭韩国，接着灭了齐国，不到十年的光景，消灭了六国，建立了一个统一的国家，分全国三十六郡，郡下设县。还统一了法律、度量衡、货币和文字。这时候，李斯根据三皇五帝之说，建议秦始皇上尊号为皇帝！秦始皇一听，心中大喜，高兴地感到自己德兼三皇，功高五帝，决定称自己为秦始皇帝！'皇帝'就从这来的。"

阿离合懑口里叨叨越快，说得嘴里沫子起多高，听的人直目愣眼，佩服阿离合懑真是好记性，一般人比之不上。

吴乞买坐在阿离合懑旁边，都听出神来了。便又问阿离合懑说："八叔，啥叫三皇五帝呀？"

阿离合懑回答说："三皇是指天皇、地皇、泰皇而言；五帝则指东方青帝灵威仰，南方赤帝赤熛怒，中央黄帝含枢纽，西方白帝白招拒，北方黑帝叶光纪！"

撒改惊疑地说："你从哪淘来这么多的事儿？"

阿娣接过说："八叔是万事通嘛！"

阿骨打接过说："八叔还得接着讲，秦始皇是明君哪还是昏君？"

阿离合懑说："秦始皇统一了中原，消除了各霸一方，年年征战，在建设国家方面有很大功德，说明他是有道之君，可他后来，害怕人们有知识，实行焚书坑儒，说明他是个昏君，他是杀害儒家的凶手！"

阿离合懑说到这的时候，咔嚓一声，将嘴上的闸门放下，不吱声了。吴乞买正听在兴头上，见阿离合懑不说了，急得推他一把，说："讲啊！八叔，说些半截子话儿，谁能听懂啊！"

阿离合懑将眼睛一眯说："我讲完了，还让我讲啥呀？"

阿骨打说："八叔，你就详细说说，秦始皇为啥要'焚书坑儒'？"

阿离合懑突然将两眼一瞪说："要说秦始皇焚书坑儒，可真正气杀人也！说这话，还是在秦始皇三十四年的时候，有个学者名叫淳于越，建议秦始皇还是要按古制，分封子弟。当了丞相的李斯听后，大骂淳于越是反对秦始皇，就是要推翻秦始皇，复古就是要复辟，并向秦始皇建议，要禁止儒生以古非今，以私学诽谤朝廷。秦始皇问李斯说：'那得咋来？'李斯贴秦始皇耳边说：'烧，除了记载咱秦朝的书保留外，其他历代留下的书全烧了，人们啥也不知道，就不反对咱们啦，才能江山万世不变！'秦始皇听后，心中大喜，马上传旨，将历代留下来的各种书籍全焚烧之，如胆敢保留，杀之勿论！这道圣旨一下，就焚烧开书了，将古来留下的宝书全一火焚之，激起有学识之士卢生、侯生等的反抗，大骂秦始皇焚书，就是焚毁祖先的遗宝，是灭绝人性的暴君！秦始皇大怒，在焚书的罪恶上，抓捕了四百六十八名儒生在咸阳活埋了。留下遗骂万年的（焚书坑儒）的罪恶，成为遗臭万年的暴君！"

阿骨打接过说："是呀，不论什么时候，别忘了，尊重人才，尊重知识，保护和继承祖先留下的各种书籍，这些都是无价之宝啊！"

大伙儿听阿离合懑这么一讲，才明白皇帝的来历！

第一百七十一章　皇家寨

　　辽天度五年正月，阿骨打被众勃极烈劝说得同意当皇帝了，这不仅乐坏了勃极烈和百官，连女真人都欢天喜地，一片沸腾，都想要到安出虎来看热闹，看看阿骨打咋样登基坐殿，看看皇宫。没想到从前朝门到后朝门，当中是皇宫，被守兵把守得严严实实，不准民众进入！只能离老远观望。

　　人们离远观赏皇帝，都感到惊奇，这是哪国的皇宫，可说是人类世界没见过！在安出虎北面空地上，盖了土木结构的灰瓦盖顶七间房子，房门上横一匾额，书写着"乾元殿"三个大字。在乾元殿西面，有毯帐四座。前朝门上横一牌，写着"翠微居"三个大字，只是空门，无有墙郭相衬。从前朝门进来，左侧名叫桃源洞，右为紫极洞。乾元殿后面，盖一溜山棚，山棚后面为地不远后朝门，均无墙垣，只是空门而已。这就是阿骨打当皇帝时的所谓皇宫，真是世界罕见。由于没有墙垣，阿骨打当皇帝这天，只有士兵组成一道人墙，卫护着阿骨打当皇帝，举行仪式。

　　在快到辰时的时候，阿骨打在勃极烈们的簇拥下，去乾元殿。他一不骑马，二不坐舆辇，而是步行，既没有威武的金瓜卫士，又没有幢幡伞盖，啥啰唆没有，使人们见这又是一惊！

　　人们在心里嘀咕，阿骨打这皇帝当的，跟他当都勃极烈一样，一点没差，看不出他当皇帝的样儿！

　　阿骨打走到前朝门一看，嗬！用军兵排成一道墙垣，将民众全拒之门外，心想，这咋行，这不将他置于民外吗？过去祖上得的"天书"上说："得民者昌，损民者亡。"民乃天也！他当皇帝，民众拥护他，前来祝贺，怎能将民众拒之门外呢？离开民众，他还叫啥皇上？阿骨打想到这，便立即传旨说："将朝门和四周的护卫兵丁全撤了，不要设卫兵，不仅今天不设，永远不设，可让民众随便从此行过，如谁胆敢不遵朕之旨意者，严惩之！"

阿骨打这话声音很高，周围民众听得很清楚，都大吃一惊，倒吸口凉气，啊！民众可从此随便行走？！令人少见多怪，远的不说，女真人不少都去过宁江州里的楼里已都有兵把守，不准随便出入，阿骨打做皇帝，他住的地方可随便出入，这不是奇闻是什么？人们简直有点不相信自己的耳朵，是真的吗？

阿骨打旨意已下，由军士排成的墙垣唰下子全撤了，卫兵一撤，外边围观的民众，不约而同，也唰下子全跪在地下给阿骨打磕头，高声喊叫："阿骨打皇上空齐！空齐！"

阿骨打又宣布旨意说："民众听之，从即日起，安出虎改称皇家寨，此院不仅民众可以随意穿行，任何人不准阻拦，而且如受谋克、猛安欺压者，可直接向朕申冤告状，任何人不准阻之！"

阿骨打这道旨意，使很多女真人，热泪直流，上哪儿找这样与民贴心的皇帝，真是当了皇帝更不忘民！

阿骨打刚说完。已走到前朝门前，举目观看，见上面横额写着"翠微宫"三个大字，心想，要改变一种观念有多么不易呀，他三令五申，不要什么宫啦殿的，就叫皇家寨得了，这不，又书上"翠微宫"啦，他想要责备谁，一想，不好，今日当皇上要求个吉兴，不能惹气。便回头对国相撒改说："将'翠微宫'，马上改成'皇家寨'！"

国相撒改愣头愣脑的，想反驳，一想不对，今天是阿骨打当皇帝登基坐殿之日，可不能顶撞，何况在这人多势众之下，更得遵从旨意。

阿骨打见撒改望着他没言语，便又吩咐说："快拿笔墨来，待朕御提之！"

不一会儿，有人将笔墨砚台拿来，阿骨打马上令人将翠微宫的匾额摘下来，他在另一块木板上，御笔亲题三个大字"皇家寨"！并亲眼视看人们将木牌子悬挂上之后，才走进前朝门。

民众尾随其后，更有秩序，既不拥挤，又不吵嚷，兴高采烈地排成长队，跟进皇家寨。

当阿骨打走至乾元殿时，又将脚步停下了，举目观瞧"乾元殿"三个大字，反复念叨："乾元殿！乾元殿！"他一边念叨，心里暗自好笑，嘴没说，心里想，这不是自欺欺人吗？殿啥样，房啥样？明明盖的是七间房子，硬说是殿，这叫名不副实也！

阿骨打又回过头来说："拿笔墨砚台来！"

后边捧笔墨砚台的官员赶快跑过来，因他在前朝门侍候阿骨打书写

"皇家寨"后，就没敢离开，知道阿骨打改了"翠微宫"，其他也非改不可，就捧着笔墨砚台随驾在后，阿骨打一声召唤，应声而到。

阿骨打令人重新拿过来一块木牌子，在上边御笔亲书"皇家议事室"五个大字，令人将乾元殿的匾额取下，换上这个木牌子。

乙室勃极烈才高声喊叫："辰时已到，鸣放鞭炮。"这鞭炮还是阿骨打从宋朝带回来的，女真那时还不会造鞭炮呢！

在叮咚、噼里啪啦鞭炮声中，勃极烈簇拥着阿骨打走进皇家议事室，阿骨打改得对，这七间堂桶房子，搭的是对面炕，西山墙下搭个西山炕，亦称万字炕，在炕顶上放个龙墩，啥龙墩？就是一个木头墩儿，起名叫龙墩。就将阿骨打拥到龙墩前，让阿骨打坐在上边，就算是登基坐殿了！

阿骨打登上龙墩坐下，接着吴乞买、撒改、阿离合懑、辞不失、斜也等跪地参拜。惊吓得阿骨打赶忙从龙墩上跳了下来，跪在地下，两眼泪珠滚滚地说："使不得呀！使不得！朕今日当皇帝，是诸勃极烈仰仗民众，同心协力，奠基金业，我虽尊为皇位，都勃极烈与勃极烈旧俗仍不能改，有事同坐而议之，千万不要此跪拜之礼也！"

阿骨打满眼流泪的，一一将勃极烈们扶起。

勃极烈们被阿骨打感动得也全都流了眼泪，又都扑通一声跪在地下，喊谢阿骨打的恩德。

阿骨打惊慌失措地又跪在地下，说："如此折杀我也！我是肺腑之言，绝无虚情假意，故而我坚持不修宫殿也在此焉，才将乾元殿改成皇家议事室，今后就按我之意而行之。"

阿骨打说到这儿，高声呼叫说："来呀！将木头墩儿给朕撤下去！"

撒改惊慌不知所措地上前阻拦说："皇上，这可使不得呀，使不得，龙墩可不能撤！"

阿骨打将手扶在撒改的肩膀上，说："国相！一切都在其实，不在其虚耳！如此一个木头墩儿让我坐之，不仅高高在上不得劲儿，更重要的是将都勃极烈们，隔层座儿如隔层山，说话唠嗑，议论事儿，多不方便，撤下去，撤下去！"

将龙墩撤下去之后，阿骨打才盘腿坐在西山炕上，让勃极烈们在对面炕头上陪坐。接着才让诸猛安、谋克，皇室子弟进来参拜，这参拜就不是拜阿骨打自己，而是参拜勃极烈。

国相撒改向阿骨打奏谏说："今日皇上登基，应定国号！"

阿骨打说：“契丹以镔铁为号，意为镔铁坚固，可镔铁虽然坚固，但它天长日久，终会腐烂；而我女真则取其安出虎，安出虎为金也，金子永不生锈，也不腐烂，故国号为大金国，改元收国！”

阿骨打定下大金国号和改元收国元年后，众官员再次燃放鞭炮。民众也在外面跪拜，立刻出现一片欢腾的场面。

国相撒改又向阿骨打奏禀说：“皇上登基，应封后立储！”

阿骨打拒绝说：“朕已有言在先，虽登大位，仍按旧俗不变，既不封后，又不立储，请勿再言！”阿骨打说这话时，眼泪在眼圈里含着。

勃极烈见阿骨打对这事很伤心，本来都要进行苦谏，见此情，谁也不敢再言语了，就都转脸想让阿离合懑出头谏之，才发现阿离合懑不在炕上，不知作甚去了，都暗自惊疑，心想，他干什么去了？

正在勃极烈们诧异的时候，忽见阿离合懑和宗翰两人肩上扛着犁杖，后边还跟随着七个人，也均扛着犁杖，放在阿骨打面前，两人跪在阿骨打面前。阿离合懑两眼流着泪水说：“皇上，不忘祖上创业之艰辛，虽登大位，不修皇城，也不修殿，既不封后又不立储，世主罕有贤圣之君，深感民心，为此，我与宗翰将所获九副农具献给皇上，祝愿皇上，永远不忘皇室妻儿子女傍涞流开荒耕种稼穑之苦也！”

阿骨打也赶忙下地跪下说：“朕一定牢记卿等之言。永远不忘稼穑之艰难也！”阿骨打不仅没封他的七房老婆，还将阿离合懑和宗翰献的九副农具，赠给他老婆每人一副，让她们安心在涞流种地，自耕自食，永远别忘稼穑之艰苦也！

阿骨打当上大金国皇帝后，安出虎便改为皇家寨！人们称颂他为不修皇城，不修皇宫，不坐金銮殿，不封娘娘，不立太子，不设御门军，不摆銮驾的世上罕见的神圣皇上！

第一百七十二章　建立金朝

　　阿骨打领兵在出河店击溃十万辽军，军威大振。阿骨打对辽军投降者欢迎，俘虏者愿当兵留之，不愿者释之，颇得人心。他将愿当兵的编入女真军，阿骨打军由三千多人猛增到一万人，势不可挡。阿骨打则立即分路进军。

　　话说东京渤海人高永昌，辽朝的裨将，领兵三千屯居东京瓮口。他见阿骨打起兵，辽朝眼看快要完蛋了，利用东京汉人与渤海人有怨恨，汉人常杀渤海人，他就诱惑渤海人。不多日子，渤海人投奔而来当兵者五千人，使他的兵力增加到八千多人。兵多了，这小子妄自称帝，改年号为隆基。辽朝派兵攻打，久未取胜。当阿骨打取胜后，他派挞不也去向阿骨打求救说："愿全力协助阿骨打共同取辽。"阿骨打立即派胡散跑去谕之说："同力取辽倒是可以，可你将东京所属之地，据为己有，妄自称帝，能行吗？望汝三思，若能归顺于我，给你王位，岂不甚好？"

　　高永昌听胡散跑之说，派挞不也、胡突古来见阿骨打。不仅对阿骨打不谦逊，而且要求归顺阿骨打的渤海人全部归还给他。阿骨打将胡突古扣留，派遣师奴与挞不也回去招谕高永昌。

　　斡鲁奉阿骨打之命赶奔东京，正赶上辽军六万攻照散城，激战于益褪之地，大破之。斡鲁在沈州与辽军相遇，大败辽军，攻下沈州。

　　高永昌听说斡鲁取了沈州，大惊失色，赶忙派遣铎剌带金印、五十银牌去见斡鲁，言说愿去名号，称藩。

　　斡鲁让撒八速报阿骨打知晓。就在这时候，渤海高祯来投降，对斡鲁说："高永昌不是真降，是用缓兵之计耳。"高祯是经过梁福几次劝说才来降的。

　　斡鲁一听大怒，立即发兵去攻高永昌。高永昌听说，立即将胡散跑杀了，领兵迎战斡鲁。两下在沃里活水相遇，斡鲁大喝一声说："出尔反尔，何谓人也？"高永昌刚要答话，见他的兵撒腿往回跑，乱了阵脚，他也赶忙调转马头逃去。斡鲁挥军追至东京城下。

第二天，高永昌又率军出城来战斡鲁，没战几个回合，大败而逃，带五千兵丁逃往长松岛。

东京城内阿骨打释放回去的渤海人恩胜奴、仙哥见高永昌已逃跑，遂将高永昌的老婆及其家属捉拿后，开城投降。

于是，辽之南路辽籍女真及东京州县皆降。阿骨打任命斡鲁为南路都统、迭勃极烈，任乌蠢为东京知事。

再说斡鲁古、阿鲁奉阿骨打之命去抚谕斡忽、急赛两路辽籍女真。突然与辽节度使挞不也相遇，展开激战，挞不也败下阵去，斡鲁古追至跟前一刀将挞不也砍于马下。正在这时，忽报酷莘岭阿鲁台罕等十四路皆降。这是梁福密受阿骨打之计，在渤海女真中宣读辽籍女真与完颜女真本是一家的结果。接着斡忽、急富两路亦降。

辽都统实娄领兵来战斡鲁古，在咸州西相遇，大战在一起，战了十几回合，斡鲁古一刀将实娄砍死，接着与娄室共改攻咸州，陀满忽吐率部投降。邻部户七千亦归顺。又破辽将，补军数万人。阿骨打任命斡鲁古为咸州军帅。接着又攻占了宾州。

阿骨打军以雷霆万钧之势，所战披靡，迅速占领了辽朝的辽东地区。

阿骨打为了巩固这个地区，进行了新的改革，把降附的辽军整编到女真军队里，实行以三百户为谋克，十谋克为一猛安。

猛安是石鲁实行的部落里的领兵头目，谋克是氏族长。

阿骨打当时认为新占领的宁江州、宾州、咸州这些地区，居住的都是契丹人、汉人和渤海人，对这些人怎样管理，急需制订出一套新办法。

阿骨打初战初胜后，率军敲着得胜鼓，雄赳赳，气昂昂而归。

国相撒改率领在家的将领和妻子儿女迎接至得胜陀。

阿骨打见扑钗四婶母已来迎接，慌忙下马拜见问安好，并将所获的一些珍贵物品送给扑钗，感动得扑钗欣慰泪下。随即阿骨打率众勃极烈登上发兵时的点将台，又放了二十声爆竹后，检阅得胜归来的军兵，并决定在得胜陀处建得胜陀碑。

阿骨打胜利归来后，撒改、吴乞买、辞不失率众官齐涌进阿骨打屋内，劝阿骨打说："都勃极烈替天伐无道，已取得大胜，应登基称帝建立年号！"

阿骨打摆手说："使不得，使不得。刚获胜，就称帝，岂可为之？"说罢甩手而出。

过了几天，阿离合懑、蒲家奴、宗翰等又劝阿骨打说："今大功已告成，若不称帝，有失民望，尤其是新占领地区，怎治焉？"

这句话提醒了阿骨打，他沉思良久方说："我将考虑之。"因为提到新占领地区，触及阿骨打心病。在新占领地区不是女真族，还按女真族部落氏族去治理显然已不适应。怎能适应，阿骨打考虑确实得建立国家，建立国家就得建立皇帝制。何况早有神人和艮岳真人指点，天书已定，应该称帝。所以不再推辞，容他考虑。

一一一五年农历正月初一日，阿骨打即皇帝位。阿骨打根据过去的征兆和天书所定，定国号为大金。

这天，礼炮齐鸣，鼓乐喧天。日出卯时，阿骨打即位，撒改率众将参拜，他刚要跪下，阿骨打慌忙站起身来，用手扶住，泪流不止地说："今日成功，皆诸将领共同努力的结果。我虽即帝，不能改旧俗也。"

撒改见如此，也感激得流泪说："汝登大位，乃是天定，岂有不拜之理！"阿骨打没拦住，到底儿跪拜。阿骨打见撒改如此，也只好同时跪下对拜。阿骨打此举，感动得很多人流了泪。

大伙儿参拜后，阿骨打宣布，废除部落联盟制，设立勃极烈制，封吴乞买为谙班勃极烈，撒改为国论忽鲁勃极烈，辞不失为固伦阿买勃极烈，斜也为国论昊勃极烈，阿离合懑为国论乙室勃极烈（管理对外事务）。阿骨打封这些勃极烈，是全国最高管理中枢，有事同这些勃极烈商议，仍保留女真古老议事制的办法。

在军事上，军队仍由猛安、谋克统领。打破了古老的部落、氏族组织，改由女真大小奴隶主统帅军事大权。在辽东地区设置了南路、咸州路，各路设都统、军帅统领当地军兵，统治各族人民。南路就是辽籍女真和东京州县，按照女真制度，设猛安、谋克。阿骨打为金军最高统帅，遇有战事，皇帝可直接任国论忽鲁勃极烈，统帅军队作战。

在刑法上，阿骨打下令：

（一）平民为奴隶者，可用两人（两个奴隶）赎一人做平民。如果原来约定用一人赎者，仍用一人赎。他这个法令像三年免征一样，仍在保护平民百姓。

（二）在东京州县渤海人和南路辽籍女真中，除辽法，省税赋，废除辽朝的封建制度，改用女真制度。

阿骨打还命欢都的儿子完颜希尹着手制造女真字。

正在阿骨打封坛拜将时，忽见外面又出现极光，众出外视之。见金光从阿骨打宫殿而出，直冲云霄，而且传来天鼓天钟齐鸣。

阿骨打率众将领立刻跪拜，祈祷天地佑之。

后人有诗赞曰：

阿骨手握乾符策，涞流誓师河上起。
左秉黄铖右白旄，志吞全辽灭延禧。
师如雷霆走精锐，扬祗互京全覆灭。
君不见得胜陀边，涞流浦碑颂伐辽。

附录 | ## 《女真谱评》的搜集整理及其思想内容

马亚川

　　《女真谱评》是部历史传说故事，反映了从女真起源，完颜部兴起，金朝建立、发展、灭亡、后金至清朝的历史发展中的重大故事。[①] 反映了整个女真族及其后人满族的发展过程。虽然，这一系列规模宏伟的传说故事，经过某些满族文人的笔录、整理，但主要是在女真——满族群众中口头流传下来的民间文学。

　　我是怎么搜集保存和整理这一部传说的，这得从满族的叙祖讲古习俗讲起。满族人爱讲故事，也爱听故事。不论穷富，把讲故事、听故事视为如同天天要吃饭一般，是日常生活中不可缺少的精神食粮。铲地时边铲边讲，其他劳动歇气儿[②]就讲。冬天夜长，晚上搓苞米、编席子或闲坐，便围在一起，主要用讲故事消磨时间。特别是春节期间，老年人在一起叙祖，实则就是讲民族的历史故事。在叙祖时，长辈老年人在炕上围坐一起，下辈人在地下坐在长条板凳上或站着静听，通过这种形式将本民族的历史传说，用口头一代一代流传下来。越传内容越广泛、越丰富，但有的也越传越玄虚。

　　我从小就爱听故事，听讲故事就迈不动步，宁可饭不吃，觉不睡也要听完。老人说我是个"小故事迷"。我尤其爱听有关我们民族流传的故事，刻印在脑子里，擦不去抹不掉，如同一部历史传说存放在自己脑海之中，随时都可取出。使我记忆深刻的还由于不仅听口传讲述，而是能看到老人将这些口传历史传说，用文字记录下来的一部《女真谱评》手抄本。这部《女真谱评》从女真起源直到清朝灭亡，是用小楷字写的，

---

　　① 《女真谱评》其之所以包括后金、清朝两部分，是因为清太宗皇太极于天聪九年在给他父亲修"太祖武皇帝实录"时，下旨禁本族诸申，只称满洲，把女真族名改为满族，而在民间，仍有一些族人称旧族名，故把后金、清朝也纳入《女真谱评》中。

　　② 歇气儿：东北方言，休息。

文白交杂，重点是记载女真——满族历代皇帝的一些趣闻传说。通过听和看，不仅帮助我记忆，而且还帮助我识了不少字。可惜的是，这部具有历史价值的《女真谱评》在我参加革命工作后，放在家里被毁掉了。但这些传说，大部分在我头脑中仍然记忆犹新。

一九八二年九月下旬的一天晚上，吉林省社会科学院文学研究所王宏刚同志到我家来，他听说我能讲还能写民族故事，让我写点有关女真族的历史故事。当时我问他："你要多少篇？一百篇都可写给你！"他说："您老先写三十篇吧。"从这开始，我整理出《完颜部的传说》一百篇，三十万字，这一百篇从女真起源到金朝的建立，还有大金国建立后，关于民族英雄阿骨打的故事传说五十五篇，此外还整理清太祖努尔哈赤青年时代的故事传说十篇，康熙的故事传说四十篇。计划从金朝建立到灭亡、后金、清朝将整理出三百余万字，到一九八六年全部整理完。

我认为历史传说故事与历史是相辅相成的，虽然它不是历史实录记载，但它对研究民族历史是有一定价值的。正如高尔基说的："民间文学总是独特地伴随着历史的。"每个传说、每篇故事都鲜明而强烈地反映出不同阶层的人们不同的人生观和历史观。它是人民在广泛、深厚的生活基础上经过虚构、夸张，融合了自己的审美理想的艺术创造。虽然它不是完全按历史的真实讲述的，但从传说故事里表现出来的人民思想情感、精神面貌以及对历史人物、事件的评价、褒贬，与当时的历史的真实是大体一致的。这和旧社会统治者的御用工具"历史学家"按照统治者的观点、利益、标准要求编写出的历史有不同的地方，历史传说中的真实部分，又可做历史的补充。如《女真谱评》归纳其思想内容及历史文化价值，大致可反映以下几个方面：

第一，这部历史传说，生动地叙述了女真完颜部在母系制过渡到父权制的发展过程。这个民族在发展过程中所走的曲折路程，从产生到失败，再产生，逐渐使人们认识到，人类的发展，直系血统不能婚配，婚配就会产生痴呆傻。这一发现，使女真人向前发展并进入一个新时期，也就是从原始母系制愚昧无知胚胎中开始摆脱出来，也是从母系制向父权制过渡的基础。通过口头传说故事，点出人类发展史上的突破性的转折点。而进入父权制后，氏族按父系来计算，若干氏族组成一个部落，氏族、部落长都由男子来担任，各部落的成员只能同另一个部落的成员通婚。各部落各自从事生产和活动，已进入父权制但还没有形成部落联盟。

第二，道出了"树神"与"肃慎"音同字不同的渊源。音同字不同，古来举不胜举，对一个民族都有几种、十几种写法，但它具有一个共性，就是音同字不同。而这部历史传说故事，活灵活现地道出"肃慎"是由"树神"之源而称"肃慎"。据满族老年人讲，人类原始群居时，孩子认母不知其父，男子也越来越少，产生女藏男，夺男为私有，夺到男的藏在树洞里。当时南朝考察北国边疆的学者，见人从树洞里出来，引申为"树神"。还有一种传说，那时人赤身裸体，在树洞里栖居，滚身树油子，身像木质，披头散发，长颗人头，故称"树神"。女藏男也是向父权制过渡的历史现象，是否真实，有待考古学家验证，我只是就历史传说而论。

第三，劳动创造历史。《女真谱评》通过故事，生动地叙述了劳动创造一切。揭示了人类发展史上，一切财富和建设，都是通过人们在劳动活动中，启发灵感，经过反复试验，从失败中摸索经验，在提高认识的基础上，不断丰富知识，积累技术才能，使人类对自然界由不认识到认识，创造性开发自然界来为人类造福，推动人类社会不断向前发展。

第四，氏族部落间互相残杀掠掳，逐渐形成部落联盟。女真完颜部是在征服其他氏族部落中形成和发展起来的。促使一些分散孤立的部落逐渐向女真完颜部靠拢，形成部落联盟，为进入奴隶社会奠定了基础。

第五，女真族奴隶社会的形成和发展，是由弱变强的过程，一靠部落氏族成员沦为奴隶，二靠掳掠外族奴隶。奴隶主和奴隶的对立在逐渐形成，奴隶中有债务奴隶，平民负债不能偿还，卖妻子做奴隶抵债；犯罪不能自赎，折身为奴；也有掳掠外族人做奴隶。随着对外侵略战争的发展，俘虏的奴隶越来越多，各级军事头目成为大小不等的奴隶主贵族。由于奴隶制的发展和对外掳掠扩大，越来越把氏族部落的旧制度推到了历史的尽头，建立了奴隶国家，来适应奴隶主统治奴隶的需要。

第六，暗示历代统治者"顺民情适民意"就能推动社会的发展，国家就能兴旺发达；否则，逆民心，失民意，残酷血腥镇压人民群众，重荷赋税，伤民心，违民愿者，国家就衰退，生产就要受到破坏。尤其是揭示出统治者勤政于民者，国家就兴旺发达；荒淫腐败昏庸无道者，国家就灭亡。渗透着劳动人民对统治者的褒贬，也是人民对统治者的强烈愿望。

第七，揭示出由对侵略者进行报复性的战争，发展到对外的掠夺战争，不断补充奴隶的来源，扩大对奴隶的占有。金国建立后随即展开对辽的大规模的掠夺战争，终于消灭辽朝天祚帝的统治，这是奴隶制发展的必然结果。女真族建立金朝是历史发展的必然趋势。

第八，由于生产的不断发展，必然要促进物资交换、贸易的发展。女真族和各部落之间以及和邻族之间，加强了物品交换。女真以貂皮、马匹、东珠、人参等贵重物品同辽、宋、高丽相交换，换取所需的物品。加强了对各族的经济联系，相互了解，开阔视野，推动了生产的不断发展和扩大。

第九，《女真谱评》和其他历史传说一样，人们用想象的神话去支配自然力和社会，用神话去征服自然，支配自然，改革社会，激发人们对现实的变革和想象，也就是说用神话去改变人们的命运。神话寄托于天、神，寄托于动物。例如乌鸦、鹊雀就有多种传说。像"乌鸦救主"的故事，当乌鸦见到人时，即飞起，见人趴在地下就落。人们将这种自然现象的巧合，神话般流传下来，感到是真实的历史流传下来了。

第十，掠夺性战争给人民带来了灾难，遭受人民群众的反抗，尤其是辽、宋地区人民的反抗，迫使阿骨打认识到，要想征服外族人，必须首先征服其心，"攻其貌不如攻其心"，心服才能诚服的道理，采取收服契丹等民族人心，救济粮食、物资，把肥沃的土地优先给这些族人耕种，将原民族区域的统治权仍交给原区域统治者等，一系列措施改变了原来的状态。金朝统治制度中这一变革，对金朝社会、政治的发展是有重大意义的。

第十一，颂扬"民族英雄阿骨打"。从《女真谱评》中，可以看到，在女真族中，对阿骨打是以民族英雄来歌颂的。在民众心目中，阿骨打形象高大，印象深刻，尤其是对他体民心、识民意、除霸安民、释放奴隶、不修宫殿，当上皇帝仍保持原来的生活习俗，将自己置于民众之中等，民众始终把他当民族英雄传颂着。

《女真谱评》是满族劳动人民口传留下的比较完整的一部历史传说。但是里边也有很多糟粕，那就是有些故事带有较浓的封建迷信、宗教和低级趣味的格调，如什么谶纬、占卜、星相、巫觋等传说。

一九八四年七月十一日

附录　我爱听故事 也爱讲故事

我是一九二九年生人。系生女真族，后称京旗人。本姓马，官姓傅，附姓费，即马傅费氏。

清朝时代，贵族过着不劳而获的生活。男孩子生下来就给一名田地（一名地三十三垧），地在哪儿不知道，秋后汉族人按官府指定，给交京旗租子。孙中山推倒清朝后，将京旗租子改变为固定土地。由于我爷爷长期过着不劳而获的生活，只知道吃喝玩耍，不几年就将房地折卖净光后死去。我父亲变成赤贫户。虽仗他会吹喇叭，红事白事就去给人家守门当吹鼓手，但由于家境贫困，积劳成疾，二十九岁就死去了。当时我还未满周岁。后来母亲被堂伯父卖到江北去，由于想我，被地主一烙铁打死。我就落在姥姥家。

姥爷名赵焕，是造厨的。姥姥赵沈氏是接生婆。从我记事时起，就经常听姥爷、姥姥、大舅父赵振江讲故事。夏季雨天在屋里一边扒麻一边讲，在山上干活也给大伙儿讲。冬天夜长，边搓苞米边讲故事，经常讲到三星平西。他们讲的大部分是我们女真族老祖先的故事。我从小就是个故事迷，每逢他们讲，我就规规矩矩地听，熬到后半夜也不困。夏天经常跟姥爷到屯子十字街头一棵老榆树下去听这些老人讲故事。记得姥爷雪白的头发，在头顶心留着像顶"小帽头"，梳着一根有大拇指粗的辫子（后来这发辫就由我给他梳）。白汗衫青裤子，右手拿把又长又大的纸扇子，左手攥着一对油红锃亮的树腰子，七八个老头坐在树下讲起没完，甚至连饭都顾不上吃。他们天天这样，用讲故事去闲散时间。

我姥爷虽然不识字，却能背诵《三字经》《百家姓》《大实话》《千字文》《弟子规》《神童诗》《名贤集》《女儿经》《妇女家训》等古书。我还没上学，就受到不识字的姥爷教我念这些书，而且这些书他都有。我照本儿，听他像背诵经文似的，坐那摇晃着身子教我念。使我识了不少字。上学后，每学期考试我都第一。

　　我在小学二年级的时候，刚十岁，四舅妈借些唱本，什么《响马传》《水浒传》《封神演义》等，让我给念，念累了，就听他们讲故事。每天晚上，老头、老太太都挤满了屋，有时我嗓子念哑了，就让我喝辣椒水。

　　十二岁小学毕业后，在考国民优级学校时，我考第一名。由于供读不起而失学。十三岁进城到中和木工厂学当油画匠。一九四四年十四岁，四舅父摊上劳工，因他身体不好，姥爷已经八十三岁，我出于报恩思想，替舅父去绥芬河当劳工（当劳工时小队集体照片仍然保存）。一九四五年"九三"日本投降后，大舅父由于在平房做工，带回细菌，姥爷家七天死一口，三十五天死去五口人，只剩下姥爷（八十四岁）、四舅妈（四十二岁），还有个表弟（四岁）和我四口人。我姥爷才将他珍藏的各种古书交给我，其中有用纸捻装订的《女真谱评》是用小楷字书写的，还有《论语》《庄子》《墨子》《老子》《荀子》《奇门遁甲》《万年历》等等一些古书。姥爷告诉我，这《女真谱评》是求他表弟傅秀才（傅延华）写的。是按我姥爷讲的这些故事和他本人掌握写的，这些故事是一代一代传下来的。又告诉我傅秀才是念大书的，由于看《奇门遁甲》看邪了，患了精神病，被锁在屋里，大小便都不准他出去，硬憋死了。在患精神病时，曾将他写的这《女真谱评》撕了部分。残存的和这些古书被我姥爷拿家收藏至今，全交给我了。

　　《女真谱评》像本流水账，是从女真起源一直记到清朝顺治时期。（可惜，当中撕了不少），一段一段的，像小故事，后边还有小批。总的看和我姥爷讲的故事差不多。由于字迹潦草，有很多字我还不认识，但按姥爷讲的故事一顺，能顺下来。

　　一九四六年，我参加革命后，这些书全放在舅母家了（因姥爷于一九四六年农历正月十六脑出血死亡，享年八十五岁）。可惜，《女真谱评》全被撕擦腚了。《奇门遁甲》让她烧了，怕留着谁看谁邪了。只剩下其他古书我收藏起来。我当时也提心吊胆，特别是"文化大革命"时期，掖藏在天棚顶上，担心怕别人发现。现在想，如果《女真谱评》保留下来，"文化大革命"时也可能烧掉它。幸好好多故事已经刻印在我脑子里，是不会忘掉的。

　　参加革命后，在韩甸区政府工作时，领导见我年岁小，又是孤儿，给我从头上换到脚下，里外三新的衣服，还给我做的新被褥，在职免费送到双城县兆麟中学行政专修班学习（高中），补习文化，后到公安工作。在经济建设时期，调到食品公司任计划员，又到省商业干部学校计划班学习。后任食品公司工会主席。

一九五七年末，由于我在食品公司所属的副食品商店，创造了干部参加劳动、职工参加管理、群众参加监督，改革不合理的规章制度的《三参一改》民主管理企业经验，受到中央和省委的重视，中央与省委均在双城召开现场会议推广。经中央财贸部政策研究室吕主任和省委书记杨易辰向双城县委建议，任命我为双城市副食品商店经理。

双城市副食品商店被评为全国红旗商店，我受到党和国家领导人的表扬与接见。

我从一九六〇年开始发表文学作品，在《黑龙江日报》《北方文学》《哈尔滨日报》发表了《理发》《运猪路上》《宋春燕》《零号》《蒲草的故事》等三十多篇作品。

"文化大革命"后，我又腾出时间写了《催克》《保证》《1982.9》等作品，同时还为省政协整理了《莫德惠的生涯》十万字的文史资料。

一九八三年九月，在吉林省社会科学院文研所程迅、王宏刚等同志的鼓励下，回忆整理出这本《女真谱评》，这些流传在双城、扶余、榆树、吉林、阿城、五常一带的《女真谱评》，是经过我姥爷赵焕长期搜集变成的口头文学，又经傅老先生整理记载评述的民间传说，埋藏好几百年，终于在共产党领导下的社会主义今天与世见面了，我姥爷赵焕和傅老先生在天之灵，也会感到欣慰的。

一九八四年十一月

后　　记

　　满族长篇说部《女真谱评》即将出版，实现了我们二十余年来的夙愿。因为这部鸿篇巨作是从女真完颜部的起源神话至金朝建立的无韵史诗，展示了八百年前女真人以及相邻的汉族、契丹、塔塔尔等民族鲜为人知的历史事件与生活场景，不仅填补了满族文学史的重要空白，而且将进入中华民族不朽的文学殿堂。

　　本书的出版凝聚着金源地区（金朝第一个国都上京即在今天的黑龙江省阿城区境内，阿什河、拉林河以及相邻的松花江流域被称为金源地区）数代满族说部传承人独特的民族文化心理与艺术成就。至清光绪年间的落第秀才傅延华——一位"蒲松龄"式的满族民间文化人，将该区域流传的女真故事整理成文，并在一些重要的传说故事后面写上自己的评价，故起名为《女真谱评》。这部传说手抄本共分十册，以女真完颜部的氏族英雄、部落首领，以及相继的金朝和后来的清朝君臣为主干的一段段故事组成，带有某种史诗的意味。《女真谱评》手抄本最后传承到马亚川先生那里。

　　一九八二年，笔者通过黑龙江省双城县（现改为双城市）锡伯族农民诗人高凤阁、文化馆的高庆年先生的推荐，与马亚川先生相识，并与富育光、程迅先生多次拜访他，共同商讨撰写《女真谱评》之事。当时马先生五十四岁，居双城县城，原隶满洲镶黄旗，满姓马富费氏。马亚川自幼被外祖父赵焕收养，赵焕是傅延华的表兄，本人也是满族民间故事家，他不仅给马亚川传讲了许多女真故事，而且将《女真谱评》手抄本传承给他。马亚川周围有一批满族说部的讲述人，如马亚川的外祖母赵沈氏，大舅父赵振江等。在这样的环境下，少年马亚川成为一个故事迷。《女真谱评》成了马亚川的启蒙教科书，他从这里学语文，又从这曲折动人的英雄故事中学到了本民族的历史与文化。虽然，在我们与马先生相识时，这本书已失落多年，但它的内容已深深地印刻在马亚川的脑海里，所以当时他讲起《女真谱评》里的故事仍能冲口而出，如数家珍，这里除了马亚川的记忆力强的因素外，还因为这些民族英雄传说凝结着他深沉的民族情感。

经过四年多的不断交往，马先生给我们的《女真谱评》故事手稿已逾一百万字。这些手稿都是他亲自用墨笔或钢笔书写的，十分珍贵。

由于出版困难等原因，这些故事手稿在我的书箱里沉睡了近二十年。二〇〇三年在吉林省谷长春、周维杰、吴景春、荆文礼、富育光等同志的努力下，抢救满族说部已列为国家项目。二〇〇六年开始系统整理《女真谱评》。

《女真谱评》的故事内容实际上包括：女真起源、完颜崛起、大金兴亡、后金风云、清朝盛衰等整个女真——满族发展史，但为了便于阅读，将女真起源、完颜崛起，至金朝建立的历史传说定为《女真谱评》，其余根据各自内容特点定名。如《阿骨打传奇》是金朝建立后的阿骨打系列故事。

整理这部史诗性的满族说部，我们深感责任重大，忠于原貌，保持马亚川手稿的科学性是我们整理的基本原则。我们的整理稿完全以当年的故事手稿为基准，保持故事的原貌。虽然，由于当时马先生是分批完成的，某些故事顺序有适当的调整，但每一个故事都是原汁原味的。故事的标题，除了极个别的章节标题做了修改，绝大部分保留了原标题。原故事中用了大量的女真语、满语以及东北方言，也有一些契丹语等，为了保持这部口头说部的语言生动性，我们对这部分语言加了注。这些注有一部分是原手稿上就有的，一部分是根据我们当年的田野调查资料注释的。虽然我们的语言研究功底很浅，但是反映了原故事传播地的当地居民的理解。我们还做了整体的文字通顺工作，以保证阅读的通畅。为了让读者更好的阅读与理解，本书还附有二十世纪八十年代马亚川先生亲笔写成的对本说部历史文化价值以及他的生平和传承情况的文章，并附有我们根据当时当地调查而写出的关于《女真谱评》的传承与传播情况的文章。整理此类满族长篇说部，除了要具有扎实的田野调查基本功外，还需要多方面的知识与经验，对我们从事研究工作的学者来说，也具有开拓性，所以其中必有不足与缺憾之处，我们期待着中肯的批评。

本书的资料收集工作由王宏刚、程迅完成，王宏刚执笔本书的文字整理工作，荆文礼、张安巡参加了本书的修改、定稿工作。

本书的出版能告慰马亚川等传承人的在天之灵，是我们最大的心愿，因为是他们的创造性劳动才有了这部传世之作。在这里，我们要向当年支持本书的收集整理工作的马亚川先生的家人，双城的高凤阁、高庆年先生，吉林省社会科学院文学所表示诚挚的谢忱，向指领着我们走向满族民间文学田野调查的富育光先生，向支持本书出版的满族说部编委会与吉林人民出版社表示诚挚的谢忱。

王宏刚　谨识

二〇〇七年八月二十日